家藏文库

太平广记选

〔宋〕李昉 等 编　　卢盛江 选译

中州古籍出版社
·郑州·

图书在版编目（CIP）数据

太平广记选 /（宋）李昉等编；卢盛江选译.
郑州：中州古籍出版社，2025. 2. --（家藏文库）.
ISBN 978-7-5738-1902-4

Ⅰ．I242.1
中国国家版本馆 CIP 数据核字第 2025SP5930 号

JIACANG WENKU：TAIPING GUANGJI XUAN

家藏文库：太平广记选

出 版 人	许绍山
选题策划	卢欣欣
约稿统筹	卢欣欣
责任编辑	张 雯
责任校对	牛冰岩
封面设计	王 歌
版式设计	曾晶晶

出 版 社	中州古籍出版社（地址：郑州市郑东新区祥盛街 27 号 6 层 邮编：450016　电话：0371-65723280）
发行单位	河南省新华书店发行集团有限公司
承印单位	河南新华印刷集团有限公司
开　　本	640 mm×960 mm　1/16
印　　张	24.75
字　　数	315 千字
版　　次	2025 年 2 月第 1 版
印　　次	2025 年 2 月第 1 次印刷
定　　价	73.00 元

本书如有印装质量问题，请联系出版社调换。

前　言

一

《太平广记》，宋李昉等奉宋太宗之命所编。太平兴国二年（977）三月始编，次年（978）八月编成呈次，六年（981）雕版印刷，因此名为《太平广记》。

李昉（925—996），字明远，深州饶阳（今属河北）人。五代汉乾祐年间（948—950），进士及第。五代周显德年间（954—960）官至翰林学士。入宋，加中书舍人，历任翰林学士、判吏部铨。太宗即位，加户部侍郎。太平兴国八年（983），擢参知政事，拜平章事。后两次罢相。至道二年（996）去世，谥文正。李昉主持编修的《太平广记》与《太平御览》《文苑英华》《册府元龟》，合称"宋代四大书"。

宋太宗诏修《太平广记》，有消弭五代士怨的目的。南宋王明清《挥麈后录》卷一曾说："太平兴国中，诸降王死，其旧臣或宣怨言，太宗尽收用之，置之馆阁，使修群书，如《册府元龟》《文苑英华》《太平广记》之类。广其卷帙，厚其廪禄赡给，以役其心，多卒老于文字之间云。"（王明清《挥麈后录》，中华书局1961年）叶梦得《石林燕语》卷八云：

"太宗当天下无事，留意文艺，而琴棋亦皆造极品。"（叶梦得《石林燕语》，中华书局1984年）当然，应该有从书籍文献中求治道的意愿。宋太宗曾说："夫教化之本，治乱之源，苟无书籍，何以取法？"（宋李焘《续资治通鉴长编》卷二五，中华书局1977年）有学者提出，《太平广记》取材多神鬼怪异，宋太祖靠"陈桥兵变"取得政权，在儒家文化语境下，需要借助神秘文化及宗教，以"神道设教"来说明赵宋政权的合法性。这是有一定道理的。

《太平广记》取各种野史、传记、故事、小说等编集而成，收录汉代至宋初的作品共约七千则，成书五百卷，目录十卷，近三百万字。共分九十二大类，附一百五十余小类。九十二大类及卷数是：神仙五十五卷、女仙十五卷、道术五卷、方士五卷、异人六卷、异僧十二卷、释证三卷、报应三十三卷、征应十一卷、定数十五卷、感应二卷、谶应一卷、名贤（讽谏附）一卷、廉俭（吝啬附）一卷、气义三卷、知人二卷、精察二卷、俊辩（幼敏附）二卷、幼敏一卷、器量二卷、贡举（代族附）七卷、铨选二卷、职官一卷、权幸一卷、将帅（杂谲智附）二卷、骁勇二卷、豪侠四卷、博物一卷、文章三卷、才名（好尚附）一卷、儒行（怜才、高逸附）一卷、乐三卷、书四卷、画五卷、算术一卷、卜筮二卷、医三卷、相四卷、伎巧（绝艺附）三卷、博戏一卷、器玩四卷、酒（酒量、嗜酒附）一卷、食（能食、菲食附）一卷、交友一卷、奢侈二卷、诡诈一卷、谄佞三卷、谬误（遗忘附）一卷、治生（贪附）一卷、褊急一卷、诙谐八卷、嘲诮五卷、嗤鄙五卷、无赖二卷、轻薄二卷、酷暴三卷、妇人（附妓女）四卷、情感一卷、童仆（奴婢附）一卷、梦七卷、巫（附厌咒）一卷、幻术四卷、妖妄三卷、神（淫祠附）二十五卷、鬼四十卷、夜叉二卷、神魂一卷、妖怪（人妖附）九卷、精怪六卷、灵异一卷、再生十二卷、悟前生二卷、冢墓二卷、铭记二卷、雷三卷、雨（风、虹附）一卷、山（溪附）一卷、石（坡沙附）一卷、水（井附）一卷、宝（金玉、钱、奇物附）六卷、草木（文理木、五谷、茶、荈附）十二卷、龙八卷、虎八卷、畜兽十三卷、狐九卷、蛇四卷、禽鸟四卷、水族九卷、昆虫七卷、蛮夷四卷、杂传记九卷、杂录八卷。

《太平广记》各篇后一般注明出处。据书前《引用书目》，征引书计三百四十三种，但据人统计，有十五种书中实无，而书中另实有一百四十七种，合计引书四百七十五种。据人研究，《太平广记》中有不少同书异名，或同名异书。因此实际引书难以确切统计。

二

《太平广记》可以说是古小说的渊薮，收录的尤其以唐人小说为多。这些小说，展示了古人特别是唐人丰富生动的社会生活与文化场景。

许多作品写爱情、婚恋和妇女问题，有一些动人的爱情故事。卷五十《裴航》，书生裴航于蓝桥驿遇仙女云英，诚心追求，先是费尽周折，寻得捣药之玉杵臼，又为其捣药百日，终于与之结为夫妇。卷三百五十八《王宙》（出《离魂记》），张镒原许倩娘于其甥王宙，私下王宙与倩娘也一直相爱，张镒将倩娘另许他人，倩娘离魂追随王宙，并与之长期生活。倩娘说："公子一片深情不会改变，心想就是死了也要报答你，因此我逃出来投奔你。"《任氏》（卷四百五十二），任氏是女狐妖，郑生依然倾心与之相爱。任氏用大义拒绝别人的强暴，又为郑生划策，牟取厚利。后郑生远行就职，不忍与任氏分别，强邀同行，任氏明知不吉，仍然同行，途中被猎犬所害。卷四百八十四《李娃传》，赴京赶考的荥阳生爱上了京城名妓李娃，却被鸨母设计逐出。荥阳生先沦落到为殡仪馆唱哀歌，又流落街头为乞丐，后经李娃与鸨母斗争，他得到挽救。在李娃的鼓励之下，他立志于学，科举高中，获得富贵，两人经历千辛万苦，终于赢得爱情幸福。卷四百八十六《无双传》，一对青年男女，王仙客和刘无双相爱，遭逢乱世，无双被抄家收进宫中，经历悲欢离合，无数艰难曲折，仙客寻找无双至死不变，两人终成眷属。从这些故事，可以感受到唐人对爱情幸福的期望和追求。

从《太平广记》看，唐代妇女还是讲贞节的。卷二百七十和卷二百七十一记载有几则这样的故事。"卫敬瑜妻，年十六而夫亡。父母舅姑欲嫁之，乃截耳为誓，不许。"（《卫敬瑜妻》）符凤以罪徙儋州，到南海，为獠贼所杀，胁迫其妻玉英，玉英毅然投海殉夫而死。（《符凤妻》）汉源人义成妻，壮年无子，夫死将葬，及先殡时，含毒药酒，至未入墓时，抚棺吞之而死，于是两人合葬。（《义成妻》）沧州弓高邓廉妻李氏女，嫁未周年而廉卒，李年十八，守志，设灵几，每日三上食临哭，布衣蔬食六七年。这天梦见一男子欲求李氏为偶，李氏不许。自后每夜梦见，李氏誓不移节，于是援刀截发，麻衣不濯，蓬鬓不理，垢面灰身。那男鬼感叹："夫人竹柏之操，不可夺也。"自是不复梦见。（《邓廉妻》）卢献之女丈夫早亡，立誓不改嫁，即使皇帝的敕令也不能改变其心意，后来出家为尼以守节。（《卢献女》）

但是，从《太平广记》看，在婚恋问题上，唐代妇女更为开放自由。前引《裴航》中云英，自称有夫在汉南，还接受书生裴航的爱。卷三百零二《华岳神女》，华岳第三女即公主于一施舍户前澡浴，见房内有人，群婢大骂，公主却令其入房，第二天与其一同入京，同居七年，生二子一女，然后提出某士人当另外婚配。某士人别婚后，仍与公主往来不绝。至于丧夫再嫁（寡妇再嫁）的情况，则十分普遍。卷一百九十六《贾人妻》，贾人妻丧夫十年，有旧业，偶与未及授官、资财荡尽、穷悴颇甚的王立同路，便邀至其家同居，并且产下一子。卷一百九十六《荆十三娘》，女商荆十三娘，为亡夫在禅院设大祥斋，偶遇旅居禅院的进士赵中行，便相互爱慕，同归扬州。卷二百四十二《李睍》，唐殿中侍御史李逢年与妻离异后，家中无人主事，李睍遂给他介绍兵曹李札的妹妹，第二天他们便办了喜事。李札的妹妹原适元氏。其夫去世不久，寻又改嫁。卷二百七十三《周皓》，汴州周简老的表妹孀居，偶遇太仆卿周皓，征得同意后，周简老的表妹当天就再嫁给周皓。卷四百四十六《焦封》，都督府孙长史女，少适王茂，王茂客死长安，见罢浚仪令、客游于蜀的焦封，先是以诗调情，继而命申伉俪之情。这种丧夫再嫁，往往是寡妇主动。双方感情不和，可以离婚。如前引《李睍》，李逢年妻为中丞郑昉之女，因"情志不合"而离婚。有已婚女性离婚改嫁。如卷四百九十五《杨志坚》，颜真卿为抚州刺史时，邑人杨志坚嗜学而居贫，其妻就以资给不充请求离婚。颜真卿判案，虽然批评其妻专学买臣之妇，厌弃良人，鞭笞二十，但还是"任自改嫁"。

至于未婚女子择偶，更有自主性。《太平广记》写了大量这样的故事。卷六十四《张镐妻》，有美妇人，先是主动邀在王屋山隐居苦读的张镐同饮，后又以词调之，说愿托以终身，两人山居十年。同卷《太阴夫人》，太阴夫人主动遣麻婆传意，与卢杞结为婚姻。卷六十五《赵旭》，有青衣夫人，位居末品，时有世念，天帝因此罚她人间随所感配，于是不但托清音于天水赵旭，而且命备寝内，两人携手于内。卷六十八《郭翰》，有少女自称天上织女，久无主对，佳期阻旷，因此下到凡间，主动找到太原郭翰，命侍婢净扫室中，张帏施簟，携手登堂，解衣共卧。同卷

《封陟》，宝历中，有封陟孝廉者，夜间读书于少室，就有仙姝携侍从而来，求为持箕帚，遭封陟多次拒绝，仙姝仍执意不易。卷六十九《马士良》，仙女甚至设计假意取马士良命，然后解救他，但条件是，"君当以我为妻"。卷三百一十六《谈生》，也是年已四十的谈生常感激读书，忽夜半有女子，可年十五六，姿颜服饰，天下无双，来就生为夫妇。卷三百四十五《郑绍》，故皇公之幼女，自求佳婿三年，这一天派青衣邀经华阴而南行的商人郑绍，于是誓为伉俪。

这些，反映的应该是唐代的现实。唐代一方面仍遵从儒家礼教，在婚恋问题上遵循伦常观念、宗法观念。但另一方面，唐代社会毕竟又比较开放，特别是与西域的交流，受到西域民族风俗影响。另外，唐代寒族力量逐渐兴起，建立在南北朝门阀士族基础上的婚姻观念受到冲击。因此唐代在男女婚恋问题上也比较开放，妇女在婚姻生活中有较大的自主性。唐代皇室公主并不以改嫁为耻。据研究，高宗到肃宗朝公主九十八人，其中再嫁者二十四人、三嫁者三人。就唐代法律来说，如"唐律"中对离婚的规定有强制、仲裁和协议三条。有所谓"和离"或"合离"，规定若夫妻不相安协而和离者，不坐。按照唐代法律规定，夫妻因感情不和而要求离异者，属于合法行为，妇女合理改嫁与再嫁是不受法律限制的。规定相对比较宽松。《唐律·户婚》长孙无忌的疏议曾说，寡妇不愿意再嫁，祖父母、父母可以强迫她再嫁，这是法律所认可的。唐太宗贞观元年（627）下诏书也说，在妻子为丈夫服丧期满后，必须设法让她重新缔结婚姻。不论从法律规定看，还是从唐人的观念看，再嫁他适既合法又合乎礼仪。因此，女子离婚改嫁、夫丧再嫁，也就很正常。唐代在婚恋问题上比较宽容，《太平广记》正是用生动的故事反映了这一现实。

许多作品还写了商人及其活动，特别是唐代的商人。从《太平广记》，我们看到，唐代有很多巨商大贾。如富商邹凤炽，"其家巨富，金宝不可胜计，常与朝贵游，邸店园宅，遍满海内"。其家嫁女，"邀诸朝士往临礼席，宾客数千"，"女郎将出，侍婢围绕，绮罗珠翠，垂钗曳履，尤艳丽者，至数百人，众皆愕然。不知孰是新妇矣"。曾谒见高宗，"请市终南山中树，估绢一匹，自云'山树虽尽，臣绢未竭'"。河东人裴明礼、定州何明远、长安罗会、长庆初年生活在淮浉间的刘弘敬，都是资财巨万。（卷二百四十三《裴明礼》《何明远》《罗会》，卷一百一十七《刘弘敬》）刘弘敬为女儿买陪嫁的女奴就用了八十万钱。定州王氏儿王酒胡，资助修缮朱雀门就纳钱三十万贯，僖宗修安国寺又捐钱十万。（卷四百九十九《王氏子》）晚唐扶风窦乂年老时拥有"其余千产业，街西诸大市各千余贯"（卷二百四十三《窦乂》）。也有一些普通的中层商人，还有各种小商贩。天宝中，租住在邺城王叟庄宅中的小贩，贩卖杂粉香药，"唯有五千之本，逐日食利"（卷一百六十五《王叟》）。兖州民家妇贺氏，父母以农为业，其丈夫"负担贩卖，往来于郡"（卷二百七十一《贺氏》）。大和年间，汉州什邡县百姓王翰，"常在市，日逐小利"（卷一百零八《王翰》）。

从《太平广记》，可以看到这些商人不同的经商方式。如河东人裴明礼，先是"收人间所弃物，积而鬻之，以此家产巨万"，这是垃圾收购。接着是买地，买地之后又种植果树，"又于金光门外，市不毛地，多瓦砾，非善价者。乃于地际竖标，悬以筐，中者辄酬以钱，十百仅一二中。未洽浃，地中瓦砾尽矣。乃舍诸牧羊者，粪既积，预聚杂果核，具犁牛以耕之，岁余滋茂，连车而鬻，所收复致巨万"。后又养蜂，"乃缮甲第，周院置蜂房，以营蜜，广栽蜀葵杂花果，蜂采花逸而蜜丰矣"。（卷二百四十三《裴明礼》）扶风窦乂，先是卖鞋，后是种树，"鬻利数倍"，"后五年,遂取大者作屋椽,仅千余茎,鬻之,得三四万余钱",又做法烛卖,"获无穷之利",又买卖土地,"西市秤行之南,有十余亩坳下潜污之地,目曰小海池,为旗亭之内,众秽所聚,又遂求买之",经过经度,"造店二十间,当其要害,日收利数千,甚获其要",又买玉治玉,"计获钱数十万贯"。(卷二百四十三《窦乂》)

有贩卖粮食、药物、盐、茶者。广陵江阳李珏,"世居城市,贩籴自业","人有籴者,与籴,珏即授以升斗,俾令自量,不计时之贵贱,一斗只求二文利,以资父母"。(卷三十一《李珏》)这是在扬州城中开粮食铺子。卷三十一《许老翁》写到"药肆","章仇意疑仙者往来,必在药肆,因令药师候其出处,居四日得之。初有小童诣肆市药,药师意是其徒,乃以恶药与之"。这是药铺。卷三十九《刘晏》,写唐宰相刘晏游长安,"遂至一药铺,偶问,云:'常有三四老人,纱帽拄杖来取酒,饮讫即去,或兼觅药看,亦不多买,其亦非凡俗者。'刘公曰:'早晚当至?'曰:'明日合来。'刘公平旦往,少顷,果有道流三人到,引满饮酒,谈谑极欢,旁若无人"。这是药铺兼营卖酒。唐末鄱阳吕用之之父吕璜"以货茗为业,来往于淮浙间"(卷二百九十《吕用之》),是江西的茶商在扬州和浙江之间往来贩运。卷二十四《刘清真》,"天宝中,有刘清真者,与其徒二十人于寿州作茶,人致一驮为货",后"至陈留遇贼","又遇一老僧,导往五台",是刘清真从寿州贩茶运往河南、山西一带,而且是自产自销。崔碣任河南尹时,估客王可久"岁鬻茗于江湖间,常获丰利而归"(卷一百七十二《崔碣》)。还有贩卖财宝、鱼蟹等的。卷三百四十五《孟氏》:"维扬万贞者,大商也,多在于外,运易财宝以为商。"这是贩卖财宝。天宝年间,如宣城当涂人刘成、李晖"俱不识农事,尝用巨舫载鱼蟹,鬻于吴越间"(卷四百七十《刘成》)。这是以大船载水产品在江浙一带贩卖。

小商贩,则一般卖柴贩鱼。卷四百零五《建安村人》:"建安有村人,乘小舟往来建溪中,卖薪为业。"卷一百零八《元初》,九江人元初,"贩薪于市",每天从所住的长江北岸到南岸卖柴,到晚间再回北岸。卷一百一十八《熊慎》,豫章熊慎,"其父以贩鱼为业","后鬻薪于石头,穷苦至甚"。

《太平广记》写了一些大商人各不相同的发家途径和资金来源。卷一百三十八《齐州民》,齐州刘十郎原来以受人雇用舂米为生,舂杵断裂,意外发现地下所藏的财物,以此为资本,开始经商,数年之内,其息百倍。卷三百七十四《胡氏子》,写洪州胡氏子,在一次用船载麦运往集市途中,靠岸时控制不住,"沙摧岸崩",结果"穴中得钱数百万",其家因此益富,市置仆马,营饰服装。卷一百一十八《熊慎》,写豫章人熊慎在江边沙岸上挖出紫磨金,因此成为巨富。还有一部分商人的资本来源于借贷。卷一百三十四《童安玗》,写大中末,信州人童安玗靠向同里人郭珙借钱六七万开始经商,后来致富。

商人及其活动,是《太平广记》所反映的唐代社会生活的一个重要方面。

三

不少作品还写了豪侠。《太平广记》豪侠类四卷(卷一百九十三到卷一百九十六)二十五篇共二十六人均为豪侠。另外,气义三卷(卷一百六十六到卷一百六十八)二十五篇,很多写的也是侠义。如《鲍子都》《郭元振》《吴保安》等。有人统计收录的女侠,计二十六篇二十七个故事，除去豪侠类四卷中的八篇，另有其他卷中《樊夫人》《尼妙寂》《村妇》《周迪妻》《邹待征妻》《窦烈女》《符凤妻》《歌者妇》《高睿妻》《上清传》《吕荣》《郑路女》《侯四娘》《胡媚儿》《谢小娥传》《杨娟传》等十八篇。如果把乐善好施、扶危济困、广交门客的游侠也算进去，则篇数更多。

这些豪侠，很多是行侠仗义，打抱不平。有些是允诺必信，不爱其躯。卷一百九十四《侯彝》，写大历中，万年尉侯彝因为"已然诺于人"，竟然藏匿国之要犯，而且不惜自残身体，忍受刑罚，"终死不可得"。卷一百九十六《荆十三娘》，写女商荆十三娘，其友人李正郎弟三十九有爱妓，妓之父母夺与诸葛殷，诸葛殷又与吕用之幻惑太尉高骈，恣行威福，李惧祸，饮泣而已，只是"偶话于荆娘"，荆娘便拔刀相助，把妓和妓之父母都杀了。有些纯是打抱不平。卷四百八十七《霍小玉传》，写歌妓霍小玉与书生李益相恋，后李益登第为官后，变心另娶。小玉相思成疾，沉绵不起。有黄衫豪士与李益同行，闻知此事，激于义愤，命奴仆数人抱持薄幸郎李益，推入小玉家，并且将门锁住。卷四百八十五《柳氏传》，写天宝末盗覆二京，士女奔骇，韩翃爱妻柳氏以艳独异，且惧不免，于是剪发毁形，寄迹法灵寺，但仍被蕃将沙吒利劫持归第。有虞候许俊，以材力自负，得知此事，自告奋勇，只随一骑，径自奔沙吒利之第而去，救出柳氏，使二人团聚。

有一些是报恩和复仇。卷四百八十六《无双传》，写与王仙客相恋的刘无双于乱世中被抄家收进宫中。有富平县押衙古洪，感王仙客之恩，设计将无双救出，让相恋的一对青年男女得以团圆，而后自刎，以免连累他人。卷一百九十四《昆仑奴》，写大历中，昆仑奴磨勒为报主人崔生之恩，妙解隐语，携炼椎打死守护歌妓院门的猛犬，又施展轻功，先负崔生与红绡妓相会，再救出红绡妓，使有情人终成眷属。卷一百九十四《聂隐娘》，写魏博大将聂锋之女聂隐娘，被女尼掠去学成武艺，为报陈许节度使刘昌裔之恩，与精精儿和空空儿大战，将刘昌裔救下，后又以药欲救其子刘纵。卷一百九十五《红线》，红线女是潞州节度使薛嵩家青衣，当魏博节度使田承嗣欲发兵吞并潞州之时，为减主忧，施展武艺，夜漏三时，往返七百里，经五六城，入危邦，盗取田承嗣枕前金盒，使潞州转危为安。卷四百九十一《谢小娥传》，写豫章人估客女谢小娥，父与夫俱为盗所杀，尽掠金帛，丈夫的弟兄，谢家的侄子与童仆辈数十悉沉于江。小娥访得杀死父与夫的是申春和申兰，于是女扮男装，佣保于江湖间，经过岁余，找到仇家，忍住悲愤，表面顺从，应召到仇家为佣。趁两个仇人与群贼酣饮烂醉之时，杀死申兰，又呼号邻人并至，擒住申春，将赃货并收，并擒住其他盗贼，为父亲和丈夫报了仇。卷一百九十四《崔慎思》中崔慎思的小妾的父亲为郡守所枉杀，卷一百九十六《贾人妻》中的女子也有痛彻肌骨的冤仇。两个女子为复仇都隐姓埋名多年，与一男子结婚并产下一子，最终女子冤仇得报，又杀掉自己孩子，断绝男子的思念之后不知所终。

这些豪侠，有些并无高超的武艺。如《侯彝》中的侯彝，《胡证》中的胡证，为父亲和丈夫报仇的谢小娥，《柳氏传》中的许俊，《无双传》中的古洪，《霍小玉传》中的黄衫豪士。但《太平广记》也写了很多有高强的武艺的豪侠。昆仑奴的轻功，能负二人飞出峻垣十余重。聂隐娘能飞刺鹰隼，白日刺人，人莫能见，脑后藏匕首。红线女能夜漏三时，往返七百里。有的纯以武艺眩人。卷一百九十三《嘉兴绳技》的狱囚，能将绳抛高二十余丈，随绳手寻，身足离地，其势如鸟，旁飞远扬。

任侠，是唐代风尚。新旧《唐书》中《哥舒翰传》《郭元振传》《王翰传》《裴潾传》，王谠《唐语林》，王仁裕《开元天宝遗事》等，都有有关任侠的记载。李白、杜甫、颜真卿的作品，也有这方面的描写。李白自己就有任侠行为。《太平广记》豪侠作品所写，正是唐代这一社会现实。不过，史书和唐诗所记，多为初盛唐现象，而《太平广记》所写的豪侠，很多却在中晚唐。这是值得注意的。

《太平广记》多写神怪。有《神仙》五十五卷、《女仙》十五卷、《神》二十五卷、《鬼》四十卷、《道术》五卷、《方士》五卷、《异人》六卷、《异僧》十二卷、《释证》三卷、《报应》三十三卷、《幻术》四卷、《妖妄》三卷、《夜叉》二卷、《妖怪》九卷、《精怪》六卷等。还有《龙》《虎》《畜兽》《狐》等也多写神怪，写神怪本身，写人与仙怪鬼狐遇合。前面所述的婚恋、商业、豪侠描写，很多都以神怪故事的形式出现，或者交织着神怪故事。这一类故事，有不少研究。

这自然受道教佛教盛行的巨大影响。《神仙》《女仙》各卷所写，都是道教人物和故事，《异僧》《释证》都写佛教人物和故事。报应思想来自佛教。《妖妄》很多为僧道所为。之所以专列《女仙》十五卷，与道教贵柔守雌、女仙崇拜思想有关。继道教的第一部仙传《列仙传》收录六位女仙，葛洪《神仙传》为女仙列传之后，到唐代，出现了杜光庭记录三十七位女仙事迹的六卷《墉城集仙录》。

很多故事浸润着民间巫术观念。人们相信，通过符咒和某种仪式，可以控制一些事物。卷四百二十六《郑袭》中的郑袭，同卷《黄乾》中的小珠和《峡口道士》中的道士，卷四百二十七《费忠》中的老人，都是披上虎皮即为虎，脱下虎皮即为人。卷四百二十七《稽胡》中道士告稽胡，明日可做草人，穿上自己的衣服，备猪血三斗、绢一匹，供道士化为虎后派上用场。卷四百六十二《乌君山》，道士徐仲山在山中迷路，误入一宅，宅子主人将其女许配给他。婚后，徐仲山观览房屋，见各种皮羽，知道乌皮羽是大人之衣，翠碧皮羽是婢女之衣，其余的是新妇兄弟姊妹之衣，后来宅中之人听闻村中要放火烧山，便披上羽毛纷纷飞去。同卷《夜行游女》，天帝女与钓星"衣毛为飞鸟，脱毛为妇人"。披上羽毛变为鸟，脱下羽毛便化为人，都带有浓重的巫术意味。

一些故事与图腾信仰有关。有一些人死后变为动物的故事。卷百四十《刘潜女》，刘潜家鹦鹉对女孩说，女孩本与它是同类，偶尔托生到刘潜家。于是开笼放鹦鹉飞去，而三天后，刘潜女死去，其尸变为白鹦鹉飞去。卷四百六十一《卫女》中的卫女也是死后变成鸟。信仰图腾的民族认为人死后会化为其族的图腾，摩尔根在《古代社会》有相关的论述。《太平广记》有不少人死后化鸟或化鱼的故事，可能就因为鸟与鱼是一些民族重要的图腾。《太平广记》有一些半人半兽的故事。卷四百六十四《海人鱼》，写东海海人鱼，"状如人，眉目、口鼻、手爪、头皆为美丽女子，无不具足，皮肉白如玉，无鳞，有细毛，五色轻软"。卷四百六十《元庭坚》，元庭坚罢遂州参军后于州界居山读书，忽有"人身而鸟首"来造庭坚，众鸟随之数千，自言是众鸟之王，教元庭坚音律清浊、文字音义，兼教之以百鸟语。卷五十六《西王母》中的九天玄女人首鸟身。卷六十《麻姑》中麻姑人面人身而有鸟爪。卷二百九十一《龙门山》中的伏羲神为人面蛇身，同卷《郑缪公》中的勾芒神人面鸟身，同卷《晋平公》中的首阳神狸身狐尾。中国古代有一类正是半人半兽的图腾神，如伏羲人首蛇身，勾芒鸟身人面，炎帝人身牛首。至于一些故事写的龙、凤等，如卷四百一十八《苍龙》写孔子当生之夜，二苍龙亘天而下。同卷《曹凤》写曹凤为北地太守，政化尤异，而黄龙见。同卷《甘宗》言外国方士能神咒，于壶中养龙，发壶出龙，置渊中，禹步吹之，长数十丈，须

太平广记选 | 13

臾霖雨降落。卷四百六十《旃涂国》写周时旃涂国献凤雏，"载以瑶华之车，以五色玉为饰，驾以赤象，至京师，育于灵禽之苑，饮以琼浆，饴以云实"。同卷《凤凰台》写凤鸟有时来仪。同卷《睢阳凤》谓贞元十四年（798）秋，有异鸟，其色青，状类鸠鹊，翔于睢阳之郊，有群鸟千类，列于左右前后，有如人臣侍天子之礼，人称"真凤鸟"。

一些故事是关于物类变为精怪，化为人形的。卷四百一十五《张叔高》写桂阳太守张叔高家居田中大树十余围，伐之有赤汁六七斗出，化为白头公，与叔高格斗。同卷《陆敬叔》伐大樟树，不数斧，有血出，树断，有人面狗身之物从树中出。同卷《聂友》写白鹿化为梓树，《董奇》写庭前大树化为少年。卷四百一十六《崔玄微》，青衣女子携十余女伴来见处士崔玄微，命酒佐歌，自言姓杨、李、陶，衣服颜色有异，都是花精。卷四百一十七《光化寺客》写百合苗化为白衣美女来与光化寺客相见；《苏昌远》写槛前白莲化作素衣红脸、容质艳丽的女郎与苏昌远幽会相恋；《田登娘》写村中田氏穿井得一大如臂、皮若茯苓、香气似术的根，化为少年与田登娘私通，使其有妊。这有物老成精、万物有灵的观念。

这当中，有不少狐妖的故事。《太平广记》有关狐的故事有九卷八十三则。有研究认为，"狐"与"胡"有着密切联系。20世纪30年代，陈寅恪先生发表《狐臭与胡臭》就持此论；20世纪40年代，黄永年先生发表《读陈寅恪先生〈狐臭与胡臭〉兼论狐与胡之关系》，进一步推进此论。魏晋之后至隋唐，西域与华夏来往较多。人们认为，中原狐怪小说与西域胡人及其文化有关，《太平广记》那些狐怪故事，是一种文化偏见，映射出一些胡人的生活习性、穿衣打扮风格及民俗民风等。狐怪多姓"胡"，卷四百四十九《李元恭》，狐自称胡郎，见形为少年，迷惑李元恭的外孙女，复引一人至，又姓胡。同卷《焦练师》，野狐化为黄裙妇人，从焦练师学道，自称阿胡。同卷《李氏》，李氏之女为免受精怪所扰，求小狐狸帮忙，小狐狸让她在桃枝板上写"齐州县乡里胡绰、胡邈"，"胡绰""胡邈"便是小狐狸与其兄之名。卷四百五十《杨氏女》，杨氏"二女并嫁胡家"，大胡郎谓其婢曰："小胡郎乃野狐尔。"《太平广记》中，狐多着白衣。卷四百四十九《林景玄》，老狐化为老翁，"衣素衣，髯白而长"。卷四百五十《祁县民》，无尾白狐化作白衣妇人立于路旁。卷四百五十二《任氏》，韦崟和郑氏"偶值三妇人行于道中，中有白衣者，容色姝丽"，这"白衣者"，就是狐妖任氏。同卷《李苌》中的狐婆，也是"白裙妇人"。卷四百五十四《尹瑗》，老狐化为白衣丈夫，自称吴兴朱氏子，来见退居郊野的尹瑗。据研究，唐朝西域之人无论男女老少都喜穿白色衣服，唐代释慧琳的《一切经音义》中便有记载："西域俗人皆着白色衣也。"

《太平广记》有四十卷《鬼》，其他各卷也有不少鬼故事。这是鬼魂观念的体现。古代人们以为灵魂可以脱离肉体独立存在，《周易》就说："精气为物，游魂为变，是故知鬼神之情状。"汉代王充《论衡》也说："鬼者，本生于人，时不成人，变化而去。"鬼、魂可以分开，而实则二者相连，难以划分。因此《太平广记》有很多鬼魂和人互变、动物与鬼互变的故事。卷一百四十一《王仲文》中鬼化为白狗，又由白狗变形为凶恶的人形。卷三百二十一《宋定伯》，南阳宋定伯年少时夜行，遇见鬼，骗鬼说自己也是鬼，与鬼同行，用计让鬼变为羊，卖得千五百钱而去。此外，鬼还可以变为妇人、小儿、鸟兽，变为火、烟、石。

有不少人鬼遇合故事。多是女鬼与男子遇合。如卷三百二十八《王志》，言益州县令王志之女未嫁道亡，停县州寺中累月，与寺中学生遇会，相知经月，此女并赠生一铜镜，巾栉各一。卷三百三十四《杨淮》，宋城杨准出郊野，挑逗容色殊丽的妇人，与之野合。这妇人就是鬼的化身。卷三百四十《李章武》，李章武自长安到华州访友，在市北街见王子妇甚美，私相幽会，八九年之后，再访旧地，王子妇已殁多年，王子妇已是鬼，而再与相会，并赠以昆仑玄圃中之宝。也有男鬼与女子遇合。如卷三百三十一《朱七娘》，东都思恭坊倡妓朱七娘者与王将军交通，开元中，王遇疾卒，已半岁，朱仍不知。这年七月，王将军鬼魂忽再来朱处，载朱到王将军住处与其欢好。而明旦，王将军妻王氏使婢收灵床被，见一妇人在被中。卷三百四十五《孟氏》，孟氏之夫外出经商，一少年与孟氏幽会逾年，这少年就是男鬼。

　　这种人鬼遇合故事，既折射着世俗情爱观念，也蕴含着古代冥婚的宗教民俗观念。冥婚就是鬼婚，为鬼举行婚礼。据研究，周代是禁止冥婚的。《周礼·地官·媒氏》："禁迁葬者，与嫁殇者。"迁葬是生时非夫妇，死后合葬；嫁殇者是生年十九以下而死，死乃嫁之。但实际上，历代从统治阶层到民间，都有冥婚习俗。《太平广记》就有不少冥婚故事。如卷三百三十三《季攸》，天宝初，会稽主簿季攸之外甥女因未及时出嫁，结怨而死，却于墟墓中与貌美杨姓胥吏遇合，胥家人于殡宫中听到胥的叫声，让主簿发棺查看，却见女在棺中与胥同寝，女貌如生。于是让胥出来，为外甥女造作衣裳帷帐，又造馔大会。胥暴卒后，"乃设冥婚礼，厚加棺殓，合葬于东郊"。同卷《长洲陆氏女》，谓长洲陆丞女投井而死，死后一岁余，托路过殡宫的陆某带话给陆丞，请求与当初求婚的临顿李十八完婚。陆丞果然访得有临顿李十八者，而且李十八数日乃病，病数日卒，于是"将女与李子为冥婚"。卷三百三十四《王乙》，谓王乙赴集从李氏庄过，见一女，年可十五六，因诣庄求宿，并叙绸缪。后乙得官东归，途次李氏庄所，闻其女已亡，私与侍婢持酒馔至殡宫外祭之，因而痛哭，须臾，见女从殡宫中出，乙乃伏地而卒。侍婢见乙魂魄与女同入殡宫，二家为冥婚。

《太平广记》还有不少公案故事，不少写民情风俗。不少作品，以人物故事作为背景，展示当时政治险恶、战乱频仍的现实。还有一些作品写人生如梦的感悟。

四

《太平广记》中的小说对人物的刻画很有特点。

写了众多的人物。商人侠士自不必说，其他各类人物，上至圣贤人物、帝王帝室、将相大臣，如老子、周穆王、汉武帝、李靖、李世民、郭子仪、李林甫，下至社会底层的各色人物，如佣工、仆人、婢女、侍女、宫女、农夫、村叟、村姑、蚕女、园叟、戍卒、染工、采药者、卖药者、牧羊者、采樵者、乞讨者、射猎者、占卜者、凿井者、耕钓者、除溷者、贩卖者、酒肆者、田家女、渔夫女、刺绣女等，小说中都有出现，有些有生动的描写。

一些小说善于通过表现人物命运来展示人物形象。卷四百八十七《霍小玉传》，霍小玉虽为故霍王小女，但因庶出被逐，沦落为娼。她渴望爱情，托媒婆主动找到才调风流的李益，得遂心愿。但她深知自己的身份，与李益相爱的时候，就清楚地知道，妾本倡家，能一时遂愿，只是因为自己有"色"，一旦色衰，便会恩移情替，虽然海誓山盟，当李益登第为官，她就知道，在重门第的社会，李益堂有严亲，必然要另就佳姻，"盟约之言，徒虚语耳"。因此她只要求李益三十岁之前与她欢爱八年。但就是这点儿小小的心愿也无法被满足，李益为官到任旬日求假觐亲，未至家日，其母就已为他商定娶贵姓卢氏女。小玉怀忧成疾，变卖服饰，遍请亲朋，到处寻找李益，得黄衫豪士强行挟持，才得一见。小玉悲愤交集，痛斥李益后，长恸而绝。霍小玉的命运始终牵动着人们的心，而霍小玉的美丽聪慧、明知命薄而不甘屈服、追求不懈、对爱情的忠贞和李益的薄幸寡义、懦弱无能，也跃然纸上。

一些小说善于用多种手法刻画人物性格。比如使用形象对比的方法。卷四百一十九《柳毅》，落第书生柳毅传书至洞庭，解救在泾川夫家备受虐待的洞庭龙女，后经许多曲折，龙女与柳毅终于结成美满婚姻。小说中，洞庭君得知爱女受难，除了掩面而泣，就是哀咤良久，而且不让宫里声张。钱塘君则相反，小说先借洞庭君之口，说他勇力过人，曾一怒而使尧遭九年洪水，继而写语未毕，而大声忽发，天坼地裂，有赤龙千余尺，挟持雷霆而出，正是钱塘君。而大家举酌之时，钱塘君已斩泾龙而归。钱塘君的暴烈易怒而刚直，既与洞庭君的软弱谨慎形成强烈对比，又衬托柳毅的形象。柳毅出于义愤，慨然允诺为龙女传书，写出他的见义勇为。钱塘赤龙飞腾而出，曾令柳毅恐蹶仆地，但当具有烈火般性格的钱塘君酒后逼婚，以威相加时，柳毅却能义正词严，毅然拒绝，写出他的不畏威权和刚毅凛然。性格对比中，形象生动的还有龙女，牧羊于野，见柳毅而托传书，显出她的沉稳。被救回宫，同时也感于柳毅的义气，应该心生爱慕之情，但她没有直接表露。当柳毅拒绝钱塘君的逼婚，龙女也没有作声。但她一直关注柳毅，知道他先娶张氏，又娶韩氏，而均亡故，这时，龙女才化作卢氏女，托媒人与柳毅完婚，喜得遂报君之意，而在柳毅面前倾诉衷肠，让人感到龙女对柳毅的一片深情。小说几次写龙女的哭泣。道畔牧羊，遇柳毅诘之，龙女"始楚而谢，终泣而对"，接着又"歔欷流涕，悲不自胜"，柳毅允诺，龙女"悲泣且谢"，襦间解书进呈柳毅，又是"东望愁泣，若不自胜"。最后与柳毅完婚，经岁余有一子后，才表明身份，倾诉衷肠,这时又是"因呜咽泣涕交下"。反复写龙女的泣,既符合懦弱女子的性格,又写出她由悲伤到深情感恩的变化,这与写钱塘君的"大声忽发",一怒飞去,"作色",写柳毅的"肃然而作,欷然而笑",也形成对比。

比如使用侧面烘托、层层铺垫的方法。卷四百五十二《任氏》,写任氏之美丽,先写郑子"见之惊悦",再写郑氏向韦崟夸耀"新获一丽人",韦崟让家童去看,问容若何,家童回答:"奇怪也,天下未尝见之矣。"韦崟姻族广茂,且夙从逸游,多识美丽,于是问:"孰若某美?"家童说:"非其伦也!"韦崟又遍比其佳者四五人,都说:"非其伦。"韦崟之内妹,吴王第六个女儿,秾艳如神仙,中表素推第一,韦崟又问:"孰与吴王家第六女美?"家童又说:"非其伦也。"这时先写韦崟抚手大骇,说:"天下岂有斯人乎?"再写韦崟"遽命汲水澡颈,巾首膏唇而往"。到得郑宅,韦崟先是"周视室内,见红裳出于户下。迫而察焉,又"见任氏戢身匿于扇间",这才"引出",让韦崟"就明而观之",发现"过于所传",使韦崟"爱之发狂"。层层铺垫,步步烘托,更凸显出任氏的美貌。

一些小说善写人物言行外貌。卷一百九十三《虬髯客》写隋末杨素宠妓红拂女大胆私奔李靖,本有志在中原图王的虬髯客折服于李世民,出海自立。小说写杨素,宾客上谒,"未尝不踞床而见",写出他的骄矜自傲。写红拂女,当李靖与杨素聘辩时,"独目靖",当李靖离去,又向吏打听李靖的住处,接着夜奔,并且紫衣戴帽,杖揭一囊,显然是从杨素深宫潜行而出,不敢高声。她直接表明:见李靖是英雄,故来私奔,毫无女子的矜持羞涩。当虬髯客乘蹇驴而来,看着张氏梳头,李靖尚且"怒甚",而红拂女则"熟观其面,一手握发,一手映身摇示",让李靖不要发怒,并且"急急梳头毕,敛衽前问其姓"。然后叫李靖来拜三兄。这写出红拂女的明慧机智，有胆识。而写李靖，向杨素献策，是恭敬地"前揖"，见肌肤仪状、言辞气性有如天人的红拂女深夜私奔，不自意获之，是"益喜惧"，又喜又惧，并且"瞬息万虑不安，而窥户者足无停履"。几天时间，"闻追访之声，意亦非峻，乃雄服乘马，排闼而去"。这又写出李靖的英武沉稳。写虬髯客，写其外貌，先写"赤髯而虬"，后写"有龙虎之姿"。写他初见李靖，毫不客气地问"煮者何肉"，又直言"饥甚"，让李靖出市买胡饼，"抽匕首，切肉共食。食竟，余肉乱切炉前食之，甚速"。和李靖一起到太原见李世民，为李世民的气度所折服，决定另图他方。写虬髯客之家业，"延入重门，门益壮丽。奴婢三十余人罗列于前。奴二十人引靖入东厅。厅之陈设，非人间之物"，"衣又珍奇"，"陈设盘筵之盛，虽王公家不侔"，"陈女乐二十人，列奏于前，似从天降，非人间之曲度"，而他拿出"文簿钥匙"，将所有珍宝货泉之数，他之所有，悉数赠予李靖，让他辅佐李世民以建帝王之业。这又写出虬髯客的豪爽、慷慨。

一些小说善于随着情节的发展，写出人物性格的不同方面和发展变化。卷四百八十四《李娃传》，奉父命赴京赶考的荥阳生放弃举业，与娼妓李娃相爱，耗尽身资后，被鸨母设计抛弃，流落街头，沦落在凶肆唱挽歌，被其父发现后严加责打，只剩一口气，被凶肆同人救活后，沦为乞丐。移居此地的李娃听得冒雪行乞的荥阳生的声音，悔恨交加，与鸨母斗争，赎身相救，鼓励督促荥阳生刻苦攻读。荥阳生及第富贵后，有感于封建门阀的压力，为不影响荥阳生的前程，李娃又悄然欲去，荥阳生之父转变态度，接纳李娃为媳，故事圆满结束。随着情节发展，小说人物性格不断得到展现。李娃与荥阳生初见，荥阳生为李娃的美貌吸引，为多看李娃几眼，故意坠鞭于地，而李娃也"回眸凝睇，情甚相慕"，待他日听得荥阳生专程来家叩门，李娃先是"大悦"，接着要"整妆易服而出"。这看出李娃也钟情并尊重荥阳生。当荥阳生让家童持双缣，请以备一宵之馔，李娃又要自己负担今夕之费。这看出李娃尚知待客礼数。但两人相聚，"谈话方切，诙谐调笑，无所不至"，荥阳生住在李娃家中，两人相知一年，竟然无一句问及荥阳生来京科考之事，并且任由荥阳生耗空囊中之物，卖掉骏乘和家童，"姥意渐怠"竟毫无觉察，只是一味"情弥笃"，这又看出李娃钟情又单纯。正因为单纯，所以，当鸨母设计要抛弃荥阳生时，她不但没有阻拦，而且全力配合。骗荥阳生同谒祠宇，再引生到别处居住，骗说是姨宅，当生问她时，"笑而不答，以他语对"。又派人骑马驰至，骗说鸨母暴疾，把荥阳生丢下离去。这时的李娃可能以为，这不过是她们相聚时的一场"诙谐调笑"而已。并没有想到，荥阳生被抛弃后，会有什么后果。但当荥阳生沦为乞丐，冒雪乞讨，两人再相见时，就不一样了。先写听到饥冻音响凄切，李娃谓侍儿曰："此必生也，我辨其音矣。"说明李娃对荥阳生还是一片深情。继而"连步而出"，见生枯瘠疥疠，殆非人状，李娃先是"意感焉"，接着又"前抱其颈，以绣襦拥而归于西厢。失声长恸"，写出她对所爱人的心疼。一句"令子一朝及此，我之罪也"，写出李娃的痛悔。这与当年的单纯天真，已不一样。所以，当鸨母要把荥阳生赶走时，李娃一改当年对鸨母事事顺从的态度，"敛容却睇"，不但一番话义正词严，而且坚决以二十年衣食之用赎身。这时的李娃，不但深明大义，而且性格坚强。她先细心调养，使荥阳生"平愈如初"，继而命车出游，为荥阳生买来坟典书籍，"令生斥弃百虑以志学，俾夜作昼，孜孜矻矻"，李娃则"常偶坐，宵分乃寐。伺其疲倦，即谕之缀诗赋"。荥阳生完全听从安排，李娃已经很有主见，跟当初听任鸨母摆布已判若两人。荥阳生科第成功，李娃深知以荥阳生"当结媛鼎族，以奉蒸尝",自己的娼妓身份与其是不相配的,因此舍之欲去。这看出李娃对世事人情有清醒认识。从当初的单纯天真,顺从鸨母,到后来的事有主见,处事成熟,李娃的形象性格越来越生动丰满。

《太平广记》叙述故事也很有特点。

情节复杂起伏,引人入胜,是《太平广记》一些小说叙事上最主要的特点。卷四百八十六《无双传》,刘震之甥王仙客与刘震之女无双相爱,仙客之母临终又专门嘱托,两人本可如愿成亲,不意身为尚书租庸使的刘震,自恃门馆赫奕,并不答应。这时又逢泾原兵变,刘震找借口支开仙客,却带无双另路而走,从此两人分离。三年后乱平,仙客自襄阳入京师访消息,却从家奴塞鸿那里得知舅氏受伪命官,与舅母处以极刑,而无双被收进宫中。仙客仍不死心,找到无双的侍婢采蘋,在长乐驿谋得一职,继续想办法。趁宫人往园陵备洒扫,宿长乐驿的时候,仙客令塞鸿假为驿吏,想法与无双见了一面。无双传书告诉他去找富平县古押衙。仙客找到押衙古洪。古洪为仙客一片诚心所打动,答应帮忙。经过半年的运作,仙客得到的却是处置园陵宫人的消息,而且塞鸿探得所杀者正是无双。仙客正绝望悲哭之际,古生却用笕子把一个人领来,告诉仙客,这就是无双,已经死了,只是心头还有微暖,后天就可以活过来。原来古洪从茅山道士那里寻得药术,其药服之者立死,三天之后却可以活过来。他让采蘋假扮中使,以无双逆党,让她服药自尽,托人百缣把尸体赎出来,为免泄露消息,古洪杀了塞鸿,厚赂沿途邮传,把无双救出来交给仙客之后,古洪自己也自杀。故事一波三折。

一些情节的发展,既在意料之外,又在情理之中。卷四百八十七《霍小玉传》,霍小玉与李益正极其欢爱之时,不意小玉"忽流涕"看着李生,原来她担心自己出身倡家,一旦色衰,便会秋扇被捐。李益先是写下盟约,引谕山河,指诚日月,后又发誓,表示要死生以之,与卿偕老。大家以为可以稍微放心了,不意李益转眼就另谋高亲。小玉冤愤成疾,无望之时,有黄衫豪士打抱不平,挟持李生相见,而其结果,却是小玉悲愤而绝。一些故事总是留下悬念,情节发展常常出人意料。卷二百八十六《板桥三娘子》,开篇短短一段文字,便留下许多悬念,板桥三娘子,寡居,年三十余,无男女,亦无亲属,有舍数间,以鬻餐为业,何以家甚富贵,而且多有驴畜?何以往来公私车乘,有不逮者,辄贱其估以济之?带着这样的疑问,人们接着看到,有许州客赵季和宿于此店,正巧因为后至,最得深处一榻,榻邻比主人房壁。晚上睡不着,于是先是听得隔壁三娘子窸窣若动物之声,接着从隙中窥之,见三娘子用木牛、木偶人耕地,种荞麦,收割,磨面,并做成烧饼。这是幻术篇,大家知道是幻术,但故事会如何发展,却想不到。第二天鸡鸣,诸客欲发,三娘子先起点灯置新作烧饼于食床上,与客点心,正以为正常之时,却写赵季和异常,"心动遽辞,开门而去",并且"潜于户外窥之",果然,季和"见诸客围床,食烧饼未尽,忽一时踣地,作驴鸣,须臾,皆变驴"。这时小说写"季和亦不告于人,私有慕其术者",为下文留下伏笔,但故事会如何发展,却想不到。这时写后月余日季和自东都回,预作荞麦烧饼,再宿板桥店。人们仍然想不到季和会如何动作。却见小说写他住宿,三娘子依前所为,早上招待他吃烧饼。不意季和乘间走下,换下一枚烧饼,只吃自己带来的,却骗三娘子尝他换下的烧饼,这时写"才入口,三娘子据地作驴声,既立变为驴"。悬念才解开,原来季和以其之术,用调包计,还治其身。卷八十三《吴堪》,写常州义兴鳏夫吴堪为县吏,于水滨得一白螺,拾归以水养,大家会习以为常。不意奇怪的事情发生了。自此以后,他"自县归,见家中饮食已备"。十多天过去,他还以为是邻母哀其寡独,为他做饭。不意邻母告诉他,每次吴堪入县后,便见一女子,可十七八,容颜端丽,衣服轻艳,做好饭,就入房去。"堪意疑白螺所为",读者也有这样的疑问。白螺女被发现,没想到更多故事还在后头。县宰贪图白螺女的美色,图谋不轨,吴堪为吏恭谨,县宰找不到别的茬子,于是提出无理要求,先是要蛤蟆毛及鬼臂,后又要蜗斗,不料白螺女都一一应允。大家正以为白螺女只是应允而已,不意白螺女送上的是一只大如犬的怪兽,自称能食火,其粪也是火。正当县宰发怒之时,这怪兽粪之于地的火把县宰一家全烧了。

一些故事,前面层层铺垫,留下悬念,到最后突然跌宕而下,揭晓谜底。这可以称之为悬崖勒马式。卷十六《杜子春》,有杜子春,少落拓,不事家产,资产荡尽。有策杖道人,先给他三百万,再给他一千万,都挥霍一空。后给他三千万,才置办田产家业。道人又告诉他,一定不要作声,不论尊神、恶鬼、夜叉、猛兽、地狱及君之亲属,为所困缚万苦,"皆非真实。但当不动不语,宜安心莫惧,终无所苦"。杜子春记住道人的话,于是万苦万恶接连而来。故事也一步一步推进。先是千乘万骑,有大将军,仗剑张弓逼问他,又有猛虎毒龙,狻猊狮子,蝮蝎万计,哮吼拿攫而争前欲搏噬。有大雨滂澍,雷电晦暝,流电吼雷,势若山川开破。牛头狱卒,奇貌鬼神,有大镬汤,要当心,取叉置之镬中。再把他的妻子拽于阶下,鞭捶流血,或射或斫,或煮或烧,苦不可忍,又令取锉碓,从脚寸寸锉之,妻子哭号,子春不为所动。又令左右斩子春,斩讫,魂魄被捉付狱中,受熔铜铁杖,碓捣硙磨,火坑镬汤,刀山剑树之苦。子春都不对,不应,神色不动,端坐不顾,然心念道士之言,竟不呻吟,不失声。阎罗王让其转生为绝色女子,为卢生妻,恩情甚笃,生一男后卢生抱其二岁亲儿,"持两足,以头扑于石上,应手而碎,血溅数步",这时,"子春爱生于心，忽忘其约，不觉失声云：'噫！'"故事发展到这里陡然直下，前面为成仙所做的一切都前功尽弃，一切归复原貌，杜子春"噫声未息，身坐故处，道士者亦在其前"。

一些小说叙事，采用史传文学的手法。写现实人物的一些小说，常常比较完整地叙述一个人的一段生活，甚至一生经历。这些作品，有的经改写后收入史书。比如卷一百六十六《吴保安》，写救赎沦为战俘的友人郭仲翔，吴保安倾家财，与家断绝联系，用十年时间经营财物。其妻饥寒不能自立，携弱子，骑一驴，自遂州自往泸南。后姚州都督杨安居被感动，帮助赎出郭仲翔。吴保安后来与妻子卒于眉州彭山任所，无力归葬，郭仲翔亲到彭山哭祭，负二人遗骨徒行数千里，送回原籍，尽其家财二十万厚葬，并且庐墓行服三年，又帮助其子娶妻，提携其当官。二人的生死之情，被改写后编入《新唐书·忠义传》。卷一百四十七《裴伷先》，写裴伷先在则天朝屡遭迫害，先流南中，后徙北庭，得到降胡可汗的礼遇和帮助，躲过武则天的再次追杀，中宗即位，重新出仕，一岁四迁，任三品官凡四十年。所记大抵真实，经压缩后也被编入《新唐书》。卷四百八十五《柳氏传》所述韩翃（小说作"韩翊"）生平与史实基本相符。一些小说，作者常常说明故事来源。如卷四百五十二《任氏》，为沈既济记大历中所闻。卷四百八十四《李娃传》，白行简自述故事为其伯祖牧晋州，转户部，为水陆运使，"三任皆与生为代，故谙详其事"。卷四百七十五《淳于棼》，李公佐自述"贞元十八年秋八月，自吴之洛，暂泊淮浦，偶觌淳于生棼，询访遗迹，翻复再三，事皆摭实，辄编录成传"。仙传小说几乎每一篇都要对神仙传主的姓名、籍贯、时代、身份、职业等生平诸方面进行或多或少的介绍。

《太平广记》小说善于根据不同内容，选择不同的结构方式。有的一个故事贯穿始终,有的一篇中几个小故事,从横截面切入,对人物事迹的某个或几个典型场面进行概括叙述。一些小说除通过情节描绘人物之外,还展示广阔社会背景。一些小说时时巧妙变换叙事角度,主线清晰而又时时穿插一些小故事,使叙事富于节奏。

五

《太平广记》小说在语言上也很有特点。它以通俗的散体文为主,有时又杂以优美的骈俪文,有时还穿插诗词。语言有时精练简洁,有时为描写人物,叙述故事,渲染气氛,又着意舒张铺陈。人物语言能够根据人物不同性格和身份,有的文雅,细细陈述,多用长句,有的简要干脆,多用短句。

《太平广记》小说多写神怪,可看出六朝"志怪"的身影。但更广泛地涉及社会人事,不少作品已经相当贴近现实生活。有些直接就写现实人物故事。特别是其中的唐人小说,与六朝不论是志怪小说还是志人小说相比,《太平广记》中的唐人小说,体制都更阔大,内容更为丰富,情节更为复杂,人物形象更为突出,性格更为鲜明。唐代社会生产力的发展,城市经济的繁荣,给小说提供了更为丰富的素材。商业经济的发达,市民阶层的兴起,也需要新的思想内容和艺术形式,以满足他们对文化娱乐的需要。加上六朝小说以及古代传记文学的传统经验积累,这都促使唐人小说反映更为复杂的社会生活,艺术表现手法更为生动,更为丰富。《太平广记》编入大量小说,使"小说"文体观念进一步明确和强化,小说文体独立意识的增强,提高了小说在文学文体中的地位。

《太平广记》的价值不仅在于小说,这又是一部百科资料集。其收录范围,除小说外,还有地理、博物、制度、医药、艺术乃至卜筮星相等。引用书实际近五百种,其中半数如今已散佚。《太平广记》有极高的资料价值。

有研究表明,《太平广记》的流传经历了一个过程。据宋王应麟《玉海》卷五四,《太平广记》编成后,"六年诏令镂版",小字注:"《广记》镂版颁天下,言者以为非学者所急,墨板藏太清楼。"据小字记载,因言者以为非学者所急等缘由,《太平广记》收藏于太清楼,就是说,《太平广记》最初的流传限于朝廷内部,范围非常有限。又据王辟之《渑水燕谈录》卷九《杂录》记载:元丰(1078—1085)中,高丽使朴寅亮至明州,答象山尉张中诗序有"青唇"一词。神宗问众人,皆不知出处,有赵元老诵《太平广记》,其中有诗句"吹火青唇动"。在宋神宗时期,有士人获得《太平广记》并诵《太平广记》诗句。张邦基《墨庄漫录》卷二记载,建炎改元冬,作者闲居扬州里庐,因阅《太平广记》。又据郎瑛《七修类稿》卷四十九,海观张天锡,作文极敏捷,而用事多出杜撰。人有质之者,则高声应之曰:"出《太平广记》。"说明《太平广记》已由最初在朝廷贵族间流传逐渐向士人阶层广泛流传。明嘉靖丙寅年(1566),有谈恺私人刊刻《太平广记》一书,谈恺说:"近得《太平广记》观之。传写已久,亥豕鲁鱼,甚至不能以句。"这说明,《太平广记》问世之后,"传写已久",应该有不少传本,但这些传本今已不见,并且讹误极多。《太平广记》在明朝嘉靖时期流传和传播已更加广泛。

有研究表明,艺人和作家更为看重《太平广记》。宋代不少艺人和作家从这部古小说渊薮中取资。宋末罗烨《醉翁谈录》卷一《舌耕叙引·小说开辟》有一段话说:"夫小说者,虽为末学,尤务多闻。非庸常浅识之流,有博览该通之理。幼习《太平广记》,长攻历代史书。"这段文字应当是出自当时的民间说话艺人之手。它表明,做一名市井说话艺人,需要具有相当丰厚的知识储备，其中重要的，是诵习《太平广记》。他们是将《太平广记》作为说话艺人创作和表演的必备参考书。有人做过统计，《醉翁谈录》共摘录文言故事七十四个，其中十六个出自《太平广记》。今传本《清平山堂话本》中收有宋代话本小说《张生彩鸾灯传》，结尾便说："事见《太平广记》。"

元明戏曲、明清小说，取资《太平广记》则更多。汤显祖据《太平广记·霍小玉传》改编成《紫钗记》，郑光祖据《王宙》写成《倩女离魂》。明代小说集"三言二拍"中的《喻世明言》据《太平广记》卷一七七《葛周》写成卷六《葛令公生遣弄珠儿》，《醒世恒言》据《太平广记》卷三十六《李清》写成《李道人独步云门》，《初刻拍案惊奇》依据《太平广记》卷四九九《郭使君》写成《钱多处白丁横带，运退时刺史当艄》。

明嘉靖年间，《太平广记》经谈恺校补刻印。今有人民文学出版社1959年版、中华书局1961年版、上海古籍出版社1990年影印《四库全书》本。近有中华书局2020年简体横排本，使用比较方便。

我们从《太平广记》中选出部分作品，编成这本《太平广记选》。以中华书局2020年简体横排本为底本，标点偶以己意出之，底本明显有误者，据他本径改。所选以唐人小说为主，兼及唐前及宋初作品。这些作品，都是思想性、艺术性比较强的。人们可以从这些作品了解当时丰富的社会生活，了解当时的婚姻、爱情、妇女的情况，了解很多人鬼恋爱、人仙恋爱的故事，了解当时商业和商人的活动，了解很多豪侠和公案故事。这些作品情节之生动曲折、人物形象之鲜明、语言之优美，也会使人强烈地感受到中国传统小说特有的艺术魅力。每篇小说都译成了通俗的白话文，因此，即使一般的读者也不会有阅读障碍，也能随着一个个故事情节的展开，进入那有趣的小说世界。

目 录

杜子春	1
李林甫	8
张果	14
许老翁	21
崔炜	25
黑叟	35
裴航	38
麻姑	44
太阴夫人	47
郭翰	50
陆生	54
俞叟	58
胡芦生	61
吴堪	66
陈义郎	70

华阳李尉	73
乐生	76
裴仙先	80
郑德璘	85
李君	90
卢生	94
李行修	96
苏无名	101
孟简	104
崔碣	107
虬髯客	110
车中女子	119
昆仑奴	122
僧侠	127
聂隐娘	130
红线	136
义侠	142
田膨郎	144
贾人妻	148
梁革	150
王积薪	153
尚食令	155
薛氏子	157

崔护	160
却要	162
王诸	163
樱桃青衣	167
张和	171
板桥三娘子	173
襄阳老叟	177
韦安道	179
袁生	190
卢佩	195
张遵言	199
三史王生	205
黎阳客	208
华州参军	210
李佐文	215
浮梁张令	217
东洛张生	222
王宙	225
刘立	227
吕生	230
李靖	233
柳毅	238
刘贯词	255

峡口道士	259
申屠澄	262
张逢	266
马拯	269
韩生	273
萧至忠	275
任氏	279
长须国	292
淳于棼	294
陆颙	309
李娃传	314
无双传	329
霍小玉传	339
谢小娥传	352

杜子春

杜子春者,盖周隋间人。少落拓,不事家产,然以志气闲旷,纵酒闲游。资产荡尽,投于亲故,皆以不事事见弃。

方冬,衣破腹空,徒行长安中。日晚未食,彷徨不知所往。于东市西门,饥寒之色可掬,仰天长呼。有一老人策杖于前,问曰:"君子何叹?"春言其心,且愤其亲戚之疏薄也,感激之气,发于颜色。老人曰:"几缗则丰用?"子春曰:"三五万则可以活矣。"老人曰:"未也,更言之。""十万。"曰:"未也。"乃言"百万"。亦曰:"未也。"曰:"三百万。"乃曰:"可矣。"于是袖出一缗曰:"给子今夕,明日午时,候子于西市波斯邸,慎无后期。"及时,子春往,老人果与钱三百万,不告姓名而去。

子春既富,荡心复炽,自以为终身不复羁旅也。乘肥衣轻,会酒徒,征丝管,歌舞于倡楼,不复以治生为意。一二年间,稍稍而尽,衣服车马,易贵从贱,去马而驴,去驴而徒,倏忽如初。

既而复无计,自叹于市门,发声而老人到,握其手曰:"君复如此,奇哉!吾将复济子,几缗方可?"子春惭不应。老人因逼之,子春愧谢而已。老人曰:"明日午时,来前期处。"子春忍愧而往,得钱一千万。未受之初,愤发,以为从此谋身治生,石季伦、猗顿小竖耳。钱既入手,心又翻然,纵适之情,又却如故。不一二年间,贫过旧日。

复遇老人于故处，子春不胜其愧，掩面而走。老人牵裾止之。又曰："嗟乎，拙谋也！"因与三千万。曰："此而不痊，则子贫在膏肓矣。"子春曰："吾落拓邪游，生涯罄尽，亲戚豪族，无相顾者。独此叟三给我，我何以当之？"因谓老人曰："吾得此，人间之事可以立，孤孀可以衣食，于名教复圆矣。感叟深惠，立事之后，唯叟所使。"老人曰："吾心也。子治生毕，来岁中元，见我于老君双桧下。"

子春以孤孀多寓淮南，遂转资扬州，买良田百顷，郭中起甲第，要路置邸百余间。悉召孤孀，分居第中。婚嫁甥侄，迁祔族亲。恩者煦之，仇者复之。既毕事，及期而往。

老人者方啸于二桧之阴，遂与登华山云台峰。入四十里余，见一处，室屋严洁，非常人居。彩云遥覆，惊鹤飞翔其上。有正堂，中有药炉，高九尺余，紫焰光发，灼焕窗户。玉女九人，环炉而立；青龙白虎，分据前后。其时日将暮。老人者不复俗衣，乃黄冠缝帔士也。持白石三丸，酒一卮，遗子春，令速食之讫。取一虎皮，铺于内西壁，东向而坐。戒曰："慎勿语。虽尊神、恶鬼、夜叉、猛兽、地狱，及君之亲属，为所困缚万苦，皆非真实。但当不动不语，宜安心莫惧，终无所苦。当一心念吾所言。"言讫而去。子春视庭，唯一巨瓮，满中贮水而已。

道士适去，旌旗戈甲，千乘万骑，遍满崖谷，呵叱之声，震动天地。有一人称大将军，身长丈余，人马皆着金甲，光芒射人。亲卫数百人，皆杖剑张弓，直入堂前。呵曰："汝是何人？敢不避大将军。"左右竦剑而前，逼问姓名，又问作何物，皆不对。问者大怒，摧斩争射之声如雷，竟不应。将军者极怒而去。俄而，猛虎毒龙，狻猊狮子，蝮蝎万计，哮吼拿攫而争前欲搏噬，或跳过其上。子春神色不动。有顷而散。既而大雨滂澍，雷电晦暝，火轮走其左右，电光掣其前后，目不得开。须臾，庭际水深丈余，流电吼雷，势若山川开破，不可制止。瞬息之间，波及坐下，子春端坐不顾。未顷而将军者复来，引牛头狱卒，奇貌鬼神，将大镬汤而置子春前，长枪两叉，四面周匝。传命曰："肯言姓名即放；不肯言，即当心取叉置之镬中。"又不应。因执其妻来，拽于阶下，指曰："言姓名免之。"又不应。及鞭捶流血，或射或斫，或煮或烧，苦不可忍。其妻号哭曰："诚为陋拙，有辱君子。然幸得执巾栉，奉事十余年矣。今为尊鬼所执，不胜其苦。不敢望君匍匐拜乞，但得公一言，即全性命矣。人谁无情，君乃忍惜一言？"雨泪庭中，且咒且骂，春终不顾。将军且曰："吾不能毒汝妻耶？"令取锉碓，从脚寸寸锉之。妻叫哭愈急，竟不顾之。将军曰："此贼妖术已成，不可使久在世间。"敕左右斩之。

斩讫，魂魄被领见阎罗王。曰："此乃云台峰妖民乎？捉付狱中。"于是熔铜铁杖，碓捣硙磨，火坑镬汤，刀山剑树之苦，无不备尝。然心念道士之言，亦似可忍，竟不呻吟。狱卒告受罪毕，王曰："此人阴贼，不合得作男，宜令作女人。"配生宋州单父县丞王劝家。生而多病，针灸药医，略无停日。亦尝坠火堕床，痛苦不齐，终不失声。俄而长大，容色绝代，而口无声，其家目为哑女。亲戚狎者，侮之万端，终不能对。

同乡有进士卢珪者，闻其容而慕之，因媒氏求焉。其家以哑辞之。卢曰："苟之妻而贤，何用言矣？亦足以戒长舌之妇。"乃许之。卢生备六礼，亲迎为妻。数年，恩情甚笃。生一男，仅二岁，聪慧无敌。卢抱儿与之言,不应;多方引之,终无辞。卢大怒曰:"昔贾大夫之妻鄙其夫,才不笑,然观其射雉,尚释其憾。今吾陋不及贾,而文艺非徒射雉也,而竟不言。大丈夫为妻所鄙,安用其子?"乃持两足,以头扑于石上,应手而碎,血溅数步。子春爱生于心,忽忘其约,不觉失声云:"噫!"

噫声未息,身坐故处,道士者亦在其前。初五更矣,见其紫焰穿屋上,大火起四合,屋室俱焚。道士叹曰:"错大误余乃如是!"因提其发投水瓮中,未顷火熄。道士前曰:"吾子之心,喜怒哀惧恶欲皆忘矣,所未臻者爱而已。向使子无噫声,吾之药成,子亦上仙矣。嗟乎,仙才之难得也!吾药可重炼,而子之身犹为世界所容矣,勉之哉!"遥指路使归。子春强登基观焉,其炉已坏,中有铁柱,大如臂,长数尺。道士脱衣,以刀子削之。子春既归,愧其忘誓,复自效以谢其过。行至云台峰,绝无人迹,叹恨而归。

(卷十六,出《续玄怪录》)

[意译]

杜子春是北朝北周、隋代之间的人,年轻时性情放浪,不经营家中产业,还因为性格旷达,只会纵酒游荡。把家里资产全都挥霍光了,他去投靠亲戚朋友,都因为他不务正业而拒绝收留。

这时正是冬天,他衣服破蔽,腹中空空,徒步在长安城里流浪。天色已经晚了,还没有吃东西,心里彷徨不安,不知往哪里去。他来到东市的西门,全然是一副饥寒交迫的样子。他仰面朝天,不住地悲叹。这时有一个老人拄着拐杖来到他跟前,问他:"你为什么叹气啊?"杜子春把他的心里话说出来,并且愤恨他的亲戚疏远、亏待他,脸上表现出很不满意的神色。老人说:"多少钱就够用了?"杜子春说:"三五万就可以活命了。"

老人说:"还不够,再多说一些。"杜子春说:"十万。"老人说:"还不够。"杜子春又说:"一百万。"老人还是说:"不够。"杜子春说:"三百万。"老人才说:"这就行了。"便从袖里取出一缗钱说:"供你今天晚上用,明天中午,我在西市波斯商人聚居区等你,千万不要过了期限。"到了时间,杜子春前去,老人果然给他三百万钱,没把姓名告诉他就走了。

杜子春富了,放荡闲游的心思又起来了,认为自己一辈子不会过贫困的流浪生活了。他骑着高头肥马,穿着轻软的裘皮衣服,和一些酒肉朋友相会,在娼楼妓馆里听乐曲,观歌舞,不再把经营产业放在心上。过了一两年,钱财渐渐花光了,衣服车马,都由贵重的换成旧贱的,把马卖掉换成驴,又把驴卖掉徒步行走。转眼间贫穷潦倒又和当初一样。

他没有办法,又独自在东市门口叹息。刚发出叹息声,老人就出现了,握着他的手说:"你又穷成这个样子了,真奇怪呀!我要再救济你,多少钱才行?"杜子春惭愧不敢应声。老人便硬要他说,杜子春仍然惭愧地表示谢意。老人说:"明天中午,还是到前次约定的那地方。"杜子春忍住惭愧前去,得了一千万钱。没有得到钱的时候,心里发愤,想从此以后就要好好过日子,经营产业,变成大富翁,觉得石崇和猗顿这些古代有名的富人跟他相比都只不过是个小仆人。待钱到了手,又变了卦,放纵闲适的脾气,又回到原来那样。不过一两年时间,又过上像原来一样贫困的日子。

他又在老地方遇见了老人。杜子春惭愧得不得了,掩住脸就要走。老人拉着他的衣袖不让他走,又说:"哎呀!你太不会过日子了!"于是给他三千万。说:"这次如果还治不好你,就没有办法治你的病了。"杜子春暗想:"我放浪游荡,赖以生活的东西都花光了,豪富显贵的亲戚们,没有一个关照我。只有这位老人三次周济我,我怎么报答他?"于是对老人说:"我得到这些钱,世上的事都能办得到,孤儿寡妇可以得到吃穿,名声和教化得以圆满。感谢老人深深的恩惠,办成这些事以后,您就随意指使我吧。"老人说:"这正合我的心意。你把人生中的这些事办完,明年七月十五中元节,在老君庙的两株古桧树下见我。"

杜子春认为世上的孤儿寡妇多居住在淮南，就把老人给的资金转移到扬州，买了百顷良田，在城郭中建起上等房子，在交通要道上修起百余间店铺，把孤儿寡妇都召集来，分别居住在这些地方。又给外甥侄儿辈办理婚嫁事宜，给同族死去的亲人迁葬或合葬。报答有恩的，报复有仇的。办完这些事，杜子春如期前往与老人约定的地方。

老人正在两株桧树的树荫下打口哨，见杜子春来了，便和他一道登上华山的云台峰。入山四十多里，看见一个地方，房屋非常威严整洁，不是一般人住的地方。远远地飘着彩云，天上飞着仙鹤。房子有正堂，正堂之中有炼药合丹的炉子，九尺多高，药炉里发出紫色的光焰，把四周门窗照得通亮。有九个肤白如玉的女子，环绕药炉站着；青龙和白虎，分别护着，在其前后。这时天色将晚，这老人不再穿世俗的衣服，打扮起来，原来是戴黄冠、披宽帔的道士。道士拿来三丸白石，一杯酒，交给杜子春，命令他马上吃完。然后取来一张虎皮，铺在堂内西壁上，让他朝东坐下。告诫他说："千万不要说话。即使尊神、恶鬼、夜叉、猛兽都来，让你下地狱，以及见到你的亲属被困扰缚住受尽各种苦难，都不是真实的。你只可以一动不动，不说话，安下心来，不要害怕，最终就不会觉得痛苦。必须一心一意想着我说的这些话。"说完就离去了。杜子春再看庭院，只有一只巨大的瓦罐子，中间盛满了水罢了。

道士刚走，就见无数的军马挥动着旌旗兵器，漫山遍野而来，大声呵骂怒叱的声音，震天动地。其中有一个自称是大将军，身高一丈，人和马都披着金甲，光芒射人。他带着几百个贴身卫士，一个个执剑张弓，径直窜到堂前。大将军怒声呵骂说："你是什么人？敢不躲避大将军！"两旁军士都举起宝剑，冲到跟前，逼问他的姓名，又问他在做什么，杜子春都不回答。军士们大怒，争着要砍他，杀他，射他，争吵的声音如打雷，杜子春还是一声不应。大将军们愤怒极了，只好离去。不一会儿，猛虎、毒龙、狻猊、狮子、蝮蛇、蝎子，成千上万，咆哮着张牙舞爪，拥上前来，要抓他，要撕他，咬他，有的甚至从他头上跳过去。杜子春依然神色不动。不一会儿，猛兽蛇蝎都散去了。接着是大雨滂沱，雷电交加，在一片黑暗中，火轮在左右奔走，电光在前后闪动，让他眼睛都睁不开。转眼间，庭院里涨了一丈多深的水，闪电乱起，雷声如吼，山川都被冲开，一泻而下，不可阻挡。转瞬，波涛就到了座位之下，杜子春端正地坐着，看都不看。没多久，前次那大将军又来了，他领着地狱里牛头人身的狱卒，相貌怪异，如鬼如神，将一口盛满沸水的大锅放在杜子春跟前，手拿着长枪刀叉，密密麻麻围在四周。大将军传令说："肯说出姓名就放过你；如不肯说，就把心取出来用叉放进沸水锅里。"杜子春不应声。又把杜子春的妻子押来，拖在阶下，指着说："说出姓名就免去刑罚。"杜子春还不吭声。于是狱卒们用鞭子抽打得他妻子鲜血直流，有的用箭射，有的用刀砍，一会儿用沸水煮，一会儿用火烧，他的妻子受不了了。他妻子号哭着说："我确实又笨又丑，配不上你。可是有幸为你递头巾拿梳子，侍奉你也有十多年了。今天被地狱的鬼抓住，无法忍受痛苦。不敢指望你伏身下拜乞求，只要得到你一句话，就能保全我的性命。人，谁没有情义，你却忍心不说这一句话？"眼泪像雨水一样洒在院子里，一边诅咒一边责骂。杜子春始终不理睬。将军又说："你以为我不能用刑罚折磨你妻子吗？"便叫人取来锉子、碓臼，从脚上一点儿一点儿地锉着捣着。妻子的哭叫更急切了，杜子春竟然还不搭理。将军说："这贼人已经炼成了妖术，不能让他长时间待在世上。"下令左右的人把杜子春斩了。

斩完，杜子春的魂魄被领去见阎罗王。阎罗王说："这人是云台峰的妖民吗？把他丢进牢房里。"于是把铜铁杖熔化了烙他，用碓捣他，用磨磨他，把他丢到火坑里、沸汤里，让他上刀山剑树，各种酷刑都让他尝过了。但是杜子春心里想着道士的话，也似乎还可以忍受，竟然不呻吟。狱卒向阎罗王报告对杜子春用刑完毕。阎罗王说："这人不公开反抗是阴贼，不应该做男人，应该让他做女人。"发配出生在宋州单父县县丞王劝家里。杜子春发配转胎出生后有很多疾病，针灸服药治疗，没有停过一天。也曾经从床上坠落到火里，不论什么痛苦，他最终忍住没有发声。不一会儿长大了，容貌美丽，世上少有，口里从不出声，家里都把她看作哑女。亲戚中爱戏弄人的人用各种方法欺侮她，她最终也不作声。

同乡有个叫卢珪的进士，听说她貌美很爱慕她，于是托媒人来求婚。她家里说她是哑巴要推辞。卢珪说："如果妻子很贤惠，哪用说话？这也免得像多嘴女人那样犯口舌。"王劝家才答应了。卢生按照礼仪郑重地迎娶她为妻。婚后几年夫妻感情深厚。后又生下一男孩，只有两岁，没有谁比得上他聪明。卢生抱着儿子和王氏说话，也不答应；用尽方法逗引她，最终没有说一个字。卢生大怒说："过去贾大夫的妻子瞧不起她丈夫，才不肯笑，后来看他射雉箭法好，解除了不满意。现在我不像贾大夫那样丑，文才技艺也比他射雉强得多，你竟不跟我说话。大丈夫被妻子鄙视，还要她儿子干什么？"便抓起儿子两脚，把头扑在石头上，一下子头就碎了，鲜血溅出几步远。杜子春心里升起爱子之心，忽然忘记了道士的约言，不由得失声叫出来："啊！"

"啊"声未落，身子坐回在原处，道士也在他面前。已经交五更天了，只见炉中紫色火焰穿透屋顶，四面燃起大火，把房子全烧光了。道士叹息说："你的错误贻误我的事到这种地步！"便抓住他的头发投入大水瓮中，不一会火就熄灭了。道士走上前说："你的七情，欢喜、发怒、哀伤、惧怕、厌恶、欲望都断绝了，未能忘却的，只是爱心。刚才假如你没有'啊'那一声，我的药炼成了，你也成了上仙。哎呀，修仙之才难得呀！我的药可以重新炼，可你的身子还要回到世俗人间去。你努力吧！"道士远远指路让杜子春回去。杜子春硬要登上炉基观看，只见炉体已经毁坏，中间有一铁柱，肩臂那么大，几尺长。道士脱了衣服，用刀子把铁柱上沾的药刮下来。杜子春回来以后，为自己忘记誓言而惭愧，想自告奋勇再来一次以补过失。他走到云台峰，看不到一点人的踪迹，只好叹息并悔恨着回来。

李林甫

唐右丞相李林甫，年二十，尚未读书。在东都，好游猎打球，驰逐鹰狗。每于城下槐坛下，骑驴击，略无休日。既惫舍驴，以两手返据地歇。一日，有道士甚丑陋，见李公踞地，徐言曰："此有何乐，郎君如此爱也？"李怒顾曰："关足下何事？"道者去，明日又复言之。李公幼聪悟，意其异人，乃摄衣起谢。道士曰："郎君虽善此，然忽有颠坠之苦，则悔不可及。"李公请自此修谨，不复为也。道士笑曰："与郎君后三日五更，会于此。"曰："诺。"及往，道士已先至。曰："为约何后？"李乃谢之。曰："更三日复来！"李公夜半往。良久，道士至。甚喜，谈笑极洽。且曰："某行世间五百年，见郎君一人，已列仙籍，合白日升天。如不欲，则二十年宰相，重权在己。郎君且归，熟思之。后三日五更，复会于此。"李公回计之曰："我是宗室，少豪侠。二十年宰相，重权在己，安可以白日升天易之乎？"计已决矣，及期往白，道士嗟叹咄叱，如不自持。曰："五百始见一人，可惜可惜。"李公悔，欲复之。道士曰："不可也，神明知矣！"与之叙别曰："二十年宰相，生杀权在己，威振天下。然慎勿行阴贼，当为阴德。广救拔人，无枉杀人。如此则三百年后，白日上升矣。官禄已至，可使入京。"李公匍匐泣拜，道士握手与别。

时李公堂叔为库部郎中，在京，遂诣。叔父以其纵荡，不甚记录之，颇惊曰："汝何得至此？"曰："某知向前之过，今故候觐。请改节读书，愿受鞭棰。"库部甚异之，亦未令就学。每有宾客，遣监杯盘之饰，无不修洁。或谓曰："汝为吾著某事！虽雪深没踝，亦不去也。"库部益亲怜之，言于班行，知者甚众。自后以荫叙，累官至赞善大夫。不十年，遂为相矣。权巧深密，能伺上旨。恩顾隆洽，独当衡轴。人情所畏，非臣下矣。数年后，自固益切。大起大狱，诛杀异己。冤死相继，都忘道士槐坛之言戒也。

时李公之门，将有趋谒者，必望之而步，不敢乘马。忽一日方午，有人扣门。吏惊候之，见一道士甚枯瘦。曰："愿报相公。"闻者呵而逐之外，吏又鞭缚送于府。道士微笑而去。明日日中复至。门者乘间而白。李公曰："吾不记识，汝试为通。"及道士入，李公见之，醒然而悟，乃槐坛所睹也。惭悸之极，若无所措。却思二十年之事，今已至矣，所承教戒，曾不暂行。中心如疾，乃拜。道士迎笑曰："相公安否？当时之请，并不见从。遣相公行阴德，今枉杀人。上天甚明，谴谪可畏。如何？"李公但磕额而已。道士留宿，李公尽除仆使，处于中堂，各居一榻。道士惟少食茶果，余无所进。

至夜深，李公曰："昔奉教言，尚有升天之挈。今复遂否？"道士曰："缘相公所行，不合其道，有所窜责，又三百年。更六百年，乃如约矣！"李公曰："某人间之数将满。既有罪谴，后当如何？"道士曰："莫要知否？亦可一行。"李公降榻拜谢。曰："相公安神静虑，万想俱遣。兀如枯株，即可俱也。"良久，李公曰："某都无念虑矣。"乃下招曰："可同往。"李公不觉，便随道士去。大门及春明门到辄自开，李公援道士衣而过。渐行十数里。李公素贵，尤不善行，困苦颇甚。道士亦自知之，曰："莫思歇否？"乃相与坐于路隅。逡巡，以数节竹授李公曰："可乘此，至地方止。慎不得开眼。"李公遂跨之，腾空而上。觉身泛大海，但闻风水之声。食顷止。见大郭邑，介士数百，罗列城门。道士至，皆迎拜，兼拜李公。约一里，到一府署。又入门，复有甲士。升阶至大殿。帐榻华侈。李公困，欲就帐卧。道士惊，牵起曰："未可，恐不可回耳。

此是相公身后之所处也。"曰:"审如是,某亦不恨。"道士笑曰:"兹介薛鳞之属,其间苦事亦不少。"遂却与李公出大门。复以竹杖授之,一如来时之状。入其宅,登堂,见身瞑坐于床上。道士乃呼曰:"相公相公。"李公遂觉,涕泗交流,稽首陈谢。明日别去,李公厚以金帛赠之,俱无所受,但挥手而已。曰:"勉旃,六百年后,方复见相公。"遂出门而逝,不知所在。

先是,安禄山常养道术士,每语之曰:"我对天子,亦不恐惧,惟见李相公,若无地自容。何也?"术士曰:"公有阴兵五百,皆有铜头铁额,常在左右。何以如此,某安得见之?"禄山乃奏请宰相宴于己宅,密遣术士于帘间窥伺。退曰:"奇也!某初见李相公,有一青衣童子,捧香炉而入。仆射侍卫,铜头铁额之类,皆穿屋逾墙,奔逆而走。某亦不知其故也,当是仙官暂谪在人间耳。"

(卷十九,出《逸史》)

[意译]

唐朝的右丞相李林甫,二十岁的时候,还没有读书。住在东都洛阳,喜好游荡狩猎打马球,狩猎时驱逐着飞鹰和走狗。经常在城下一株大槐树下的高地上,骑驴击球,没有休止的时候。打球累了,就把驴放开,两手反背着靠在地上休息。这一天,有一个长得很丑陋的道士,看见李林甫靠在地上,慢声慢语说:"这有什么乐趣,你这么喜爱呢?"李林甫回头看着他,生气地说:"这关你什么事!"道士走了,第二天来又这样说。李林甫自幼聪明有悟性,猜想这是不寻常的人,便恭敬地提起衣服起身向道士认错谢罪。道士说:"你虽然善于这项运动,可如果忽然从驴背上摔下来,就后悔也来不及了。"李林甫请求允许自己今后行事谨慎,不再做这件事了。道士笑着说:"三天后五更时,和你在这里相会。"李林甫说:

"是。"到时候待李林甫去,道士已经先到了那里,问他:"赴约为什么晚了?"李林甫向他道歉。道士说:"过三天你再来。"这一天,李林甫半夜就去等着。好长时间之后,道士到了,十分高兴,两人谈得很融洽。道士说:"我来到人间五百年,只看到你一个能够成仙的人。你的名字已经列入了仙人的簿籍,应当白日升天成仙。如果不想成仙,就当二十年宰相,朝政大权掌握在你手中。你暂且回去,好好考虑一下。三天以后的五更时,在这里再相会。"李林甫回到家,心想:"我是唐朝的宗室,年轻豪爽任侠。当二十年宰相,朝政大权都归自己,怎么可以拿白日升天做神仙去换呢?"主意已经定了,到约定的时候李林甫去告诉道士,道士一边叹息一边叱骂,好像忍不住惋惜的心情,说:"五百年才见到一个人,可惜!可惜!"李林甫也后悔了,想改变主意。道士说:"不行了,神明已经知道了。"和他话别的时候,道士说:"当二十年宰相,生杀大权都在你手里,威权震动天下。不过,你要谨慎,不要暗中杀人做坏事,应当暗中做好事积阴德。多救助一些人,不要冤枉杀人。这样的话,三百年后,可以白日升天。做官的机会已经到了,可以进长安去。"李林甫伏在地上,哭着拜谢行礼。道士和他握手告别。

  这时,李林甫的堂叔是库部郎中,在京城,李林甫就前去见他。叔父因为他放纵游荡,不太关心他,见他来了,很惊异,说:"你怎么到这里来?"李林甫说:"我知道以前的过错,所以现在来拜见问候您。请允许我改过读书,如再有过,愿意接受您的责罚。"叔父非常惊异,但还没有让他读书。只是每当招待宾客,就叫他负责监管宴会中的杯盘等物,李林甫把杯盘洗干净都摆放得井井有条。叔父很满意,有时夸奖他说:"你为我去做某件事,即使天冷下雪盖住了脚踝,也不离开。"叔父更加亲近爱惜他,还跟同一朝班的官员说起他的能干,知道李林甫的人已经很多了。后来根据规定因为祖荫而做官,并几次提拔,一直做到辅佐太子的赞善大夫。不到十年,就当了宰相。他胸有城府,懂得玩弄权术,能够揣摩皇帝的意旨。皇帝特别器重他,和他关系融洽,让他独掌了朝政大权。人们畏惧他,已不只像畏惧一个普通当政大臣。几年以后,他更迫切地要巩固自己的地位，大量制造重大冤狱，残害不和他同伙的人，被冤枉死去的人一个接一个。他完全忘记了道士在大槐树下高地上对他的告诫。

这时李林甫家的大门前，有去拜见他的，望见他家大门，就得步行，不敢骑马。有一天正午，忽然有人敲门。门吏吃惊地开门迎候，原来是一个枯瘦道士。道士说："希望你报告相公，说我来见他。"听到这话的人呵斥着把他赶出门外，门吏又鞭打着把他缚送到官府。道士微笑着走了。第二天中午时又来了。看门人趁李林甫空闲时，禀告了道士要见他的事。李林甫说："我已不记得有这个人了，明天他再来，就替他通报一声。"待道士进来，李林甫见了他，才像做梦醒过来一样记起来了，原来是槐树高地上看到的道士。李林甫惭愧、害怕极了，连手足也好像没地方安置。回想二十年的事情，今天已经到期了，一点儿也没有照道士当年告诫他的话去做。李林甫心里像得了病一样痛苦，便向道士下拜施礼。道士迎过来笑着说："相公好吗？当年我的请求，并没见你遵从。让相公做好事，积阴德，现在你冤枉杀人。上天非常明察，谴责贬谪的罪是非常可怕的。怎么样？"李林甫只有不断地磕头。道士留下住宿，李林甫把仆人都打发走了，住在中堂，两人各睡一张床。道士只稍吃一点儿茶水水果，其余的都不吃。

到了深夜，李林甫说："过去承您告诉我的，还可以得到你的提挈升天。现在还能达到目的吗？"道士说："根据相公的所作所为，不合乎成仙之道，对你有责罚，又要延期三百年。再过六百年，才是约定成仙的期限。"李林甫说："我在人间生活的期限就要满了。既然有罪受到谴责，死后会怎么样呢？"道士说："不是要知道吗？可以随我来看一看。"李林甫连忙从床榻上下来拜谢。道士说："相公静下心来，排除一切杂念，像枯树一样木然无知觉，就可以和我一道走了。"李林甫照着去做，许久，李林甫说："我什么杂念都没有了。"道士就下床用手招引他说："可以跟我一同走了。"李林甫不知不觉就跟着道士走了。一路上，相府的大门和城门，人一走近就自动开了，李林甫拉着道士的衣服一一走过去。渐渐走了十几里路。李林甫向来娇贵，特别不能走路，于是非常困苦。道士也知道他累了，就说："是不是想休息一下？"便陪他一起坐在路旁休息。停了一会儿，道士把几节竹子给李林甫说："可以骑上它，到了地点它才停止。注意不要睁开眼睛。"李林甫便骑上去，顿时腾空而起，觉得身子像漂浮在大海之上，只听见风和水的声音。大约一顿饭的工夫停下来。看见一座大城邑，几百个披甲的武士，排列在城门口。道士到了，武士们都迎上前下拜行礼，也向李林甫行礼。进门走了大约一里，到了一座官府。走进官府大门，又有披甲的武士。二人走上台阶登上大殿。大殿上帷帐床榻都很奢侈华丽。李林甫困倦了，就想进帐子睡下。道士吃了一惊，拉起他来说："不可以，现在就在这里睡，以后恐怕回不到这里了。这是相公死后的住所。"李林甫说："真的是这样，我也不悔恨了。"道士笑着说："这是鱼鳖杂居的地方，这里的苦事也不少。"便和李林甫一道走出大门。再把竹杖给他，和来的时候完全一样。进了相府，登上中堂，见他的身子仍闭目坐在床上。道士于是喊他："相公相公。"李林甫便醒过来，眼泪、鼻涕一起流下，叩头拜谢。第二天道士辞别而去，李林甫送给他很多黄金布帛，道士都不领受，只是挥挥手罢了。道士说："你努力吧，六百年后，才再见到相公。"便出门不见，也不知他的去处。

先前，安禄山经常招养有道术的人，经常对术士说："我连天子也不惧怕，只是见了李相公，却没有我容身的地方。这是为什么？"术士们说："您有五百鬼兵，都有铜头铁额，经常守卫在身边。为什么会这样，我们怎么能看得见呢？"安禄山便上奏，在自己宅院宴请宰相，秘密地派术士在帘子缝隙间偷偷察看。后对安禄山说："奇怪呀！我一见李相公，就有一个青衣童子捧着香炉进去。您的那些侍卫鬼兵，铜头铁额的这些人，都穿过房屋，越过墙垣，向相反的方向跑了。我也不知道这是什么缘故，可能他是仙官暂时贬谪在人间吧？"

张　果

张果者，隐于恒州条山，常往来汾晋间，时人传有长年秘术。

耆老云："为儿童时见之，自言数百岁矣！"唐太宗、高宗累征之不起。则天召之出山，佯死于妒女庙前。时方盛热，须臾臭烂生虫。闻于则天，信其死矣。后有人于恒州山中复见之。果常乘一白驴，日行数万里，休则重叠之，其厚如纸，置于巾箱中，乘则以水噀之，还成驴矣。

开元二十三年，玄宗遣通事舍人裴晤，驰驿于恒州迎之。果对晤气绝而死，晤乃焚香启请，宣天子求道之意。俄顷渐苏，晤不敢逼，驰还奏之。乃命中书舍人徐峤，赍玺书迎之。果随峤到东都，于集贤院安置。肩舆入宫，备加礼敬。玄宗因从容谓曰："先生得道者也，何齿发之衰也？"果曰："衰朽之岁，无道术可凭，故使之然，良足耻也。今若尽除，不犹愈乎？"因于御前拔去鬓发，击落牙齿，流血溢口。玄宗甚惊，谓曰："先生休舍，少选晤语。"俄顷召之，青鬓皓齿，愈于壮年。

一日，秘书监王迥质、太常少卿萧华尝同造焉。时玄宗欲令尚主，果未之知也。忽笑谓二人曰："娶妇得公主，甚可畏也。"迥质与华，相顾未喻其言。俄顷有中使至，谓果曰："上以玉真公主早岁好道，欲降于先生。"果大笑，竟不承诏。二人方悟向来之言。是时公卿多往候谒，或问以方外之事，皆诡对之。每云："余是尧时丙子年人，时莫能测也。"又云："尧时为侍中。"

善于胎息，累日不食，食时但进美酒及三黄丸。玄宗留之内殿，赐之酒。辞以山臣饮不过二升，有一弟子，饮可一斗。玄宗闻之喜，令召之。俄一小道士自殿檐飞下，年可十六七，美姿容，旨趣雅淡。谒见上，言词清爽，礼貌臻备。玄宗命坐。果曰："弟子常侍立于侧，未宜赐坐。"玄宗目之愈喜，遂赐之酒。饮及一斗，不辞。果辞曰："不可更赐，过度必有所失，致龙颜一笑耳！"玄宗又逼赐之，酒忽从顶涌出。冠子落地，化为一榼。玄宗及嫔御皆惊笑。视之，已失道士矣，但见一金榼在地，覆之，榼盛一斗。验之，乃集贤院中榼也。累试仙术，不可穷纪。

有师夜光者善视鬼。玄宗常召果坐于前，而敕夜光视之。夜光至御前奏曰："不知张果安在乎，愿视察也。"而果在御前久矣，夜光卒不能见。又有邢和璞者，有算术，每视人，则布筹于前，未几，已能详其名氏穷远，善恶夭寿。前后所算计千数，未常不析其苛细。玄宗奇之久矣。及命算果，则运筹移时，意竭神沮，终不能定其甲子。玄宗谓中贵人高力士曰："我闻神仙之人，寒燠不能瘵其体，外物不能浼其中。今张果，善算者莫能究其年，视鬼者莫得见其状，神仙倏忽，岂非真者耶？然常闻谨斟，饮之者死。若非仙人，必败其质。可试以饮也。"

会天大雪，寒甚，玄宗命进谨斟赐果，果遂举饮，尽三卮，醺然有醉色，顾谓左右曰："此酒非佳味也！"即偃而寝，食顷方寤。忽览镜视其齿，皆斑然焦黑。遽命侍童取铁如意，击其齿尽，随收于衣带中。徐解衣，出药一贴，色微红光莹，果以傅诸齿穴中，已而又寝。久之忽寤，再引镜自视，其齿已生矣。其坚然光白，愈于前也。玄宗方信其灵异。谓力士曰："得非真仙乎！"遂下诏曰："恒州张果先生，游方之外者也。迹先高尚，心入窅冥，久混光尘，应召赴阙。莫知甲子之数，且谓羲皇上人。问以道枢，尽会宗极。今则将行朝礼，爰申宠命。可授银青光禄大夫，仍赐号通玄先生。"

未几，玄宗狩于咸阳。获一大鹿，稍异常者。庖人方馔。果见之曰："此仙鹿也，已满千岁。昔汉武元狩五年，臣曾侍从畋于上林。时生获此鹿，既而放之。"玄宗曰："鹿多矣。时迁代变，岂不为猎者所获乎？"果曰："武帝舍鹿之时，以铜牌志于左角下。"遂命验之。果获铜牌二寸许，但文字凋暗耳。玄宗又谓果曰："元狩是何甲子？至此凡几年矣？"果曰："是岁癸亥，武帝始开昆明池。今甲戌岁，八百五十二年矣。"玄宗命太史氏校其长历，略无差焉。玄宗愈奇之。

时又有道士叶法善，亦多术。玄宗问曰："果何人耶？"答曰："臣知之，然臣言讫即死，故不敢言。若陛下免冠跣足救，臣即得活。"玄宗许之。法善曰："此混沌初分白蝙蝠精。"言讫，七窍流血，僵仆于地。玄宗遽诣果所，免冠跣足，自称其罪。果徐曰："此儿多口过，不谪之，恐败天地间事耳。"玄宗复哀请久之，果以水噀其面，法善即时复生。其后累陈老病，乞归恒州。诏给驿送到恒州。天宝初，玄宗又遣征召。果闻之，忽卒，弟子葬之。后发棺，空棺而已。

（卷三十，出《明皇杂录》《宣室志》《续神仙传》）

[意译]

张果这个人隐居在恒州条山，经常往来于汾州和晋州之间，当时人传言他有长生的秘术。老年人说："还是儿童时候就见到他，自己说有几百岁了。"唐太宗、唐高宗几次征召他都不出山。武则天召他出山，他用幻术假装死在妒女庙前。当时正值盛夏酷暑，一会儿尸体就腐臭了，长出蛆虫。人们把这事呈告武则天，武则天相信他已经死了。后来有人在恒州山中又看见了他。张果经常骑一头白驴，一天行走几万里，休息时就把它折叠起来，像纸那样薄，放在放头巾的小箱子里，要骑的时候就用水喷上去，又变成驴了。

开元二十三年（735），唐玄宗派通事舍人裴晤，乘驿马飞驰前往恒州迎接他。张果面对裴晤气绝而死，裴晤便焚香恳请，传达皇帝寻求有道之人的意旨。不一会儿，张果渐渐苏醒，裴晤不敢强逼，飞马回来奏明此事。唐玄宗又命令官职更高的中书舍人徐峤，带了皇帝盖了玉玺的诏书去迎请他。张果随徐峤到了东都洛阳，在集贤院安置住下，坐着轿子入宫，得到完备的礼待尊敬。唐玄宗于是慢慢地问他："先生是得道的人了，为什么牙齿头发会衰老呢？"张果说："到了衰朽之年，没有道术可以凭借，所以使得它成了这个样子，非常令人感到羞耻。现在如果把它们完全除去，不是更好吗？"于是当着唐玄宗的面拔去鬓发，击落牙齿，血流得满口都是。唐玄宗十分吃惊，对他说："先生回馆舍休息吧，停一会儿，我们再会面交谈。"不一会儿再召见他，只见他鬓发乌黑，牙齿洁白，比壮年人还年轻。

有一天，秘书监王迥质、太常少卿萧华曾一同去拜访他。当时玄宗让他与公主婚配，张果还不知道这件事。他忽然笑着对二人说："娶公主当老婆，非常让人害怕啊！"王迥质和萧华你看看我，我看看你，不明白张果说这话的意思。不一会儿，宫中的宦官使者到了，对张果说："皇上因为妹妹玉真公主早年就爱好修道，想将妹妹下嫁给先生。"张果大笑，竟然不听从诏书，不答应娶公主。王、萧二人才领悟到刚才张果说话的含义。那时朝廷公卿很多前往候见拜访的，有的问他方外神仙之事，张果都随口敷衍回答这些人。经常说："我是远古帝尧时代丙子年间的人，当时不能推测啊。"又说："尧帝时我是侍中。"

张果善于像胎息一样的气功，好些天不吃东西，要吃的时候只喝美酒，服三黄丸。唐玄宗把他留在内殿，赐给他酒。张果推辞说，山野之臣饮酒不过二升，有一个弟子，可以饮酒一斗。唐玄宗听了很高兴，下令召他进来。不一会儿，一个小道士从宫殿屋檐上飞下，年纪十六七岁，姿容秀美，风度文雅，一副淡泊名利的样子。小道士拜见皇帝，言辞很清爽，礼仪态度很周到。唐玄宗命他坐下。张果说："弟子应当侍立在旁边，不应该赐他座。"唐玄宗上下打量他，更加喜爱，便赐酒给他。饮酒到了一斗，不知道辞谢。张果推辞说："不能再赐酒了，过了限度就会有过失，会引得皇上一笑。"唐玄宗又硬要赐酒给他喝，酒忽然从头顶上涌出，道冠落在地上，化为一个酒器。唐玄宗和一旁的嫔妃都吃惊地笑了。再看小道士，已经不见了，只见一酒器在地上，把里面的酒倒出来量一量，正好能盛一斗。检查一下，原来是集贤院的金色的酒器。好几次试他的仙术，不可能全部记下来。

有一个夜光和尚善于看见鬼。唐玄宗曾召张果坐在面前，又命令夜光和尚看他。夜光和尚到御座前奏言说："不知道张果在哪里，希望仔细察看一下。"其实张果在御座前很久了，夜光和尚始终不能看见他。又有一个叫邢和璞的，有算命的法术，每次看人，就把算筹在面前安排好，不多久，已经能详尽地算出对方的姓名、命运好坏、善还是恶、夭折还是长寿。前后算命共计千余次，没有不把细微末节算出来的。玄宗对此感到惊奇已经很久了。待到命他给张果推算时，算了很长时间，竭尽了心力，神情至于沮丧，最终也没有算出张果的生平甲子。唐玄宗对他所宠信的宦官高力士说："我听说神仙之人，大寒大热都不能使他的身体生病，外界事物不能污染他心中的道行。现在这张果，善于算筹的不能推究他的生年事迹，善于看鬼的没法看见他的身影形状，像神仙那样倏忽不定，岂不就是仙人吗？不过曾听说用堇汁兑的毒酒，喝下去就会死，如果不是神仙，一定会损坏他的体质。可以试着让他饮一饮。"

恰好下大雪，非常冷，唐玄宗命令把堇汁酒赐给张果。张果举杯便饮，喝完了三杯，醺醺然有喝醉了的样子，回头对左右的人说："这酒不是好味道。"便仰卧睡下，吃饭时才醒过来。忽然从镜子里看他的牙齿，都斑斑点点发黑了。急忙让侍童把铁如意取来，把牙齿全部敲掉，随即收在衣带中，再慢慢解开衣服，取出一帖药，微微红色，莹润发亮，张果把药敷在敲掉了牙齿的孔穴之中，接着又睡下。过了许久，忽然醒来，再一次拿来镜子自己看，那些牙齿又长出来了，而且比以前的更坚硬洁白发亮。唐玄宗这才相信他仙术灵验奇异。他对高力士说："这不是真正的仙人吗？"于是下诏说："恒州张果先生，是游于世外的人，早年形迹高尚，他的心进入深远的地方，长久地和光同尘，应召来到京城。没有谁知道他有多大年纪，可以说是远古羲皇时代的人。向他询问道的要旨，都能领会道的本源精微之处。现在要留在朝廷为官，于是下达这道授官的命令。可以授予他银青光禄大夫，仍旧赐号通玄先生。"

不多久，唐玄宗在咸阳打猎。猎获一只大鹿，和平常的有些不一样。厨师正要将它做成菜。张果看见了说："这是仙鹿呀！已经满一千岁了。过去汉武帝元狩五年（前118），臣下曾随从汉武帝在上林苑打猎，当时活捉了这只鹿，马上又把它放了。"唐玄宗说："鹿多着呢。时代变迁，那只鹿怎么会不被打猎的打去呢？"张果说："汉武帝放那只鹿时，用铜牌在左角下做了标志。"于是，玄宗命人检验一下，果然得到一块二寸左右的铜牌，只是上面的文字模糊一些罢了。唐玄宗又问张果："元狩按甲子纪年是哪一年？到现在一共多少年了？"张果说："那一年岁在癸亥年，汉武帝开始开凿昆明池。今年是甲戌岁，八百五十二年了。"唐玄宗命令太史官去查验各朝的历史纪年进行推算，一点儿也没有算错。唐玄宗对张果更加惊奇。

当时又有一个叫叶法善的道士，也多有道术。唐玄宗问他："张果是什么样的人？"回答说："臣下知道他，不过臣下说完话就会死，所以不敢说。如果陛下不戴帽子，光着脚求情，臣下就能活命。"唐玄宗答应他。法善说："他是天地初开辟时成精的白蝙蝠。"说完，七窍流血，全身僵硬，仆倒在地。唐玄宗急忙去张果住处，脱下帽子，光着脚，自己承揽这过错。张果慢慢地说："这小子有多嘴的罪过，不谪罚他，恐怕会败坏天地间的大事。"唐玄宗再一次哀诉请求了许久，张果用水喷在他脸上，叶法善立即就复生了。后来屡次陈说自己年老多病，乞求回去恒州。玄宗下诏让他乘坐驿站之马将其送到恒州。天宝初年，唐玄宗又派人征召他。张果听说后，忽然死去，弟子们将他埋葬了。后来开棺，只是一副空棺而已。

许老翁

许老翁者，不知何许人也，隐于峨嵋山，不知年代。唐天宝中，益州士曹柳某妻李氏，容色绝代。时节度使章仇兼琼新得吐蕃安戎城，差柳送物至城所，三岁，不复命。李在官舍，重门未启。忽有裴兵曹诣门，云是李之中表丈人。李云："无裴家亲。"门不令启。裴因言李小名，兼说其中外氏族，李方令开门致拜。因欲餐，裴人质甚雅，因问柳郎去几时，答云："已三载矣。"裴云："三载义绝，古人所言，今欲如何？且丈人与子，业因合为伉俪，愿无拒此。"而竟为裴丈所迷，似不由人可否也。

裴兵曹者，亦即娶矣，而章仇公闻李姿美，欲窥觊之，乃令夫人特设筵会，屈府县之妻，罔不毕集。唯李以夫婿在远辞焉。章仇妻以须必见，乃云："但来，无苦推辞！"李惧责遂行。着黄罗银泥裙，五晕罗银泥衫子，单丝罗红地银泥帔子，盖益都之盛服也。裴顾衣而叹曰："世间之服，华丽止此耳。"回谓小仆："可归开箱，取第三衣来！"李云："不与第一而与第三，何也？"裴曰："第三已非人世所有矣！"须臾衣至，异香满室。裴再视，笑谓小仆曰："衣服当须尔耶，若章仇何知，但恐许老翁知耳。"乃登车诣节度使家。

既入，夫人并座客，悉皆降阶致礼。李既服天衣，貌更殊异，观者爱之。坐定，夫人令白章仇曰："士曹之妻，容饰绝代。"章仇径来入院，戒众勿起。见李服色，叹息数四，乃借帔观之，则知非人间物。试之水火，亦不焚污。因留诘之，李具陈本末。使人至裴居处，则不见矣。兼琼乃易其衣而进，并奏许老翁之事。敕令以计须求许老。

章仇意疑仙者往来，必在药肆，因令药师候其出处，居四日得之。初有小童诣肆市药，药师意是其徒，乃以恶药与之。小童往而复来，且嘱云："大人怒药不佳，欲见捶挞。"因问大人为谁，童子云："许老翁也。"药师甚喜，引童白府。章仇令劲健百人，卒吏五十人，随童诣山，且申敕令。山峰巉绝，众莫能上，童乃自下大呼，须臾老翁出石壁上，问何故领尔许人来。童具白其事。老翁问："童曷不来？童曷不来？"童遂冉冉蹑虚而上。诸吏叩头求哀云："大夫之暴，翁所知也。"老翁乃许行，谓诸吏曰："君但返府，我随至。"

及吏卒至府未久，而翁亦至焉。章仇见之，再拜俯伏，翁无敬色。因问："娶李者是谁？"翁曰："此是上元夫人衣库之官，俗情未尽耳。"章仇求老翁诣帝，许云："往亦不难。"乃与奏事者克期至长安，先期而至。有诏引见，玄宗致礼甚恭。既坐，问云："库官有罪，天上知否？"翁云："已被流作人间一国主矣！"又问："衣竟何如？"许云："设席施衣于清净之所，当有人来取。"上敕人如其言，初不见人，但有旋风卷衣入云，顾盼之间亦失许翁所在矣。

（卷三十一，出《仙传拾遗》）

[意译]

　　许老翁不知是什么地方的人，隐居在峨眉山，不知多少年。唐玄宗天宝年间，益州的士曹官柳某的妻子李氏，容貌美丽，当代少见。当时节度使章仇兼琼刚刚夺取了吐蕃的安戎城，派柳某送东西到那座城去，三年了，不见他回来。李氏住在官舍里，从来不开内院之门。这一天，忽然有一个叫裴兵曹的登门求见，说是李氏的中表丈人。李氏说："我家没有裴姓的亲戚。"不让开门接待。姓裴的便说出李氏的小名，同时说出她家内外的亲族。李氏这才让开门放他进来，上前拜见。裴丈人想在这里吃饭，他很文雅，谈话间，问到柳郎离家多长时间了。李氏回答说："已经三年了。"裴丈人说："离别三年，夫妻情义就断绝了，这是古人所说的，现在你想怎么办？何况我和你，命中注定要结为夫妻，希望不要拒绝这件事。"李氏竟然被裴丈人迷住了，好像不由得自己答应不答应。

　　裴兵曹已经娶了李氏，节度使章仇公听说李氏貌美，想偷偷看一看她，他让夫人特地举行宴会，请府县所属官员的妻子，没有一个不到来的。只有李氏推说丈夫远出不能来。章仇妻因为一定要见到她，便派人对她说："一定要来，不要苦苦推辞了。"李氏惧怕责罪，便准备去。她穿上有银泥图案装饰的黄罗裙，银泥图饰五色晕染的罗衫，披上银泥图饰红色为底单丝罗的披肩，这是益都的华丽服装。裴兵曹看一下衣服，感叹说："世间的服装，这是最华丽的了。"他回过身去吩咐仆人说："可以回去打开箱子，拿出第三等的衣服来。"李氏说："不给第一等而给第三等，为什么呀？"裴兵曹说："第三等已不是人世间所能有的衣服了。"不一会儿衣服被拿来了，满屋子都是奇异的香气。裴兵曹瞟了两眼，笑着对仆人说："衣服就应这样子才行，像章仇这样的人知道什么，只是恐怕许老翁知道罢了。"便让李氏登车前往节度使家里。

　　到了节度使家里，章仇夫人和满座的客人全都出屋门，走下台阶向她致礼。李氏穿上了仙人的衣服，容貌更加出众，看了的人都喜爱她。众人坐定以后，夫人让人去告诉章仇说："士曹的妻子，容貌和衣饰都是世上少有的。"章仇直接来到院中,告诉大家不要起来迎他。他看见李氏的服装、姿色,一再叹息,又借她的帔子观看,一看就知道不是人世间的东西。放在水里火里去试,既不会浸湿也不会烧毁。章仇便留下李氏问她,李氏详细陈述了事情的经过。章仇派人到裴丈人住的地方找他,已经找不到了。章仇兼琼便用普通衣服把她的仙衣换下来进呈给唐玄宗,并且奏明许老翁的事。唐玄宗下令要用计找到许老翁。

　　章仇怀疑求道修仙的人来来往往一定在药店,因此便让官府的药师等候他的出现,药师等了四天得到了线索。起初有小童到药店买药,药师猜想他是许老翁的徒弟,就把很差的药卖给他。小童拿着药回去又回来,并且嘱托说:"大人生气,说药不好,要捶打我。"药师便问大人是谁,童子说:"是许老翁。"药师非常高兴,领着童子报告帅府。章仇就派一百名猛士、五十名普通卒吏,跟着小童上山,并且叫他们宣布官府的命令。山峰陡峭,大家都无法上去,童子便在下面大声呼叫。不一会儿,许老翁出现在石壁上,问为什么带这些人来。童子详细告诉他怎么回事。老翁问:"你为什么不上来?你为什么不上来?"童子便轻飘飘地腾空而上了。那些兵吏都叩头哀求说:"章仇大夫的残暴,您是知道的。"许老翁才答应走一趟,对兵吏说:"你们只管回帅府去,我随后就到。"

　　待吏卒们回到帅府不久,许老翁也到了。章仇见了,俯伏在地拜了两拜。许老翁并没有恭敬的表情。章仇便问:"娶李氏的是谁?"老翁说:"这是上元夫人管衣库的官员,世俗之情还没有褪尽罢了。"章仇请求老翁去见皇帝,许老翁说:"去也没什么难处。"便和章仇派去奏报此事的使者约定了到长安的日期。还未到期限,许老翁就先到了。唐玄宗下诏会见了他,对他非常恭敬。坐下以后,玄宗问他:"库官有罪,天上知道吗?"老翁说:"他已经被流放到人间做一国的君主了。"玄宗又问:"那些衣服怎么办?"许老翁说:"在清静地方摆一张席,把衣服放在上面,就应当有人来取。"唐玄宗命令人照他说的去做,起初未见人去取,只有一阵旋风把衣卷入云中,就在大家顾望观看的时候,又不知道许老翁哪里去了。

崔　炜

　　贞元中，有崔炜者，故监察向之子也。向有诗名于人间，终于南海从事。炜居南海，意豁然也。不事家产，多尚豪侠。不数年，财业殚尽，多栖止佛舍。时中元日，番禺人多陈设珍异于佛庙，集百戏于开元寺。炜因窥之。见乞食老妪，因蹶而覆人之酒瓮，当垆者殴之，计其直仅一缗耳。炜怜之，脱衣为偿其所直。妪不谢而去。异日又来告炜曰："谢子为脱吾难，吾善灸赘疣。今有越井冈艾少许奉子。每遇疣赘，只一炷耳。不独愈苦，兼获美艳。"炜笑而受之，妪倏亦不见。后数日，因游海光寺，遇老僧赘于耳，炜因出艾试灸之，而如其说。僧感之甚，谓炜曰："贫道无以奉酬，但转经以资郎君之福祐耳。此山下有一任翁者，藏镪巨万，亦有斯疾。君子能疗之，当有厚报。请为书导之。"炜曰："然。"任翁一闻喜跃，礼请甚谨。炜因出艾，一爇而愈。任翁告炜曰："谢君子痊我所苦，无以厚酬，有钱十万奉子，幸从容，无草草而去。"炜因留彼。

　　炜善丝竹之妙，闻主人堂前弹琴声，诘家童。对曰："主人之爱女也。"因请其琴而弹之，女潜听而有意焉。时任翁家事鬼曰"独脚神"，每三岁必杀一人飨之。时已逼矣，求人不获。任翁俄负心，召其子计之曰："门下客既不来，无血属可以为飨。吾闻大恩尚不报，况愈小疾耳。"遂令具神馔，夜将半，拟杀炜。已潜扃炜所处之室，而炜莫觉。女密知之，潜持刃于窗隙间告炜曰："吾家事鬼，今夜当杀汝而祭之。汝可持此破窗遁去，不然者，少顷死矣！此刃亦望持去，无相累也。"炜恐悸汗流，挥刃携艾，断窗棂跃出，拔键而走。任翁俄觉，率家僮十余辈，持刃秉炬追之六七里，几及之。炜因迷道，失足坠于大枯井中，追者失踪而返。

炜虽坠井，为槁叶所藉而无伤。及晓视之，乃一巨穴，深百余丈。无计可出。四旁嵌空宛转，可容千人。中有一白蛇盘屈，可长数丈。前有石臼。岩上有物滴下，如饴蜜，注臼中。蛇就饮之。炜察蛇有异，乃叩首祝之曰："龙王，某不幸坠于此，愿王悯之，幸不相害。"因饮其余，亦不饥渴。细视蛇之唇吻，亦有疣焉。炜感蛇之见悯，欲为灸之，奈无从得火。既久，有遥火飘入于穴。炜乃燃艾，启蛇而灸之。是赘应手坠地。蛇之饮食久妨碍，及去，颇以为便。遂吐径寸珠酬炜。炜不受而启蛇曰："龙王能施云雨，阴阳莫测。神变由心，行藏在己。必能有道，拯援沉沦。倘赐挈维，得还人世，则死生感激，铭在肌肤。但得一归，不愿怀宝。"蛇遂咽珠，蜿蜒将有所适。炜遂载拜，跨蛇而去。不由穴口，只于洞中行，可数十里。其中幽暗若漆，但蛇之光烛两壁。时见绘画古丈夫，咸有冠带。最后触一石门，门有金兽啮环，洞然明朗。蛇低首不进，而卸下炜。

炜将谓已达人世矣，入户，但见一室，空阔可百余步。穴之四壁，皆镌为房室。当中有锦绣帏帐数间，垂金泥紫，更饰以珠翠，炫晃如明星之连缀。帐前有金炉，炉上有蛟龙鸾凤、龟蛇鸾雀，皆张口喷出香烟，芬芳蓊郁。傍有小池，砌以金璧，贮以水银凫鹥之类，皆琢以琼瑶而泛之。四壁有床，咸饰以犀象，上有琴瑟笙篁，鼗鼓祝敔，不可胜记。炜细视，手泽尚新。炜乃恍然，莫测是何洞府也。良久，取琴试弹之。四壁户牖咸启，有小青衣出而笑曰："玉京子已送崔家郎君至矣。"遂却走入，须臾，有四女，皆古环髻，曳霓裳之衣。谓炜曰："何崔子擅入皇帝玄宫耶？"炜乃舍琴再拜，女亦酬拜。炜曰："既是皇帝玄宫，皇帝何在？"曰："暂赴祝融宴尔。"遂命炜就榻鼓琴。炜乃弹《胡笳》。女曰："何曲也？"曰："《胡笳》也。"曰："何为《胡笳》？吾不晓也。"炜曰："汉蔡文姬，即中郎邕之女也。没于胡中。及归，感胡中故事，因抚琴而成斯弄，像胡中吹笳哀咽之韵。"女皆怡然曰："大是新曲。"遂命酌醴传觞。炜乃叩首，求归之意颇切。女曰："崔子既来，皆是宿分。何必匆遽，幸且淹驻。羊城使者少顷当来，可以随往。"谓崔子曰："皇帝已许田夫人奉箕帚，便可相见。"崔子莫测端倪，不敢应答。遂命侍女召田夫人，夫人不肯至，曰："未奉皇帝诏，不敢见崔家郎也。"再命不至。谓炜曰："田夫人淑德美丽，世无俦匹。愿君子善奉之，亦宿业耳。夫人即齐王女也。"崔子曰："齐王何人也？"女曰："王讳横，昔汉初王齐而居海岛者。"

逡巡，有日影入照坐中，炜因举首，上见一穴，隐隐然睹人间天汉耳。四女曰："羊城使者至矣。"遂有一白羊自空冉冉而下，须臾至座。背有一丈夫，衣冠俨然。执大笔，兼封一青竹简，上有篆字。进于香几上。四女命侍女读之曰："广州刺史徐绅死，安南都护赵昌充替。"女酌醴饮使者曰："崔子欲归番禺，愿为挈往。"使者唱喏。回谓炜曰："他日须与使者易服缁宇，以相酬劳。"炜但唯唯。四女曰："皇帝有敕，令与郎君国宝阳燧珠，将往至彼，当有胡人具十万缗而易之。"遂命侍女开玉函，取珠授炜。炜载拜捧受。

谓四女曰："炜不曾朝谒皇帝，又非亲族，何遽贶遗如是？"女曰："郎君先人有诗于越台，感悟徐绅，遂见修缉。皇帝愧之，亦有诗继和。赍珠之意，已露诗中。不假仆说，郎君岂不晓耶？"炜曰："不识皇帝何诗？"女命侍女书题于羊城使者笔管上云："千岁荒台隳路隅，一烦太守重椒涂。感君拂拭意何极，报尔美妇与明珠。"炜曰："皇帝原何姓字？"女曰："已后当自知耳。"女谓炜曰："中元日，须具美酒丰馔于广州蒲涧寺静室，吾辈当送田夫人往。"炜遂再拜告去。欲蹑使者之羊背，女曰："知有鲍姑艾，可留少许。"炜但留艾，即不知鲍姑是何人也，遂留之。瞬息而出穴，履于平地，遂失使者与羊所在。望星汉，时已五更矣。俄闻蒲涧寺钟声，遂抵寺。僧人以早糜见饷，遂归广州。

崔子先有舍税居，至日往舍询之，曰："已三年矣。"主人谓崔炜曰："子何所适而三秋不返？"炜不实告。开其户，尘榻俨然，颇怀凄怆。问刺史，则徐绅果死而赵昌替矣。乃抵波斯邸潜鬻是珠。有老胡人一见，遂匍匐礼手曰："郎君的入南越王赵佗墓中来，不然者不合得斯宝，盖赵佗以珠为殉故也。"崔子乃具实告，方知皇帝是赵佗，佗亦曾称南越武帝故耳。遂具十万缗易之。崔子诘胡人曰："何以辨之？"曰："我大食国宝阳燧珠也，昔汉初，赵佗使异人梯山航海盗归番禺，今仅千载矣。我国有能玄象者，言来岁国宝当归。故我王召我，具大舶重资，抵番禺而搜索。今日果有所获矣。"遂出玉液而洗之，光鉴一室。胡人遽泛舶归大食去。

炜得金，遂具家产。然访羊城使者，竟无影响。后有事于城隍庙，忽见神像有类使者，又睹神笔上有细字，乃侍女所题也。方具酒脯而奠之，兼重粉缋及广其宇。是知羊城即广州城，庙有五羊焉。又征任翁之室，则村老云："南越尉任嚣之墓耳。"又登越王殿台，睹先人诗云："越井冈头松柏老，越王台上生秋草。古墓多年无子孙，野人踏践成官道。"兼越王继和诗，踪迹颇异。乃询主者，主者曰："徐大夫绅因登此台，感崔侍御诗。故重粉饰台殿，所以焕赫耳。"

后将及中元日，遂丰洁香馔甘醴，留蒲涧寺僧室。夜将半，果四女伴田夫人至，容仪艳逸，言旨雅淡。四女与崔生进觞谐谑，将晓告去。崔子遂再拜讫，致书达于越王，卑辞厚礼，敬荷而已。遂与夫人归室。炜诘夫人曰："既是齐王女，何以配南越人？"夫人曰："某国破家亡，遭越王所虏为嫔御，王崩，因以为殉。乃不知今是几时也。看烹郦生，如昨日耳。每忆故事，辄一潸然。"炜问曰："四女何人？"曰："其二瓯越王摇所献，其二闽越王无诸所进。俱为殉者。"又问曰："昔四女云鲍姑何人也？"曰："鲍靓女，葛洪妻也。多行灸于南海。"炜方叹骇昔日之妪耳。又曰："呼蛇为玉京子何也？"曰："昔安期生长跨斯龙而朝玉京，故号之玉京子。"炜因在穴饮龙余沫，肌肤少嫩，筋力轻健。后居南海十余载，遂散金破产，栖心道门。乃挈室往罗浮访鲍姑。后竟不知所适。

（卷三十四，出《传奇》）

[意译]

唐朝贞元年间，有一个叫崔炜的，是已故的监察御史崔向的儿子。崔向在世间很有诗名，死在海南从事任上。崔炜虽然流落在南海，心境很豁达。他不经营家产，却轻财好施，喜欢仗义任侠。没几年，财产家业全部用光，他就经常栖身住在寺庙里。当时中元节，番禺人喜欢在佛寺里陈设珍异的东西，在开元寺汇集各种乐舞杂技。崔炜于是在那里偷看。他看见一个要饭的老婆婆因为跌倒而碰碎了别人的酒瓮，卖酒的人要打她，估计那酒瓮只值一缗钱罢了。崔炜可怜老婆婆，脱下衣服为她赔偿了酒瓮的钱。老婆婆也不谢他就走了。过了几天又来告诉崔炜说："感谢你解除了我的困境，我善于用艾草灸小瘤子。现在有一点儿越井冈的艾绒奉送给你。每遇到小瘤子，只要一炷艾绒去灸就可以了。不仅能治愈疾病，还能得到美丽的妻子。"崔炜笑着收下了艾绒，老婆婆忽然不见了。几天以后，因为游赏海光寺，碰到老僧人耳朵上有小瘤子，崔炜取出艾绒试着薰灸，果然像老婆婆说的那样一炷艾绒就灸好了。老和尚非常感谢他，对他说："贫僧没有什么奉送作为酬谢，只有念经来进一步福佑你。这山下有一个叫任翁的，藏着上万串钱，也有这样的瘤疾。你能去为他治疗，应当会有丰厚的报答。请让我写一封信把你介绍给他。"崔炜说："好！"到了任翁那里，任翁一听到崔炜能灸瘤子，高兴得跳起来，很恭敬地施礼延请他进去。崔炜于是取出艾绒，一烧就治愈了。任翁对崔炜说："感谢你治愈了我的疾病，没有什么丰厚的报酬，只有十万钱送给你，希望从容地多住些日子，不要匆匆地就离去。"崔炜于是留在任翁家。

　　崔炜擅长丝竹乐器，演奏得很精妙，这天听见主人堂前有弹琴的声音，便问家童这是谁弹的。家童说："这是主人疼爱的女儿。"于是请求借她的琴弹奏。其女偷偷地听他演奏，对他已经有意了。当时任翁家里供奉一个叫"独脚神"的鬼，每三年要杀一个人祭献它。杀人祭鬼的日子又临近了，但是还没有找着供杀祭的人。任翁突然变心了，把他儿子叫来商量说："负责找祭鬼人的门下客既然没有来，没有血缘关系的人可以祭献。我听说大恩尚且不报，何况治愈小病呢？"于是吩咐准备祭神的菜食，快半夜的时候，准备杀掉崔炜。已经悄悄地锁上了崔炜住的房间，崔炜却没有察觉。任翁的女儿暗中知道了，就偷偷地带着刀从窗户缝隙里告诉崔炜说："我家里供奉鬼，今天晚上要杀你去祭献鬼。你可以拿这刀破开窗户逃走，不这样的话，一会儿你就死了！这刀也希望你带走，不要连累了我。"崔炜惊恐得汗流全身，拿着刀带着艾绒，弄断窗棂跳了出来，拔下门闩就逃走了。一会儿，任翁发觉了，率领十几个家童，拿着刀举着火把追出六七里，差一点儿就要追上。崔炜因为迷路，失足掉进一个大枯井里，追找的人不见他的踪迹就回来了。

　　崔炜虽然坠入井里，但井里有枯叶垫着，所以并没有负伤。到天亮一看，原来这井是一个大洞穴，一百多丈深，崔炜没办法出来。洞四周空隙很大，可以容纳一千个人。中间有一条白蛇盘曲着，白蛇有几丈长。前面有个石臼，岩石上有东西滴下来，像蜜糖浆，流入石臼里。白蛇就在石臼里饮这东西。崔炜觉察到这蛇与众不同，就向它叩头祝祷说："龙王，我不幸坠入这里，希望龙王可怜我，不要害我。"于是饮食石臼中剩余的浆液，吃下以后，也不觉得饥渴了。他又仔细看白蛇的嘴唇，也有小瘤子。崔炜感激白蛇可怜了自己，想为它治小瘤子，可是无处可以得到火。正想着，好一会儿，远远一团火飘入洞口。崔炜就燃起艾绒，向蛇说明要给它灸疗，就熏灸起来。那小瘤子应手就坠落地上。白蛇的饮食很久都受到小瘤子的妨碍，待灸去了小瘤子就方便了。于是吐出一颗直径一寸大小的珍珠酬谢崔炜。崔炜不肯收下，他向白蛇说："龙王能够呼风唤雨，没法测知它的阴阳变化。神灵的变化全由着心意，或者出来呼风唤雨，或者退藏在岩穴中。一定有办法拯救落入洞穴中的人。如果能带我出洞穴，让我回到人世，那我生生死死都感激你，把你的恩义深深铭刻在心里。只希望回到人世，不愿意收下宝物。"白蛇于是咽下珍珠，蜿蜒游动像要去什么地方。崔炜于是拜了几拜，跨上蛇身而去。这蛇却不出洞口，只在洞里游走，游了几十里。里面一片漆黑，只有蛇身上的光照亮两边洞壁。不时看见洞壁上有绘画，画着古代的男子，都有衣冠服饰。最后白蛇触着一处石门，门上有金兽衔着的门环，里面通亮通亮。白蛇却低下头不进去，只是卸下崔炜来。

　　崔炜以为已经到了人世，进了门，只见一个洞室，空阔有一百多步。洞穴的四壁，都开凿了房室。里面有几间锦绣帏帐，金色、紫色十分鲜艳，上面装饰着珍珠翡翠，光晃晃地像连缀着明亮的星星。帐前有金炉，炉上铸着蛟龙鸾凤、龟蛇鸾雀各种祥兽珍禽，这些铸成的禽兽都张着口喷出香烟，那香气芬芳浓郁。旁边有一小池，池壁用金子砌成，池里贮着水银水鸟，这些水鸟都用美玉琢成，浮在水面上。四壁有床，都刻有犀象的图案，上面有琴瑟笙篁等各种乐器，种类多得数不过来。崔炜仔细察看，手汗沾润的痕迹还是新的。崔炜明白了，可能到了神仙洞府，但不知道是谁的洞府。许久，崔炜取过琴试弹几下，四壁的门窗一下子全打开了，一个小婢女出来笑着说："玉京子已经送崔家的郎君来了。"于是返身走进去，不一会，四个梳着古典的发髻，披着彩虹一样的衣服的女子出来，对崔炜说："为什么崔家郎君擅自进入皇帝的地下宫殿？"崔炜便放下琴，拜了两拜，女子也回拜答礼。崔炜说："既然是皇帝的地下宫殿，皇帝在哪里？"女子说："临时到祝融那里赴宴去了。"于是叫崔炜靠着床弹琴。崔炜便弹起了《胡笳弄》的琴曲。女子说："什么曲子呀？"崔炜说："是《胡笳曲》。"女子说："什么是《胡笳曲》？我们不知道。"崔炜说："汉朝的蔡文姬，就是中郎蔡邕的女儿，流落到胡域中，待她回中原时，有感于自己在胡地的经历，就抚琴弹成了这支曲子，模仿胡地吹笳哀咽的韵味。"女子听了都觉得心旷神怡，说："真是新曲调。"于是让崔炜斟酒传杯。崔炜却向女子叩头，请求回到人世的心意非常急切。女子说："崔子既然来了，都是前世的缘分，何必匆匆忙忙呢？希望暂且逗留一会儿，羊城使者马上就应当来了，可以随从一起去。"又对崔炜说："皇帝已经答应田夫人做你的妻子，这就可和她相见。"崔炜不知怎么回事，不敢应声。四女子于是吩咐侍女召请田夫人，夫人不肯来，说："没有得到皇帝的诏令，不敢见崔家郎。"两次请她都不来。女子们对崔炜说："田夫人品德贤淑，容貌美丽，世上没人比得上。希望您很好地侍奉她，这也是前世的缘分。夫人就是齐王女啊。"崔炜问："齐王是什么人？"女子说："齐王名横，过去西汉初年称王于齐国，后来逃到海岛上的。"

不一会儿，有日影进来照在座位上，崔炜于是抬起头，看见上面一洞穴，隐约可见人间的天河。四女子说："羊城使者到了。"遂有一只白羊从空中飘飘然地下来，不一会儿就到了座位上。背上有一个男子，衣冠齐整威严，拿着大笔，还有一青竹简，上面有篆字。男子把竹简进献在香几上。四个女子让侍女读着上面的话："广州刺史徐绅死了，安南都护赵昌代替。"女子斟上一杯酒请使者喝下，说："崔子想回广州，希望带上他一起走。"使者高声答应。女子回头对崔炜说："将来要给使者换衣服，修理屋宇，以酬谢他。"崔炜只是连声答应。四女子说："皇帝有敕令，让把国宝阳燧珠给郎君，带到广州去，应当有胡人准备十万缗钱来交换它。"于是吩咐侍女打开玉函，取出宝珠给崔炜。崔炜下拜行礼，双手捧着接受下来。他对四个女子说："我没有朝见过皇帝，又不是其亲族，怎么突然赠给我这么贵重的东西？"女子说："郎君的父亲有诗在越王台上，感悟了徐绅，徐绅就将越王台修整一新。皇帝受到感动，也有诗相和。诗里已经有送给你宝珠的意思，不用我说，你难道不知道吗？"崔炜说："不知道皇帝是什么诗？"女子吩咐侍女把诗写在羊城使者的笔管上："千年历史的荒台倒在路旁，烦劳太守你重新修缮了一遍。多么地感激你帮助了我，作为报答我送给你美妇和明珠。"崔炜说："皇帝原来姓名是什么？"女子说："以后你自然知道。"女子对崔炜说："中元节那天，你要准备好美酒和丰盛的菜肴在广州蒲涧寺的静室里，我们这些人会送田夫人去。"崔炜于是拜了两拜告辞离去。正要跨上使者的羊背，女子说："知道你有鲍姑的艾绒，可以留下一点儿。"崔炜只有艾绒，却不知道鲍姑是什么人，于是把艾绒留下。刚骑上羊背，转瞬间就出了洞穴，走在了平地上，使者和羊也不见了。望望天河，知道已是五更天了。不一会儿听见蒲涧寺的钟声，便前去寺里。僧人们供他一顿早粥，于是回去广州。

崔炜原来租了一间房子，到广州的那天去房子询问，说："已经三年了。"主人对崔炜说："你到哪里去了？怎么三年不回来？"崔炜没有如实说。打开门，满是尘土的床还照旧摆在那里，感到有些凄怆。问刺史的情况，徐绅果然死了，赵昌果然代替了刺史职务。崔炜到波斯商人的店铺偷偷地卖那宝珠。有个老胡人一见，便伏身下来以手作礼说："你一定进了南越王赵佗的墓，不然的话不应当得到这个宝贝，因为赵佗是用这颗宝珠殉葬的。"崔炜于是详细如实告诉他，才知道皇帝就是赵佗。因为赵佗也曾自称是南越武帝。老胡人便凑足十万缗钱买下了宝珠。崔炜问胡人说：

"根据什么辨别它?"胡人说:"这是我们大食国的国宝阳燧珠,过去汉初,赵佗派异人越山过海把它偷回到番禺,现在将近一千年了。我国有善于观察天象的,说明年国宝应当回来。所以我们国王把我召去,准备了大船和许多资金,到番禺去搜索。今天果然得到了它。"于是取出玉液来清洗,光芒照耀了整个屋子。胡人急忙乘船渡海回大食国去了。

崔炜得了钱,便添置家产。但是寻访羊城使者,却没有一点儿消息。后来有事到城隍庙,忽然看见神像有些像使者,又看见神笔上有细小的字,就是侍女题的。崔炜这才置办了酒和干肉祭奠,又重新粉饰了神像,并且扩大了庙宇。他由此知道羊城就是广州城,因为庙里有五羊。又查找任翁的房子,到那里,村里老人说:"那是南越尉任嚣的坟墓。"又登上越王殿台,看见先人的诗说:"越井冈头松柏已经枯老,越王台上长满了秋草。古墓的主人多年没有子孙,没人修墓,已被山野之人踏成平地成了官道。"还有越王的继和诗,踪迹很奇异。于是询问管理越王台的人,主管的人说:"御史大夫徐绅因为登上这越王台,有感于侍御崔向的诗,所以重新粉饰了殿台,因此焕然一新了。"

中元节将近,崔炜置办了丰盛干净香喷喷的佳肴美酒,留在蒲涧寺的僧房里。快到半夜了,果然有四个女子陪伴着田夫人到了。田夫人容貌仪态秀逸,言谈旨意高雅恬淡。四个女子和崔炜饮酒调笑,快天亮了告辞而去。崔炜于是拜了又拜,拜完,请她们给越王送信,书信里言辞谦恭,礼仪郑重,都是表示感谢的话。送走四女子,于是和田夫人回到僧室。崔炜问夫人说:"既然是齐王的女儿,为什么嫁给南越人?"田夫人说:"我国破家亡,被越王虏为嫔妃,越王死了,把我作为殉葬。已经不知道现在是什么时候了。看齐王烹杀刘邦派来劝降的郦生,就像昨天的事。每当回忆往事总是禁不住落泪。"崔炜问道:"四个女子是什么人?"夫人说:"有两个是瓯越王摇所献的,有两个是闽越王无诸所进奉的。都是为越王殉葬的。"崔炜又问:"那次四个女子说的鲍姑是什么人?"夫人说:"鲍靓的女儿,葛洪的妻子。经常在南海行灸治病。"崔炜才知道昔日的老婆婆不是寻常人而感叹惊异。他又问:"把蛇叫作玉京子是为什么呢?"夫人说:

"过去安期生经常骑这条龙去朝见天帝居住的玉京,因此叫它为玉京子。"崔炜因为在洞穴里饮了龙的余沫,肌肤年轻细嫩,筋骨体力轻健。后来住在南海十多年,便散去金钱,分掉家产,一心归入道门。他带着全家到罗浮去寻访鲍姑,后来竟不知他到哪里去了。

黑叟

唐宝应中,越州观察使皇甫政妻陆氏,有姿容而无子息。州有寺名宝林,中有魔母神堂,越中士女求男女者,必报验焉。政暇日,率妻孥入寺,至魔母堂,捻香祝曰:"祈一男,请以俸钱百万贯缔构堂宇。"陆氏又曰:"倘遂所愿,亦以脂粉钱百万,别绘神仙。"既而寺中游,薄暮方还。两月余,妻孕,果生男。

政大喜,构堂三间,穷极华丽。陆氏于寺门外筑钱百万,募画工,自汴、滑、徐、泗、扬、润、潭、洪及天下画者,日有至者。但以其偿过多,皆不敢措手。忽一人不说姓名,称剑南来,且言善画。泊寺中月余,一日视其堂壁,数点头。主事僧曰:"何不速成其事耶?"其人笑曰:"请备灯油,将夜缉其事。"僧从其言。至平明,灿烂光明,俨然一壁。画人已不见矣。

政大设斋,富商来集。政又择日,率军吏州民,大陈伎乐。至午时,有一人形容丑黑,身长八尺,荷笠莎衣,荷锄而至。阍者拒之,政令召入,直上魔母堂,举手锄以厥其面,壁乃颓。百万之众,鼎沸惊闹。左右武士欲擒杀之,叟无怖色。政问之曰:"尔颠痫耶?"叟曰:"无。""尔善画耶?"叟曰:"无!"曰:"缘何事而厮此也？"叟曰："恨画工之罔上也，夫人与上官舍二百万，图写神仙，今比生人，尚不逮矣。"政怒而叱之。叟抚掌笑曰："如其不信，田舍老妻，足为验耳。"政问曰："尔妻何在？"叟曰："住处过湖南三二里。"政令十人随叟召之。叟自苇庵间，引一女子，年十五六，薄傅粉黛，服不甚奢，艳态媚人，光华动众。顷刻之间，到宝林寺。百万之众，引颈骇观。皆言所画神母，果不及耳。引至阶前，陆氏为之失色。

政曰："尔一贱夫，乃蓄此妇，当进于天子。"叟曰："待归与田舍亲诀别也。"政遣卒五十，侍女十人，同诣其家。至江欲渡，叟独在小游艇中，卫卒、侍女、叟妻同一大船，将过江，不觉叟妻于急流之处，忽然飞入游艇中。人皆惶怖，疾棹趋之。夫妻已出，携手而行。又追之，二人俱化为白鹤，冲天而去。

（卷四十一，出《会昌解颐》及《河东记》）

[意译]

唐朝宝应年间，越州观察使皇甫政的妻子陆氏，长得漂亮却没有生儿子。越州有一个寺庙叫宝林寺，里面有魔母的神堂，越州一带百姓向她祈求生儿生女的，一定会有应验报答。皇甫政有空的时候，带着妻子到寺庙里，进了魔母神堂，手拿着香祝祷说："祈求赐给我们一个男孩，我要从我的俸禄钱里拿出一百万来为你修盖殿宇。"陆氏又说："如果能够如愿，我也从我的脂粉钱里拿出一百万，另外为你绘幅神像。"祝祷完毕，两人在寺里游玩，快天黑才回来。两个多月以后，妻子果然怀孕，生了一个男孩。

皇甫政十分高兴，修建了三间殿堂，华丽到了极点。陆氏把百万钱陈列在寺门之外，募请画工。每天都有从汴州、滑州、徐州、泗州、扬州、润州、潭州、洪州以及天下其他地方来的画工，前来准备应募。只是因为悬赏的酬金太高，都不敢动手画。这天忽然有一个人，不说出他的姓名，自称是从剑南来的，又说他善于绘画。他在寺庙里停留了一个多月，这一天他看看殿堂的墙壁，点了好几下头。主持这件事的和尚说："为什么不赶快完成这件事？"那人笑着说："请准备灯和油，我要在晚上做完这件事。"和尚听从他的话。第二天天刚亮，只见满壁一片光明，鲜艳灿烂，整整齐齐一壁都画好了。那画工已经不见了。

皇甫政于是在寺庙里大设斋宴，各地富商都请来了。皇甫政又选了个吉日，率领部下军吏和州里百姓，参观新修的殿堂，陈列着盛大的乐队奏乐助兴。中午时分，有一个人外貌又丑又黑，身长八尺，头戴笠帽，身披蓑衣，扛着锄头进来了。守门人拦住他，皇甫政则让人召他进去。这人一进寺庙，就直奔魔母神堂，举起锄头就刨画在壁上的魔母像的脸，堂壁就这样倒了。百万观众惊骇叫喊，像鼎里沸腾的水一样。左右的武士想要抓住他杀了，但那黑丑老头毫无惧色。皇甫政问他说："你疯了吗？"黑老头说："没有。"皇甫政又问："你善于画画吗？"黑老头说："不会。"皇甫政于是问："那你为什么把这画刨掉？"黑老头："我恨这画工欺骗长官。夫人和长官您施舍了二百万画神仙的图像，现在画的神仙的容貌还不如世上的人呢！"皇甫政发怒，呵叱他。黑老头拍着手掌笑着说："如果不信，我这乡下人的妻子就足以证明比她美丽。"皇甫政问他："你妻子在哪里？"黑老头说："住处过了湖往南二三里。"皇甫政叫十个人跟着黑老头把她召来。黑老头从茅草屋里领出一个女子，十五六岁，淡淡地抹了点儿粉，衣服也不怎么讲究，却姿色娇艳，惹人喜爱，遍体光华，动人心扉。不一会儿，就到了宝林寺。百万的观众，都伸长了脖子惊异地看着她。人们都说，画上画的神母像，果然比不上她。把她领到台阶前，陆氏也为她的美丽大惊失色。

皇甫政说："你一个下贱的人，却养着这样美貌的女子，应当把她进奉给皇上。"黑老头说："待回去和我们的亲戚告别吧。"皇甫政便派遣五十个士卒、十个侍女，一同去他家里。到了湖上要渡过去，黑老头独自在小游艇上,卫卒、侍女和黑老头的妻子同在一条大船上,快要到岸的时候,不意之中黑老头的妻子忽然飞到了小游艇中。人们都慌了神,心里害怕,飞快地划着船去追他们。黑老头夫妻俩已经离船登岸,手拉着手走了。人们再追上去,二人都化为了白鹤,冲向天空飞走了。

裴 航

唐长庆中,有裴航秀才,因下第游于鄂渚,谒故旧友人崔相国。值相国赠钱二十万,远挈归于京,因佣巨舟,载于湘汉。同载有樊夫人,乃国色也。言词问接,帷帐昵洽。航虽亲切,无计道达而会面焉。因赂侍妾袅烟,而求达诗一章,曰:"同为胡越犹怀想,况遇天仙隔锦屏。倘若玉京朝会去,愿随鸾鹤入青云。"诗往,久而无答。航数诘袅烟,烟曰:"娘子见诗若不闻,如何?"航无计,因在道求名酝珍果而献之。夫人乃使袅烟召航相识。及搴帷,而玉莹光寒,花明丽景,云低鬓鬟,月淡修眉,举止烟霞外人,肯与尘俗为偶。航再拜揖,聘眙良久之。夫人曰:"妾有夫在汉南,将欲弃官而幽栖岩谷,召某一诀耳。深哀草忧,虑不及期,岂更有情留盼他人?的不然耶?但喜与郎君同舟共济,无以谐谑为意耳。"航曰:"不敢!"饮讫而归。操比冰霜,不可干冒。夫人后使袅烟持诗一章,曰:"一饮琼浆百感生,玄霜捣尽见云英。蓝桥便是神仙窟,何必崎岖上玉清?"航览之,空愧佩而已,然亦不能洞达诗之旨趣。后更不复见,但使袅烟达寒暄而已。遂抵襄汉,与使婢挈妆奁,不告辞而去。人不能知其所造。航遍求访之,灭迹匿形,竟无踪兆。

遂饰装归辇下。经蓝桥驿侧近，因渴甚，遂下道求浆而饮。见茅屋三四间，低而复隘。有老妪缉麻苎。航揖之，求浆。妪咄曰："云英，擎一瓯浆来，郎君要饮。"航讶之，忆樊夫人诗有"云英"之句，深不自会。俄于苇箔之下，出双玉手捧瓷；航接饮之，真玉液也。但觉异香氤郁，透于户外。因还瓯，遽揭箔，睹一女子，露裛琼英，春融雪彩，脸欺腻玉，鬓若浓云，娇而掩面蔽身，虽红兰之隐幽谷，不足比其芳丽也。航惊怛，植足而不能去，因白妪曰："某仆马甚饥，愿憩于此，当厚答谢，幸无见阻。"妪曰："任郎君自便。"且遂饭仆秣马。良久，谓妪曰："向睹小娘子艳丽惊人，姿客擢世，所以踌躇而不能适。愿纳厚礼而娶之，可乎？"妪曰："渠已许嫁一人，但时未就耳。我今老病，只有此女孙。昨有神仙遗灵丹一刀圭，但须玉杵臼捣之百日，方可就吞，当得后天而老。君约取此女者，得玉杵臼，吾当与之也。其余金帛，吾无用处耳。"航拜谢曰："愿以百日为期，必携杵臼而至，更无他许人。"妪曰："然。"航恨恨而去。

及至京国，殊不以举事为意，但于坊曲、闹市、喧衢，而高声访其玉杵臼，曾无影响。或遇朋友，若不相识，众言为狂人。数月余日，或遇一货玉老翁，曰："近得虢州药铺卞老书，云有玉杵臼货之。郎君恳求如此，此君吾当为书导达。"航愧荷珍重，果获杵臼。卞老曰："非二百缗不可得。"航乃泻囊，兼货仆货马，方及其数。遂步骤独挈而抵蓝桥。昔日妪大笑曰："有如是信士乎？吾岂爱惜女子，而不酬其劳哉？"女亦微笑曰："虽然，更为吾捣药百日，方议姻好。"妪于襟带间解药，航即捣之，昼为而夜息。夜则妪收药臼于内室。航又闻捣药声，因窥之，有玉兔持杵臼，而雪光辉室，可鉴毫芒，于是航之意愈坚。如此日足，妪持而吞之，曰："吾当入洞而告姻戚，为裴郎具帐帏。"遂挈女入山，谓航曰："但少留此。"逡巡，车马仆隶，迎航而往。

别见一大第连云，珠扉晃日，内有帐幄屏帏，珠翠珍玩，莫不臻至，愈如贵戚家焉。仙童侍女，引航入帐就礼讫。航拜妪，悲泣感荷。妪曰："裴郎自是清冷裴真人子孙，业当出世，不足深愧老妪也。"及引见诸宾，多神仙中人也。后有仙女，鬟髻霓衣，云是妻之姊耳。航拜讫，女曰："裴郎不相识耶？"航曰："昔非姻好，不醒拜侍。"女曰："不忆鄂渚同舟回而抵襄汉乎？"航深惊怛，恳悃陈谢。后问左右，曰："是小娘子之姊云翘夫人，刘纲仙君之妻也。已是高真，为玉皇之女吏。"妪遂遣航将妻入玉峰洞中，琼楼殊室而居之，饵以绛雪琼英之丹，体性清虚，毛发绀绿，神化自在，超为上仙。

至太和中，友人卢颢遇之于蓝桥驿之西，因说得道之事，遂赠蓝田美玉十斤，紫府云丹一粒，叙话永日，使达书于亲爱。卢颢稽颡曰："兄既得道，如何乞一言而教授。"航曰："老子曰：'虚其心，实其腹。'今之人，心愈实，何由得道之理？"卢子憮然。而语之曰："心多妄想，腹漏精溢，即虚实可知矣。凡人自有不死之术，还丹之方，但子未便可教，异日言之。"卢子知不可请，但终宴而去。后世人莫有遇者。

（卷五十，出《传奇》）

[意译]

唐朝长庆年间，有个叫裴航的秀才，因为参加科举考试没有考中，便出游于鄂州，去拜访老朋友崔相国。正值崔相国赠给他二十万钱，要远途带着回京城。于是雇了一艘大船，载到湘江汉水。同船的有个樊夫人，有倾城倾国之貌。裴航和她言语交谈，隔着帷帐十分亲昵融洽。裴航与她虽然亲切，但是没有法子和她直接会面。于是贿赂侍女袅烟，求她送去诗一首，诗写道："南北远隔尚且思念怀恋，何况遇见了天仙就只隔着锦屏？假如你到天上玉京朝会天帝，我也愿跟随着鸾鹤飞入云天。"诗送过去以后，很久没有答复。裴航几次诘问袅烟，袅烟说："娘子看诗就好像没看见一样，怎么办？"裴航没办法，于是在途中买了名贵的佳酿、珍稀的果品，献给她。夫人于是让袅烟请裴航过去和她相识。待到揭起帷幕，只见樊夫人像一块美玉晶莹透亮，像一株鲜花照耀着明丽的春景，鬟鬓低垂像一团乌黑的云彩，淡淡的长眉毛像弯弯的月亮，一举一动是烟霞仙境中人，怎是尘俗的人所能相比？裴航拜了两拜，瞪着眼呆呆地看了许久。夫人说："我有丈夫在汉南，准备弃官到山林隐居，叫我去和他诀别。我深深地感到哀愁，担心赶不上约定的日期，哪里有心思和别人情来意往？确实不是这样吗？只是喜欢和郎君同乘一条船，共渡一江水，不要把我的戏耍玩笑放在心上。"裴航说："不敢！"喝完酒就回去了。裴航感到夫人的节操比冰霜高洁，不可冒犯。夫人后来让袅烟送来一首诗，诗写道："喝下美酒我百感交集，玄霜捣尽现出了云英。蓝桥就是神仙的洞府，何必要历尽艰辛登上天上的玉清？"裴航读了诗，只是惭愧钦佩罢了，可并不能完全理解诗的旨趣。后来再没有和樊夫人相见，只是叫袅烟传达几句寒暄的话罢了。他们于是抵达了襄汉，夫人和婢女带着梳妆匣子，不向裴航告辞就走了。人们无法知道她的去向。裴航到处寻找访求，但樊夫人形迹藏匿，没有一点儿踪影。

裴航于是准备行装回到京城。经过蓝桥驿附近，因为十分口渴，于是到道旁要水喝。只见路边三四间茅屋，又低又狭，有一个老妇人在缉麻苎。裴航拱手行礼，求水喝。老妇人呵斥道："云英，拿一盏酒来，郎君要饮。"裴航很惊讶，回想起樊夫人的诗里有"云英"的句子，深奥不能理解。不一会，从芦苇编成的帘幕之下，伸出一双如玉的手捧着瓷盏。裴航接过一饮,真是琼浆玉液。只觉得异样的香气十分浓郁,那香气飘出了门外。他趁还瓷盏,突然揭开帘幕,就看见一个女子,像含露的鲜花一样娇艳,像春天将要融化的白雪一样嫩白,容貌胜过润泽的美玉,鬓发像浓密黑润的乌云,娇羞地掩着脸藏着身,即使隐藏在幽谷里的红兰,也比不上她的芳艳娇丽。裴航惊呆了,脚像扎了根不能移动,于是对老妇人说:"我的奴仆和马都很饿了,希望在这里休息,我要重重地答谢你,希望不要劝阻我们。"老妇人说:"郎君请自便吧。"裴航于是让仆从吃了饭,又喂了马。好大一会儿,才问老妇人说:"刚才看见小娘子惊人的美貌,盖世的姿色,所以停下来不愿走。愿意献纳厚礼娶她,可以吗?"老妇说:"她已经许嫁一个人了,只是时候未到而已。我现在又老又病,只有这个孙女。昨天神仙留给我一刀圭灵丹,只是需要玉杵臼捣上一百天,才可吞下去,得到长生不老。你约定要娶我这孙女,找到了玉杵臼,我就把她嫁给你。其余的金钱财物,对我都没有用处。"裴航拜谢说:"希望给我一百天的期限,一定带玉杵臼回来。再不要答应别人。"老妇说:"行。"裴航恨恨地离去了。

到了京城,裴航一点儿也不把参加科举考试的事放在心上,只是在街头巷尾、闹市里、人多的大道上,高声寻访玉杵臼,但都没有回声应响。有时遇见老朋友,就像不认识一样,大家都说他是疯子。几个月以后,有一天,偶尔遇见一个买玉的老头,告诉他说:"前些日子得到虢州药铺卞老的信说,有玉杵臼出卖。你这样恳切地寻求,我当写信把你介绍给他。"裴航得到他的珍重,十分惭愧。在买玉老头的指点下,裴航找到虢州药铺的卞老,果然见到了玉杵臼。卞老说:"非二百缗钱不卖。"裴航于是把钱袋里的钱全倒出来,还把仆人和马都卖了,才凑足这个数。他得到玉杵臼,便独自拿着快步赶路来到蓝桥。那天的那老妇大笑说:"有这样讲信义的读书人吗?我怎能疼爱怜惜孙女,而不酬谢你的辛劳呢?"女子也微笑着说:"即使这样,再为我捣药一百天,才商议婚姻之事。"老妇人在衣襟腰带间解下药,裴航就捣起来。白天捣药晚上休息。到了夜里,老妇就把药臼收起来放进内室。裴航又听见捣药的声音,于是偷偷探看,原来是一只玉兔手持杵臼在捣药。雪色白光照亮了屋子，连那丝毫般细微的光芒都能看清。这以后裴航捣药的意志更坚定了。像这样满了一百天，老妇人拿着药吞下去，说："我要入洞府告诉亲戚们，为裴郎准备好结婚用具。"于是带着孙女到山里去，对裴航说："只要稍等片刻。"老妇和女子走了以后，很快，车辆马匹奴仆，都来迎接裴航前往。

到了那里，又见一所楼阁连云的大宅第，珍珠装饰的门扉在太阳下闪光耀眼，里面有帏幕屏风纱帐，珍珠翡翠稀有玩物，应有尽有，更加像豪亲贵戚之家。仙童侍女们领着裴航进入帷帐行礼完毕。裴航向老妇下拜行礼，悲泣着感谢她。老妇说："裴郎是清冷真人裴玄仁的子孙，前定命运应当出世，不值得这样感激我这个老太婆，让我感到惭愧了。"待到领裴航见各位宾客，多是神仙中的人。后面有一仙女，头发梳成鬟髻，披着云霓般的衣服，说是妻子的姐姐。裴航下拜施礼完毕，女子说："裴郎不认识我了？"裴郎说："过去不是姻缘之好，记不得在哪里拜见过。"女子说："不记得从鄂州同船而回抵达襄汉吗？"裴航深为惊讶悲伤，恳切地向她表示谢意。后来又问左右的人，人们告诉他："这位是小娘子的姐姐云翘夫人，刘纲仙君的妻子，已经是上界仙人，成为了玉皇大帝的女吏。"老妇于是让裴航带着妻子进入玉峰洞中，住在华丽的楼阁，饮食仙丹，体性变得清虚，毛发变成深青色，自然地变化为神，超升为上界仙人。

到太和年间，他的朋友卢颢在蓝桥驿以西遇见了他，于是说起得道的事，裴航送给他十斤蓝田美玉，一粒紫府云丹，交谈了一天，让他给家里人送书信。卢颢向他叩头说："你既然得道了，怎么样教给我一点儿门径。"裴航说："老子说：ّ清心寡欲，腹中充实。'现在的人，心里越来越实，怎么能了解得道的道理呢？"卢子不懂。裴航又对他说："内心胡思乱想太多，身体内的精气就会耗损漏溢，人体的虚实就可想而知了。只要是人自然有不死的道术，还丹的方法，只是现在还不便教你，将来再告诉你吧。"卢子知道不会接受请求，只是饮宴完了就离去了。后来世上的人没有遇到他。

麻 姑

汉孝桓帝时，神仙王远，字方平，降于蔡经家。将至一时顷，闻金鼓箫管人马之声。及举家皆见，王方平戴远游冠，着朱衣，虎头鞶囊，五色之绶，带剑，少须，黄色中形人也。乘羽车，驾五龙，龙各异色。麾节幡旗，前后导从。威仪奕奕，如大将军。鼓吹皆乘麟，从天而下，悬集于庭。从官皆长丈余，不从道行。既至，从官皆隐，不知所在，唯见方平，与经父母兄弟相见。

独坐久之，即令人相访。经家亦不知麻姑何人也。言曰："王方平敬报姑，余久不在人间，今集在此，想姑能暂来语乎？"有顷，使者还。不见其使，但闻其语云："麻姑再拜。不见忽已五百余年，尊卑有序，修敬无阶。烦信来，承在彼，登山颠倒。而先受命当按行蓬莱，今便暂往。如是当还，还便亲觐。愿来即去。"如此两时间，麻姑至矣。来时亦先闻人马箫鼓声，既至，从官半于方平。麻姑至，蔡经亦举家见之。是好女子，年十八九许，于顶中作髻，余发垂至腰。其衣有文章而非锦绮，光彩耀目，不可名状。入拜方平，方平为之起立。

坐定，召进行厨，皆金盘玉杯，肴膳多是诸花果，而香气达于内外。擘脯行之，如柏灵，云是麟脯也。麻姑自说云："接侍以来，已见东海三为桑田。向到蓬莱，水又浅于往者会时略半也，岂将复还为陵陆乎？"方平笑曰："圣人皆言海中复扬尘也。"姑欲见蔡经母及妇侄，时弟妇新产数十日，麻姑望见乃知之，曰："噫，且止勿前。"即求少许米，得米便撒之掷地。视其米，皆成真珠矣。方平笑曰："姑故年少，吾老矣，了不喜复作此狡狯变化也。"方平语经家人曰："吾欲赐汝辈酒，此酒乃出天厨，其味醇酽，非世人所宜饮，饮之或能烂肠。今当以水和之，汝辈勿怪也。"乃以一升酒合水一斗搅之，赐经家饮一升许。良久酒尽，方平语左右曰："不足远取也。"以千钱与余杭姥相闻，求其沽酒。须臾信还，得一油囊酒，五斗许。信传余杭姥答言："恐地上酒不中尊饮耳。"又麻姑鸟爪，蔡经见之，心中念言："背大痒时，得此爪以爬背，当佳。"方平已知经心中所念，即使人牵经鞭之。谓曰："麻姑，神人也，汝何思谓爪可以爬背耶？"但见鞭着经背，亦不见有人持鞭者。方平告经曰："吾鞭不可妄得也。"

是日，又以一符传授蔡经邻人陈尉，能檄召鬼魔，救人治疾。蔡经亦得解蜕之道，如蜕蝉耳。经常从王君游山海，或暂归家。王君亦有书与陈尉，多是篆文，或真书字，廓落而大，陈尉世世宝之。宴毕，方平、麻姑命驾升天而去，箫鼓道从如初焉。

（卷六十，出《神仙传》）

[意译]

东汉桓帝时，有个神仙名叫王远，字方平，要降临到蔡经家里。距离来到还有一会儿的时候，这家人就听到擂金鼓、吹箫管、人喧马腾的声音。待全家都来看时，只见王方平戴着远游冠，穿着红色的衣服，身上佩着虎头形的小囊，系着彩色的绶带，带着剑，少有一点儿胡须，黄色，中等身材。乘着羽毛装饰的车子，驾车的是五条龙，每条龙色彩都不同。各种旗帜展招,有的在车前引导,有的在身后跟随。威仪盛大,那气派像大将军出游。鼓吹乐队都乘着麒麟,从天上下来,在庭院的半空中聚集。跟从的官员都高一丈多,不从道路上走。到了蔡经家,跟从的官员都隐去了,不知到哪里去了,只见到王方平和蔡经的父母兄弟相见。

王方平独自坐了许久,就令人寻访麻姑。蔡经家不知道麻姑是什么人。王方平说:"王方平恭敬地禀报麻姑,我很长时间不在人间,现在降临在这里,麻姑能抽空来此地交谈吗?"不一会儿,使者回来。但不见使者,只听到他在说话:"麻姑向你致礼。我们不见面转眼已经五百多年了,尊卑有一定次序,想去向你表示敬意也没有机会。烦劳你派遣信使来,很快到了我这里。可是我接受邀请当去蓬莱,现在就要暂且前去。我从蓬莱回来,还要去觐见你,希望你还没有离开。"像这样两个时辰,麻姑到了。来的时候也是先听到人马箫鼓的声音,已经到了,看到跟从的官员只有王方平的一半。麻姑到了,蔡经全家也看见了。这个美丽的女子,十八九岁左右,头顶上做个发髻,其余的头发垂至腰间。她的衣服有花纹图案但又不是锦绣绮罗,光彩耀目,简直形容不出来。麻姑进来拜见王方平,王方平也起立迎接她。

坐定以后,王方平和麻姑吩咐进各自的菜食,都是金盘玉杯,菜肴膳品多是各种花果,香气飘荡在屋内屋外。上来的切开的肉,像炙烤过的貊脯,说是麒麟肉制作的肉干。麻姑说:"自认识王方平到现在,已经见到东海三次变为桑田。上次到蓬莱,水又比我们从前相会时的一半还少,难道它又要变为山陵陆地吗?"王方平笑着说:"圣人都说海里还要干涸扬起灰尘。"麻姑想见蔡经的母亲和妻子侄儿。当时蔡经弟媳妇刚生孩子几十天,麻姑远远望见就知道了,说:"呀,暂且停住不要上前。"便求来一点米,撒在地上。再看那米,都成了珍珠。王方平说:"麻姑真是年轻,我已经老了,很不喜欢做这种游戏变化。"王方平对蔡经家的人说:"我想送你们一些酒,这酒是天厨酿造的,味道又醇又酽,世上的人是不适宜饮的,饮了有时会烂掉肠子。现在要用水调淡一些,你们不要奇怪。"于是用一升酒加一斗水搅和一起,赐给蔡经家饮一升左右,可是许久才把酒喝尽。王方平对身边的人说："不需要到远处去取酒。"说着，让信使带一千钱给余杭卖酒的老妇人，求她卖酒。不一会儿信使回来，得了一油囊酒，有五斗多。信使带来余杭老妇人的话说："担心地上的酒您喝得不中意。"麻姑的手像鸟爪，蔡经见了，心里暗想："背上很痒时，用这手爪搔背，一定很好。"王方平已经知道蔡经心里想什么，马上叫人把蔡经拉过来用鞭子抽打，对他说："麻姑是神人，你为什么想她的手爪可以搔背呢？"鞭打时，只见鞭子打在蔡经背上，却不见有人拿鞭子。王方平告诉蔡经说："我的鞭子是不可以随便得到的。"

这一天，王方平又把一个道符传授给蔡经的邻居陈尉，这道符能召来鬼魔，治病救人。蔡经也因此得到解脱之道，像蝉蜕一样魂魄脱离身体而成仙。蔡经常常跟从王方平游玩山海，有时暂且回家。王方平也有书信给陈尉，多数是篆文，或者是隶书，字体结构宽舒大方，陈尉世世代代珍藏着它。宴会完毕，王方平、麻姑驾着车马升天而去，箫鼓乐队前导后从，和起初时一样。

太阴夫人

卢杞少时，穷居东都，于废宅内赁舍。邻有麻氏妪孤独。杞遇暴疾卧月余，麻婆来作羹粥。疾愈后，晚从外归，见金犊车子在麻婆门外。卢公惊异，窥之，见一女年十四五，真神人！明日潜访麻婆，麻婆曰："莫要作婚姻否？试与商量。"杞曰："某贫贱，焉敢辄有此意！"麻曰："亦何妨？"既夜，麻婆曰："事谐矣！请斋三日，会于城东废观。"

既至，见古木荒草，久无人居。逡巡，雷电风雨暴起，化出楼台，金殿玉帐，景物华丽。有辎軿降空，即前时女子也。与杞相见曰："某即天人，奉上帝命，遣人间自求匹偶耳。君有仙相，故遣麻婆传意。更七日清斋，当再奉见。"女子呼麻婆，付两丸药。须臾雷电黑云，女子已不见，古木荒草如旧。

麻婆与杞归，清斋七日，斸地种药。才种已蔓生，未顷刻，二葫芦生于蔓上，渐大如两斛瓮。麻婆以刀刳其中，麻婆与杞各处其一。乃令具油衣三领。风雷忽起，腾上碧霄，满耳只闻波涛之声。久之觉寒，令着油衫，如在冰雪中，复令着至三重，甚暖。麻婆曰："去洛已八万里。"

长久，葫芦止息，遂见宫阙楼台，皆以水晶为墙垣，被甲伏戈者数百人。麻婆引杞入见，紫殿从女百人，命杞坐，具酒馔，麻婆屏立于诸卫下。女子谓杞："君合得三事，任取一事：常留此宫，寿与天毕；次为地仙，常居人间，时得至此；下为中国宰相。"杞曰："在此处实为上愿。"女子喜曰："此水晶宫也。某为太阴夫人，仙格已高，足下便是白日升天。然须定，不得改移，以致相累也。"乃赍青纸为表，当庭拜奏，曰："须启上帝。"少顷，闻东北间声云："上帝使至。"太阴夫人与诸仙趋降。俄有幢节香幡，引朱衣少年立阶下。朱衣宣帝命曰："卢杞，得太阴夫人状云：欲住水晶宫，如何？"杞无言。夫人但令疾应，又无言。夫人与左右大惧，驰入，取鲛绡五匹，以赂使者，欲其稽缓。食顷间又问："卢杞，欲水晶宫住，作地仙，及人间宰相，此度须决！"杞大呼曰："人间宰相！"朱衣趋去。太阴夫人失色曰："此麻婆之过。速领回！"推入葫芦，又闻风水之声。却至故居，尘榻宛然。时已夜半，葫芦与麻婆并不见矣。

（卷六十四，出《逸史》）

[意译]

卢杞年少的时候，穷困地居住在东都洛阳，在一座废旧的宅院里租房子住。邻居中有一个姓麻的孤独的老妇。卢杞得急病卧床一个多月，麻婆过来给他做羹汤煮米粥。病好后，卢杞晚上从外边回来，看见金饰的牛车停在麻婆门外。卢杞感到很惊异，偷眼看去，只见一个女子年纪十四五岁，真是仙人一般！第二天暗暗向麻婆打听，麻婆说："莫不是要和她结成婚姻良缘？我试着和她商量商量。"卢杞说："我很贫穷，地位低贱，怎么敢妄有这个意思！"麻婆说："这有什么关系！"到了夜晚，麻婆说："事情办成了！请斋戒三天，到城东废旧的寺观里相会。"

到了那里，只见一片古树荒草，是个很久没有人住的地方。不一会儿，雷电风雨突然起来，变化出楼台，金饰的大殿，玉饰的帷帐，景色、物件非常华丽。有仙帷女车从空中降下，就是前次见到的女子。女子和卢杞相见说："我是天上的仙人，奉上帝的旨命，派往人间自己寻求配偶。您有仙人之相，所以派麻婆传达我的意图。再有七天清心斋戒，当再和您相见。"女子叫来麻婆，给了两丸药。霎时间，雷电黑云，还有女子，都不见了，只有古树荒草像原来一样。

麻婆和卢杞一同回来，清静地斋戒七天，挖地种药。刚刚种下藤蔓就已长出来，又没多久，两个葫芦就长在了藤蔓上，又渐渐长大，像两个能盛一斛东西的瓦瓮。麻婆用刀把中间挖空，麻婆和卢杞各乘坐一个。又让卢杞准备好三件油衣。这时风雷忽然起来，麻婆和卢杞飞腾而上，到了云天之中，满耳只听见波涛的声音。过了很久，觉得很冷，麻婆又让穿上油衣，好像在冰雪之中，又让再穿直至穿上三重，这才很暖和。麻婆说："已经离开洛阳八万里了。"

很久很久，葫芦停止了飞行，便看见宫阙楼台，都用水晶做墙壁，有几百个披着盔甲拿着戈矛的人。麻婆带着卢杞进去见仙人，紫殿上一百个侍从，女子让卢杞坐下，准备酒食，麻婆退立在众多卫士之下。女子对卢杞说："你应该从三件事中任选一件事：长久留在这宫殿中，寿命和天一样长；其次，做地上的神仙，经常住在人间，有机会到这里来；最下一等，做中原国家的宰相。"卢杞说："留在这里是最佳的理想。"女子高兴地说："这是水晶宫。我是太阴夫人，仙品已经很高，您就是白日升天。不过必须确定，不能改变主意，以致连累上我。"于是取来青纸做呈文，当即就在庭殿跪拜启奏，说："需要呈报上帝。"不一会儿，听到东北方向有声音说："上帝的使者来了。"太阴夫人和众多仙人都小步快行走下殿庭。一会儿有使者的仪仗旗和传令旗，引出一个穿红衣的少年站立在台阶下。红衣少年宣读上帝的命令说："卢杞，得到太阴夫人的呈文说，想住在水晶宫，怎么样？"卢杞没有言声。太阴夫人只是让他赶快答应，卢杞又没有言声。太阴夫人和左右的人都非常害怕，飞驰而入，取来五匹人鱼所织的贵重薄纱，来贿赂使者，想让使者延缓时间。约有一顿饭工夫，使者又问说："卢杞，想住在水晶宫，想做地仙，还是做人间宰相？这一次必须做出决断！"卢杞大叫说："人间宰相！"红衣使者快步离去了。太阴夫人脸色大变说："这是麻婆的过失。赶快领他回去！"把卢杞推入葫芦，又听到风声水声。却回到原来住的地方，积满灰尘的床榻还像原来一样。这时已经半夜，葫芦和麻婆，都不见了。

郭　翰

太原郭翰，少简贵，有清标，姿度美秀，善谈论，工草隶，早孤独处。当盛暑，乘月卧庭中，时有清风，稍闻香气渐浓。翰甚怪之。仰视空中，见有人冉冉而下，直至翰前，乃一少女也。明艳绝代，光彩溢目，衣玄绡之衣，曳霜罗之帔，戴翠翘凤凰之冠，蹑琼文九章之履。侍女二人，皆有殊色，感荡心神。翰整衣巾，下床拜谒曰："不意尊灵迥降，愿垂德音。"女微笑曰："吾天上织女也。久无主对，而佳期阻旷，幽态盈怀。上帝赐命游人间。仰慕清风，愿托神契。"翰曰："非敢望也。"益深所感。女为敕侍婢净扫室中，张霜雾丹縠之帏，施水晶玉华之簟，转会风之扇，宛若清秋。乃携手升堂，解衣共卧。其衬体轻红绡衣，似小香囊，气盈一室。有同心龙脑之枕，覆双缕鸳文之衾。柔肌腻体，深情密态，妍艳无匹。欲晓辞去，面粉如故，为试拭之，乃本质也。翰送出户，凌云而去。

自后夜夜皆来，情好转切。翰戏之曰："牵郎何在？哪敢独行？"对曰："阴阳变化，关渠何事？且河汉隔绝，无可复知；纵复知之，不足为虑。"因抚翰心前曰："世人不明瞻嘱耳。"翰又曰："卿已托灵辰象，辰象之门，可得闻乎？"对曰："人间观之，只见是星，其中自有宫室居处，群仙皆游观焉。万物之精，各有象在天，成形在地，下人之变，必形于上也。吾今观之，皆了了自识。"因为翰指列宿分位，尽详纪度。时人不悟者，翰遂洞知之。

后将至七夕，忽不复来，经数夕方至。翰问曰："相见乐乎？"笑而对曰："天上哪比人间！正以感运当尔，非有他故也，君无相忌。"问曰："卿来何迟？"答曰："人中五日，彼一夕也。"又为翰致天厨，悉非世物。徐视其衣，并无缝，翰问之，谓翰曰："天衣本非针线为也。"每去，辄以衣服自随。

经一年，忽于一夕，颜色凄恻，涕流交下，执翰手曰："帝命有程，便可永诀。"遂呜咽不自胜。翰惊愕曰："尚余几日在？"对曰："只今夕耳！"遂悲泣，彻晓不眠。及旦抚抱为别。以七宝碗一留赠，言明年某日，当有书相问，翰答以玉环一双，便履空而去，回顾招手，良久方灭。翰思之成疾，未尝暂忘。明年至期，果使前者侍女，将书函致。翰遂开封，以青缣为纸，铅丹为字，言词清丽，情意重叠。书末有诗二首，诗曰："河汉虽云阔，三秋尚有期。情人终已矣，良会更何时？"又曰："朱阁临清汉，琼宫御紫房。佳期情在此，只是断人肠！"翰以香笺答书，意甚懊切；并有酬赠诗二首，诗曰："人世将天上，由来不可期。谁知一回顾，交作两相思。"又曰："赠枕犹香泽，啼衣尚泪痕。玉颜霄汉里，空有往来魂。"自此而绝。

是年，太史奏织女无光。翰思不已，凡人间丽色不复措意。复以继嗣，大义须婚，强娶程氏女，所不称意。复以无子，遂成反目。翰后官至侍御史而卒。

（卷六十八，出《灵怪录》）

[意译]

太原人郭翰，从小就不慕富贵，有清雅的名声，姿态俊美，风度逸秀，善于谈论，擅长草书和隶书，早年就死了父亲，独自一个人生活。这一天正当盛暑时节，他乘着月光躺在庭院里。这时清风吹来，闻到一阵香气渐渐浓烈起来。郭翰十分奇怪，仰头看着空中，只见有人慢慢地飘然而下，一直到郭翰跟前，原来是一个少女。这女子容貌明艳，世上少有，光彩夺目，穿着黑色软绡的衣服，披着白色绫罗的披肩，戴着翠翘凤凰帽子，脚蹬绣有美丽花纹的鞋子。随从的两个侍女，都长得很漂亮，让人动心荡神。郭翰整一整衣服头巾，从床上下来施礼拜见说："没想到尊贵的神灵从远处降临，愿意恭听您恩德之音。"少女微笑着说："我是天上的织女。很长时间没有男子相配，男女相会的佳期受到阻隔，抑郁的情思充满了心头。上帝恩准我游玩人间。我仰慕你清雅的风采，愿意把我的心托付给你。"郭翰说:"这是我不敢想的呀。"他心神更加感动。织女叫侍婢把房子打扫干净,张设起白色薄纱有红色褶皱的帏帐,铺上有水晶美玉装饰的垫席,转动聚风的仙扇,虽是盛暑,却像清凉的秋天一样。两人拉着手走进堂室,解开衣服同床共卧。织女贴身穿的是淡红色软绡衬衣,像一个小香袋子,香气充满屋子。枕着用同心龙脑木制成的香枕,盖着双钩绣着鸳鸯图文的被子。女子皮肤柔滑,肌体细腻,情意深切亲昵,又艳丽无比。快天亮时女子要告辞离去,脸上的脂粉还像昨天一样,郭翰给她擦拭一下,才知道是脸的本色,并不是抹的粉。郭翰送她出户,女子驾着云彩离去。

从此以后,每个晚上都来,情意更加缠绵深切。郭翰和她开玩笑说:"牛郎在哪里?你怎么敢一个人来?"女子说:"阴阳间的变化,关他什么事?何况隔着银河,他不可能知道。即使知道了,也不值得忧虑。"于是抚摸着郭翰的心前说:"世上的人不明白天上的事。"郭翰又说:"你已经托魂灵为天上的星辰,天上星辰的事可以让我听一听吗?"女子说:"从人间看去,只看见天上的是星,其实那里也有宫殿住房,众多仙人都在那里游乐观赏。万物的精灵,都有星象在天上,成形在地上,地上人的变化,必然会在天上表现出来。我现在看星辰,都看得清清楚楚。"于是为郭翰指点天上列宿星辰的分布位置,详细告诉他这些星辰的年纪、距离。所以当时人不知道的这些,郭翰就知道得很清楚。

后来快到七夕,女子忽然不再来,过了几天才又来。郭翰问她:"和牛郎相见快乐吗?"女子笑着回答他:"天上哪里比得上人间!正是感应阴阳变化应当如此,没有别的缘故,你不要忌妒。"又问:"你怎么来晚了?"回答说:"人间五天,天上才一个晚上。"女子又给郭翰带来天上的酒菜,全都不是人间的东西。郭翰慢慢地看女子的衣服,都没有缝,郭翰问她,女子说:"天上衣服本来就不是用针线缝制的。"每次离开,总是把她的天衣随身带走。

过了一年,忽然有一个夜晚,女子脸色有悲凄伤心的样子,眼泪流个不停,拉着郭翰的手说:"玉帝的命令是有期限的,现在要永远分别了。"

于是呜咽哭泣,不能控制。郭翰吃惊又叹惜,说:"还剩下几天?"女子说:"只有今晚了!"又悲伤地哭泣起来,一直到天亮,都没有睡。到了早上,互相抚爱拥抱,作为告别。女子送郭翰一只七宝碗,说明年某一天,当有书信问候,郭翰回赠她一双玉环,女子便凌空而去,回头向郭翰招手,好长时间才消失。郭翰思念织女,身患疾病,没有一时一刻忘记了她。第二年到了约定的时期,织女果然让前次跟随的侍女给郭翰送来一封书信。郭翰打开信封,书信用青色的缣罗做纸,用铅丹做墨写字,语句清丽,情意深切。书信末尾有二首诗,诗说:"虽说银河宽广,三秋时的七夕和牛郎相会还有机会。我和情人终于离别了,美好的欢会又在什么时候?"又一首说:"红色的楼阁靠着清清的银河,琼玉做成的宫殿连接着紫色华丽的楼房。当年佳期欢会的情意还在,只是怀念情郎让人断肠伤心。"郭翰用香笺写了回信,情意非常真诚深切;也有两首酬赠诗,诗写道:"人间和天上,从来不可佳期相会。谁知离别时只见你回头一顾,就变作了两处相思。"又一首写道:"送给我的枕头还留有原来的香气,衣服上还留有你啼哭的泪痕。可是美人啊你却远在天上,我们只有在梦中互相来往。"这以后,书信往来也断绝了。

这一年,太史上奏说织女星没有光亮。郭翰思念不止,对人间所有的美丽女子都不再留意。因为要延续子孙后嗣,根据礼义必须结婚,才勉强娶了程家的女子,很不如意。加上没有儿子,便翻脸离了婚。郭翰后来做官到侍御史死了。

陆 生

唐开元中,有吴人陆生,贡明经举在京。贫无仆从,常早就识,自驾其驴。驴忽惊跃,断缰而走。生追之,出启夏门,直至终南山下。见一径，登山，甚熟，此驴直上，生随之上，五六里至一处，甚平旷，有人家，门庭整肃。生窥之，见茅斋前有葡萄架，其驴系在树下。生遂叩门，良久，见一老人开门，延生入，颜色甚异，颇修敬焉。遂命生曰："坐。"生求驴而归，主人曰："郎君止为驴乎？得至此，幸会也。某故取驴以召君，君且少留，当自悟矣。"又延客入宅，见华堂邃宇，林亭池沼，盖仙境也。留一宿，馈以珍味，饮酒欢乐，声技皆仙者。生心自惊骇，未测其故。

明日将辞，主人曰："此实洞府，以君有道，吾是以相召。"指左右童隶数人曰："此人本皆城市屠沽，皆吾所教。道成者能兴云致雨，坐在立亡，浮游世间，人不能识。君当处此，而寿与天地长久，岂若人间浮荣蛊菌之辈！子愿之乎？"生拜谢曰："敬授教。"老人曰："授学师资之礼，合献一女，度君无因而得，今授君一术求之。"遂令取一青竹，度如人长。授之曰："君持此入城，城中朝官，五品以上、三品以下家人。见之，投竹于彼，而取女来。但心存吾约，无虑也。然慎勿入权贵家，力或能相制伏。"

生遂持杖入城。生不知公卿第宅，已入数家，皆无女，而人亦无见其形者。误入户部王侍郎宅，复入阁，正见一女临镜晨妆。生投杖于床，携女而去。比下阶顾，见竹已化作女形，僵硬卧在床。一家惊呼云："小娘子卒亡！"生将女去，会侍郎下朝，时权要谒请盈街。宅门重邃，不得出，隐于中门侧。王闻女亡，入宅省视，左右奔走不绝。须臾，公卿以下，皆至门矣。时叶天师在朝，奔遣邀屈，生隐于户下半日矣。少顷，叶天师至，诊视之曰："此非鬼魅，乃道术者为之尔。"遂取水喷咒死女，立变为竹。又曰："此亦不远，搜尚在。"遂持刀禁咒，绕宅寻索，果于门侧得生。

生既被擒，遂被枷锁捶拷，讯其妖状，生遂述其本情。就南山同取老人。遂令锢项，领从人至山下，往时小径，都已无矣。所司益以为幻妄，将领生归。生向山恸哭曰："老人岂杀我耶！"举头望见一径，见老人杖策而下，至山足，府吏即欲前逼。老人以杖画地，遂成一水，阔丈余。生叩头哀求，老人曰："吾去日语汝，勿入权贵家，故违我命，患自掇也；然亦不可不救尔。"从人惊视之次，老人取水一口噀之，黑雾数里，白昼如暝，人不相见。食顷而散，已失陆生所在，而枷锁委地。山上小径与水，皆不见矣。

（卷七十二，出《原化记》）

[意译]

唐玄宗开元年间，有个吴郡姓陆的书生，被荐举参加在京城的明经科的考试。陆生贫穷没有随从仆人，曾经早起去拜访熟人，只好自个一人骑驴而去。走至半途，那驴忽然吃惊地一跳，挣断缰绳跑掉了。陆生连忙去追，出了启夏门，一直来到终南山下。看见一条路，便顺着登上山来。这驴好像很熟悉这条小路，一直上去，陆生也紧随其后跟了上来，走了五六里，到了一个十分平整空旷的地方，有一户人家，房屋庭院十分整齐庄严。陆生偷偷从门缝往里看去，只见茅屋前有一个葡萄架，那头驴就拴在树下。陆生便去敲门，过了很久，才见一个老人出来开门，领着陆生走进院子。那老人长相很特别，很有些威严的样子。老人对陆生说："请坐。"陆生请求把驴还给他便回去。老人说："您只是为一头驴吗？你能到这里，真是有幸相会。我故意借着取驴招引你来，你不妨稍微逗留一会儿，自己就会明白。"又把陆生请进门宅，只见厅堂华丽，屋宇深邃，有树木，有亭台，有花池，真是仙境啊！陆生留下住了一宿，老人用珍贵的酒菜招待他，主宾一边饮酒，一边欣赏歌舞音乐，歌女舞伎都像天仙一样美丽。陆生心里又吃惊又害怕，猜不透老人为什么这样盛情款待自己。

第二天就要告辞了，主人才说："这里其实是神仙住的地方，因为你有修道的缘分，所以我把你召请来。"他指着周围的几个童仆说："这些人本来都是街市上卖肉、卖酒的，都是我所教的修道的人。修成了道的人能呼风唤雨，隐身匿形，四处出游，人们不能辨识他。你住在这里，年寿将和天地一样长久，怎么会像人世上那些被浮名小利所迷惑的人呢？你愿意在这里学道吗？"陆生拜谢说："恭请传授教诲。"老人说："按照礼节应该给传授道术的老师送上一个女子，估计你没有机会得到，现在传授你一个道术去找她。"便叫人拿来一根青青的竹子，量一下有一个人那么长。老人把青竹交给陆生说："你拿这竹子进城去，城里在朝廷做官的，五品以上、三品以下家里的女子，你见到后，把青竹投过去，就可以把女子领来。只要记住我和你约定的话，就不要有什么担心。不过千万不要进入那些权贵之家，他们有的可能有办法制伏你。"

陆生便拿着竹杖进城。陆生不知道哪是公卿的住宅，已经进了好几家，都没见着女子，但是别人也没有看见他的形迹。可这一次，他不小心，走进姓王的户部侍郎的住宅，还进了里面的阁房，一进去，正看见一个女子对着镜子梳理晨妆。陆生把竹杖扔到床上，带着女子就走。等到下了台阶回头看去，见竹杖已经变作女子的形状，僵硬直挺地躺在床上。女子一家都吃惊地呼叫："小娘子突然死了！"陆生扶着女子就要离去，恰好遇上王侍郎下朝回来，当时朝廷权贵互相拜访谒见拥满街巷。宅院深曲，门户重叠，陆生没法出去，便藏在中门旁边。王侍郎听得女儿死了，进到房里探视，家里的人都来来往往，忙碌不停。很快，公卿以下的官员，都登门看望来了。当时，道术高深的叶天师正在朝中，王侍郎忙派人奔跑去请叶天师屈驾前往，陆生藏在门下已经半天了。不一会儿，叶天师来了，他仔细察看后说："这不是鬼狐妖魅作怪，而是会道术的人做的事情。"便念着咒语，取水向死去的女子喷去，死去的女子立刻变成了竹杖。叶天师又说："这人还没走远，赶快搜寻还能找到。"便手拿着刀，口念着禁咒，绕着宅院寻找搜索，果然在门旁抓到了陆生。

抓到陆生以后，就给他戴上枷锁，捶打拷问，问他妖术的情况。陆生便说出事情的原委。叶天师就要陆生同去南山捉拿老人。他让人把陆生的脖子锁上，带领随从来到山下，那天陆生走过的小路都无影无踪了。主管这一案的人更加认为陆生说谎，拉着陆生就要往回走。陆生向着南山哭喊道："老人难道要害我吗！"喊声刚落，抬头望去，就见一条小路，老人拄着拐杖从山上下来。到山脚下，官府差吏就要上前逼他就范。只见老人用拐杖在地上一画，便变出一条河水，宽一丈多。陆生叩头哀求。老人说："你去的时候我就告诉你，不要进入权贵家里，你有意违背我的嘱咐，灾祸是你自己造成的；不过也不能不救你。"押送陆生的差吏正在惊视之时，老人取来一口水喷去，顿时一团黑雾弥漫几里远，大白天就像天黑了一样，人和人对面看不见。一顿饭工夫，黑雾散去，陆生已经不见了，只有戴在他身上的枷锁丢在地上。山上的小路和那变出的河水，都不见了。

俞 叟

尚书王公潜节度荆南时，有吕氏子，衣敝举策，有饥寒之色，投刺来谒。公不为礼。甚怏怏，因寓于逆旅。月余，穷乏益甚，遂鬻所乘驴于荆州市。

有市门监俞叟者，召吕生而语，且问其所由。吕生曰："吾家于渭北，家贫亲老，无以给旨甘之养。府帅公吾之重表丈也，吾不远而来，冀哀吾贫而周之。入谒而公不一顾，岂非命也！"叟曰："某虽贫，无资食以赒吾子之急，然向者见吾子有饥寒色，甚不平。今夕为吾子具食，幸宿我宇下，生无以辞焉。"吕生许诺。

于是延入一室，湫隘卑陋，摧檐坏垣。无床榻茵褥，致敝席于地，与吕生坐。语久命食，以陶器进脱粟饭而已。食讫，夜既深，谓吕生曰："吾早年好道，常隐居四明山，从道士学却老之术，有志未就，自晦迹于此，仅十年，而荆人未有知者。以吾子困于羁旅，得无动于心耶？今夕为吾子设一小术，以致归路裹粮之费，不亦可乎？"吕生虽疑诞妄，然甚觉其异。叟因取一缶合于地，仅食顷，举而视之，见一人长五寸许，紫绶金腰带，俯而拱焉。俞叟指曰："此乃尚书王公之魂也。"吕生熟视其状貌，果类王公，心默而异之。因戒曰："吕乃汝之表侄也，家苦贫，无以给旦夕之赡，故自渭北不远而来。汝宜厚给馆谷，尽亲亲之道。汝何自矜，曾不一顾，岂人心哉！今不罪汝，宜厚赀之，无使为留滞之客。"紫衣偻而揖，若受教之状。叟又曰："吕生无仆马，可致一匹一仆，缣二百匹，以遗之。"紫衣又偻而揖。于是却以缶合于上，有顷再启之，已无见矣。

明旦，天将晓，叟谓吕生曰："子可疾去，王公旦夕召子矣。"及归逆旅，王公果使召之。方见且谢曰："吾子不远见访，属军府务殷，未果一日接言，深用为愧，幸吾子察之。"是日始馆吕生驿亭与晏游累日。吕生告去，王公赠仆马及缣二百。吕生益奇之，然不敢言。及归渭北，后数年因与友人数辈会宿，语及灵怪，始以其事说于人也。

(卷七十四，出《宣室志》)

[意译]

尚书王潜任荆南节度使时，有一个姓吕的男子，穿着破衣服，拿着马鞭子，面带饥寒之色，投递名帖，前来拜访。王潜不以礼相待。吕生闷闷不乐，于是寄居在旅舍。过了一个多月，更加穷困潦倒，便在荆州街市上出卖他所乘的驴。

有一个看守街市门的姓俞的老人,叫吕生去谈话,并且问他卖驴的缘由。吕生说:"我家在渭水之北,家里贫穷,父母年老,没有办法奉养他们。节度使是我的重表大爷,我不怕遥远到这里来,是希望他可怜我贫穷,能救济我。我入府去拜见他,他却看也不看一眼,这不是命运吗?"老人说:"我虽然也很贫穷,没有东西周济你的急难,但是昨天看见你忍饥受寒的样子,很是愤愤不平。今天晚上我为你准备饭菜,希望住在我房下,请你不要推辞。"吕生答应了老人。

于是,老人请吕生来到一处房子,这里低洼狭隘,陈设简陋,屋檐和墙都损坏了。没有床榻和垫子褥子,放一张破席子在地上,老人和吕生坐着说话。说了很久,才让人送饭来,饭是用粗陶碗装的糙米饭罢了。吃完,夜已经深了。老人对吕生说:"我早年喜爱道术,曾经隐居在四明山,跟从道士学长生不老的道术。可是只有此志,没有学成,自从隐居在这里,将近十年,但荆州人还没有人知道我。因为你陷于羁旅贫困之中,我还能无动于衷吗?今天晚上为你设下一个小小的道术,让你得到回家要带的粮食费用,不也是可以的吗?"吕生虽然疑心他说话夸诞虚妄,但觉得很稀奇。老人取出一个小罐子扣倒在地上,只一顿饭工夫,就见一个人长约五寸,系着饰金的腰带、紫色的印绶,俯着身子,拱着手。俞叟指着小人说:"这就是尚书王潜的精魂。"吕生细看这小人的形状相貌,确实像王潜,心里暗自惊异。老人因此告诫小人说:"吕生是你的表侄,家里困苦贫穷,没法供养父母的生活,所以从渭水以北不怕路远来荆州。你应该好好地供客人食宿,实行亲善亲人的伦理。你为什么骄傲自矜,看也不看吕生一眼,这难道有良心吗?今天不治你的罪,你好好地资助他,不要让吕生成为留滞外地无法回家的流浪者。"紫衣小人弯腰作揖,好像接受教诲的样子。老人又说:"吕生没有仆从没有马匹,你给他一匹马一个仆人,再拿出二百匹细绢送给他。"紫衣小人又弯腰作揖。老人再把瓦罐扣在那小人身上,一会再打开它,小人已经不见了。

第二天天将拂晓,老人对吕生说:"你应该赶快回去,王潜随时会召请你。"待吕生回到旅舍，王潜果然派人召请他。才见面，王潜就向他道歉说："你不怕路远来找我，正遇上我军府的事务繁多，没有得到一天的时间交谈，因此非常惭愧，希望你体谅我。"这一天开始才请吕生住进官府办的旅舍，和吕生饮宴游玩了许多天。吕生告辞离去，王潜送给他一匹马一个仆人，二百匹细绢。吕生更加奇怪，可不敢说。待回到渭水之北，过了几年，和几个朋友住在一起，说到精灵鬼怪的事，吕生才把这件事告诉别人。

胡芦生

唐刘闢初登第，诣卜者胡芦生筮卦以质官禄。生双瞽，卦成，谓闢曰："自此二十年，禄在西南，然不得善终。"闢留束素与之。释褐，从韦皋于西川，至御史大夫军司马。既二十年，韦病，命闢入奏，请益东川，如开元初之制。诏未允，闢乃微服单骑复诣胡芦生筮之。生揲蓍成卦，谓闢曰："吾二十年前，尝为一人卜，乃得《无妄》之《随》。今复前卦，得非曩贤乎？"闢闻之，即依阿唯诺。生曰："若审其人，祸将至矣！"闢甚不信，乃归蜀。果叛，宪宗皇帝擒戮之。

宰相李蕃尝漂寓东洛，妻即庶子崔谦女。年近三十，未有名宦，多寄托崔氏，待之亦不甚尽礼。时胡芦生在中桥，李患足疮，欲挈家居扬州，甚闷，与崔氏兄弟同往候之。生好饮酒，诣者必携一壶。李与崔各携酒，赍钱三镮往焉。生方箕踞在幕屋，倚蒲团，已半酣矣。崔兄弟先至，生不为之起，但伸手请坐而已。曰："须臾当有贵人来。"顾小童曰:"扫地。"方毕,李生至级下,芦生笑迎,执手而入曰:"郎君贵人也,何问?"李公曰:"某且老矣,复病,又欲以家往数千里外,何有如此贵人也?"曰:"更远亦可。公在两纱笼中,岂畏此厄!"李公询纱笼之由,终不复言。遂往扬州,居参佐桥。而李公闲谈寡合,居之左近有高员外,素相善。时李疾不出,高已来谒。至晚,又报高至。李甚怪。及见云:"朝来看公归,到家困甚就寝。梦有人召出城,荆棘中行,见旧使庄客,亡已十数年矣,谓某曰:'员外不合至此,为物所诱,且须臾急返,某送员外去。'遂即引至城门。某谓曰:'汝安得在此?'曰:'为阴吏,蒙差当值李三郎。'某曰:'何李三郎也?'曰:'住参佐桥。知员外与三郎往还,故此祗候。'某曰:'李三郎安得如此?'曰:'是纱笼中人。'诘之不肯言。因云:'饥甚,员外能赐少酒饭钱银否?此城不敢入,请于城外致之。'某曰:'就李三郎宅得否?'其人惊曰:'若如此,是杀某也。'遂觉,特奉报此好消息。"李公笑而谢之,心异纱笼之说。

后数年,张建封镇徐州,奏李为巡官校书郎。会有新罗僧能相人,言张公不得为宰相,甚不快,因令使院看诸判官有得为宰相否。及至曰:"并无。"张尤不快,曰:"某妙择宾僚,岂无一人至相座者?"因更问曰:"莫有判官未入院否?"报李巡官。便令促召至。僧降堦迎,谓张公曰:"判官是纱笼中人,仆射不及。"张大喜,因问纱笼事,曰:"宰相,冥司必潜以纱笼护之,恐为异物所扰,余官不得也。"方悟芦生及高公所说。李公竟为相。

荥阳郑子,少贫婺,有才学不遇,时年近四十,将献书策求禄仕,郑遂造之,请占后事。谓郑曰:"此卦大吉,七日内婚禄皆达。"郑既欲干禄求婚,皆被摈斥。以卜者谬己,即告云:"吾将死矣,请审之。"胡芦生曰:"岂欺诳言哉？必无致疑也。"郑自度无因而致,请其由。生曰:"君明日晚,自乘驴出永通门,信驴而行,不用将从者随,二十里内,的见其验。"郑依言,明日,信驴行十七八里,因倦下驴,驴忽惊走,南去至疾,郑逐一里余,驴入一庄中,顷闻庄内叫呼云:"驴踏破酱瓮！"牵驴索主,忽见郑求驴,其家奴仆诉詈。郑子巽谢之。良久,日向暮,闻门内语云:"莫辱衣冠。"即主人母也。遂问姓名,郑具对。因叙家族,乃郑生之五从姑也。遂留宿,传语更无大子弟,姑即自出见郎君。延郑厅内。须臾,列灯火,备酒馔。夫人年五十余。郑拜谒,叙寒暄,兼言驴事,惭谢姑曰:"小子隔阔,都不知闻,不因今日,何由相见！"遂与款洽,询问中外,无不识者。遂问婚姻,郑云:"未婚。"初姑似喜,少顷惨容曰:"姑事韦家,不幸,儿女幼小,偏露,一子才十余岁,一女去年事郑郎。选授江阴尉,将赴任,至此身亡。女子孤弱,更无所依。郎即未宦,若能就此亲,便赴官任,即姑之幸也。"郑私喜,又思卜者之神,遂谢诺之。姑曰:"赴官须及程限,五日内须成亲,郎君行李,一切我备。"果不出七日,婚宦两全。郑厚谢芦生,携妻赴任。

（卷七十七,出《原化记》）

[意译]

唐代刘闢参加科举考试,刚考中的时候,到占卜的胡芦生那里请他卜筮算卦来推测自己今后的官职。胡芦生双目失明,他算完卦,对刘闢说:"以后二十年,你在西南做官,但没有好的结局。"刘闢留下一束丝布给他作为报酬。后来，刘辟开始做官，跟从韦皋在西川，直到以御史大夫的职衔为节度使行军司马。过了二十年，韦皋得重病，派刘辟入朝上奏，请求增加地盘，把东川也划归他们管辖，就像唐玄宗开元初年的规定一样。皇帝下诏，没有批准，刘辟就换上微贱的平民的衣服独行单骑再去找胡芦生占卜算卦。胡芦生摆弄蓍草，算成一卦，对刘辟说："我二十年前曾为一人占卜过，得到《无妄》的《随》的卦式。今天又得到那个卦象，你莫不是先前那位贤者？"刘辟听了，连声答应是。胡芦生说："如果真是那个人，大祸就要到了。"刘辟很不相信他的话，便回到西蜀。韦皋死后，刘辟果然叛变朝廷，唐宪宗皇帝派兵平息叛乱把他捉拿归案杀掉了。

宰相李蕃在入官前曾在东都洛阳漂游寄居，妻子就是东官庶子崔谦的女儿。李蕃将近三十岁，还没有做官，总是寄居在崔谦家里，崔家对他并不好，不是以礼相待。这时胡芦生住在中桥，李蕃足下长疮，想携带家眷移居扬州，心里闷闷不乐，就和崔家兄弟一同前往中桥请胡芦生卜卦。胡芦生喜欢喝酒，找他卜卦的人一定要带上一壶酒。李蕃和崔家兄弟也各自带上酒，带上十八两银子去找胡芦生。胡芦生正随意叉开两腿坐在用苇席搭成的小屋内，身子倚靠在蒲团上，已是半醒半睡。崔家兄弟先到，胡芦生并不起身，只伸伸手请他们坐下罢了。说："一会儿贵人就要来了。"回头对小童说："把地面扫干净。"刚扫完，李蕃到了台阶下面，胡芦生满脸赔笑出迎，拉着他的手走进屋里，说："郎君是贵人富相，还用问什么卦？"李蕃说："我快老了，还有病，又想把家迁往几千里之外，哪有像这样的贵人？"胡芦生说："再远一些也是贵人。你在两层纱笼保护之中，还怕这种困难！"李蕃询问两层纱笼的缘由，胡芦生始终不肯说。李蕃后来就去了扬州，住在繁华的参佐桥。李蕃好清静，很少交往，住宅的左边近邻有一个高员外，过去和他交好。当时李蕃有病不出门，高员外已来拜访过一次。到晚上，又禀报说高员外来了。李蕃很奇怪。待和高员外相见，才听高员外说："早晨来看望你回去，一到家就觉得很困倦，又睡下了。梦中有人召唤我出城，在荆棘中行走，看见过去的佣人庄客，死去已经十几年了，对我说：'员外不应当到这里来，你是受到异物诱惑，必领马上回去,我送员外回去。'便领着我到城门。我问他说:'你怎么在这里?'那庄客说:'我做阴间的差吏,奉差命给李三郎值班。'我问:'谁是李三郎呀?'他说:'住在参佐桥。知道员外和三郎有交往,所以在这里恭候。'我说:'李三郎怎么会有人给他值班?'他说:'三郎是纱笼中保护的人。'我追问关于纱笼的事,他不肯说。后来他说:'我饿得厉害,员外能赏给一点儿酒饭钱吗?这座城我不敢进去,请在城外赏赐给我。'我说:'靠近李三郎的住宅给你行吗?'那人大惊说:'如果这样,那就会杀了我!'后来我就醒了,特地来给你报告这好消息。"李蕃笑着感谢他,心里对纱笼的说法觉得奇怪。

过了几年,张建封镇守徐州,奏请李蕃为巡官校书郎。恰好有个新罗的僧人会看相,说张建封不可能做宰相,张建封很不高兴,便请这僧人在节度使府院中看众多判官幕僚有没有能做宰相的。待僧人到了使院看过后说:"都没有。"张建封更加不高兴了,说:"我精心挑选幕僚人才,难道没有一个人能得到宰相之位?"又再问说:"莫非有的判官还没有进入使院?"正说间,报告说李巡官来了。张建封叫人催促,把李蕃召来。僧人走下台阶相迎,对张建封说:"李判官是纱笼中的人,张仆射比不上他。"张建封非常高兴,便问他关于纱笼的事情,僧人说:"当宰相的人,阴司一定暗中用纱笼保护他,担心被异物所骚扰,其余官员不能这样。"李蕃才明白胡芦生和高员外所说的话。李蕃后来终于当上了宰相。

荥阳县有个姓郑的男子,小时很贫穷,怀才不遇,当时将近四十岁了,准备用献书策的办法谋求官职利禄,姓郑的男子就去寻访胡芦生,请他占卜推算一下以后的事情。胡芦生卜卦完了对姓郑的男子说:"这一卦十分吉利,七天之内婚姻之事和官职利禄之事都能办成。"姓郑的男子想求官、求婚,都被拒斥。认为占卜的人骗自己,就告诉胡芦生说:"我穷得就要死了,请你仔细卜算一下。"胡芦生说:"难道我说的是骗你的话吗?请你一定不要怀疑。"郑子考虑自己没有办法得到官禄和姻眷,便向胡芦生请教办法。胡芦生说:"你明天晚上,自己骑着驴走出永通门,任随毛驴行走,不要让侍从跟随,二十里以内,我说的保证能得到验证。"

郑子照他说的，第二天，骑着驴让驴任意行走了十七八里地，因为有些困倦，郑子从驴背上下来，刚一下来，驴却忽然受惊而跑，往南跑得飞快，郑子追了一里多，见驴进了一村庄，不一会儿就听见村庄内有人叫喊："驴把酱罐子踏破了！"村庄里的人牵着驴出来找它的主人，忽然看见郑子找驴，那家的奴仆便向他一面诉说，一面叫骂。郑子很恭敬地向他谢罪。家奴连骂带诉说了好大一会儿，天已经快黑了，听见门里面有人说话："不要侮辱了有身份的君子。"说这话的是这家主人的母亲。主人的母亲问郑子的姓名，郑子一一都告诉了她。又叙谈起家族间事，才知道这原是郑子的五堂姑家。这家便留郑子住下，里面又传出话来，说没有年龄大的儿子，五堂姑就要亲自出来见郑子。家人请郑子来到厅堂里。不一会，排列上灯火，准备好酒菜。老夫人五十多岁，出来会见郑子。郑子连忙施礼相见，问寒问暖，顺便讲到驴的事，郑子很惭愧地向堂姑道歉说："我相离很远，不通来往，一点儿也不知道您在这里，不是因为今天的事，怎么能和您相见！"五堂姑和他说得越来越亲切融洽，堂姑问他家里家外的人，没有不认识的。接着又问郑子婚姻之事，郑子回答说："还没有成婚。"听了这话，堂姑开始似有点儿高兴，不一会儿又面带悲伤说："姑姑嫁给韦家，十分不幸，儿女都很幼小，丧夫守寡，一个儿子才十多岁，一个女儿去年嫁给郑郎。郑郎被选中授予江阴县县尉之职，正要赴任，到这里却死了。女儿孤单懦弱，无依无靠。你既然还未做官，如果能成就这门亲事，赴官任职，这就是姑姑的幸运了。"郑子暗自高兴，又想到占卜预言准确如神，便十分感激地答应了。堂姑说："赴官任职必须赶上期限，五天内必须成亲，你的一切行装，都由我准备。"果然不超出七天，婚姻官宦，两全其美。郑子用厚礼谢过了胡芦生，便带着妻子赴任去了。

吴 堪

　　常州义兴县，有鳏夫吴堪，少孤，无兄弟，为县吏，性恭顺。

其家临荆溪，常于门前以物遮护溪水，不曾秽污。每县归，则临水看玩，敬而爱之。

积数年，忽于水滨得一白螺，遂拾归，以水养。自县归，见家中饮食已备，乃食之，如是十余日。然堪为邻母哀其寡独，故为之执爨，乃卑谢邻母。母曰："何必辞？君近得佳丽修事，何谢老身！"堪曰："无。"因问其母。母曰："子每入县后，便见一女子，可十七八，容颜端丽，衣服轻艳，具馔讫，即却入房。"堪意疑白螺所为，乃密言于母曰："堪明日当称入县，请于母家自隙窥之，可乎？"母曰："可。"明旦诈出，乃见女自堪房出，入厨理爨。堪自门而入，其女遂归房不得。堪拜之。女曰："天知君敬护泉源，力勤小职，哀君鳏独，敕余以奉媲。幸君垂悉，无致疑阻。"堪敬而谢之，自此弥将敬洽。

间里传之，颇增骇异。时县宰豪士，闻堪美妻，因欲图之。堪为吏恭谨，不犯笞责，宰谓堪曰："君熟于吏能久矣，今要蛤蟆毛及鬼臂二物，晚衙须纳。不应此物，罪责非轻。"堪唯而走出，度人间无此物，求不可得，颜色惨沮，归述于妻，乃曰："吾今夕殒矣。"妻笑曰："君忧余物，不敢闻命；二物之求，妾能致矣。"堪闻言，忧色稍解。妻曰："辞出取之。"少顷而到。堪得以纳令。令视二物，微笑曰："且出。"然终欲害之。

后一日，又召堪曰："我要蜗斗一枚，君宜速觅此。若不至，祸在君矣。"堪承命奔归，又以告妻。妻曰："吾家有之，取不难也。"乃为取之。良久，牵一兽至，大如犬，状亦类之。曰："此蜗斗也。"堪曰："何能？"妻曰："能食火，奇兽也。君速送。"堪将此兽上宰，宰见之怒曰："吾索蜗斗，此乃犬也。"又曰："必何所能?"曰:"食火,其粪火。"宰遂索炭烧之,遗食,食讫,粪之于地,皆火也。宰怒曰:"用此物奚为?"令除火扫粪。方欲害堪,吏以物及粪,应手洞然,火飚暴起,焚爇墙宇,烟焰四合,弥亘城门,宰身及一家皆为煨烬。乃失吴堪及妻。其县遂迁于西数步,今之城是也。

(卷八十三,出《原化记》)

[意译]

　　常州义兴县有一个鳏夫叫吴堪,从小死了父母,又没有兄弟,做县吏,性情恭谨和顺。他家靠着荆溪,经常在门前用东西挡住溪水,不让弄脏溪水。每次从县衙门回来,就要到水边观赏游玩,非常敬重喜爱这条溪流。

　　过了好多年,有一次吴堪忽然在水边看到一只白田螺,便拾起来带回家,用清水养起来。这天,他从县衙门回来,看见家里饭菜已经做好了,他就吃起来,十多天都是这样。他以为不过是邻居的老妈妈可怜自己孤身一人,所以过来烧饭做菜,便很客气地去谢谢老妈妈。老妈妈说:"何必客气?你最近娶了个美人料理家务,怎么还来谢谢我老婆子?"吴堪说:"没这么回事?"接着就问老妈妈怎么回事。老妈妈说:"你每天去县衙门后,就看见一个女子,十七八岁,容貌端庄秀丽,穿着轻柔鲜艳的衣服,做完饭菜,就回房里去了。"吴堪心里怀疑是那个白螺做的,就悄悄地对老妈妈说:"我明天假装到县里去,请让我躲在老妈妈家,从门缝隙里偷偷地察看一下,可以吗?"老妈妈说:"当然可以。"第二天早上,吴堪假装到县衙门去,果然看见一女子从吴堪房里出来,进去厨房生火做饭。吴堪急忙推门进去,那女子已来不及躲到房子里。吴堪上前施礼。女子说:"上天知道您敬重爱护泉流,勤勤恳恳地做县里的小官吏,同情您孤独一人,就命令我来伺候您。希望您了解这些事情,不要怀疑和拒绝我的要求。"吴堪很尊敬地感谢这位女子，自此以后他们结成夫妻，更加互敬互爱，感情融洽。

这事在乡里传开，人们都感到惊奇。当时的县令是个豪强恶霸，听说吴堪得了个漂亮妻子，就图谋霸占。可是吴堪做小吏谨慎小心，没有出过差错受过责罚，县令见找不着碴儿，这天就对吴堪说："你做县吏很长时间了，什么事都熟悉能办，现在我要蛤蟆毛和鬼胳臂这两样东西，晚上升堂问事的时候就要交纳。如果交不上来，不会轻饶你。"吴堪答应着走出去，心想人世间没有这两样东西，再怎么找也找不着，垂头丧气回到家里，告诉妻子说："我今天晚上就得死了。"妻子却笑着说："你担心别的事情，我不敢应承；找这两样东西，我能办到。"吴堪听她这一说，心中的忧愁才稍微减轻一点儿。妻子说："我出去一下，就把它们拿来。"妻子出去不一会儿就回来了。吴堪拿着这两样东西交差，让县令看这两样东西，县令无奈，轻轻一笑说："你回去吧。"他还是想谋害吴堪。

后来有一天，县令又把吴堪叫去说："我要一只蜗斗，你迅速去找来。如果找不到，你就要大祸临头。"吴堪接受命令跑回来，又告诉妻子。妻子说："我娘家就有，把它拿来并不费事。"便去取蜗斗。过了很长时间，牵着一只兽回来，那兽像狗那么大，形状也很像狗。她说："这就是蜗斗。"吴堪说："它有什么能耐？"妻子说："能吃火，这是很奇特的兽。快把它送去。"吴堪把这只兽送给县令。县令一看大怒，说："我要的是蜗斗，这是狗呀！"又问："你非要用它交差，那它有什么用呢？"吴堪说："能吃火，并且排出的粪便也是火。"县令便叫人取来木炭烧着，给这只兽吃，这只兽吃完了，排粪便在地上，全是火。县令发怒说："要这东西干什么？"就命令衙吏灭火扫粪。正想以此为借口加害吴堪，就见衙吏用扫帚扫粪，扫过去空空荡荡，什么也没有，只有火焰突然大起，烧着了房子，浓烟烈焰四散蔓延，接连烧至城门，县令自己和他一家全都在熊熊大火中化为灰烬。吴堪和他的妻子却不见了。义兴县后来往西移了几步远，就是现在的县城。

陈义郎

陈义郎，父彝爽，与周茂方皆东洛福昌人，同于三乡习业。彝爽擢第，归娶郭惜女。茂方名竟不就，唯与彝爽交结相誓。唐天宝中，彝爽调集，受蓬州仪陇令。其母恋旧居，不从子之官。行李有日，郭氏以自织染缣一匹，裁衣欲上其姑，误为交刀伤指，血沾衣上。启姑曰："新妇七八年温清晨昏，今将随夫之官，远违左右，不胜咽恋。然手自成此衫子，上有剪刀误伤血痕，不能浣去。大家见之，即不忘息妇。"其姑亦哭。

彝爽固请茂方同行。其子义郎才二岁，茂方见之，甚于骨肉。及去仪陇五百余里，蹬石临险，巴江浩渺，攀萝游览。茂方忽生异志，命仆夫等先行，为吾邮亭具馔。二人徐步，自牵马行。忽于山路斗拔之所，抽金锤击彝爽，碎颡，挤之于浚湍之中，佯号哭云："某内逼，北回，见马惊践长官殂矣，今将何之？"一夜会丧，爽妻及仆御致酒感恸。茂方曰："事既如此，如之何？况天下四方人一无知者，吾便权与夫人乘名之官，且利一政俸禄，逮可归北，即与发哀。"仆御等皆悬厚利，妻不知本末，乃从其计。

到任，安帖其仆。一年以后，谓郭曰："吾志已成，誓无相背。"郭氏藏恨，未有所施。茂方防虞甚切。秩满，移官，家于遂州长江。又一选，授遂州曹掾。居无何，已十七年，子长十九岁矣。茂方谓必无人知，教子经业，既而欲成。遂州秩满，挈其子应举。是年东都举选，茂方取北路，令子取南路，茂方意令觇故园之存殁。

涂次三乡，有鬻饭媪留食，再三瞻瞩。食讫，将酬其直，媪曰："不然，吾怜子似吾孙姿状。"因启衣箧，出郭氏所留血污衫子以遗，泣而送之。其子秘于囊，亦不知其由与父之本末。明年下第，归长江。其母忽见血迹衫子，惊问其故，子具以三乡媪所对。及问年状，即其姑也。因大泣，引子于静室，具言之："此非汝父，汝父为此人所害，吾久欲言，虑汝之幼，吾妇人，谋有不臧，则汝亡父之冤无复雪矣，非惜死也。今此吾手留血襦还，乃天意乎！"其子密砺霜刃，候茂方寝，乃断吭，仍挈其首诣官。连帅义之，免罪。即侍母东归。其姑尚存，且叙契阔，取衫子验之，歔欷对泣。郭氏养姑三年而终。

（卷一百二十二，出《乾䥲子》）

[意译]

陈义郎的父亲叫陈彝爽，和周茂方都是东都洛阳福昌县人，一同在三乡驿读书。后来陈彝爽考中进士，回到家里娶了郭愔的女儿。周茂方却没有考中，和陈彝爽发誓结交为朋友。唐玄宗天宝年间，陈彝爽集合于京师，听候调遣任官。他被任命为蓬州仪陇县令。他母亲留恋老家，不愿随儿子赴官上任。已经定了动身的日子，妻子郭氏想用自己织成并染色的黄绢一匹给婆婆做件衣服，不小心剪刀伤了手指，血沾在衣服上。她对婆婆说："媳妇七八年来一早一晚、一冷一暖都侍奉着您，现在要随丈夫赴官上任，远离您身边，非常悲伤留恋。但是亲手做成的这件衣衫，上面沾有剪刀误伤手指的血迹，没法洗去。婆婆见了这衣衫，也就不会忘记媳妇了。"听了这话，婆婆也哭了。

陈彝爽坚决邀请周茂方和他一道去。这时，陈彝爽的儿子陈义郎才两岁，周茂方见了十分疼爱，超过对自己的亲生骨肉。待到离仪陇县五百多里的地方，石磴路靠近险要之处，川江水浩渺无际，他们一手拉着女萝藤一边游览。周茂方忽然生出一个坏心眼儿，让仆人脚夫先走，为其在前方邮亭准备好饭菜。周、陈二人就各自牵着马慢慢地走。到了一处山路陡峭险拔之处，周茂方突然抽出铁锤击打陈彝爽，把他的头打碎了，把他推下湍急的江流之中，然后假装着号哭起来："我急于上厕所，待回来时，只见马匹受惊，踩死了长官，现在我们怎么办？"这天整个晚上都在商量丧事。陈彝爽的妻子和仆人都向死者奠酒，痛哭致哀。周茂方说："事情已经这样了，怎么办呢？何况天底下再也没有一个人知道这件事。我便暂且顶替他的名字和夫人一同去上任，先获得一任官的利禄，待到可以回到北方了，就可以为他发哀举行葬礼。"周茂方对那些仆人御从都许下优厚的赏钱，陈彝爽的妻子不知道事情的真相，也听从了他的计谋。

周茂方到任后，把那些仆人都安置妥当。一年以后，他对郭氏说："我的目的已经达到了，希望你发誓不要背弃我。"郭氏把仇恨藏在心里，但是没有采取行动的机会。周茂方对她防范很严。任期满了，又调任到别的地方，把家安顿在遂州长江县。又一次转官，他得入州府六曹担任掾属官职。这样居官转任，转眼之间，已经十七年过去，儿子也十九岁了。周茂方心想一定不会有人知道了，便教他读经书，准备科举考试，希望成就他的功业。遂州任满之后，就带着儿子回京城参加科举考试。这一年在东都洛阳科举考试，选取人才，周茂方从北路出发，让儿子从南路出发，周茂方想让他看一看故乡亲友谁存谁亡。

路上经过三乡驿，陈义郎在一个卖饭的老妇人那里吃饭，老妇人一次又一次注视着他。陈义郎吃完了饭，要付钱给她，老妇人说："不用付钱。我喜欢你，因为你长得很像我的孙子。"老妇人把衣箱子打开，把当年郭氏做的留有血迹的衣衫拿出来送给陈义郎，哭着送别了他。陈义郎把衣衫藏在布囊里，并不知道这衣衫的来由和他父亲被害的事情。第二年，陈义郎没有考中，回到长江县。他母亲忽然见到带有血迹的衣衫，吃惊地问他此衣是从哪来的。儿子把在三乡驿遇见老妇人的事详细告诉母亲。问起老妇人的年龄、相貌，证实就是她的婆婆。郭氏因此大哭起来，把儿子领到僻静的房间，详细地告诉他："他不是你的父亲，你父亲是被这个人害死了，我早就想说，考虑到你还幼小，我又是一个女子，如果谋划有不周密的地方，那你父亲的冤仇就没办法昭雪，并非因为怕死。现在我亲手留下血迹的衣衫又回到我手中，这大概是天意吧！"她儿子暗中磨好一把锋利的刀，待周茂方睡着了，割断他的喉管，便拿着他的头去官府自首。节度使认为他讲义孝，免除他的罪责。陈义郎便侍奉母亲往东回家。她婆婆还在，婆媳叙述别后经历的勤苦辛劳，又取出衣衫来验看，都相对抽泣下泪。郭氏奉养婆婆三年，婆婆便死了。

华阳李尉

唐天宝后，有张某为剑南节度使。中元日，令郭下诸寺，盛其陈列，以纵士女游观。有华阳李尉者，妻貌甚美，闻于蜀人，张亦知之。及诸寺严设，倾城皆至。其从事及州县官家人看者，所由必白于张，唯李尉之妻不至。异之，令人潜问其邻，果以貌美不出。张乃令于开元寺选一大院，遣蜀之众工绝巧者，极其妙思，作一铺木人音声，关戾在内，丝竹皆备。令百姓士庶，恣观三日，云："三日满，即将进内殿。"百里车舆阗喧。两日，李君之妻亦不来。三日欲夜，人散，李妻乘兜子从婢一人而至，将出宅，人已奔走启于张矣。张乃易其衣服先往，于院内一脱空佛中坐，觇觑之。须臾至，先令探屋内都无人，乃下。张见之，乃神仙之人，非代所有。

及归，潜求李尉之家来往者浮图尼及女巫，更致意焉。李尉、妻皆惊而拒之。会李尉以推事受赃，为其仆所发，张乃令能吏深文按之，奏杖六十，流于岭徼，死于道。张乃厚赂李尉之母，强取之。适李尉愚而陋，其妻每有庸奴之恨，遂肯。置于州，张宠敬无与伦比。然自此后，亦常仿佛见李尉在于其侧，令术士禳谢，竟不能止。岁余，李之妻亦卒。

数年，张疾病，见李尉之状，亦甚分明。忽一日，睹李尉之妻，宛如平生。张惊前问之，李妻曰："某感公恩深，思有所报。李某已上诉于帝，期在此岁，然公亦有人救拔，但过得兹年，必无虞矣！彼已来迎，公若不出，必不敢升公之堂，慎不可下。"言毕而去。

其时华山道士符箓极高，与张结坛场于宅内，言亦略同。张数月不敢降阶，李妻亦同来，皆教以严慎之道。又一日黄昏时，堂下东厢有丛竹，张见一红衫子袖，于竹侧招己者，以其李妻之来也，都忘前所戒，便下阶，奔往赴之。左右随后叫呼，止之不得。至则见李尉衣妇人衣，拽张于林下，殴击良久，云："此贼若不著红衫子招，肯下阶耶？"乃执之出门去。左右如醉，及醒，见张仆于林下矣，眼鼻皆血，唯心上暖，扶至堂而卒矣。

（卷一百二十二，出《逸史》）

[意译]

唐代天宝（742—756）以后，有一个姓张的做剑南节度使。夏历七月十五日中元节，让府城内所有的寺庙多多地摆设陈列品，来吸引男子、女子游览观赏。有一个姓李的华阳县尉，妻子容貌非常美丽，在蜀人中广有传闻，张某也知道李妻貌美。待到各个寺庙都布置好，全城的人都去看了。那些节度使随从属官、州县官的家属前去观看的,所经由的情况必定有人告诉张某,只有李尉的妻子没有去。张某觉得奇怪,让人暗地里问她的邻居,果然是因为貌美不出门。张某便让开元寺挑选一处大庭院,派蜀地众多工匠中手艺最精巧的,用尽他们巧妙的本领,做了一套能奏各种声音的木人,机关设置在木人体内,弦乐、管乐等各种乐器都很齐备。做好后,让百姓士人庶民,随意观赏三天,说:"三天期满,就要带进内殿,进奉给皇上。"这一来,百里之内车辆轿子塞满了道路。前两天,李尉的妻子还没有来。第三天将要天黑,人都散了,李尉的妻子乘坐小轿带着一个婢女来了,将要出家门,已经有人跑去告诉张某了。张某于是换了衣服先去寺中,在院内一尊中间空的佛像里坐着,仔细地偷看她。不一会儿李尉的妻子到了,先让人察看一下屋子里都没有人,这才下轿。张某于是见到了,真是神仙一样美丽的人,不是人世所能有的。

待李妻回去了,张某暗暗地请求和李尉家有来往的尼姑和女巫,一次又一次地表明他的意思。李尉和他的妻子都吃了一惊,拒绝了他。正好李尉因为审理案件受贿,被他的仆人告发了,张某便派能干的官吏严厉地用法律条文去审问他,打了六十大棒,流放到岭南,死在路上。张某又用重金贿赂李尉的母亲,硬要娶李尉的妻子。恰好李尉又笨又丑,他妻子常常恨自己嫁给一个平庸的奴才,便愿意嫁给张某。张某把李尉之妻从华阳县接来,安置在州府,对她的宠爱尊敬没有谁能比得上。不过从那以后,也经常仿佛看见李尉就在旁边。张某请术士禳灾谢罪,竟然也不能制止。一年多后,李尉的妻子也死了。

过了几年,张某得了病,见到李尉的状貌,也十分清楚。忽然有一天,看见李尉的妻子,好像生前一个样子。张某吃惊地前去问她,李妻说:"我有感于您的深恩大德,想用什么来报答您。李某已经上诉给了天帝,报冤的日期就在今年,不过您也有人救助,只要过了今年,就不用担心了!他已经来捉您了,您如果不出来,他必然不敢登上您的大堂,千万不要下来。"李妻说完就走了。

这时华山道士的符箓效用极高,为张某在宅院内修建了一座坛场,说法也与李妻的大体相同。张某几个月不敢走下台阶，李妻也一同来了，每次都告诉他谨慎防备的办法。又一天黄昏时分，堂下东边厢房有一丛竹子，张某看见一个红色衫袖，在竹丛旁边召唤自己，张某以为那是李妻来了，把李妻以前告诫他的话都忘了，便走下台阶，跑了过去。左右的人跟在身后呼叫他，也没能制止他。到了那里，就看见李尉穿着妇女的衣服，把张某拽到竹林之下，殴打了很久，说："我如果不穿红衫招引他，这家伙会走下台阶来吗？"于是抓住他走出门去。张某左右的人都像喝醉了一样，待他们醒来，只见张某已经倒在竹林下，眼睛、鼻子都是血，只有心口上有一点儿热气，扶到大堂上就死了。

乐　生

唐中丞杜式方，为桂州观察使。会西原山贼反叛，奉诏讨捕。续令郎中裴某，承命招抚。及过桂州，式方遣押衙乐某并副将二人当直。至宾州，裴命乐生与副将二人至贼中传诏命，并以书遗其贼帅，招令归复。乐生素儒士也，有心义。既至，贼帅黄少卿大喜，留宴数日。悦乐生之佩刀，恳请与之，少卿以小婢二人酬其直。既复命，副将与生不相得，遂告于裴云："乐某以官军虚实露于贼帅，昵之，故赠女口。"裴大怒，遣人搜检，果得。乐生具言本末，云："某此刀价值数万，意颇宝惜。以方奉使，贼帅求之，不得不与。彼归其直，二口之价，尚未及半。某有何过？"生使气者，辞色颇厉。裴君愈怒，乃禁于宾州狱。以书与式方，并牒诬为大过，请必杀之。

式方以远镇，制使言其下受赂于贼，方将诛剪，不得不置之于法。然亦心知其冤。乐生亦有状具言。式方遂令持牒追之，面约其使曰："彼欲逃避，汝慎勿禁，兼以吾意语之。"使者至，传式方意。乐生曰："我无罪，宁死。若逃之，是有罪也。"既至，式方乃召入问之。生具述根本。式方乃以制使书牒示之曰："今日之事，非不知公之冤，然无路以相救矣，如何？"遂令推讯。乐生问推者曰："中丞意如何？"曰："中丞以制使之意，押衙不得免矣。"曰："中丞意如此，某以奚诉？"遂索笔通款，言受贼帅赃物之状。式方颇其悯恻。将刑，引入曰："知公至屈，有何事相托？"生曰："无之。"式方曰："公有男否？"曰："一人。""何职？"曰："得衙前虞侯足矣。"式方便授牒，兼赠钱百千文，用为葬具。又问所欲。曰："某自诬死，必无逃逸，请去桎梏，沐浴，见妻子，嘱咐家事。"公皆许。

至时，式方乃登州南门，令引出，与之诀别。乐生沐浴巾栉，楼前拜启曰："某今死矣，虽死不已。"式方曰："子怨我乎？"曰："无，中丞为制使所迫耳。"式方洒泣，遂令领至球场内，厚致酒馔。餐讫，召妻子别。问曰："买得棺未？可速买，兼取纸一千张，笔十管，置棺中。吾死，当上诉于帝前。"问监刑者曰："今何时？"曰："日中。"生曰："吾日中死，至黄昏时便往宾州，取副将某乙。及明年四月，杀制使裴郎中。"举头见执捉者一人，乃虞侯所由。乐曾摄都虞侯，语之："汝是我故吏，我今分死矣，尔慎无折吾颈，若如此，我亦死即当杀汝。"所由至此时，亦不暇听信，遂以常法拉其头杀之，然后笞。笞毕，拽之于外。拉者忽惊蹶，面仆于地死矣。

数日，宾州报，副将以其日黄昏，暴心痛终。制使裴君，以明年四月卒。其年十月，式方方于球场宴敕使次，饮酒正洽。忽举首瞪目曰："乐某，汝今来何也？我亦无过。"索酒沥地祝之。良久又曰："我知汝屈，而竟杀汝，亦我之罪。"遂喑不语。异到州，及夜而殒。至今桂州城南门乐生死所，方圆丈余，竟无草生。后有从事于桂者，视之信然。自古冤死者亦多，乐生一何神异也？

（卷一百二十二，出《逸史》）

[意译]

　　唐代的御史中丞杜式方，当了桂州观察使。正遇上西原的山贼谋反叛乱，杜式方奉皇帝诏令前往讨伐捕捉他们。皇上又下令，派姓裴的郎中去安抚他们。等过了桂州，杜式方派手下的亲信武将乐某和两名副将前去听裴中丞指挥。到了宾州，裴中丞命令乐生和两名副将到山贼中去传达皇帝的诏命，并且写信送给山贼的首领，要他们听从招安。乐生本来是儒士，正直讲义气。到了贼营，山贼首领黄少卿十分高兴，留下他宴请了几天。黄少卿很喜欢乐生的佩刀，恳请把佩刀给他，黄少卿用两个小婢女作为酬答。完成使命回来向裴中丞报告，副将和乐生关系不好，回来便向裴郎中诬告说："乐生把官军的虚实情况都暴露给贼帅了，贼帅很亲近他，所以送给他两个婢女。"裴郎中大怒，派人去搜查，果然查到了两个小婢。乐生详细陈述事情的经过，说："我这把刀价值几万，我把它看作宝物非常珍惜，因为正执行使命，贼帅请求给他，只好给了他。他酬答的东西，两个婢女的价值，还不到宝刀的一半。我有什么过错？"乐生因为生气，表情很严厉激动。裴郎中更是生气，把乐生囚禁在宾州牢狱里。他写信给杜式方，并且用公文诬陷乐生犯了大罪，请求一定要处死他。

　　杜式方因为在外地做地方官，裴郎中兼有钦差制使的身份，说他的部下受了山贼的贿赂，将要诛杀，他不得不按照法律处置。但心里也知道乐生是冤屈的。乐生有状子详细说明。杜式方便派人带着公文追他，又和使者当面约好:"他想逃跑避罪,你注意不要制止他并把我的意思告诉他。"使者到了关押乐生的地方,向乐生传达杜式方的意思。乐生说:"我没有罪,宁愿被处死。如果逃跑,那就有罪了。"把乐生带到观察使的官署,式方召他进去问他。乐生详细讲述了事实真相。杜式方于是把制使裴郎中的书牒公文给他看,说:"今天的事不是不知道你的冤屈,可是没有办法救你,怎么办呢?"便让人审讯他。乐生问审讯他的人说:"杜中丞的意思是怎么样?"回答说:"杜中丞按照制使的意思,你不能免罪。"乐生说:"杜中丞是这个意思,我到哪里去申诉呢?"便拿起笔签字服罪,说他接受了贼帅的赃物等情状。杜式方很可怜他。将要用刑的时候,把他带进去说:"知道你极为冤屈,有什么事需要嘱托?"乐生说"没有。"杜式方说:"你有儿子吗?"乐生说:"有一个。"杜式方问:"希望他得什么官职?"乐生说:"做一个衙前的虞候就满足了。"杜式方便下了授职的公文,并送他百千文钱,作为办丧事的费用。又问他还想什么。生说:"我自愿认罪,一定不会逃走,请解除我的手镣铐,洗个澡,见一下妻子,嘱咐一下家里的事。"杜式方都答应了他。

到了用刑的时候,杜式方登上州城南门,下令将乐生带出来,和他诀别。乐生洗了澡,梳了头发,戴上头巾,在城楼前拜别并告启说:"我今天死了,但事情并没有完。"杜式方说:"你恨我吗?"乐生说:"不恨。你被制使所迫罢了。"杜式方洒泪而泣,便让带到球场内,摆下丰厚的酒菜。吃完,把妻子叫来诀别。他问妻子说:"买了棺木吗?你快去买,同时买一千张纸,十支笔,放在棺材里面。我死了以后,要在上帝面前申诉。"又问监刑的:"今天什么时间行刑?"监刑的告诉他:"中午。"乐生说:"我中午死,到黄昏时就前往宾州,取某乙副将的头。到明年四月,杀制使裴郎中。"他抬头看见执押他的,是一个虞候。乐生曾当过虞候,便对他说:"你是我的老吏卒,我今天该当死了,你行刑的时候,注意不要折断我的脖子,如果折断了,我死了以后也要杀你。"这个行刑的虞候在这个时候已没工夫听信他的话,还是按照寻常行刑的办法斩掉他的头,然后鞭笞他。鞭笞完,拉到外面。拉尸体的人忽然受到惊吓面朝下倒地死了。

几天以后,宾州有人报告,副将在行刑那一天的黄昏,突然心口剧痛而死。制使裴郎中第二年四月死了。这年十月,杜式方正在球场宴请皇帝派来的使者。正吃喝在兴头上,杜式方忽然抬起头瞪着眼睛说:"乐生,你今天来干什么?我也没有什么过错。"要来酒泼在地上祝祷他。好长时间又说:"我知道你冤屈,结果还是杀了你,也是我的罪过。"说到这里,便哽住了,说不出话。抬到观察使官署内,到夜晚就死了。到现在桂州城内乐生死的地方,方圆一丈,竟然没有草长出来。后来有到桂州来做官的,看到确是这样。自古以来冤死的人也很多,乐生怎么这样神异呢?

裴伷先

工部尚书裴伷先,年十七,为太仆寺丞。伯父相国炎遇害,伷先废为民,迁岭外。伷先素刚,痛伯父无罪,乃于朝廷封事请见,面陈得失。天后大怒,召见,盛气以待之。谓伷先曰:"汝伯父反,干国之宪,自贻伊戚,尔欲何言?"伷先对曰:"臣今请为陛下计,安敢诉冤?且陛下先帝皇后,李家新妇。先帝弃世,陛下临朝。为妇道者,理当委任大臣,保其宗社。东宫年长,复子明辟,以塞天人之望。今先帝登遐未几,遽自封崇私室,立诸武为王,诛斥李宗,自称皇帝。海内愤惋,苍生失望。臣伯父至忠于李氏,反诬其罪,毁及子孙。陛下为计若斯,臣深痛惜。臣望陛下复立李氏社稷,迎太子东宫。陛下高枕,诸武获全。如不纳臣言,天下一动,大事去矣。产禄之诫,可不惧哉?臣今为陛下用臣言未晚。"天后怒曰:"何物小子,敢发此言!"命牵出。伷先犹反顾曰:"陛下采臣言实未晚。"如是者三。天后令集朝臣于朝堂，杖仙先至百，长流瀼州。仙行解衣受杖，笞至十而仙先死，数至九十八而苏，更二笞而毕。仙先创甚，卧驴舆中，至流所，卒不死。

在南中数岁，娶流人卢氏，生男愿。卢氏卒，仙先携愿潜归乡。岁余事发，又杖一百，徙北庭。货殖五年，致资财数千万。仙先贤相之侄，往来河西，所在交二千石。北庭都护府城下，有夷落万帐，则降胡也。其可汗礼仙先，以女妻之。可汗唯一女，念之甚。赠仙先黄金马牛羊甚众。仙先因而致门下食客，常数千人。自北庭至东京，累道致客，以取东京息耗。朝廷动静，数日仙先必知之。

时补阙李秦授寓直中书，封事曰："陛下自登极，诛斥李氏及诸大臣。其家人亲族，流放在外者，以臣所料，且数万人。如一旦同心召集为逆，出陛下不意，臣恐社稷必危。谶云：'代武者刘。'夫刘者流也。陛下不杀此辈，臣恐为祸深焉。"天后纳之，夜中召入，谓曰："卿名秦授，天以卿授朕也，何启予心！"即拜考功员外郎，仍知制诰，敕赐朱绂，女妓十人，金帛称是。与谋发敕使十人于十道，安慰流者。敕既下，仙先知之。会宾客计议，皆劝仙先入胡，仙先从之。日晚，舍于城外，因装。时有铁骑果毅二人，勇而有力，以罪流。仙先善待之。及行，使将马，装橐驼八十头，尽金帛。宾客家僮从之者三百余人，甲兵备，曳犀超乘者半。有千里足马二，仙先与妻乘之。装毕遽发。料天晓人觉之，已入虏境矣。既而迷失道，迟明，唯进一舍，乃驰。

既明，侯者言仙先走，都护令八百骑追之。妻父可汗又令五百骑追焉。诫追者曰："舍仙先与妻，同行者尽杀之，货财为赏。"追者及伷先于塞，伷先勒兵与战，麾下皆殊死。日昏，二将战死，杀追骑八百人，而伷先败。缚伷先及妻子橐驼，将至都护所。既至，械系阱中，具以状闻。待报而使者至，召流人数百，皆害之。伷先以未报故免。天后度流人已死，又使使者安抚流人曰："吾前使十道使安慰流人，何使者不晓吾意，擅加杀害？深为酷暴。其辄杀流人使，并所在锁项，将至害流人处斩之，以快亡魂。诸流人未死，或他事系者，兼家口放还。"由于伷先得免，乃归乡里。

及唐室再造，宥裴炎，赠以益州大都督，求其后，伷先乃出焉，授詹事丞。岁中四迁，遂至秦州都督，再节制桂广。一任幽州帅，四为执金吾，一兼御史大夫，太原、京兆尹，太府卿。凡任三品官向四十政。所在有声绩，号曰唐臣。后为工部尚书、东京留守，薨，寿八十六。

（卷一百四十七，出《纪闻》）

[意译]

工部尚书裴伷先，十七岁时，为太仆寺丞。伯父宰相裴炎被武则天杀害，裴伷先被废去官职，贬为平民，迁往五岭之外。裴伷先素来很刚直，为伯父无罪被杀而痛愤，便在朝廷密封章奏请求召见，当面陈述得失事由。武则天大怒，召见了他，气势逼人地对待他。天后对裴伷先说："你伯父谋反，犯了国家的大法，自作自受，你想说什么？"伷先回答说："臣下现在只是请求为陛下着想，怎么敢诉苦申冤？而且陛下是先皇帝的皇后，李家的新媳妇。先皇帝去世，陛下您临朝当政。作为妇人的道理，应当委派信任的大臣，保住李唐的国号。太子年纪已大，应该让他复辟归位，以满足天下人的期望。现在先皇帝去世不久，您就急忙私自给本族人封高官，立武姓人为王，诛杀或放逐李姓宗室，自称皇帝，让国内的人愤恨惋惜，老百姓深为失望。臣下的伯父对李唐非常忠诚，反而诬陷他有谋反之罪，连子孙都被杀戮。陛下这样做，臣下深感痛心惋惜。臣下希望陛下重新确立李氏的社稷，把太子从东宫迎出来为帝。陛下则退位高枕无忧，武姓家族的人才能免祸全生。如果不听从臣下的忠言，天下一旦动乱起来，社稷大事就完了。西汉吕后死后她的内亲吕产、吕禄被汉朝大臣杀掉的教训，您不害怕吗？臣下认为陛下您现在听从臣下的话还为时不晚。"天后大怒说："是什么小子，敢对我说这种话！"命令把他拉出去。裴伷先还回过头来说："陛下采纳臣下的忠言实在还不晚。"像这样拉出去又放回来三次。天后下令把朝廷大臣都集合在朝堂，杖打裴伷先到一百下，又长期流放到瀼州。裴伷先脱下衣服接受杖刑，杖击才十下，裴伷先就昏死过去，杖击至九十八下时又醒过来，又杖击二下才完。裴伷先伤得厉害，一路躺在驴车上，到流放的地方，终于没有死。

在南方几年，娶了流放人家的卢氏，生了男孩叫裴愿。后来卢氏死了，裴伷先带着裴愿悄悄返回老家。一年多以后，事情暴露，裴伷先又被杖刑一百下，流放到天山北部的北庭。他在北庭做了五年生意，赚了几千万钱。裴伷先以贤明宰相的侄儿的身份，在河西一带来往，结交的都是州刺史一类的大人物。北庭都护府的城下，有边地民族部落一万多家，都是降服归唐的胡人。突厥部族的最高头领可汗很尊敬裴伷先，把女儿嫁给他。这可汗只有一个女儿，非常惦念疼爱她。他送给裴伷先很多的黄金马匹牛羊。裴伷先因此在门下收罗了许多食客，经常有几千人。从北庭到东都洛阳，每一条路都安置有门客，往来联络，用来探听、传达东都的消息。朝廷的一举一动，几天之内裴伷先就一定知道了。

当时，补阙李秦授在中书省值夜班，向皇帝上奏章说："陛下自从登基称帝，诛杀或放逐李氏宗室以及诸多朝廷大臣。这些人的家人和亲族，流放在外面的，以臣下的估计，有几万人。如果有一天这些人齐心召集起来作乱造反，当会出乎陛下的意料，臣下担心社稷一定很危险了。图谶说：'代替姓武的当皇帝的是姓刘的。'刘就是流。陛下不杀掉这些人，臣下担心祸害将很深。"武则天采纳了他的意见，夜里召见了他，对他说：

"你名叫秦授,天把你授给我,不然,是什么启发了我?"马上任命他为考功员外郎,仍然负责起草皇帝的命令,又下令赏赐给他红色的系印的丝带和十个歌伎,黄金、布帛数量也和这相等。和他商议下令派十个使者分别到全国各地,以安慰为名敕令各地牧守杀害流人。敕令一下,裴伷先就知道了。他把宾客们召集起来商议,宾客们都劝他到胡地去,裴伷先听从了这个主意。到了晚上,住在城外,收拾行装。这时有两个铁骑将军果毅都尉,勇猛有力,因为犯罪,流放到北庭。裴伷先待他们很好。到裴伷先要去胡地的时候,让他们统领骑兵,另外装载了八十头骆驼的物资,全是黄金、布帛。跟从的宾客家童有三百多人,都披着盔甲,手执兵器,武艺好的人占了一半。有两匹千里马,裴伷先和妻子各乘一匹。准备行装完毕,就匆忙出发。估计等天亮人们发觉时,已经进入了突厥境内。接着却迷失了道路,将近天明,才走了三十里,于是便策马奔驰起来。

天亮了,巡逻人员报告说裴伷先逃走了,都护便命令八百骑追赶。裴伷先妻子的父亲可汗又命令五百骑追来接应。都护告诫追赶的人说:"放过裴伷先和他的妻子,同行的人全部杀掉,夺回财物作为赏赐。"追赶的人在边境上追上了裴伷先他们,裴伷先指挥队伍和追兵作战,部下都拼命杀敌。黄昏时分,在与八百追骑拼杀时,两个将军战死,裴伷先战败。追骑把裴伷先和其妻绑在骆驼上,带到都护府。到了以后,又戴上手铐,押在地牢里,并上书全部报告了朝廷。待报告以后朝廷使者带着处理批示到来,都护召集几百个被流放的人,全部将他们杀害。裴伷先因为处理的批示还没到,所以幸免被杀。武则天以为流放的人都已经死了,又假惺惺派使者安抚流放的人说:"我上次派使者到各地让他们安慰流放的人,为什么使者不明白我的意思,擅自加以杀害?太残暴了。那些随意杀害流人的使者,就在当地锁起来,带到杀害流人的地方斩首,以安慰亡魂。流人中没有死的或者因其他事被囚禁的,和家属一起释放还乡。"裴伷先因此得以免死,还归乡里。

待到唐王朝又恢复,给裴炎平反,追封为益州大都督,寻找他的后代,裴伷先才出来做官,先被任命为詹事丞。一年之中四次迁升,升到秦州都督，后来又先后担任岭南东道节度使管辖广州和桂管经略观察使。一次担任幽州统帅范阳节度使，四次担任执金吾，一次兼任御史大夫、太原府尹、京兆府尹、太府卿。任三品宰相，总共经历四十次政绩考核。任职之处都有声望和政绩，号称为唐臣。后来为工部尚书、东都留守，死的时候享年八十六岁。

郑德璘

贞元中，湘潭尉郑德璘家居长沙，有亲表居江夏，每岁一往省焉。中间涉洞庭、历湘潭，多遇老叟棹舟而鬻菱芡，虽白发而有少容。德璘与语，多及玄解。诘曰："舟无糗粮，何以为食？"叟曰："菱芡耳。"德璘好酒，长挈松醪春过江夏，遇叟无不饮之，叟饮亦不甚愧荷。德璘抵江夏，将返长沙，驻舟于黄鹤楼下。傍有鹾贾韦生者，乘巨舟，亦抵于湘潭。其夜与邻舟告别饮酒。韦生有女，居于舟之舵橹。邻女亦来访别，二女同处笑语。夜将半，闻江中有秀才吟诗曰："物触轻舟心自知，风恬浪静月光微。夜深江上解愁思，拾得红蕖香惹衣。"邻舟女善笔札，因睹韦氏妆奁中有绫笺一幅，取而题所闻之句。亦吟哦良久，然莫晓谁人所制也。及旦，东西而去。

德璘舟与韦氏舟同离鄂渚信宿，及暮又同宿。至洞庭之畔，与韦生舟楫颇以相近。韦氏美而艳，琼英腻云，莲蕊莹波。露濯藓姿，月鲜珠彩。于水窗中垂钩，德璘因窥见之，甚悦。遂以红绡一尺，上题诗曰："纤手垂钩对水窗，红蕖秋色艳长江。既能解珮投交甫，更有明珠乞一双。"强以红绡惹其钩。女因收得，吟玩久之。然虽讽读，即不能晓其意。女不工刀扎，又耻无所报，遂以钩丝而投夜来邻舟女所题红笺者。德璘谓女所制，凝思颇悦，喜畅可知。然莫晓诗之意义，亦无计遂其款曲。由是女以所得红绡系臂，自爱惜之。

明月清风，韦舟遽张帆而去。风势将紧，波涛恐人。德璘小舟不敢同越，然意殊恨恨。将暮，有渔人语德璘曰："向者贾客巨舟，已全家殁于洞庭矣。"德璘大骇，神思恍惚，悲婉久之，不能排抑。将夜，为《吊江姝诗二首》曰："湖面狂风且莫吹，浪花初绽月光微。沉潜暗想横波泪，得共鲛人相对垂。"又曰："洞庭风软荻花秋，新没青娥细浪愁。泪滴白𬞟君不见，月明江上有轻鸥。"诗成，酹而投之。精贯神祇，至诚感应，遂感水神。持诣水府，府君览之。召溺者数辈曰："谁是郑生所爱？"而韦氏亦不能晓其来由。有主者搜臂，见红绡而语府君，曰："德璘异日是吾郡之明宰，况曩有义相及，不可不曲活尔命。"因召主者，携韦氏送郑生。韦氏视府君，乃一老叟也。逐主者疾趋而无所碍。道将尽，睹一大池，碧水汪然。遂为主者推堕其中。或沉或浮，亦甚困苦。时已三更，德璘未寝，但吟红笺之诗，悲而益苦。忽觉有物触舟，然舟人已寝，德璘遂秉炬照之，见衣服彩绣，似是人物，惊而拯之，乃韦氏也，系臂红绡尚在。德璘喜骤。良久，女苏息。及晓，方能言。乃说府君感君而活我命。德璘曰："府君何人也？"终不省悟，遂纳为室。感其异也，将归长沙。

后三年，德璘常调选，欲谋醴陵令。韦氏曰："不过作巴陵耳。"德璘曰："子何以知？"韦氏曰："向者水府君言是吾邑之明宰，洞庭乃属巴陵，此可验矣。"德璘志之，选果得巴陵令。及至巴陵县，使人迎韦氏。舟楫至洞庭侧，值逆风不进。德璘使佣篙工者五人而迎之，内一老叟，挽舟若不为意。韦氏怒而唾之，叟回顾曰："我昔水府活汝性命，不以为德，今反生怒！"韦氏乃悟，恐悸。召叟登舟，拜而进酒果。叩头曰："吾之父母，当在水府，可省觐否？"曰："可。"须臾，舟楫似没于波，然无所苦。俄到往时之水府，大小倚舟号恸。访其父母，父母居止俨然，第舍与人世无异。韦氏询其所须，父母曰："所溺之物，皆能至此，但无火化，所食惟菱芡耳。"持白金器数事而遗女曰："吾此无用处，可以赠尔，不得久停。"促其相别。韦反遂哀恸别其父母。叟以笔大书韦氏巾曰："昔日江头菱芡人，蒙君数饮松醪春。活君家室以为报，珍重长沙郑德璘。"书讫，叟遂为仆侍数百辈自舟迎归府舍。俄顷，舟却出于湖畔。一舟之人，咸有所睹。德璘详诗意，方悟水府老叟，乃昔日鬻菱芡者。

岁余，有秀才崔希周投诗卷于德璘，内有江上夜拾得《芙蓉诗》，即韦氏所投德璘红笺诗也。德璘疑诗，乃诘希周。对曰："数年前，泊轻舟于鄂渚，江上月明，时当未寝，有微物独舟，芳馨袭鼻，取而视之，乃一束芙蓉也。因而制诗既成，讽咏良久，敢以实对。"德璘叹曰："命也。"然后更不敢越洞庭。德璘官至刺史。

（卷一百五十二，出《德璘传》）

[意译]

唐朝贞元年间，湘潭县尉郑德璘家住在长沙，有亲表侄在江夏，每年去看望一次。路上要渡洞庭，过湘潭，经常遇见一个老头驾着小舟卖菱角和芡食,虽然头发白了,但容貌却显得很年轻。郑德璘和他交谈,经常涉及道家玄妙的理论。郑德璘问他:"小船上没有干粮,您吃什么呢?"老头说:"吃菱角、芡食。"郑德璘喜好喝酒,经常带着松醪春酒去江夏,遇到老头没有一次不请他喝的。老头白喝了他的酒,也没有惭愧的意思。郑德璘到了江夏,将要返回长沙,把船停在黄鹤楼下。旁边有一个盐商叫韦生的,乘着大船,也准备去湘潭。这天晚上,和邻舟告别饮酒。韦生有个女儿,住在船尾的舱中。邻舟的女子也来访谈告别,两个女子在一起说说笑笑。快半夜了,听到江上有秀才吟诗:"东西碰到轻舟自己心里知道,风平和浪宁静月光微弱。夜深了,在这江上解除了我的愁思,因为捡到了一枝红莲,花香把衣服熏香。"邻舟的女子善于写文章,因为看见韦氏梳妆匣里有一幅红色的笺纸,她取出笺纸写下所听到的句子。并曼声吟诵了好久,但是不知道是谁写的。到天亮,邻舟女子和韦氏女分手而去。

郑德璘的船和韦氏的船一同离开鄂渚连宿了两夜,到晚上又同在一起泊舟。到洞庭湖畔,和韦生的船已非常靠近。韦氏美丽娇艳,红玉般嫩润的肌肤,流云般滑腻的头发,脸颊似盛开的莲花花瓣,眼睛如晶莹的水波。姿容娇柔像露水洗过的鲜花,光彩照人像月色沐浴的珠玉。她正在靠水的窗中垂下钓钩,郑德璘因此偷偷地看见了她,他非常悦慕。于是用一尺红绸,题了一首诗:"纤细的手垂下钓钩正对着水窗,红莲盛开使长江的秋色更加娇艳。既然能像江妃二仙女那样解下玉佩作为爱情信物赠给郑交甫,那就请求再送给我一对明珠吧。"他硬是把题了诗的红绸挂住钓钩。韦氏女因此收到红绸上题的诗,吟赏玩味了许久。可是虽然字面上读得下来,却不能理解诗的含意。女子不善于写信,又惭愧没有东西回报,就用钩丝把那天夜里邻舟女子抄来秀才吟唱的那首诗送给郑德璘。郑德璘以为是韦氏女写的,细想了一下,很高兴,那心情喜悦舒畅可以想知。可是也不理解诗的意义,也没办法达到自己的心愿。从此,韦氏女用得到的红绸系在手臂上,很是爱惜。

第二天拂来一阵清风,韦生急忙张起风帆开船走了。风势越来越紧,波涛汹涌很是吓人。郑德璘船小,不敢一同过洞庭湖,心里很有些懊恨。

快傍晚的时候，有个打鱼的对郑德璘说："刚才过去那艘商人的大船出事了，全家死在洞庭湖里。"郑德璘大为惊骇，神志恍恍惚惚，许久也不能控制、排遣内心的悲伤惋叹之情。傍晚，郑德璘作了两首吊唁江中美女的诗，一首写道："湖面上的狂风不要再吹了，浪花涌起，月光微弱。暗想你沉在湖底像水波纵横一样的眼泪，应该和龙宫鲛人流在一起了。"又一首写道："轻软无力的秋风吹拂着萧瑟的洞庭荻花，那细细的波浪也像为新没的美女蹙眉生愁。我的泪滴在白苹上你再也看不见，陪伴我的只有明月下江上那飞翔的轻鸥。"诗写成，他向湖中奠酒，把诗投入水中。郑德璘的至诚感动了神灵。水神拿着他投入水中的诗前往水府，水府的长官看了诗，把几个溺水的叫来问："郑生所爱的是谁？"韦氏却不知道事情的来由。水府的主管官员从她的手臂上搜找到那红绸，便告诉府君。府君说："郑德璘是我们老家的贤明县宰，何况过去待我有过好处，不能不看他的情面救活你。"于是叫来主管官员，让他带着韦氏送给郑生。韦氏看那府君，是一老头。她跟着主管官员快步行走没有阻碍。道路将尽，看见一个大水池，满满的一池绿水。韦氏于是被主管官员推入水池里，一会儿沉一会儿浮，也很困苦。这时天已三更，郑德璘还没有睡，只是在吟诵红笺上的那首诗，越吟越悲苦。忽然觉得有东西碰着了船，可是船夫都已睡了。郑德璘便举着火把去看，只见彩色绣花的衣服，像是一个人，他吃了一惊，急忙救起，原来是韦氏，手臂上系着的红绸还在。郑德璘喜从天降。好一会儿，女子苏醒过来。到天亮，才能说话。便说是水府长官因为感谢你才使我活命。郑德璘说："府君是什么人呢？"最终也不醒悟，郑德璘便娶韦氏为妻。感到这事很奇异，便带着她回长沙。

三年以后，郑德璘到了任满重新选官的时候，想谋求醴陵县令的职位。韦氏说："恐怕不过在巴陵做官罢了。"郑德璘说："你怎么知道？"韦氏说："过去水府君说是我们县邑的贤明县令，洞庭属于巴陵，这可以证明。"郑德璘记下了这件事，后来选官果然任为巴陵县令。待到了巴陵县，派人去迎接韦氏。舟船行到洞庭湖边，赶上逆风不能前进。郑德璘雇了五个船夫去迎接，其中一个老头，拉纤不使劲。韦氏发怒，向他吐唾沫，老头回头看着她说："过去在水府我救活了你，你不感激我，反而生我的气。"韦氏才明白过来，十分害怕，连忙请老头上船，拜谢行礼，呈上酒果。向老头叩头说："我的父母还在水府，可以看望他们吗？"老头说："可以。"不一会儿，舟船像是淹没在水里，但船上的人不感到什么痛苦。很快地，到了过去的水府，韦氏一家大小都靠到船边号啕大哭。问她的父母，知道她的父母住的地方很齐整，宅院房屋和人世间没有什么不同。韦氏问他们需要什么，父母说："沉溺的东西，都能到这里，只是不能生火做饭，吃的只有菱角芡食罢了。"父母拿着几件白金的器皿，送给女儿说："我用不着这些东西，可以送给你，不要在这里久停。"催促和他们告别。韦氏便哀恸地告别了她的父母。老头用笔在韦氏头巾上书写几行大字："过去江头上吃菱芡的人，蒙你几次款待喝了松醪春酒。救活你的妻子作为报答，长沙郑德璘啊请你珍重。"书写完，老头便由几百个仆人侍从用船迎接回到水府。不一会儿，船浮出湖畔。一般的人都看到了水府的情况。郑德璘细想诗中的意思，才领悟到水府的老头就是过去遇见的那卖菱芡的。

一年多以后，有个叫崔希周的秀才把诗卷投到郑德璘的门下，里面有江上夜里拾得的《芙蓉诗》，就是韦氏投给郑德璘那首抄在红笺上的诗。郑德璘怀疑这诗不是他作的，便询问崔希周。崔希周回答说："几年前，我在鄂渚停泊下轻舟，江上月亮正明，正值还未就寝，有一个小东西碰到了船，浓香送到鼻中，取上来一看，是一束荷花。因此写成那首诗，并吟咏了许久，我说的都是实话。"郑德璘感叹说："这都是命运啊！"可是这以后他再不敢从洞庭湖上过。郑德璘后来做官到刺史。

李　君

江陵副使李君，尝自洛赴进士举。至华阴，见白衣人在店。李君与语，围炉饮啜甚洽。同行至昭应，曰："某隐居，饮西岳，甚荷郎君相厚之意。有故，明旦先径往城中，不得奉陪也。莫要知向后事否？"君再拜恳请，乃命纸笔，于月下凡书三封，次第缄题之，甚急则开之，乃去。

五六举下第，欲归无粮食，将住，求容足之地不得。曰："此为穷矣！仙兄书可以开也。"遂沐浴，清旦焚香启之。曰："某年月日，以困迫无资用，开一封，可青龙寺门前坐。"见讫遂往，到已晚矣，望至昏时，不敢归。心自笑曰："此处坐，可得钱乎？"少顷，寺主僧领行者至，将闭门，见李君曰："何人？"曰："某驴弱居远，前去不得，将寄宿于此。"僧曰："门外风寒不可，且向院中。"遂邀入，牵驴随之。具馔烹茶。夜艾，熟视李君，低头不语者良久。乃曰："郎君何姓？"曰："姓李。"僧惊曰："松滋李长官识否？"李君起颦蹙曰："某先人也。"僧垂泣曰："某久故旧，适觉郎君酷似长官。然奉求已多日矣，今乃遇。"李君涕流被面。因曰："郎君甚贫，长官比将钱物到求官，至此狼狈。有钱二千贯，寄在某处，自是以来，如有重负。今得郎君分付，老僧此生无事矣。明日留一文书，便可挈去。"李君悲喜。及旦，遂载镪而去。鬻宅安居，遽为富室。

又三数年不第，尘土困悴，欲罢去。思曰："乃一生之事，仙兄第二缄可以发也。"又沐浴，清旦启之。曰："某年月日，以将罢举，可开第二封，可西市鞦辔行头坐。"几讫复往，至即登楼饮酒。闻其下有人言："交他郎君平明即到此，无钱。"即道："元是不要钱及第。"李君惊而问之。客曰："侍郎郎君有切故，要钱一千贯，致及第。昨有共某期不至者，今欲去耳。"李君问曰："此事虚实？"

客曰:"郎君现在楼上房内。"李君曰:"某是举人,亦有钱,郎君可一谒否?"曰:"实如此,何故不可。"乃却上,果见之。话言饮酒,曰:"侍郎郎君也。"云:"主司是亲叔父。"乃面定约束,明年果及第。

后官至殿中江陵副使,患心痛,少顷数绝,危迫颇甚。谓妻曰:"仙师第三封可以开矣。"妻遂灌洗,开视之。云:"某年月日,江陵副使忽患心痛,可处置家事。"更两日卒。

(卷一百五十七,出《逸史》)

[意译]

江陵的副使李君,曾经从洛阳赴长安参加进士考试。到了华阴县,看见旅店里有个白衣人。李君和他说话,围着炉子饮酒吃饭十分投机。两人一同走到昭应县,那白衣人说:"我一直隐居,在西岳华山一起饮酒,承蒙你十分优厚的招待。我有点儿急事,明天早上先走一步到城里去,不能奉陪你了。难道不想知道你今后的事吗?"李君向他拜了几拜,恳请他告诉自己。白衣人才拿来纸笔,在月光下写了三封书信,按次序封起来写上号,告诉他十分困难的时候就把它打开。然后,白衣人走了。

李君到京城,五六次考试都没有考中,想回去又没有路费,想住下来,连个容身的地方也找不到。他想:"这可算毫无办法的时候了,仙兄的书信可以打开了。"于是洗了澡,清晨点上香把文书打开。文书中写道:"某年某月某日,因为贫困所迫没有资金费用时,打开这第一封,可以去青龙寺门前坐。"他看完就前往青龙寺,到寺庙时,天已经晚了,盼望到黄昏的时候,还怕错过机会,不敢回去。心里却暗自笑道:"坐在这里,可以得到钱吗?"正想着,不一会儿,寺主僧人领着从事杂务的和尚来了,正要关门,看见李君,问道:"什么人?"李君说:"我的驴很瘦弱我住得又远,没法往前赶路,准备在这里寄宿。"僧人说:"门外有风很冷,不能睡，暂且到寺院里面去吧。"李君得到邀请，便牵着驴跟着僧人进了寺院。僧人叫人为他准备好饭菜烧好茶。夜深了，僧人仔细地看着李君，又低着头没说话，许久，才问："你姓什么？"李生说："姓李。"僧人吃惊地说："你认识松滋县的李长官吗？"李君站起身皱着眉头悲伤地说："那是我死去的父亲。"僧人流着眼泪："他是我多年的老朋友，刚才觉得你长得很像长官。我寻找你已经很长时间了，今天才遇到你。"李君泪流满面。僧人说："你很贫穷了，长官以前带着钱物到京城求官，到这里就陷入了困境。他把二千贯钱寄放在这里，从那以来，就心里挂着一件很重的事。现在你把钱取走，老僧这一辈子就没有什么事要办了。明天你留下一纸文书，就可把钱拿去。"李君又悲痛又高兴。到天亮，就带着钱回去了。他买了房子，安居下来，很快变成了富有人家。

几年来，李生还没有考取，在风尘中奔波，忧愁不得志，他想罢考离去。转念一想："这是我一辈子的事，仙兄的第二封文书可以打开来了。"又洗了澡，清晨焚香，把文书打开。上面写着："某年某月某日，打算不参加科举考试，可以打开第二封，可以到西市鞦韆行头处坐。"看完文书他前去那里，到了那里他就登楼饮酒。只听见楼下有人说："叫他郎君天刚亮就到这里来，没有钱。"又一人说："原来是不要钱就让考中。"李君吃惊地去问。客人说："侍郎郎君有重要的事情，需要一千贯钱，使你考中。昨天有和我约好没有来的，现在想走了。"李君忙问："这事是真是假？"客人说："郎君现在就在楼上房内。"李君说："我是举人，也有钱，可以拜见一下郎君吗？"客人说："真是这样，有什么不可以的。"于是就再上去，果然见到了。饮酒间谈起来，说："这就是侍郎郎君。"侍郎郎君说："主考官是我的亲叔父。"于是当面定下协定。第二年李君果然考取。

后来，李君官做到殿中侍御史、江陵副使。这一次他患心痛，不一会儿就昏厥了好几次，十分危急。他对妻子说："仙师的第三封文书可以打开了。"妻子于是洗干净手，恭恭敬敬地把文书打开一看，上面写着："某年某月某日，江陵副使忽然患心痛病，可以安排家中后事。"开书后再过两天，李君就死了。

卢 生

弘农令之女既笄，适卢生。卜吉之日，女巫有来者。李氏之母问曰："小女今夕适人。卢郎常来，巫当屡见，其人官禄厚薄？"巫曰："所言卢郎，非长髯者乎？"曰："然。""然则，非夫人之子婿也。夫人之婿，中形而白，且无须也。"夫人惊曰："吾之女今夕适人，得乎？"巫曰："得。"夫人曰："既得适人，又何以云非卢郎乎？"曰："不知其由，则卢终非夫人之子婿也。"

俄而，卢纳采。夫人怒巫而示之。巫曰："事在今夕，安敢妄言！"其家大怒，共唾而逐之。及卢乘轩车来，展亲迎之礼。宾主礼具，解珮约花。卢生忽惊而奔出，乘马而遁，众宾追之不返。主人素负气，不胜其愤，且恃其女之容，邀客皆入，呼女出拜。其貌之丽，天下罕敌。指之曰："此女岂惊人者耶？今而不出，人其以为兽形也！"众人莫不愤叹。主人曰："此女已奉见，宾客中有能聘者，愿赴今夕。"时郑某官某，为卢之傧，在坐起拜曰："愿事门馆。"于是奉书择相，登车成礼。巫言之貌宛然，乃知巫之有知也！

后数年，郑任于京，逢卢问其事。卢曰："两眼赤，且大如朱盏，牙长数寸，出口之两角，得无惊奔乎！"郑素与卢相善，骤出其妻以示之。卢大惭而退，乃知结缡之亲，命固前定，不可苟而求之也。

（卷一百五十九，出《续玄怪录》）

[意译]

弘农县令的女儿李氏十五岁成年，许配给卢生。占卜选择吉利的日子结婚的那一天，有一个女巫来了。李氏的母亲问女巫说："小女现在许配人了。卢郎经常来，你应当多次见到，你看他能做多大官，得到多少官禄？"女巫说："你说的卢郎，不是须髯很长的吗？"李氏母亲说："是的。"女巫说："如果这样，那么，他不是夫人的女婿。夫人的女婿是中等个子，脸色白净，并且没有胡须。"夫人吃惊地说："我女儿今天晚上已经许配了人，这一点确定了吗？"女巫说："可以确定。"夫人说："既然确定许配了人，又怎么说不是卢郎呢？"女巫说："不知道什么缘由，不过卢生终究不是夫人的女婿。"

不久，卢生来送求亲的聘礼。夫人向女巫发怒，并指给女巫看。女巫说："事情就在今天晚上，我怎么敢随便乱说！"全家人都大怒，向女巫吐唾沫，并把她赶了出去。待到卢生乘坐高大的车子而来，举行新郎亲自迎接的礼仪。宾客和主人都行完了礼，卢生解下玉佩，结上女子之花。卢生忽然吃惊地跑出去，并骑上马逃走了，宾客们都去追，但没有能追回来。主人一向心高气傲，对此气愤得不得了，并且依仗他女儿长得漂亮，立即邀请宾客都进屋去，叫女儿出来向客人行礼。他女儿容貌艳丽，天下都很少有人比得上。主人指着闺女说："这闺女的容貌难道会使人吓跑吗？今天如果不出来，人们恐怕会以为她长得像野兽一样呢！"在座的都很气愤。主人又说："我女儿已经和大家见了面，宾客里有愿意聘她为妻的，愿意今天晚上就送过去。"这时一个姓郑的，正在做某种官，在婚礼上做卢生的傧相，听主人这一说，便起身下拜行礼说："我愿意侍奉你们，做你们家的女婿。"于是奉上文书，选择傧相，登上车子，完成了婚礼。郑生和女巫所说的女婿的相貌完全一样，这才知道女巫能预测先知。

几年以后，郑生在京城做官，遇见卢生问起这件事。卢生说："我当时一看，两眼红红的，像红色的杯子那么大，牙齿几寸长，露在两个嘴角外面，怎么不会惊吓得跑走呢？"郑生与卢生向来关系不错，立刻叫妻子出来让他看。卢生十分羞愧地走了。这才知道婚姻之事,都是命中注定,不可勉强追求啊。

李行修

　　故谏议大夫李行修,娶江西廉使王仲舒女。贞懿贤淑,行修敬之如宾。王氏有幼妹,尝挈以自随,行修亦深所鞠爱,如己之同气。元和中,有名公与淮南节度使李公郧论亲,诸族人在洛下。时,行修罢宣州从事,寓居东洛。李家吉期有日,固请行修为傧。是夜礼竟,行修昏然而寐,梦己之再娶,其妇即王氏之幼妹。行修惊觉,甚恶之,遽命驾而归。入门见王氏晨兴,拥膝而泣。行修家有旧使苍头,性颇凶横,往往忤王氏意。其时,行修意王氏为苍头所忤,乃骂曰:"还是此老奴!"欲杖之。寻究其由,家人皆曰:"老奴于厨中自说,五更作梦,梦阿郎再娶王家小娘子。"行修以符己之梦,尤恶其事。乃强喻王氏曰:"此老奴梦,安足信?"无何,王氏果以疾终。时,仲舒出牧吴兴,及凶向至,王公悲恸且极,遂有书疏,意托行修续亲。行修伤悼未忘,固阻王公之请。有秘书卫随者,即故江陵尹伯玉之子,有知人之鉴,言事屡中。忽谓行修曰:"侍御何怀亡夫人之深乎?如侍御要见夫人,奚不问稠桑王老?"

　　后二三年,王公屡讽行修,托以小女,行修坚不纳。及行修除东台御史,是岁,汴人李介逐其帅,诏征徐泗兵讨之。道路使者星驰,又大掠马。行修缓辔出关,程次稠桑驿,已闻敕使数人先至,遂取稠桑店宿。至是日迨曛暝，往逆旅间，有老人自东而过。店之南北，争牵衣请驻。行修讯其由，店人曰："王老善录命书，为乡里所敬。"行修忽悟卫秘书之言，密令召之，遂说所怀之事。老人曰："十一郎欲见亡夫人，今夜可也。"乃引行修，使去左右，屦屦，由一径入土山中。又陟一坡，近数仞，坡侧隐隐若见丛林。老人止于路隅，谓行修曰："十一郎但于林下呼妙子，必有人应。应即答云：'传语九娘子，今夜暂将妙子同看亡妻。'"

行修如王老教，呼于林间，果有人应。仍以老人语传入。有顷一女子出，行年十五，便云："九娘子遣随十一郎去。"其女子言讫，便折竹一枝跨焉。行修观之，迅疾如马。须臾，与行修折一竹枝，亦令行修跨，与女子并驰，依依如抵。西南行约数十里，忽到一处，城阙壮丽，前经一大宫，宫有门。仍云："但循西廊直北，从南第二院，则贤夫人所居，内有所睹，必趋而过，慎勿怪。"行修心记之，循西廊，见朱里缇幕下灯明，其内有横眸寸余数百。行修一如女子之言，趋至北廊。及院，果见行修十数年前亡者一青衣出焉。迎行修前拜，及赍一榻云："十一郎且坐，娘子续出。"行修比苦肺疾，王氏尝与行修备治疾皂荚子汤。自王氏之亡也，此汤少得。至是，青衣持汤，令行修啜焉，即宛是王氏手煎之味。言未竟，夫人遽出，涕泣相见。行修方欲申离恨之久，王氏固止之曰："今与君幽显异途，深不愿如此，贻某之患。苟不忘平生，但得纳小妹鞠养，即于某之道尽矣。所要相见，奉托如此。"言讫，已闻门外女子叫："李十一郎速出！"声甚切。行修食卒而出。其女子且怒且责："措大不别头脑，宜速返！"依前跨竹同行。有顷，却至旧所。

老人枕块而寐，闻行修至，遽起云："岂不如意乎？"行修答曰："然。"老人曰："须谢九娘子遣人相送。"行修亦如其教。行修困惫甚，因问老人曰："此等何哉？"老人曰："此原上有灵应九子母祠耳。"老人行，引行修却至逆旅。壁釭荧荧，枥马唼刍如故，仆夫等昏惫熟寐，老人因辞而去。行修心愤然一呕，所饮皂荚子汤出焉。

时，王公亡，移镇江西矣。从是，行修续王氏之婚，后官至谏议大夫。

（卷一百六十，出《续定命录》）

[意译]

　　已经死去的谏议大夫李行修，娶了江西廉使王仲舒的女儿。她品德贤惠淑静，李行修就像对贵宾一样敬重她。王氏有一个幼小的妹妹，经常跟随王氏，李行修也非常疼爱她，好像自己的亲姐妹。唐宪宗元和年间，有位有名望的人和淮南节度使李鄘结了亲，各同族的人都住在洛阳。当时，李行修解除了宣州从事的职务，居住在东都洛阳。李家选定了办喜事的良辰吉日，一定请李行修做傧相。这天夜里，婚礼举行完了，李行修昏昏然睡下了，却梦见自己再次娶妻，再娶的妇人就是王氏的小妹子。李行修惊醒过来，感到非常厌恶，急忙吩咐准备车驾回去。到家一进门，就看见王氏早上刚起来，抱着膝盖哭泣。李行修家有多年使唤的老奴，性情非常凶横，常常违抗王氏的意旨。这时，李行修猜想王氏一定是被老奴顶撞了，就骂道："还是这个老奴！"就要用棍子打他。待追查事情缘由，家里人都说："老奴在厨房说，夜里五更时做了梦，梦见你再娶了王家的小娘子。"李行修因为这又跟自己做的梦相符，更加厌恶这件事。便勉强安慰王氏说："这是老奴做的梦，怎能相信？"可是没多久，王氏果然病死了。这时，王仲舒到吴兴做州牧，等到噩耗传到，王仲舒悲恸极了。于是便写了一封书信过去，意思是让李行修续亲。李行修正在悲伤之中，坚决拒绝了王仲舒的请求。有一个叫卫随的秘书，是已经死去的江陵尹卫伯玉的儿子，能预言人的未来，并且很准确。他忽然对李行修说："王侍御为什么那样深深地怀念已经死去的夫人呢？如果王侍御要见夫人，为什么不问稠桑的王老？"

过了二三年，王仲舒多次暗示李行修要把小女儿的终身托付给他，李行修坚决不肯。待到李行修被任命为东台御史，这一年，汴州人李介赶走了他的主帅，皇帝下诏征调徐州、泗州的兵马讨伐李介。道路上传达命令的使者像流星一样地飞驰，又大肆掠夺马匹。李行修慢慢地骑着马出函谷关，这天走到稠桑驿，听到几个皇帝的使者已经先到了，就住到稠桑店里去了。这时天已渐渐黑下来，前往旅店的时候，一个老人从东边过来。旅店两旁的人都争着拉住他的衣服请他住下来。李行修问其中缘由，店里人说："王老善于知道人的前途命运，受到乡里人的尊敬。"李行修忽然明白了卫秘书的话，暗中让人把王老召请来，向他诉说心里一直怀念亡妻的事。老人说："十一郎想见死去的夫人，今天晚上就可以。"于是领着李行修，让他屏退左右随从，穿上麻制的单底鞋，从一条小路进了一座土山里。又登上一个山坡，约有几仞那么高，坡的一侧隐隐约约好像一丛树林。老人停在路边，对李行修说："你只要在树林下呼喊妙子，一定有人答应。有人答应你再回答说：'传话给九娘子，今天晚上暂时和妙子一道去看我死去的妻子。'"

李行修按照王老的指教，在树林里呼喊，果然有人答应。仍然把老人教给他的话传过去。一会儿，一个女子出来，大约十五岁，说："九娘子派我随同十一郎一道去。"这女子说完，便折下一枝竹子跨上去。李行修一看，她跨上这竹子就像骑马一样跑得飞快。不一会儿，女子给李行修也折下一枝竹子，也让他跨上去，和女子并行奔驰，轻轻相撞。往西南走了大约几十里，忽然到得一个地方，城阙十分壮丽，前面经过一个大官殿，宫殿有一个门。女子仍然说："只要沿着西廊一直往北，往南的第二个院子，就是尊夫人住的地方，如果看到里面有什么东西，一定快步过去，千万不要觉得怪异。"李行修记在心里,沿着西廊,看见红黄色的帷幕下灯光很亮,里面横着几百枚一寸多长的眼珠子。李行修照女子所说的,快步走到北廊。到了院子,果然看见李行修十几年前死去的一个婢女出来,迎到李行修跟前下拜行礼,又送上了一个床榻说:"十一郎暂且坐一下,娘子马上就出来。"李行修以前害过肺病,王氏曾经给李行修准备过治病的用皂荚子煎的汤。自王氏死后,这汤就很少得到了。这时,婢女端着这汤,叫李行修喝下去,好像就是王氏亲手煎的那种味道。话未说完,夫人很快出来了,两人流着眼泪相见了。李行修正想申诉离别后长久思念之情,王氏坚决制止他说:"今天和你阴阳道路不同,十分不愿意这样,以致留给我祸患。如果不忘记平生的情谊,只要能娶小妹抚养,就算对我尽到了职责。我要和你相见拜托的,就是这样的事。"说完,就听见门外女子叫喊:"李十一郎赶快出来!"声音十分急切。李行修匆匆忙忙就出来了。那女子一边发怒一边斥责他:"这穷酸相脑子那么呆板,快点回去!"像前次那样跨着竹子一同行走。不一会儿,到了老地方。

老人枕着土块正睡觉,听得李行修到了,急忙起身问道:"大概满足了你的心愿吧?"李行修说:"是的。"老人说:"必须感谢九娘子派人相送。"李行修也照他说的做了。李行修十分疲倦发困,于是问老人说:"这是什么地方?"老人说:"这高地上有灵应九子母祠罢了。"老人领着李行修回到旅舍。墙壁上灯光微弱,槽头上的马和先前一样吃草,仆夫们都昏昏沉沉地熟睡着。老人于是告辞而去。李行修心里一阵昏乱,一阵呕吐,把刚才喝的皂荚子汤呕出来了。

这时,王仲舒已经死了,死之前移镇江西。从这时,李行修续婚,娶了王氏的小妹子,后来他做官做到谏议大夫。

苏无名

天后时,尝赐太平公主细器宝物两食合,所值黄金千镒。公主纳之藏中,岁余取之,尽为盗所将矣!

公主言之,天后大怒。召洛州长史谓曰:"三日不得盗,罪!"长史惧,谓两县主盗官曰:"两日不得贼,死!"尉谓吏卒游徼曰:"一日必擒之,擒不得,先死!"吏卒游徼惧,计无所出。衢中遇湖州别驾苏无名,相与请之至县。游徼白尉:"得盗物者来矣。"无名遽进至阶,尉迎问故。无名曰:"吾,湖州别驾也,入计在兹。"尉呼吏卒:"何诬辱别驾?"无名笑曰:"君无怒吏卒,抑有由也。无名历官所在,擒奸摘伏有名。每偷至无名前,无得过者,此辈应先闻,故将来,庶解围耳。"尉喜,请其方。无名曰:"与君至府,君可先入白之。"尉白其故,长史大悦,降阶执其手曰:"今日遇公,却赐吾命,请遂其由。"无名曰:"请与君求见对玉阶,乃言之。"于是天后召之,谓曰:"卿得贼乎?"无名曰:"若委臣取贼,无拘日月,且宽府县,令不追求,仍以两县擒盗吏卒,尽以付臣。臣为陛下取之,亦不出数十日耳。"天后许之。无名戒吏卒:"缓则相闻。"

月余,值寒食,无名尽召吏卒,约曰:"十人五人为侣,于东门北门伺之。见有胡人与党十余,皆衣缞绖,相随出赴北邙者,可踵之而报。"吏卒伺之,果得,驰白无名。往视之,问伺者:"诸胡何若?"伺者曰:"胡至一新冢,设奠,哭而不哀。亦撤奠,即巡行冢旁,相视而笑。"无名喜曰:"得之矣。"因使吏卒,尽执诸胡,而发其冢。冢开,割棺视之,棺中尽宝物也!

奏之,天后问无名:"卿何才智过人?而得此盗。"对曰:"臣非有他计,但识盗耳。当臣到都之日,即此胡出葬之时。臣亦见,即知是偷,但不知其葬物处。今寒节拜扫,计必出城,寻其所之,足知其墓。贼既设奠而哭不哀,明所葬非人也。奠而哭毕,巡冢相视而笑,喜墓无损伤也。向若陛下迫促府县,此贼计急,必取之而逃。今者更不追求,自然意缓,故未将出。"天后曰:"善!"赐金帛,加秩二等。

(卷一百七十一,出《纪闻》)

[意译]

武则天执政时,曾赐给女儿太平公主满两食盒的珍贵的细器宝物,价值黄金两万两。公主把它收藏在府库之中,一年多以后要取出来,已经全部被盗贼偷走了!

公主呈报此事,武则天非常生气。叫来了洛州的长史,对他说:"三天捉不到强盗,就治你的罪!"长史很害怕,对两县主管捕盗的官员说:"两天内逮不着盗贼,就处死你们!"县尉对手下的吏卒和负责捕盗的小官说:"一天之内必须将盗贼捉获,如捕不着,先教你死!"吏卒和负责捕盗的小官很害怕,又想不出办法。他们在街上遇见湖州的别驾苏无名,一同请他到县里。负责捕盗的小官对县尉说:"可以捉到小偷的人来了。"苏无名急匆匆地走到了台阶上,县尉迎上来问原因。苏无名说:"我是湖州别驾,到这里来办理计奏的事。"县尉叫来吏卒说:"你们怎么让别驾屈尊到来?"苏无名笑着说:"您不要对吏卒生气,因为是有原因的。我苏无名做官所到的地方，擒拿的奸贼、伏藏的坏人都是有名的。窃贼从我面前经过，没有能溜过去的，这些人应该早就听说了，所以领来，大概可以帮助解除眼前的困境罢了。"县尉很高兴，请教他有什么办法。苏无名说："和您一起到河南府去，您可以先进去说明这件事。"县尉向长史说明其中原因，长史非常高兴，走下台阶拉住苏无名的手说："今天遇见您，实在是赐给了我一条命，请把你的办法说出来。"苏无名说："请您请求皇上接见，在玉阶上对话，我才说出来。"于是则天皇后召见了他，对他说："你捉着了盗贼吗？"苏无名说："如果委派我捉贼，不要限定日期，并且放宽对府县的期限，下令不急于追捕寻找，仍然将两县捕盗的吏卒全部交给我。让臣下为陛下把盗贼捕获，也不会超过几十天的时间。"则天皇后答应了。苏无名告诫吏卒说："放缓则盗贼就会相互知道了。"

过了一个多月，正当寒食节，苏无名把吏卒全部召集起来，约定说："十个人五个人为伴，在东门北门探察着。看见有十多个胡人结成一伙，都穿着孝衣，一同出城门往北邙去的，可跟踪他们，并来报告。"吏卒探察着，果然看到这样一些人，便马上报告苏无名。苏无名过去看，问侦察的吏卒："那些胡人怎么样？"吏卒说："胡人到一座新的坟墓面前，摆设下祭品祭奠，哭但是不悲哀。撤下祭奠的祭品，就在坟墓旁边来回察看，你看看我，我看看你，都笑了。"苏无名高兴地说："已经找到了！"于是派吏卒把这些胡人全部抓起来，并且发掘了胡人新修的坟墓。坟墓挖开了，劈开棺材看里面，棺材里全部是宝物。

把破案情况奏明武则天。武则天问苏无名："你为什么才智超过常人，抓到这些盗贼？"回答说："臣下并非有别的办法，只是能识别盗贼罢了。当臣下来到都城的那一天，正是这些胡人出葬的时候。臣下也看见了，就知道他们是盗贼，只是不知道他们埋葬东西的地方。今天寒食节祭扫，估计他们必定要出城。找到他们所去的地方，就能知道他们的墓地。盗贼们既然设了祭品祭奠，却哭起来不伤心，说明所埋葬的不是人。祭奠完哭完了，在墓边来回察看，又互相看着发笑，这是为坟墓没被损伤而高兴。当初如果陛下急着催促府县，这伙盗贼思想紧张，必然取出东西逃走。现在再不追问寻找，思想自然松懈下来，所以没有带走。"则天皇后说："很好！"赏赐给苏无名黄金和布帛，官阶提升了两级。

孟 简

故刑部李尚书逊，为浙东观察使，性仁恤。抚育百姓，抑挫冠冕。有前诸暨县尉包君者，秩满，居于县界，与一土豪百姓来往。其家甚富，每有新味及果实，必送包君。忽妻心腹病，暴至困惫。有人视者，皆曰："此状中蛊。"及问所从来，乃因土豪献果，妻偶食之，遂得兹病。此家养蛊，前后杀人已多矣！包君曰："为之奈何？"曰："养此毒者，皆能解之。今少府速将夫人诣彼求乞。不然，即无计矣！"包君乃当时雇船携往，仅百余里，逾宿方达。其土豪已知，唯恐其毒事露，愤怒颇甚。包君船亦到，先登岸。具衫笏，将祈之。其人已潜伏童仆十余，候包君到，靸履拄球杖，领徒而出。包未及语，诟骂叫呼，遂令拽之于地，以球杖击之数十，不胜其困。又令村妇二十余人，就船拽包君妻出，验其病状。以头摔地，备极耻辱。妻素羸疾，兼有妊，至船而殒。

包君聊获余命，及却回，土豪乃疾棹到州。见李公诉之云：县尉包某倚恃前资，领妻至庄，罗织搅扰，以索钱物，不胜冤愤。李公大怒，当时令人赍枷锁追。包君才到，妻尚未殓。方欲待事毕，至州论。忽使急到，遂被荷枷锁身领去。其日，观察判官独孤公卧于厅中睡次，梦一妇人，颜色惨沮，若有所诉者，捧一石砚以献。独孤公受之，意颇凄恻。及觉，因言于同院，皆异之。逡巡，包君到，李公令独孤即推鞫。寻其辩对，包君所居，乃石砚村也。郎惊异良久，引包君入，问其本末。包涕泣具言之。诘其妻形貌年几，乃郎梦中所见。感愤之甚。不数日，土豪皆款伏，具狱过李公。李公以其不直，遂凭土豪之状，包君以倚恃前资，擅至百姓庄搅扰，决臂杖十下。土豪以前当县官，罚二十功。从事宾客，无不陈说。郎亦力争之，竟不能得。包君妻兄在扬州闻之，奔波过浙江，见李公。涕泣论列其妹冤死之状。李公大怒，以为客喧，决脊杖二十，递于他界。自淮南无不称其冤异。郎自此托疾请罢。

时孟尚书简任常州刺史，常与越近，具熟其事。明年，替李公为浙东观察使，乃先以帖，令录此土豪一门十余口。到才数日，李公尚未发，尽毙于州，厚以资币赠包君。数州之人闻者，莫不庆快矣！

（卷一百七十二，出《逸史》）

[意译]

已经死去的刑部尚书李逊，曾当过浙东观察使，性情仁厚，体恤民情，抚育平民百姓，打击豪强贵族。有一个以前做过诸暨县尉的姓包的人，任满免官，住在县里，和一个乡村土豪来往。这土豪家很富有，每逢有好吃的和新鲜水果，一定要送给包君。有一天，包妻忽然心腹发病，严重到全身困乏，不能忍受的地步。有去看视她的，都说："这个症状是中了蛊毒。"又问中毒的来由，原来是因为土豪献的果品，妻子偶尔吃了，便得了这种病。这一家养蛊毒，前后已经杀了很多人了。包君说："这怎么办呢？"看视的人说："养这种毒的，都有办法解毒。现在您赶快带夫人到那家去乞求。不然的话，就没办法了。"包君于是立即雇船带着夫人前去，将近一百里路，过了一天才到达。那土豪已经知道了，唯恐养毒的事情暴露，非常愤怒。包君的船也到了，包君登上岸。准备了礼服和拜客的帖子，要祈求他。那土豪已埋伏下十几个童仆，待包君一到，就拖拉着鞋，拄着打球用的杖，领着一伙人出来。包君还来不及说话，那伙人就一阵辱骂，那土豪叫童仆们把包君拽倒在地，用打球的杖打了几十下，包君忍受不了困辱。土豪又叫二十几个村妇，从船里把包妻拽出来，说是给她检查病状。抓住她的头往地上撞，教她受尽极大的耻辱。包妻本来就有病，加上怀了孕，受到辱打回船后就死了。

包君也仅仅剩下一条命，等到逃回来，土豪就驾快船赶到州里。他寻见了李逊申诉说：姓包的县尉依仗以前做过县尉的资历，带着妻子到庄里，编织罪名，进行骚扰，勒索钱物，这冤屈怨愤忍受不了。李逊大怒，当即派人带着枷锁追捕。包君才到家，妻子还没有收殓下棺。正想等办完丧事，再到州府讲理。忽然使者急速赶到，于是被带上枷锁押走了。这一天，观察判官独孤先生正躺在厅里睡觉，梦见一个妇人，脸色凄惨沮丧，像要诉说什么，捧上一块石砚献给他。独孤先生接下石砚，心里也很凄恻不安。待醒来，便和同院的官员说，都觉得很奇怪。不一会儿，包君被押到了，李逊命令独孤先生审讯。经过审问辩对，知道包君住的就是石砚村。独孤判官惊异了好长时间，领包君进内堂，问他事情经过。包君流着眼泪详细诉说了。判官问他妻子的形貌年龄，就是判官梦中所见到的。判官非常感愤。没几天，土豪都诚心服罪，把案件审理情况送交李逊。李逊认为这样不公正，于是根据土豪的诉状，以为包君依仗前任县尉的资历，擅自到百姓村庄骚扰，判决打二十臂杖。土豪因以前当县官，罚二十天力役。观察使的幕僚没有不向李逊陈说的。判官也尽力争理，竟都没有结果。包君的妻兄在扬州听到这事，奔波着到浙江来见李逊。他哭着一一叙述他妹妹死得冤枉的情况。李逊大怒，以为带丧吊唁的人很不吉利，判决打二十脊杖，押送出境。淮南一带没有不说这案子判处得冤枉奇怪的。判官独孤先生从此以后托病请求罢职。

当时尚书孟简任常州刺史，常州与越州靠近，全都熟悉这件事。第二年，孟简代替李逊为越州观察使，就先用公文命令，拘捕了土豪一家十多口人。到任才几天，李逊离任还没有启程，土豪一家人全处死在州里，并用丰厚的财物和金钱送给包君。周围几州的人听到了，没有不拍手称快的。

崔碣

崔碣任河南尹，惩奸剪暴，为天下吏师。先是有沽客王可久者，膏腴之室，岁鬻茗于江湖间，常获丰利而归。是年，又笈贿适楚，始返棹于彭门，值庞勋作乱，阱于寇城，逾期不归。有妻美少，且无伯仲息裔之属。妻常善价募人，访于贼境之四裔，竟无究其迹者。或曰：已戕于盗，帑其货矣。

洛城有杨乾夫者，善卜称。妻晨持一缣，决疑于彼。杨生素熟其事，且利其财，思以计中之。乃为端蓍虔祝，六位既兆，则曰："所忧岂非伉俪耶？是人绝气久矣，象现坟墓矣，遇劫杀与身并矣！"妻号咷将去，既又勉之曰："阳鸟已晚，幸择良晨，清旭更问，当为再祝。"妻诚信之。他日，复往布算，宛得前卦，乃曰："神也异也，无复望也。"仍言："号恸非所以成礼者，第择日举哀，绘佛饭僧，以资冥福。"妻且悲且愧，以为诚言，无巨细事，一以托之。杨生主办，雅竭其志。则又谓曰："妇人茕独，而衷财贿，寇盗方炽，身之灾也，宜割爱以谋安适。"妻初不纳。夕则飞砾以惧之，昼则声寇以危之。次则役媒以钅耳之。妻多杨之义，遂许嫁焉。杨生既遂志，乃籍所有，雄据厚产。又逾日，皆货旧业，挈妻卜居乐渠之北。

明年，徐州平，天下洗兵，诏大憝就擒外，胁从其间者，宥而不问，给篆为信，纵归田里。可久髡裸而返，瘠瘁疥秽，丐食于路。至则访其庐舍，已易主矣。曲讯妻室，不知其所。展转饥寒，循路哀叫。渐有人知者，因指其新居，见妻及杨，肆目门首，欲为揖认，则诃杖诟辱，仅以身免。妻愕眙以异，复制于杨。可久不堪其冤，诉于公府。及法司按劾，杨生贿赂已行，取证于妻，遂诬其妄。时属尹正长厚不能辩奸，以诬人之罪加之，痛绳其背，肩扶出疆。可久冤楚相萦，殆将溘尽，命丝未绝。洛尹改更，则衔血赍冤于新政，亦不能辨，前所鞫吏，得以肆其毒于簧言，且曰："以狱讼旧政者，汉律在焉！"则又裂瞋，配邑之遐者，隶执重役。可久双眦流血，两目枯焉！

时，博陵公伊人燕居，备聆始卒，天启良便，再领三川。狱吏屏息，覆盆举矣！揽辔观风之三日，潜命就役所，出可久以至，乃敕吏掩乾夫一家，兼素鞫胥，同梏其颈。且命可久暗籍家之服玩，物所存尚夥。而鞫吏贿赂，丑迹昭焉。既捶其胁，复血其背，然后擢发折足，同瘗一坎。收录家产，手授可久。时离毕作冷，衣云复郁。断狱之日，阳轮洞开，通逵相庆，有出涕者。沉冤积愤，大亨畅于是日，古之循吏，孰能拟诸！

（卷一百七十二，出《唐阙史》）

[意译]

崔碣担任河南尹，惩办奸邪、铲除强暴，成为全国官吏的楷模。先前有一个叫王可久的商人，是个豪富人家，每年在全国各地贩卖茶叶，经常赚很多钱回来。这一年，又用箱子带上钱到楚地去。回来时，船刚行走到彭门徐州，正赶上庞勋作乱，陷入庞勋军队控制的地方，不能按期回家。

他有一个妻子，年轻貌美，并且没有兄弟子侄等亲属。王可久的妻子多次出高价雇请人到作乱地区的四周查访，终究没有打听到他的踪迹。有人说，他已被盗贼杀害了，财物也被抢走了。

这时，洛阳城有一个叫杨乾夫的，以善于卜卦而出名。王妻一大早就拿着一匹细绢作为酬金，请他卜卦解决疑虑。杨乾夫很清楚这件事，又贪图她的钱财，就琢磨着用计谋让她上圈套。于是便为她摆弄蓍草，虔诚地祝祷，六爻的兆象已经出来，他便说："你忧虑的不是你的丈夫吗？这人早就断气死了，卦象出现在坟墓里，这是遭到抢劫连人一起被杀了。"王妻号啕大哭，就要离去，杨生又劝慰她说："天已经晚了，希望再选一个好的早晨，太阳刚出来的时候，我再为你占卜祝祷。"王妻真的相信了他。又一天，再去请他布蓍算卦，还是得到和上次一样的卦象。杨生说："神灵的启示不同一般，不再有什么指望了。"又说："只是号啕大哭不是应该举行的哀礼，只应选择好日子，举行哀悼，画上佛像，给和尚施舍斋饭，来求得阴司的福祐。"王妻又悲恸又惭愧，以为这是真诚的言辞，因此无论大事小事，全都托付杨生。杨生主办丧事，完全体现了她的心志。他又对王妻说："妇人单身生活，又有很多钱财，现在盗贼正闹得凶，这都会给你带来灾害，应该割断对丈夫的爱情，另外安排安静舒适的生活。"王妻开始听不进这个意见。杨生到晚上就扔石头让她感到害怕，白天就讲盗贼的事吓唬她，接着就请媒人去劝说诱导她。王妻感激杨生的恩义，便答应嫁给他。杨乾夫达到了目的，就把所有东西都登记入册，占有了丰厚的财产。又过了些日子，杨乾夫卖掉旧财产，带着妻子在乐渠以北找了个地方定居。

第二年，徐州叛乱平定了，全国停止了用兵，下诏除了首领人物一定要擒拿住外，受胁迫而跟从的都宽恕不问罪，给写个书面证明盖上官印作为凭据，让他们回家乡去。王可久被剃光头发两手空空释放回家，身体瘠瘦憔悴又一身疥疮，沿路讨饭。到了家乡就找自己的房子，可房子已经换了主人。他多方打听妻子的消息，都不知道下落。他忍饥受冻，一路悲哀地号叫。渐渐有知道实情的，便指路给他找到了妻子的新居。见到妻子和杨生，杨生却站在门口恶狠狠地对他瞪着眼，王可久想要上前作揖相认，却遭到一顿辱骂和棍打，只逃出了出来。王妻吃惊地瞪着眼，但被杨生控制。王可久忍受不了这种冤屈，就控告到官府。待官府审理这一案件时，杨生早已行了贿赂，待要王妻出来做证时，杨乾夫便诬陷王可久说他是胡说。当时正遇上府尹忠厚老实不能辨别奸邪，便加给王可久一个诬赖好人的罪名，用绳子痛打他背部，架着他的肩膀押送出境。王可久又是冤屈又是痛楚，交织在一起几乎死去，只剩一口气没有断。正在这时，洛阳尹换了人，他又把自己的血泪冤仇向新官申诉，这新官还是不能辨明曲直，先前负责审讯的那个官吏，得到机会在新官面前花言巧语进一步加害王可久，说："用已审定的案件控告前任官员的，汉律还起作用！"新官更为愤怒，把他发配到本邑边远的地方，罚他做繁重的劳役。王可久两只眼睛流血，终于瞎了。

这时，博陵公崔碣这个人罢官在家闲居，详细听到了这件事的始末。上天给了一个好机会，让他再做长官管领洛阳三川。狱吏都暗自小心，不敢作声，心想旧案就要像覆盆一样翻过来了！崔碣上任考察民情才三天，就暗中派人到管理囚犯劳动的地方，把王可久要出来提到衙门，又派官吏把杨乾夫一家抓来，还有原来那个受贿审讯这个案件的胥吏；一同抓起来，戴上刑具。又叫王可久凭记忆写出家里财产的清单，现存的东西还很多。那胥吏受贿赂的丑恶行迹也很清楚了。既捶打他的胁下，又打他的背出血，然后把他的头发拔掉，打断他的腿，杨生和胥吏同埋在一个坑里。收录了全部家产，亲手交还王可久。这时本来天气作冷，布满乌云。断案的这一天，太阳冲破云层出来了，各条大街人们都在庆贺，有人甚至感动得流下眼泪。沉冤和积愤，都在这一天得到昭雪。古代的好官吏，谁能像崔公一样！

虬髯客

隋炀帝之幸江都也，命司空杨素守西京。素骄贵，又以时乱，天下之权重望崇者，莫我若也，奢贵自奉，礼异人臣。每公卿入言，宾客上谒，未尝不踞床而见，令美人捧出，侍婢罗列，颇僭于上。末年益甚。

一日，卫公李靖以布衣来谒，献奇策，素亦踞见之。靖前揖曰："天下方乱，英雄竞起。公为帝室重臣，须以收罗豪杰为心，不宜踞见宾客。"素敛容而起，与语大悦，收其策而退。当靖之聘辩也，一妓有殊色，执红拂，立于前，独目靖。靖既去，而拂妓临轩，指吏问曰："去者处士第几？住何处？"吏具以对。妓颔而去。

靖归逆旅，其夜五更初，忽闻叩门而声低者，靖起问焉。乃紫衣戴帽人，杖揭一囊。靖问谁。曰："妾，杨家之红拂妓也。"靖遽延入。脱衣去帽，乃十八九佳丽人也。素面华衣而拜，靖惊答拜。曰："妾侍杨司空久，阅天下之人多矣，未有如公者。丝萝非独生，愿托乔木，故来奔耳。"靖曰："杨司空权重京师，如何？"曰："彼尸居余气，不足畏也。诸妓知其无成，去者众矣。彼亦不甚逐也。计之详矣，幸无疑焉。"问其姓，曰："张。"问伯仲之次，曰："最长。"观其肌肤仪状、言词气性，真天人也。靖不自意获之，益喜惧，瞬息万虑不安，而窥户者足无停履。既数日，闻追访之声，意亦非峻，乃雄服乘马，排闼而去，将归太原。

行次灵石旅舍，既设床，炉中烹肉且熟。张氏以发长委地，立梳床前。靖方刷马，忽有一人，中形，赤髯而虬，乘蹇驴而来。投革囊于炉前，取枕欹卧，看张氏梳头。靖怒甚，未决，犹刷马。张氏熟观其面，一手握发，一手映身摇示，令勿怒。急急梳头毕，敛衽前问其姓。卧客曰："姓张。"对曰："妾亦姓张，合是妹。"遽拜之。问第几，曰："第三。"问妹第几，曰："最长。"遂喜曰：

"今日多幸,遇一妹。"张氏遥呼曰:"李郎且来拜三兄。"靖骤拜。遂环坐。曰:"煮者何肉?"曰:"羊肉,计已熟矣。"客曰:"饥甚。"靖出市胡饼。客抽匕首,切肉共食。食竟,余肉乱切炉前食之,甚速。客曰:"观李郎之行,贫士也。何以致斯异人?"曰:"靖虽贫,亦有心者焉。他人见问,固不言。兄之问,则无隐矣。"具言其由。曰:"然则何之?"曰:"将避地太原耳。"客曰:"然吾故非君所能致也。"曰:"有酒乎?"靖曰:"主人西则酒肆也。"靖取酒一斗,酒既巡,客曰:"吾有少下酒物,李郎能同之乎?"靖曰:"不敢。"于是开革囊,取出一人头并心肝。却收头囊中,以匕首切心肝共食之。曰:"此人天下负心者,衔之十年,今始获,吾憾释矣。"又曰:"观李郎仪形器宇,真丈夫。亦知太原有异人乎?"曰:"尝见一人,愚谓之真人,其余将相而已。""其人何姓?"曰:"同姓。"曰:"年几?"曰:"近二十。""今何为?"曰:"州将之爱子也。"曰:"似矣。亦须见之。李郎能致吾一见否?"曰:"靖之友刘文静者与之狎,因文静见之可也。兄欲何为?"曰:"望气者言太原有奇气,使吾访之。李郎明发,何时到太原?"靖计之:"某日当到。"曰:"达之明日方曙,我于汾阳桥待耳。"言讫,乘驴而去,其行若飞,回顾已远。

靖与张氏且惊惧,久之曰:"烈士不欺人,固无畏。"但速鞭而行。及期,入太原,候之相见。大喜,偕诣刘氏。诈谓文静:"以善相思见郎君,迎之。"文静素奇其人,方议论匡辅,一旦闻客有知人者,其心可知。遽致酒延焉。既而太宗至,不衫不履,裼裘而来,神气扬扬,貌与常异。虬髯默居坐末,见之心死。饮数巡,起招靖曰:"真天子也!"靖以告刘,刘益喜自负。既出,而虬髯曰:"吾见之,十八九定矣。亦须道兄见之。李郎宜与一妹复入京。某日午时,访我于马行东酒楼,下有此驴及一瘦骡,即我与道兄俱在其所也。"

公到,即见二乘。揽衣登楼,即虬髯与一道士方对饮,见靖惊喜,召坐。环饮十数巡,曰:"楼下柜中有钱十万。择一深隐处,驻一妹毕。某日复会我于汾阳桥。"

如期至,即道士与虬髯已到矣。共谒文静。时方弈棋,揖起而语心焉。文静飞书迎文皇看棋。道士对弈,虬髯与靖旁立为侍者。俄而文皇来,长揖而坐。神清气朗,满坐风生,顾盼炜如也。道士一见惨然,下棋子曰:"此局输矣!输矣!于此失却局,奇哉!救无路矣!知复奚言?"罢弈请去。既出,谓虬髯曰:"此世界非公世界也,他方可图。勉之,勿以为念。"因共入京。虬髯曰:"计李郎之程,某日方到。到之明日,可与一妹同诣某坊曲小宅。愧李郎往复相从,一妹悬然如磬。欲令新妇祗谒,略议从容,无令前却。"言毕,吁嗟而去。

靖亦策马遄征。俄即到京,与张氏同往。乃一小板门,叩之,有应者拜曰:"三郎令候李郎、一娘子久矣。"延入重门,门益壮丽。奴婢三十余人罗列于前。奴二十人引靖入东厅。厅之陈设,非人间之物。巾妆梳栉毕,请更衣,衣又珍奇。既毕,传云:"三郎来!"乃虬髯者,纱帽褐裘,有龙虎之姿,相见欢然。催其妻出拜,盖天人也。遂延中堂,陈设盘筵之盛,虽王公家不侔也。四人对坐,牢馔毕,陈女乐二十人,列奏于前,似从天降,非人间之曲度。食毕行酒。而家人自西堂舁出二十床,各以锦绣帕复之。既呈,尽去其帕,乃文簿钥匙耳。虬髯谓曰:"尽是珍宝货泉之数。

吾之所有，悉以充赠。何者？某本欲于此世界求事，或当龙战三二年，建少功业。今既有主，住亦何为？太原李氏真英主也。三五年内，即当太平。李郎以奇特之才，辅清平之主，竭心尽善，必极人臣。一妹以天人之姿，蕴不世之略，从夫之贵，荣极轩裳。非一妹不能识李郎，非李郎不能遇一妹。圣贤起陆之渐，际会如期，虎啸风生，龙腾云萃，固当然也。将余之赠，以奉真主，赞功业，勉之哉！此后十余年，东南数千里外有异事，是吾得志之秋也。妹与李郎可沥酒相贺。"顾谓左右曰："李郎、一妹，是汝主也！"言毕，与其妻戎装乘马，一奴乘马从后。数步不见。

靖据其宅，遂为豪家，得以助文皇缔构之资，遂匡大业。贞观中，靖位至左仆射。东南蛮奏曰："有海贼以千艘，积甲十万人，入扶余国，杀其主自立，国内已定。"靖知虬髯成功也。归告张氏，具礼相贺，沥酒东南祝拜之。

乃知真人之兴，非英雄所冀。况非英雄乎？人臣之谬思乱，乃螳螂之拒走轮耳。或曰："卫公之兵法，半是虬髯所传也。"

(卷一百九十三，出《虬髯传》)

[意译]

隋炀帝出游扬州的时候，命令司空杨素留守西京长安。杨素一向骄横贵宠，又认为时局动乱，天下权势重、威望高的，没有谁比得上自己，生活奢侈豪华，礼仪气派已不是人臣所能享有的。每逢公卿来谈事情，或者宾客拜见他，都叉开两腿，很傲慢地坐在床榻上相见，让美人们簇拥而出，侍妾婢女排列两旁，很有些超越本分，摆出皇帝的架势。到晚年就更厉害了。

有一天，后来成为卫国公的李靖以平民的身份去拜见他，献上奇妙的计策，杨素也是叉开两脚坐着接见他。李靖上前作揖行礼说："天下正大乱，英雄好汉竞相起事，您是皇帝的重要大臣，应当注意收罗豪杰英才，不应该这样没礼貌地接待宾客。"杨素听了这话，很严肃地站起来，和他谈论，十分高兴，接受了他的计策后才进去。当李靖滔滔不绝地谈论时，一个容貌出众的歌妓，手拿着红拂尘，站在前面，只注视着李靖。李靖走了，那拿着红拂尘的歌女靠着长廊的栏杆，指着李靖问差吏说："出去的那位处士排行第几？住什么地方？"差吏详细回答了她。那歌女点点头走开了。

李靖回到旅舍，这天晚上刚五更的时候，忽然听到轻轻敲门的声音，李靖起身询问。原来是一个穿着紫色长袍、戴着帽子、用手杖扛着一个袋子的人。李靖问是谁。那人说："我是杨素家那个拿红拂尘的歌女。"李靖连忙请她进来。那人脱去长袍摘下帽子，原来是一个十八九岁美貌女子。她脸上没抹粉，穿着华丽的衣服，向李靖下拜行礼，李靖吃惊地答礼。女子说："我伺候杨司空很久了，见过的天下人物也很多，没有比得上您的。菟丝子和女萝无法独自生长，希望寄托高大的树木，所以来投奔您。"李靖说："杨司空在京城很有权重势力，怎么办？"红拂女说："他只比死尸多一口气，不值得害怕。歌女们知道他成不了气候，很多人都逃走了。他也不怎么追寻。我已经考虑清楚了，请您不必疑虑。"李靖问她姓什么，她说："姓张。"问她在兄弟姐妹中的排行，她说："老大。"看她的肤色仪态、谈吐气质，真是天仙一样。李靖没想到会得到她，更是又高兴又害怕，顷刻之间顾虑重重，惶惶不安，而来偷看的人往来不尽。过了几天，打听杨府追寻的情况，并不怎样严峻，才衣着威武地骑着马，推开大门出发，准备回到太原。

路上停留在灵石的一家旅舍，铺设好床榻，炉上的肉也快烹熟了。张氏因为头发太长拖在地上，便站在床前梳理。李靖正在刷洗马匹，忽然一个中等个子、两颊的长须又红又卷的男子，骑一头跛足的驴走了进来。他把皮袋子扔在炉前，取个枕头斜躺着，看着张氏梳头。李靖十分生气，但是没有发作，依旧刷洗他的马。张氏仔细察看这男子的脸，一只手握着头发，另一只手放在身后向李靖摇手示意，让他不要发怒。她急忙梳完头，整一整衣袖恭敬地上前问那男子姓什么。躺着的那男子说："姓张。"张氏说："我也姓张，应当是妹妹了。"连忙下拜行礼。又问那男子排行第几，那男子回答："第三。"又问张氏排行第几，回答："最长。"那男子于是高兴地说："今天有幸遇见了一个妹妹。"张氏远远地向李靖打招呼说："李郎快来拜见三哥。"李靖急忙过来下拜行礼。于是大家围着坐下。那男子说："煮的什么肉？"李靖说："羊肉，估计已经熟了。"那男子说："我饿坏了。"李靖出去买来胡饼，那男子抽出匕首，把肉切开大家一起吃。吃完，那男子把剩下的肉在炉前胡乱切碎就那样吃，吃得很快。那男子说："看李郎的样子是个穷书生。怎么得到这样一位不同寻常的美人？"李靖说："我虽然贫穷，但也有志向。别人问我，我不会给他说。兄长既然问起，我就没有什么隐瞒了。"于是详细告诉他事情的缘由。那男子说："不过，你准备去哪里呢？"李靖说："准备到太原去避一避。"那男子说："这样的话，我不是你所要找的人。"又说："有酒吗？"李靖说："客店的西边就是酒铺。"李靖去买来一斗酒，斟过一遍酒以后，那男子说："我有一点儿下酒的菜食，你能和我一起吃吗？"李靖说："不敢。"那男子便打开皮袋子，取出一颗人头和一副心肝，然后又把人头收进皮袋里，用匕首切开心肝，跟李靖一块吃。那男子说："这是天下最忘恩负义的人，我心里恨他已经十年了，如今得到了他，我的满腹仇恨才算消释了。"又问："我看李郎仪表气质，真是一个大丈夫。你知道太原有不寻常的人物吗？"李靖说："曾经见过一个人，我认为他是真命天子，其余的人都不过是将相人物罢了。"那男子问："那人姓什么？"李靖说："和我同姓。"那男子说："多大年纪？"李靖说："将近二十岁。"那男子问："现在做什么？"李靖说："是州将心爱的儿子。"那男子说："有点儿像是他。我也要见他。你能领我见他一面吗？"李靖说："我的朋友刘文静与他关系不错，通过刘文静去见他就可以了。兄长见他想做什么呢？"那男子说："会观察气色的人说太原那里有奇异之气，让我去寻访。你明天出发，什么时候能到太原？"李靖估计一下说："某天应当能到。"那男子说："到达的第二天天亮时，我在汾阳桥等你。"说完，骑着驴走了，走起来像飞一样，正要回头看他时已经很远了。

　　李靖和张氏都又吃惊又害怕，过了好一会儿才说："好汉不会欺骗人，实在不要害怕。"于是二人只是挥鞭策马，快速赶路。到了预定的日期，到了太原，那男子正等着和他相见。见面以后，非常高兴，又一同去拜访刘文静，李靖骗刘文静说："这位客人善于看相，想见郎君，请把郎君接来。"刘文静一向觉得郎君不寻常，正商议着去辅佐他，一听到有善相面的客人，高兴的心情可想而知。他急忙准备酒菜把郎君请来。不一会儿，太宗就到了，他衣履不整，只随便披了一件敞开的皮衣服就来了，但是神采飞扬，相貌和常人不同。虬髯客默默地坐在最后一个座位，见到他那争夺中原的雄心就打消了。斟过几圈酒，他起身招呼李靖说："真是天子啊！"李靖把虬髯客的话告诉刘文静，刘文静更加高兴，自认为有眼力。离开刘文静家以后，虬髯客说："我看过了，可以断定十之八九。不过还需要我的道兄见一下。李郎应该和大妹子再进一次京城。某一天中午的时候，到马行东的酒楼找我。楼下有这头驴和一头瘦小的骡子，我和我道兄就都在那里。"

　　李靖到了长安，就看见两头牲口。他撩起衣服登上酒楼，见虬髯客和一位道士正对坐饮酒。两人见李靖到来又惊又喜，请他坐下。他们围坐着喝了十几杯酒以后，虬髯客说："楼下柜子里有十万钱。找一个幽深隐蔽的地方，安顿好大妹子。某一天仍然到汾阳桥和我相会。"

　　李靖按照约定的时间到了汾阳桥，道士和虬髯客已经先到了。他们三人一同拜见了刘文静。刘文静正在下棋，便起身行礼，一起谈着心里话。刘文静派人飞快地送信请李世民前来看棋。这时道士和刘文静下棋，虬髯客和李靖侍立在两旁。不一会儿，李世民来了。他长揖行礼，而后坐下。他神情清雅，气度高朗，他一出现，那风神使满座都受到感染，有如风生，顾盼之间，两目炯炯有神。道士一见心里就有些凄惨，放下棋子说："这一局输了！输了！就在这里丢掉了这一局，真是奇异啊！没有出路可以挽救了！知道这样还有什么可说？"停下棋就要告辞。离开刘文静家以后，道士对虬髯客说："这里的天下不是你的天下了，别的地方还可以考虑。你努力吧，不要记挂这件事。"于是他们一同进京城。虬髯客说："估计李郎的路程，某一天才能到。到的第二天，可以同大妹一道前往某个街坊的小宅院。惭愧的是李靖一来一往跟从着我，大妹子也一无所有。我想让我的妻子拜见你们，随便谈谈家常，请不要推辞。"说完，叹息着走了。

李靖也赶着马很快出发了。不多久就到了京城，和张氏一同去拜访虬髯客。那只是一个小板门，李靖敲门，有人应声出来下拜行礼说："三郎让我在此恭候李郎、大娘子很久了。"便把他们请进重重院门，里面门庭更加雄伟。三十多个奴婢排列在门前，二十个奴仆领着李靖进了东厅。厅里陈设的都不是世上能见到的东西。他俩梳洗完毕，又请他们换衣服，衣服非常珍贵奇异。换完衣服，里面传话出来："三郎来了！"原来就是虬髯客，他头戴纱帽，穿着皮衣，有龙行虎步的姿态，三人相见十分高兴。又催促他的妻子出来相拜，他妻子也是天仙一样的美人。于是把二人请进中堂，那陈设和宴席菜肴的丰盛，即使王公家也比不上。四人相对坐好、祭神以后，由二十个女子组成的乐队，排列在席前演奏，那乐曲像从天上飘落下来的，不是人间能听到的。饭后，又敬酒。家里人又从西堂屋抬出二十张床，都用绣花绸帕覆盖着。床摆好后，把绸帕全部去掉，原来上面放着文簿钥匙。虬髯客对李靖说："这些都是珍宝钱财的账目。我所有的家产，全部赠给你。为什么呢？我本来想在这里干一番事业，或者与群雄纷争二三年，建立一点儿功业。现在天下既然已经有君主了，我还待在这里干什么呢？太原李世民真是英明的君主。三五年内，就会当上太平天子。李郎凭借你奇特的才能，辅佐清明太平的天子，尽心竭力，一定位极人臣。大妹子有天仙般的姿容，怀有非凡的才略，随丈夫一同富贵，享尽荣华的生活。不是大妹子不能认识李郎，不是李郎不能遇见大妹子。圣贤都是逐渐兴起的，风云际会就像约定好的，虎怒啸必然形成大风，龙腾跃必然聚集云雾，这是理所当然的。你们把我所赠的东西，用来辅奉真命君主,赞助他的功业,努力吧!这以后十多年,东南方向几千里外如有奇异的事情发生,那就是我的志向实现的时候。大妹子和李靖可以斟酒祝贺。"虬髯公又回头对手下的人说:"从今以后,李郎、大妹子就是你们的主人了。"说完,就和妻子穿上军装骑上马,一个奴仆骑马跟从在后面。几步之后就不见了他们。

李靖占有了虬髯客的家,便成了豪门富户,得到了用来帮助李世民创业的费用,于是完成了辅佐文皇的大功业。贞观年间,李靖做到左仆射。这时,东南方的少数民族上奏说:"有批海盗带着一千艘船,十万兵士,攻入了扶余国,杀了那里的国君,自立为王,国内已经安定了。"李靖知道这是虬髯客功业完成了。他回来告诉张氏,安排礼品祝贺,洒酒向东南方祝拜。

由此可以知道,真命君主的兴起,不是英雄所能希望得到的。何况不是英雄呢?做人臣的随意想作乱,只是螳臂当车罢了。有人说:"卫国公李靖的兵法,有一半是虬髯客所传授的。"

车中女子

唐开元中,吴郡人入京应明经举。至京,因闲步坊曲,忽逢二少年,着大麻布衫,揖此人而过,色甚卑敬,然非旧识。举人谓误识也。后数日,又逢之。二人曰:"公到此境,未为主,今日方欲奉迓,邂逅相遇,实慰我心。"揖举人便行。虽甚疑怪,然强随之。抵数坊,于东市一小曲内,有临路店数间,相与直入,舍宇甚整肃。二人携引升堂,列筵甚盛。二人与客据绳床坐定,于席前,更有数少年,各二十余,礼颇谨。数出门,若伫贵客。至午后,方云:"来矣。"

闻一车直门来，数少年随后，直至堂前，乃一钿车。卷帘，见一女子从车中出，年可十七八，容色甚佳。花梳满髻，衣则纨素。二人罗拜，此女亦不答。此人亦拜之，女乃答。遂揖客入。女乃升床，当局而坐，揖二人及客，乃拜而坐。又有十余后生，皆衣服轻新，各设拜，列坐于客之下。陈以品味，馔至精洁。饮酒数巡，至女子，执杯顾谓客："闻二君奉谈，今喜展见。承有妙技，可得观乎？"此人卑逊辞让，云："自幼至长，唯习儒经，弦管歌声，辄未曾学。"女曰："所习非此事也。君熟思之，先所能者何事？"客又沉思良久曰："某为学堂中，著靴于壁上行得数步，自余戏剧，则未曾为之。"女曰："所请只然。"请客为之，遂于壁上行得数步。女曰："亦大难事。"乃回顾坐中诸后生，各令呈技。俱起设拜，有于壁上行者，亦有手撮椽子行者，轻捷之戏，各呈数般，状如飞鸟。此人拱手惊惧，不知所措。少顷，女子起，辞出。举人惊叹，恍恍然不乐。

经数日，途中复见二人，曰："欲假盛驷，可乎？"举人曰："唯。"至明日，闻宫苑中失物，掩捕失贼，唯收得马，是将驮物者。验问马主，遂收此人，入内侍省勘问。驱入小门，吏自后推之，倒落深坑数丈。仰望屋顶七八丈，唯见一孔，才开尺余。自旦入，至食时，见一绳缒一器食下。此人饥急，取食之。食毕，绳又引去。深夜，此人忿甚，悲惋何诉！仰望忽见一物，如鸟飞下，觉至身边，乃人也。以手抚生，谓曰："计甚惊怕，然某在，无虑也。"听其声，则向所遇女子也。云："共君出矣。"以绢重系此人胸膊讫，绢一头系女人身。女人耸身腾上，飞出宫城，去门数十里乃下。云："君且便归江淮，求仕之计，望俟他日。"此人大喜，徒步潜窜，乞食寄宿，得达吴地。后竟不敢求名西上矣。

（卷一百九十三，出《原化记》）

[意译]

　　唐朝开元年间，吴郡有个人到京城参加明经科考试。到了京城，一次在大街小巷闲逛，忽然遇到两个年轻人，穿着大麻布衫，向这人拱手行礼，然后过去，样子非常恭敬，可又不是原来相识的人。这举人以为是认错了人。过了几天，又遇到这两个年轻人。二人说："您到我们这里来，我们还没有尽地主之谊招待你，今天正想迎接你，正巧遇上，实在让我们心里高兴。"二人向举人拱手行礼后同行。举人虽然又疑惑又奇怪，可还是勉强跟随着二人。走过几条街，到东市一个小巷子里，靠路边有几家店面，跟着进去，房舍很整洁、肃静。二人领举人到堂上，那里已摆好了丰盛的筵席。二人和举人在胡床上坐定，在坐席前，又有几个年轻人，各有二十来岁，礼节十分恭敬。几次出门，好像等着什么贵客。到午后，才说："来了。"

　　这时听得一辆车直往门口而来，几个年轻人随从后面，又一直来到堂前，原来是一辆金花装饰的车。车帘子卷起来，可以看见一个女子从车中走出来，这女子十七八岁左右，长得很漂亮。发髻上插满了装饰物，衣服却是白绢素的。两个年轻人向女子环拜，这女子也不答礼。这举人也下拜行礼，这女子才答礼。于是揖请客人进去。女子于是登上胡床，对着宴局坐下，又揖请二人和举人，于是都拜谢着坐下。又有十几个年轻人，都衣着鲜洁轻柔，各自下拜行礼，然后排列着坐在客人之下。菜肴陈列上来了，都十分精致雅洁。喝了几圈酒，轮到了这女子致酒，这女子手持酒杯，回头对客人说："听到他们二位介绍，今天很高兴得以行见面之礼。听说你有奇妙的技艺，能够让我们观赏一下吗？"这人很谦逊地辞让，说："从小到大，只学习儒家经典，弹琴唱歌，一直没学过。"女子说："你学习的不是这种事。你仔细想一想，原先会的是什么事情？"客人又想了很久,才说:"我在学堂里,穿靴子在墙壁上走了几步,其他的游戏,没有做过。"女子:"我所请求的只是这件事。"请客人表演一下。客人于是在墙壁上走了几步。女子说:"这也不是很难的事。"于是回头看座席中几个年轻人,让他们各自表演自己的技艺。那些年轻人都起身拜谢,表演起来。有的在墙壁上行走,有的手抓住屋椽子行走,这类轻巧敏捷的游戏,各自表演了几样,都像飞鸟一样。这人只是拱手,十分惊恐害怕,手足都不知往哪里放。不一会儿,女子站起身,辞别而出。举人十分惊叹,恍惚有些不高兴。

过了几天,路上又见了那两个年轻人。二人说:"想借你的马用一下,可以吗?"举人说:"行。"到第二天,听得宫苑里丢失了东西,搜捕的时候,盗贼逃走了,只收得了盗贼的马。这马是用来驮东西的。查问马的主人,就是这举人,于是把这人抓了起来,抓到内侍省查问。差吏把举人押进一道小门,从后面一推,便跌落到几丈深的大坑里。抬头望屋顶,有七八丈高,只有一个孔,才打开一尺多。从早上跌落下去,到吃饭的时候,只见一根绳系着一个器物,器物里装着饭食,放了下来。这举人饿坏了,急忙取下来吃了。吃完,那绳子又拉上去了。到深夜,这人十分愤恨,觉得满腹悲惋无处倾诉。正愤恨间,抬头忽然看见一样东西,像鸟一样飞下来,待到了身边,才发觉原来是个人。那人用手抚摸他,说:"我想你一定很害怕,不过我在这里,不要担心。"听这声音,就是前次遇见的那女子。那女子说:"我带你一道出去。"于是用绸布在那人胸前缚了几重,绸布的另一头系在女子身上。女子耸身一跃,腾空而上,一直飞出宫城,离宫门几十里才下来。女子说:"你暂且先回江淮,求仕的问题,等将来再说。"这人十分高兴,步行暗中逃窜,一路要饭寄宿,才到得吴地。后来,他竟然不敢往西去京城追求名利。

昆仑奴

唐大历中,有崔生者,其父为显僚,与盖代之勋臣一品者熟。

生是时为千牛,其父使往省一品疾。生少年,容貌如玉,性禀孤介,举止安祥,发言清雅。一品命妓轴帘,召生入室。生拜传父命,一品欣然爱慕,命坐与语。时三妓人,艳皆绝代。居前以金瓯贮含桃而擘之,沃以甘酪而进。一品遂命衣红绡妓者擎一瓯与生食。生少年,赧妓辈,终不食。一品命红绡妓以匙而进之,生不得已而食。妓哂之,遂告辞而去。一品曰:"郎君闲暇,必须一相访,无间老父也。"命红绡送出院。时生回顾,妓立三指,又反三掌者,然后指胸前小镜子云:"记取。"余更无言。

生归,达一品意。返学院,神迷意夺,语减容沮,恍然凝思,日不暇食,但吟诗曰:"误到蓬山顶上游,明珰玉女动星眸。朱扉半掩深宫月,应照璃芝雪艳愁。"左右莫能究其意。时家中有昆仑奴磨勒,顾瞻郎君曰:"心中有何事,如此抱恨不已?何不报老奴?"生曰:"汝辈何知,而问我襟怀间事!"磨勒曰:"但言,当为郎君释解,远近必能成之。"生骇其言异,遂具告之。磨勒曰:"此小事耳,何不早言之,而自苦耶?"生又白其隐语。勒曰:"有何难会?立三指者,一品宅中有十院歌姬,此乃第三院耳。反掌三者,数十五指,以应十五日之数。胸前小镜子,十五夜月圆如镜,令郎来耶。"生大喜不自胜,谓磨勒曰:"何计而能导达我郁结?"磨勒笑曰:"后夜乃十五夜,请深青绢两匹,为郎君制束身之衣。一品宅有猛犬,守歌妓院门,非常人不得辄入,入必噬杀之。其警如神,其猛如虎,即曹州孟海之犬之。世间非老奴不能毙此犬耳;今夕当为郎君挝杀之。"遂宴犒以酒肉。

至三更,携炼椎而往。食顷而回,曰:"犬已毙讫,固无障塞耳。"是夜三更,与生衣青衣,遂负而逾十重垣,乃入歌妓院内,止第三门。绣户不扃,金釭微明,惟闻妓长叹而坐,若有所俟。翠环初坠,红脸才舒,玉恨无妍,珠愁转莹。但吟诗曰:"深洞莺啼恨阮郎,偷来花下解珠珰。碧云飘断音书绝,空倚玉箫愁凤凰。"侍卫皆寝,邻近阒然。生遂缓搴帘而入。良久,验是生,姬跃下榻,执生手曰:"知郎君颖悟,必能默识,所以手语耳。又不知郎君有何神术,而能至此?"生具告磨勒之谋,负荷而至。姬曰:"磨勒何在?"曰:"帘外耳。"遂召入,以金瓯酌酒而饮之。姬白生曰:"某家本富,居在朔方,主人拥旄,逼为姬仆。不能自死,尚且偷生。脸虽铅华,心颇郁结。纵玉箸举馔,金炉泛香,云屏而每进绮罗,绣被而常眠珠翠,皆非所愿,如在桎梏。贤爪牙既有神术,何妨为脱狴牢。所愿既申,虽死不悔,请为仆隶,愿侍光容。又不知郎君高意如何?"生愀然不语。磨勒曰:"娘子既坚确如是,此亦小事耳。"姬甚喜。磨勒请先为姬负其囊橐妆奁,如此三复焉,然后曰:"恐迟明。"遂负生与姬,而飞出峻垣十余重。一品家之守御,无有警者。遂归学院而匿之。及旦,一品家方觉,又见犬已毙。一品大骇曰:"我家门垣,从来邃密,扃锁甚严,势似飞腾,寂无形迹,此必侠士而挈之。无更声闻,徒为患祸耳。"

姬隐崔生家二岁,因花时,驾小车而游曲江,为一品家人潜志认,遂白一品。一品异之,召崔生而诘之事。惧而不敢隐,遂细言端由:皆因奴磨勒负荷而去。一品曰:"是姬大罪过!但郎君驱使逾年,即不能问是非。某须为天下人除害。"遂命甲士五十人,严持兵仗,围崔生院,使擒磨勒。磨勒遂持匕首,飞出高垣,瞥若翅翎,疾同鹰隼。攒矢如雨,莫能中之。顷刻之间,不知所向。然崔家大惊愕。后一品悔惧,每夕多以家僮持剑戟自卫,如此周岁方止。后十余年,崔家有人见磨勒卖药于洛阳市,容颜如旧耳。

(卷一百九十四,出《传奇》)

[意译]

　　唐朝大历年间,有个叫崔生的,他父亲是显贵的官僚,和官居一品的那位盖世功勋名臣很熟。崔生这时做千牛官,他父亲让前去探望那位一品官的病情。崔生年轻,容貌白净如玉,性格孤高耿直,一举一动从容安详,谈吐清丽高雅。一品官命妓女把帘子卷起来,请崔生进房间。崔生下拜行礼传达了父亲的问候,一品官心里高兴,很喜爱他,让他坐下来谈话。这时有三个妓女,都非常娇艳。站在前面的那个用金盏盛着樱桃,又把樱桃剥开,浸上甘酪进献给他。一品官于是吩咐一个穿着红色薄绸衣服的妓女举着一只金盏让崔生吃。崔生年轻,在妓女面前有点儿害羞,最终没有吃。一品官便叫红绡妓用小匙递给他吃,崔生不得已,才吃了。红绡妓微微一笑,崔生便告辞要走。一品官说:"郎君有空的时候,一定来看看,不要疏远了老父。"叫红绡妓把崔生送出院子。临走时,崔生回头看她,只见红绡妓竖起三根指头,又把手掌翻覆三次,然后指着胸前的小镜子说:"记住。"再没有说别的话。

　　崔生回到家,向父亲转达了一品官的意思。他返回学院,就像丢了魂似的,话也少了,脸色也沮丧,恍恍惚惚在那专心地想,白天连吃饭也顾不上,只是吟着诗:"无意中到蓬莱山上观游,挂着耳环的玉女那星星般的眼波多动人。朱门半掩着宫院多么深,明月应照见含情凝愁的琼玉般的美人。"身边的那些人都不理解他的含意。这时家中有一个叫磨勒的从南洋一带买来的奴仆,他回头注视着崔生说:"心里有什么事,这样不停怨恨?为什么不告诉老奴?"崔生说:"你们这些人知道什么,也来问我胸怀中的心事。"磨勒说:"你只管说,我应当为你解决,不论远近,一定能为你办成。"崔生很吃惊他出言这样奇特,于是详细告诉了他。磨勒说:"这不过一件小事罢了,为什么不早说,却一直自寻苦恼?"崔生又把女子的哑谜告诉老奴。老奴说："这有什么难理解？竖起三根手指，是一品官的宅第有十进院的歌姬，她在第三进院子。手掌翻覆三次，计数有十五手指，这是应十五日的日期之数。胸前的小镜子，是说十五的晚上月亮像镜子一样圆，叫你去约会！"崔生忍不住十分高兴，对老奴说："你有什么办法能消除我心中的忧愁？"老奴笑着说："后天夜里就是十五日，请藏好两匹青绢，为你制作穿在身上的衣服。一品官的宅院有一条凶猛的狗，守住歌妓的院门，陌生人不能随便进入，进去必定会被它咬死。这狗很警觉，像神犬一样，又很凶猛，像老虎一样，这是曹州孟海产的狗。这世上只有老奴能杀掉这条狗。今天晚上我就去为你把它打死。"崔生很高兴，就用酒肉犒赏他。

到了三更，老奴带着铁锤前去。一顿饭工夫就回来了，说："那狗已经被我打死了，没有什么障碍了。"到了那天夜里，三更时分，老奴给崔生穿上青衣，于是背着他越过十重院墙，才到了歌妓院内，老奴让崔生停在第三个门。绣房的门没有闩，屋内灯光微微发亮，只听见歌妓长声叹息坐着，像等着什么。刚刚卸下翡翠耳环，刚刚洗去脸上的脂粉，玉容因愁恨而失去光彩，心中的忧愁更显得分明。只听得妓女吟诗道："莺啼花香可恨那阮郎竟找不到仙女居住的深洞，我偷偷到花下解下妆饰的珠玉和耳环。碧云飘飘路途阻隔音书已经断绝，凤凰不来我心里忧愁只有空倚着玉箫。"侍卫们都睡了，附近寂静无人。崔生便慢慢地撩起帘子进去。好长时间，确信是崔生，歌妓从床榻上跳下来，拉着崔生的手说："知道你聪明，一定能暗中记住，所以用手势作哑语。只是不知你用什么神异的办法，能进到这里来？"崔生详细告诉她磨勒的计谋，说是老奴背他越墙进来的。歌妓问："磨勒在什么地方？"崔生说："就在帘子外。"于是请磨勒进来，用金瓯酌酒请他喝。歌妓对崔生说："我家里本来很富，住在朔方，我的主人担任朔方节度使，逼我做他的姬妾仆人。我没有勇气死去，只有苟且偷生。脸上虽然敷粉打扮，心里却很忧愁。纵使用美玉筷子享用美味佳肴，贵重的金炉泛着香气，摆设着绮罗绣成的屏风，眠卧着珠翠装饰的绣花被子，都不是我所希望得到的，就像戴着枷锁一样。你贤能的奴仆既然有神异的道术，何不请他把我从牢笼中解脱出来。我的心愿得以完成，即使死了我也不后悔，请让我做你的奴仆，侍奉你。不知你的尊意怎样？"崔生内心悲伤，没有说话。磨勒则说："娘子既然这样坚决，这也是小事而已。"歌妓很高兴。磨勒请求先为歌妓背出她的行装物件，这样背出去三次，然后说："恐怕快天亮了。"于是背着崔生和歌妓，飞一样地越过十几重院墙。一品官家里的守卫人员，没有一个发觉了的。崔生和歌妓回到学院藏了起来。待到天亮，一品官家里才发觉，又见那狗也死了。一品官大为惊骇，说："我家的门墙，一直深邃严密，锁得很牢固，其势像飞过去的，一点儿形迹也没留下，这一定是侠士带走的。连一点儿声音也没有，只会成为我们家的祸患。"

歌妓藏在崔生家里二年，才趁着春天花开时节，驾着小车到曲江游玩一次，却被一品官家里人暗中认出来了。家里人报告一品官，一品官非常奇怪，把崔生叫过去诘问他此事。崔生害怕不敢隐瞒，于是仔细地叙述了事情的始末缘由，说，都是昆仑奴磨勒背着出去的。一品官说："这歌妓罪过太大了！只是你使唤他多年，也不能问个是非好歹。我应当为天下人除掉这个祸患。"于是派五十名戴盔披甲的士兵，手持兵器，包围了崔生的院落，要擒拿磨勒。磨勒便手持匕首，飞出高墙，轻捷如飞鸟，迅疾如鹰隼。箭如雨至，也不能射中他。转眼之间，又不知他往哪里去了。可是崔家也非常吃惊恐惧。后来一品官又后悔又害怕，每天晚上增设很多家童手持刀剑守卫着，这样守了一年才停止。十多年以后，崔家有人看见磨勒在洛阳的集市卖药，容貌还像原来那样没变。

僧　侠

唐建中初，士人韦生，移家汝州，中路逢一僧。因与连镳，言论颇洽。日将夕，僧指路岐曰："此数里是贫道兰若，郎君能垂顾乎？"士人许之，因令家口先行，僧即处分从者，供帐具食。

行十余里，不至。韦生问之，即指一处林烟曰："此是矣。"及至，又前进。日已昏夜，韦生疑之。素善弹，乃密于鞋中取张卸弹，怀铜丸十余，方责僧曰："弟子有程期，适偶贪上人清论，勉副相邀，今已行二十里，不至何也？"僧但言且行。是僧前行百余步，韦生知其盗也，乃弹之，僧正中其脑。僧初若不觉，凡五发中之，僧始扪中处，徐曰："郎君莫恶作剧。"韦生知无可奈何，亦不复弹。

良久，至一庄墅，数十人列火炬出迎，僧延韦生坐一厅中，笑云："郎君勿忧。"因问左右："夫人下处如法无？"复曰："郎君且自慰安之，即就此也。"韦生见妻女别在一处，供帐甚盛，相顾涕泣。即就僧，僧前执韦生手曰："贫道盗也，本无好意。不知郎君艺若此，非贫道亦不支也。今日固无他，幸不疑耳。适来贫道所中郎君弹悉在。"乃举手搦脑后，五丸坠焉。有顷布筵，具蒸犊，犊上扎刀子十余，以蒜饼环之。揖韦生就坐，复曰："贫道有义弟数人，欲令谒见。"言已，朱衣巨带者五六辈，列于阶下。僧呼曰："拜郎君，汝等向遇郎君，即成蒜粉矣！"食毕，僧曰："贫道久为此业，今问迟暮，欲改前非。不幸有一子技过老僧，欲请郎君为老僧断之。"乃呼飞飞出参郎君。飞飞年才十六七，碧衣长袖，皮肉如腊。僧曰："向后堂侍郎君。"僧乃授韦一剑及五丸，且曰："乞郎君尽艺杀之，无为老僧累也。"引韦入一堂中，乃反锁之。堂中四隅，明灯而已。飞飞当堂执一短鞭。韦引弹，意必中。丸已敲落，不觉跃在梁上，循壁虚蹑，捷若猱玃。弹丸尽，不复中。韦乃运剑逐之，飞飞倏忽逗闪，去韦身不尺。韦断其鞭数节，竟不能伤。僧久乃开门,问韦:"与老僧除得害乎?"韦具言之。僧怅然,顾飞飞曰:"郎君证成汝为贼也,知复如何?"僧经夕与韦论剑及弧矢之事。天将晓,僧送韦路口,赠绢百匹,垂泣而别。

(卷一百九十四,出《唐语林》)

[意译]

  唐朝建中年间,有一个叫韦生的读书人,把家迁到汝州,半路遇到一个和尚。于是和这和尚并骑而行,谈得十分投机。天快黑了,和尚指着一条歧路说:"这里过去几里地是贫道的寺院,您能屈驾光临吗?"读书人答应了,于是吩咐家里人先走,和尚便派遣随从的人去陈设帷帐准备饭食。

  走了十多里地,还没到寺院。韦生问和尚,和尚指着远处一片树林说:"那就是了。"到了树林子,又往前走。天色已经昏黑了,韦生开始怀疑。他本来就善于打弹弓,于是偷偷地在鞋里取出弹弓张开弹弦装上弹丸,他准备了十几个铜丸,这才责问和尚说:"我赶路有日程,刚才贪恋和你谈论,才勉强接受邀请,现在已经走了二十里,为什么还没到寺院呢?"和尚只说走吧走吧。这和尚又往前走了一百来步,韦生已经知道他是盗贼,就用弹弓打他,铜丸正打中和尚的脑袋。和尚一开始还好像没觉察到,连着五发铜丸都打中了他,那和尚才摸一摸铜丸打中的地方,慢慢地说:"郎君不要恶作剧。"韦生知道没办法对付他,也不再用弹弓打他了。

  走了好久,才到一所庄园,几十个人举着火把出来迎接,和尚领着韦生坐在一个大厅当中,笑着说:"郎君不要忧虑。"于是问左右的人说:"夫人下榻的地方照我的吩咐办理了没有?"又说:"郎君姑且宽慰安心,她们就在此地。"韦生见妻子儿女另外在一处地方,陈设的帷帐十分气派,都你看着我,我看着你哭了。韦生去见和尚,和尚上前拉住韦生的手说:

"贫道是盗贼,本来没有好意。不知道你弹弓的技艺这样高,如果不是我,就受不了。今天其实没别的意思,希望不要疑心罢了。刚才我所中的你的弹丸还都在。"于是用手握住后脑,五个铜丸都掉出来了。不多久布下筵席,送上蒸熟的小牛,小牛犊上扎着十几把刀,周围摆着斋饼。和尚拱手施礼请韦生就座,又说:"贫道有几个义弟,想让他们拜见你。"说完,五六个穿着红衣服系着宽腰带的排列在台阶下。和尚喊道:"拜见郎君!如果是你们刚才遇见郎君,就要成斋粉了!"吃完,和尚说:"贫道做这一行很长时间了。现在年纪大了,想改过归正。不幸有一人技艺超过老僧,想请你为老僧决断一下。"于是叫飞飞出来参见郎君。飞飞才十六七岁,碧绿的衣服,长长的袖子,皮肉蜡黄色。和尚对飞飞说:"到后堂等候郎君。"和尚于是交给韦生一把剑和五个弹丸,还说:"请求您施展你的全部武艺把他杀了,免得成为老僧的拖累。"领韦生到一个厅堂,便从外把厅堂反锁起来。堂中四角都是明亮的灯火。飞飞当堂站着,手执一条短鞭。韦生张开弹弓,心想一定能打中。不料弹丸被飞飞用鞭敲落,没等韦生注意,飞飞又飞身上了屋梁,沿着墙壁轻轻地疾行,轻捷得像猿猴。韦生五个弹丸打完了,还没有打中。韦生于是挥剑上前追逐飞飞,只见飞飞很快地躲闪,离韦生的身子不到一尺远。韦生把他的鞭砍断成几节,竟然不能伤着飞飞的身子。好长时间,老和尚才把门打开,问韦生说:"为老僧除掉了这个祸害吗?"韦生详细告诉他斗艺的经过。和尚十分迷惘,回头对飞飞说:"郎君证实了你要成为盗贼,知道还会怎么样呢?"和尚一个晚上都和韦生谈论剑术和弓箭武艺的事。天快亮了,和尚把韦生一家送到路口,送给他一百匹细绢,流着眼泪告别了。

聂隐娘

聂隐娘者,唐贞元中魏博大将聂锋之女也。年方十岁,有尼乞食于锋舍，见隐娘悦之。云："问押衙乞取此女教。"锋大怒，叱尼。尼曰："任押衙铁柜中盛，亦须偷去矣。"及夜，果失隐娘所向。锋大惊骇，令人搜寻，曾无影响。父母每思之，相对涕泣而已。后五年，尼送隐娘归，告锋曰："教已成矣，子却领取。"尼欻亦不见。一家悲喜，问其所学。曰："初但读经念咒，余无他也。"锋不信，恳诘。隐娘曰："真说又恐不信，如何？"锋曰："但真说之。"

曰："隐娘初被尼挈，不知行几里。及明，至大石穴之嵌空，数十步寂无居人，猿狖极多，松萝益邃。已有二女，亦各十岁，皆聪明婉丽不食。能于峭壁上飞走，若捷猱登木，无有蹶失。尼与我药一粒，兼令长执宝剑一口，长二尺许，锋利，吹毛令剚，逐二女攀缘。渐觉身轻如风。一年后，刺猿狖，百无一失。后刺虎豹，皆决其首而归。三年后能飞，使刺鹰隼，无不中。剑之刃渐减五寸，飞禽遇之，不知其来也。至四年，留二女守穴，挈我于都市，不知何处也，指其人者，一一数其过，曰：'为我刺其首来，无使知觉。定其胆，若飞鸟之容易也。'受以羊角匕首，刃广三寸。遂白日刺其人于都市，人莫能见。以首入囊，返主人舍，以药化之为水。五年，又曰：'其大僚有罪，无故害人若干，夜可入其室，决其首来。'又携匕首入室，度其门隙，无有障碍，伏之梁上。至暝，持得其首而归。尼大怒曰：'何太晚如是？'某云：'见前人戏弄一儿，可爱，未忍便下手。'尼叱曰：'已后遇此辈，先断其所爱，然后决之。'某拜谢。尼曰：'吾为汝开脑后，藏匕首而无所伤，用即抽之。'曰：'汝术已成，可归家。'遂送还，云：'后二十年，方可一见。'"

锋闻语甚惧。后遇夜即失踪，及明而返。锋已不敢诘之，因兹亦不甚怜爱。忽值磨镜少年及门，女曰："此人可与我为夫。"白父，父不敢不从，遂嫁之。其夫但能淬镜，余无他能。父乃给衣食甚丰，外室而居。数年后，父卒。魏帅稍知其异，遂以金帛署为左右吏，如此又数年。

至元和间，魏帅与陈许节度使刘昌裔不协，使隐娘贼其首。隐娘辞帅之许。刘能神算，已知其来，召衙将，令："来日早至城北，候一丈夫、一女子，各跨白黑卫至门，遇有鹊前噪夫，夫以弓弹之不中，妻夺夫弹，一丸而毙鹊者。揖之，云：'吾欲相见，故远相祗迎也。'"衙将受约束，遇之。隐娘夫妻曰："刘仆射果神人，不然者，何以洞吾也。愿见刘公。"刘劳之。隐娘夫妻拜曰："合负仆射，万死！"刘曰："不然，各亲其主，人之常事。魏今与许何异？愿请留此，勿相疑也。"隐娘谢曰："仆射左右无人，愿舍彼而就此，服公神明也。"知魏帅之不及刘。刘问其所须，曰："每日只要钱二百文足矣。"乃依所请。忽不见二卫所之，刘使人寻之，不知所向。后潜搜布囊中，见二纸卫，一黑一白。

后月余，白刘曰："彼未知住，必使人继至。今宵请剪发，系之以红绡，送于魏帅枕前，以表不回。"刘听之。至四更却返，曰："送其信了，后夜必使精精儿来杀某，及贼仆射之首。此时亦万计杀之，乞不忧耳。"刘豁达大度，亦无畏色。是夜明烛，半宵之后，果有二幡子，一红一白，飘飘然如相击于床四隅。良久，见一人自空而踣，身首异处。隐娘亦出曰："精精儿已毙。"拽出于堂之下，以药化为水，毛发不存矣。隐娘曰："后夜当使妙手空空儿继至。空空儿之神术，人莫能窥其用，鬼莫得蹑其踪。能从空虚之入冥，善无形而灭影。隐娘之艺，故不能造其境，此即系仆射之福耳。但以于阗玉周其颈，拥以衾，隐娘当化为蠛蠓，潜入仆射肠中听伺，其余无逃避处。"刘如言。至三更，瞑目未熟，果闻项上铿然声甚厉。隐娘自刘口中跃出，贺曰："仆射无患矣！此人如俊鹘一博不中，即翩然远逝，耻其不中，才未逾一更，已千里矣。"后视其玉，果有匕首划处，痕逾数分。自此刘转厚礼之。自元和八年刘自许入觐，隐娘不愿从焉，云："自此寻山水，访至人。"但乞一虚给与其夫。刘如约，后渐不知所之。

及刘薨于统军，隐娘亦鞭驴而一至京师，柩前恸哭而去。开成年，昌裔子纵，除陵州刺史，至蜀栈道，遇隐娘，貌若当时。甚喜相见。依前跨白卫如故，语纵曰："郎君大灾，不合适此。"出药一粒，令纵吞之，云："来年火急抛官归洛，方脱此祸，吾药力只保一年患耳。"纵亦不甚信，遗其缯彩，隐娘一无所受，但沉醉而去。后一年，纵不休官，果卒于陵州，自此无复有人见隐娘矣。

（卷一百九十四，出《传奇》）

[意译]

聂隐娘是唐朝贞元年间魏博大将聂锋的女儿。她年仅十岁的时候，有个尼姑到聂锋家乞食，见了隐娘就很喜欢她，说："求大将把这女孩给我，我来教她。"聂锋大怒，呵斥尼姑。尼姑说："任你把她关在铁柜里，我也要把她偷走。"到了夜晚，隐娘果然不知去向。聂锋大为惊异害怕，派人搜寻，但都没有结果。隐娘父母总是想念隐娘，相对流泪。五年以后，尼姑把隐娘送回家，告诉聂锋说："我已经教成了她，你来领取。"尼姑转眼就不见了。一家人又悲伤又高兴，问隐娘学的什么东西。隐娘说："起初只是读经念咒，此外没有别的东西。"聂锋不相信，恳切地要隐娘说出来。隐娘说:"真说出来又怕你不相信,怎么办?"聂锋说:"你只管如实说出来。"

隐娘说:"我当初被尼姑带走,不知走了多少里。待到天亮,到一个凿空了的大石洞,大石洞几十步宽,没有住一个人,只有很多猿猴,松萝也很繁茂。我去之前,那里已经有两个女子,也各自有十岁,都很聪明漂亮,不吃东西。能够在悬崖峭壁上飞快地行走,像敏捷的猿猴登上树木,不会失足失误。尼姑给我一粒药丸,又让我手持一口宝剑,那宝剑二尺多长,锋利无比,毛发吹过去就能割断,让我专意追逐那两个女子攀登山崖。渐渐觉得身体轻巧,风一吹就像能飞起来。一年后,用宝剑刺猿猴,百发百中。后来刺虎豹,都能斩下它们的头带回来。三年后能飞起来,让我刺鹰隼,没有刺不中的。宝剑的锋刃渐渐减损了五寸,飞禽遇上了,竟不知它是从哪里来的。到了四年,尼姑留下二个女子守洞穴,带我到都市里,不知在什么地方,指着一个人,一件一件地历数他的罪过,说:'为我把他的头取来,不要让他知觉。胆子镇定一些,取他的头不过像取飞鸟一样容易。'我从尼姑那里接受了一柄羊角匕首,刀刃只三寸长。于是,我大白天在闹市里把那人刺死了,没有谁看见了。把他的头装进布袋,带回主人住处,以药把那人的头化为水。五年后,尼姑又说:'某个大官僚有罪,无缘无故杀害了好几个人,你夜里到他房里去,把他的头取来。'我又带着匕首到他的房里,从门隙里进去,没有一点儿障碍,我伏在梁上。到了夜晚,把他的头拿着回来了。尼姑大怒说:'为什么这么晚才回来?'我说:'见那人正在逗一个小孩玩,小孩十分可爱,所以不忍心马上下手。'尼姑呵斥我说:'以后遇到这样的人,先把他爱的东西干掉,然后杀掉他自己。'我拜谢了她。尼姑又说:'我为你把脑后打开,把匕首藏在里面不会伤害你,用的时候就抽出来了。'又说:'你的道术已经修成了,可以回家了。'于是送我回来,说:'二十年以后,才可再和你见面。'"

聂锋听了这些话,十分害怕。后来一到晚上,聂隐娘就失踪了,到天亮就回来。聂锋已经不敢再诘问她,因此也不太疼爱她。这一天,忽然一个磨镜少年到了家门口,隐娘说:"这人可以做我的丈夫。"她这样告诉父亲,父亲不敢不听从,于是让她出嫁。她丈夫只会磨镜子,此外没有别的能耐。父亲供给他很丰盛的衣食,另外找一处房子让他们住。几年以后,她父亲死了。魏博节度使渐渐知道隐娘有奇异的道术,于是花了不少钱财请她做手下的官吏,这样又过了几年。

到元和年间,魏博节度使和陈许节度使刘昌裔不和,就派隐娘把刘昌裔的头取来。隐娘辞别魏博节帅,前往许州。刘昌裔能神机妙算,已经知道她要来,便召来衙门部将,吩咐:"那一天早上到城北去,等一个男子,一个女子,这男子和女子各骑一头白驴和黑驴到门口来,遇到一个乌鹊到男子跟前喧噪,男子用弹弓射不中,妻子夺过丈夫的弹弓,一粒弹丸就打死了乌鹊的。你们就拱手行礼,说:'我想见他们,所以远道来恭敬地迎接他们。'"部将遵照吩咐,果然遇见了隐娘夫妇。隐娘夫妻说:"刘仆射果然是神人,不然的话,怎么对我的行踪知道得清清楚楚。愿意拜见刘公。"刘昌裔问候他们辛苦了。隐娘夫妻下拜说:"我们对不起您,罪该万死。"刘昌裔说:"不能这样说,各自亲近自己的主子,那是人之常事。魏博和许州有什么不同?希望你们留在这里,不要有什么怀疑。"隐娘十分感谢,说:"仆射身边没有得力的人,我愿意离开那里投靠许州,因为我钦服您的神明。"隐娘知道魏帅比不上刘昌裔。刘昌裔又问他们需要什么,他们说:"每日只要钱二百文足够了。"于是刘昌裔依从了她的请求。这时,忽然不见了二头驴,刘昌裔派人去寻找,也不知到哪里去了。后来暗中搜找隐娘的布袋里,才见到一黑一白二只纸驴。

一个多月以后,隐娘对刘昌裔说:"魏博方面不知道我住了下来,一定会再派人来。今天晚上请让我把头发剪了,用红绸条系上,送到魏博节度使的枕前,以表示我不回去了。"刘昌裔听从了她。到四更时候,隐娘回来了,说:"送了消息过去,明天晚上一定会派精精儿来杀我和取你的头。这时我要想尽办法杀掉他,请你不要担忧。"刘昌裔豁达大度,一点儿也不害怕。这天夜里,灯火通明。半夜之后,果然见一红一白两面旗帜,飘飘然好像在床的四角相搏斗。许久,见一个人从空中跌倒下来,身子和头分开两处。隐娘也出现了,说:"精精儿已经被我杀了。"把精精儿拖出堂下,用药把他化为水,连头发也没有了。隐娘说:"明天夜里妙手空空儿当会接着来。空空儿的神术是人无法看见它的作用,鬼无法找到他的踪迹,腾空而行能上天入地,善于藏形灭影。隐娘的技艺不能达到他的境界,这就只有依靠仆射的福分了。你只要用于阗玉围住脖子,盖上被子,隐娘就要化为小飞虫,藏在您的肠子里听察动静,此外没有可逃避的地方。"刘昌裔照她说的做。到了三更时分,闭上眼睛还没睡熟,果然听见脖子上尖厉的响声。隐娘从刘昌裔口中一跃而出,祝贺说:"您没有事了!这人像矫健的鹰隼,一次搏击不中,已经远远地飞走消失了,为一次搏击未中而羞耻,走不到一更时间,已经有千里远了。"后来看他颈脖子上的玉,果然有匕首划破的痕迹,痕迹超过了几分深。从此以后,刘昌裔转变态度,更加热情地礼待她。元和八年,刘昌裔入京朝见皇帝,隐娘不愿跟从,说:"从此以后我要出游山水,寻访得道的高人。"只乞求挂一个虚职给一份薪水给她丈夫,刘昌裔依照她的约定。后来,逐渐不知聂隐娘到哪里去了。

待到刘昌裔在统军的职位上死了,聂隐娘也鞭赶着一头驴到了一次京师,在灵柩前痛哭一番而后离去。到开成年间,刘昌裔的儿子刘纵,官为陵州刺史,到了蜀地的栈道,遇见了隐娘,其容貌和当年一样。刘纵见了隐娘,非常高兴。隐娘像从前一样骑一头白驴,她对刘纵说:"你会有大灾,不应当到这里来。"于是拿出一粒药丸,叫刘纵吞下去,说:"明年赶紧抛弃官职回去洛阳,才能摆脱这场灾祸,我的药力只能保护你一年。"刘纵不太相信,送给隐娘丝绸,隐娘什么也不要,只是沉醉着离去了。第二年,刘纵不罢官,果然死在陵州,从此以后没有人再见到隐娘。

红　线

潞州节度使薛嵩青衣红线者,善弹阮,又通经史,嵩遣掌笺表，号曰内记室。时军中大宴，红线谓嵩曰："羯鼓之声，颇甚悲切，其击者必有事也。"嵩亦明晓音律，曰："如汝所言。"乃召而问之，云："某妻昨夜亡，不敢求假。"嵩遽放归。

时至德之后，两河未宁，初置昭义军，以潞阳为镇，命嵩固守，控压山东。杀伤之余，军府草创。朝廷命遣嵩女嫁魏博节度使田承嗣男，又遣嵩男娶滑州节度使令狐章女；三镇互为姻娅，使使日浃往来。而田承嗣常患肺气，遇热增剧。每曰："我若移镇山东，纳其凉冷，可以延数年之命。"乃募军中武勇十倍者得三千人，号"外宅男"，而厚其恤养。常令三百人夜直州宅。卜选良日，将并潞州。嵩闻之，日夜忧闷，咄咄自语，计无所出。

时夜漏将传，辕门已闭。杖策庭际，唯红线从焉。红线曰："主自一月，不遑寝食。意有所属，岂非邻境乎？"嵩曰："事系安危，非尔能料。"红线曰："某诚贱品，亦有解主忧者。"嵩闻其语异，乃曰："我知汝是异人，我暗昧也。"遂具告其事，曰："我承祖父遗业，受国家重恩，一旦失其疆土，即数百年勋伐尽矣。"红线曰："此易与耳，不足劳主忧焉。暂放某一到魏郡，观其形势，觇其有无。今一更首途，二更可以复命。请先定一走马使，具寒喧书，其他即待某却回也。"嵩曰："然事或不济，反速其祸，又如之何？"红线曰："某之此行，无不济也。"乃入闺房，饬其行具。乃梳乌蛮髻，贯金雀钗，衣紫绣短袍，系青丝轻履，胸前佩龙文匕首，额上书太乙神名。再拜而名，倏忽不见。

嵩乃返身闭户，背烛危坐。常时饮酒，不过数合，是夕举觞，十余不醉。忽闻晓角吟风，一叶坠露，惊而起问，即红线回矣。嵩喜而慰劳曰："事谐否？"红线曰："不敢辱命。"又问曰："无伤杀否？"曰："不至是。但取床头金合为信耳。"红线曰："某子夜前二刻，即到魏郡，凡历数门，遂乃寝所。闻'外宅儿'止于房廊，睡声雷动。见中军士卒，徒步于庭，传叫风生。乃发其左扉，抵其寝帐。田亲家翁正于帐内，鼓跌酣眠，头枕文犀，髻包黄縠，枕前露一星剑。剑前仰开一金合，合内书生身甲子，与北斗神名；复有名香美珍，散覆其上。然则扬威玉帐，坦其心豁于生前；熟寝兰堂，不觉命悬于手下。宁劳擒纵，只益伤嗟。时则蜡炬烟微，炉香烬委，侍人四布，兵器交罗。或头触屏风，鼾而犟者；或手持巾拂，寝而伸者。某拔其簪珥，縻其襦裳，如病如昏，皆不能寤；遂持金合以归。出魏城西门，将行二百里，见铜台高揭，漳水东流；晨鸡动野，斜月在林。忿往喜还，顿忘于行役；感知酬德，聊副于依归。所以夜漏三时，往返七百里；入危邦一道，经五六城；冀减主忧，敢言其苦。"

嵩乃发使入魏遗承嗣书曰："昨夜有客从魏中来，云自元帅头边获一金合，不敢留驻，谨却封纳。"专使星驰，夜半方到。见搜捕金合，一军忧疑。使者以马檛挝门，非时请见。承嗣遽出，使者乃以金合授之。捧承之时，惊怛绝倒。遂驻使者止于宅中，狎以宴私，多其赐赉。明日遣使赍帛三万匹、名马二百匹、杂珍异等，以献于嵩曰："某之首领，系在恩私。便宜知过自新，不复更贻伊戚。专膺指使，敢议亲姻。役当奉毂后车，来则麾鞭前马。所置纪纲外宅儿者，本防宅盗，亦非异图。今并脱其甲裳，放归田亩矣。"由是一两月内，河北河南，信使交至。

忽一日，红线辞去。嵩曰："汝生我家，今欲安往？又方赖于汝，岂可议行？"红线曰："某前世本男子，游学江湖间，读神农药书,而救世人灾患。时里有孕妇,忽患蛊症,某以荛花酒下之,妇人与腹中二子俱毙。是某一举,杀三人。阴力见诛,降为女子。使身居贱隶,气禀凡俚。所幸生于公家,今十九年矣。身厌罗绮,口穷甘鲜,宠待有加,荣亦至矣。况国家建极,庆且无疆。此辈背违天理,当尽弭患。昨往魏邦,以是报恩。今两地保其城池,万人全其性命,使乱臣知惧,烈士谋安。在某一妇人,功亦不小。固可赎其前罪,还其本身。便当遁迹尘中,栖心物外,澄清一气,生死长存。"嵩曰:"不然,以千金为居山之所。"红线曰:"事关来世,安可预谋。"嵩知不可留,乃广为饯别;悉集宾友,夜宴中堂。嵩以歌送红线,请座客冷朝阳为词曰:"《采菱》歌怨木兰舟,送别魂消百尺楼。还似洛妃乘雾去,碧天无际水长流。"歌竟,嵩不胜其悲。红线拜且泣,因伪醉离席,遂亡所在。

(卷一百九十五,出《甘泽谣》)

[意译]

红线是潞州节度使薛嵩的婢女,善于弹琵琶,又懂儒经历史。薛嵩让其掌管信件章表一类文字工作,称作内务秘书。有一次,军中举行大型宴会,红线对薛嵩说:"羯鼓的音调很悲凉,那个击鼓的一定有什么心事。"薛嵩也通晓音律,说:"真像你所说的。"便把那击鼓的叫来询问,那人说:"我妻子昨天晚上死了,我不敢请假回去。"薛嵩立即放他回家了。

这时正是至德年间(756—758),黄河南北一带很不安定,开始设置昭义军,以浠阳作为军府驻地,督令薛嵩牢牢防守,控制住太行山以东地区的形势。经历安史之乱一场劫掠之后,军府刚刚创建。朝廷为了互相牵制藩镇,叫薛嵩把女儿嫁给魏博节度使田承嗣的儿子,薛嵩的儿子娶滑州节度使令狐章的女儿。这样,三镇互相结为姻亲,互相来往密切。可田承嗣经常犯肺气病，每逢热天病就加重。他常常说："我如果移镇太行山以东，那里天气凉爽，可以延长几年寿命。"他从军中招募三百个非常武勇的军士，称他们为"外宅男"，给他们优厚的待遇。他常常派三百军士夜晚在州府值班守卫，占卜挑选好日子，准备一齐进犯潞州。薛嵩听到消息，日夜忧虑烦闷，唉声叹气，却拿不出办法。

　　这日天黑快打头更的时候，军府的大门已经关闭，薛嵩在庭院里拿着手杖走来走去，只有红线随从着他。红线说："主公睡不好觉、吃不好饭，已经一个月了。心里好像记挂了什么事，是不是邻州边境的事？"薛嵩说："此事关系到生死存亡，不是你能料想的。"红线说："我确实是微贱人物，但也许能帮助主公分忧解愁。"薛嵩听她的话不同寻常，便说："我知道你是非同一般的人，我糊涂了。"便把情况详细告诉了她，说："我继承祖上父辈遗留下来的功业，蒙受朝廷厚重的恩德，如果丢失了镇守的疆土，那么几百年的功业就全完了。"红线说："这事容易，不值得主公劳心。请求您让我到魏郡走一遭，观看一下形势，探听一下虚实。今天一更启程，二更就可以回来报告。请事先选定一个能快马送信的人和一封寒暄的书信，其他的事等我回来再说。"薛嵩说："不过如果事情不成功，反而加速祸害，怎么办？"红线说："我这一去，不会不成功的。"说完便回到闺房，整理行装。于是她梳一个乌蛮族的发髻，发髻上插一支金雀钗，身上穿一件紫色绣花短袍，脚蹬一双青丝系带的轻便鞋，胸前佩带一把刻着龙纹的匕首，前额上写着太一神的名字。她向薛嵩拜了两拜，转眼就不见了。

　　薛嵩便转身关上门，背对着灯烛端端正正地坐着等候。平时他只喝几杯酒，这天晚上他喝了十几杯酒也不醉。正当军中拂晓的号角声随风飘来的时候，忽然一个人像树叶上掉落一滴露珠一样轻盈地由空而降。薛嵩惊起，问是谁，原来是红线回来了。薛嵩一阵宽慰，高兴地问她："事情成功了吗？"红线说："不敢有辱于您的使命。"薛嵩又问："杀伤了人吗？"红线说："不至于这样，只是把田承嗣床头的金盒取来作凭证罢了。"红线说："我半夜前二刻就到了魏郡，过了几道门，就到了田承嗣住的地方。

那些'外宅男'睡在两边的房子里,一个个鼾声如雷。中军卫士们在庭院和廊下来回走动,很威严地传呼着口令。我轻轻打开左边那扇门,来到他睡觉的床前。只见主公的亲家翁田承嗣正在帐子里,曲着腿,翘起脚,呼呼酣睡,头上枕着一个有花纹的犀牛皮枕头,发髻用黄纱布包着,枕头前露着一把七星宝剑,剑的前面一只金盒口朝上开着,盒子里放有写着他生辰八字和北斗神名的东西,还有名贵的香料、精美的珍珠,散乱地覆盖在上面。他则在玉帐里还耀武扬威,生前坦荡豁然于心;正在兰堂上熟睡,不知道性命已经悬捏在我的手中。哪里需要费力擒拿他,这情景只是更使我为他感到悲伤叹息。这时蜡烛光烟微弱,香炉里的香已烧成灰烬,四面都是侍卫他的人,兵器交相罗列。有的靠着屏风,低头发出鼾声;有的睡着了,还伸出手拿着拂尘。我拔掉她们簪子,取下她们的耳环,把她们的衣裙连在一起,那些人像在病中又像昏迷似的,都不知道醒来。我就拿着金盒回来了。我出了魏城西门,走了大约二百里,见铜雀台高高地耸立,漳水向东流去,晨鸡鸣叫叫声好像拂动着原野的草木,月亮斜挂在林梢。去时我有些忧愁,回来却喜在心头,顿时忘记了路途的劳顿;有感相知,酬谢恩德,今天总算实现了我的心愿。所以夜晚三个时辰,我往返七百里;进入危险邦国,经过五六座关城,只希望能减轻主公的忧劳,哪还能说一声辛苦呢!"

薛嵩便派使者入魏送信给田承嗣说:"昨天有位客人从魏中来,说,从元帅您头边拿到一只金盒,我不敢把它留下,恭敬地把它封好送还。"专派的使者连夜奔驰,半夜才到。看见魏博军府上下都在搜寻金盒,大家都忧虑怀疑。使者用马鞭敲门,要求立刻相见。田承嗣急忙出来,使者把金盒交还给他。田承嗣把金盒接过来捧在手里,惊恐得几乎摔倒。他把使者留在军府,单独设宴和他亲近,送给他很多礼物。第二天又派使者送去三万匹丝绸,二百匹有名的马,还有其他珍异等物,献给薛嵩说:"我的这颗头,都是你恩准保住的。我应当改过自新,不敢再自寻忧愁。我诚心地接受你的指使,怎敢与你以姻亲的平等地位相待。有事我就跟在车后侍候你,外出我就为你挥鞭牵马。我设置的号称外宅男的统领仆隶的人,本来是防备盗贼的，没有别的意图。现在让他们一起脱去衣甲，放回去种田。"自此以后一两个月内，河北河南的信使交互而至，来往频繁。

突然有一天，红线却要告辞去。薛嵩说："你救了我们全家，现在想往哪里去？又正要靠你帮助，怎么能商议走的事呢？"红线说："我的前世原本是男子，游学江湖之间，读了神农的药书，解救世上人的灾患。那时乡里有个孕妇，忽然患了腹内生虫的病，我用芫花药酒给她驱虫，不料那妇人和腹中两个胎儿都死了。就是说，我一下子杀死了三个人。鬼神之力要杀我，把我降生为女人。让我做卑贱的奴隶，而命里合该是凡俚之人。我很幸运生活在主公家里，已经十九年了。穿够了绫罗绸缎，吃尽了甘甜鲜味。你对我那样恩宠，使我荣幸之至。何况国家正建立纲纪准则，喜庆并且福泽无边。田承嗣这辈人违背天理，自当把祸患全部消除。昨天我前往魏郡，就此报恩。现在，两处的城池都免遭战祸，万人的性命得以保全，让乱臣贼子感到害怕，勇烈之士安分守己。对于我一个女子，这样的功劳已经不小了。这已经可以赎回我前生的罪过，归还我本来的身份。我必须隐身遁迹，抛弃世俗杂念，修心养性，以求长生不死。"薛嵩说："你既然不肯留下，我送给你千金作为隐居山林的费用吧。"红线说："这事关系到来世，怎么可以预先谋划呢？"薛嵩知道无法挽留她，就大摆宴席为她饯行，请来很多宾客朋友，夜晚在中堂宴饮。薛嵩唱歌送别红线，请在座的客人冷朝阳写了一首词唱道："《采菱》歌哀怨的曲调回荡在木兰舟上，送别不舍的情思萦绕在百尺高楼。你就像那洛妃乘雾返归洛水一样，无边无际的蓝天下绿水长流。"唱完歌，薛嵩悲伤得难以忍受。红线流着泪拜别了他，假装醉酒离开座席，便再也找不到她隐居的地方。

义　侠

顷有仕人为畿尉，常任贼曹。有一贼系械，狱未具。此官独坐厅上，忽告曰："某非贼，颇非常辈。公若脱我之罪，奉报有日。"此公视状貌不群，词采挺拔，意已许之，佯为不诺。夜后，密呼狱吏放之，仍令狱吏逃窜。既明，狱中失囚，狱吏又走，府司谴罚而已。后官满，数年客游，亦甚羁旅。至一县，忽闻县令与所放囚姓名同，往谒之。令通姓字，此宰惊惧，遂出迎拜，即所放者也。因留厅中，与对榻而寝。欢洽旬余，其宰不入宅。

忽一日归宅，此客遂如厕，厕与令宅，唯隔一墙。客于厕室，闻宰妻问曰："公有何客，经于十日不入？"宰曰："某得此人大恩，性命昔在他手，乃至今日，未知何报。"妻曰："公岂不闻，大恩不报，何不看时机为？"令不语，久之乃曰："君言是矣。"此客闻已，归告奴仆，乘马便走，衣服悉弃于厅中。至夜，已行五六十里，出县界，止宿村店。仆从但怪奔走，不知何故。此人歇定，乃言此贼负心之状，言讫呼嗟。奴仆悉涕泣之次，忽床下一人，持匕首出立。此客大惧。乃曰："我义士也，宰使我来取君头，适闻说，方知此宰负心，不然，枉杀贤士。吾义不舍此人也。公且勿睡，少顷，与君取此宰头，以雪公冤。"此人怕惧愧谢。此客持剑出门如飞。二更已至，呼曰："贼首至！"命火观之，乃令头也。剑客辞诀，不知所之。

（卷一百九十五，出《原化记》）

[意译]

不久前有人担任京畿县尉，主管缉捕盗贼的事务。一次，一个盗贼被抓住戴上了枷锁，还没有定罪。这县官独自坐在厅堂上，这盗贼忽然说："我不是盗贼，是很不平常的人。您如果能解脱我的罪责，将来有机会一定报答你。"这县官看这盗贼相貌不同一般,说话语气铿锵有力,已有答应他的意思,却假作不答应。夜晚,秘密地让狱吏把盗贼放走了,又让狱吏也逃走。天亮了,发现牢房里逃走了囚犯,狱吏也逃走了,州府的主管官员也只有谴责处罚县官罢了。后来这县官任期满,罢官以后,数年客游在外,过着漂泊的贫困生活。这一天,他到了一个县,忽然听得县令和上次他放走的囚犯姓名相同,便前去拜访。他让人把姓名通报进去,那县令又惊又怕,于是出来迎接施礼,正是前次放走的那盗贼。于是把他留在厅中,和他对着床榻而睡。二人十分融洽高兴,十多天了,那县令没回家。

这一天,这县令忽然回家,这客人也上厕所,厕所和县令的住宅,只隔着一道墙。客人在厕所里,只听得县令的妻子问:"你有什么客人,十天也不回家?"县令说:"我得到这人的大恩,性命过去曾把握在他手里,他放了我,我才有今天,不知道怎样报答。"妻子说:"你怎么没听过,大恩不报,你为什么不看时机动手?"县令不说话,很久才说:"你说的是。"这客人听到了,回到屋里告诉奴仆,骑上马就走,衣服全都丢在厅里。到晚上,已经走了五六十里,出了县界,在一家村店里住下。仆从只奇怪他跑走,不知道什么缘故。这人休息定了,才说起这盗贼忘恩负义的情况,说完就叹息不已。正当奴仆们都哭泣的时候,忽然一个人拿着匕首从床下出来。这客人十分恐惧。那人说:"我是义士,县令让我来取你的头,刚才听你一说,才知道是县令忘恩负义,不然的话,就冤枉杀了贤士。我誓不放过这种人。你暂且别睡,不一会儿,我为你把县令的头取来,为你报仇雪冤。"客人十分害怕,又惭愧,向义士表示感谢。义士持剑出门,飞一样地走了。到二更时,大叫道:"盗贼的头到了。"客人吩咐点火观看,原来是县令的头。剑客辞别走了,不知他的去向。

田膨郎

唐文宗皇帝尝宝白玉枕,德宗朝于阗国所贡,追琢奇巧,盖希代之宝。置寝殿帐中，一旦忽失所在。然禁卫清密，非恩渥嫔御莫有至者。珍玩罗列，他无所失。上惊骇移时，下诏于都城索贼，密谓枢近及左右广中尉曰："此非外寇所入，盗当在禁掖。苟求之不获，且虞他变。一枕诚不足惜，卿等卫我皇宫，必使罪人斯得，不然天子环卫，自兹无用矣！"内宫惶栗谢罪，请以浃旬求捕，大悬金帛购之，略无寻究之迹。圣旨严切，收系者渐多，坊曲闾里，靡不搜捕。

有龙武二蕃将王敬弘尝蓄小仆，年甫十八九，神采俊利，使之无往不届。敬弘曾与流辈于威远军会宴，有侍儿善鼓胡琴。四座酒酣，因请度曲。辞以乐器非妙，须常御者弹之。钟漏已传，取之不及，因起解带。小仆曰："若要琵琶，顷刻可至。"敬弘曰："禁鼓才动，军门已锁，寻常汝起不见，何见之谬也？"既而就饮数巡，小仆以绣囊将琵琶至，坐客欢笑。南军去左广，往复三十余里，入夜且无行伍，既而倏忽往来，敬弘惊异如失。

时又搜捕严急，意以盗窃疑之。宴罢及明，遽归其第。引而问之曰："使汝累年，不知矫捷如此，我闻世有侠士，汝莫是否？"小仆谢曰："非有此事，但能行耳。"因言："父母皆在蜀川，顷年偶至京国，今欲却归乡里，有一事欲报恩。偷枕者早知姓名，三数日当令伏罪。"敬弘曰："如此事，即非等闲，遂令全活者不少。未知贼在何许，可报司存掩获否？"小仆曰："偷枕者田膨郎也，市廛军伍，行止不恒，勇力过人，且善超越。苟非便折其足，虽千兵万骑，亦将奔走。自兹再宿，候之于望仙门，伺便擒之必矣。将军随某观之，此事仍须秘密。"

是时涉旬无雨，向晓埃尘颇甚，车马腾践，跬步间人不相睹。

膨郎与少年数辈，连臂将入军门，小仆执毯杖击之，欻然已折左足。仰而窥曰："我偷枕来，不怕他人，唯惧于尔。既此相值，岂复多言？"于是舁至左右军，一款而伏。

上喜于得贼，又知获在禁旅，引膨郎临轩诘问，具陈常在营内往来。上曰："此乃任侠之流，非常之窃盗。"内外囚系数百人，于是悉令原之。小仆初得膨郎，已告敬弘归蜀。寻之不可，但赏敬弘而已。

(卷一百九十六，出《剧谈录》)

[意译]

　　唐文宗皇帝曾经把白玉枕当作珍宝一样喜爱，这是德宗朝由于阗国所贡献来的，雕琢得十分精巧，是当世稀有的宝物。文宗皇帝把它放在寝殿的帷帐中，一天，这白玉枕忽然不见了。可是宫中的禁卫又可靠又严密，不是受到恩宠的亲近嫔妃没有谁能够到这里。宫里陈列了很多珍宝古玩，别的都没有丢失。皇上惊骇了许久，下诏在京城里搜索寻找盗贼，又秘密地对宰相等亲近大臣和左右军的中尉说："这不是从外面进来的盗贼，盗贼就在宫廷警卫当中。如果搜捕不到，就要防止发生其他的变故。一个枕头实在不值得可惜，你们保卫我这皇宫，一定要抓住这个罪犯，不然的话，我身边的这些警卫，从此以后都没有用了。"中尉们十分惊惶地谢罪，请求给一百天的期限把罪犯拘捕，他们用大量的金帛悬赏捕拿，但没有一点儿可供追查的线索。圣旨很严厉迫切，收审拘捕的人越来越多，街头小巷，闾里之间，没有不经过搜捕的。

　　有一个在龙武军任第二蕃将叫王敬弘的，曾经雇用了一个年轻的奴仆，年纪才十八九岁，有神采，英俊爽利，使唤他，他没有到达不了的地方。王敬弘曾经和同事们在威远军举行宴会，有一个侍儿善于弹琵琶。参加宴会的人喝酒正在兴头上，于是请演奏一曲。侍儿推辞说乐器不好使，要用自己平时常用的乐器演奏。这时已经入夜，去取已经来不及了，于是起身解带。小仆说："如果要琵琶，一会儿就可以取来。"王敬弘说："夜里戒严的鼓声刚刚响过，军营的门也已锁上了，平时你出去难道看不见吗？怎么想得这样离奇呢？"接着又饮了几圈酒，小仆就用绣花袋子带着琵琶来了，满座宾客都欢笑起来。从饮酒所在的南军到龙武左军，往返三十多里，进入夜晚，又没有军队，转眼就往返回来了，王敬弘惊异得失神落魄。

这时搜捕又严厉紧急起来，怀疑他可能就是盗贼。宴会结束，待到天亮，王敬弘急忙回到家里。他把小仆叫来问他："使用你好几年了，不知道你这样矫健轻捷，我听说世上有侠士，你莫非就是吗？"小仆致谢说："没有这回事，只是走得快罢了。"于是说："我的父母都在蜀川，几年前偶尔来到京城，现在想回到乡里，有一件事想向皇上报恩。偷玉枕的人我们早已知道他的姓名，三几天内就要抓住他让他服罪。"王敬弘说："像这事可不同寻常，办成了马上能救活不少人。不知道盗贼在什么地方，能报告有关部门抓获吗？"小仆说："偷玉枕的是田膨郎，混在市民军士中，行踪不定，勇力过人，而且善于越过高的障碍物。如果不是马上折断他的腿，即使千军万马追他，也只能疲于奔走。从现在起再两个晚上，在望仙门等着他，乘机一定能捉住他。将军跟着我去看，这事仍然必须秘密进行。"

这时有十多天没有下雨，天亮时尘埃很大，车马奔跑践踏起尘埃，半步之间人们互相就看不见。膨郎和几个年轻人并肩准备进入军营门，小仆手执毯杖打过去，转眼已经打断了他的左足。田膨郎抬起头看着他说："我偷玉枕以来，不怕别人，只怕你一人。既然在这里碰上了，哪里还有什么话可说？"就这样被押解到左右军，一审就全部承认了。

皇上很高兴捕获了盗贼，又知道是在禁卫营中捕获的，于是把田膨郎带过来，皇上亲自审问，他承认常在军营中走动。皇上说："这是任侠一类人物，不是一般的盗贼。"内外拘留的几百名嫌疑犯，这时全叫放了他们。小仆刚刚抓得田膨郎，就已经告别王敬弘回到蜀川。找不着他，皇上只是赏赐了王敬弘。

贾人妻

唐余干县尉王立调选，佣居大宁里。文书有误，为主司驳放。资财荡尽，仆马丧失，穷悴颇甚，每丐食于佛祠。徒行晚归，偶与美妇人同路，或前或后依随，因诚意与言，气甚相得。立因邀至其居，情款甚洽。翌日谓立曰："公之生涯，何其困哉？妾居崇仁里，资用稍备，倘能从居乎？"立既悦其人，又幸其给，即曰："仆之厄塞，阽于沟渎，如此勤勤，所不敢望焉。子又何以营生？"对曰："妾素贾人之妻也，夫亡十年，旗亭之内，尚有旧业。朝肆暮家，日赢钱三百，则可支矣。公授官之期尚未，出游之资且无，脱不见鄙，但同处以须冬集可矣。"立遂就焉。阅其家，丰俭得所，至于扃锁之具，悉以付立。每出，则必先营办立之一日馔焉。及归，则又携米肉钱帛以付立，日未尝阙。立悯其勤劳，因令佣买仆隶。妇托以他事拒之，立不之强也。周岁产一子，唯日中再归为乳耳。

凡与立居二载，忽一日夜归，意态遑遑，谓立曰："妾有冤仇，痛缠肌骨，为日深矣。伺便复仇，今乃得志。便须离京。公其努力。此居处，五百缗自置，契书在屏风中，室内资储，一以相奉。婴儿不能将去，亦公之子也，公其念之。"言讫，收泪而别。立不可留止，则视其所携皮囊，乃人首耳。立甚惊愕。其人笑曰："无多疑虑，事不相萦。"遂挈囊逾垣而去，身如飞鸟。立开门出送，则已不及矣。方徘徊于庭，遽闻却至。立迎门接俟，则曰："更乳婴儿，以豁离恨。"就抚子，俄而复去，挥手而已。立回灯塞帐，小儿身首已离矣。立惶骇，达旦不寐。则以财帛买仆乘，游抵近邑，以伺其事。久之，竟无所闻。其年，立得官，即货鬻所居归任，尔后终莫知其音问也。

（卷一百九十六，出《集异记》）

[意译]

  唐朝时，余干县尉王立调职选任新官到京城，租了大宁里一所房子住。他的文书材料有错误，被主管官吏调选的衙门驳回搁置起来。于是王立的资金财物都花费光了，仆人和马匹也没有了，非常贫困忧愁，经常在佛庙里要饭。有一次晚上他要饭步行回来，偶尔的机会和一个美貌的妇人同路，有时走在前面，有时走在后面，一直依随着，王立于是诚心诚意和她说话，两人心气很相投。王立于是又邀请她到自己住处，经过交往，感情更加融洽。第二天，妇人对王立说："您这一生，怎么那样贫困呢？我住在崇仁里，资金用物稍微充足一些，假如可能，愿意跟我一块住吗？"王立既爱慕她的美貌性气，又有幸得到她的接济，就说："我的穷困处境，就像面临一条河沟，无路可走了，你这样殷勤地对待我，实在让人过意不去。不过，你又靠什么谋生呢？"妇人回答说："我原来是商人的妻子，丈夫死了十年，街市上还有原来的产业。早上到街市上照应一下，晚上回到家里，一天也能赢利三百钱，这就够我开支了。你改授新官职的日期还没到，出外交游的经费又没有，假如不嫌弃我鄙贱，只要一同居住，等待冬天选授官职就可以了。"王立于是到她住处去了。看她的家里，既不过于奢侈富有，也不显得贫穷俭朴。门上的锁和钥匙，全都交给王立。每次出去，一定先安排好王立一天的饭食。待回来时，又带米肉钱物交给王立，没有缺少过一天。王立看她那样勤劳，很是怜悯，于是叫她雇佣或者买几个奴仆。妇人以别的事情为托词拒绝了王立的建议，王立也不勉强她。一年以后，他们生了一个孩儿，那妇人也只是白天两次回来喂乳。

  妇人和王立总共同住了两年，一天夜里，她忽然回来，显出慌乱不安的样子，对王立说："我有冤仇，痛心切骨，时间已经很久了。一直寻找机会复仇，今天才实现了志愿。我马上得离开京城，你自己努力吧。这一住处是我用五百缗钱自己添置的，房契在屏风里，室内的资产储存的东西，全部奉送给你。婴儿我不能带走，也是您的孩儿，您要好好关照他。"说完，抹去眼泪向他告别。王立没办法留住她，于是看她携带的皮袋子，原来是一个人头。王立非常惊恐。妇人笑道："不要过多怀疑忧虑，事情不会牵连到你。"于是带着皮袋子跳过墙走了，身子轻盈得像飞鸟一样。王立开门送她，已经赶不及了。正在庭院中徘徊时，突然听到她又返回来了。王立迎到门口等着她，她说："我再给婴儿喂一下乳，以宽慰一下离别的怨恨。"她靠近抚摸了婴儿，不一会儿又离去，只向王立挥挥手罢了。王立持灯回身，撩开帐子，只见婴儿的身子和头已经分离了。王立非常慌乱害怕，整整一夜没睡着。他于是用钱财买了仆从乘马，到附近州邑探问她的音信。转悠了很长时间，竟然一点儿什么也没探听到。这一年，王立被任命了官职，就把住处和财产都卖掉，然后赴任就职，此后最终也没有打听到那妇人的消息。

梁　革

  金吾骑曹梁革得和扁之术。太和初，为宛陵巡官。按察使于敖有青衣曰莲子，念之甚厚。一旦以笑语获罪，斥出货焉。市吏定直曰七百缗。从事御史崔某者闻而召焉，请革评其脉。革诊其臂曰："二十春无疾之人也。"崔喜留之，送其直于敖。敖以常深念也，一怒而逐之。售于不识者斯已矣，闻崔宠之不悦，形于颜色。然已去之,难复召矣。常贮于怀。

未一年,莲子暴死。革方有外邮之事,回见城门,逢柩车。崔人有执绋者,问其所葬,曰:"莲子也。"呼载归,而奔告崔曰:"莲子非死,盖尸蹶耳。向者革入郭,遇其柩,载归而往请苏之。"崔怒革之初言,悲莲子之遽夭。勃然曰:"匹夫也,妄惑诸侯,遂齿簪裾之列。汝谓二十春无疾者,一年而死。今既葬矣,召其柩而归。脱不能生,何以相见?"革曰:"此固非死,盖尸蹶耳,苟不能生之,是革术不仁于天下,何如就死以谢过言。"乃令破棺出之。遂刺其心及脐下各数处,凿去一齿,以药一刀圭于口中。衣以单衣,卧空床上。以练素缚其手足,有微火于床下。曰:"此火衰,莲子生矣。"且戒其徒:"煮葱粥伺焉。其气通若狂者,慎勿令起,逡巡自定。定而困,困即解其缚。以葱粥灌之,遂活矣。正狂令起,非吾之所知也。"言竟,复入府谓崔曰:"莲子即生矣。"崔大释其怒,留坐厅事。俄而莲子起坐言笑。

界吏报敖,敖飞牒于崔:"莲子复生,乃何术也?"仍与革偕归,入门则莲子来迎矣。敖大奇之。且夫莲子事崔也,非素意,因劝以与革。崔亦恶其无齿,又重敖,遂与革。革得之,以神药傅齿,未逾月而齿生如故。太和壬子岁,调金吾骑曹,与莲子偕在辇下。其年秋,高损之以其元舅为天官,即日与相闻,故熟其事而言之。

(卷二百一十九,出《续异录》)

[意译]

金吾骑曹参军梁革学得了医和、扁鹊那样高明的医术。太和初,担任宛陵的巡官。按察使于敖有一个婢女叫莲子，待她很好。一次莲子因为说笑话而获罪，又被赶出去卖掉。管理市场的官吏定下的身价是七百缗钱。一个姓崔的从事御史听说了把她召去，请梁革评价她的脉象。梁革在臂上诊脉后说："二十年没灾病的人。"姓崔的很高兴，把她留下，把身价钱送给于敖。于敖因为平常和她感情很深，只是一怒之下把她赶出去。卖给不认识的人也就罢了，听说受到崔某的宠爱，脸上就显得很不高兴。不过已经赶走，很难再召回来，只是经常怀念在心。

不到一年，莲子突然死了。梁革正好有到州城之外巡察诊病的事情，回到城门，遇到载着灵柩的车子。崔家的人有拿着系棺材的绳子送葬的，梁革问崔家人所葬的是谁，回答说："是莲子。"梁革叫住车载回来，又飞奔回来告诉姓崔的说："莲子并没死，是尸蹶罢了。刚才我入城来，遇见灵柩，叫他们装载回来，请求让我使她苏醒过来。"姓崔的正为梁革当初说她二十年没病的话生气，为莲子突然夭折而悲伤，怒冲冲地说："你一个普通人，迷惑住了地方上的大官，挤进了官宦的行列。你说她二十年没灾没病，可一年就死了。现在已经埋葬了，又把灵柩装载回来。假使不能救活她，靠什么来见我？"梁革说："这本来不是死，只是尸蹶而已，假如不能救活她，就说明我的医术在天下最不高明，还不如用死来为我说大话向你谢罪。"于是让破开棺材，取出莲子，用针刺她的心和肚脐下等几处，凿去一个牙齿，把一小撮药放入口中。给她穿上单衣，让睡在空床上。用白练布缚住她的手足，架上小火在床下。说："这火衰弱了，莲子就活了。"又告诫他的门徒："煮好葱粥等候着。她恢复呼吸后像狂人一样时，千万不要让她起来，一会儿她自己就安静下来了。安静下来就困顿了，困顿虚弱就解开缚她的练素。把葱粥灌给她吃，这就活了。正发狂的时候让她起来，我就不能预料其后果。"说完，再入府第对崔某说："莲子就要活了。"崔某怒气大消，留梁革在大厅里坐下等着。不一会儿莲子就起身坐起来，有说有笑的。

界吏报告于敖，于敖派人飞快地给崔某送去一份公文，说："莲子死而复生，用的是什么办法呢？"还是和梁革一同回来，一进门莲子就来迎接。于敖非常惊奇。而且莲子事奉崔某，并不是于敖的本意，于是劝她随梁革。崔某也不喜欢她少了一个牙齿，又尊重于敖，便把莲子给了梁革。梁革得了莲子，用神药敷在齿穴上，不到一个月，牙齿就长得和原来一样。太和六年（832），调任金吾骑曹参军，和莲子都在京城长安。这年秋天，高损之因为他的大舅是吏部尚书，当时就和梁革交往，所以了解这件事并说了出来。

王积薪

玄宗南狩，百司奔赴行在。翰林善棋者王积薪从焉。蜀道隘狭，每行旅止息，道中之邮亭人舍，多为尊官有力之所先。积薪栖无所入，因沿溪深远，寓宿于山中孤姥之家。但有妇姑，皆阖户，止给水火。才暝，妇姑皆阖户而休。

积薪栖于檐下，夜阑不寝。忽闻堂内姑谓妇曰："良宵无以适兴，与子围棋一赌可乎？"妇曰："诺。"积薪私心奇之。堂内素无灯烛，又妇姑各在东西室。积薪乃附耳门扉。俄闻妇曰："起东五南九置子矣。"姑应曰："东五南十二置子矣。"妇又曰："起西八南十置子矣。"姑又应曰："西九南十置子矣。"每置一子，皆良久思唯，夜将尽四更。积薪一一密记，其下止三十六。忽闻姑曰："子已败矣，吾只胜九枰耳。"妇亦甘焉。

积薪迟明，具衣冠请问。孤姥曰："尔可率己之意而按局置子焉。"积薪即出囊中局，尽平生之秘妙而布子。未及十数，孤姥顾谓妇曰："是子可教以常势耳。"妇乃指示攻守杀夺救应防拒之法，其意甚略。积薪即更求其说。孤姥笑曰："止此亦无敌于人间矣。"积薪虔谢而别。行十数步，再诣，则失向来之室间矣。自是，积薪之艺，绝无其伦。即布所记妇姑对敌之势，馨竭心力，较其九柯之胜，终不得也。因名"邓艾开蜀势"，至今棋图有焉，而世人终莫得而解矣。

（卷二百二十八，出《集异记》）

[意译]

唐玄宗向南逃往四川的时候，朝内各部门的官员也都跑向皇帝临时居住理政的地方。翰林院一个善于下棋叫王积薪的也跟从着。四川的道路险要狭窄，每当行走停下来休息，途中的邮亭和老百姓的住处，大都被大官和有权势的人抢先占了。王积薪没有栖身住宿的地方，于是沿着溪流向深远处走去，借住在山里一户孤老太太家里。这家只有媳妇和婆婆，全都关上门，只给他提供水和火。刚天黑，媳妇和婆婆就关门休息了。

王积薪栖身在屋檐下，夜深了还睡不着。忽然听见厅堂内婆婆对媳妇说："这么好的夜晚没有什么东西消遣助兴，和你下一局围棋赌个输赢怎么样？"媳妇说："行。"王积薪内心对这事很奇怪。厅堂内一直没有灯火蜡烛，婆媳又各自在东屋西屋。王积薪于是把耳朵贴近门扉。不一会儿听见媳妇说："在东五南九放一子。"婆婆应声说："我在东五南十二放一子。"媳妇又说："西八南十放一子。"婆婆又应声说："西九南十放一子。"每放置一子，都经过长时间的思考，到了四更将完的时候。王积薪一一都悄悄地记在心里，她们一共下了三十六子。忽然听见婆婆说："你已经输了，我只是赢了九个子。"媳妇也自认失败。

天刚亮，王积薪穿好衣服，就请教下棋的事。孤老太太说："你可以随你的意思在棋盘上放置棋子。"王积薪就拿出布袋中的棋盘，使尽平生的秘法妙招来布子。不到十几个子，孤老太太回头对媳妇说："这个人可以教给寻常的棋路。"媳妇于是指点启示他攻击、守地、杀子、夺地、救孤、应对、防卫拒敌的方法,她说的内容非常简略。王积薪进一步请教她的方法。孤老太太笑笑说:"只这些在人世间就没有敌手了。"王积薪衷心地谢过后告别了。走上十几步,再去看,刚才的房屋都没有了。从此以后,王积薪的棋艺高超得没有人能和他相比。不过布上他所记住的婆媳两人对敌的棋局,用尽心思,研究她怎样获得了九子的胜利,终于得不出原因。于是把这叫作"邓艾开蜀势",到现在棋谱上还有,世上的人终究也没能解开这个棋局的奥秘。

尚食令

冯给事入中书祗候宰相,见一老官人衣绯,在中书门立,候通报。时夏噍公为相,留坐论事多时。及出,日势已晚,其官人犹尚在。乃遣人问是何官,官人近前相见曰:"某新除尚食局令,有事相见相公。"因令省官通之。官人入,给事偶未去。官人见宰相了,出谢云:"若非给事恩遇,某无因得见相公。某是尚食局造馂子手,不知给事宅在何处?"曰:"在亲仁坊。"曰:"欲说薄艺,但不知给事何日在宅。"曰:"来日当奉候,然欲相访,要何物?"曰:"要大台盘一只,木楔子三五十枚,及油铛炭火,好麻油一二斗,南枣烂面少许。"给事素精于饮馔,归宅便令排比,仍垂帘,家口同观之。

至日初出,果秉简而入,坐饮茶一瓯,便起出厅,脱衫靴带,小帽子,青半肩,三幅裤,花檐袜肚,锦臂韝。遂四面看台盘,有不平处,以一楔填之,后其平正。然后取油铛烂面等调停,袜肚中取出银盒一枚,银箆子银笊篱各一。候油煎熟,于盒中取䭔子馅,以手于烂面中团之,五指间各有面透出,以箆子刮却,便置䭔子于铛中,候熟,以笊篱漉出,以新汲水中良久,却投油铛中,三五沸取出,抛台盘上。旋转不定,以太圆故也。其味脆美,不可名状。

(卷二百三十四,出《卢氏杂说》)

[意译]

　　冯给事到中书省去拜会宰相,看见一个老官人穿着大红衣服,站在中书省门前,等候通报。当时夏谯公为宰相,留冯给事谈论事情,过了好长时间。等冯给事出来,天色已经晚了,那个老官人还在中书省门前等候。冯给事就派人去问他是什么官,老官人走近跟前和他相见说:"我新近被任命为尚食局令,有事要见相公。"冯给事便叫中书省的官吏给他通报。老官人得以进去了,冯给事待了一会儿还没离去。老官人见过宰相,出来感谢冯给事说:"如果不是给事恩惠帮忙,我是没有可能见到相公的。我是尚食局专门做䭔子的人员,不知给事住在哪里?"冯给事说:"在亲仁坊。"老官人说:"想让您看看我浅薄的手艺,只是不知道给事哪一天在家。"冯给事说:"我明天恭候你,不过要来相访,要给你准备什么东西呢?"老官人说:"要一只大台盘,三五十枚木楔子,还有油锅、炭火,好麻油一二斗,一些枣泥、面糊。"冯给事一向对饮食很讲究,回到家便吩咐把这些东西准备好,又设下了帘子,让家里的人一同观看。

　　这天太阳初出,老官人果然手执手版进来,坐下只喝了一杯茶,便起身走出厅堂,脱去衣衫靴子衣带,戴着小帽子,穿着青色背心,三幅裤,系上绣花的蔽膝,套上皮袖套。便四面察看台盘,有不平的地方,就用一枚木楔填起来,使它十分平正。然后把油锅面糊等东西准备好,从袜肚中取出一枚银盒,银箆子、银笊篱各一件。待锅内油烧热,便从盒子里取出䭔子馅,用手在面糊里团揉,五个手指之间都有面糊渗出来,就用银篦子刮掉,便把团揉好的馃子放入另一锅中,待煮熟了,用笊篱漉出,放在新汲出的井水中好大一会儿,再放入油锅里,油沸三五下就捞出,抛在台盘上。滴溜溜转个不停,因为太圆的缘故。味道又脆又美,简直难以形容。

薛氏子

有薛氏二子野居伊阙,先世尝典大郡,资用甚丰。一日,木阴初盛,清和届候。偶有叩扉者,启关视之,则一道士也。草履雪髯,气质清古。曰:"半途病渴,幸分一杯浆。"二子延入宾位,雅谈高论,深味道腴。又曰:"某非渴浆者,杖藜过此,气色甚佳。自此东南百步,有五松虬偃在疆内否?"曰:"某之良田也。"道士愈喜,因屏人曰:"此下有黄金百斤,宝剑二口,其气隐隐,浮张、翼间,张、翼洛之分野。某寻之久矣。黄金可以分赠亲属甚困者。其龙泉自佩,当位极人臣。某亦请其一,效斩魔之术。"二子大惊异。道士曰:"命家僮役客辈,悉具畚锸,候择日发土,则可以目验矣。然若无术以制,则逃匿黄壤,不能复追。今俟良宵,剪方为坛,用法水噀之,不能遁矣!且戒僮仆,无得泄者。"

问其结坛所须,曰:"徽纆三百尺,赤黑索也。随方色彩缣素甚多,洎几案炉香祸褥之具。"且曰:"某非利财者,假以为法。又用祭膳十座,酒茗随之。器皿须以中金者。"二子则竭力经营,尚有所缺,贷于亲友。又言:"某善点化之术,视金银如粪土。常以济人之急为务。今有囊箧寓太微宫,欲以暂寄。"二子许诺,即召人负荷而至。巨笈有四，重不可胜，缄镉甚严。祈托以寄。

旋至吉日，因大设法具于五松间，命二子拜祝讫，亟令返居，闭门以俟。且戒："无得窥隙，某当效景纯散发衔剑之术。脱为人窥，则祸立至。俟行法毕，当举火相召。可率僮仆，备畚锸来，及夜而发之，冀得静观至宝也。"二子依所教，自夜分危坐，专望烛光，杳不见举。不得已，辟户觇之，默绝影响。步至树下，则掷杯覆器，饮食狼藉。彩缣器皿，悉已携去。轮蹄之迹，错于其所。疑用徽纆束固以遁。因发所寄之笈，瓦砾实中。自此家产甚困，失信于人。惊愕忧惭，默不得诉。

（卷二百三十八，出《唐国史》）

[意译]

薛家两个公子住在郊外的伊阙，他们的祖辈曾经任过大州的刺史，家里资财很多。有一天，树木刚长成绿荫，正是春天清和季节。忽然有一个敲门的，开门一看，原来是一个道士。这道士须髯雪白，脚蹬草鞋，气质清朗古朴。道士说："半路了渴得受不了，能不能讨一口水喝。"两个公子把他当宾客一样请进屋里坐下，交谈起来，只见道士雅谈高论，深得道家要旨。道士又说："我并不是口渴要水喝，我是拄着拐杖走过这里，看见这里有祥瑞之气。从这里往东南一百步，是不是有五株松树盘曲在那？"二位公子说："这是我们家的良田。"道士更加高兴，于是让旁人退下，悄悄地对他们说："那底下有一百斤黄金，两口宝剑，它们的精气，隐隐约约浮动在张、翼二星之间，张、翼二星是洛阳的分野。我寻找它已经很久了。挖出的黄金可以分别赠给有困难的亲属。其中一柄宝剑你们自己佩带，便会得到人臣中最高的职位。我请求送我其中的一柄，以施展我斩妖魔的道术。"两位公子大为惊异。道士说："命令你们的家童长工，全都带上畚箕、铁锨，选定日子挖土，就可以亲眼看到。不过，如果没有法术制御，那宝物就要逃藏到深深黄土里去，没办法再找到。现在趁着这美好的夜晚，选择方位筑坛，我用经咒术咒过的水喷过去，宝物就不会逃走了。要告诫家里童仆，不要泄露。"

二位公子问道士筑坛需要什么东西，道士说："要三百尺绳索，要赤黑色的。随着方位，要很多各种色彩的细绢，还有几案、炉香、床褥这些用具。"道士又说："我不是贪图你的财物，借用这些东西行法罢了。还要十桌祭神用的酒饭，要有酒、茶相随。酒杯餐具都要是金质的。"二位公子尽全力置办这些东西，还有缺少的东西，只好向亲友借贷。道士又说："我善于点化黄金的法术，把金银都看作粪土一样低贱。我经常把救济别人的急难作为自己的职责。现在有几个箱子存在太微官，想暂时寄放在你们家。"二位公子答应着，就请人把东西抬了过来。四个大箱子，重得不得了，锁得严严实实。请求寄托在两个公子家。

很快到了吉祥的日子，于是把作法要用的一切东西都在五棵松树间放置好，道士让两个公子下拜祝祷完毕，就赶快叫他们返回住处，闭上门等候。并且告诫说："不要从门缝里偷看，我要效法晋代郭璞披散头发衔剑作法的道术。假如被人偷看，灾祸立刻就会降临。待行法完毕，就会举起火把招呼你们。那时你们可以率领童仆，带着畚箕、铁锨来，到夜晚就发掘，就能有望得到静心观看的最高宝物。"两个公子依照他吩咐的，从晚上就端端正正地坐着，专心望着火把，可远远地不见有火把点起。没办法，打开门察看，静悄悄的既看不到什么，也听不到什么。走到树下，就见杯子、盘子到处乱扔着，吃剩的东西乱七八糟地放着。彩色细绢，黄金器皿，都已经带走了。地上车轮、马蹄的印迹到处都是。怀疑是用绳索捆结实后逃走的。两个公子连忙回到家里，打开道士寄放的大箱子，里面塞满了瓦片、石块。从此二位公子家境十分困难，借人家东西无力偿还又失去信任，惊恐忧虑又惭愧，又不好声张向官府控告。

崔　护

　　博陵崔护，资质甚美，而孤洁寡合。举进士下第。清明日，独游都城南。得居人庄，一亩之宫，而花木丛萃，寂若无人。扣门久之，有女子自门隙窥之，问曰："谁耶？"以姓字对，曰："寻春独行，酒渴求饮。"女入，以杯水至，开门，设床命坐。独倚小桃斜柯伫立，而意属殊厚，妖姿媚态，绰有余妍。崔以言挑之，不对，彼此目注者久之。崔辞去，送至门，如不胜情而入。崔亦眷盼而归。尔后绝不复至。

　　及来岁清明日，忽思之，情不可抑，径往寻之。门墙如故，而已扃锁之。崔因题诗于左扉曰："去年今日此门中，人面桃花相映红。人面不知何处去，桃花依旧笑春风。"后数日，偶至都城南，复往寻之。闻其中有哭声，扣门问之。有老父出曰："君非崔护邪？"曰："是也。"又哭曰："君杀吾女！"崔惊怛，莫知所答。老父曰："吾女笄年知书，未适人。自去年已来，常恍惚若有所失。比日与之出，及归，见左扉有字，读之，入门而病，遂绝食数日而死。吾老矣，惟此一女所以不嫁者，将求君子，以托吾身。今不幸而殒，得非君杀之耶！"又持崔大哭。

　　崔亦感恸，请入哭之，尚俨然在床。崔举其首，枕其股，哭而祝曰："某在斯！某在斯！"须臾开目，半日复活矣。父大喜，遂以女归之。

　　　　　　　　　　　　　（卷二百七十四，出《本事诗》）

[意译]

博陵郡的崔护，容貌十分漂亮，但性格孤僻，洁身自好，不爱交朋友。他考中了进士。清明节这一天，他独自一人游逛都城南郊，发现一个小村庄，其中一所宅院一亩大小，里面花木繁茂，静悄悄的却像没有人住。崔护敲了很久的门，才有一个女子从门的缝隙往外看他，问道："谁呀？"崔护告诉她姓什么，说："一个人春游，酒后口渴，想要杯水喝。"那女子走进屋去，端出一杯水，打开院门，搬来一个凳子请崔护坐下。她自己便独自靠着小桃树的斜枝久久地站着，含情脉脉的样子，她身姿妩媚，体态娇艳，秀色动人。崔护用话挑逗她，她并不开口，两人的目光互相对视了好久。崔护告辞出来，那女子送出门口，好像控制不了自己的感情似的进去了。崔护也恋恋不舍地看了看才回去。从这以后，崔护再没有回到过这地方。

到第二年清明节，崔护忽然想念起那女子，感情无法抑制，便径直前往寻找。到得那里，门墙和去年一样，只是锁上了院门。崔护便在左边门扇上题了一首诗说："去年的今天相见于此门之中，少女的面容和桃花相辉映更显得美丽娇红。少女不知到哪里去了，只有桃花依旧在春风中妖艳含笑。"过了几天，崔护偶然来到城南，又前往寻访。却听见里面传来哭声，他忙敲门询问。一个老父出来说："你莫非是崔护？"崔护说："是啊。"老父又哭着说："你害死了我的女儿！"崔护又惊恐又悲伤，不知说什么好。老父说："我女儿及笄成年，知书识礼，还没有许配人家。从去年以来，经常神情恍惚，好像丢了魂。前几天我和她出去，等回来时，看见左边门扇上有诗，她读了以后，进门就病了，不吃不喝，几天就死了。我已经老了，我这女儿之所以还没嫁人，是要找一个品行好的人，让我有个依靠。现在不幸死了，不是你害的吗？"说完，又拉着崔护大哭起来。

崔护也非常感动，又很悲痛，请求老父让他进去哭吊少女。少女还像平时的样子躺在灵床上。崔护轻轻抱起她的头，把自己的头枕在她的腿上，哭着祷告说："我就在这里啊！我就在这里啊！"不一会儿，少女的眼睛睁开了，半天以后，竟然复活了。老父十分高兴，就把女儿嫁给了崔护。

却　要

湖南观察使李庚之女奴，曰却要。美容止，善辞令。朔望通礼谒于亲姻家，惟却要主之。李侍婢数十，莫之偕也。而巧媚才捷，能承顺颜色，姻觉亦多怜之。

李四子，长曰延禧，次曰延范，次曰延祚，所谓大郎而下五郎也。皆年少狂侠，咸欲蒸却要而不能也。尝遇清明节，时纤月娟娟，庭花烂发，中堂垂绣幕，背银釭，而却要遇大郎于樱桃花影中，大郎乃持之求偶。却要取茵席授之，曰："可于厅中东南隅，伫立相待，候堂前眠熟，当至。"大郎既去，至廊下，又逢二郎调之。却要复取茵席授之，曰："可于厅中东北隅相待。"二郎既去，又遇三郎来之。却要复取茵席授之，曰："可于厅中西南隅相待。"三郎既去，又五郎遇着，握手不可解。却要亦取茵席授之，曰："可于厅中西北隅相待。"四郎皆去。延禧于厅角中，屏息以待。厅门斜闭，见其三弟比比而至，各趋一隅。心虽讶之，而不敢发。少顷，却要密燃炬，疾向厅事，豁双扉而照之，谓延禧辈曰："阿堵贫儿，争取向这里觅宿处？"皆弃所携，掩面而走。却要复从而哈之。自是诸子怀惭，不敢失敬。

（卷二百七十五，出《三水小牍》）

[意译]

　　湖南观察使李庚有个侍妾，名叫却要。这却要举止端庄、容貌秀丽，而且善于言辞。每逢初一或十五，李家给亲戚们送礼品致问候这类事，都由却要操办。李家侍妾婢女几十个，没有能比得上她的。而且她心巧貌秀，有才能，办事麻利，能顺着人家心意办事，亲戚们都很喜欢她。

　　李庚有四个儿子，大儿子叫延禧，二儿子叫延范，三儿子叫延祚，下面还有个老五。兄弟四人都年少放荡，对却要都有淫邪的想法但没有得逞。有一次正遇上清明节，月色如水，庭院里春花烂漫，中堂上垂着绣花的帘幕，室内灯光摇曳。却要在樱桃树的暗影里遇见了老大，老大拉住却要就要寻欢。却要拿出一套被褥给他，说："你可以在厅堂的东南角站着等我，等你父母都睡熟了，我就来。"老大走了，却要到屋廊下，老二又走过来要调戏她。却要又拿来一套被褥给老二说："你可以在厅堂的东北角等我。"老二刚走，老三又来了。却要也是取出一套被褥给他说："你在厅堂西南角等我。"老三刚刚离开，却要又被老五遇上了，老五拉住却要就不放手。却要也拿来一套被褥给他说："你在厅堂西北角等着。"这四兄弟都去了。老大延禧在厅堂东南角屏住气等着。厅门半开半闭着，只见三个弟弟一个接一个都来了，各自走向一个角。他心里虽然感到惊讶，却不敢作声。不一会儿，却要悄然点燃火把，飞快来到厅堂，敞开着大门让火把对着厅堂四角照去，对延禧几兄弟呵斥道："这些个穷小子，怎么都到这里找住的地方？"这四个家伙都丢下手中的被褥，捂着脸跑了。却要又追在后面讥笑他们。自此以后这几个小子心怀羞惭，不敢再对却要无礼了。

王　诸

　　大历中，邛州刺史崔励亲外甥王诸，家寄绵州，往来秦蜀，颇谐京中事。因至京，与仓部令史赵盈相得，每赍左绵等事，盈并为主之。诸欲还，盈固留之。

中夜，盈谓诸曰："某长姊适陈氏，唯有一笄女。前年，长姊丧逝，外甥女子，某留抚养。所惜聪惠，不欲托他人。知君子秉心，可保岁寒。非求于伉俪，所贵得侍巾栉。如君他日礼娶，此子但安存，不失所，即某之望也！成此亲者，结他年之好耳。"诸对曰："感君厚意，敢不从命？固当期于偕老耳！"诸遂备缥币迎之。

后二年，遂挈陈氏归于左绵。是时，励方典邛商，诸往觐焉。励遂责诸浪迹，又恐年长不婚，诸具以情白舅。励曰："吾小女宽柔，欲与汝重亲，必容汝旧纳者。"陈氏亦曰："岂敢他心哉？但得衣食粗充，夫人不至怪怒，是某本意。"诸遂就表妹之亲。既成姻，崔氏女便令取陈氏同居，相得，更无分毫失所。励令其子铿与诸江陵卜居，兼将金帛下峡而去。

三月诸发。五月，励受替，遂尽室江陵而行。诸与铿方买一宅，修葺。停午，诸忽梦陈氏被发来。哀告诸曰："某，他乡一贱人。崔氏夫人本许终始，奈何三峡舟中沐发，使人笞某，令于崩湍中而卒，永葬鱼鳖腹中！"哀泣沾襟。俄而铿于东厢寐，亦梦陈氏诉冤："崔夫人不仁，致我性命三峡！"铿与诸偶坐，方讶其事，其夜，二人梦复如前。铿甚惭，谓诸曰："某娘情性不当如是，何有此冤！且今日江头望信，若闻陈氏不平安，此则必矣！"后数日，果有信，说陈氏溺三峡。及励到诸家，诸泣说前事。崔氏为其兄所责，不能自明，遂断发暗鸣而卒，诸亦荡游他处。

数年间，忽于夏口，见水军营之中门东厢，见一女人，姿状即陈氏也。诸流眄久之。其妇又殷勤瞻瞩，问僮仆云："郎君岂不姓王?"僮走告诸。及白姨弟,令询其本末。陈氏曰:"实不为崔氏所挤,某失足坠于三峡,经再宿,泊尸于碛,遇鄂州回易小将梁璨,初欲收葬,后因吐无限水,忽然而苏。某感梁之厚恩,遂妻梁璨,今已诞二子矣。"诸由是疑负崔氏之冤,入罗浮山而为头陀僧矣!

(卷二百八十,出《乾𬬱子》)

[意译]

  唐代宗大历年间,邛州刺史崔励的亲外甥王诸,寄居在绵州,自己则经常在陕西、四川之间往来,他很熟悉京城中的事情。因为常到京城,和仓部令史赵盈关系很密切,每逢办理送什么东西去绵州,赵盈都替王诸做主办理。这次王诸办完事要回绵州,赵盈坚决挽留他。

  半夜,赵盈对王诸说:"我有一个大姐嫁给了陈氏人家,只有一个成年未婚的女子。前些年,大姐去世了,这外甥女由我收留抚养。爱惜她聪慧过人,不愿意嫁给随便的什么人。我了解你的为人,可以做到有始有终,永不变心。并不奢求夫妻伉俪之好,只求能好好伺候你,做个小妾。今后如果你另要正式娶妻,我这外甥女只要有一个安身之所,我就满意了!让她和你成婚,是为了结下今后的欢好。"王诸回答说:"感谢你一片深情厚意,我怎敢不听从吩咐?我一定要和她白头偕老。"王诸便准备了纳妾的礼物,迎娶了她。

  两年以后,王诸便带着陈氏回到绵州。这时,崔励正为邛州刺史,王诸去探望他。崔励则责训他在外游荡,不务正业,又担心他年纪大了还不结婚。王诸便把迎娶陈氏女子为妾的事详细告诉了舅舅。崔励说:"我的小女儿宽厚温柔,想和你亲上加亲,也一定能容让你先纳的小妾。"陈氏也说:"我怎么敢有别的心思?只要勉强能让我吃饱穿暖,夫人不至于责怪怨恨我,我就满意了。"王诸就和表妹结成亲。成亲之后,崔氏女便把陈氏叫来一同居住,感情十分融洽,并没有一丝一毫隔阂矛盾。崔励叫他儿子崔铿和王诸同去江陵，选择定居的地方，同时带着金钱财物出三峡而去。

　　三月，王诸启程。五月，崔励任满解职，被人接替职务，他便带着全家往江陵而去。王诸和崔铿买得一处住宅，正在修补葺理。中午休息时，王诸忽然梦见陈氏披散着头发而来，哀伤地告诉王诸说："我是外地的一个卑贱人物，崔氏夫人本来答应和我有始有终相处，为什么我正在三峡船里洗头时，叫人把我推入水中，结果死于急流之中，永远葬身鱼腹！"哀哭的泪水沾湿了衣襟。不一会儿，崔铿在东边厢房睡觉，也梦见陈氏向他诉冤说："崔夫人不仁不义，在三峡中送了我的命！"崔铿和王诸醒来，面对面坐着，正为这事感到惊奇，这一天晚上，又各自做了一个同样的梦。崔铿十分惭愧，对王诸说："我们崔家娘子的性情不应当这样，怎么会有这样的冤屈！姑且今天在江边听一听消息，如果听到陈氏不平安，害她的事就是真的了！"几天以后，传来消息，说陈氏在三峡淹死了。待到崔励到了王诸家，王诸哭着诉说梦见陈氏哭诉的事。崔氏女受到哥哥的责骂，自己不能说清楚，便剪断头发暗中哭泣而死去。王诸也又在外到处游荡。

　　几年后，王诸到了夏口，忽然在水军军营中门东边的厢房，看见一个女子，姿态、形貌看上去就是陈氏。王诸注视了很久。这妇人也一再仔细往他这里看，并问童仆说："这郎君是不是姓王？"童仆跑回来告诉王诸。王诸让童仆去询问她事情的原委。陈氏说："我确实不是崔氏推下水去的，而是失足在三峡落水，经过两天，尸体停留在水中沙滩上，正好遇到鄂州的回易小将梁璨，他开始想收尸埋葬，后来我吐出很多水，忽然苏醒过来了。我很感激梁璨的大恩大德，便嫁给了他，现在已经生了两个儿子。"王诸因此觉得是自己造成了崔氏的冤死，有负于她，便到广东罗浮山当了行脚乞食的僧人。

樱桃青衣

天宝初，有范阳卢子，在都应举，频年不第，渐窘迫。尝暮乘驴游行，见一精舍中，有僧开讲，听徒甚众。卢子方诣讲筵，倦寝，梦至精舍门。见一青衣，携一篮樱桃在下坐。卢子访其谁家，因与青衣同餐樱桃。青衣云："娘子姓卢，嫁崔家，今孀居在城。"因访近属，即卢子再从姑也。青衣曰："岂有阿姑同在一都，郎君不往起居？"卢子便随之。过天津桥，入水南一坊，有一宅，门甚高大。卢子立于门下，青衣先入。

少顷有四人出门，与卢子相见，皆姑之子也。一任户部郎中，一前任郑州司马，一任河南功曹，一任太常博士。二人衣绯，二人衣绿，形貌甚美。相见言叙，颇极欢畅。斯须，引入北堂拜姑。姑衣紫衣，年可六十许。言词高朗，威严甚肃。卢子畏惧，莫敢仰视。令坐，悉访内外，备谙氏族。遂访儿婚姻未，卢子曰："未。"姑曰："吾有一外甥女子姓郑，早孤，遗吾妹鞠养。甚有容质，颇有令淑。当为儿平章，计必允遂。"卢子遽即拜谢。乃遣迎郑氏妹。有顷，一家并到，车马甚盛。遂检历择日，云："后日大吉。"因与卢子定议。姑云："聘财函信礼席，儿并莫忧，吾悉与处置。儿有在城何亲故，并抄名姓，并具家第。"凡三十余家，并在台省及府县官。明日下函，其夕成结，事事华盛，殆非人间。明日拜席，大会都城亲表。拜席毕，遂入一院。院中屏帏床席，皆极珍异。其妻年可十四五，容色美丽，宛若神仙。卢生心不胜喜，遂忘家属。

俄又及秋试之时。姑曰："礼部侍郎与姑有亲，必合极力，更勿忧也。"明春遂擢第。又应宏词。姑曰："吏部侍郎与儿子弟当家连官，情分偏洽，令渠为儿必取高第。"及榜出，又登甲科，授秘书郎。姑云："河南尹是姑堂外甥，令渠奏畿县尉。"数月，敕授王屋尉。迁监察，转殿中，拜吏部员外郎。判南曹，铨毕，除郎中。余如故。知制诰数月，即真迁礼部侍郎。两载知举，赏鉴平允，朝庭称之。改河南尹，旋属车驾还京，迁兵部侍郎。扈从到京，除京兆尹。改吏部侍郎。三年掌铨，甚有美誉，遂拜黄门侍郎平章事。恩渥绸缪，赏赐甚厚。作相五年，因直谏忤旨，改左仆射，罢知政事。数月，为东都留守、河南尹，兼御史大夫。

自婚媾后，至是经二十年，有七男三女，婚宦俱毕，内外诸孙十人。后因出行，却到昔年逢携樱桃青衣精舍门，复见其中有讲筵，遂下马礼谒。以故相之尊，处端揆居守之重，前后导从，颇极贵盛。高自简贵，辉映左右。升殿礼佛，忽然昏醉，良久不起。耳中闻讲僧唱云："檀越何久不起？"忽然梦觉，乃见著白衫，服饰如故，前后官吏，一人亦无。回遑迷惑，徐徐出门，乃见小竖捉驴执帽在门外立，谓卢曰："人驴并饥，郎君何久不出？"卢访其时，奴曰："日向午矣。"卢子罔然叹曰："人世荣华穷达，富贵贫贱，亦当然也。而今而后，不更求宦达矣！"遂寻仙访道，绝迹人世矣。

（卷二百八十一，出《河东记》）

[意译]

天宝初年，范阳有个姓卢的人，在京城参加科举考试，几年都没有考取,处境渐渐困难。曾有一次黄昏时分,他骑着驴外出游走,看见一处僧人修炼居住的精舍,有僧人开场讲法,听众很多。卢子刚到讲唱的地方,就疲倦得睡着了,做梦到得一处精舍门。看见一个青衣婢女,携着一篮子樱桃在讲席下坐。卢子询问是谁家的,于是和那婢女一同吃樱桃。婢女说:"娘子姓卢,嫁给崔家,现在守寡住在城里。"卢子于是询问她的近亲姻属,原来是卢子的堂叔、伯姑。婢女说:"难道与姑姑同住在一座城里,你可以不去看望问候?"卢子便跟着她。过了天津桥,进了洛水之南的一处街坊,有一所宅院,宅门很高大。卢子站在门下,婢女先进去通报。

不一会儿有四个人走出门来,和卢子相见,这四人都是堂姑的儿子。一人当户部郎中,一人原来当过郑州司马,一人当河南功曹,一人当太常博士。两人穿大红衣服,两人穿绿色衣服,形貌都很俊美。卢子和他们相见交谈,十分欢欣舒畅。不一会儿,他们把卢子领到北堂拜见堂姑。堂姑穿着紫色衣服,六十多岁。说话声音洪亮,神态庄重威严。卢子有点儿畏惧,不敢抬头看她。堂姑让他坐下,一一询问内外的亲戚,对卢氏亲族全都很熟悉。接着又询问卢子是否成婚,卢子说:"没有。"堂姑说:"我有一个姓郑的外甥女,早年死了父母,留给我妹抚养。容貌很漂亮,很有贤淑的好名声。应当为孩儿们商量办理,我估计你们一定会答应实现我的心愿。"卢子急忙当即起身拜谢。堂姑便派人迎接郑氏妹子。不一会儿,一家人都来了,车辆马匹队伍十分盛大。于是检阅皇历,挑选日子,说:"后天大吉大利。"于是和卢子商议决定。堂姑说:"聘礼、财物、请宾客的信函、酒席和各种礼仪,孩儿都不要忧虑,我全部给你们办理。孩儿在城里有什么亲戚故友,一起抄下姓名,并且写清地址。"一共有三十多家,都在朝廷各台省和府县衙门里做官。第二天送去信函,当天晚上就举行婚礼,每一件事都办得气派隆重,非人间可比。第二天设宴席拜见亲友,隆重会见了都城里的内外姻表亲族。拜见亲友完毕,便进入一所宅院。宅院里屏风帷幕床榻垫席,都极为珍贵奇异。他妻子十四五岁年纪,容貌美丽,就像天仙一样。卢生心里喜欢得不得了,便忘记了回家。

不久,又到了秋天准备考试的时候。堂姑说:"主考官礼部侍郎和我有亲戚关系，一定会尽力，再不要忧虑了。"第二年春天卢生就考中了。又参加宏词科的考试。姑姑说："主持宏词科考试的吏部侍郎和孩儿子弟同姓在一起做官，交情十分密切，叫他帮孩儿一定会考取高第。"考完后发榜出来，又考中了甲第，授官做秘书郎。堂姑又说："河南府尹是我的堂外甥，让他向皇帝保举你做京畿范围的县尉。"几个月后，皇帝下令任命他做王屋县县尉的职务。后来又升任监察御史，转任殿中侍御史，接着被任命为吏部员外郎。掌判选院结束后，又任吏部郎中。其余官职和过去一样。兼管几个月为皇帝起草诏书的工作，又被正式任命为礼部侍郎。两年主持进士科考试，选拔鉴识进士公平合理，受到朝廷的称赞。又改任河南府尹，很快随同皇帝的车驾回到京城，升迁为兵部侍郎。随从护驾到京城，又被任命为京兆尹。改任吏部侍郎。三年掌管官吏的选授工作，名声很好，于是官拜黄门侍郎同平章事的衔参与朝政。皇帝对他恩泽很深，赏赐丰厚。参与朝政担任宰相五年，因为直言进谏触犯了皇帝，改任左仆射，罢免了参与朝政的职务。几个月以后，任为东都洛阳留守、河南府尹，兼任御史大夫。

自从成婚以后，到现在二十年，有七个儿子三个女儿，婚姻和宦途都很满意，内外有十个孙儿。后来因为出外游走，回到当年遇到樱桃青衣带自己到堂姑家的精舍门前，又见里面有讲经的筵席，便下马行礼拜见。凭着从前做过宰相的尊贵地位，处在宰相留守的重要职务，侍从们前呼后拥，极为气派。他地位显赫，自然拿出高贵的派头，连带着他左右的随从们。他升上殿堂，向佛行礼，忽然昏沉沉若醉酒，好长时间也不起来。这时耳边听到讲法僧人唱道："施主为什么久久不起来？"卢生忽然从梦中醒来，于是见自己穿着白衣衫，和过去一样的服饰，前后随从的官吏，一个人也不见了。他迷惑不解，慢慢走出门，就看见小童牵着驴拿着帽子站在门外，对卢生说："人和驴都饿了，你为什么那么久不出来？"卢子问仆人时间，仆人说："已快中午了。"卢生迷惘地感叹说："人世间的荣华富贵、仕途通达和贫贱困穷，都是当然的。从今以后，不再求仕途求名利了。"于是寻仙访道，绝迹于人世了。

张　和

唐贞元初，蜀郡豪家，富拟卓郑。蜀之名姝，无不毕致，每按图求之。媒盈其门，常恨无可意者。或言："坊正张和，大侠也，幽房闺雅，无不知之，盍以诚投乎？"豪家子乃以金帛夜诣其居告之，张和欣然许之。

异日，与豪家子皆出西郭一舍，入废兰若，有大像巍然，与豪家子升像之座。和引手扪佛乳揭之。乳坏成穴，如碗，即挺身入穴，引豪家子臂，不觉同在穴中。通行数十步，忽睹高门崇墉，状如州县。和扣门五六，有丸髻婉童迎拜曰："主人望翁来久矣。"有顷，主人出，紫衣贝带，侍者十余，见和甚谨。和指豪家子曰："此少君子也，汝可善待，予有切事须返，不坐而去。"言讫，已失和所在。豪家子心异之，不敢问。主人延于中堂，珠玑缇绣，罗列满目。具陆海珍膳，命酗。进妓交鬟撩鬓，缥然神仙，其舞杯闪球之令，悉新而多思。有金器，容数升，云擎鲸口，钿以珠粒。豪家子不识，问之。主人笑曰："此次皿也，本拟伯雅。"豪家子竟不解。至三更，主人忽顾妓曰："无废欢笑，予暂有所适。"揖客而起，骑从如州牧，列炬而出。

豪家子因私于墙隅，妓中年差暮者，遽就谓曰："嗟乎！君何以至是？我辈已为所掠，醉其幻术，归路永绝。君若要归，但取我教。"受以七尺白练，戒曰："可执此，候主人归，诈祈事设拜，主人必答拜，因以练蒙其颈。"将曙，主人还。豪家子如其教，主人投地乞命曰："死妪负心，终败吾事，今不复居此。"乃驰骑他去。所教妓即与豪家子居。二年忽思归。妓亦不留，大设酒乐饯之。饮阑，妓自持锸，开东墙一穴，亦如佛乳，推豪家子于墙外，乃长安东墙下。遂乞食方达蜀。其家失已多年，意其异物，道其初始信。

（卷二百八十六，出《酉阳杂俎》）

[意译]

唐朝贞元初年，蜀郡有一豪贵之家，富裕得可以和蜀地历史上有名的富人卓、郑相比。蜀地有名的美女，没有不被招致来的，常常按着图像挑选美女。可是媒人挤满了门庭，还常常恨没有中意的。有人说："街坊当头的张和，是个大侠，深闺中的高雅女子，他没有不知道的，何不诚恳地去找他呢？"豪家子弟就趁夜晚带着金帛礼物前往他的住处说明求美女的意思，张和很高兴地答应了。

那一天，张和与豪家子弟走出西郭，进到一处荒废了的庙宇，庙宇里有巍然高大的佛像，张和与豪家子弟爬到佛像上面。张和伸手摸到佛像的乳房，把它揭开，露出一个碗口大的洞穴，他挺身进入洞穴，又拉住豪家子弟的手臂，豪家子弟也不知怎的就一同到了洞穴里。在洞里走了十多步，忽然看见高大的门庭和墙壁，样子像州县城。张和敲了五六下门，有个梳着小发髻的漂亮童子迎出来行礼说："家主人盼望您的到来已经很久了。"不一会，主人出来了，穿着紫色衣服，用海贝装饰的腰带，十几个侍从跟随着，他见了张和十分恭敬。张和指着豪家子弟说："这就是少年君子，你好好地接待他，我有要紧事必须回去，不能陪坐，这就走了。"说完，张和就不见了。豪家子弟心里奇怪，又不敢问。主人把豪家子弟请到中堂，只见珍珠锦绣，把厅堂装饰得满目光彩，富丽堂皇。主人准备了山珍海味，名贵菜肴，主宾入座，接着斟酒劝饮。进妓歌舞，歌妓们随着翩翩舞姿,头上的发鬟也在轻盈地晃动,那姿态飘飘然就像神仙,宴饮中那舞杯和闪球的酒令,全都新颖并构思巧妙。有一个黄金器皿,可以容下几升东西,云状物托着容器,金器口像鲸口一样大,四周镶嵌着珍珠颗粒。豪家子不认识是什么东西,问主人。主人笑笑说:"这是其次的器皿,本来是仿照有名的大酒杯伯雅制作的。"豪家子弟最终还是迷惑不解。到三更时分,主人忽然回头对歌妓们说:"继续歌舞欢笑,我去去就来。"向客人作揖施礼起身,骑马随从的气派像州府长官一样,火把照耀着走了。

豪家子弟因去墙角小便,歌妓中一个年纪较大的,急忙过来对他说:"啊呀!你怎么到这里来?我们这些人已经被他掠夺而来,被他的幻术迷住,永远不能回去。你如果要回去,只有使用我教给的办法。"歌妓交给他七尺白绢,告诫他说:"要拿着这白绢,待主人回来,假装有事相求,向他行礼,主人一定答礼,你就趁机用白绢蒙住他的颈项。"快天亮了,主人回来,豪家子弟像歌妓教他的那样用白绢蒙住主人的颈项,主人把白绢丢到地上,丧气地说:"死老太婆辜负了我,终于坏了我的大事,现在不能再住这里了。"于是驱马到别处去了。教豪家子弟脱身的那老歌妓就和豪家子弟住在一起。住了二年,豪家子弟忽然想回家。那歌妓也不留他,举行盛大的酒宴舞会为他饯行。宴饮完毕,歌妓拿起一把锹,在东墙上挖了一个洞,也像佛乳一样,把豪家子弟推出墙外,原来是长安东墙之下。豪家子弟于是沿路乞讨,才回到西蜀。他走失已经好多年,家里人都以为他死了,见了他以为是鬼物,他说出事情经过,人们才相信了他。

板桥三娘子

唐汴州西,有板桥店。店娃三娘子者,不知何从来,寡居,年三十余,无男女,亦无亲属。有舍数间,以鬻餐为业,然而家甚富贵，多有驴畜。往来公私车乘，有不逮者，辄贱其估以济之。人皆谓之有道，故远近行旅多归之。

元和中，许州客赵季和，将诣东都，过是宿焉。客有先至者六七人，皆据便榻。季和后至，最得深处一榻，榻邻比主人房壁。既而，三娘子供给诸客甚厚。夜深致酒，与诸客会饮极欢。季和素不饮酒，亦预言笑。至二更许，诸客醉倦，各就寝。三娘子归室，闭关息烛。人皆熟睡，独季和转展不寐。隔壁闻三娘子窸窣，若动物之声。偶于隙中窥之，即见三娘子向覆器下，取烛挑明之。后于巾厢中，取一付耒耜，并一木牛、一木偶人，各大六七寸，置于灶前，含水噀之，二物便行走，小人则牵牛驾耒耜，遂耕床前一席地，来去数出。又于厢中取出一裹荞麦子，受于小人种之。须臾生，花发麦熟，令小人收割持践，可得七八升。又安置小磨子，碾成面讫，却收木人子于厢中，即取面作烧饼数枚。有顷鸡鸣，诸客欲发，三娘子先起点灯，置新作烧饼于食床上，与客点心。季和心动遽辞，开门而去，即潜于户外窥之。乃见诸客围床，食烧饼未尽，忽一时踣地，作驴鸣，须臾，皆变驴矣。三娘子尽驱入店后，而尽没其货财。季和亦不告于人，私有慕其术者。

后月余日，季和自东都回，将至板桥店，预作荞麦烧饼，大小如前。既至，复寓宿焉，三娘子欢悦如初。其夕更无他客，主人供待愈厚。夜深，殷勤问所欲。季和曰："明晨发，请随事点心。"三娘子曰："此事无疑，但请稳睡。"半夜后，季和窥见之，一依前所为。天明，三娘子具盘食，果实烧饼数枚于盘中讫，更取他物，季和乘间走下，以先有者易其一枚，彼不知觉也。季和将发，就食，谓三娘子曰："适会某自有烧饼，请撤去主人者，留待他宾。"即取己者食之。方饮次，三娘子送茶出来。季和曰："请主人尝客一片烧饼。"乃拣所易者，与啖之，才入口，三娘子据地作驴声，既立变为驴，甚壮健。季和即乘之发，兼尽收木人木牛子等，然不得其术，试之不成。季和乘策所变驴，周游他处，未尝阻失，日行百里。

后四年，乘入关，至华岳庙东五六里，路旁忽见一老人，拍手大笑曰："板桥三娘子，何得作此形骸？"因捉驴谓季和曰："彼虽有过，然遭君亦甚矣！可怜许，请从此放之。"老人乃从驴口鼻边，以两手擘开，三娘子从皮中跳出，宛复旧身，向老人拜讫，走去。更不知所之。

（卷二百八十六，出《河东集》）

[意译]

唐代汴州西面，有一个板桥店。店里的女老板叫三娘子，不知从哪里来。孤身寡居，三十多岁，没有儿女，也没有亲属。有几间房子，靠卖饭为职业，不过家里非常富贵，有很多牲畜毛驴。过往的公家和私人的车乘，有不能走到底的，就把这些毛驴便宜出卖来帮助过往的人。人们都说她有德行，所以远的近的旅游的人多愿意到她店里投宿。

元和年间（806—820），许州旅客赵季和，要到东都洛阳去，经过板桥店住宿在这里。旅客中先到的有六七个人，都住在简易的床榻上。赵季和后到，住在最里边的床上，床榻紧挨着主人房间的墙壁。住定以后，三娘子供给诸位客人的饭食十分丰厚。夜深了，又敬上酒，和诸位客人一同饮酒，非常高兴。赵季和从来不喝酒，也参与谈笑之中。到二更左右，诸位客人都醉了，困了，都各自睡去了。三娘子回到自己房间，关上门，熄了灯。人们都熟睡了，只有赵季和翻来覆去睡不着。听见隔壁三娘子窸窸窣窣好像挪动东西的声音。无意中从壁隙中偷偷看里面，就看见三娘子从先前盖着的器具下面，取出蜡烛点明。后又在装杂物的箱子里，取出一套耕地的耒耜，还有一头木牛、一个木偶人，各自都六七寸大小，放在锅灶前，含水喷过去，这两样东西就行走起来，小木偶人就牵着牛驾着耒耜，去耕床前一小块地，来来去去好几次。又去厢房里取出一包荞麦子，交给小木偶人去种。不一会儿长出来，开花，麦子成熟，又让小木偶人去收割脱粒，可以得到七八升。又安置上小磨，把小麦全部磨成面粉，完了，再把木偶人收起来放进厢房中，就用面粉做了好几张烧饼。不一会儿鸡叫了，诸位客人想要出发，三娘子先起床点灯，把新做的烧饼放在饭桌上，给客人当早点。赵季和心里一动，急忙告辞，开门走了，却暗暗地在门外往里偷看。只见那些客人围着饭桌吃烧饼，没等吃完，忽然同时仆倒在地，作驴叫，不一会儿，都变成了驴。三娘子把它们全部赶到店的后面，并全部没收了这些人的货物财产。赵季和也不告诉别人，内心暗暗羡慕她有这种法术。

一个多月以后，赵季和从东都回来，要到板桥店了，预先做好荞麦烧饼，大小和前次三娘子的一样。到了以后，又寄宿在板桥店，三娘子像上次一样高兴。这天晚上没有别的客人，主人招待他更加殷勤。夜深了，很热情地问他想吃什么。赵季和说："明天早晨出发，请随便准备些点心。"三娘子说："这件事不用担心，请你尽管安稳睡觉。"半夜以后，赵季和暗地里看房里，一一都跟前次的一样。天亮了，三娘子准备好饭食。果然在盘里盛着几张烧饼，做完这件事，再去取别的东西，赵季和乘机跑下来，用先头准备好的换了一张，三娘子没有发觉。赵季和要出发了，到饭桌前吃饭，对三娘子说："恰巧我自己有烧饼，请把主人的撤下去，留着招待别的客人。"便取出自己的吃起来。正吃饭的时候，三娘子送茶出来。赵季和说："请主人尝一尝客人的一块烧饼。"于是拣出换下来的那块烧饼给她吃了，才放进口里，三娘子就两手着地发出驴叫的声音，立刻就变成了驴，非常壮健。赵季和就骑着它上路了，并且全部收取了那些木人木牛等东西，不过没有学会她的法术，试验没有成功。赵季和骑着三娘子变的驴，周游别的地方，没有过困阻过失，一天可以行走一百里。

四年以后，赵季和骑着这毛驴入关，到西岳华山庙东面五六里的地方，路旁忽然遇见一个老人，拍手大笑说："板桥三娘子，怎么变作这副模样？"于是捉住驴对赵季和说："她虽然有罪过，不过受到你的惩治也太严厉了！多可怜，请现在就把她放掉。"老人就从驴的口鼻旁边，用双手把它分开，三娘子从皮中跳出来，仍然恢复原来的样子，向老人拜谢完，就离去了，再不知她到哪里去了。

襄阳老叟

唐并华者，襄阳鼓刀之徒也。尝因游春，醉卧汉水滨。有一老叟叱起，谓曰："观君之貌，不是徒博耳。我有一斧与君，君但持此造作，必巧妙通神，他日慎勿以女子为累。"华因拜受之。

华得此斧后，造飞物即飞，造行物即行。至于上栋下宇，危楼高阁，固不烦余刃。后因游安陆间，至一富人王枚家。枚知华机巧，乃请华临水造一独柱亭。工毕，枚尽出家人以观之。枚有一女，已丧夫而还家，容色殊丽，罕有比伦。既见深慕之，其夜乃逾垣窃入女之室。其女甚惊。华谓女曰："不从，我必杀汝！"女荏苒同心焉。其后，每至夜，窃入女室中。他日，枚潜知之，即厚以赂遗遣华。华察其意，谓枚曰："我寄君之家，受君之惠已多矣，而复厚赂我，我异日无以为答。我有一巧妙之事，当作一物以奉君。"枚曰："何物也？我无用，必不敢留。"华曰："我能作木鹤，令飞之。或有急，但乘其鹤，即千里之外也。"枚既尝闻，因许之。华即出斧斤，以木造成飞鹤一双，唯未成其目。枚怪问之，华曰：

"必须君斋戒，始成之能飞。若不斋戒，必不飞尔。"枚遂斋戒。

其夜，华盗其女，俱乘鹤而归襄阳。至曙，枚失女，求之不获。因潜行入襄阳，以事告州牧。州牧密令搜求，果擒华。州牧怒，杖杀之。所乘鹤亦不能自飞。

(卷二百八十七，出《潇湘记》)

[意译]

　　唐朝有个叫并华的，是襄阳一带做手艺一类的人。曾经因为春天出游，喝醉了躺在汉水边。正躺着，一个老头大声喊他起来，说："看你的样子，不是靠赌博为业的。我给你一把斧子，你只要拿着它做东西，一定像鬼斧神工一样巧妙。只是将来千万不要被女子牵累受害。"并华于是拜谢老头，收下了斧子。

　　并华得到这斧子后，造飞的东西就能飞，造行走的东西就能走。至于做房子上面的大梁，下面的屋檐，高大的楼阁，实在不用多费刀斧之工。后来因为出游于安陆之间，到了一个叫王枚的豪富人家。王枚知道并华手艺精巧，于是请并华靠近造一个独柱亭。亭子完工以后，王枚全家人都出来观看。王枚有个女儿，丈夫已经死了，回来住在娘家，长得容貌美丽，当世无比。并华见了，深深地恋慕，这天夜里他就翻过墙偷偷进入王氏女卧室。王氏女十分惊恐。并华对王氏女说："不依从我，我一定杀了你！"王女经过一番犹豫才同意。这之后，每到夜里，并华就偷偷进入王女房间。后来有一天，王枚暗中知道了，于是赠送丰厚的礼物打发并华回去。并华察觉了王枚的意思，就对他说："我寄住在你家里，受到你的恩惠已经很多了，这又送给我这样丰厚的礼物，我将来没有办法报答你。我有一样巧妙的东西，想作为一件礼物奉送给你。"王枚说："是什么东西？如果对我没有用，一定不敢留下。"并华说："我能做木鹤，让它飞起来。有时万一有急事，只要乘上木鹤，就能马上到千里之外。"王枚听他这么一说,便答应了他。并华拿出斧子等工具,用木头造成一对飞鹤,只是没有做成眼睛。王枚奇怪地问他,并华说:"你必须沐浴更衣斋戒,才能做成眼睛飞起来。如果不斋戒,一定不能飞。"王枚便真的沐浴斋戒。

这天夜里,并华盗出王氏女儿,都骑上鹤回到襄阳。到天亮,王枚不见了女儿,找又找不着。于是暗中来到襄阳,把这事报告刺史。刺史下令秘密搜求,果然抓住了并华。刺史一发怒,用棍棒打死了他。他乘的那木鹤也不能自己飞了。

韦安道

京兆韦安道,起居舍人真之子,举进士,久不第。唐大足年中,于洛阳早出,至慈惠里西门,晨鼓初发,见中衢有兵仗,如帝者之卫。前有甲骑数十队,次有官者,持大仗,衣画袴褶,夹道前驱,亦数十辈。又见黄屋左纛,有月旗而无日旗。又有近侍、才人、宫监之属,亦数百人。中有飞伞,伞下见衣珠翠之服,乘大马,如后之饰,美丽光艳,其容动人。又有后骑,皆妇人才官,持钺,负弓矢,乘马从,亦千余人。时天后在洛,安道初谓天后之游幸。

时天尚未明,问同行者,皆云不见。又怪衢中金吾街史,不为静路。久之渐明,见其后骑一宫监,驰马而至。安道因留问之:"前所过者,非人主乎?"宫监曰:"非也。"安道请问其事,宫监但指慈惠里之西门曰:"公但自此去,由里门,循墙而南,行百余步,有朱扉西向者,叩之问其由,当自知矣。"安道如其言叩之。久之,有朱衣官者出应门曰:"公非韦安道乎?"曰:"然。"官者曰："后土夫人相候已久矣。"遂延入。见一大门如戟门者，官者入通，顷之，又延入。有紫衣宫监，与安道叙语于庭，延一宫中，置汤沐。顷之，以大箱奉美服一袭，其间，有青袍牙笏绶及巾靴毕备，命安道服之。宫监曰："可去矣。"遂乘安道以大马，女骑道从者数人。宫监与安道联辔，出慈惠之西门，由正街西南，自通利街东行，出建春门。又东北行，约二十余里，渐见夹道戍守者，拜于马前而去。凡数处，乃至一大城，甲士守卫甚严，如王者之城。凡经数重，遂见飞楼连阁，下有大门，如天子之居，而多宫监。安道乘马，经翠楼朱殿而过，又十余处，遂入一门内。行百步许，复有大殿，上陈广筵重乐，罗列樽俎，九奏万舞，若钧天之乐。美妇人十数，如妃主之状，列于筵左右。前所与同行宫监，引安道自西阶而上。

顷之，见殿内宫监如赞者，命安道西间东向而立。顷之，自殿后门，见卫从者，先罗立殿中，乃微闻环珮之声。有美妇人，备首饰袆衣，如谒庙之服，至殿间西向，与安道对立，乃是昔于慈惠西街飞伞下所见者也。宫监乃赞曰："后土夫人，乃冥数合为匹偶。"命安道拜，夫人受之；夫人拜，安道受之，如人间宾主之礼。遂去礼服，与安道对坐于筵上。前所见十数美妇人，亦列坐于左右，奏乐饮馔，及昏而罢。则以其夕偶之，尚处子也。如此者盖十余日，所服御饮馔，皆如帝王之家。

夫人因谓安道曰："某为子之妻，子有父母，不告而娶，不可谓礼。愿从子而归，庙见尊舅姑，得成妇之礼，幸也。"安道曰："诺。"因下令，命车驾即日告备。夫人乘黄犊之车，车有金翠瑶玉之饰，盖人间所谓犊车也。上有飞伞覆之，车徒候从，如慈惠西街所见。安道乘马，从车而行，安道左右侍者十数人，皆材官宦者之流。行十余里,有朱幕城供帐,女吏列后,乃行宫供顿之所。夫人遂入供帐中,命安道与同处,所进饮馔华美。顷之,又去。下令命所从车骑,减去十七八,相次又行三数里,复下令去从者。乃至建春门,左右才有二十骑人马,如王者之游。

既入洛阳,欲至其家,安道先入,家人怪其车服之异,安道遂见其父母。二亲惊愕久之,谓曰:"不见尔者,盖月余矣,尔安适耶?"安道拜而明言曰:"偶为一家迫以婚姻。"言新妇即至,故先上告。父母惊问未竟,车骑已及门矣。遂有侍婢及阉奴数十辈,自外正门,传绣茵绮席,罗列于庭,及以翠屏画帷,饰于堂门,左右施细绳床一,请舅姑对坐。遂自门外,设二锦步障,夫人衣礼服,垂珮而入。修妇礼毕,奉翠玉金瑶罗纨,盖十数箱,为人间贺遗之礼,置于舅姑之前。爰及叔伯诸姑家人,皆蒙其礼。因曰:"新妇请居东院。"遂又有侍婢阉奴,持房帏供帐之饰,置于东院,修饰甚周,遂居之。父母相与忧惧,莫知所来。

是时,天后朝,法令严峻,惧祸及之,乃具以事上奏请罪。天后曰:"此必魅物也,卿不足忧。朕有善咒术者,释门之师,九思、怀素二僧,可为卿去此妖也。"因诏九思、怀素往,僧曰:"此不过妖魅狐狸之属,以术去之易耳。当先命于新妇院中设馔,置坐位,请期翌日而至。"真归,具以二僧之语命之,新妇承命,具馔设位,辄无所惧。明日,二僧至,既毕馔端坐,请与新妇相见,将施其术。新妇遽至,亦致礼于二僧。二僧忽若物击之,俯伏称罪,目眦鼻口流血。

又具以事上闻。天后问之,二僧对曰:"某所以咒者,不过妖魅鬼物。此不知其所从来,想不能制。"天后曰:"有正谏大夫明崇俨,以太一异术制录天地诸神祇,此必可使也。"遂诏崇俨。崇俨谓真曰:"君可以今夕,于所居堂中,洁诚坐,以候新妇所居室上,见异物至而观。其胜则已,或不胜,则当更以别法制之。"真如其言,至甲夜,见有物如飞云,赤光若惊电,自崇俨之居,飞跃而至。及新妇屋上,忽若为物所扑灭者,因而不见。使人候新妇,乃平安如故。乙夜,又见物如赤龙之状,拏攫喷毒,声如群鼓,乘黑云有光者,至新妇屋上,又若为物所扑,有呦然之声而灭。使人候新妇,又如故。又至子夜,见有物朱发锯牙,盘铁轮,乘飞雷,轮铓角呼奔而至,既及其屋,又如物所杀,称罪而灭。

既而质明,真怪惧,不知其所为计,又具以事告。崇俨曰:"前所为法,是太乙符箓法也,但可摄制狐魅耳,今既无效,请更赜之。"因致坛醮之箓,使征八纮厚地,山川河渎,丘墟水木,主职鬼魅之属,其数无阙,崇俨异之。竖日,又征人世上天界部八极之神,其数无阙。崇俨曰:"神祇所为魅者,则某能制之,若然,则不可得而知也! 请试自见而颐之。"因命于新妇院设馔,请崇俨。崇俨至坐,请见新妇,新妇方肃答,将拜崇俨,崇俨又忽若为物所击,奄然斥倒,称罪请命,目眦鼻口流血于地。

真又益惊惧,不知所为。其妻因为真曰:"此九思、怀素、明正谏,所不能制也,为之奈何? 闻昔安道初与偶之时,云是后土夫人,此虽人间百术,亦不能制之,今观其与安道夫妇之道,亦甚相得,试使安道致词,请去之或可也。"真即命安道谢之曰:"某寒门,新妇灵贵之神,今幸与小子伉俪,不敢称敌;又天后法严,惧因是祸及,幸新妇且归,为舅姑之计。"语未终,新妇泣涕而言曰:"某幸得配偶君子,奉事舅姑,夫为妇之道,所宜奉舅姑之命,今舅姑既有命，敢不敬从。"因以即日命驾而去，遂具礼告辞于堂下，因请曰："新妇，女子也，不敢独归，愿得与韦郎同去。"真悦而听之，遂与安道俱行，至建春门外，其前时车徒悉至，其所都城仆使兵卫悉如前。

至城之明日，夫人被法服，居大殿中，如天子朝见之像，遂见奇容异人之来朝，或有长丈余者，皆戴华冠长剑，被朱紫之服，云是四海之内，岳渎河海之神。次有数千百人，云是诸山林树木之神而已。又召天下诸国之王悉至。时安道于夫人坐侧置一小床，令观之。因最后通一人，云："大罗天女。"安道视之，天后也。夫人乃笑谓安道曰："此是子之地主，少避之。"令安道入殿内小室中。

既而天后拜于庭下，礼甚谨。夫人乃延天后上，天后数四辞，然后登殿，再拜而坐。夫人谓天后曰："某以有冥数，当与天后部内一人韦安道者为匹偶，今冥数已尽，自当离异，然不能与之无情。此人苦无寿，某当在某家，本愿与延寿三百岁，使官至三品，为其尊父母厌迫，不得久居人间，因不果与成其事。今天女幸至，为与之钱五百万，与官至五品，无使过此，恐不胜之，安道命薄耳。"因而命安道出，使拜天后。夫人谓天后曰："此天后之属部人也，当受其拜。"天后进退，色若不足而受之，于是诺而去。

夫人谓安道曰："以郎常善画，某为郎更益此艺，可成千世之名耳。"因居安道于一小殿，使垂帘设幕，召自古帝王及功臣之有名者于前，令安道图写。凡经月余，悉得其状，集成二十卷，于是安道请辞去。夫人命车驾，于所都城西，设离帐祖席，与安道决别。涕泣执手，情若不自胜，并遗以金玉珠宝，盈载而去。

安道既至东都，入建春门，闻金吾传令，于洛阳城中访韦安道，已将月余。既至，谒天后。坐小殿见之，且述前梦，与安道所叙同，遂以安道为魏王府长史，赐钱五百万。取安道所画帝王功臣图视之，与秘府之旧者皆验，至今行于代焉。天策中，安道竟卒于官。

（卷二百九十九，出《异闻录》）

[意译]

  长安京兆府的韦安道，是起居舍人韦真的儿子，参加进士科考试，很长时间都没有考中。唐代大足（701）年间，韦安道一早出洛阳城，来到慈惠里的西门。这时刚刚敲过晨鼓，天还未亮，韦安道就见中间大道上有武装士兵，好像皇帝的侍卫。前面有穿铁甲的骑兵几十队，接着有官员，拿着大的兵仗，穿着画有图案花纹的裤子和短袄，在道路两边策马前行，也有几十个人。又见黄屋车左边大旗，只有月旗，没有日旗。又有皇帝的近侍、宫女才人、宦官太监一类人，也有几百人。中间一张大伞，伞下见一人，穿着珍珠翠玉装饰的服装，乘坐高头大马，像皇后一样的服饰气派，容貌美丽，光艳动人。又有后面侍从的骑卫，都是宫中的妇人才官，手持钺，背着弓箭，乘马相从，也有一千多人。当时，则天皇后在洛阳，韦安道起初以为是则天皇后出游。

  这时，天还不亮，韦安道问同行的人，都说没看见。韦安道又奇怪街衢上的金吾街史不巡逻清理道路。过了好一会儿，天渐渐亮了，韦安道看见后面一个太监骑马奔驰而来。韦安道拦住他问道："前面走过去的，不是皇上吗？"太监说："不是。"韦安道问他那是怎么回事，太监只是指着慈惠里的西门说："你只需从这里去，从里巷门进去，沿着墙往南，走一百多步，有一朝西开的红大门，敲门问一下，自然就会知道。"韦安道照他说的走到那里敲门。好一会儿，有一个穿红衣服的官员出来问道："你不是韦安道吗？"韦安道说："是。"官员说："后土夫人等候你已经很久了。"便请韦安道进去。官员面前有一座像宫廷戟门一样的大门，便进去通信问话，不一会儿，又请他进去。到一个庭院，一个穿紫衣的太监出来接待韦安道，然后，又把他领到一个宫中，宫中放置着洗澡的水。不一会儿，又用大箱子送上一套漂亮衣服，这里面，有青色朝服、象牙手板、系官印的绶带，还有头巾、靴子，样样齐备，叫韦安道穿上。穿好以后，太监说："可以去了。"又让韦安道骑上大马，有几个女侍从骑马在前面引路。太监和韦安道并马而行，出了慈惠里的西门，由正街的西南，沿通利街往东走，出了建春门。又往东北方向走，走了二十多里，渐渐看见道路两旁有卫士戍守，他们见韦安道一行来了，纷纷下拜行礼。像这样的城门有好几处，才到一座大城，披着盔甲的士兵守卫得非常严密，像国王的城郭。经过几道城门，便看见高耸空中互相连接的楼阁，下面有大门，像天子居住的地方，并且有很多太监。韦安道骑着马，从翠绿色的高楼、朱红色的大殿之间穿过，这样又过了十多处，又进到一座门内，走一百步左右，又有一座大殿，上面摆下了盛大的酒宴，陈列着庞大的乐队，摆满了酒杯和菜肴，演奏着各种乐曲，表演起各种舞蹈，好像传说中天上的仙乐一样美妙。十几个美貌的女子，像王妃公主的样子，排列在筵席两旁。和韦安道并马而行的那太监，领着韦安道从西边台阶走上大殿。

一会儿，看见殿内宫监有如赞者，命韦安道在西间向东站着。又一会儿，看见一些侍从卫士从大殿后门进来，先排队站立在大殿之中。接着，随着轻轻传来的环佩相撞击的声音，走出一位美丽的妇人，只见她佩戴着各种首饰，穿着只有皇后才有的过膝的袆衣，好像拜谒宗庙时穿的服装。这妇人到大殿中间，向西和韦安道对面而坐，她就是前次在慈惠里西街上看见的那位大伞下的妇人。太监上前致赞词说："后土夫人，是生前阴司就注定了应该和你结为夫妻。"接着，让韦安道下拜，夫人受礼；又让夫人下拜，韦安道受礼，就像人间的宾主之礼一样。礼仪结束，两人换下礼服，夫人和韦安道对坐在筵席上。刚才看见的十几个美女子也按顺序坐在两旁，接着，奏着乐，饮酒吃喝，到黄昏才结束。就在这天晚上，后土夫人和韦安道结为夫妻，后土夫人还是个处女。像这样过了十多天，服饰饮食的气派，都像帝王之家。

这天，夫人对韦安道说："我成为你的妻子，你有父母，不禀告他们就娶妻，不能算合乎礼。我愿意跟从你回去，正式拜见公公婆婆，以完成新妇应进行的礼仪，我就很高兴了。"韦安道答应说："好。"夫人就吩咐，当天就准备好车驾。夫人乘坐皇后归宁时才坐的黄犊之车，车上装饰着黄金、翡翠和美玉，这是人间的华贵的库车。上面有大伞覆罩着，护送的人像迎接客人一样恭恭敬敬地跟从在车子后面，就像前次韦安道在慈惠街看见的一样。韦安道骑着马，跟在车子后面走，左右也有十几个侍从护卫，都是宫中的女才官和太监这些人。走上十多里，有红色帷幕围成的像座小城一样的幕帐，女官们排在后面，这就是行宫供休息的地方。夫人进入供帐里，让韦安道在一起陪伴，献上的酒菜也十分华美。稍事休息后，又上路了。夫人吩咐，跟从护送的车骑人员，十分之中减去七八分。这样又走了三里多路，又吩咐再减去一些随从人员。到建春门，跟从在左右的人员只有二十个，这都像王侯出游的气派。

进了洛阳，快到韦安道的家里，韦安道先去见家人，家里人都觉得他的车辆和服装很特别，感到很奇怪。韦安道见了父母。他父母一下惊住了，好长时间，才说："一个多月找不见你，你到哪里去了？"韦安道下拜，坦白地说："偶尔遇到一家，硬要我成了婚。"并说新媳妇就要来了，所以先行一步上告父母。父母又是一惊，未及详问，后土夫人的车骑已经到了门口。几十个侍婢、太监，从外面的正门，传送进来绣花的垫褥、华贵的席子摆在庭院内。又用装饰着翠玉的屏障、有图画的帷幕去装饰厅堂房门，两旁又摆设下精细的绳床坐具，请公公婆婆相对而坐。又从门外摆设好两个锦缎步障，后土夫人身穿礼服，悬挂珮环，衣着庄重地进来。行完新媳妇见公婆的礼，又献上翠玉金瑶绫罗丝绸，有十几箱，作为人间祝贺时赠送的礼物，放在公公婆婆面前。还有叔叔伯伯几位姑子，全家都收到了新妇送的礼品。这时，公公婆婆吩咐："新媳妇请住在东院。"又有侍婢太监，拿着布置房内的帐幕帷帘之类，放置在东院，东院摆设布置得十分细致。后土夫人住下来了。韦安道父母却互相忧虑惧怕，不知这新媳妇有什么来头。

这时，正是则天皇后当朝，刑法政令十分严厉峻急，韦安道父亲韦真害怕遭到灾祸，就把这事详细奏明皇上，请求罪责。则天皇后说："这一定是精怪一类的东西，你不必担心，我有会咒语法术的人，佛门的法师，九思、怀素这两位僧人可为你去除掉这妖物。"便下诏让九思、怀素前去除妖。两位僧人说："这不过是狐狸之类的精怪，用法术驱除它们是很容易的。应当先派人在新媳妇的院子里摆设酒菜，放置座位，请约定明天就去。"韦真回到家里，完全按照二位僧人的话做了安排。新媳妇遵从吩咐，准备好酒菜，摆设下座位，到底没有害怕的样子。第二天，两个僧人到了，他们吃饱喝足，端端正正地坐着，请求和新妇相见，准备施展他们的法术。新妇很快来了，向两个僧人行礼。两个僧人忽然像被东西击中一样，还俯伏在地上连声称罪，眼睛瞪着，鼻子、嘴巴都在流血。

两个僧人狼狈逃回，把事情经过详细做了报告。则天皇后问他们为什么不能制伏新妇，两个僧人回答说："我们用咒语所制伏的，不过是妖魅鬼物。这新妇却不知从哪里来的，想来没有办法制伏她。"则天皇后说："正谏大夫明崇俨，用太乙仙术可以制伏收录天地间的神灵祇怪，这次一定要用上他。"便下诏把明崇俨叫来。明崇俨对韦真说："你今天晚上可以在她居住的厅堂中，衣着洁净，静心而坐，等着观看新妇居住的房子有一样奇异的东西到来。这次胜利了，就了结；如果不胜，就要用别的法术去制伏她。"韦真照他说的坐着等候，到初更之时，果然看见一个东西像团飞云，红亮的光又像闪电，从明崇俨的住处，飞跃而来。这飞云样东西到了新妇屋上，忽然好像被什么东西扑灭了，一下子不见。派人去察看新妇，新妇还像原先一样平安无事。到了二更之夜，又看见一像赤龙样的东西，张牙舞爪，口里喷着毒气，声音像众多的鼓在擂击，乘着黑云，带着光亮，到了新妇屋上，又好像被什么东西扑来，像鹿叫一声就又消失了。派人去察看新妇，又是平安无事。再到半夜，又见一物，头发朱红，牙如锯齿，盘旋着铁轮，借着迅猛的雷声，轮动着尖锐的铓角呼叫着飞奔而来，到新妇的屋上，又像被什么东西搏杀，自称有罪而消失。

接着天明了，韦真又奇怪又害怕，不知所用的什么办法，又详细把事情经过告诉明崇俨。明崇俨说:"昨夜我用的法术,是太乙仙术中的符箓法,只可以慑服狐妖。现在既然没有效果,请让我再考察一下她是什么东西。"于是筑坛设醮,查考仙箓,使神查考主管八方大地、山川水渠、土丘废墟、水流树木的鬼魅,数目都没有缺少,明崇俨觉得奇怪。第二天,又让查考人间及天上的八方神灵,数目也没有缺少。明崇俨说:"天地间神物为妖为怪的,我能制伏它们。像现在这样,就没法知道事情的结果!请让我试着亲自见她考察一下。"韦真便派人在新妇的院中设下酒食,请明崇俨来。明崇俨进来在席间坐定,便请新妇出来相见。新妇正要恭敬地回答,向明崇俨行礼,明崇俨也忽然像被东西击中,仆倒下来,向新妇请罪,眼睛瞪着,嘴巴、鼻子的血流了一地。

韦真再一次又惊又怕,不知如何是好。韦真妻对韦真说:"九思、怀素、正谏大夫明崇俨都不能制伏她,怎么办呢?以前听安道说他当初和她成婚之时,说她是后土夫人。这人即使人间的各种办法也不能制伏她,现在看她和安道夫妇之间,情投意合,试着让安道去说几句,请她离开,也许是可以的。"韦真就叫韦安道向新妇表示歉意说:"我家是贫寒门户,新妇是高贵的神灵,今天有幸和我结为夫妻,地位和你还是很不相称;加上则天皇后法令严厉,很害怕因为这件事招来灾祸,希望你为公公婆婆考虑一下,暂且回去。"话未说完,新妇眼泪就流了下来,她说:"我有幸嫁给你,侍奉你的父母,作为妇人的规矩,应当遵奉公公婆婆的指示。现在公公婆婆已经有吩咐,我怎么能不恭敬地遵从?"于是当天就叫人准备车驾回去,她在堂下向公婆行礼告辞,请求说:"新妇是一个女子,不敢单独回去,希望能和韦郎一同去。"韦真高兴地听从了她的请求,让她和韦安道同行回去。两人到建春门外,以前的那些车马侍从都来了,她所居住的城内的仆役官吏士兵侍卫,都和以前一样。

回到城内的第二天,后土夫人穿上官服,坐在大殿之中,好像天子上朝接受臣下的朝见一样,接着就看见一些面貌奇特的人前来朝拜,有的一丈多高,都戴着有花的帽子,佩带长长的剑,穿着红色紫色的衣服,说是四海之内管理大山、大河、大海的神灵。接着又有几千几百人,说是管理各个山林树木的神灵。还有世界各国的国王都来了。这时，后土夫人放置一个小坐床让韦安道坐在旁边观看。接着通报朝见的最后一个人，说是"大罗天王之女"。韦安道看去，却是则天皇后。后土夫人笑着对韦安道说："这是你所居住地方的主人，你稍微回避一下。"让韦安道进去殿内的小屋里。

进去以后，则天皇后在殿下很恭谨地下拜行礼。后土夫人请则天皇后上殿，天后多次辞谢，然后登上大殿，又一再拜谢才坐下。夫人对天后说："我因为命中注定，应当和天后国内一个叫韦安道的人结为配偶，现在阴司规定的运数已尽，自然应当分离，但不能对他无情。这个人苦于寿命短，我在他家，本想给他延长三百年寿命，让他官至三品，受到他的尊亲父母的厌弃逼迫，不能长时间住在人间，因此没有能够完成这件事。今天大罗天女有幸来了，为我给他五百万钱，给他五品官，不要超过这些，担心他的福分承受不了，韦安道的命运浅薄啊！"因此叫韦安道出来，让他拜见天后。夫人对天后说："这是天后所属国家的人，应该接受他的拜见。"天后进退为难，好像受之有愧的样子，恭敬地答应着走了。

夫人对韦安道说："因为郎君平时喜好画画，我为你进一步提高这一技艺，可以助你成就千秋万世的名声。"就让韦安道住进一个小小的殿堂，又用帘子和帷幕将殿堂遮蔽起来，把自古以来有名的帝王和功臣召到他跟前，让韦安道画他们。总共经过一个多月，全部画得了他们的容貌，编集成二十卷。这时韦安道请求告辞而去。夫人吩咐备好车驾，在居住的都城的西面，安排下离别饯行的筵席，和韦安道分别。夫人泪流不止，拉着韦安道的手，悲伤得好像受不了，她送给韦安道很多金玉珠宝，让他满载而去。

韦安道到了东都洛阳，入建春门，就听得金吾卫传下话来，说在洛阳城里寻访韦安道，已有一个多月。韦安道到了城内，就去拜见则天皇后。天后坐在小殿内专门会见他，并且叙述前次那个梦，和韦安道叙述的都相同，天后便任命韦安道为魏王府长史，赏赐给他五百万钱。把韦安道所画的帝王功臣的图像拿来观看，和宫廷秘府中收藏的旧画像一样。这些画像至今还流行于世。天策年间，韦安道竟然死在官任上。

袁 生

贞元初，陈郡袁生者，尝任参军于唐安，罢秩游巴川，舍于逆旅氏。忽有一夫，白衣来谒。既坐，谓生曰："某高氏子也，家于此郡新明县，往者常职军伍间，今则免矣，故旅游至此。"生与语，其聪辩敏博，迥出于人，袁生奇之。又曰："某善算者，能析君平生事。"生即讯之，遂述既往事，一一如笔写，生大惊。是夕，夜既深，密谓袁生曰："我非人也，幸一陈于君子可乎？"袁生闻之惧，即起曰："君非人，果鬼乎？是将祸我耶？"高生曰："吾非鬼，亦非祸君。所以来者，将有托于君耳。我，赤水神，有祠在新明之南。去岁淫雨数月，居舍尽圮。郡人无有治者，使我为风日所侵铄，且日为樵牧者欺侮，里中人视我如一抔土耳。今我诉于子，子以为可，则言；不，则去，无恨也。"袁生曰："神既有愿，又何不可哉！"神曰："子来岁当调补新明令，傥为我重建祠宇，以时奠祀，则真幸之甚者，愿无忘。"袁生诺之。既而又曰："君初至邑时，当一见诣。然而人神理隔，虑君仆吏有黩于我，君当屏去其吏，独入庙中，冀尽一言耳。"袁生曰："谨奉教。"

是岁冬，袁生果补新明令。及至任，讯之，果有赤水神庙，在县南数里。旬余，遂诣之。未至百余步，下马屏车吏，独入庙中。见其檐宇摧毁，蓬荒如积。伫望久之，有一白衣丈夫自庙后来，高生也，色甚喜。既拜。谓袁生曰："君不忘前约，今日乃诣我，幸何甚哉!"于是偕行庙中,见阶垣下有一老僧,具桎梏,数人立其旁。袁生问曰:"此何为者?"神曰:"此僧乃县东兰若道成师也,有殃,故吾系之一岁矣。每旦夕则鞭捶之。从此旬余,当解之。"袁生又曰:"此僧既存,安得系于此乎?"神曰:"以生魄系之,则其人自沈疾,亦安能知吾之为哉!"神告袁生曰:"君幸诺我建庙,可疾图之。"袁生曰:"不敢忘。"

既归,将计其工,然贫甚,无以为资。因自念曰:"神人所言,系道成师之魄,当沈疾,又云从此去旬余,当解之。吾今假以他语,俾建其庙宇,又安有疑乎?"于是径往县东兰若问之,果有成师者,卧疾一岁矣。道成曰:"某病且死,旦夕则一身尽痛。"袁生曰:"师疾如是,且近于死矣。然我能愈之,师能以缗货建赤水神庙乎?"道成曰:"疾果愈,又安能以缗货为事哉?"袁生即绐曰:"吾善视鬼,近谒赤水神庙,见师魄具桎梏絷于垣下。因召赤水神问其事,曰:'此僧有宿殃,故絷于此。'吾怜师之苦,因告其神:'何为絷生人?可疾解之。吾当命此僧以修建庙宇,慎无违也。'神喜而诺我曰:'从此去旬余,当舍其罪。'吾故告师疾将愈,宜修赤水神庙也。无以疾愈,遂怠其心,如此则祸且及矣。"道成伪语曰:"敬受教。"后旬余,果愈。因召门弟子告曰:"吾少年弃家,学浮屠氏法,迨今年五十,不幸沈疾,向者袁君谓我曰:'师之病,赤水神所为也。疾锸可修补其庙。'夫置神庙者,所以祐兆人,祈福应。今既有害于我,安得不除之乎?"即与其徒持锸诣庙,尽去神像及祠宇,无一遗者。

又明日,道成谒袁生。袁生喜曰:"师病果愈乎!吾之语岂妄耶?"道成曰:"然。幸君救我,何敢忘君之恩乎!"袁生曰:"可疾计修赤水神庙也。不然,且惧为祸。"道成曰:"夫神所以赖于人者，以其福可延，戾可弭。旱亢则雩之以泽，潦淫则禜之以霁。故天子诏天下郡国，虽一邑一里，必建其祠，盖用为民之福也。若赤水神者，无以福人，而为害于人焉，可不去之？已尽毁其庙矣。"袁生且惊且惧，遂谢之。道成气益丰，而袁生惧甚。

后月余，吏有罪，袁生扑之。无何吏死，其家诉于郡，坐徙端溪。行至三峡，忽遇一白衣，立于路左。视之，乃赤水神也。曰："向托君修我祠宇，奈何致道成毁我之舍，弃我之像？使一旦无所归，君之罪也。今君弃逐穷荒，亦我报仇耳！"袁生即谢曰："毁君者道成也，何为罪我？"神曰："道成师福盛甚，吾不能动。今君禄与命衰，故我得以报。"言已不见，生恶之。后数日，竟以疾卒。

（卷三百零六，出《宣室志》）

[意译]

唐朝贞元初年，陈郡有个袁生，曾经在唐安任过参军，罢职后出游巴川，住在一家客店里。这天，忽然有一个穿白衣服的男子来拜见他。坐定以后，男子对袁生说："我是高氏家的儿子，家在这个郡的新明县，过去曾在军队里任职，现在已经被免职了，所以旅游到这地方。"袁生和他交谈，见他聪慧善辩机敏博学，远远超过常人，袁生觉得他很奇异。白衣男子又说："我善于推算，能够分析你平生的事情。"袁生就询问他，白衣男子就说出他过去的事情，清清楚楚就像用笔写着似的，袁生大为吃惊。这天夜里，已经深夜了，那白衣男子秘密地对袁生说："我不是人，有件事希望能告诉你，可以吗？"袁生听了十分害怕，连忙起身说："你不是人，果真是鬼吗？是要害我吗？"高生说："我不是鬼，也不是要害你。所以来这里，是有件事要拜托你。我是赤水神，在新明县的南面有祠庙。去年连绵不断下了几个月的雨，住的房子全都坍塌了。州郡没有人给我修理，使我在外面受风吹日晒，而且每天受砍柴的牧羊的欺侮，乡里的人把我看作如同一捧土。现在我告诉你，你如果认为可以帮忙，就说可以；不可以，你就走，我不怨你。"袁生说："神灵有希求，又有什么不可以的！"赤水神说："你明年会调任新明县令，假如为我重建祠宇，按时祭奠奉祀，那真是太幸运了，希望你不要忘记了。"袁生答应了。说完赤水神又说："你刚到县邑的时候，应当前来和我相见。不过人和神是阻隔着的，我担心你的仆吏会轻慢于我，因此你不要让仆吏跟从，自己独自到庙里来，我希望和你详细谈一些话。"袁生说："我恭敬地听从你的吩咐。"

这年冬天，袁生果然被补职任命为新明县令。待到赴任，询问旁人，知道果然有一个赤水神庙，在县南几里地。到任十多天，袁生就前去寻访这赤水神庙。离庙宇还有一百来步，袁生从马车上下来，让赶车的差吏退下，独自一人进入庙中。只见庙里屋檐房宇都损坏了，蓬草满地十分荒凉。他停住脚站立在那里看了很久，就有一个白衣男子从庙宇后面转身出来，这人就是高生，高生非常高兴的样子。两人互相行礼。高生对袁生说："你没有忘记从前约定的话，今天来看我，我太高兴了！"于是一同进到庙里，就只见墙边台阶下有一个老和尚，戴着枷锁，几个人站立在他旁边。袁生问："这是做什么？"赤水神说："这个和尚是县东寺庙里的道成师傅，有罪孽，因此我把他囚禁在这里有一年了，每天一早一晚就用鞭子打他。再过十多天，就要把他放了。"袁生问："这和尚还活着，怎么能被囚禁在这里呢？"赤水神说："把他的魂魄系在这里，那么这个人自然得重病，又怎么知道是我所为的呢？"赤水神对袁生说："蒙你答应为我修建庙宇，希望尽快筹划。"袁生说："不敢忘了这件事。"

回到县府，袁生就着手考虑修庙的工程，可是穷得很，没有修庙的经费。袁生于是自己想："神人说的，把道成师的魂魄系住，他就会得重病，又说再过十多天，就会解脱他。我现在假借这件事，让他修建庙宇，他又怎么会有怀疑呢？"袁生于是径直去县东的寺庙询问，果然有位道成和尚，卧病已经一年了。道成说："我病得快要死了，一早一晚全身都是痛的。"袁生说："师傅病成这样，而且快要死了。不过我能把你的病治好，师傅能够捐资修建赤水神庙吗？"道成说："如果真能治好我的病，又怎么会在意捐资这件小事呢？"袁生就骗他说："我通晓鬼神的事情，最近到赤水神庙去拜谒，看见师傅的魂魄戴着枷锁，被囚禁在墙垣之下。我就召来赤水神询问这事。他说：'这和尚前世有罪孽，所以被拘囚在这里。'我可怜师傅的痛苦，于是对赤水神：'为什么把活着的人拘囚起来？要尽快把他放了。我要让这和尚来修建庙宇，注意不要不听我的话。'赤水神很高兴，答应我说：'现在起十多天后，就要免除他的罪过，放了他。'我所以来禀告师傅您的病快要痊愈了，应该修建赤水神庙。不要因为病好了，就不愿修庙宇了，如果这样就会招来祸害了。"道成师也假意说："我恭敬地听从你的吩咐。"十多天以后，道成师的病果然痊愈了。道成师病好以后，却召集寺庙里的弟子们说："我从小抛弃家业，学佛经、佛法，到今年五十岁了，不幸得了重病。前些天袁先生对我说：'师傅的病，是赤水神造成的，病好以后要去修补他的庙宇。'设置神灵庙宇，是为了保佑世上众生，能使人们祈求到福佑。现在既然对我有害，怎么能不铲除它呢？"于是就和他的徒众们一起前去赤水神庙，把神像和庙宇全部毁掉，没有留下一样东西。

第二天，道成师来谒见袁生。袁生很高兴，说："师傅的病果然痊愈了？我没有骗你吧！"道成说："是的。有幸蒙你救我，怎么能忘记你的恩德呢！"袁生说："那就应该尽快考虑修赤水神庙的事了。不然，担心会招来祸害。"道成说："我们凡人敬神，因为神可以为人施福免罪；天旱就祭祀求神以降雨润泽万物，水涝时则祭祀求神以天晴。所以天子下诏命天下的郡国，即使一邑一里，也一定要建立神祠，这是用以为民造福。像赤水神那样，不能给人造福，只能有害于人，怎么能不除掉它？我已经派人把那庙宇全部毁掉了。"袁生又吃惊又害怕，于是向道成师道歉。道成气势更壮，而袁生十分惧怕。

一个多月以后，一个差吏有罪，袁生责打他。没多久这差吏死了，他家里申诉到州郡，袁生坐罪，迁官到端溪。走到三峡，忽然遇到一个白衣男子，站在路旁。袁生看去，原来是赤水神。赤水神说："从前托你修理我的祠庙，怎么让道成毁掉了我的庙宇，拆除了我的神像？使我从此没有归处，这是你的罪过呀。现在你在边远穷荒之地流落，也是我在报仇！"袁生连忙谢罪说："毁坏你的是道成，怎么怪罪我呢？"赤水神说："道成师的福气已经很盛，我已经无法毁掉他。现在你的福禄和命分都较衰弱，所以我能向你报仇。"说完就不见了，袁生非常痛恨赤水神。几天以后，竟然也病死了。

卢　佩

　　贞元末，渭南县丞卢佩，性笃孝。其母先病腰脚，至是病甚，不能下床榻者累年，晓夜不堪痛楚。佩即弃官，奉母归长安，寓于长乐里之别第，将欲竭产以求国医王彦伯治之。彦伯声势重，造次不可一见。佩日往祈请焉，半年余，乃许一到。

　　佩期某日平旦，是日亭午不来。佩候望于门，心摇目断。日既渐晚，佩益怅然。忽见一白衣妇人，姿容绝丽，乘一骏马，从一女僮，自曲之西，疾驰东过。有顷，复自东来，至佩处驻马，谓佩曰："观君颜色忧沮，又似有所候待来，请问之。"佩志于王彦伯，初不觉妇人之来，既被顾问再三，乃具以情告焉。妇人曰："彦伯国医，无容至此，妾有薄技，不减王彦伯所能，请一见太夫人，必取平差。"佩惊喜，拜于马首曰："诚得如此，请以身为仆隶相酬。"佩即先入白母，母方呻吟酸楚之次，闻佩言，忽觉小瘳，遂引妇人至母前，妇人才举手候之，其母已能自动矣。于是，一家欢跃，竞持所有金帛，以遗妇人。妇人曰："此犹未也，当要进一服药，非止尽除痼疾，抑亦永享眉寿。"母曰："老妇将死之骨，为天师再生，未知何阶上答全德。"妇人曰："但不弃细微，许奉九郎巾栉，常得在太夫人左右则可，安敢论功乎！"母曰："佩犹愿以身为天师奴，今反得为丈夫，有何不可？"妇人再拜称谢，遂于女僮手，取所持小妆奁中，取药一刀圭，以和进母。母入口，积年诸苦释然顿平。即具六礼纳为妻。

妇人朝夕供养，妻道严谨，然每十日即请一归本家，佩欲以车舆送迎，即终固辞拒，唯乘旧马，从女僮，倏忽往来，略无踪迹。初且欲顺适其意，不能究寻，后既多时，颇以为异。一旦，伺其将出，佩即潜往窥之。见乘马出延兴门，马行空中，佩惊问行者，皆不见。佩又随至城东墓田中，巫者陈设酒肴，沥酒祭地，即见妇人下马，就接而饮之。其女僮随后收拾纸钱，载于马上，即变为铜钱。又见妇人以策画地，巫者随指其处曰："此可以为穴。"事毕，即乘马而回。佩心甚恶之，归具告母。母曰："吾固知是妖异，为之奈何？"自是，妇人绝不复归佩家，佩亦幸焉。

后数十日，佩因出南街中，忽逢妇人行李，佩呼曰："夫人何久不归？"妇人不顾，促辔而去。明日，做女僮传语佩曰："妾诚非匹敌，但以君有孝行相感，故为君治太夫人疾，得平和，君自请相约为夫妇。今既见疑，便当决矣！"佩问女僮："娘子今安在？"女僮曰："娘子前日已改嫁靖恭李谘议矣。"佩曰："虽欲相弃，何其速欤？"女僮曰："娘子是地祇，管京兆府三百里内人家丧葬所在，长须在京城做生人妻，无自居也。"女僮又曰："娘子终不失所，但嗟九郎福佑太薄。向使娘子长为妻，九郎一家皆为地仙矣！"卢佩第九也。

（卷三百零六，出《河东记》）

[意译]

贞元末年,渭南县的县丞卢佩,性情特别孝顺。他母亲先是腰脚有病,到这时病得更厉害了,不能下床已经好多年了,白天黑夜不能忍受病痛的苦楚。卢佩便丢弃官职,侍奉母亲回到长安,住在长乐里家里另一套房子里,想要用尽家中财产来请国内最高明的医生王彦伯来为他母亲治病。王彦伯声望很大,轻易不能见上一面。卢佩前去祈求恳请,半年多,王彦伯才答应去他家一次。

卢佩和医生约定某一天的早晨相见,到这天的中午还不见医生来。卢佩在门前眺望等候,心里不安,两眼望穿。天色渐渐晚了,卢佩更加惆怅不安。忽然看见一个穿白衣服的妇女,容颜姿色极为美丽,骑一匹骏马,带着一个女僮,从小巷的西边,飞快地向东驰去。过了一会儿,再从东边回来,到卢佩这里停下马来,对卢佩说:"看您的脸色很忧愁沮丧,又好像在这里等候什么人的到来,想请问一下这件事。"卢佩心里只想着王彦伯,起初没有觉察到妇人的到来,已经被反复询问,便将情况全部告诉了她。妇人说:"王彦伯是国医,没有可能到这里来,我有小小的技艺,不会比王彦伯所能做到的差,请允许我见一下太夫人,一定会让她病愈。"卢佩很惊喜,在马前拜谢说:"真能这样,请让我为你做奴仆来酬谢你。"卢佩马上先进去告诉母亲,母亲正呻吟痛苦的时候,听了卢佩的话,忽然觉得病情有点儿好转,卢佩便引妇人到母亲跟前,妇人刚刚举手准备治病,卢佩的母亲已经能够自己活动了。这时候,一家人都高兴得跳起来,争着拿出自己所有的黄金布帛送给妇人。妇人说:"这还没有治完呢,应该服用一服药,这样便不仅彻底治好了原有的疾病,还能使她长寿。"母亲说:"老妇是快死的人了,由于仙师您的高明而得以再生,不知道用怎样的方法来报答您的大恩。"妇人说:"只要不嫌弃我出身低微,允许我侍奉九郎梳洗衣饰,能够长久地在太夫人左右就可以了,怎么敢讨论功德呢!"母亲说:"卢佩也愿意让自己做仙师的奴仆,现在反而得以做丈夫,有什么不可以？"妇人两次跪拜表示感谢，便从女僮所拿的小梳妆匣里，取出一小撮药，调和好进奉给母亲。母亲把药从口里喝下去，多年积藏的所有病苦顿时消散。于是，经过了各种礼仪把妇人娶为妻子。

妇人一早一晚供奉侍养，严格遵守做妻子的规矩，不过每十天就请求回娘家一次，卢佩想用车辆相送和迎接，最终都被坚决辞退拒绝，只是乘坐那匹旧有的马，带着她的女僮，来往极快，一点儿踪迹都没有。开始想暂且顺遂她的意愿，不便追问，后来已经许多时候了，觉得很奇怪。一天早上，探察到她将要出去，卢佩就暗中前去偷偷看着她，只见她乘着马出了延兴门，马就在空中行走。卢佩吃惊地问走路的人，都看不见。卢佩又跟随着到城东的墓地之中，作巫术的人陈列着酒肴，把酒浇在地上祭地神，就见妇人从马上下来，接过酒把它饮下。她的女僮跟在后面收拾纸钱，装在马上，纸钱立刻就变为铜钱。又见妇人用马鞭子在地上指画，作巫术的人跟着她指的地方说："这里可以作为墓穴。"事情完了，妇人乘上马就回家。卢佩心里十分厌恶她，回来后一五一十地告诉了母亲。母亲说："我本来就知道她是妖精怪异，那对她怎么办呢？"从此以后，妇人不再回卢佩家，卢佩也感到庆幸。

几十天后，卢佩有事到南街上去，忽然遇见妇人一行人，卢佩呼唤她说："夫人为什么那么久不回家？"妇人不理他，催马快走而去。第二天，让女僮传话给卢佩说："我确实配不上你，只是因为你有孝行，感动了我，所以才为您治疗太夫人的疾病，使得太夫人痊愈了。您自己请求互相结为夫妇。现在既然受到怀疑，就应该分别了！"卢佩问女僮："娘子现在在什么地方？"女僮说："娘子前些日子已经改嫁靖恭街的李谘议了。"卢佩说："即使想离弃，怎么那么快呢？"女僮说："娘子是地神，管理京兆府三百里以内人家丧葬的地方，需要长久在京城做活人的妻子，不能自己单身居住。"女僮又说："娘子总不会没有去处，只可惜九郎福气太少。假如原先就让娘子长久做你的妻子，九郎一家都成为地仙了！"卢佩在兄弟间排行第九。

张遵言

南阳张遵言,求名下第,涂次商山山馆。中夜晦黑,因起厅堂督刍秣,见东墙下一物,凝白耀人。使仆者视之,乃一白犬,大如猫,须睫爪牙皆如玉,毛彩清润,悦怪可爱。遵言怜爱之,目为"捷飞",言骏奔之甚于飞也。常与之俱。初令仆人张志诚袖之,每饮饲,则未尝不持目前。时或饲食不快,则必伺其嗜而啖之。苟或不足,宁遵言辍味,不令捷飞之不足也。一年余,志诚袖行,意以懈怠。由是遵言每行,自袖之。饮食转加精爱,夜则同寝,昼则同处,首尾四年。

后遵言因行于梁山路。日将夕,天且阴,未至所诣,而风雨骤来。遵言与仆等隐大树下,于时昏晦,默无所睹。忽失捷飞所在,遵言惊叹,命志诚等分头搜讨,未获次。忽见一人,衣白衣,长八尺余,形状可爱,遵言豁然如月中立,各得辨色,问白衣人何许来,何姓氏。白衣人曰:"我姓苏,第四。"谓遵言曰:"我已知子姓字矣。君知捷飞去处否?则我是也。君今灾厄合死,我缘爱君恩深。四年已来,能活我,至于尽力辍味,曾无毫厘悔恨。我今誓脱子厄,然须损十余人命耳!"言讫,遂乘遵言马而行,遵言步以从之。

可十里许,遥见一冢上有三四人,衣白衣冠,人长丈余,手持弓剑,形状瑰伟,见苏四郎,俯偻迎趋而拜。拜讫,莫敢仰视。四郎问："何故相见？"白衣人曰："奉大王帖，追张遵言秀才。"言讫，偷目盗视遵言。遵言恐，欲蹐地。四郎曰："不得无礼，我与遵言往还，君等须与我且去。"四人忧恚啼泣。而四郎谓遵言曰："勿忧惧，此辈亦不能戾吾。"

更行十里，又见夜叉辈六七人，皆持兵器，铜头铁额，状貌可憎恶，跳梁企踯，进退狞暴。遥见四郎，戢毒栗立，惕伏战悚而拜。四郎喝问曰："作何来？"夜叉等霁狞毒为戚施之颜，肘行而前曰："奉大王帖，专取张遵言秀才。"偷目盗视之状如初。四郎曰："遵言，我之故人，取固不可也。"夜叉等一时叩地流血而言曰："在前白衣者四人，为取遵言不到，大王已各使决铁杖五百，死者活者尚未分。四郎今不与去，某等尽死，伏乞哀其性命。暂遣遵言行。"四郎大怒，叱夜叉。夜叉等辟易，崩倒者数十步外，流血跳迸，涕泪又言。四郎曰："小鬼等敢尔？不然，且急死。"夜叉等啼泣喑呜而去。四郎又谓遵言曰："此数辈甚难与语，今既去，则奉为之事成矣。"

行七八里，见兵杖等五十余人，形神则常人耳，又列拜于四郎前。四郎曰："何故来？"对答如夜叉等，又言曰："前者夜叉牛叔良等七人，为追张遵言不到，尽以付法，某等惶惧。不知四郎有何术，救得某等全生。"四郎曰："第随我来，或希冀耳！"凡五十人，言可者半。须臾，至大乌头门。又行数里，见城堞甚严，有一人具军容，走马而言，传王言曰："四郎远到，某为所主有限，法不得迎拜于路。请且于南馆小休，即当邀迓。"入馆未安，信使相继而召，兼屈张秀才。俄尔从行，宫室栏署，皆王者也。入门，见王披衮垂旒，迎四郎而拜。四郎酬拜，礼甚轻易，言词唯唯而已。大王尽礼,前揖四郎升阶。四郎亦微揖而上。回谓遵言曰:"地主之分,不可不迩。"王曰:"前殿浅陋,非四郎所宴处。"又揖四郎,凡过殿者三,每殿中皆有陈设盘榻食具供帐之备。至四重殿中方坐,所食之物及器皿,非人间所有。食讫,王揖四郎上夜明楼。楼上四角柱,尽饰明珠,其光如昼。命酒具乐,饮数巡,王谓四郎曰:"有佐酒者,欲命之。"四郎曰:"有何不可?"女乐七八人,饮酒者十余人,皆神仙间容貌妆饰耳。王与四郎各衣便衣,谈笑亦邻于人间少年。有顷,四郎戏一美人,美人正色不接。四郎又戏之,美人怒曰:"我是刘根妻,不为奉上元夫人处分,焉涉于此?君又何容易乎?中间许长史,于云林王夫人会上轻言,某已赠语杜兰香姊妹,至多微言,犹不敢掉谑,君何容易软?"四郎怒,以酒卮击牙盘一声,其柱上明珠,毂毂而落,瞑然无所睹。

遵言良久憒而复苏,元在树下,与四郎及鞍马同处。四郎曰:"君已过厄矣,与君便别。"遵言曰:"某受生成之恩,已极矣,却不知四郎之由,以归感戴之所,又某之一生,更有何所赖耶?"四郎曰:"吾不能言。汝但于商州龙兴寺东廊缝衲老僧处问之,可知也。"言毕,腾空而去,天已向曙。遵言遂整辔适商州,果有龙兴寺,见缝衲老僧,遂礼拜。初甚拒遵言,遵言求之不已,老僧夜深乃言曰:"君子至求,吾焉可不应?苏四郎者,乃是太白星精也。大王者,仙府之谪官也,今居于此。"遵言以他事问老僧,老僧竟不对,曰:"吾今已离此矣。"即命遵言归。明辰寻之,已不知其处所矣。

(卷三百零九,出《博异记》)

[意译]

南阳郡的张遵言,为求取功名参加科考,没有考上,回家的路上住在商山官家的驿馆里。半夜,天色昏黑,他起床到厅堂督促仆人给马添草料,看见东边墙下有一样东西,洁白耀眼。他叫仆人过去看,原来是一条白色的狗。这白犬像猫一样大小,胡子、睫毛、爪子、牙齿,都像玉一样洁白,毛光清亮润泽,色彩鲜明,让人看着很可爱。张遵言很喜欢它,把它叫作"捷飞",说它奔跑要胜过飞。每天都和它在一起,一开始让仆人张志诚把它笼在袖子里,每次给它饮水喂食,都把它放在眼前。有时看它吃得不愉快,就一定找它喜欢吃的喂它吃。如果它没有吃够,宁愿自己不吃了,也不让它吃不饱。一年多以后,张志诚用袖子笼着它,有点儿厌倦不愿管它。从那以后张遵言每次外出,就把捷飞笼在自己袖子里。饮食更加精美,晚上让捷飞相伴一块儿睡,白天也在一起,这样前后达四年之久。

后来张遵言有一次行走在梁山路上。天快要黑了,又阴了下来,没有到要去的地方,却突然刮风下起雨来。张遵言和仆人等人都在大树下躲雨,这时天色昏沉晦暗,什么也看不见。忽然捷飞不见了,张遵言一声惊叹,吩咐张志诚他们分头搜寻,正没有找着的时候,忽然看见一人,穿着白衣服,八尺多高,长得英俊可爱,张遵言觉得周围突然明亮起来,像站立在月光中一样,各人互相都能看清,张遵言便问白衣人从哪里来,姓什么。白衣人说:"我姓苏,排行第四。"他对张遵言说:"我已经知道你的姓氏名字了。你知道捷飞到哪里去了吗?我就是捷飞啊!你今天遇上灾难危险,本应当死,我感激你对我恩义深厚,四年以来,养活着我,又尽一切力量,甚至自己停食,来让我吃得满意,却没有一丝一毫的悔恨怨气。我今天一定让你摆脱危难,不过要毁掉另外十几个人的性命。"说完,白衣人骑上张遵言的马就在前面走,张遵言步行跟从着他。

走了大约十里,远远看见一座坟上有三四个人,穿着白衣,戴着白帽子,每个人都一丈多长,手里拿着弓和剑,形状奇特魁梧,这些人见了苏四郎，连忙俯身弯腰快步迎上前来下拜施礼。行完礼，还不敢抬头看他。苏四郎问他们："见我有什么事？"那白衣人说："奉大王的手令，捉拿秀才张遵言。"说完，偷偷地看着张遵言。张遵言非常害怕，就要倒在地上。苏四郎说："不准对张遵言无礼，我和张遵言回去，你们必须给我离开。"这四人又忧愁又怨恨，哭泣着。苏四郎则对张遵言说："不要担心害怕，这些人不敢不听我的话。"

再往前走十里，又遇见六七个夜叉，都拿着兵器，脑袋是铜的，额头是铁的，样子非常凶恶，在那里又跳又蹦，踮脚张望，一举一动都狰狞凶暴。远远看见苏四郎，急忙收起凶恶的面目，颤抖着站住，然后浑身发抖，非常害怕地伏地而拜。苏四郎大声喝问："来干什么？"夜叉们那狰狞凶毒的样子全吓没了，一个个点头哈腰，爬着过来说："奉大王的手令，专程捉拿秀才张遵言。"也像上次白衣人一样偷眼看着苏四郎身后的张遵言。苏四郎说："张遵言是我的老朋友，你们不能把他带走。"几个夜叉顿时在地上叩头，血都流出来了，说："前次四个白衣人因为没有捉拿到张遵言，大王已经让人各打了他们五百铁杖，是死是活还不知道。四郎今天如果不让我们捉拿张遵言去，我们几个全都要死，请求四郎可怜我们救我们一命，让张遵言跟我们走。"苏四郎大怒，呵斥夜叉。夜叉们连忙后退，跌倒几十步远，流着血，蹦跳着，流着眼泪又哀求四郎。四郎说："小鬼竟敢这样？再不听，叫你们立刻死掉。"夜叉们哭泣着离去了。四郎又对张遵言说："这几个东西很难和它们说话，现在已经走了，我救你的事就完成了。"

再走七八里，又看见五十多个拿着兵器的人，形状神情都是普通人，都排列着拜倒在四郎面前。四郎说："来干什么？"他们的回答和夜叉们一样，又说："前次夜叉牛叔良等七个人，因为没有捉拿到张遵言，全部被处死，我们非常惶恐害怕。不知四郎有没有什么道术，救得我们这些人活命。"四郎说："只管跟我来，也许有希望。"这五十个人，说这样可行的有一半人。不一会儿，来到一个大门前。又走了几里，看见一座城池非常威严，有一个人一身军士打扮，骑马跑来，传大王的话说："四郎从远处到这里来,我因为主管的地盘有限,按照法规,不能越过地界到路上迎拜您。请暂且到南馆稍微休息,马上就来迎请您。"进了南馆,还没安顿好,传信的使者一个接一个来召请他,同时也请张秀才屈驾同行。不一会儿,张遵言跟从四郎去了,只见宫室里的建筑物都是帝王的气派。进了宫门,只见大王身披衮衣,头垂冕旒,迎着四郎下拜。四郎也以礼相酬答,但行礼很简易轻率,言辞只随口应付而已。大王却礼仪很重,揖拜迎下台阶。四郎随便拜了拜就走上台阶。他回头对张遵言说:"大王让我先上堂,这是主人之礼,我不能不这样了。"大王说:"前殿很简陋,不是招待四郎宴饮居处的地方。"又揖请四郎往里走,一共过了三个大殿,每个大殿里都有各种摆设,床榻、帷帐、餐具等各种吃住所需的用具。到第四重大殿才坐下来,筵席上摆设的食物和盛食物的器皿,都不是人间看得到的。宴饮完毕,大王揖请四郎登上夜明楼。楼上四角的柱子,全都用夜明珠装饰,明光照耀,如同白昼。又吩咐摆上酒席,准备乐舞,饮过几巡酒,大王对四郎说:"有陪酒的人,想叫她们出来。"四郎说:"有什么不可以?"于是,七八个歌女,伺候斟酒的侍女也有十几个,都像神仙一样的容貌和妆饰打扮。大王和四郎各自都穿着日常便服,就像人间的年轻人一样谈笑。一会儿,四郎要调戏一个美人,这美人脸色严肃,不理睬他。四郎又要调戏她,美人发怒说:"我是刘根的妻子,若不是遵奉上元夫人的安排,我怎么会在这里?你又怎么能随便调戏呢?当年许长史也曾在云林王夫人会上随便说话调戏人,我已经告诉杜兰香姊妹了,他有很多不满的话,后来尚且不敢调戏,你又怎么能随便呢?"四郎大怒,用酒杯猛击象牙盘,只听得"哐当"一声,柱上的夜明珠都掉落下来,大殿上便漆黑一团,什么也看不见。

张遵言好长时间才从迷迷糊糊中醒过来,一看,原来仍在树下,和四郎及鞍马都在一起。四郎说:"你已经躲过了这场灾祸,我这就和你告别。"张遵言说:"我蒙受您活命的恩义极为深厚,可是却不知道四郎的来历身份,将来有机会好表达我的感激之情,还有我的一生,今后又依靠谁呢?"四郎说:"我不能告诉你。你只在商州龙兴寺东边廊下缝补僧衣的老僧人那里询问，就可以知道。"说完，四郎腾空而去了。这时，天已渐渐亮了。张遵言便整顿鞍马前往商州，那里果然有座龙兴寺。张遵言见了缝补僧衣的老僧人，便行礼下拜。老僧人起初很不愿意告诉他，张遵言不停地请求，直到深夜，老僧人才说："你坚决地请求，我怎能不告诉你？苏四郎这个人，就是太白星的精魂。大王，是仙府里因过错被贬谪下来的官，现在居住在这里。"张遵言又向老僧人打听其他事，老僧人都不回答他，说："我现在要离开这里了。"他吩咐张遵言回去。第二天，张遵言再去寻找，连缝僧衣的老僧人也找不见了。

三史王生

有王生者，不记其名，业三史，博览甚精，性好夸炫，语甚容易，每辩古昔，多以臆断。旁有议者，必大言折之。尝游沛，因醉入高祖庙，顾其神座，笑而言曰："提三尺剑，灭暴秦，剪强楚，而不能免其母乌老之称，徒歌'大风起兮云飞扬'，曷能威加四海哉？"徘徊庭庑间，肆目久之，乃还所止。

是夕才寐而卒，见十数骑，擒至庙庭。汉祖按剑大怒曰："史籍未览数纸，而敢亵黩尊神，乌老之言，出自何典？若无所据，尔罪难逃！"王生顿首曰："臣常览大王本纪，见司马迁及班固云：母刘媪，而注云乌老反。释云老母之称也。见之于史，闻之于师，载之于籍，炳然明如白日，非臣下敢出于胸襟尔。"汉祖益怒曰："朕中外泗水亭长碑，昭然具载矣。曷以外族温氏，而妄称乌老乎？读错本书，且不见义，敢恃酒喧于殿庭，付所司劾犯上之罪。"

语未终，而西南有清道者扬言太公来。方及阶，顾王生曰：

"斯何人而见辱之甚也?"汉祖降价对曰:"此虚妄侮慢之人也,罪当斩之。"王生逞目太公,遂厉声而言曰:"臣览史籍,见侮慢其君亲者,尚无所贬,而贱臣戏语于神庙,岂期肆于市朝哉?"汉祖又怒曰:"在典册,岂载侮慢君亲者,当试征之。"王生曰:"臣敢征大王可乎?"汉祖曰:"然。"王生曰:"王即位,会群臣,置酒前殿,献太上皇寿,有之乎?"汉祖曰:"有之。""即献寿,乃曰:'大人常以臣无赖,不事产业,不如仲力。今某之业,熟与仲多?'有之乎?"汉祖曰:"有之。""殿上群臣皆呼万岁,大笑为乐,有之乎?"曰:"有之。"王生曰:"是侮慢其君亲矣。"太公曰:"此人理不可屈,宜速逐之。不尔,必遭杯羹之让也。"汉祖默然良久曰:"斩此物,污我三尺刃。"令搦发者掴之。一掴惘然而苏,东方明矣。以镜视腮,有若指踪,数日方灭。

(卷三百一十,出《纂异记》)

[意译]

　　有个王生,记不得他的名字,专门攻读《史记》《汉书》《后汉书》三史。他广泛阅览,研读很精细,又喜欢夸张炫耀,说话很随便。每逢辩论古代的事,总是主观武断。旁边有人发表不同看法,他总要夸大其词折服别人。他曾经到沛县游玩,因醉酒走进汉高祖刘邦的庙宇,回头看着那神座,讪笑着说:"手提三尺宝剑,消灭了凶暴的秦朝,剪除了强大的楚国,却不能免除他母亲'乌老'的称呼,只会唱什么'大风起啊云飞扬',怎么能以威权加于天下四海呢?"他在庭院里徘徊着,放肆地乱看了很久,才回到他住的地方。

　　这天夜里他才睡下就死了,见十几个人突然骑马而来,把他抓到高祖庙的庭院里。汉高祖手按着剑大怒说:"没读过几页史书,就敢亵渎我的神像，乌老的说法，出自什么典籍？如果没有根据，你难逃罪责。"王生叩头说："臣下常常读大王的本纪，见司马迁和班固说，母刘媪，而注释说，反切音读乌老。这是解释老母的称呼。在史书上看到了，在老师那里听到了，在书籍上记载着，像大白天一样清清楚楚、明明白白，不是臣下自己编出来的。"汉高祖更加发怒，说："我家内外的亲族，泗水亭长碑上都清楚详细地记载着。哪里有外族温氏，又妄自称为乌老的？读错了书，又不了解书义，还敢借着醉酒在大殿庭院里喧哗，把他交给主管官员治他犯上之罪。"

语音未落，西南方向有个为皇上出巡清除道路的执事进来说太公来了。太公才到台阶，回头看见王生，说："这是什么人要受这样的刑辱？"汉高祖走下台阶迎接太公，说："这是胡编乱造轻慢地侮辱人的人，他的罪过应当问斩。"王生瞪着眼睛逼视着太公，厉声说："臣下看了史书，见那些侮慢皇上父亲的，尚且没有受到贬斥，而我一个微贱的臣僚，在神庙里说几句开玩笑的话，难道就能和在朝廷上放肆侮慢的相比了吗？"汉高祖又发怒说："在史书典籍里，怎么会记载侮慢君亲的事？你要找出证据来。"王生说："臣下征引大王的事例，可以吗？"汉高祖说："可以。"王生便说："大王即位的时候，朝廷大臣都被召集起来，在大殿前大摆宴席，向太上皇祝寿，有这回事儿吗？"汉高祖说："有这回事儿。"王生说："祝完了寿，大王说：'父亲大人经常说我是无赖，不经营家产事业，不如二哥有用。现在我的产业，与二哥谁多？'有这回事儿吗？"汉高祖说："有这回事。"王生说："当时大殿上朝廷众多大臣都欢呼万岁，你大笑起来，觉得很快乐，有这回事儿吗？"汉高祖说："有这回事儿。"王生说："这就是侮慢皇上的父亲。"太公说："这人说道理说不过他，应该赶快把他赶走。不然的话，你就得把你杯盘中的食物让给他了。"汉高祖沉默了许久，说："斩掉这种人，弄脏了我的三尺剑。"于是让人拉着王生的头发打他。一打，这人就迷迷糊糊醒了，东方天已经亮了。他用镜子照脸，上面还好像有手指的痕迹，几天以后这痕迹才消失。

黎阳客

开元中,有士人家贫,投丐河朔,所抵无应者。转至黎阳,日已暮,而前程尚遥。忽见路傍一门,宅宇甚壮。夜将投宿,乃前扣门。良久,奴方出,客曰:"日暮,前路不可及,辄寄外舍,可乎?"奴曰:"请白郎君。"乃入。须臾闻曳履声,及出,乃衣冠美丈夫,姿度闲远,昂然秀异。命延客,与相拜谒。曰:"行李得无苦辛?有弊庐,不足辱长者。"客窃怪其异,且欲审察之,乃俱就馆。颇能清论,说齐周以来,了了皆如目见。客问名,曰:"我颍川荀季和,先人因官,遂居此焉。"命设酒肴,皆精洁,而不甚有味。

有顷,命具榻舍中,邀客入,仍敕一婢侍宿。客候婢款狎,乃问曰:"郎君今为何官?"曰:"见为河公主簿,慎勿说也。"俄闻外有叫呼受痛之声,乃窃于窗中窥之,见主人据胡床,列灯烛。前有一人,披发裸形。左右呼群鸟啄其目,流血至地。主人色甚怒,曰:"更敢暴我乎?"客谓曰:"何人也?"曰:"何须强知他事?"固问之,曰:"黎阳令也。好射猎,数逐兽,犯吾垣墙,以此受治也。"客窃记之。明旦顾视,乃大冢也。前问,人云是荀使君墓。

至黎阳,令果辞以目疾。客曰:"能疗之。"令喜,乃召入,具为说之。令曰:"信有之。"乃暗令乡正,具薪数万束,积于垣侧。一日,令率群吏,纵火焚之,遂易其墓,目即愈。厚以谢客而不告也。后客还至其处,见一人头面焦烂,身衣败絮,蹲于榛棘中,直前诣，客不识也。曰："君颇忆前寄宿否？"客乃惊曰："何至此耶？"曰："前为令所苦，然亦知非君本意，吾自运穷耳。"客甚愧悔之，为设薄酹，焚其故衣以赠之。鬼忻受遂去。

（卷三百三十三，出《广异记》）

[意译]

  唐玄宗开元年间，有一个读书人家里很贫穷，到河朔地区寻求资助，但所到之处没有人理睬他。他辗转来到黎阳，这天已是黄昏，可是前面的路程还很远。忽然看见路旁有一所宅院，房子十分壮伟。他想晚上投宿在这里，于是上前敲门。许久，这家的家奴才出来开门，这客人说："天黑了，到前面的人家又来不及，我想寄居在小偏房里，可以吗？"奴仆说："请让我跟郎君说一下。"奴仆于是进去。不一会儿听到拖着鞋走路的声音，待那人出来，原来是衣冠楚楚长得俊美的男子，姿态风度闲适淡远，气宇昂然神情秀异。男子吩咐请客人进来，与客人行礼相见，又对客人说："一路上很辛苦吧？我这里破旧的房子倒是有，不好意思只有委屈长者了。"客人暗自奇怪，这人与众不同，他还想仔细察看一下，于是就在这里住下。男子很善于清雅的谈论，说起齐周以来的历史，清清楚楚就像亲眼见过一样。客人问他的姓名，男子说："我是颍川的荀季和，祖上有人在这里做官，因此就世代居住在这里。"男子又吩咐摆设上酒食菜肴，都很精美雅洁，却不太有味道。

  不一会儿，男子吩咐在房中准备好床铺，邀请客人进卧房，又派一个婢女侍候睡觉。客人对婢女很亲昵，于是问她："郎君现在做什么官？"婢女说："正做河公的主簿，注意不要说出去。"不一会儿，听见外面有呼喊叫痛的声音，客人便偷偷地从窗户朝外探看，见主人正坐在胡床上，排列着灯火。前面有一个人，披头散发，身体裸露。左右的人招呼着一群鸟啄那人的眼睛，血流到了地上。主人怒气冲冲的样子，说："你还敢侵犯我吗?"客人问婢女说:"这是什么?"婢女说:"为什么硬要知道别人的事儿?"客人坚持要打听,婢女才说:"是黎阳县令。他喜欢射箭打猎,几次追逐野兽,侵犯了我们的围墙,所以受到了惩治。"客人暗自记了下来。第二天早上回头一看,这一片儿是一座大坟墓。往前一问,有人告诉他是荀刺史的墓。

到了黎阳,县令果然不见他,推辞说有眼病。客人说:"我能治疗。"县令很高兴,于是召请他进去。客人把在路上遇见人家见到的事详细告诉县令。县令说:"确实是这回事儿。"于是暗中吩咐乡正,准备几万束柴草,堆积在墙边。这一天,县令率领吏卒们放火焚烧,于是烧毁了那墓,县令的眼病也痊愈了。县令用很丰厚的礼物感谢了客人,却不告诉焚墓的事情。后来客人回到那地方,见一个人头脸都烧得焦烂,身上穿着破棉絮,蹲在荆棘丛中,见了客人,径直上前拜见,客人却不认识他。那人说:"你还记得前次在我家寄宿吗?"客人才吃惊地问:"怎么到这地步?"那人说:"前次被县令害苦了,不过也知道告密不是你的本意,我自己运气不好罢了。"客人非常惭愧后悔,为他设酒祭奠,把自己的旧衣服烧了送给他,那鬼高兴地领受着走了。

华州参军

华州柳参军,名族之子,寡欲早孤,无兄弟。罢官,于长安闲游。上巳日,曲江见一车子,饰以金碧,半立浅水之中。后帘徐褰,见掺手如玉,指画令摘芙蕖。女之容色绝代,斜睨柳生良久。柳生鞭马从之,即见车子入永崇里。柳生访其姓崔氏,女亦有母。有青衣,字轻红,柳生不甚贫,多方赂轻红,竟不之受。他日,崔氏女有疾,其舅执金吾王,因候其妹,且告之,请为子纳焉。崔氏不乐，其母不敢违兄之命。女曰："愿嫁得前时柳生足矣，必不允，某与外兄终恐不生全。"其母念女之深，乃命轻红于荐福寺僧道省院达意。柳生为轻红所诱，又悦轻红。轻红大怒曰："君性正粗，奈何小娘子如此待于君？某一微贱，便忘前好，欲保岁寒，其可得乎？某且以足下事白小娘子。"柳生再拜，谢不敏然。始曰："夫人惜小娘子情切，今小娘子不乐适王家，夫人是以偷成婚约，君可三两日就礼事。"柳生极喜，自备数百千财礼，期内结婚。后五日，柳挈妻与轻红于金城里居。

及旬月外，金吾到永崇。其母王氏泣云："某夫亡，子女孤独，被侄不待礼会，强窃女去矣，兄岂无教训之道？"金吾大怒，归，笞其子数十。密令捕访，弥年无获。无何，王氏殂，柳生挈妻与轻红自金城里赴丧。金吾之子既见，遂告父，父擒柳生。生曰："某于外姑王氏处纳采娶妻，非越礼私诱也，家人大小皆熟知之。"王氏既殁，无所明，遂讼于官。公断王家先下财礼，合归王家。金吾子常悦慕表妹，亦不怨前横也。经数年，轻红竟洁己处焉。金吾又亡，移其宅于崇义里。崔氏不乐事外兄，乃使轻红访柳生所在，时柳生尚居金城里。崔氏又使轻红与柳生为期，兼赍看阛竖，令积粪堆与宅垣齐，崔氏女遂与轻红蹑之，同诣柳生。柳生惊喜，又不出城，只迁群贤里。后本夫终寻崔氏女，知群贤里住，复兴讼夺之。王生情深，崔氏万途求免，托以体孕，又不责而纳焉。柳生长流江陵。二年，崔氏女与轻红相继而殁。王生送丧，哀恸之礼至矣，轻红亦葬于崔氏坟侧。

柳生江陵闲居，春二月，繁花满庭，追念崔氏女，凝想形影，且不知存亡。忽闻扣门甚急，俄见轻红抱妆奁而进，乃曰："小娘子且至。"闻似车马之声，比崔氏女入门，更无他见。柳生与崔氏女叙契阔，悲欢之甚。问其由，则曰："某已与王生诀，自此可以同穴矣！人生意专，必果夙愿。"因言曰："某少习乐，箜篌中颇有功。"柳生即时买箜篌，调弄绝妙。二年间，可谓尽平生矣！

无何，王生旧使苍头过柳生之门，见轻红，惊，不知其然。又疑人有相似者，未敢遽言。问闾里，又云流人柳参军，弥怪，更伺之。轻红亦知是王生家人，因具言于柳生，匿之。王生苍头却还城，具以其事言于王生。王生闻之，命驾千里而来，既至柳生之门，于隙窥之，正见柳生坦腹于临轩榻上，崔氏女新妆，轻红捧镜于其侧，崔氏匀铅黄未竟。王生门外极叫，轻红镜坠地，有声如磬。崔氏与王生无憾，遂入。柳生惊，亦待如宾礼。俄又失崔氏所在。柳生与王生从容言事。二人相看不喻，大异之。相与造长安，发崔氏所葬验之，即江陵所施铅黄如新，衣服肌肉，且无损败，轻红亦然。柳与王相誓，却葬之，二人入终南山访道，遂不返焉。

（卷三百四十二，出《乾鐉子》）

[意译]

华州的柳参军是名门贵族的后代，性情恬静寡欲，早年就死了父母，也没有兄弟。他罢免了官职，在长安四处闲游。三月上巳日，他闲游到曲江，看见一辆车子，装饰着黄金碧玉，一半在清浅的水中。这时，车后的帘幕微微启开，就见伸出一只犹如白玉一样纤细白嫩的手，比画着叫人采摘荷花。女子的容貌美丽，世上少见，还久久地斜视着柳生。柳生用鞭策马跟在车后，就见车子进了永崇里。柳生去拜访女子的家，才知道女子姓崔，还有母亲。家里有个婢女，叫轻红，柳生家里还不算贫穷，便用各种方法向轻红送礼行贿，轻红竟然不接受。这一天，崔氏女有病，她舅舅，姓王的执金吾官,于是来问候他妹妹,便跟妹妹说,请求为他的儿子娶崔氏女为妻。尽管崔氏女不乐意,她母亲却不敢违背哥哥的心意。崔氏女说:"希望嫁给上次遇见的那个柳生就行了,假如一定不答应,让我嫁给表兄,恐怕终究不能生还。"她母亲顾念女儿,就叫轻红到荐福寺的僧道省院里转告柳生。柳生被轻红相约而出,又喜欢上轻红。轻红大怒说:"你的品性这样粗俗,怎么小娘子会这样对待你?我只是一个微贱女子,就使你忘记了以前所喜欢的人,怎么可能保持你们坚贞的爱情呢?我要把这些事都告诉小娘子。"柳生慌得拜了又拜,向轻红谢罪,说自己很愚笨。轻红这才告诉他:"夫人爱小娘子感情深切,现在小娘子不乐意嫁给王家,夫人因为这个原因要你们悄悄地结婚,你可要在二三日内准备好婚礼事宜。"柳生高兴极了,自己准备好几百几千的钱财礼物,在约定的时间内结了婚。五天以后,柳生就带着妻子和轻红搬到金城里居住。

一个多月以后,崔女的舅舅来到永崇里。崔女的母亲王氏哭着说:"我的丈夫死了,子女孤单力薄,侄子不等举行婚礼,就强行把我女儿抢去了,哥哥你怎么对侄子这样没有教导?"执金吾大怒,回到家里,把儿子鞭笞了几十下。暗中派人去查找,一年多也查访不到。没多久,王氏死了,柳生带着妻子和轻红从金城里赶来办理丧事。执金吾的儿子见到了,便告诉父亲,执金吾把柳生抓起来。柳生说:"我向岳母王氏送纳彩礼才娶了妻子,并没有超越礼法私自引诱,这事家里上上下下的人都知道得十分清楚。"可王氏已经死了,没人可以做证,执金吾便告到官府。县官断定,王家先送的财礼,崔女应该归于王家。执金吾的儿子早就爱慕他表妹,也不计较以前那些横暴不愉快的事。这样过了几年,轻红洁身自处,没有和王生亲近。执金吾后来也死了,他家搬到崇义里。崔氏女不乐意嫁给表兄,便叫轻红暗中查访柳生的下落,这时柳生还住在金城里。崔氏又让轻红和柳生定好约会的时期,同时贿赂看园的人,要他把粪土堆积得和墙一样高,崔氏女就和轻红踩着它,一同去拜访柳生。柳生又惊又喜,可又不出城,只是迁到群贤里。后来王生终于来寻找崔氏女,知道她们在群贤里住,又告到官府把崔氏女夺了回来。王生本来就很爱慕崔氏女,崔氏

太平广记选 | 213

女又想了各种方法请求免以罪责,借口已经怀孕,王生又没有责罚崔氏,纳为妻房。柳生则被长期流放到江陵。两年以后,崔氏女和轻红都先后死去。王生为崔氏送葬,葬礼安排十分周到。轻红也被安葬在崔氏的坟墓旁边。

柳生在江陵闲居,到了二月春天里,繁盛的春花开满了庭院,柳生怀念着崔氏,苦苦回想着崔氏的形象,但不知她是否还活着。正想着,忽然听到一阵急促的敲门声,一会儿,见轻红抱着梳妆小匣子进来,说:"小娘子就要来了。"这时,他听到像是车马的声音,等到崔氏女进了门,却没有见到别的东西。柳生和崔氏女叙述久别的情思,又悲又喜。问她怎么能来,崔氏女说:"我已经和王生诀别分手了,从此我们可以生死在一起了!人生只要心诚意专,一定会达到自己的夙愿。"她又说:"我小时候学习音乐,弹奏箜篌很有功力。"柳生立即去买来箜篌,崔氏女弹奏的技巧果然绝妙。两年之间,可以说历尽了一生的夫妻恩爱乐事!

没多久,王生家以前的老奴仆过访柳生的家门,见到轻红,吃了一惊,不知为什么她还活在世上。又怀疑有人长得和她相似,不敢冒失地进去询问。问乡间间的人,又说这是流放的柳参军,老奴仆更加奇怪,又暗暗去察看。轻红也知道他是王生家的老奴仆,便全部对柳生说了,然后藏了起来。王生家的老奴再返回长安城,把这事详细说给王生听。王生听到这个情况,马上让人驾车从千里之外赶来,到柳生家的门口。他从门隙里偷偷往里察看,只见柳生袒露着肚腹躺在临靠长廊的床榻上,崔氏女正在梳妆打扮,轻红拿着镜子站在一旁,崔氏脸上的铅黄粉还没有抹匀。王生在门外惊恐地大叫一声,轻红手中镜子掉落地上,发出击磬一样的声音。王生和崔氏没有什么怨仇,便推门进去。柳生吃了一惊,但也以宾客之礼相待。不一会儿,崔氏却不见了。王生和柳生详细地把崔氏已死的情况讲出来。两人面面相觑,不明白怎么回事儿,十分惊异。两人一起回到长安,把崔氏的坟墓发掘出来开棺查验,崔氏脸上还有在江陵新施涂上的铅黄,衣服肌肉,也没有损坏腐败,轻红也是这样。柳生和王生为此发誓,不在人间生活,他们重新埋葬了崔女,二人到终南山求仙访道,便再没有回来。

李佐文

南阳临湍县北界，秘书郎袁测、襄阳掾王汧皆立别业。大和六年，客有李佐文者，旅食二庄。佐文琴棋之流，颇为袁、王之所爱。佐文一日向暮，将止袁庄，仆夫抱衾前去。不一二里，阴风骤起，寒埃昏晦。俄而夜黑，劣乘独行，迷误甚远。约三更，晦稍息。数里之外，遥见火烛，佐文向明而至。至则野中迥室，卑狭颇甚，中有田叟，织芒屩。佐文逊词请托。久之，方延入户。叟云："此多豺狼，客马不宜远系。"佐文因移檐下，迫火而憩。叟曰："客本何诣而来此？"佐文告之。叟哂曰："此去袁庄，乖于极矣。然必俟晓，方可南归。"而叟之坐后，纬萧障下，时闻稚儿啼号甚痛。每发声，叟即曰："儿可止，事已如此，悲哭奈何？"俄则复啼，叟辄以前语解之。佐文不谕，从而诘之，叟则低回他说。佐文因曰："孩幼苦寒，何不携之近火？"如此数四，叟则携致就炉，乃八九岁村女子耳。见客初无羞骇，但以物画灰，若抱沈恨。忽而怨咽惊号，叟则又以前语解之。佐文问之，终不得其情。

须臾平晓，叟即遥指东南乔木曰："彼袁庄也，去此十里而近。"佐文上马四顾，乃穷荒大野，曾无人迹，独田叟一室耳。行三数里，逢村妇，携酒一壶，纸钱副焉。见佐文曰："此是巨泽，道无人，客凌晨何自来也？"佐文具白其事，妇乃附膺长号曰："孰为人鬼之遇途耶？"佐文细询之，其妇曰："若客云去夜所寄宿之室，则我亡夫之殡间耳。我佣居袁庄七年矣。前春，夫暴疾而卒。翌日，始龀之女又亡。贫穷无力，父子同瘗焉。守制嫠居，官不免税。孤穷无托，遂意再行。今夕将适他们，故来夫女之瘗告诀耳。"佐文则与同往。比至昨暮之室，乃殡宫也。历历踪由，分明可复。妇乃号恸，泪如绠縻，因弃生业，剪发于临湍佛寺，役力誓死焉。其妇姓王，开成四年，客有见者。

（卷三百四十七，出《集异记》）

[意译]

  南阳郡临湍县的北边，秘书郎袁测、襄阳掾王汧都在这里建有别墅。唐文宗大和六年（832），有个叫李佐文的客人，寄居在这两处庄园。李佐文的琴技棋艺，很受到袁、王二人喜爱。这一天快黄昏了，李佐文要去袁庄住宿，仆夫抱着被衾前去。走出不到一二里，突然刮起一阵阴风，顿时四周一片森冷昏晦气氛。不一会儿，入夜天黑了，他骑一匹劣马独自行走，走着走着就迷路了，而且走错了很远。大约三更时分，阴晦气氛才稍停息。几里之外，远远看见灯光，李佐文便朝着灯光走去。到了灯光处，原来是远离村庄的农舍，又卑矮又狭小，屋里有一个老农夫，用芒草织着草鞋。李佐文很谦恭地请求。好长一会儿，老农夫才把李佐文让到屋里。老叟说："这里很多豺狼，你的马不应该系得太远了。"李佐文于是把马移系到屋檐下，他靠着火休息。老叟说："客人本来做什么却来到这里？"李佐文告诉他。老叟讥笑他说："这里去袁庄，路全走错了。一定要等天亮，才可以往南回去。"可是老叟坐下后，屏围下不时听见幼儿很悲痛的啼号声。每一啼号，老叟就说："我儿不要哭了，事情已经这样了，悲哭有什么用呢？"不一会儿又啼号，老叟还是用前面的话宽解他。李佐文不明白怎么回事儿，于是问老叟，老叟则绕开话题讲其他事情。李佐文于是说："孩子幼小，为寒冷所苦，为什么不让她过来烤烤火？"像这样说了多次，老叟才把孩儿带过来靠近火炉，原来是个八九岁的乡村小女孩。

小女孩见了客人一点儿也不害羞惊怕,只是用东西在火灰上画着,好像抱有深沉的怨恨。忽然,她又哽咽地惊号起来,老叟又用前面的话宽解她。李佐文问他,最终没有问出个结果。

不一会儿天蒙蒙亮了,老叟则指着远远的东南方向的大树说:"那就是袁庄,离这里将近十里路。"李佐文跨上马,四下顾看,这是一片荒僻空旷的平野,没有一处人迹,只有老叟一所房子。走了三里,遇见一个乡村妇人,带着一壶酒,几副纸钱。见了李佐文说:"这里是大草泽,路上没有人,客人凌晨从哪里来呀?"李佐文详细告诉她昨夜的事,妇人于是捶着胸膛长声号哭说:"谁说人鬼殊途?"李佐文细细询问她,这妇人说:"像你说的昨天晚上寄宿的房屋,是我死去的丈夫停放灵柩的房子。我在袁庄居住打工已经七年了。去年春天,丈夫得暴疾死了。第二天,才七八岁的女儿又死了。我贫穷无力,只好把他们父女埋葬在一起。我守丧寡居,官府也不免我的税。我孤独穷苦,无依无靠,只好找别的出路。今天晚上我要改嫁到别人家去,所以来丈夫女儿的坟前告别。"李佐文于是和妇人一同去。待到昨天晚上见到的房室,原来是停放灵柩的地方。那踪迹物件,都分明还是老样子。妇人于是号啕大哭起来,泪流不断。后来她抛弃世间生活,到临湍佛寺削发为尼,发誓一辈子在寺里充力役。这妇人姓王,开成四年(839)时,还有人见过她。

浮梁张令

浮梁张令,家业蔓延江淮间,累金积粟,不可胜计。秩满,如京师,常先一程致顿,海陆珍美毕具。至华阴,仆夫施幄幕,陈樽罍。庖人炙羊方熟,有黄衫者,据盘而坐。仆夫连叱,神色不挠。店妪曰:"今五坊弋罗之辈,横行关内,此其流也,不可与竞。"仆夫方欲求其帅以责之，而张令至。具以黄衫者告，张令曰："勿叱。"召黄衫者问曰："来自何方？"黄衫但唯唯耳。促暖酒，酒至，令以大金钟饮之。虽不谢，似有愧色。饮讫，顾炙羊，著目不移，令自割以劝之。一足尽，未有饱色。令又以食中啖十四五啖之。凡饮二斗余。酒酣，谓令曰："四十年前，曾于东店得一醉饱，以至今日。"令甚讶，乃勤恳问姓氏。对曰："某非人也，盖直送关中死籍之吏耳。"令惊问其由。曰："太山召人魂，将死之籍付诸岳，俾某部送耳。"令曰："可得一观乎？"曰："便窥也无患。"于是解革囊，出一轴，其首云：太行山主者牒金天府。其第二行云：贪财好杀，见利忘义人，前浮梁县令张某，即张君也。令见名，乞告使者曰："修短有限，谁敢惜死？但某方强仕，不为死备。家业浩大，未有所付，何术得延其期？某囊橐中，计所直不下数十万，尽可献于执事。"使者曰："一饭之恩，诚宜报答；百万之赆，某何用焉？今有仙官刘纲，谪在莲花峰。足下宜匍匐径往，哀诉奏章，舍此则无计矣。某昨闻金天王与南岳博戏不胜，输二十万，甚被逼逐，足下可诣岳庙，厚数以许之，必能施力于仙官，纵力不及，亦得路于莲花峰下。不尔，荆榛蒙密，川谷阻绝，无能往者。"

令于是赍牲牢，驰诣岳庙，以千万许之。然后直诣莲花峰。得幽径，凡数十里，至峰下。转东南，有一茅堂。见道士隐几而坐，问令曰："腐骨秽肉，魂亡神耗者，安得来此？"令曰："钟鸣漏尽，露晞顷刻，窃闻仙官能复精魂于朽骨，致肌肉于枯骸。既有好生之心，岂惜奏章之力？"道士曰："吾顷为隋朝权臣一奏，遂谪居此峰。尔何德于予，欲陷吾为寒山之叟乎？"令哀祈愈切，仙官神色甚怒。俄有使者，赍一函而至，则金天王之书札也。仙官览书，笑曰:"关节既到,难为不应。"召使者反报曰:"莫又为上帝谴责否?"乃启玉函,书一通,焚香再拜以遣之。凡食顷,天符乃降,其上署彻字,仙官复焚香再拜以启之。云:"张某弃背祖宗,窃假名位,不顾礼法,苟窃官荣,而又鄙僻多藏,诡诈无实。百里之任,已是叨居;千乘之富,今因苟得。令按罪已实,待戮余魂,何为奏章,求延厥命?但以扶危拯溺者,大道所尚;纾刑宥过者,玄门是宗。狗尔一氓,我全弘化。希其悛恶,庶乃自新。贪生者量延五年,奏章者不能无罪。"仙官览毕,谓令曰:"大凡世人之寿,皆可致百岁。而以喜怒哀乐,汨没心源。爱恶嗜欲,伐生之根。而又扬己之能,掩彼之长。颠倒方寸,顷刻万变,神倦思怠,难全天和。如彼淡泉,汨于五味。欲致不坏,其可得乎?勉导归途,无堕吾教。"令拜辞,举首已失所在。

复寻旧路,稍觉平易。行十余里,黄衫吏迎前而贺。令曰:"将欲奉报,愿知姓字。"吏曰:"吾姓钟,生为宣城县脚力,亡于华阴,遂为幽冥所录。递符之役,劳苦如旧。"令曰:"何以勉执事之困?"曰:"但酬金天王愿曰,请置子为阍人,则吾饱神盘子矣。天符已违半日,难更淹留,便与执事别。"入庙南柘林三五步而没。是夕,张令驻车华阴,决东归。计酬金天王愿,所费数逾二万。乃语其仆曰:"二万可以赡吾十舍之资粮矣。安可受祉于上帝,而私谒于土偶人乎?"明旦,遂东至偃师。止于县馆,见黄衫旧吏,赍牒排闼而进,叱张令曰:"何虚妄之若是?今祸至矣。由尔偿三峰之愿不果,俾吾答一饭之恩无始终。悒悒之怀,如痛毒螫。"言讫,失所在。顷刻,张令有疾,留书遗妻子,未讫而终。

(卷三百五十,出《纂异记》)

[意译]

浮梁张令,家里产业遍布于长江、淮水之间,积攒下的金银和粮物,多得数不过来。官职任满以后,他赴京城,经常派人先走一程路安排下住处,山珍海味都预备好。到得华阴,仆人布置好帷帐,陈列好酒器。厨师烤羊肉刚烤熟,有一个穿黄衫的,在盛食物的菜盘前坐下。仆夫连声呵斥,他还是神色不变。店里老妇说:"现在五坊小儿这辈人,在关内横行霸道,这就是那一流,不可以跟他们争执。"仆夫正要找他的上司来责备他,张令到了。仆夫把黄衫人的事详细告诉张令,张令说:"不要呵斥他。"于是把黄衫人叫来问他:"你从哪里来?"黄衫人只知道连声答应是是而已。张令催人暖酒,酒暖好送上来,张令用大金酒盏让黄衫人喝酒。黄衫人虽然不道谢,但也似乎有点儿惭愧。饮酒完毕,黄衫人又盯着烤好的羊肉,目不转睛。张令亲自割下烤羊肉给他吃。一只羊腿吃完了,这人还没有吃饱饭的样子。张令又从食盒里拿出十四五张薄肉饼给他吃。黄衫人总共喝了二斗多酒。喝到兴头上的时候,黄衫人对张令说:"四十年前,曾经在东店得以喝醉吃饱过一次,直到今天。"张令十分惊讶,于是很恳切地问他的姓氏。黄衫人说:"我不是人,而是当班送关中登记死人名册的官吏。"张令吃惊地问他缘由。黄衫人说:"太行山收死人的魂魄,把快要死的人的名册送到那里,让我按部送达。"张令说:"可以看一看吗?"黄衫人说:"就给你看也不要紧。"于是解下皮袋子,拿出一卷轴,卷轴开头写道:太行山的主神送给金天府的文书。第二行写着:贪图钱财,喜欢杀人,见了小利就忘恩负义的人,前浮梁县令张某,就是张君。张令见了名字,乞求黄衫使者:"人的寿命长短有一定数限,谁能免于一死呢?只是我正身强力壮,没有准备送死的东西。家业浩大,还没有托付给谁,有什么办法能延长死期?我的袋子里,估计不下价值几十万的钱物,全部都可以献给你。"使者说:"你供我吃一顿饭的恩义,本来就应当报答;馈赠我百万钱,我有什么用呢?现在有个仙官刘纲,被贬谪在莲花峰。你应该马上前去,向他哀诉恳求,请他向上天奏章,除此之外没有别的办法。我昨天听说金天王和南岳王,输了二十万,被逼债逼得很厉害,你可以前往岳庙,答应给他丰厚的钱物数目,他就一定能在仙官面前为你出力,即使他无力帮你,也能带你到莲花峰下。不然的话,山路上荆棘浓密,有大河深谷阻绝,没有办法前去找仙官的。"

县令于是携带祭神用的牲畜,飞快地前往岳庙,许愿送给岳神几千几万。然后立即前去莲花峰。他找到一条小路,有几十里,来到了莲花峰下。转向东南,有一处茅屋,茅屋里一个道士靠着几案坐着,道士问张令说:"你这骨头腐烂、肌肉坏死,魂魄神气都丧失了的人,怎么能来这里?"张令说:"我是一个漏水将尽,露水转眼就要干枯的人,私自听说仙官能够把魂魄收回到我这把朽骨上,能使我的枯骸上长出肌肉。仙官既然有爱护生灵的好心肠,又怎么会吝惜向上天写奏章这点儿力气?"道士说:"我从前为隋朝一个权臣上了一次奏章,被贬谪到这莲花峰。你对我有什么恩德,想让我永远离不开这座寒山?"张令更加急切地哀诉祈求,仙官却还是发怒的样子。不一会儿有一个使者带着一封书函到来,原来是金天王的书信。仙官看了书函,笑着说:"机会已经到了,不能不答应。"他把使者叫来,叫他回报,说:"不是又要让我受上帝的谴责吗?"于是打开玉盒子,写了一封奏书,烧着香,拜了两拜,交给使者送去。一顿饭工夫,上天的符命就降下来了,上面署着"彻"字。仙官又焚香拜了两拜,然后打开。天符上写着:"张某背弃祖宗,窃据官位,不顾礼法,用不正当的手段窃取了做官的荣耀,而且又卑鄙险僻,多占财物,诡谲狡诈,极不诚实。县令的职位,已是窃据;几千乘车才装得下的家产,都是用不正当手段得来的。经过追查证明他的罪行属实,只等着取走他的性命,你为什么还上奏章,要求延缓他的死期?只是因为扶助危弱,拯救落水命危之人是道义上所崇尚的;宽容过失,减轻刑罚,也是玄门中人要遵循的宗旨。宽恕他一个人,我们的教义就得到弘扬光大,希望他彻底改过重新做人。他这贪生的人酌量延寿五年,你为他上奏章却不能没有罪。"仙官看完,对张令说:"大体世上人的寿命,都可以达到一百岁。却都因为喜怒哀乐，泯灭了心智。喜爱厌恶嗜好贪欲，是砍伐性命的根本原因。又发挥自己的才能，压制别人的长处。心里颠来倒去，顷刻间就生出千万种变化，精力疲劳，思想怠倦，难以保全。就像那清淡的泉水，被那各种杂味搅乱了，要想水质不腐坏，怎么可能呢？你回去一定要努力，不要忘了我的教导。"张令拜谢告辞，一抬头，仙官已经不见了。

张令再找回去的路，觉得渐渐平坦易行了。走了十多里，黄衫吏迎上前来向他祝贺。张令说："想要报答你，希望知道你的姓名。"黄衫吏说："我姓钟，生前是宣城县传递文书的人，死在华阴，于是被阴司录用。传递符牒的差使，像生前一样劳苦。"张令说："怎样才能免除你的劳苦呢？"黄衫吏说："只要在祝祷金天王还愿时，说上一句请他派我做个看门人就可以了，那我就可以饱食神盘子了。送天帝的符命已经耽误了半天，不能再滞留了，我这就和你告别。"黄衫吏走入寺庙南面桑林三五步就看不见了。这天晚上，张令把车马停在华阴，决定回东边去。他计算一下，向金天王请愿的酬金，花费的数目超过二万。于是对仆人说："二万钱可以养十个像我家这样的家庭，供给其物资和粮食。怎么可以受天帝的恩惠，却私自去感谢土偶人呢？"第二天早上，张令就往东到了偃师。驻宿在县里的公馆里，又见到了黄衫使者，他带着阴司追命的文书推开门进来，呵斥张令说："怎么这样不讲信用？现在祸害到了。由于你没有还三峰之愿，使我也不能报答你的一饭之恩。心里忧郁痛苦，好像被蝎子蜇了一样。"说完，就不见了。不一会儿，张令就病了，他赶紧给妻子写遗书，还没写完就死了。

东洛张生

牛僧孺任伊阙县尉，有东洛客张生，应进士举，携文往谒。至中路，遇暴雨雷雹。日已昏黑，去店尚远，歇于树下。逡巡，雨定微月,遂解鞍放马。张生与僮仆宿于路侧。困倦甚,昏睡,良久方觉。见一物如夜叉,长数丈,拿食张生之马。张生惧甚,伏于草中,不敢动。才讫,又取其驴。驴将尽,遽以手拽其从奴,提两足裂之。张生惶骇,遂狼狈走。野叉随后,叫呼诟骂。里余,渐不闻。

路抵大冢,冢畔有一女立。张生连呼救命。女人问之,具言事。女人曰:"此是古冢,内空无物,后有一孔,郎君且避之。不然,不免矣!"张生遂寻冢孔,投身而入。内至深,良久亦不闻声。须臾,觉月转明。忽闻冢上有人语,推一物,便闻血腥气。视之,乃死人也,身首皆异矣。少顷,又推一人。至于数四,皆死者也。既讫,闻其上分钱物衣服声,乃知是劫贼。其帅且唱曰,某色物与某乙,某衣某钱与某乙,都唱十余人姓名。又有言不平,相怨怒者,乃各罢去。

张生恐惧甚,将出,复不得。乃熟念其贼姓名,记得五六人。至明,乡村有寻贼者,至墓旁,睹其血,乃围墓掘之。睹贼所杀人,皆在其内。见生惊曰:"兼有一贼堕于墓中。"乃持出缚之。张生具言其事,皆不信。曰:"此是劫贼,杀人送于此,偶堕下耳。"笞击数十,乃送于县。行一二里,见其从奴驴马鞍驮悉至。张生惊问曰:"何也?"从者曰:"昨夜困甚,于路旁睡着。至明,不见郎君,故此寻求。"张生乃说所见,从者曰:"皆不觉也。"遂送至县。牛公先识之,知必无此,乃为保明。张生又记劫贼数人姓名,言之于令。令遣捕捉,尽获之。遂得免。究其意,乃神物冤魄,假手于张生,以擒贼耳。

(卷三百五十七,出《逸史》)

[意译]

　　牛僧孺任伊阙县尉时，有个客居东都洛阳的张生，要参加进士考试，带着写好的文章前往拜访牛僧孺。走到半路，突然遇到打雷冰雹暴雨。天色已经昏黑，离旅店还很远，就在树下休息。不一会儿，雨停了，天上微微露出月光，张生便解下鞍具，把马放开。张生和童仆住宿在路旁边。张生十分困倦，昏昏沉沉睡了，好长时间才醒过来。看见一个怪物像夜叉，几丈长，正捉食张生的马。张生非常害怕，趴在草中，不敢动。夜叉吃完了马，又捉他的驴。快要吃完驴，又很快地用手拽住他的随从奴仆，捉起两足撕裂开来。张生惶恐惊骇，于是狼狈逃走。夜叉跟在后面，呼叫着，诟骂着。跑出一里多远，才渐渐听不见了。

　　路上经过一座大坟墓，坟畔站着一个女子。张生连忙呼叫救命。女子问他怎么回事，他详细说了经过。女子说："这是古墓，里面空无一物，后面有一个洞穴，你暂且进去躲避。不这样，不能免祸。"张生便找着墓的洞穴，跳了进去。里边很深，很久也听不到声音。不一会儿，觉得月光渐渐明亮了。忽然听到坟上有人说话，推入一物，便闻到血腥的气味。一看，原来是死人，尸身和头颅都分开了。不一会儿，又推进来一个。一直推进来好几个，都是死人。死人推完以后，又听到上面分钱物衣物的声音，才知道是抢东西杀人的盗贼。强盗头子又吆喝着某样东西给某某，某件衣服某些钱给某某，总共吆喝了十几人的姓名。又听到有说心里不平的，有互相埋怨发怒的，又听到他们各自散去。

　　张生非常恐惧，要出来，又出不来。便在墓内念着记着这些盗贼的姓名，记住了五六个人。到天亮，村子里有来找盗贼的，到了坟墓旁，看见了血，就围着墓挖了起来，看见盗贼所杀的人，全都在里边。又看见张生，村人大惊说："还有一个盗贼掉在墓里。"于是把张生捉出绑起来。张生详细告诉他们情况，村人都不相信。说："这是劫贼，杀人送到这里，不小心掉下去的。"用东西打了他几十下，把他送到县府。走了一二里路，张生看见跟从他的奴仆、驴、马和鞍上驮的东西都到了。张生吃惊地问道:"这是为什么呀?"跟从的人说:"昨天夜里太困倦了,就在路边睡着了。到天亮,不见了您,所以到处找您。"张生便说他所见到的夜叉等东西,从者说:"都没有什么异常的感觉。"村人把张生送到县府。牛僧孺本来认识张生,知道一定不会有张生杀人的事,于是为他作保辩明。张生又记住了几个劫贼的姓名,告诉县令。县令派人追捕捉拿,全部都抓获了。于是张生自然得以免罪。推想这件事的来由,可能是神物的冤魂借张生之手来擒拿盗贼。

王 宙

天授三年,清河张镒,因官家于衡州。性简静,寡知友。无子,有女二人。其长早亡,幼女倩娘,端妍绝伦。镒外甥太原王宙,幼聪悟,美容范。镒常器重,每曰:"他时当以倩娘妻之。"后各长成,宙与倩娘常私感想于寤寐,家人莫知其状。后有宾寮之选者求之,镒许焉。女闻而郁抑,宙亦深恚恨,托以当调,请赴京,止之不可,遂厚遣之。宙阴恨悲恸,决别上船。

日暮,至山郭数里。夜方半,宙不寐,忽闻岸上有一人行声甚速,须臾至船。问之,乃倩娘徒行跣足而至。宙惊喜发狂,执手问其从来。泣曰:"君厚意如此,寝食相感。今将夺我此志,又知君深情不易,思将杀身奉报,是以亡命来奔。"宙非意所望,欣跃特甚。遂匿倩娘于船,连夜遁去。倍道兼行,数月至蜀。凡五年,生两子,与镒绝信。其妻常思父母,涕泣言曰:"吾曩日不能相负,弃大义而来奔君。向今五年,恩慈间阻。覆载之下,胡颜独存也?"

宙哀之，曰："将归，无苦。"遂俱归衡州。

既至，宙独身先至镒家，首谢其事。镒曰："倩娘病在闺中数年，何其诡说也！"宙曰："见在舟中！"镒大惊，促使人验之。果见倩娘在船中，颜色怡畅，讯使者曰："大人安否？"家人异之，疾走报镒。室中女闻，喜而起，饰妆更衣，笑而不语，出与相迎，翕然而合为一体，其衣裳皆重。其家以事不正，秘之。惟亲戚间有潜知之者。后四十年间，夫妻皆丧。二男并孝廉擢第，至丞尉。

事出陈玄祐《离魂记》云。玄祐少常闻此说，而多异同，或谓其虚。大历末，遇莱芜县令张仲规，因备述其本末。镒则仲规堂叔，而说极备悉，故记之。

（卷三百五十八，出《离魂记》）

[意译]

武则天天授三年（692），清河郡的张镒因为在衡州做官，就把家安在那里。张镒性情平易，喜欢清静，很少交朋友。他没有儿子，只有两个女儿。大女儿早就死了，剩下小女儿倩娘，端庄秀丽，容貌出众。张镒的外甥王宙，是太原府人，自幼聪明，长得英俊，举止文雅。张镒非常器重他，常常说："将来要把倩娘嫁给他。"后来两人都长大成人了，王宙和倩娘私下相爱，日夜思念，家里人却不知道这种情况。后来幕僚中有赴吏部选官的人向张镒求娶倩娘，张镒就答应了他。倩娘听说以后，心里十分忧郁，王宙也非常怨恨，推托说自己要调任官职，请求赴京城去。张镒劝阻不成，便给他一份厚礼，送他走了。王宙暗自又恼恨又悲恸，告别舅舅后上船走了。

傍晚，船行到离一个山城几里远的地方靠岸停下来。已经半夜了，王宙还闷闷不乐睡不着，忽然听着岸上一个人一串急促的走路的声音，转眼间那人就到了船上。一问,原来是倩娘光着脚跑来了。王宙又惊又喜,简直要乐疯了,忙拉住她的手问她从何处来。倩娘哭着说:"公子对我如此深情厚意,在梦里我都能感应。现在父亲要我改变心志,我又知道公子一片深情不会改变,心想就是死了也要报答你,因此我逃出来投奔你。"王宙日夜盼望的事情出乎意料地实现了,高兴得跳起来。他便把倩娘藏在船上,连夜开船离去。他们日夜兼程,加快速度,几个月就到了蜀地。他们一起生活了五年,生了两个孩子,和张镒断绝了音信。王宙的妻子倩娘还是经常想念父母,哭泣着说:"我当日不能辜负你,所以不顾礼义与你私奔。到现在已经和父母分别五年。我还有什么脸活在天地之间?"王宙非常同情她,便说:"我们回家去,不要伤心了。"两人便一起回衡州。

到了衡州,王宙独自先到张镒家,一见面就为他们私自成亲的事向舅舅谢罪。张镒说:"倩娘生病,躺在闺中已经几年了,你瞎编什么鬼话!"王宙说:"倩娘就在船上。"张镒大吃一惊,赶快派人到船上去察看。果然见倩娘在船中,非常高兴舒畅的样子,问家人说:"父母大人身体好吗?"家人非常奇怪,赶紧跑回去报告张镒。不料屋子里有病躺着的倩娘听到这情况,一下子高兴地从床上坐起来,梳妆打扮,换上衣服,只笑却不说话,走出去迎接从蜀地回来的倩娘,忽然间两个人合为一体,身上的衣服也重叠着。家里因为这事不正常,都保密不外传。只有亲戚里有暗中知道一些内情的。过了四十年,王宙、倩娘夫妻都死了,两个儿子都考取了进士,做了县丞、县尉。

故事出自陈玄祐的《离魂记》。陈玄祐自幼常听到这一传说,说法有异有同,有的说这是虚假的。大历(766—779)末年,陈玄祐遇到莱芜县的县令张仲𫖮,他详细地讲述事情的始末经过。张镒就是张仲𫖮的堂叔,他讲述得十分详尽具体,所以把它记了下来。

刘 立

刘立者,为长葛尉。其妻杨氏,忽一日泣谓立曰:"我以弱质,托附君子,深蒙爱重。将谓琴瑟之和,终以偕老;何期一旦,舍君长逝?"哽咽涕泗,不能自胜。立曰:"君素无疾恙,何得如此?"妻言:"我数日沉困,精思恍惚,自度必不济矣!且以小女美美为托。"又谓立曰:"他日美美成长,望君留之三二年。"其夕,杨氏卒。

及立罢官,寓居长葛,已十年矣。时郑师崔公,即立之表丈也。立往诣之。崔待之亦厚,念其贫,令宾幕致书于诸县,将以济之。

有县令某者,邀立往郭外看花。及期而县令有故,不克同往,令立先去,舍赵长官庄。行三二里,见一杏园,花盛发,中有妇女十数人。立驻马观之。有一女,年可十五六,亦近垣中窥。立又行百许步,乃至赵长官宅。入门见人物匆遽,若有惊急。主人移时方出,曰:"适女子与亲族看花,忽中暴疾,所以不果奉迎。"坐未定,有一青衣与赵耳语,赵起入内,如是数四。又闻赵公嗟叹之声。乃问立曰:"君某年某月为长葛尉乎?"曰:"然。""婚杨氏乎?"曰:"然。""有女名美美,有仆名秋笋乎?"曰:"然。仆今控马者是矣。"赵又叹息惊异。旋有人唤秋笋入宅中,见一女可十五六,涕泣谓曰:"美美安否?"对曰:"无恙也。"仆拜而出,莫知其由。立亦讶之。徐问赵曰:"某未省与君相识,何故知其行止也?"赵乃以实告曰:"女适看花,忽若暴卒。既苏,自信前身乃公之妻也。今虽隔生,而情爱未断。适窥见公,不觉闷绝。"立歔欷久之。须臾,县令亦至,众客具集。赵具白其事,众咸异之。立曰:"某今年尚未高,亦有名官,愿与小娘子寻隔生之好。"众共成之,于是成婚。而美美长于母三岁矣。

(卷三百八十八,出《会昌解颐录》)

[意译]

刘立是长葛县尉，他的妻子杨氏这一天忽然哭泣着对刘立说："我以文弱的体质，托付给您，受到你深切的喜爱和敬重。原以为夫妻和睦，可以白头偕老。哪里想到要忽然永远离去，和你分别呢？"说完，哽咽流泪，哭个不停。刘立说："你一向没有病，为什么会这样？"妻子说："我这几天昏沉困倦，精神迷迷糊糊，自己估计一定没法救了！姑且把小女美美托付给你。"又对刘立说："将来美美长大成人，希望你把她留下二三年。"这天晚上，杨氏死了。

待到刘立任满罢官，定居在长葛，已经十年过去了。这时，郑师崔公是刘立的表丈。刘立前往拜见他。崔公待他很热情，考虑到他很贫穷，让部下给各县写信，准备救助他。

有这么一个县令，邀请刘立到外城看花。到了约定看花的时候，县令有点儿别的事，不能一同去，就让刘立先去，到赵长官的庄园休息等候。走了二三里，看见一所杏园，杏花正盛开，里面有十几个女子。刘立停下马观看。只见一个女子，年龄十五六岁，也靠近围墙偷看刘立。刘立又走了一百多步远，就到了赵长官的宅院。走进大门，看见人们匆忙惶恐的样子，好像有意外紧急的事情。主人过了一会儿才出来，说："恰好女子和亲族们观赏花时，忽然得了暴病，所以没能恭敬相迎。"还没坐定，有一个婢女进来对赵长官咬着耳朵说了几句话，赵长官起身进内屋，像这样进进出出好几次。又听到赵长官连连感叹的声音。赵长官才问刘立："你某年某月当过长葛县尉吗？"刘立说："是。"赵长官问："和杨氏结的婚？"刘立说："是。"赵长官问："有一个女儿叫美美，一个仆人叫秋笋，对吗？"刘立说："是。现在给我牵马的就是秋笋。"赵长官又连连叹息，非常惊异。不一会儿有人把秋笋叫到房里去，一个十五六岁的女子哭着问他说："美美好吗？"仆人回答说："她很好。"仆人拜辞出去，不知道为什么突然问到美美。刘立也非常惊讶。他慢慢地问赵长官说："我想不起和

太平广记选 | 229

您相识过,您为什么知道我的生平事迹呢?"赵长官才如实地告诉他:"我女儿刚才看花,忽然好像得暴病死了。待苏醒过来,她自己说她的前身是您的妻子。现在虽然隔生,但对你的情爱没有断绝。刚才偷偷看见你,不由得心闷而绝气。"刘立叹息了好长时间。不一会儿,县令也到了,众多客人都聚集一起。赵长官详细讲述这事,大家都非常惊异。刘立说:"我现在年纪还不算大,也有声名和官职,愿意和小娘子结成隔生的姻缘之好。"众人都赞同这门婚事。刘立便与小娘子成婚,成了赵家女婿。女儿美美比再生的母亲还大三岁。

吕　生

　　大历中,有吕生者,自会稽上虞尉调集于京师。既而,侨居永崇里。尝一夕,与其友数辈会食于其室。食毕,将就寝,俄有一妪,容服洁白,长二尺许,出于室之北隅,缓步而来,其状极异。众视之,相目以笑。其妪渐迫其榻,且语曰:"君有会,不能一命耶?何待吾之薄欤?"吕生叱之,遂退去。至北隅,乃亡所见。且惊且叹,莫知其来也。

　　明日,生独寝于室,又见其妪在北隅下,将前且退,惶然若有所惧。生又叱之,遂没。明日,生默念曰:"是必怪也,今夕将至,若不除之,必为吾患不朝夕矣!"即命一剑置其榻下。是夕,果是北隅徐步而来,颜色不惧。至榻前,生以剑挥之,其妪忽上榻以臂揕生胸,余又跃于左右,举袂而舞。久之,又有一妪忽上榻,复以臂揕生。生遽觉一身尽凛然若霜被于体。生又以剑乱挥,俄有数妪,亦随而舞焉。生挥剑不已,又为十余妪,各长寸许,虽愈多而貌如一焉，皆不可辨，环走四垣，生惧甚，计不能出。中者一妪谓吕生曰："吾将合为一矣，君且观之。"言已，遂相望而来，俱至榻前，翕然而合，又为一妪，与始见者不异。生惧益甚，乃谓曰："尔何怪？而敢如是挠生人耶？当疾去，不然吾求方士，将以神术制汝，汝又安能为耶？"妪笑曰："君言过矣。若有术士，吾愿见之。吾之来，戏君耳，非敢害也，幸君无惧，吾亦还其所矣。"言毕，遂退于北隅而没。

明日，生以事语人。有田氏子者，善以符术除去怪魅，名闻长安中。见说，喜跃曰："是我事也，去之若爪一蚁耳。今夕愿往君舍，且伺焉。"至夜，生与田氏子俱坐于室。未几而妪果来，至榻前，田氏子叱曰："魅疾去。"妪扬然其色不顾，左右徐步而来去者久之，谓田生曰："非吾之所知也！"其妪忽挥其手，手堕于地。又为一妪甚小，跃而升榻，突入田生口中。田生惊曰："吾死乎！"妪谓生曰："吾比言不为君害，君不听。今田生之疾，果何如哉？然亦将成君之富耳！"言毕，又去。

明日，有谓吕生者，宜于北隅发之，可见矣。生喜而归，命家僮于所没穷焉，果不至丈，得一瓶，可受斛许，贮水银甚多。生方悟其妪乃水银精也。田生竟以寒栗而卒。

（卷四百零一，出《宣室志》）

[意译]

唐代宗大历年间，有一个叫吕生的，从会稽上虞县尉来京师等候调任。到了京师，赁屋居住在永崇里。曾有一个晚上，他在房间里宴请了几个朋友。吃过以后，就要睡觉，就见一个容貌服饰洁白、二尺多高的老妇，从房子北面墙角出现，慢慢走来。她的长相十分奇异，大家看着她，都相视而笑。这老妇渐渐靠近他的床铺，还说道："你有聚会宴请，不能叫我一下吗？怎么这样亏待我呢？"吕生大声斥责她，老妇便退去，到北面墙角，就看不见了。大家又惊奇又感叹，不知她从哪里来的。

第二天，吕生一个人睡在房间里，又见那老妇在北边墙角，想着往前走，且又后退了，惶惶不安好像害怕什么。吕生又大声斥责她，她又不见了。次日，吕生暗想："这一定是精怪，今天晚上还要来，如果不把她铲除掉，迟早都会成为我的祸患！"就叫人把一把剑放在他的床底下。这天晚上，这老妇果然又从北面墙角慢慢走来，脸上没有惧怕的样子。到了床前，吕生挥剑斩她，老妇却忽然跳上床用手扪住吕生胸前，之后，又在吕生左右跳来跳去，举起衣袖跳舞。好长时间，又有一个老妇忽然上了床，也用手臂扪住吕生。吕生忽然觉得一身冰冷好像被霜雪盖住了身体。吕生又挥剑乱斩，一会儿又有几个老妪，也随着跳起了舞。吕生挥剑砍个不停，又变出十几个老妇，各有一寸来长，虽然越来越多，但相貌却像是一个人，都不可辨别，这些老妇沿着四墙来回走动。吕生害怕极了，心想没办法走出这包围圈。中间那个老妇却对吕生说："我们要合成一个了，你不妨看看。"说完，那些老妇都面对面走拢来，到了床前，一下子聚合起来，又变作了一个老妇，和开始见到的没有不同。吕生更加怕得不得了，便对老妇说："你是什么怪物？怎敢这样作弄活着的人？应当赶快离开，不然的话，我要找得道的方士来，用神仙的法术来制服你，你还能这样作怪吗？"老妇笑笑说："你说错了。如果有方士，我愿意见一见。我来是和你戏耍罢了，并不敢加害于你，希望你不要害怕，我也回到我住的地方去了。"说完，就退到北面墙角不见了。

次日，吕生把这事告诉别人。有一个姓田的男子，善于用符咒之术铲除妖怪鬼魅，在长安很有名气。听说这件事后，他高兴得跳起来，说："这是我要做的事啊，除掉她好像抓一只蚂蚁罢了。今天晚上我愿意住在你的房间，在那里等着。"到了晚上，吕生和姓田的男子都坐在房间里。没多久，老妇果然来了。到了床前，姓田的男子大声斥责说："妖魅快滚开!"老妇昂着头,连看也不看他,在屋里慢慢走来走去好长时间,对田生说:"你并不了解我呀!"老妇忽然挥动着手,手掉落在地上,又变做一个很小的老妇,跳到床上,忽然进到田生口里。田生吃惊地说:"我这回死了!"老妇对吕生说:"我以前说过不会害你,你不相信。现在田生的病到底怎么样了?不过也能成为你的富贵啊!"说完,又离去了。

第二天,有人对吕生说,应该去发掘北墙角,就可以看见这东西了。吕生高兴地回去,叫家童在老妇隐没的地方一直挖下去。果然,在不到一丈深的地方,得到一只瓶子,可以盛一斛多一点儿,里面贮了很多水银。吕生才明白这老妇是水银精。田生终于因为寒栗死了。

李 靖

唐卫国公李靖,微时尝射猎霍山中,寓食山村。村翁奇其为人,每丰馈焉。岁久益厚。忽遇群鹿,乃逐之。会暮,欲舍之不能。俄而阴晦迷路,茫然不知所归,怅怅而行,困闷益甚。极目有灯火光,因驰赴焉。即至,乃朱门大第,墙宇甚峻。扣门久之,一人出问,靖告迷道,且请寓宿。人曰:"郎君已出,独太夫人在,宿应不可。"靖曰:"试为咨白。"乃入告复出,曰:"夫人初欲不许,且以阴黑,客又言迷,不可不作主人。"邀入厅中。有顷,一青衣出曰:"夫人来。"年可五十余,青裙素襦,神气清雅,宛若士大夫家。靖前拜之,夫人答拜,曰:"儿子皆不在,不合奉留。今天色阴晦,归路又迷,此若不容,遣将何适?然此乃山野之居,儿子还时,或夜到而喧,勿以为惧。"既而食,颇鲜美,然多鱼。食毕,夫人入宅,二青衣送床席裀褥,衾被香洁,皆极铺陈,闭户系之而去。

靖独念山野之外，夜到而闹者何物也，惧不敢寝，端坐听之。夜将半，闻扣门声甚急，又闻一人应之，曰："天符，报大郎子当行雨，周此山七百里，五更须足，无慢滞，无暴厉。"应者受符入呈。闻夫人曰："儿子二人未归，行雨符到，固辞不可，违时见责。纵使报之，亦已晚矣。僮仆无任专之理，当如之何？"一小青衣曰："适观厅中客，非常人也，盍请乎？"夫人喜，因自扣其门曰："郎觉否？请暂出相见。"靖曰："诺。"逐下阶见之。夫人曰："此非人宅，乃龙宫也。妾长男赴东海婚礼，小男送妹。适奉天符，次当行雨。计两处云程，合逾万里，报之不及，求代又难。辄欲奉烦顷刻间，如何？"靖曰："靖俗人，非乘云者，奈何能行雨？有方可教，即唯命耳。"夫人曰："苟从吾言，无有不可也。"遂敕黄头："鞴青骢马来。"又命取雨器，乃一小瓶子，系于鞍前，戒曰："郎乘马，无勒衔勒，信其行，马跑地嘶鸣，即取瓶中水一滴，滴马鬃上，慎勿多也。"于是上马腾腾而行，倏忽渐高，但讶其稳疾，不自知其云上也。风急如箭，雷霆起于步下。于是随所跃，辄滴之。既而电掣云开，下见所憩村。思曰："吾扰此村多矣，方德其人，计无以报。今久旱，苗稼将悴，而雨在我手，宁复惜之？"顾一滴不足濡，乃连下二十滴，俄顷雨毕，骑马复归。

夫人者泣于厅曰："何相误之甚！本约一滴，何私下二十尺之雨？此一滴，乃地上一尺雨也。此村夜半平地水深二丈，岂复有人？妾已受谴，杖八十矣。"但视其背，血痕满焉。"儿子亦连坐，奈何？"靖渐怖，不知所对。夫人复曰："郎君世间人，不识云雨之变，诚不敢恨。只恐龙师来寻，有所惊恐，宜速去此。然而劳烦，未有以报。山居无物，有二奴奉赠。总取亦可，取一亦可，唯意所择。"于是命二奴出来。一奴从东廊出，仪貌和悦，怡怡然。一奴从西廊出，愤气勃然，拗怒而立。靖曰："我猎徒，以斗猛为事，今但取一奴而取悦者，人以我为怯也。"因曰："两人皆取则不敢。夫人既赐，欲取怒者。"夫人微笑曰："郎之所欲乃尔。"遂挥与别，奴亦随去。出门数步，回望失宅，顾问其奴，亦不见矣。独寻路而归。及明望其村，水已极目，大树或露梢而已，不复有人。其后竟以兵权静寇难，功盖天下，而终不及于相，岂非悦奴之不得乎？世言关东出相，关西出将，岂东西喻邪？所以言奴者，亦臣下之象。向使二奴皆取，即极将相矣。

（卷四百一十八，出《续玄怪录》）

[意译]

唐朝卫国公李靖，没有做官时，有一次在霍山打猎，寄住寄食在一处山村。村里的老人看出他是奇异的人物，总是供给他丰盛的饭食。时间久了，交情更加深厚。这一天，李靖忽然遇上一群鹿，就追赶过去。正好快天黑，想放弃又舍不得。不一会儿天气阴沉晦暗，李靖就迷路了，茫然不知回去的路。于是一路走，一边懊恼，心里非常烦闷又很困倦。正在这时，远远望去有一处灯光，于是策马快跑前去。到那一看，是一所朱红色门的大宅院，房宇十分威严齐整。敲了很久的门，才有一个人出来问话，李靖告诉他说迷路了，请求寄宿。那人说："郎君出去了，只有太夫人在，要寄宿恐怕不可能。"李靖说："你试着商告一下。"那人于是进去商告，然后出来，说："夫人起初想不答应，因为天气阴沉昏黑，你又迷路了，不能不招待你住下。"李靖于是被邀请进入厅中。不一会儿，一个婢女出来，说："夫人来了。"夫人有五十多岁，青色的衣裙，素色的短袄，神情气质十分清雅，好像官宦人家的妇人。李靖上前下拜行礼，夫人也行礼作答，说："儿子都不在，不应该留你的。可天色阴沉晦暗，你又迷路了，这里不留你，让你往哪里去？不过这里是山野中的居家，儿子有时晚上回来喧闹，请不要害怕。"接着请李靖吃饭，饭菜都很鲜美，不过菜肴中很多是鱼。吃完以后，夫人进内宅去了。两个婢女送来床铺、席子、垫褥、被子，被子又干净又带着香气，铺设得很齐整，然后关上门走了。

李靖一心挂念着山野之外夜晚回来喧闹的是什么东西，害怕得不敢入睡，端端正正地坐在那里听着。快半夜时，听得很急促的敲门声，又听到有人应声，敲门那人说："天帝的令符要大郎子下雨，环绕这山七百里，五更时候须下足，不要迟缓，也不要太猛烈。"应声的人接受了符命进屋呈告太夫人。又听到夫人说："两个儿子没有回来，下雨的符命到了，不可以硬推辞，违反了时令又要受责罚。派使者去报告两个儿子，也已经晚了。童仆又没有执行这使命的道理，怎么办呢？"一个小婢女说："刚才看厅里那客人，不是寻常的人，何不请他来呢？"夫人很高兴，于是亲自前来敲门说："郎君醒了吗？请出来一下，我要见你。"李靖答应说："行。"于是出来走下台阶与太夫人相见。夫人说："这里不是人的住宅，而是龙宫。我的大儿子到东海参加婚礼去了，小儿子送妹妹去了。恰好接受了天帝的符命，马上就要下雨。估计大儿子、小儿子两处的路程，都超过万里，报告他们已经来不及了，求人替代又有困难。因此想烦劳您片刻时间，怎么样？"李靖说："我是凡俗之人，不是腾云驾雾的人，又怎么能行雨？有什么办法教给我，则我敢听从吩咐。"夫人说："如果听从我的话，没有不可以的。"于是命令管雨具的官吏："把青骢马备好牵来。"又吩咐取来雨器，原来是一个小瓶子，把它系在马鞍前。夫人告诫说："你骑着马，不要勒马缰绳，让它随意行走，马跑得嘶叫起来，就把瓶子里的一滴水滴在马鬃上，千万不要多了。"李靖于是骑上马腾空而行，转眼间渐渐到了高空，只是惊讶这马又稳又快，不知道自己已经到了云层之上。这时刮起风，像箭一样急，雷霆就在足下响起。李靖于是随着马的跳跃，就滴一滴水。不一会儿一道闪电，云层闪开，往下一看，正是他寄宿的村庄。李靖心想："我打扰这处村庄很久了，很感激村里的人，可又没有办法报答他们。现在他们久旱，禾苗庄稼都枯萎了。现在雨在我手里，难道还吝惜它？"他想，一滴水不足以沾湿地面，于是接连下了二十滴。不一会儿行雨完毕，他骑着马回来了。

一回来，就见夫人在厅里哭泣，说："怎么误事这样厉害！本来约定下一滴水，为什么私自下了二十滴？这一滴水，就是地上的一尺雨。这村子里半夜平地里水深二丈，怎么还会有人？我已经受到责罚，被打了八十大棒。"李靖看她背上，果然满是血痕。夫人又说："儿子也株连获罪，怎么办呢？"李靖又惭愧又害怕，不知怎样回答。夫人又说："你是凡世间的人，不懂得云雨的变化，确实不敢埋怨你。只是担心龙师来寻找，吓着了你，你应当马上离开这里。不过烦劳了你，没有什么可以报答。我住在山里，没有别的东西，有两个奴仆奉送给你。你都要去也可以，只要一个也可以，随你的意愿选择。"于是叫两个奴仆出来。一个奴仆从东边廊下出来，仪态相貌很和悦。一个奴仆从西边廊下出来，一脸怒气地站着。李靖想："我是打猎的人，专门与猛兽搏斗，今天如果只要一个奴仆而要了那和悦的，人们会认为我胆怯。"于是说："两人都要走，实在不敢。夫人既然赏赐给我，那我想要发怒的那个。"夫人微笑着说："你想要的只是这样。"于是李靖拱手行礼告别，奴仆也跟着走了。出门才几步路，回头看去，宅院不见了，又回头问奴仆，奴仆也不见了。于是李靖独自一人寻路回来。到天亮看到那村子，洪水极目都是，连高大的树木也只是有的露出树梢而已，不再有一个人。李靖后来统领军队，平定寇乱，功劳超过天下人，但最终没有做到宰相。这难道不是因为没有得到那和悦的奴仆吗？世上的人说，关东出宰相，关西出大将，这不是东廊、西廊的象喻吗？所以说，奴仆也是臣下之象。假如当时两个奴仆都要来，那李靖就位极将相了。

柳　毅

　　唐仪凤中，有儒生柳毅者，应举下第，将还湘滨。念乡人有客于泾阳者，遂往告别。至六七里，鸟起马惊，疾逸道左。又六七里，乃止。见有妇人，牧羊于道畔。毅怪视之，乃殊色也。然而蛾脸不舒，巾袖无光，凝听翔立，若有所伺。毅诘之曰："子何苦而自辱如是？"妇始楚而谢，终泣而对曰："贱妾不幸，今日见辱问于长者。然而恨贯肌骨，亦何能愧避？幸一闻焉。妾，洞庭龙君小女也。父母配嫁泾川次子，而夫婿乐逸，为婢仆所惑，日以厌薄。既而将诉于舅姑，舅姑爱其子，不能御。迨诉频切，又得罪舅姑，舅姑毁黜以至此。"言讫，歔欷流涕，悲不自胜。又曰："洞庭于兹，相远不知其几多也。长天茫茫，信耗莫通。心目断尽，无所知哀。闻君将还吴，密通洞庭。或以尺书，寄托侍者，未卜将以为可乎？"毅曰："吾义夫也。闻子之说，气血俱动，恨无毛羽，不能奋飞。是何可否之谓乎！然而洞庭，深水也。吾行尘间，宁可致意邪？唯恐道途显晦，不相通达，致负诚托，又乖恳愿。子有何术，可导我邪？"女悲泣且谢，曰："负载珍重，不复言矣。脱获回耗，虽死必谢。君不许，何敢言？既许而问，则洞庭之与京邑，不足为异也。"毅请闻之。女曰："洞庭之阴，有大橘树焉，乡人谓之社橘。君当解去兹带，束以他物。然后叩树三发，当有应者。因而随之，无有碍矣。幸君子书叙之外，悉以心诚之话倚托，千万无渝。"毅曰：

"敬闻命矣。"女遂于襦间解书,再拜以进,东望愁泣,若不自胜。毅深为之戚。乃置书囊中,因复问曰:"吾不知子之牧羊,何所用哉?神祇岂宰杀乎?"女曰:"非羊也,雨工也。""何为雨工?"曰:"雷霆之类也。"数顾视之,则皆矫顾怒步,饮龁甚异,而大小毛角,则无别羊焉。毅又曰:"吾为使者,他日归洞庭,幸勿相避。"女曰:"宁止不避,当如亲戚耳。"语竟,引别东去。不数十步,回望女与羊,俱亡所见矣。其夕,至邑而别其友。

月余,到乡还家,乃访于洞庭。洞庭之阴,果有社橘。遂易带向树,三击而止。俄有武夫出于波间,再拜请曰:"贵客将自何所至也?"毅不告其实,曰:"走谒大王耳。"武夫揭水指路,引毅以进。谓毅曰:"当闭目数息,可达矣。"毅如其言,遂至其宫。始见台阁相向,门户千万,奇草珍木,无所不有。夫乃止毅,停于大室之隅,曰:"客当居此以伺焉。"毅曰:"此何所也?"夫曰:"此灵虚殿也。"谛视之,则人间珍宝,毕尽于此。柱以白璧,砌以青玉,床以珊瑚,帘以水精,雕琉璃于翠楣,饰琥珀于虹栋。奇秀深杳,不可殚言。然而王久不至。毅谓夫曰:"洞庭君安在哉?"曰:"吾君方幸玄珠阁,与太阳道士讲《火经》,少选当毕。"毅曰:"何谓《火经》?"夫曰:"吾君,龙也。龙以水为神,举一滴可包陵谷。道士,乃人也。人以火为神圣,发一灯可燎阿房。然而灵用不同,玄化各异。太阳道士精于人理,吾君邀以听言。"语毕而宫门辟。景从云合,而见一人,披紫衣,执青玉。夫跃曰:"此吾君也!"乃至前以告之。君望毅而问曰:"岂非人间之人乎?"毅对曰:"然。"毅而设拜,君亦拜,命坐于灵虚之下。谓毅曰:"水府幽深,寡人暗昧。夫子不远千里,将有为乎?"毅曰:"毅,大王之乡人也。长于楚，游学于秦。昨下第，间驱泾水右涘，见大王爱女牧羊于野，风鬟雨鬓，所不忍视。毅因诘之。谓毅曰：'为夫婿所薄，舅姑不念，以至于此。'悲泗淋漓，诚怛人心。遂托书于毅。毅许之，今以至此。"因取书进之。洞庭君览毕，以袖掩面而泣曰："老父之罪，不能鉴听，坐贻聋瞽，使闺窗孺弱，远罹构害。公，乃陌上人也，而能急之。幸被齿发，何敢负德！"词毕，又哀咤良久。左右皆流涕。时有宦人密侍君者，君以书授之，令达宫中。

须臾，宫中皆恸哭。君惊，谓左右曰："疾告宫中，无使有声，恐钱塘所知。"毅曰："钱塘，何人也？"曰："寡人之爱弟，昔为钱塘长，今则致政矣。"毅曰："何故不使知？"曰："以其勇过人耳。昔尧遭洪水九年者，乃此子一怒也。近与天将失意，塞其五山。上帝以寡人有薄德于古今，遂宽其同气之罪。然犹縻系于此，故钱塘之人，日日候焉。"语未毕，而大声忽发，天拆地裂，宫殿摆簸，云烟沸涌。俄有赤龙长千余尺，电目血舌，朱鳞火鬣，项掣金锁，锁牵玉柱，千雷万霆，激绕其身，霰雪雨雹，一时皆下。乃擘青天而飞去。毅恐蹶仆地。君亲起持之曰："无惧，固无害。"毅良久稍安，乃获自定。因告辞曰："愿得生归，以避复来。"君曰："必不如此。其去则然，其来则不然。幸为少尽缱绻。"因命酌互举，以款人事。俄而祥风庆云，融融怡怡，幢节玲珑，箫韶以随。红妆千万，笑语熙熙。后有一人，自然蛾眉，明珰满身，绡縠参差。迫而视之，乃前寄辞者。然若喜若悲，零泪如丝。须臾红烟蔽其左，紫气舒其右，香气环旋，入于宫中。君笑谓毅曰："泾水之囚人至矣。"君乃辞归宫中。须臾，又闻怨苦，久而不已。有顷，君复出，与毅饮食。又有一人，披紫裳，执青玉，貌耸神溢，立于君左右。谓毅曰："此钱塘也。"毅起，趋拜之。钱塘亦尽礼相接，谓毅曰："女侄不幸，为顽童所辱。赖明君子信义昭彰，致达远冤。不然者，是为泾陵之土矣。飨德怀恩，词不悉心。"毅拽退辞谢，俯仰唯唯。然后回告兄曰："向者辰发灵虚，已至泾阳，午战于彼，未还于此。中间驰至九天，以告上帝。帝知其冤，而宥其失，前所谴责，因而获免。然而刚肠激发，不遑辞候，惊扰宫中，复忤宾客，愧惕惭惧，不知所失。"因退而再拜。君曰："所杀几何？"曰："六十万。""伤稼乎？"曰："八百里。""无情郎安在？"曰："食之矣。"君怃然曰："顽童之为是心也，诚不可忍。然汝亦太草草。赖上帝显圣，谅其至冤。不然者，吾何辞焉？从此已去，勿复如是。"钱塘复再拜。是夕，遂宿毅于凝光殿。

明日，又宴毅于凝碧宫。会友戚，张广乐，具以醪醴，罗以甘洁。初，笳角鼙鼓，旌旗剑戟，舞万夫于其右。中有一夫前曰："此《钱塘破阵乐》。"旌铤杰气，顾骤悍栗，坐客视之，毛发皆竖。复有金石丝竹，罗绮珠翠，舞千女于其左。中有一女前进曰："此《贵主还宫乐》。"清音宛转，如诉如慕，坐客听之，不觉泪下。二舞既毕，龙君大悦，锡以纨绮，颁于舞人。然后密席贯坐，纵酒极娱。酒酣，洞庭君乃击席而歌曰："大天苍苍合兮，大地茫茫。人各有志兮，何可思量。狐神鼠圣兮，薄社依墙。雷霆一发兮，其孰敢当？荷真人兮信义长，令骨肉兮还故乡。齐言惭愧兮何时忘！"洞庭君歌罢，钱塘君再拜而歌曰："上天配合兮，生死有途。此不当妇兮，彼不当夫。腹心辛苦兮，泾水之隅。风霜满鬓兮，雨雪罗襦。赖明公兮引素书，令骨肉兮家如初。永言珍重兮无时无。"钱塘君歌阕，洞庭君俱起，奉觞于毅。毅踧踖而受爵，饮讫，复以二觞奉二君。乃歌曰："碧云悠悠兮，泾水东流。伤美人兮，雨泣花愁。尺书远达兮，以解君忧。哀冤果雪兮，还处其休。荷和雅兮感甘羞。山家寂寞兮难久留。欲将辞去兮悲绸缪。"歌罢，皆呼万岁。洞庭君因出碧玉箱，贮以开水犀；钱塘君复出红珀盘，贮以照夜玑。皆起进毅。毅辞谢而受。然后宫中之人，咸以绡彩珠璧，投于毅侧，重叠焕赫，须臾埋没前后。毅笑语四顾，愧揖不暇。洎酒阑欢极，毅辞起，复宿于凝光殿。

翌日，又宴毅于清光阁。钱塘因酒作色，踞谓毅曰："不闻猛石可裂不可卷，义士可杀不可羞邪！愚有衷曲，欲一陈于公。如可，则俱在云霄；如不可，则皆夷粪壤。足下以为何如哉？"毅曰："请闻之。"钱塘曰："泾阳之妻，则洞庭君之爱女也。淑性茂质，为九姻所重。不幸见辱于匪人。今则绝矣。将欲求托高义，世为亲戚。使受恩者知其所归，怀爱者知其所付，岂不为君子始终之道者？"毅肃然而作，欻然而笑曰："诚不知钱塘君孱困如是！毅始闻跨九州，怀五岳，泄其愤怒；复见断锁金，擎玉柱，赴其急难。毅以为刚决明直，无如君者。盖犯之者不避其死，感之者不爱其生，此真丈夫之志。奈何箫管方洽，亲宾正和，不顾其道，以威加人？岂仆之素望哉！若遇公于洪波之中，玄山之间，鼓以鳞须，被以云雨，将迫毅以死，毅则以禽兽视之，亦何恨哉。今体被衣冠，坐谈礼义，尽五常之志性，负百行之微旨，虽人世贤杰，有不如者。况江河灵类乎？而欲以蠢然之躯，悍然之性，乘酒假气，将迫于人，岂近直哉？且毅之质，不足以藏王一甲之间。然而敢以不伏之心，胜王不道之气。惟王筹之！"钱塘乃逡巡致谢曰："寡人生长宫房，不闻正论。向者词述狂妄，搪突高明，退自循顾，戾不容责。幸君子不为此乖间可也。"其夕，复欢宴，其乐如旧。毅与钱塘遂为知心友。

明日，毅辞归。洞庭君夫人别宴毅于潜景殿。男女仆妾等，悉出预会。夫人泣谓毅曰："骨肉受君子深恩，恨不得展愧戴，遂至睽别。"使前泾阳女当席拜毅以致谢。夫人又曰："此别岂有复相遇之日乎？"毅其始虽不诺钱塘之请，然当此席，殊有叹恨之色。宴罢，辞别，满宫凄然。赠遗珍宝，怪不可述。毅于是复循途出江岸，见从者十余人，担囊以随，至其家而辞去。

毅因适广陵宝肆，鬻其所得。百未发一，财已盈兆。故淮右富族，咸以为莫如。遂娶于张氏，亡。又娶韩氏，数月，韩氏又亡。徙家金陵。常以鳏旷多感，或谋新匹。有媒氏告之曰："有卢氏女，范阳人也。父名曰浩，尝为清流宰。晚岁好道，独游云泉，今则不知所在矣。母曰郑氏。前年适清河张氏，不幸而张夫早亡。母怜其少，惜其慧美，欲择德以配焉。不识何如？"毅乃卜日就礼。既而男女二姓，俱为豪族，法用礼物，尽其丰盛。金陵之士，莫不健仰。居月余，毅因晚入户，视其妻，深觉类于龙女，而逸艳丰厚，则又过之。因与话昔事。妻谓毅曰："人世岂有如是之理乎？"经岁余，有一子，毅益重之。既产，逾月，乃秾饰换服，召亲戚。相会之间，笑谓毅曰："君不忆余之于昔也？"毅曰："夙为洞庭君女传书，至今为忆。"妻曰："余即洞庭君之女也。泾川之冤，君使得白。衔君之恩，誓心求报。泊钱塘季父论亲不从，遂至睽违，天各一方，不能相问。父母欲配嫁于濯锦小儿某。惟以心誓难移，亲命难背，既为君子弃绝，分无见期。而当初之冤，虽得以告诸父母，而誓报不得其志，复欲驰白于君子。值君子累娶，当娶于张，已而又娶于韩。迨张、韩继卒，君卜居于兹，故余之父母乃喜余得遂报君之意。今日获奉君子，咸善终世，死无恨矣。"因呜咽泣涕交下。对毅曰："始不言者，知君无重色之心。今乃言者，知君有感余之意。妇人匪薄，不足以确厚永心，故因君爱子，以托相生。未知君意如何？愁惧兼心，不能自解。君附书之日，笑谓妾曰：'他日归洞庭，慎无相避。'诚不知当此之际，君岂有意于今日之事乎？其后季父请于君，君固不许。君乃诚将不可邪，抑忿然邪？君其话之！"毅曰："似有命者。仆始见君于长泾之隅，枉抑憔悴，诚有不平之志。然自约其心者，达君之冤，余无及也。以言慎勿相避者，偶然耳，岂有意哉？泊钱塘逼迫之际，唯理有不可直，乃激人之怒耳。夫始以义行为之志，宁有杀其婿而纳其妻者邪？一不可也。某素以操真为志尚，宁有屈于己而伏于心者乎？二不可也。且以率肆胸臆，酬酢纷纶，唯直是图，不遑避害。然而将别之日，见君有依然之容，心甚恨之。终以人事扼束，无由报谢。吁，今日，君，卢氏也，又家于人间。则吾始心未为惑矣。从此以往，永奉欢好，心无纤虑也。"妻因深感娇泣，良久不已。有顷，谓毅曰："勿以他类，遂为无心，固当知报耳。夫龙寿万岁，今与君同之。水陆无往不适。君不以为妄也。"毅嘉之曰："吾不知国客乃复为神仙之饵。"乃相与觐洞庭。既至，而宾主盛礼，不可具纪。

后居海南，仅四十年，其邸第舆马，珍鲜服玩，虽侯伯之室，无以加也。毅之族咸遂濡泽。以其春秋积序，容状不衰，南海之人，靡不惊异。泊开元中，上方属意于神仙之事，精索道术。毅不得安，遂相与归洞庭。凡十余岁，莫知其迹。

至开元末，毅之表弟薛嘏为京畿令，谪官东南。经洞庭，晴昼长望，俄见碧山出于远波。舟人皆侧立，曰："此本无山，恐水怪耳。"指顾之际，山与舟相逼，乃有彩船自山驰来，迎问于毅。其中有一人呼之曰："柳公来候耳。"毅省然记之，乃促至山下，摄衣疾上。山有宫阙如人世，见毅立于宫室之中，前列丝竹，后罗珠翠，物玩之盛，殊倍人间。毅词理益玄，容颜益少。初迎毅于砌，持毅手曰："别来瞬息，而发毛已黄。"毅笑曰："兄为神仙，弟为枯骨，命也。"毅因出药五十丸遗毅，曰："此药一丸，可增一岁耳。岁满复来，无久居人世，以自苦也。"欢宴毕，毅乃辞行。自是已后，遂绝影响。毅常以是事告于人世。殆四纪，毅亦不知所在。

陇西李朝威叙而叹曰：五虫之长，必以灵者，别斯见矣。人，裸也，移信鳞虫。洞庭含纳大直，钱塘迅疾磊落，宜有承焉。毅咏而不载，独可邻其境。愚义之，为斯文。

（卷四百一十九，出《异闻集》）

[意译]

唐高宗仪凤年间（676—679），有一个叫柳毅的书生，到京城参加科举考试没有考取，要回湖南家乡去。他想到有个同乡客居在泾阳，就前往向他告别。走了六七里路，突然一群鸟在马前飞起，马受到惊吓，飞快地往路的左边奔去，又跑了六七里才停下来。这时却见一个年轻女子在路边牧羊。柳毅很奇怪，仔细一打量，这女子长得十分美丽，不过却愁眉不展，衣服破旧，呆呆地站着，像在等着什么。柳毅更觉奇怪，上前询问道："你有什么痛苦吗？怎么这样自己委屈自己呢？"女子先是悲伤地辞谢不愿说，最后才哭诉着说："我这卑微的女子十分不幸，今天蒙您关心下问，实在不敢当。不过我的怨恨彻骨铭心，怎么能因为羞愧避而不谈？

我就说给您听吧。我是洞庭龙王的小女儿。父母把我嫁给泾川龙王的二儿子。可丈夫放逸游荡，又受到那些奴仆们的诱惑，便讨厌我，虐待我，一天比一天厉害。后来我告诉公婆，公婆溺爱自己的儿子，不能阻止他。待我诉说得多了，连公婆也得罪了，他们把我赶出来，我才落得现在这个地步。"说完，龙女忍不住悲伤，又呜咽着流下了眼泪。龙女又说："洞庭湖离这里，路途不知有多么遥远。云天茫茫阻隔，没法跟家里通音信。我眼睛望穿了，眼泪哭干了，没有谁知道我的哀苦。听说你要到南方去，要经过洞庭，我想写一封家书，托您的侍者带去，不知您觉得合适吗？"柳毅说："我是一个讲义气的人。你的诉说深深打动了我，只恨没长翅膀，不能飞去给你送信。还说什么合适不合适呢！不过，洞庭湖那样深，我只能在人世间行走，怎么能到龙宫去送信呢？只恐怕人间与仙界道途不通，不能将你书信送达，辜负了你诚挚的嘱托，又违背了你恳切的意愿。你有什么办法，可以让我到龙宫里去呢？"龙女哭泣着向他表示谢意，说："蒙您接受我的委托，请您自我珍重，这些话我就不再多说了。假如得到家里的回信，即使死了，也要报答你。至于去龙宫的办法，在你没答应之前，我怎么敢说？既然蒙你答应传书并且问到，那么去洞庭龙宫和到京城都邑，不会有什么不同。"柳毅请求听听她的说明。龙女说："洞庭湖的南岸，有一棵大橘树，当地人叫它'社橘'。你到了那里，应当解去腰带，系上别的东西。然后在树身上敲击三下，就会有人应声出来。那时你跟他去，就不会有什么阻碍了。拜托您除了书信上说的之外，再把我当面给你说的那些情况转告我父母，千万不要忘了。"柳毅说："我一定遵照你的吩咐。"龙女便从衣袄里取出信来，向柳毅拜了又拜，把信交给柳毅。这时，她望着东方，忍不住又悲伤地哭泣起来。柳毅内心也一阵酸楚，接过信把它放进行包里，然后又问龙女："我不知道你放羊有什么用，难道神灵也宰杀生灵吗？"龙女说："这不是羊，是'雨工'呀！""什么是'雨工'？"龙女说："就是雷霆一类东西。"柳毅回过头来仔细看那羊，果然它的行动和其他羊不一样，喝水吃草的样子也很特别，可是身子大小、羊毛羊角，和普通羊没有什么不同。柳毅又说："今天我给你当送信的使者，将来你回到龙宫，可不要躲着不见我。"龙女说："不但不会躲着你，还会把你看作我家亲戚。"说完，柳毅告别龙女向东而去，不到几十步路，再回头看，龙女和羊群都不见了。这天晚上，柳毅到泾阳向他的朋友辞别，就启程回乡。

走了一个多月，柳毅回到家乡，回家以后，就去洞庭访问。洞庭南面，果然有一棵社橘树。柳毅换了腰带，朝着树身连敲三下。刚一停手，就见一个武士从波浪里出来，武士向柳毅拜了两拜，请问他说："贵客从哪里来呢？"柳毅先不告诉他实情，只说："我要拜见一下龙王。"武夫分开湖水，中间出现一条道路，他便领着柳毅往湖水深处走去。他对柳毅说："你闭一会儿眼睛，很快就会到了。"柳毅照他说的闭上眼睛，果然一下子就到了龙宫。只见高台大殿，门户千万，奇草珍木，要什么有什么。武士把柳毅带到一座大殿前停下，说："请客人在此稍等一下。"柳毅问："这是什么地方？"武夫说："这是灵虚殿。"柳毅仔细观看，只见人间的珍宝这里都有。白玉雕成的柱子，青玉砌成的台阶，珊瑚镶制的龙床，水晶串成的门帘，琉璃镶嵌在翠绿色的门楣上，琥珀装饰在彩虹般的栋梁上。奇异秀丽幽深杳冥，华丽珍奇之处，一下子说不完。可是过了许久，龙王还没有到来。柳毅问武夫说："洞庭君现在哪里？"武夫说："我们大王正在玄珠阁上和太阳道士讲论《火经》，一会儿就完了。"柳毅说："什么叫《火经》？"武士说："我们大王是龙。龙靠水显示神通，只要一滴水就可以淹没山陵河谷。道士是人，人用火表现自己的神圣本领，用一盏灯就可以烧掉阿房宫。水火灵异的作用不同，玄妙的变化也各不一样。太阳道士精通人世的道理，所以大王把他请来听他解说。"刚说完，宫门就开了。只见一个人身披紫衣，手持青玉出来，侍女们像云彩一样簇拥着他。武士高兴得一跳说："这就是我们大王！"他又上前向龙君报告有人来访。龙君打量了一下柳毅，问道："你不是人世间的人吗？"柳毅回答说："是的。"柳毅便向龙君施礼，龙君也答了礼，请柳毅坐在灵虚殿下。问柳毅说："水府很幽深，我又很愚笨，外面的事了解不多。您千里迢迢而来，有什么指教吗？"柳毅说："我是大王的同乡，生长在楚地，游学于秦地。前不久到京城应考落榜，闲逛来到泾水边，看到大王的爱女在荒野上牧羊，风吹雨淋，面容憔悴得不成样子，让人看了难受。我便问她，她对我说：'受到丈夫虐待，公婆又不体谅，才落到这个地步。'她一边说，一边痛哭流涕，确实让人伤心。她托我捎封家书，我答应了，才来到这里。"说着，便把信拿出来，交给龙君。洞庭君看完信，忍不住用袖子掩着脸哭泣起来，说："这是老父的罪过啊！我不了解外面的事，闭目塞听，就像聋子、瞎子一样，致使闺中孺弱的女儿在远方受人欺凌折磨。公子是素不相识的过路人，却能够急人所难，代传书信。有幸遇上人世间的人，我怎敢忘记你的传书之恩。"说完，又哀哭悲叹了好长时间。周围的人都忍不住流下了眼泪。这时有个贴身的太监走上前来，洞庭君把信交给他，让他送到内宫里去。

不一会儿，内宫里的人都悲恸地号哭起来。洞庭君吃了一惊，连忙对身边的人说："赶快传我的话到内宫，不要发出哭声来，以免钱塘君知道。"柳毅问道："钱塘君是什么人？"洞庭君告诉他："这是寡人的弟弟，过去做过钱塘龙君，现在已经辞官免职了。"柳毅说："为什么不让他知道呢？"洞庭君说："因为他勇猛过人，脾气上来可不得了。从前帝尧时代遭遇九年洪水，就是他发脾气造成的。近来又和天将闹意气，发水淹了五座大山。天帝见我从古到今有点儿微薄的功德，才宽恕了他的罪过。但还是把他拘禁在这里。所以钱塘的人还天天盼着他回去。"话音未落，只听得一声巨响，犹如天崩地裂，宫殿全都被震得摇摇晃晃，一股云烟喷涌而起。转眼间，只见一条长一千多尺的红色巨龙，眼睛像闪电一样发亮，舌头像血一样通红通红，朱红色的鳞甲，火一样红的鬣毛，脖子上系着金锁链，金锁链拴在玉柱上，它一转身，周围就响动起无数个雷霆，雨雪冰雹纷纷落下。霎时间，这巨龙已经冲天而起，直飞而去了。柳毅吓得仆倒在地。洞庭君亲自把他扶起来，说："不要害怕，不会伤着你。"柳毅好长时间才定下心来。他向洞庭君告辞说："希望我能活着回去，免得再碰上他回来。"洞庭君说："不需要这样。他去的时候很可怕，回来就不这样了。希望你能留下，让我有幸向你尽一点儿感激之情。"洞庭君命人摆上宴席，频频举杯祝酒，款待客人。不一会儿，吹来阵阵和风，飘起朵朵彩云，在融洽的气氛中，随着玲珑精巧的仪仗队的旗帜走过，响起了动听的乐曲。许多服饰鲜丽的女子，熙熙攘攘，说说笑笑，飘然而至。其中一个女子，容貌秀美而自然，满身装饰着明珠，穿着华丽的绸绢衣服。走近跟前时仔细一看，正是那位托他捎信的女子。只见她像是高兴又像含愁，断续的泪珠还悬垂如丝。一会儿，她在一片彩云紫雾的掩映之中，带着一阵馥郁的香气，回内宫去了。洞庭君笑着对柳毅说："泾水那个受拘囚欺凌的人回来了。"洞庭君向柳毅告辞，也回内宫去了。不一会儿，内宫又传来一阵凄怨愁苦的哭诉声，好长时间也没停下来。好一会儿，洞庭君又从内宫走出来，继续陪柳毅喝酒。只见一个人，身披紫袍，手拿青玉，相貌奇魁，神情威严，站立在洞庭君的身旁。洞庭君对柳毅说："这就是钱塘君。"柳毅连忙起身，上前施礼。钱塘君也很恭敬地答礼，钱塘君说："我侄女不幸，受到那坏小子的欺辱。幸亏您怀仁仗义，传达了她在远方含冤受苦的消息。不然的话，她恐怕就葬身泾陵。我们全家对您的感激之情，用言语难以表达。"柳毅谦让地辞谢，连声说"不敢当不敢当"。钱塘君又回身告诉他哥哥说："刚才我辰时从灵虚殿出发，巳时到了泾阳，午时在那里打仗，未时我就回到了这里。中途我还跑到九天，把这事报告了天帝。天帝知道侄女的冤苦，宽宥了我的过失，连以前对我的责罚，也因此赦免。不过我性情刚烈暴躁，来不及向您请示，又惊扰了宫中，还冒犯了宾客，十分惭愧惶恐，不知如何是好。"他退了几步，拜了又拜。洞庭君问："杀了多少人？"钱塘君说："六十万。""损害了庄稼没有？"钱塘君说："八百里。""那无情无义的家伙在哪里？"钱塘君说："我一口把他吃掉了。"洞庭君有些不高兴，说："那小子居心不好，确实令人难以容忍。可你也太草率了。幸而天帝圣明，体谅女儿的冤苦。不然的话，我怎能逃脱罪责？从今以后，再不要这样了。"钱塘君又拜了几拜，连连谢罪。这天夜里，就请柳毅住宿在凝光殿。

第二天，洞庭君又在凝碧宫宴请柳毅。洞庭君请来了很多亲戚朋友，摆开了盛大的乐队，席上摆着各种美酒佳肴。宴会一开始，千万个武士吹着号角，擂动军鼓，手举着旌旗剑戟，在右边舞蹈。其中一个武士上前报告说："这是《钱塘破阵乐》。"武士们舞动着兵器，来回奔跑，十分勇悍威壮，叫人看了惊心动魄。又有千百个女子，奏着乐曲，身穿罗绮舞衣，装饰着珠宝翠玉，在左边舞蹈。舞队中走出一个女子，上前报告说："这是《贵主还宫乐》。"乐曲婉转悠扬，像是倾诉哀怨，又像是表达爱慕之情，让人听了都感动得流下了眼泪。武士和舞女的舞蹈完毕，洞庭君非常高兴，叫人拿出绸缎，赏赐给跳舞的武士和女子。接着，大家一个接一个地坐着，纵情饮酒作乐。正喝到兴头上的时候，洞庭君敲击着桌子唱道："上天苍苍啊大地茫茫。人各有志啊，不可思量。狐鼠冒充神圣啊，仗势嚣张。钱塘君一发雷霆啊，谁能阻挡？全靠君子的信义久长啊，让我的亲生骨肉返回故乡。多么感激你的恩德呀，什么时候也不敢忘！"洞庭君唱完，钱塘君拜了两拜，也唱道："上天决定姻缘啊，生死有定分。这个不该做他的妻子啊，那个不配做她的丈夫。我心爱的侄女受尽了苦啊，在那泾水之滨。风霜摧打着双鬓啊，雨雪落满了衣服。幸亏贤明的公子千里传书，使我们骨肉团聚美满如初。永远地祝愿您啊，请您多多珍重。"钱塘君唱完，就和洞庭君一起站起来，向柳毅敬酒。柳毅不安地接过酒杯，喝完以后又斟上两杯酒回敬二位龙君。他唱道："白云轻悠悠啊，泾水缓缓东流。可怜的美人啊，雨为你哭泣，花为你伤心。尺长的书信送达了远方，解除了你的忧愁。冤屈得到昭雪啊，美好的生活又回到你身边。承受你们高雅的礼遇啊，感谢你们盛情的款待。我怀念着寂寞的山野之家啊，难以在此久留，就要告辞了啊我又怀恋绸缪，难忍悲愁。"唱完了，大家都高呼万岁。洞庭君拿出一个碧玉盒子，里面盛着能分开水的犀牛角；钱塘君拿出一个红琥珀的盘子，上面放着夜明珠。一齐送给柳毅。柳毅推辞不得，只好收下。然后，宫中的人都拿出丝绢珠宝送给柳毅，重重叠叠，光彩夺目，不一会儿就把柳毅前后堆得满满的。柳毅含笑向四面作揖道谢，连声说"惭愧惭愧"。酒喝足了，欢乐至极，柳毅起身告退。当晚，他仍住宿在凝光殿。

次日，洞庭君又在清光阁宴请柳毅。宴席中，钱塘君借着酒意，不客气地叉开脚坐着,对柳毅说:"你没听说过这样的话:坚石可碎裂不可卷曲,义士可杀头不可受辱!我有一句心里话,想说给您听。如果行,那大家都上天堂,彼此都好;如果不行,那就陷入粪土,都不好看。您觉得怎么样?"柳毅说:"请说来听听。"钱塘君说:"泾阳小龙的妻子,是洞庭君宠爱的小女。她性情贤淑,内心美好,为众多亲戚朋友所爱重。不幸受到那不是人的小子的凌辱,现在总算和他断绝了关系。她要另找一位道义高尚的人以托终身,结为世代亲戚。这样,让受恩者报恩有归,怀着爱心的人知道怎样托付爱情,这不是君子做事有始有终的道理吗?"柳毅一听这话,很严肃地站起来,忽地冷冷一笑说:"真不知道钱塘君这样不明事理!我开始听说你气盖九州,水漫五岳,发泄自己的愤怒;又见你挣断金锁链,扯倒玉柱,去解救别人的急难。我以为世上没有像你那样正直刚毅的。对冒犯自己的人你不惜一死抵抗他,有感人的恩德,你愿以生命报答他,这才真是大丈夫的心志。哪知道你在这乐曲和鸣,亲朋欢会之际,不讲道理,以威势强加于人?难道这是我平素希望的吗?如果我在狂涛巨浪中遇见了你,你鼓动鳞须,呼风唤雨,要逼我于死地,柳毅也只把你看作禽兽,死而无憾。现在你穿戴着衣冠,谈论着礼义,满怀五常的道德志性,遵循人类的各种行为准则,即使人世间的贤能英杰,也比不上你,何况江河中的灵异之类?可是你却仗着笨大的身躯,强悍的性情,假酒使气,来逼迫人,这是正直的吗?何况以柳毅的小小的身躯,比不上大王的一片鳞甲。不过我想以我坚强不屈的意志,来压倒你不讲道理的气焰。希望你好好想一想!"钱塘君听了柳毅一番话,感到惭愧不安,连忙起身向柳毅表示歉意说:"我生长在宫廷里,没有听过正直的言论。刚才我的言辞狂妄,唐突了高明的公子,我退身反思,真是应受责罚。希望您不要介意,疏远了我们的关系。"这天晚上,又举行了宴会,像过去那样欢乐。柳毅和钱塘君,结成了知心朋友。

第二天,柳毅要告辞回家。洞庭夫人另外在潜景殿设宴为柳毅饯行。宫里的男女仆妾,都出来参加了宴会。夫人哭着对柳毅说:"我女儿蒙受您的深恩大德,自恨不能报答您,现在却要离别了。"说完,叫出龙女来到席前向柳毅拜谢。夫人又说:"这一别,还会有再相会的那一天吗?"柳毅虽然没答应钱塘君的请求,在今天宴会之中,却有惋叹悔恨之意。宴会结束,柳毅向众人辞行,满宫的人都很难受。大家送给柳毅很多珍宝,奇异得说不出名目。柳毅顺着原路回到岸上,十多个随员挑着行囊跟从着他,一直送到他家里,那些人才辞别而去。

  柳毅后来到扬州的珠宝行,卖掉他得到的一些珠宝。百分之中还没卖掉一分,钱财就已达到上百万。所以淮西那些富贵家族,都以为没有他富有。他先娶了姓张的女子,张氏不久就死了。他又娶了韩氏,几个月以后,韩氏又死了。他迁居到金陵,常常感到年纪大没有妻室的孤独,便想再娶一个妻子。有个媒人告诉他说:"有个卢家女子,范阳郡人。父亲名浩,曾经为清流县令,晚年喜欢仙道,独自一人云游山水,现在不知下落。母亲郑氏。那女子前些年嫁给清河县姓张的,可不幸的是张氏年纪轻轻的就死了。母亲可怜她年轻,又爱惜她聪慧美貌,想挑选一个有德行的人嫁给她。不知你意下如何?"柳毅很高兴地答应,并选定吉日举行了婚礼。男方和女家都是豪门贵族,结婚仪式隆重,礼物十分丰盛。金陵城的人都非常羡慕。结婚一个多月以后,柳毅在一个傍晚走进屋里,仔细打量他的妻子,觉得很像那龙女,只是比龙女更为潇洒娇艳丰满。便跟她谈起过去的事。妻子说:"人世间还会有这样的事情吗?"过了一年多,妻子怀了孕,柳毅更加关心爱护她。后来,妻子生了个小男孩,她换了衣服,打扮得十分漂亮,把亲戚请来家里做客。客人走了,妻子笑着问柳毅:"你不记得我过去的事情了吗?"柳毅说:"我曾经为洞庭龙君的女儿捎过书信,现在记忆犹新。"妻子说:"我就是洞庭君的女儿呀。泾川的冤屈,您使我得以解救。我怀念您的恩情,发誓要报答你。自从叔父钱塘君向你提亲不成,我们只有分离,天南海北,各在一方,不能互通消息。父母亲想把我嫁给濯锦江龙君的小儿子。我爱慕你的心志难以移易,可父母之命又不能违背。既然你已经拒绝了婚事,我们再难有见面的机会。当初我的冤苦,蒙你千里传书告诉了我父母,可我发誓报答你却不能顺遂心志,因此我想跑来把这一切都告诉你。正巧公子几次娶妻,先娶张氏,后又娶韩氏。张氏、韩氏都相继离世,你迁居到金陵,所以我的父母才为我能够实现报恩的心愿而高兴。今天我得以侍奉公子,相爱终身,就是死了也值得了。"说着,便呜咽起来。接着,她又对柳毅说:"开始不把真情告诉你,因为知道你并不注重女色。今天把这些说出来,是因为知道你还有对我的情意。我担心女人的身份微薄,不可能巩固永久的感情,所以借着你爱儿子的心情,来寄托白头偕老的心愿。不知道公子意下如何?我又愁又怕,不能自我解脱。公子当初捎书信的时候,曾笑着对我说:'将来回到洞庭,希望不要躲避不见我。'那时候你是不是就想到了今天的欢聚之事?后来叔父向你提出请求,你坚决拒绝。你是真的认为不可以,还是一时的气话?你说一说吧!"柳毅说:"真好像是命中注定啊。当初我在泾水之滨见到你时,你冤苦憔悴,确是使我愤愤不平。当时我约束住对你的爱慕之心,只想为你传书申冤,其余的事已无暇顾及。至于说到你回龙宫后不要躲避不见我的话,只是随口说说而已,哪能有什么用意呢?当钱塘君强迫要我答应婚事时,只是觉得他不讲道理,才使我发怒生气。开始我是出于义愤而传书救人,怎么能杀了人家的丈夫又娶他的妻子呢?这是不能答应的一个原因。我一向主张为人要正直,心志要真诚,怎么能迫于威势屈服于人呢?这是不能答应的又一个原因。况且我以坦诚的胸怀,在当时宴会纷繁的应酬之中,只考虑为人正直,做事有道理,没有时间考虑后果。但是到离别的时候,见你有依依不舍的神情,我心里也十分悔恨难过。最终因为人间各种事理的约束,没办法报答你的一片深情。啊,如今,你是卢家的女儿,家住在人间,我心里才不再犹豫疑惑了。从今以后,我们永远相亲相爱,心里不会有半点儿忧虑了。"妻子为柳毅一番话所深深感动,欣喜娇羞得哭泣起来。许久,又对柳毅说:"不要以为不是人类就没有人的感情,其实我一直是知恩图报的。龙的寿命可以达到万岁,现在我和你共同享受这种幸福,在水中陆地都可以生活。你不要以为这是虚妄之言。"柳毅说:"我没想到做了龙王的驸马又因此得道成仙了。"他便和妻子一起朝见了洞庭君。到了洞庭,宾主之间又有隆重的礼仪,不必一一细述。

后来他们居住在南海郡,达四十年。他们的宅第、车马、珍玩、服饰、饮食，即使王侯之家，也比不上。柳毅的亲族也都得到惠泽。这样一年又一年，柳毅的容貌还不衰老，南海郡的人没有不惊奇的。到唐玄宗开元年间，皇上把心思放在求仙学道上，各处访求有道术的人。柳毅感到不能安居，便和妻子一同回洞庭。此后十多年，没有谁知道他的踪迹。

到开元末年，柳毅的表弟薛嘏由京城附近的县官，被贬谪到东南方。经过洞庭，晴空万里，他坐在船头眺望，忽然见远处湖波中涌出一座青山。船夫们都害怕了，说："这一带本来没有山，恐怕是水怪。"转眼之间，船靠近了那座山，却见有一只彩船从山上飞快驶来，船上的人迎接问候薛嘏。其中一个人喊道："柳公派我们接你来了。"薛嘏才忽然记起表兄柳毅，急忙离船到山下，撩起衣服，飞快地上山。只见山上宫阙楼阁和人世间一样，柳毅站立在宫室之中，前面排列着乐队，后面是一群饰珠戴翠的侍女，宫中的宝物珍玩，丰盛豪华，远远超过人间。柳毅的言谈更加玄妙，容貌更显得年轻。他走下台阶迎接薛嘏，拉着薛嘏的手说："分别没多久，你的头发已经花白了。"薛嘏笑着说："表兄是神仙，我不久就要成枯骨，这是命中注定。"柳毅便拿出五十个药丸送给薛嘏，说："这药丸，只吃一粒就可以增寿一年。五十年满了，你再来这里，不要久住在人间，自寻苦吃。"柳毅设宴招待薛嘏，宴毕，薛嘏告辞而去。自此以后，柳毅再没有消息。薛嘏经常把这事讲给别人听。大约过了五十年，薛嘏也不知去向。

陇西人李朝威讲述这段故事时叹息说：五虫一定以灵者为长，有别于这里见到的。人是裸虫之长，可以和鳞虫讲信义。洞庭君度量宽宏，为人正直；钱塘君胸怀磊落，直爽勇猛，他们的事迹应该有人传述。可是薛嘏只口头赞叹过柳毅却没记载下来，只是自己能够靠近仙境。我认为柳毅等人讲信义，值得传扬，所以写了这篇传记。

刘贯词

唐洛阳刘贯词，大历中，求丐于苏州。逢蔡霞秀才者，精彩俊爽，一相见意颇殷勤，以兄呼贯词，既而携羊酒来宴。酒阑曰："兄今泛游江湖间，何为乎？"曰："求丐耳。"霞曰："有所抵耶？泛行郡国耶？"曰："蓬行耳。"霞曰："然则几获而止？"曰："十万。"霞曰："蓬行而望十万，乃无翼而思飞者也。设令必得，亦废数年。霞居洛中，左右亦不贫，以他故避地，音问久绝。意有所恳，祈兄为回。途中之费，蓬游之望，不掷日月而得，如何？"曰："固所愿耳。"霞于是遗钱十万，授书一缄。白曰："逆旅中遽蒙周念，既无形迹，辄露心诚。霞家长鳞虫，宅渭桥下，合眼叩桥柱，当有应者，必邀入宅。娘奉见时，必请与霞少妹相见，既为兄弟，情不合疏。书中亦令渠出拜。渠虽年幼，性颇慧聪，使渠助为主人，百缗之赠，渠当必诺。"贯词遂归。

到渭桥下，一潭泓澄，何计自达？久之，以为龙神不当我欺，试合眼叩之，忽有一人应。因视之，则失桥及潭矣。有朱门甲第，楼阁参差。有紫衣使拱立于前，而问其意。贯词曰："来自吴郡，郎君有书。"问者执书以入，顷而复出曰："太夫人奉屈。"遂入厅中，见太夫人者年四十余，衣服皆紫，容貌可爱。贯词拜之，太夫人答拜，且谢曰："儿子远游，久绝音耗。劳君惠顾，数千里达书。渠少失意上官，其恨未减。一从遁去，三岁寂然。非君特来，愁绪犹积。"言讫命坐。贯词曰："郎君约为兄弟，小妹子即贯词妹也，亦当相见。"夫人曰："儿子书中亦言，渠略梳头，即出奉见。"俄有青衣曰："小娘子来。"年可十五六，容色绝代，辨慧过人。既拜，坐于母下。遂命具馔，亦甚精洁。方对食，太夫人忽眼赤，直视贯词。女急曰："哥哥凭来，宜且礼待；况令消患，不可动摇。"因曰："书中以兄处分，令以百缣奉赠。既难独举，须使轻赍。今奉一器，其价相当，可乎？"贯词曰："已为兄弟，寄一书札，岂宜受其赐？"太夫人曰："郎君贫游，儿子备述。今副其请，不可推辞。"贯词谢之。因命取镇国碗来，又进食。未几，太夫人复瞠视眼赤，口两角涎下。女急掩其口曰："哥哥深诚托人，不宜如此。"乃曰："娘年高，风疾发动，祇对不得，兄宜且出。"女若惧者，遣青衣持碗，自随而授贯词曰："此罽宾国碗，其国以镇灾厉。唐人得之，固无所用。得钱十万，可货之，其下勿鬻。某缘娘疾，须侍左右，不遂从容。"再拜而入。贯词持碗而行，数步回顾，碧潭危桥，宛似初到。视手中器，乃一黄色铜碗也，其价只三五镮耳，大以为龙妹之妄也。

执鬻于市，有酬七百八百者，亦酬五百者。念龙神贵信，不当欺人。日日持行于市。及岁余，西市店忽有胡客来，视之大喜。问其价，贯词曰："二百缣。"客曰："物宜所直，何止二百缣。且非中国之宝，有之何益？百缣可乎？"贯词以初约只尔，不复广求，遂许之交受。客曰："此乃罽宾国镇国碗也，在其国大禳人患厄。此碗失来，其国大荒，兵戈乱起。吾闻为龙子所窃，已近四年，其君方以国中半年之赋召赎，君何以致之？"贯词具告其实。客曰："罽宾守龙上诉，当追寻次，此霞所以避地也。阴冥吏严，不得陈首,藉君为由送之耳。殷勤见妹者,非固亲也,虑老龙之馋,或欲相啖,以其妹卫君耳。此碗既出,渠亦当来,亦消患之道也。五十日后,漕洛波腾,瀺灂晦日,是霞归之候也。"曰:"何以五十日然后归?"客曰:"吾携过岭,方敢来复。"贯词记之,及期往视,诚然矣。

(卷四百二十一,出《续玄怪录》)

[意译]

　　唐朝洛阳人刘贯词,大历年间,在苏州谒见州县长官以求资助。他遇到一个叫蔡霞的秀才。蔡霞长得神采奕奕,姿容俊秀,性情又豪爽,一见刘贯词就很殷勤热情,蔡霞称刘贯词为兄,又带来羊肉和酒一起聚宴。酒喝得差不多时,蔡霞对刘贯词说:"大哥现在泛游于江湖之间,要做什么呢?"刘贯词说:"求人资助我参加科考。"蔡霞说:"有确定的去处呢?还是到处随意走走?"刘贯词说:"像蓬草一样到处漂泊而已。"蔡霞说:"不过,你得到多少就可以了?"刘贯词说:"十万。"蔡霞说:"到处漂泊而寻求十万钱资助,这是没有翅膀而想飞上天。假如你一定能得到,也荒废了几年。我住在洛阳,身边的人也不贫穷。我因为有些事情出游在外,和他们很久没有通音信。因此我恳请你为我回去一趟。这样,途中的费用,你漂泊各地所指望的,不费时间就能得到,怎么样?"刘贯词说:"这实在是我所希望的。"蔡霞于是送给他十万钱,交给他一封信。对他说:"旅途中受到你周到的关照,既然没有什么隔阂,我就向你披露真心。我家是龙的家族,住在渭桥之下。你闭上眼敲击桥柱子,就会有人应声,一定会邀请你到我家去。和我母亲相见时,一定请和我的小妹子相见。我们既然是兄弟,感情上就不应该疏远。书中也写了让她出来拜见你。她虽然年轻,但禀性聪明,让她帮助你,送你百缗钱物,她是一定会答应的。"刘贯词于是去了。

到了渭桥之下，只见一潭水又清又深，有什么办法抵达龙宫呢？好长一会儿，刘贯词觉得龙神不会欺骗我，于是试着闭上眼睛敲击桥柱，忽然有一个人应声。刘贯词睁眼看时，渭桥和潭水都不见了。只有大红的门、高等的宅院，楼阁耸立。有一个紫衣使者拱手站在面前，问他的来意。刘贯词说："我从吴郡来，你们家郎君有封信。"问话的使者拿着信进去了，不一会儿使者又出来，说："太夫人有请。"于是领他来到厅堂。只见太夫人四十多岁，衣服都是紫色，容貌很端丽可爱。刘贯词下拜行礼，太夫人行礼作答，并且感谢他说："我儿子远游在外，很久没有音信。烦劳你来到这里，几千里外送达了书信。他仕途有点儿失意，怨恨之心不减。自他从家里跑出去，三年没有消息。如果不是你特地送信来，我心里还满是愁绪。"说完请刘贯词坐下。刘贯词说："郎君和我结拜为兄弟，小妹子就是我的妹妹，也想和她相见。"夫人说："儿子信里也说到这事，她稍微梳梳头，就出来和你相见。"不一会儿有婢女说："小娘子来了。"小娘子十五六岁，容貌美丽，当代没人可比，又聪明过人。行礼以后，小娘子坐在母亲之下。于是吩咐备办菜食，也很精美。正对坐宴食时，太夫人忽然眼睛赤红，直盯着刘贯词。女儿急忙说："哥哥来这里，我们应当以礼相待；何况让他消患，此事不可动摇。"又说："按照哥哥信中的安排，让我们送给你百缗钱物。既然很难独力拿出，也要让我们送一点儿轻的礼物。现在送给你一样器物，价值相当百缗，可以吗？"刘贯词说："已经是兄弟了，不过送了一封信，怎么可以受你们赏赐呢？"太夫人说："你出游在外很贫穷，儿子在信里都详细说了。我们照他的请求办事，你就不要推辞了。"刘贯词谢过了太夫人。太夫人于是叫人去取镇国碗，他们接着又吃饭。没多久，太夫人又眼睛红红地瞪着刘贯词，涎水从口的两角直流下来。女儿急忙掩住她的口，说："哥哥诚心地请他到我们家来，你不应该这样。"又对刘贯词说："我母亲年纪大了，风痹病一发作，就不能应对，哥哥暂且出去一下。"女儿好像很害怕，派婢女拿碗出来，她亲手交给刘贯词说："这是罽宾国的碗，那个国家用它来镇避灾祸。唐朝人得到它，本来就没什么用。有人出十万钱，你就卖掉它，价钱少了就不要卖。因为母亲有病,我要在身边侍候,不能多陪你了。"女子拜了两拜就进去了。刘贯词拿着碗行走了几步,回头一看,高大的渭桥,碧绿的潭水,就像他刚到时一样出现在他眼前。他看手里的器物,原来是一只黄色的铜碗,价钱只值三五镮钱罢了。他深信龙妹把这碗夸张得太神奇了。

他拿着这碗在街市上叫卖,有出价七百八百的,也有出价五百的。他想龙神是讲信用的,不会骗人。于是每天拿着它走在街市上。一年多以后,西市店忽然一个西域客商走来,见了碗十分高兴。胡客问这碗的价钱,刘贯词说:"二百缗。"胡客说:"东西的价值,何止二百缗。不过这不是中原地区的宝物,你们有它有什么用处呢?一百缗可以吗?"刘贯词因为当初约定的只有这么多,不再多求,于是答应出卖。胡客说:"这是罽宾国的镇国碗,在那个国家可以大大消除灾祸。这个碗失去以来,那个国家发生大饥荒,战乱四起。我听说被龙子偷了这碗,已经将近四年,那个国家的君主正以国内半年的赋税悬赏赎回这只碗,你怎么得到了它?"刘贯词如实把情况详细告诉他。胡客说:"镇守罽宾国的龙王正上诉天帝,追寻这只碗,这就是蔡霞逃避在外地的原因。阴司里法吏严密,不能自首,因此借你之手把它送回来。他很热情地让他妹妹出来见你,不是因为亲近,而是担心龙母嘴馋,可能想吃掉你,因此让他妹妹护卫你罢了。这碗既然出现了,他也应当来了,这也是消除灾患之道。五十天后,漕运洛阳的河水波涛翻腾,水浪使太阳也显得阴晦,这就是蔡霞归来的征候。"刘贯词说:"为什么五十天以后才回来?"胡客说:"我把碗带过南岭,他才敢回来。"刘贯词记住这话,到期限去看,确实是这样。

峡口道士

开元中,峡口多虎,往来舟船皆被伤害。自后但是有船将下峡之时,即预一人充饲虎,方举船无患。不然,则船中被害者众矣。

自此成例，船留二人上岸饲虎。经数日，其后有一船，内皆豪强。数内有二人单穷，被众推出，令上岸饲虎。其人自度力不能拒，乃为出船，而谓诸人曰："某贫穷，合为诸公代死。然人各有分定，苟不便为其所害，某别有恳诚，诸公能允许否？"众人闻其语言甚切，为之怆然。而问曰："尔有何事？"其人曰："某今便上岸，寻其虎踪，当自别有计较。但恳为某留船滩下，至日午时。若不来，即任船去也。"众人曰："我等如今便泊船滩下，不止住今日午时，兼为尔留宿。俟明日若不来，船即去也。"言讫，船乃下滩。

其人乃执一长柯斧，便上岸入山寻虎。并不见有人踪，但见虎迹而已。林木深邃，其人乃见一路，虎踪甚稠，乃更寻之。至一山隘，泥极甚，虎踪转多。更行半里，即见一大石室，又有一石床。见一道士在石床上而熟寐。架上有一张虎皮，其人意是变虎之所。乃蹑足，于架上取皮，执斧衣皮而立。道士忽惊觉，已失架上虎皮。乃曰："吾合食汝，汝何窃吾皮？"其人曰："我合食尔，尔何反有是言？"二人争竞，移时不已。道士词屈，乃曰："吾有罪于上帝，被谪在此为虎。合食一千人，吾今已食九百九十九人，唯欠汝一人，其数当足。吾今不幸，为汝窃皮。若不归，吾必须别更为虎，又食一千人矣。今有一计，吾与汝俱获两全，可乎？"其人曰："可也。"道士曰："汝今但执皮还船中，剪发及须鬓少许，剪指爪甲，兼头面脚手及身上，各沥少血二三升，以故衣三两事裹之。待吾到岸上，汝可抛皮与吾，吾取披已，化为虎。即将此物抛与，吾取而食之，即与汝无异也。"其人遂披皮执斧而归。船中诸人惊讶，而备述其由，遂于船中依虎所教待之。迟明，道士已在岸上，遂抛皮与之。道士取皮衣振迅，俄变为虎，哮吼跳踯。又抛衣与虎，乃啮食而去。自后更不闻有虎伤人。众言食人数足，自当归天去矣。

(卷四百二十六，出《解颐录》)

[意译]

　　开元年间（713—741），峡口这地方老虎很多，来来往往的船只都受到伤害。自那以后，只要是有船只将要下峡口的时候，就预备好一个人充当喂老虎的食物，全船这才无患。不这样，那么船里受害的人就很多了。从此这就成了惯例，船上留两个人下来上岸让老虎吃。许多天之后有一条船，船内都是豪强。只有两个人孤单无伴又很穷困，被众人推举出来，让他们上岸喂老虎。其中有一个人心里估量靠自己的力量不能抗拒，便出了船，却又对众人说："我很贫穷，该当为诸位主公替死。可是每个人的命运都是注定了的，如果我碰巧没有被老虎伤害，那么我另有一个恳切的请求，不知诸位主公能答应吗？"大家听他说得恳切，都为他感到伤心，就问他："你有什么事？"那人说："我现在就上岸，寻找那老虎的踪迹，我自当有别的办法。只是恳求为我把船留在滩下到中午时分。如果我还不回来，就任凭船只离去。"大伙说："我们现在就把船停靠在滩下，不止到今天中午，还可以为你留宿一夜。待明天，如果你还不来，船可要离去了。"说完，船就下滩了。

　　那人便手拿一把长柄的斧子，上岸进山寻找老虎。山里不见有人的踪影，只见到老虎的足迹罢了。树林子很深，那人看见一路上老虎的足迹特别稠密，就进一步去寻找。到一个山的险要之处，十分泥泞，老虎足迹越来越多。再走半里，就看见一处大的石室，又有一张石床。见一个道士在石床上睡得正熟，架子上有一张虎皮，那人猜想这就是变老虎的地方。就轻手轻脚，从架子上把虎皮取下来，拿着斧子披着虎皮站立着。道士忽然受惊醒过来，架上的虎皮已经没有了，便说："我该当吃你，你为什么偷虎皮？"那人说："'我该当吃你'，你为什么反而说出这种话？"二人互相争执，过了好一会儿还不休止。道士没有争辩，就说："我得罪了天帝，被贬谪在这里为老虎。应该食一千个人，现在已经吃了九百九十九个人，只差你一个人，就够数了。我现在不幸，被你偷了虎皮。如果你不归还虎皮，我必须再一次变成别的老虎，再吃一千个人。现在有一个计策，我和你都能两全获救，可以吗？"那人说："可以。"道士说："你现在只拿着虎皮回到船中，剪一些头发和鬓须，剪一些手指甲、脚指甲，并且从头上、脸上、脚上、手上和身上都各自取一点儿血，约二三升，洒在上面，用旧衣服裹上两三层。等我到岸上，你可以把虎皮抛给我，我拿来披披而已，变为老虎。再把那东西丢给我，我拿来吃了，就跟吃了你没有什么不同。"那人便披着虎皮、拿着斧子回来。船上众人都十分惊讶，那人给大伙详细叙述缘由，便在船上按照老虎所教那样等着。到天明，道士已经到了岸上，那人便把虎皮丢过去给他。道士拿过虎皮披上迅速跳动，顷刻就变为老虎，咆哮、吼叫，跳动着，徘徊着。那人又用衣服包好东西丢给老虎，老虎撕咬着吃完就走了。自那以后再没有听说有老虎伤人。大伙都说老虎吃够，自然应当回天上去了。

申屠澄

申屠澄者，贞元九年，自布衣调补濮州什邡尉。之官，至真符县东十里许遇大风雪，马不能进。路旁茅舍中有烟火甚温煦，澄往就之。有老父、妪及处女环火而坐，其女年方十四五，虽蓬发垢衣，而雪肤花脸，举止妍媚。父、妪见澄来，遽起曰："客冲雪寒甚，请前就火。"澄坐良久，天色已晚，而风雪不止。澄曰："西去县尚远，请宿于此。"父、妪曰："苟不以蓬室为陋，敢不承命？"澄遂解鞍，施衾帱焉。其女见客，更修容靓饰，自帷箔间出，而闲丽之态，尤倍昔时。

有顷，妪自外挈酒壶至，于火前煖饮。谓澄曰："以君冒寒，且进一杯，以御凝冽。"因揖让曰："始自主人。"翁即巡行，澄当婪尾。澄因曰："座上尚欠小娘子。"父、妪皆笑曰："田舍家所育，岂可备宾主？"女子即回眸斜睨曰："酒岂足贵，谓人不宜预饮也。"母即牵裙，使坐于侧。澄始欲探其所能，乃举令以观其意。澄执盏曰："请征书语，意属目前事。"澄曰："厌厌夜饮，不醉无归。"女低鬟微笑曰："天色如此，归亦何往哉？"俄然巡至女，女复令曰："风雨如晦，鸡鸣不已！"澄愕然叹曰："小娘子明慧若此，某幸未昏，敢请自媒如何？"翁曰："某虽寒贱，亦尝娇保之。颇有过客，以金帛为问，某先不忍别，未许。不期贵客又欲援拾，岂敢惜？"即以为托，澄遂修子婿之礼，祛囊以遗之，妪悉无所取，曰："但不弃寒贱，焉事资货。"明日，又谓澄曰："此孤远无邻，又复湫溢，不足以久留。女既事人，便可行矣！"又一日，咨嗟而别，澄乃以所乘马载之而行。

既至官，俸禄甚薄，妻力以成其家。交结宾客，旬日之内，大获名誉，而夫妻情义益浃。其于厚亲族，抚甥侄，泊僮仆厮养，无不欢心。后秩满将归，已生一男一女，亦甚明慧，澄尤加敬焉。尝作赠内诗一篇曰："一官惭梅福，三年愧孟光。此情何所喻？川上有鸳鸯。"其妻终日吟讽，似默有和者，然未尝出口。每谓澄曰："为妇之道，不可不知书。倘更作诗，反以妪妾耳。"澄罢官，即罄室归秦，过利州，至嘉陵江畔，临泉藉草憩息。其妻忽怅然谓澄曰："前者见赠一篇，寻即有和，初不拟奉示，今遇此景物，不能终默之。"乃吟曰："琴瑟情虽重，出林志自深。常忧时节变，辜负百年心。"吟罢，潸然良久，若有慕焉。澄曰："诗则丽矣，然山林非弱质所思，倘忆贤尊，今则至矣，何用悲泣乎？人生因缘业相之事，皆由前定。"后二十余日，复至妻本家。草舍依然，但不复有人矣。澄与妻即止其舍，妻思慕之深，尽日涕泣。于壁角故衣之下，见一虎皮，尘埃积满。妻见之，忽大笑曰："不知此物尚在耶！"披之，即变为虎，哮吼拿攫，突门而去。澄惊走避之。携二子寻其路，望林中大哭数日，竟不知所之。

（卷四百二十九，出《河东记》）

[意译]

  有一个叫申屠澄的，贞元九年（793），由一个平民百姓调任濮州什邡县的县尉。他前去赴任，走到真符县东十里左右的地方遇到大风雪，马匹不能前进。路旁茅屋里有烟火非常暖和，申屠澄走过去烤火。那里有老父、老妇和姑娘围着火坐，其中一个女子年纪十四五岁，虽然头发蓬乱，衣服有污垢，但是皮肤像雪一样白，脸色像鲜花一样红润，举止妩媚可爱。老父、老妇见申屠澄来了，匆忙起来说："客人冒雪而来，一定很冷，请往前烤火。"申屠澄坐了很久，天色已经晚了，可风雪还不停止。申屠澄说："往西离县城还很远，请允许我住在这里。"老父、老妇说："如果不嫌这茅屋简陋，怎敢不遵命请您住下？"申屠澄便解下马鞍，把被子帐子铺好。那女子见到客人，进一步梳妆打扮，从门帘里出来，那娴雅美丽的姿态，更是胜过平时几倍。

  一会儿，老妇从外面提着酒壶到了，在火前暖酒。她对申屠澄说："因为您冒风寒而来，姑且呈上一杯酒，来抵御寒气。"申屠澄便作揖礼让说："请主人先饮。"老翁就按座次行酒，申屠澄居于末座。申屠澄于是说："座上还缺少小娘子。"老父、老妇都笑着说："乡下人家长大的，怎么可以备主宾之礼招待您？"女子眼波一回，斜视着说："酒怎么珍贵，人家是说不应该先喝。"母亲就拉着她的裙子，让她坐在身旁。申屠澄开始想探问她的才能，便拿行酒令来观察她的心意。申屠澄拿着酒杯说："请征引古书上的话，意思要符合眼前的事。"申屠澄说："漫长的夜里饮酒，不喝醉就不要回家。"女子低头微笑说："天色这样，你回去往哪里走呀？"不一会儿行酒令又到女子，女子再行酒令说："风雨天这样晦暗，鸡却叫个不停！"申屠澄吃惊地感叹说："小娘子这般聪明灵慧，我有幸没有结婚，大胆请求自己做媒求婚怎么样？"老翁说："我虽然贫寒微贱，也曾经宠爱养育了她。有不少过客拿着金帛求婚，我原先不忍心分别，没有答应。没想到您又想伸手帮助我，怎么敢怜惜了呢？"于是把女子托付给申屠澄，申屠澄便行子婿的礼节，倾己所有赠送给他们，老妇一点儿也不要，说："只要不嫌贫寒微贱，怎么能指望钱物？"第二天，又对申屠澄说："这地方孤僻偏远没有邻居，再加上房子低下狭小，不值得你们久留。女儿既然嫁人了，你就可以带她走了。"又过了一天，他们叹息着分别了，申屠澄就用所乘的马载着女子走了。

申屠澄已经任官职了，俸禄收入很微薄，妻子尽力支撑这个家，交结宾客朋友，几天之内，就获得很好的名声，夫妻俩感情又越加融洽。他们厚待亲族，抚养外甥、侄子，以及对仆人、佣童都很热心，大家都心情欢快。后来申屠澄为官的日期满了要回家了，他们已经生了一男一女，也非常聪明，申屠澄对妻子更加敬重。曾经作赠给妻子的诗一篇，诗中写道："做个小官愧对西汉辞官隐居的梅福，三年时光，你善于持家，让东汉有名的贤妻孟光也自惭不如。这种感情用什么比喻呢？就像那河上双双和鸣的鸳鸯。"他妻子整天吟诵，像暗中有唱和的诗，不过没有吟出口。她经常对申屠澄说："做妻子的，不可以不读书。如果再来作诗，反而像低贱的婢妾一样了。"申屠澄罢了官，带着全家回到陕西，经过利州，到嘉陵江畔，面对泉流坐在草地上休息。他妻子忽然怅然地对申屠澄说："上一次蒙您送我一首诗，我很快就和了一首，开始并未打算奉上请您看，现在遇到这般景物，不能不把它唱和完毕。"于是吟诵道："夫妻的感情虽然很好，但我怀念山林的心志也很深。常常担心情况有变化，辜负了和你百年偕老的一片心意。"吟诵完，她悲伤了很久，好像在怀念什么。申屠澄说："诗虽然很美，不过山林不是弱女子所思慕的，假如思念您的尊亲父母，现在已经到了这里，哪里用得着悲伤流泪呢？人生的前因后果之事，都是由前生确定的。"二十多天以后，他再次来到妻子自己的家。茅屋像从前那样，只是不再有什么人了。申屠澄和妻子就留宿在这所房子里，妻子深深地思慕着，整天地流眼泪。她在墙角的旧衣服下面，看见一张虎皮，积满了灰尘。妻子见了，忽然大笑说："没想到这东西还在这里呢！"披上虎皮，立即就变成了虎，咆哮吼叫着，要捉人吃的样子，冲出门去了。申屠澄吃惊地逃跑躲避它，又带着两个孩子去寻找它的去向，望着树林子大哭了几天，结果还是不知道她到哪里去了。

张　逢

南阳张逢，贞元末薄游岭表，行次福州福唐县横山店。时初霁，日将暮，山色鲜媚，烟岚蔼然，策杖寻胜，不觉极远。

忽有一段细草，纵广百余步，碧鲜可爱。其旁有一小树，遂脱衣挂树，以杖倚之，投身草上，左右翻转，既而酣睡，若兽蹑然，意足而起，其身已成虎也。文彩烂然，自视其爪牙之利，胸膊之力，天下无敌。遂腾跃而起，超山越壑，其疾如电。夜久颇饥，因傍村落徐行，犬彘驹犊之辈，悉无可取。意中恍惚，自谓当得福州郑录事，乃傍道潜伏。未几，有人自南行，乃候吏迎郑纰者。见人问曰："福州郑录事名璠，计程当宿前店，见说何时发？"来人曰："吾之主人也，闻其饰装，到亦非久。"候吏曰："只一人来，且复有同行者？吾当迎拜时，虑其误也。"曰："三人之中，参绿者是。"其时逢方伺之，而彼详问，若为逢而问者。逢既知之，攒身以俟之。俄而郑到，导从甚众，衣参绿，甚肥，昂昂而来。适到，逢衔之，走而上山。时天未曙，人虽多，莫敢逐，得恣食之，唯余肠发。既而行于山林，孑然无侣，乃忽思曰："我本人也，何乐为虎，自囚于深山？盍求初化之地而复焉？"乃步步寻求，日暮方到其所，衣服犹挂，杖亦在，细草依然，翻复转身于其上，意足而起，即复人形矣。于是衣衣策杖而归。昨往今来，一复时矣。初其仆夫惊其失逢也，访之于邻，或云策杖登山。多歧寻之，杳无行迹。及其来，惊喜问其故，逢绐之曰："偶寻山泉，到一山院，共谈释教，不觉移时。"仆夫曰："今旦侧近有虎，食福州郑录事，求余不得。山林故多猛兽，不易独行。郎之未回，忧负实极，且喜平安无他。"逢遂行。

元和六年，旅次淮阳，舍于公馆。馆吏宴客，坐客有为令者曰："巡若到，各言己之奇事，事不奇者罚。"巡到逢，逢言横山之事。末坐有进士郑遐者，乃郑纠之子也，怒目而起，持刀将杀逢，言复父仇，众共隔之，遐怒不已，遂入白郡将。于是送遐南行，敕津吏勿复渡。使逢西迈，且劝改名以避之。或曰：闻父之仇，不可以不报。然此仇非故杀，若必使杀逢，遐亦当坐。遂遁去而不复其仇焉。吁，亦可谓异矣！

(卷四百二十九，出《续玄怪录》)

[意译]

　　南阳人张逢，唐德宗贞元末年到岭南行游，走到福州福唐县的横山店。这时雨后初晴，山色鲜艳明媚，薄雾缭绕山间，张逢拄着手杖，寻赏胜景，不知不觉已经走了很远。

张逢忽然走到一片细草地，约有一百来步宽，碧绿鲜嫩，十分可爱。旁边有一棵小树，张逢便把衣服脱了，挂在树上，手杖也靠在树上，自己则跳到草地上，一会儿往左一会儿往右，翻来转去，然后就酣睡了，就像野兽翻转踩踏的样子。满意了，起得身来，他的身子已经成了老虎。身上皮毛纹彩斑斓，锋利的爪牙，有力的胸膛腿膊，自认为都是天下无敌。于是腾跳起来，在山上奔走，就像闪电一样快。过了很久，天黑了，老虎也饿了，于是靠着村落慢慢行走，狗猪小马小牛之类，都没有找到。它恍恍惚惚，自认为应把福州的郑录事吃了，于是在路边藏了起来。没多久，从南边来了一个人，原来是迎接郑录事的候吏。那候吏见到一个来人问道："福州录事郑璠，计算路程应当住宿在前面的旅店，他说什么时候出发？"来的那人说："他是我的主人，听得他在整顿行装，不一会儿就要到了。"候吏说："是只他一个人来，还是有同路的？我担心在迎候行礼的时候搞错了。"来人说："三个人当中，穿戴绿色的就是。"这时化为老虎的张逢正窥伺着，那候吏详细的问话，就好像为张逢问的。张逢已经知道了，就聚拢身子等着。不一会儿，郑录事到了，前面引路后面随从的人非常多，他衣服绿色，很肥胖，大摇大摆走来。他一到，张逢就衔着他跑上山去了。这时天还未亮，跟从的人虽然很多，可是不敢追来，张逢于是恣意把郑录事吃了，只剩下肠子和头发。吃完他走在山林里，孤零零没有伴，又忽然想到："我本来是人，为什么喜欢成为老虎，自己把自己囚禁在山里？何不找到当初化为虎的地方恢复我的人形呢？"于是一步一步走着寻找，天黑才到那地方，衣服还挂在树上，手杖也在那里，细草坪还是老样子。张逢在草地上翻来滚去，翻滚够了，站起身来，又恢复了人形。于是穿好衣服拿着手杖从山上下来。昨天去今天回来，正好一个复时。当初他的仆夫不见了张逢十分惊慌，有人说张逢拿着手杖上山的。仆夫到几条歧路上寻找，一点儿踪迹也不见。待张逢回来，惊喜地问他的缘由。张逢骗他们说："偶尔找到一处山泉，到山中一处寺院，和寺院的和尚谈论了一番佛教，不知不觉就过了那么长时间。"仆夫说："今天早上附近有老虎，要吃福州的郑录事没有吃成。山林中确实很多猛虎，不方便独自一人行走。

你没有回来,我们都担心死了。还算好,很高兴你平平安安,没有意外。"张逢于是又上路了。

元和六年(811),张逢旅行到了淮阳,住宿在公家的馆舍里。馆舍的官吏宴请宾客,座中有一个做县令的客人说:"斟酒一周如果轮到自己,都要说自己最奇异的事情,事情不稀奇的罚酒。"轮到张逢,张逢便说出了横山的事。席中后面一个座位上坐着一个叫郑遐的进士,正是郑录事的儿子,听张逢一说,就圆睁怒目,站起身来,拿着刀要杀张逢,说要为父亲报仇。众人把他拉开了,郑遐还不息怒,于是去报告州郡的武将。于是人们送郑遐到南边去,告诉管理渡口的官吏不要让他再渡河过来。又让张逢向西远行,并且劝他更名改姓,躲避灾祸。有人说,听到父亲的冤仇,不可以不报。不过这仇不是故意杀害,如果一定让郑遐杀了张逢,郑遐也得获罪。郑遐于是离去而没有报仇。啊呀,这事可真是奇异呀!

马　拯

唐长庆中,有处士马拯,性冲淡,好寻山水,不择险峭,尽能跻攀。一日,居湘中,因之衡山祝融峰,诣伏虎师。佛室内道场严洁,果食馨香,兼列白金皿于佛榻上。见一老僧,眉毫雪色,朴野魁梧。甚喜拯来,使仆挈囊。僧曰:"假君仆使近县市少盐酪。"拯许之。仆乃携金下山去,僧亦不知去向。

俄有一马沼山人,亦独登此来,见拯,甚相慰悦。乃告拯曰:"适来道中遇一虎,食一人,不知谁氏之子。"说其服饰,乃拯仆夫也。拯大骇。沼又去:"遥见虎食人尽,乃脱皮,改服禅衣,为一老僧也。"拯甚怖惧,及沼见僧,曰:"只此是也。"拯白僧曰:

"马山人来,云某仆使至半山路,已被虎伤,奈何?"僧怒曰:"贫道此境,山无虎狼,草无毒螯,路绝蛇虺,林绝鸱鸮,无信妄语耳。"拯细窥僧吻,犹带殷血。向夜,二人宿其食堂,牢扃其户,明烛伺之。夜已深,闻庭中有虎怒,首触其扉者三四,赖户壮而不隳。二子惧而焚香,虔诚叩首于堂内土偶宾头卢者。良久,闻土偶吟诗曰:"寅人但溺栏中水,午子须分艮畔金,若教特进重张弩,过去将军必损心。"二子聆之,而解其意曰:"寅人,虎也。栏中,即井。午子,即我耳。艮畔金,即银皿耳。其下两句未能解。"及明,僧叩门曰:"郎君起来食粥。"二子方敢启关。食粥毕,二子计之曰:"此僧且在,我等何由下山?"遂诈僧云:"井中有异。"使窥之。僧窥次,二子推僧堕井,其僧即时化为虎,二子以巨石镇之而毙矣。二子遂取银皿下山。

近昏黑而遇一猎人,于道旁张窝弓,树上为棚而居,语二子曰:"无触我机。"兼谓二子曰:"去山下不远,诸虎方暴,何不且上棚来?"二子悚怖,遂攀缘而上。将欲入定,忽三五十人过,或僧,或道,或丈夫,或妇女,歌吟者,戏舞者,前至窝弓所。众怒曰:"朝来被二贼杀我禅和,方今追捕之,又敢有人张我将军?"遂发其机而去。二子并闻其说,遂诘猎者。曰:"此是伥鬼,被虎所食之人也,为虎前呵道耳。"二子因征猎者之姓氏,曰:"名进,姓牛。"二子大喜曰:"土偶诗下句有验矣。特进,乃牛进也;将军,即此虎也。"遂劝猎者重张其箭,猎者然之。张毕登棚,果有一虎,哮吼而至,前足触机,箭乃中其三斑,贯心而踣。逡巡,诸伥奔走却回,伏其虎,哭甚哀,曰:"谁人又杀我将军?"二子怒而叱之曰:"汝辈无知下鬼,遭虎啗死。吾今为汝报仇,不能报谢,犹敢恸哭。岂有为鬼不灵如是？"遂悄然。忽有一鬼答曰："都不知将军乃虎也，聆郎君之说，方大醒悟。"就其虎而骂之，感谢而去。及明，二子分银与猎者而归耳。

（卷四百三十，出《传奇》）

[意译]

　　唐朝长庆年间，有一个没做官的读书人马拯，性情恬淡，喜欢游山玩水，不管多么艰险全都能攀登上去。有一天，他住在湘中，于是去衡山的祝融峰，拜访伏虎师。佛室内诵经拜佛的殿堂十分威严整洁，果物食品，散发馨香，佛榻上排列着白金的器皿。马拯见到一位老和尚，眉毛雪白，身材魁梧，样子朴素。老和尚很高兴马拯来，让仆人提着袋子。老和尚说："想请你的仆人到附近的县里买一点儿盐酪。"马拯答应了。仆人于是带着钱下山了，老和尚也不知哪里去了。

　　不一会儿，有一个叫马沼的隐居山林的隐士，独自登山到这里来。马沼见了马拯，互相都很欣慰高兴。马沼于是告诉马拯说："刚才路上遇到一只老虎，吃了一个人，不知是谁家的人。"说出那人的服饰打扮，原来是马拯的仆夫。马拯大为惊骇。马沼又说："远远看见老虎吃完了人，又脱去虎皮，改穿禅衣，变作了一个老和尚。"马拯十分恐惧。待马沼见了老和尚，说："他就是。"马拯对老和尚说："马山人来，说我的仆人在山里走到半路，已经被虎伤害了，怎么办？"老和尚发怒说："贫道这一带，山里没有老虎豺狼，草里没有毒螫子，路上没有毒蛇毒虫，林子里没有恶鸟，不要相信胡言乱语。"马拯仔细观察和尚的嘴唇，还带着红红的血。到了晚上，马沼、马拯二人住在吃饭的厅堂，牢牢地闩住门，把灯点得亮亮的，观察等候着。夜已经深了，他们听到庭院里有老虎怒叫的声音，用头撞了三四下门，靠着门结实才没有被撞倒。二人害怕得焚着香，虔诚地向堂内的宾头卢罗汉的塑像叩头。好长时间，听见罗汉像吟诗说："寅人只沉溺在栏中的水，午子应该分得艮畔金，如果让特进重新张设弓弩，过去的将军一定会损害其心。"二人仔细听着，解释它的意思说："寅人，是指老虎。栏中，就是井。午子，就是我。艮畔金，就是银的器皿。下面两句不能解释。"到天亮，和尚敲门说："郎君起来食粥。"二人才敢把门打开。食粥完毕，二人思量着，说："这和尚还在，我们怎么下山？"于是骗和尚说："井里有奇怪的东西。"叫老和尚去看。和尚正看的时候，二人把和尚推下井去，这和尚坠入井底，就变成老虎，二人用大石头打下去，把老虎打死了。二人便取出银皿下山去。

天近昏黑的时候，他们遇到一个猎人，正在路旁安装窝弓，树上搭了个棚子，猎人就住在上面。猎人对二人说："不要碰着了我的窝弓机关。"又对二人说："离山下不远的地方，很多老虎正很凶暴。为什么不暂且到窝棚上来？"二人吓坏了，就攀树上了棚子。夜晚快要安睡的时候，忽然有三五十个人经过，有和尚，有道士，有男子，有妇女，唱歌吟咏的，耍戏舞蹈的，都到猎人安放窝弓的地方。这伙人都发怒说："早上被两个贼人杀害了我们禅和师傅，现在正要追捕他们，又有谁胆敢张设窝弓害我们将军？"于是破坏了弓弩的机关，然后走了。二人都听到了他们说的话，于是问猎人。猎人告诉他们："这是为虎作伥的鬼，是被虎吃掉了的人，为老虎在前面呵斥清道罢了。"二人于是就问猎人的姓名，猎人说："名进，姓牛。"二人十分高兴，说："罗汉塑像的诗下句得到验证了。特进，就是牛进；将军，就是这只老虎。"于是劝猎人重新张设弓箭，猎人照他们的请求做了。把弓箭重新张设好，果然一只老虎咆哮着来了，老虎前足碰到了机关，箭射中了它，贯穿虎心，老虎仆倒在地。不一会儿，那些伥鬼奔走着又回来了，伏在那死了的老虎旁边，哭得十分伤心，说："谁又杀掉了我们的将军？"马沼、马拯二人怒斥他们说："你们这些无耻下贱的鬼，被虎吃掉了。我们今天为你们报仇，你们不能报答感谢我们，还敢在这里痛哭。哪有做了鬼这样不醒悟的？"于是，那些伥鬼都悄然不作声。过一会儿，忽然一个鬼回答说："都不知道将军是老虎，听你这么一说，我们才完全醒悟了。"伥鬼们都对着老虎骂起来，感谢他们，而后离开了。

到天亮，二人把银两分给猎人，而后回来了。

韩　生

唐贞元中，有大理评事韩生者，侨居西河郡南。有一马甚豪骏。常一日清晨，忽委首于枥，汗而且喘，若涉远而殆者。圉人怪之，具白于韩生。韩生怒："若盗马夜出，使吾马力殆，谁之罪？"乃令朴焉。圉人无以辞，遂受朴。至明日，其马又汗而喘，圉人窃异之，莫可测。是夕，圉人卧于厩舍，阖扉，乃于隙中窥之。忽见韩生所畜黑犬至厩中，且嗥且跃。俄化为一丈夫，衣冠尽黑，既挟鞍致马上，驾而去。行至门，门垣甚高。其黑衣人以鞭击马，跃而过。黑衣者乘马而去，过来既，下马解鞍。其黑衣人又嗥跃，还化为犬。圉人惊异，不敢泄于人。

后一夕，黑犬又驾马而去，逮晓方归。圉人因寻马踪，以天雨新霁，历历可辨。直至南十余里一古墓前，马迹方绝。圉人乃结茅斋于墓侧。来夕，先止于斋中以伺之。夜将分，黑衣人果驾马而来。下马，系于野树。其人入墓，与数辈笑言极欢。圉人在茅斋中俯而听之，不敢动。近数食顷，黑衣人告去。数辈送出墓外，至于野。有一褐衣者，顾谓黑衣人曰："韩氏名籍今安在？"黑衣人曰："吾已收在捣练石下，吾子无以为忧。"褐衣者曰："慎毋泄，泄则吾属不全矣。"黑衣人曰："谨受教。"褐衣者曰："韩氏稚儿有字否？"曰："未也，吾伺有字，即编于名籍，不敢忘。"褐衣者曰："明夕再来，当得以笑语。"黑衣唯而去。及晓，圉者归，遂以其事密告于韩生。生即命肉诱其犬。犬既至，因以绳系。乃次所闻，遂穷捣练石下。果得一轴书，具载韩氏兄弟妻子家僮名氏，纪莫不具。盖所谓韩氏名籍也。有子生一月矣，独此子不书，所谓稚儿未字也。韩生大异，命致犬于庭，鞭而杀之。熟其肉，以食家僮。已而率邻居士子千余辈，执弧矢兵仗至郡南古墓前，发其墓。墓中有数犬，毛状皆异。尽杀之以归。

（卷四百三十八，出《宣室志》）

[意译]

　　唐朝贞元年间，有个叫韩生的大理评事，侨居在西河郡南。他有一匹马非常豪壮骏健。曾经有一天清晨，这马却忽然把头放在马槽上，全身流汗，气喘吁吁，好像走了远路累坏了。养马人很奇怪，详细告诉韩生。韩生发怒，说："你偷着骑马晚上出去，使我的马累坏了，这是谁的罪过？"便叫人责打了他一顿。养马人没法推卸罪责，只好受了顿打。到第二天，这马又流汗喘气，养马人暗自奇怪，又猜不出是怎么回事。这天晚上，养马人躺在马厩里，把门关上，从门缝里偷偷察看。忽然看见韩生所养的黑狗到马厩来，又叫又跳。不一会儿就成了一个男子，衣服帽子都是黑的，把马鞍拿来放在马身上以后，骑上马走了。走到门前，门墙很高。这黑衣人用鞭子抽马，一跃而过。黑衣人骑马去了，半夜回来，下马解鞍。这黑衣人又是又叫又跳，再变成狗。养马人非常惊异，不敢把这事泄露给别人。

　　后来又一个晚上，黑狗又变作黑衣人骑马去了，到天亮才回来。养马人便寻找马的踪迹，因为雨后初晴，马的足迹清清楚楚可以辨认。养马人一直找到南面十多里地的一座古墓前，马的足迹才没有了。养马人就在古墓旁边搭了一个草棚。第二天晚上，他先在草棚里守候着。快到半夜，黑衣人果然骑着马来了。黑衣人下了马，把马系在野外的树上，自己就进了古墓，和几个人说说笑笑，十分高兴。养马人伏身在草棚里听着，不敢乱动。将近几顿饭工夫，黑衣人告辞而去。那几个人把他送出墓外，到了野外。有一个穿褐色衣服的，回头对黑衣人说："韩氏全家的名册在哪里？"黑衣人说："我已经收藏在捣练石的后面，你们不用忧虑。"褐衣人说："小心不要泄露，若泄露了我们这些人就都活不成了。"黑衣人说："我记住了你的话。"褐衣人说："韩氏的幼儿有名字吗？"黑衣人说："还没有，我等他有了名字，就记录到名册上，不敢忘了。"褐衣人说："明天晚上再来，当尽情笑一笑。"黑衣人答应着去了。到天亮，养马人回来，于是把这事悄悄地告诉了韩生。韩生于是命人用肉引诱这条黑狗。狗来了，就用绳子拴起来。又依次按照所听到的去检查，在捣练石下寻找。果然找到一个写着字的卷轴，详细记载着韩氏兄弟妻子家童的姓名，没有一个不详细记载。这就是所谓韩氏的名册。韩生有个才出生一个月的儿子，只有这儿子没被写上去。这就是所谓幼儿没有名字。韩生大吃一惊，命人把狗带到庭院，鞭打后杀了它，煮熟它的肉，给家童吃。紧接着，率领一千多邻居士子，拿着弓箭兵器，到郡南的古墓前，掘开坟墓。墓中有几条狗，皮毛和样子都不同于一般的狗。把这些狗全部杀了才回来。

萧至忠

唐中书令萧至忠，景云元年为晋州刺史，将以腊日畋游，大事置罗。先一日，有薪者樵于霍山，暴虐不能归，因止岩穴之中，呻吟不寐。夜将艾，似闻悉窣有人声，初以为盗贼将至，则匍匐伏于林木中。时山月甚明，有一人身长丈余，鼻有三角，体被豹鞿，目闪闪如电，向谷长啸。俄有虎、兕、鹿、豕、狐、兔、雉、雁，骈匝百许步。长人即宣言曰："余玄冥使者，奉北帝之命，明日腊日，萧使君当顺时畋猎。尔等若干合箭死，若干合枪死，若干合网死，若干合棒死，若干合狗死，若干合鹰死。"言讫，群兽皆俯伏战惧，若请命者。老虎洎老麋，皆屈膝向长人言曰："以某等之命，即实以分。然萧公仁者，非意欲害物，以行时令耳。若有少故则止，使者岂无术救某等乎？"使者曰："非余欲杀汝辈，但今自以帝命宣示汝等刑名，即余使乎之事毕矣。自此任尔自为计。然余闻东谷严四兄善谋，尔等可就彼祈求。"群兽皆轮转欢叫。使者即东行，群兽毕从。时薪者疾亦少间，随往觇之。

既至东谷，有茅堂数间，黄冠一人，架悬虎皮，身正熟寝。惊起见使者曰："阔别既久，每多思望。今日至此，得非配群生腊日刑名乎？"使者曰："正如高明所问，然彼皆求救于四兄，四兄当为谋之。"老虎、老麋即屈膝哀请。黄冠曰："萧使君每役人，必恤其饥寒。若祈滕六降雪，巽二起风，即不复游猎矣。余昨得滕六书，知已丧偶，又闻索泉家第五娘子为歌姬，以妒忌黜矣。若汝求得美人纳之，则雪立降矣。又巽二好饮，汝若求得醇醪赂之，则风立至矣。"有二狐自称多媚能取之："河东县尉崔知之第三妹，美淑娇艳。绛州卢司户善酿醪，妻产必有美酒。"言讫而去。诸兽皆有欢声。黄冠乃谓使者曰："忆含质在仙都，岂意千年为兽身，悒悒不得志，聊有述怀一章。"乃吟曰："昔为仙子今为虎，流落阴涯足风雨。更将斑毳被余身，千载空山万般苦。""然含质遭谪已满，惟有十一日即归紫府矣。久居于此，将别不无恨恨。因题数行于壁，使后人知仆曾居于此矣。"乃书北壁曰："下玄八千亿甲子，丹飞先生严含质。谪下中天被班革，六十甲子血食涧。饮厕猿狖下浊界，景云元纪升太一。"时薪者素晓书诵，因密记得之。

少顷，老狐负美女至，才及笄岁，红袂拭目，残妆妖媚。又有一狐负美酒二瓶，香气酷烈。严四兄即以美女泪美酒瓶，名纳一囊中，以朱书一符，取水噀之，二囊即飞去。薪者惧且为所见，即寻路却回。未明，风雪暴至，竟日乃罢，而萧使君不复猎矣。

（卷四百四十一，出《玄怪录》）

[意译]

唐朝中书令萧至忠，景云元年（710）时为晋州刺史，准备在十二月初八腊祭的日子里出外打猎，于是到处安置了很多网罗。前一天，有个樵夫到霍山砍柴，突然得疟疾不能回来，于是停留在洞穴里，一夜呻吟着没有睡觉。夜快尽的时候，樵夫似乎听见窸窸窣窣有人的声音，开始以为盗贼要来了，于是匍匐在树林里。这时山里月色明亮，借着月光，只见一个身长一丈多的人，他鼻子有三角，身上披着豹皮，目光发亮像闪电，这人面对山谷长声啸呼。不一会儿，老虎、犀牛、鹿、野猪、狐狸、兔、野鸡、大雁都并列环绕了一百来步。这长人就宣布说："我是北帝的使者，奉北帝的命令，明天腊祭之日，萧刺史要依顺时节进山打猎。你们有若干人会被箭射死，有若干人会被枪刺死，有若干人会撞到网里死掉，有若干人会被棍棒打死，有若干人会被猎犬咬死，有若干人会被猎鹰啄死。"说完，这些野兽飞禽都伏在地上，战战兢兢，非常害怕，像是请求活命。老虎以及麋鹿，都屈膝跪下向长人说："我们这样死，都是命中注定。不过萧公是一个仁者，并不是想伤害我们，只是根据时令行事罢了。如果有一点儿小变故就会停止他的打猎，使者难道没有办法救我们吗？"使者说："不是我想杀你们，只是现在以北帝的命令宣布你们的刑法的名称，我作为使者的任务就结束了。从此以后任你们自己想办法。不过我听说东谷的严四兄善于计谋，你们可以去向他祈求。"野兽们都围绕使者转着、跳着、欢叫着。使者往东去了，野兽们都跟从着他。这时，樵夫的病稍好一点儿，也跟在后面暗中察看。

到了东谷，那里有几间茅屋，屋里悬架着虎皮，一个戴着黄帽子的人正熟睡着。使者的到来惊醒了他，他对使者说："分别很久了，总是思念你盼望你来。今天你来这里是不是为了解决众多生灵腊祭之日刑法名称的事？"使者说："正如您所问的，它们都来向四兄求救，四兄要为它们想想办法。"老虎、麋鹿都跪下来哀切地请求。黄冠人说："萧刺史使唤人，一定很体恤他们，担心他们忍饥受冻。如果祈求雪神降雪，风神起风，他就不会再出游狩猎了。我日前得到滕六的书信，知道他已经死了配偶，又听说他索求了泉家第五娘子为歌姬，因为妒忌把她废黜了。如果你求得美人献纳给他，那么他立刻就可以降雪。另外，巽二喜欢喝酒，如果能求得美酒佳酿贿赂他，他也会立即刮风。"听黄冠人这么一说，有两只狐狸马上自称它们有办法把这两样东西置齐，说："河东县尉崔知之第三个妹妹，美貌贤淑姿色娇艳。绛州的卢司户善于酿美酒，他那里一定有美酒。"二狐狸说完就去了。野兽们都发出了欢呼声。黄冠人才对使者说："回忆当年身在仙都，谁料想千年来被贬为野兽之身，我忧闷不乐，不得其志，姑且用诗陈述感情。"于是吟道："过去为仙人现在为老虎，流落在下界受够了风雨的摧打。再把那有斑纹的虎皮披在我身上，千年在空寂的山中受着万般的痛苦。"又说："不过我受贬谪的期限已经满了，只有十一天就要返归仙家紫府。住在此地那么长时间，要分别了又有些惆怅。因此题几行诗在墙壁上，使后人知道我曾经居住在这里。"于是在北面墙壁书写道："在下界八千亿个甲子年，我是丹飞先生严含质。从中天贬谪下来披上有斑纹的虎皮，在山涧中饮血食肉六十甲子年。在下界和猿猴一起为伴，如今我就要升上太一天神居住的地方。"这樵夫向来懂得诗书讽诵，因此暗中把这歌诗记下来了。

不一会儿，老狐狸背着美女到了，那美女正是十五岁出嫁的年龄，用红袖擦拭着眼中的泪水，没有着意打扮却依然那么妖艳。又有一老狐狸背着两瓶酒来了，那酒气香气浓烈。严四兄就把美女和美酒瓶，各自放入一个袋中，画上一道朱色符咒，取来水喷上去，两个袋子马上飞走了。樵夫生怕被他们发现，就寻路回来。不到天亮，风雪突然来临，整整一天才停下来。萧至忠也再没有打猎。

任　氏

任氏，女妖也。

有韦使君者，名崟，第九，信安王祎之外孙。少落拓，好饮酒。其从父妹婿曰郑六，不记其名。早习武艺，亦好酒色，贫无家，托身于妻族。与崟相得，游处不间。

唐天宝九年夏六月，崟与郑子偕行于长安陌中，将会饮于新昌里。至宣平之南，郑子辞有故，请间去，继至饮所。崟乘白马而东。郑子乘驴而南，入升平之北门。偶值三妇人行于道中，中有白衣者，容色姝丽。郑子见之惊悦，策其驴，忽先之，忽后之，将挑而未敢。白衣时时盼睐，意有所受。郑子戏之曰："美艳若此，而徒行，何也？"白衣笑曰："有乘不解相假，不徒行何为？"郑子曰："劣乘不足以代佳人之步，今辄以相奉。某得步从，足矣。"相视大笑。同行者更相眩诱，稍已狎昵。郑子随之东，至乐游园，已昏黑矣。见一宅，土垣车门，室宇甚严。白衣将入，顾曰："愿少踟蹰。"而入。女奴从者一人，留于门屏间。问其姓第，郑子既告，亦问之。对曰："姓任氏，第二十。"少顷，延入。郑絷驴于门，置帽于鞍。始见妇人年三十余，与之承迎，即任氏姊也。列烛置膳，举酒数觞。任氏更妆而出，酣饮极欢。夜久而寝，其妍姿美质，歌笑态度，举措皆艳，殆非人世所有。将晓，任氏曰："可去矣。某兄弟名系教坊，职属南衙，晨兴将出，不可淹留。"乃约后期而去。

既行，及里门，门扃未发。门旁有胡人鬻饼之舍，方张灯炽炉。郑子憩其帘下，坐以候鼓，因与主人言。郑子指宿所以问之曰："自此东转，有门者，谁氏之宅？"主人曰："此隤墉弃地，无第宅也。"郑子曰："适过之，曷以云无？"与之固争。主人适悟，乃曰："吁，我知之矣。此中有一狐，多诱男子偶宿，尝三见矣。今子亦遇乎？"郑子赧而隐曰："无。"质明，复视其所，见土垣车门如故。窥其中，皆榛荒及废圃耳。

既归，见崟。崟责以失期。郑子不泄，以他事对。然想其艳冶，愿复一见之，心尝存之不忘。经十许日，郑子游，入西市衣肆，瞥然见之，曩女奴从。郑子遽呼之。任氏侧身周旋于稠人中以避焉。郑子连呼前迫，方背立，以扇障其后，曰："公知之，何相近焉？"郑子曰："虽知之，何患？"对曰："事可愧耻，难施面目。"郑子曰："勤想如是，忍相弃乎？"对曰："安敢弃也？惧公之见恶耳。"郑子发誓，词旨益切。任氏乃回眸去扇，光彩艳丽如初，谓郑子曰："人间如某之比者非一，公自不识耳，无独怪也。"郑子请之与叙欢。对曰："凡某之流，为人恶忌者，非也，为其伤人耳。某则不然。若公未见恶，愿终己以奉巾栉。"郑子许与谋栖止。任氏曰："今旧居僻陋，不可复往。从此而东，安邑坊之内曲，有小宅，宅中有小楼，楼前有大树出于栋间者，门巷幽静，可税以居。前时自宣平之南，乘白马而东者，非君妻之昆弟乎？其家多什器，可以假用。"

是时崟伯叔从役于四方，三院什器，皆贮藏之。郑子如言访其舍，而诣崟假什器。问其所用。郑子曰："新获一丽人，已税得其舍，假其以备用。"崟笑曰："观子之貌，必获诡陋。何丽之绝也？"崟乃悉假帷帐榻席之具，使家童之惠黠者，随以觇之。俄而奔走返命，气吁汗洽。崟迎问之："有乎？"曰："有。"又问："容若何？"曰："奇怪也，天下未尝见之矣。"崟姻族广茂，且夙从逸游，多识美丽。乃问曰："孰若某美？"僮曰："非其伦也！"崟遍比其佳者四五人，皆曰："非其伦。"是时吴王之女有第六者，则崟之内妹，秾艳如神仙，中表素推第一。崟问曰："孰与吴王家第六女美？"又曰："非其伦也。"崟抚手大骇曰："天下岂有斯人乎？"遽命汲水澡颈，巾首膏唇而往。

既至，郑子适出。崟入门，见小僮拥篲方扫，有一女奴在其门，他无所见。征于小僮，小僮笑曰："无之。"崟周视室内，见红裳出于户下。迫而察焉，见任氏戢身匿于扇间。崟引出就明而观之，殆过于所传矣。崟爱之发狂，乃拥而凌之，不服。崟以力制之，方急，则曰："服矣，请少回旋。"既从，则悍御如初，如是者数四。崟乃悉力急持之。任氏力竭，汗若濡雨。自度不免，乃纵体不复拒抗，而神色惨变。崟问曰："何色之不悦？"任氏长叹息曰："郑六之可哀也！"崟曰："何谓？"对曰："郑生有六尺之躯，而不能庇一妇人，岂丈夫哉？且公少豪侈，多获佳丽，遇某之比者众矣。而郑生，穷贱耳。所称惬者，唯某而已。忍以有余之心，而夺人之不足乎？哀其穷馁，不能自立，衣公之衣，食公之食，故为公所亵耳。若糠糗可给，不当至是。"崟豪俊有义烈，闻其言，遽置之。敛衽而谢曰："不敢。"俄而郑子至，与崟相视咍乐。

自是，凡任氏之薪粒牲饩，皆崟给焉。任氏时有经过，出入或车马舆步，不常所止。崟日与之游，甚欢。每相狎昵，无所不至，唯不及乱而已。是以崟爱之重之，无所吝惜，一食一饮，未尝忘焉。任氏知其爱己，因言以谢曰："愧公之见爱甚矣。顾以陋质，不足以答厚意。且不能负郑生，故不得遂公欢。某，秦人也，生长秦城，家本伶伦，中表姻族，多为人宠媵，以是长安狭斜，悉与之通。或有姝丽，悦而不得者，为公致之可矣。愿持此以报德。"崟曰："幸甚！"

鄜中有鬻衣之妇曰张十五娘者，肌体凝洁，崟常悦之。因问任氏识之乎。对曰："是某表姊妹，致之易耳。"旬余，果致之。数月厌罢。任氏曰："市人易致，不足以展效。或有幽绝之难谋者，试言之，愿得尽智力焉。"崟曰："昨者寒食，与二三子游于千福寺，见刁将军缅张乐于殿堂。有善吹笙者，年二八，双鬟垂耳，娇姿艳绝。当识之乎？"任氏曰："此宠奴也。其母即妾之内姊也。求之可也。"崟拜于席下，任氏许之，乃出入刁家。月余，崟促问其计。任氏愿得双缣以为赂。崟依给焉。后二日，任氏与崟方食，而缅使苍头控青骊以迓任氏。任氏闻召，笑谓崟曰："谐矣。"初，任氏加宠奴以病，针饵莫减。其母与缅忧之方甚，将征诸巫。任氏密赂巫者，指其所居，使言从就为吉。及视疾，巫曰："不利在家，宜出居东南某所，以取生气。"缅与其母详其地，则任氏之第在焉。缅遂请居。任氏谬辞以逼狭，勤请而后许。乃辇服玩，并其母偕送于任氏。至，则疾愈。未数日，任氏密引崟以通之，经月乃孕。其母惧，遽归以就缅，由是遂绝。

他日，任氏谓郑子曰："公能致钱五六千乎？将为谋利。"郑子曰："可。"遂假求于人，获钱六千。任氏曰："鬻马于市者，马之股有疵，可买以居之。"郑子如市，果见一人牵马求售者，青在左股。郑子买以归。其妻昆弟皆嗤之,曰:"是弃物也。买将何为?"无何,任氏曰:"马可鬻矣。当获三万。"郑子乃卖之。有酬二万,郑子不与。一市尽曰:"彼何苦而贵买,此何爱而不鬻?"郑子乘之以归;买者随至其门,累增其估,至二万五千也。不与,曰:"非三万不鬻。"其妻昆弟聚而诟之。郑子不获已,遂卖,卒不登三万。既而密伺买者,征其由。乃昭应县之御马疵股者,死三岁矣,斯吏不时除籍。官征其估,计钱六万。设其以半买之,所获尚多矣。若有马以备数,则三年刍粟之估,皆吏得之。且所偿盖寡,是以买耳。

任氏又以衣服故弊,乞衣于崟。崟将买全彩与之。任氏不欲,曰:"愿得成制者。"崟召市人张大为买之,使见任氏,问所欲。张大见之,惊谓崟曰:"此必天人贵戚,为郎所窃。且非人间所宜有者,愿速归之,无及于祸。"其容色之动人也如此。竟买衣之成者而不自纫缝也,不晓其意。

后岁余,郑子武调,授槐里府果毅尉,在金城县。时郑子方有妻室,虽昼游于外,而夜寝于内,多恨不得专其夕。将之官,邀与任氏俱去。任氏不欲往,曰:"旬月同行,不足以为欢。请计给粮饩,端居以迟归。"郑子恳请,任氏愈不可。郑子乃求崟资助。崟与更劝勉,且诘其故。任氏良久,曰:"有巫者言某是岁不利西行,故不欲耳。"郑子甚惑也,不思其他,与崟大笑曰:"明智若此,而为妖惑,何哉?"固请之。任氏曰:"倘巫者言可征,徒为公死,何益?"二子曰:"岂有斯理乎?"恳请如初。任氏不得已,遂行。崟以马借之,出祖于临皋,挥袂别去。信宿至马嵬。任氏乘马居其前,郑子乘驴居其后,女奴别乘,又在其后。是时西门圉人教猎狗于洛川，已旬日矣。适值于道，苍犬腾出于草间。郑子见任氏欻然坠于地，复本形而南驰。苍犬逐之。郑子随走叫呼，不能止。里余，为犬所获。郑子衔涕出囊中钱，赎以瘗之，削木为记。回睹其马，啮草于路隅，衣服悉委于鞍上，履袜犹悬于镫间，若蝉蜕然。唯首饰坠地，余无所见。女奴亦逝矣。

旬余，郑子还城。崟见之喜，迎问曰："任子无恙乎？"郑子泫然对曰："殁矣。"崟闻之亦恸，相持于室，尽哀。徐问疾故。答曰："为犬所害。"崟曰："犬虽猛，安能害人？"答曰："非人。"崟骇曰："非人，何者？"郑子方述本末。崟惊讶叹息不能已。明日，命驾与郑子俱适马嵬，发瘗视之，长恸而归。追思前事，唯衣不自制，与人颇异焉。其后郑子为总监使，家甚富，有枥马十余匹。年六十五，卒。

大历中，沈既济居钟陵，尝与崟游，屡言其事，故最详悉。后崟为殿中侍御史，兼陇州刺史，遂殁而不返。嗟乎，异物之情也，有人道焉！遇暴不失节，徇人以至死，虽今妇人，有不如者矣。惜郑生非精人，徒悦其色而不征其情性。向使渊识之士，必能揉变化之理，察神人之际，著文章之美，传要妙之情，不止于赏玩风态而已。惜哉！

建中二年，既济自左拾遗于金吾将军裴冀、京兆少尹孙成、户部郎中崔需、右拾遗陆淳，皆谪居东南，自秦徂吴，水陆同道。时前拾遗朱放，因旅游而随焉。浮颍涉淮，方舟沿流，昼宴夜话，各征其异说。众君子闻任氏之事，共深叹骇，因请既济传之，以志异云。沈既济撰。

（卷四百五十二）

[意译]

有个姓任的女子,是个女狐妖。

有一个刺史叫韦崟,在家里兄弟中排行第九,是信安王韦祎的外孙。这人从小放荡不羁,喜欢喝酒。他有一个叔伯妹夫郑六,不记得叫什么名字。郑六早年练习武艺,也喜欢喝酒,贪恋女色,因为贫穷没有家业,寄居在岳父家。他和韦崟相处很好,不论在外出游,还是在家闲处,两人都亲密无间。

唐天宝九载(750)夏天六月,韦崟和郑六一同在长安街上游玩,准备到新昌里喝酒。走到宣平坊的南面,郑六推托说有点儿事,请求暂时离开一会儿,然后再到喝酒的地方。韦崟一个人骑着马往东。郑六则骑着驴往南,进了升平坊的北门。他忽然遇见三个女子在路上走着,其中一个穿白衣服,容貌特别漂亮。郑六见了又吃惊又欣喜,赶着他的毛驴,一会儿走在她们前面,一会儿又跟在她们后面,想挑逗搭话又不敢。白衣女子也时不时用眼顾盼着郑六,看那意思想接受郑六对她的爱慕之情。郑六便壮着胆子跟她开玩笑说:"长得这样美貌,却徒步走路,这是为什么呀?"白衣女子笑着说:"有坐骑不知道借给人家,人家不步行还怎么办呢?"郑六说:"我骑的这头驴太差,不配给美人骑,不过也愿意相送。我步行跟着也心满意足了。"两人互相看了看,都大声笑了。白衣女子两个同伴也过来和郑六谈笑逗乐,他和女子们渐渐亲热熟悉起来了。郑六跟着她们往东,到乐游园时,天色已经昏黑了。只见前面一座宅院,周围是土墙,中间是车马可以进入的大门,房屋十分齐整。白衣女子正要进去,回头对郑六说:"请稍等一等。"便进门去了。只留一个随从的婢女站在大门和屏壁之间。这婢女问郑六姓什么、兄弟中的排行。郑六把自己的情况告诉她,也问那白衣女子的情况。婢女告诉他:"姓任,排行第二十。"不一会儿,里边才让婢女领郑六进去。郑六把驴拴在门边,把帽子放在鞍上。这时看见一个三十多岁的妇人上前来迎接他,这妇人就是任氏的姐姐。这时，屋里已经点亮蜡烛，摆好了酒菜，主宾入座以后，频频举杯饮酒。任氏重新梳妆打扮后再出来，开怀畅饮，极为尽兴。夜深了他们才睡觉，任氏姿容娇媚，体态柔美，歌唱言笑，举止态度，都特别妩艳，简直是人世间从来没见过的。天快亮的时候，任氏说："你该走了。我有个兄弟名籍在教坊属下，属南衙管辖，天一亮就回来，你不可在这里久留。"两人约定下次见面的日期，郑六才离去。

郑六走到里坊门外，门锁着还没有开。门边有一个胡地人卖烧饼的店铺，正点着灯生炉子。郑六坐到饼铺的帘子下，等着开放里坊门的晨鼓，便和主人说起话来。郑六指着自己昨夜住过的地方问主人说："从这里往东转，有一个大门，那是谁家的房？"主人说："那里房屋倒塌，是人家丢弃的地方，没有什么宅院。"郑六说："我刚刚还从那里过来，怎么说没有宅院？"便和主人固执地争辩起来。主人这才醒悟，说："噢，我知道了。那里边有一只狐狸精，经常引诱男子同宿，曾经出现好几次了。今天你也见到了？"郑六不好意思，红着脸撒谎说："没有。"等到天亮，他再去看那地方，只见土围墙和大门和原来一样。再往里看，全是荒草和废弃的菜园子。

回到家里，见了韦崟。韦崟责怪他失约不来。郑六不敢泄露真情，假说有别的事情。不过他很想恋女子的美艳，希望再见一次，这个想法一直存在心里。又过了十多天，郑六出外游玩，到西市卖衣物的店肆，眼睛一瞥突然又看到了任氏和上次那个女仆。郑六急忙和她打招呼。任氏却侧着身子钻进拥挤的人群躲避他。郑六连连招呼，靠上前去，任氏这才背靠他站着，用扇子挡在身后，说："公子知道我的底细，为什么还要和我亲近？"郑六说："知道了又怕什么？"任氏说："这事情令人惭愧羞耻，没脸面见人的。"郑六说："我一直想着你，想成这个样子，你还忍心抛弃我吗？"任氏说："怎么敢嫌弃公子呢？只是担心公子讨厌我罢了。"郑六当场发誓，言辞更加恳切。任氏这才回转身来，撤去挡住郑六的扇子，只见她又像当初那样光彩艳丽，任氏对郑六说："人世间像我这样情形的不止一个，公子自己不能识别罢了，不要偏偏以为这件事奇怪。"郑六请求再与她叙欢爱之情。任氏说:"像我们这一流辈,之所以被人们嫌恶忌怕,没有别的原因,就因为会伤害人。不过我不一样。如果公子不嫌弃,我愿意做你的妻妾终身服侍你。"郑六高兴地答应着,又和她商量找一个住处。任氏说:"现在原来的居所偏僻简陋,不可以再去。从这里往东,安邑坊内里拐弯之处,有一处小宅院,小宅院有一座小楼,楼前房屋之间长着一棵大树的地方,那里很幽静,可以租来居住。上一次和你一起,从宣平坊往南,骑着白马往东去了的,不是您妻子的兄弟吗?他家里有很多家具,可以借来用一用。"

当时韦崟的叔父、伯父都在外地做官,几个宅院的家具器物都收藏着。郑六按照任氏所布置的,先去察看房子,又去找韦崟借家具。韦崟问他借来做什么用。郑六说:"最近得了一位漂亮女子,已经租了房子,准备借那些家具使用。"韦崟笑笑说:"看你的长相,一定找一个很丑的女人,哪来的绝色美人?"韦崟把那些帘帷、幔帐、床榻、寝席等等用具都借给他,又派一个聪明伶俐的家童跟着去看。不一会儿,那家童气喘吁吁、汗流满面跑来回报。韦崟急忙迎上去问他:"有吗?"家童说:"有。"又问:"容貌怎么样?"家童说:"真是奇怪,天下从未见过这样漂亮的女子。"韦崟亲戚很多,他又经常和这些亲戚来往,认识很多美女子。他就问:"跟某某比谁长得美?"家童说:"比不上那女子。"韦崟又说出四五个美女子来相比,家童都说:"比不上。"当时吴王李琨的女儿,排行第六的,是韦崟的小姨子,秾艳妩媚,宛如仙女,在中表亲戚里向来推为第一。韦崟问:"和吴王第六个女儿相比谁长得漂亮?"家童还是说:"比不上。"韦崟拍手大吃一惊,说:"天下怎么会有这样漂亮的女子?"急忙让人打来热水洗脸,戴上头巾,抹上唇膏,打扮一番,就去任氏住处。

到任氏住处,恰巧郑六出去了。韦崟进门来,见一小童拿着扫帚正在扫地,还有一个女仆站在门口,没看到别的什么。他向小童打听任氏在家不在家,小童笑笑说:"不在。"韦崟环视一下室内,只见一条红裤脚露在门扇下。近前仔细一看,只见任氏藏在门扇背后。韦崟把她拉到明亮处一看,几乎比传说的还娇艳。韦崟喜爱得发狂,不能自制,便拥抱她,要猥亵她，任氏不肯顺从。韦崟就用力强迫，正紧急的时候，任氏说："我顺了你，你稍微放松一下。"韦崟刚一放松，任氏就像开始那样抗拒，像这样反复了多次。韦崟便尽全力紧紧把她搂住。任氏精疲力竭，汗流如雨。她估计难免受辱，便放任身体不再抗拒，只是神情脸色变得很可怕。韦崟问她："为什么这么不高兴呢？"任氏长长地叹息一声说："郑六真是可怜啊！"韦崟说："这怎么说？"任氏说："郑公子有六尺身躯，却不能保护一个女子，还算是男子汉大丈夫吗？况且您正青春年少，家里富贵豪华，得到的佳色美人一定很多，遇见比我更漂亮的也不会少。可是郑公子就穷困微贱了。能使他惬心满意的，就只有我一个人罢了。你怎么忍心用自己的满足有余，去夺取别人的穷困不足呢？他那样穷困贫馁，生活不能自立，穿您家的衣服，吃您家的饭食，所以受您的约束罢了。如果他能够维持起码的生活，也不至于这样。"韦崟性情豪爽刚烈，讲义气，听了她一番话，急忙把她放了。他整一整自己的衣服，表示歉意说："不敢无礼了。"不一会郑六来了，和韦崟互相看看，都乐得大笑起来。

  自此以后，凡是任氏的柴米肉食，都由韦崟供给。任氏时常出去游玩，进进出出有时坐车，有时骑马，有时乘轿，有时徒步，去处没有一定。韦崟经常和她一起游玩，非常快乐。两人互相亲昵狎玩，无所顾忌，只是不敢淫乱而已。这一来，韦崟对她更喜爱更尊重，金钱财物毫不顾惜，每次吃饭饮酒，都想到任氏。任氏知道他喜爱自己，便带着歉意说："公子这样热心爱我，使我很惭愧。我这样丑陋的姿容没办法报答您的深情厚谊。并且不能对不起郑公子，所以不能满足你的欢心。我是陕西人，生长在秦城，出身艺人家庭，中表姻亲之中，很多是做人的宠妾，因此长安城内的妓院，我全都与他们有联系。你有时见到美貌的女子，尽管喜爱却没法得到的话，我能帮助公子得到。我希望这样来报答您的恩德。"韦崟说："实在太幸运了！"

  市场上有一个叫张十五娘的卖衣物的女子，皮肤洁白细腻，韦崟曾经喜欢过她，便问任氏认识这女子吗。任氏说："她是我表弟的妻子，招引她来很容易。"才十多天工夫，果然帮公子得到了她。几个月以后，韦崟又玩厌了十五娘子。任氏说："街市上的人容易招引，这不值得为您效劳。也许有深藏幽闺之中很难弄到手的，你说出来，希望我能尽力帮上忙。"韦崟说："前些日子寒食节那天，和几个朋友在千福寺游玩，看见刁缅将军在殿堂里摆开了乐队。乐队里有一个善于吹笙的，十六岁左右，两个漂亮的环形发髻垂在耳边，非常娇艳。你认识她吗？"任氏说："这是宠奴啊。她母亲就是我的表姐。要追求她是可以的。"韦崟连忙在席下拜谢。任氏答应韦崟以后，就经常出入于刁家。一个多月以后，韦崟催促她，问她想出什么办法没有。任氏希望有两匹细绢作为礼物。韦崟照她说的如数给了。两天以后，任氏和韦崟正在吃饭，刁缅派仆人驾着两匹马拉的车来接任氏。任氏听到刁家叫她去，笑着对韦崟说："事情办成了。"原来，开始时，任氏用法术让宠奴得病，扎针吃药都无济于事。她母亲和刁缅都非常焦虑，要请巫医祈祷鬼神。任氏暗中贿赂巫医，指着自己的住处，让巫医说搬到那里住就吉利。待巫医去看病，就说："在家里住着不吉利，应当出去住在东南方向某个地方，以吸取那里的生气。"刁缅和宠奴的母亲了解那地方，正是任氏的宅第。刁缅便请求任氏让宠奴住些日子，任氏却假意推辞，说房屋太狭窄了，刁缅请求了好几次，任氏才答应。刁缅便派人用车装着吃用和玩赏的东西，把宠奴和她母亲一起送到任氏的住所。一到任氏住处，宠奴的病就好了。没过多少天，任氏就偷偷把韦崟叫来和宠奴私通，过了一个月宠奴就怀孕了。宠奴母亲害怕，急忙带着宠奴回去接近刁缅，从此宠奴和韦崟就断绝来往。

后来有一天，任氏对郑六说："公子能弄五六千文钱吗？我想给你挣点儿钱。"郑六说："行。"便找人去借，借得六千。任氏说："市场上有人卖马，马腿上有毛病，可以买下来养着。"郑六到市场上，果然看见一个人牵着一匹马出售，青癜在左腿上。郑六把它买回来。他的内弟们都嗤笑他，说："这马是个废物，买下来干什么？"可没多久，任氏说："这马可以卖了，可以卖得三万钱。"郑六便牵马到市上去卖。有人出价二万，郑六不卖给他。满街的人都说："那买主何苦花那么高的价钱买呢，这马又怎么值得吝惜舍不得卖呢？"郑六骑着马回来，买主却跟到家里，几次提高价钱，直到二万五千。郑六还是不给他，说："非三万钱不卖。"他那些内弟都聚在一起骂他。郑六无可奈何，便把马卖了，最终没卖上三万。马卖出以后，他悄悄地向买主打听，问他的缘由。原来，昭应县养的一匹腿上有毛病的御马死了三年，因此，这个养马的官吏不待期满就要被解职。官府估了一下价钱，要他赔偿六万钱。假设他用这些钱的一半买一匹一样的马，他还可获许多利。而且，如果有马顶数，那么三年来喂马的草料钱，都将归他所得。这样他所要偿付的钱还是少，因此要买这匹马。

后来，任氏又说自己衣服破旧了，向韦崟要衣服。韦崟要买整匹的绸缎给她。任氏不想要，说："愿意要做好的成衣。"韦崟便找商人张大为她去买，让张大去见任氏，问她要什么样的衣服。张大见了任氏，吃惊地对韦崟说："这一定是天仙王妃，被你偷来了。况且这不是人间所应该有的，希望尽快把她归还人家，免得遭受祸害。"任氏容貌动人竟达到这种程度。她竟然要买成衣而不自己缝制，不知她是什么意思。

一年多以后，郑六调任武职，被授官为槐里军府的果毅尉，在兰州金城县。这时郑六本有妻室，尽管白天可以在外和任氏一起游乐，但晚上还得回家睡觉，不能在晚上专情于任氏，感到非常遗憾。郑六准备赴任，请求任氏和他一块去。任氏不想去，说："同行个把月时间，满足不了欢会的心愿。请你给我准备好吃的，我安安稳稳待在这里等着你回来。"郑六恳切地请求，任氏更加不愿去。郑六请韦崟帮忙。韦崟尽力劝说，并且问她为什么不愿去。许久任氏才说："一位巫师说我今年往西去不吉利，所以不愿去。"郑六不信她的话，没考虑到别的问题，却和韦崟一起大笑说："这样聪明的人，反而被妖言迷惑，为什么呢？"又坚决请她去。任氏说："假如巫师说的有根据，我白白地为公子送死，这有什么好处呢？"郑六、韦崟二人说："怎么会有那样的道理呢？"还是像开头那样恳切地要求。任氏无可奈何，便随他一起去。韦崟把马借给任氏骑，又在临皋为他们设宴饯行，两人挥手告别而去。走了两天，郑六和任氏来到马嵬坡。任氏骑马走在前面，郑六骑驴跟在后头，女仆另有骑的，走在最后。这时，马嵬驿西门养马的人正在洛水旁训练猎狗，已经十天了。郑六和任氏恰好走在路上，一只大青狗突然从草丛里窜出来。郑六便见任氏忽然掉下马来，恢复狐狸原形往南跑。大青狗紧紧追赶。郑六随后一边紧追一边呼喊，可无济于事。跑出一里多地，狐狸被狗抓住咬死了。郑六悲伤流泪，从口袋里拿出钱，在养马人手中把狐狸买下来，埋葬了，又砍下木桩插在坟前，作为标记。回头再看任氏骑过的那匹马，正在路旁吃草，任氏的衣服全堆在马鞍上，鞋袜还悬挂在马镫中间，就好像蝉脱壳一样。只有她头上戴的首饰坠落在地，别的什么也看不见。那女仆也不见了。

十多天以后，郑六回到长安城。韦崟见了他很高兴，迎过来问他说："任氏身体还好吧？"郑六伤心地流泪说："已经死了。"韦崟听了也十分悲恸，两人在屋里手拉着手，极为哀伤。好一会儿，韦崟才慢慢地问起任氏是得什么病死的。郑六回答说："是被狗咬死的。"韦崟说："狗虽然凶猛，怎么能咬死人？"郑六回答说："她不是人。"韦崟大吃一惊，说："不是人，那是什么？"郑六才叙述事情的始末经过。韦崟更为惊讶，不停地叹息。第二天，韦崟命人驾车和郑六一同去马嵬坡，到那里把坟墓发掘开来，看见尸体，痛哭一番才回来。回家后，两人追想任氏生前的事情，她只有衣服不能自己缝制，和一般女子有些不同。后来，郑六担任了总监使，家里十分富裕，养了十多匹马。六十五岁时，郑六死了。

大历年间（766—779），沈既济住在钟陵，曾经与韦崟有交游，韦崟几次谈起任氏的事，所以沈既济了解得很详细。后来韦崟担任殿中侍御史，兼陇州刺史，死在陇州任上没有回来。啊呀，妖异之物也有人的感情，人的道义。遇到强暴不失去贞节，为了所爱的人而殉情死去，即使现在的妇女，也有不如她的。可惜郑六不是精明知理的人，只知道爱慕她的姿色，不了解她的内心感情。假如是一个博见多识的人士，一定能把握变化的道理，察看出神与人的区别，写出优美的文章，传达精要微妙的情思，便不会只是赏玩她的风情姿态罢了。真可惜啊！

建中二年（781），我任左拾遗，和金吾将军裴冀、京兆少尹孙成、户部郎中崔需、右拾遗陆淳都被贬谪到东南。从秦州往江南，大家结伴同行。这时，前任拾遗朱放外出旅游，也随同一起走。乘船经过颍水、淮水,两条船并排顺流而行,大家白天宴饮、晚上闲谈,各人都讲些自己知道的奇异故事。大伙听我讲了任氏的故事,都非常感叹惊异,便要求把这故事写下来,算一篇传奇。沈既济写。

长须国

唐大足初,有士人随新罗使,风吹至一处。人皆长须,语与唐言通,号长须国。人物甚盛,栋宇衣冠,稍异中国。地曰扶桑洲。其署官品,有正长、戢波、日没、岛逻等号。士人历谒数处,其国皆敬之。忽一日,有车马数十,言大王召客。行两日,方至一大城,甲士门焉。使者导士人入,伏谒。殿宇高敞,仪卫如王者。见士人拜伏,小起。乃拜士人为司风长兼驸马。其主甚美,有须数十根。士人威势烜赫,富有珠玉。然每归,见其妻则不悦。其王多月满夜则大会。后遇会,士人见嫔姬悉有须,因赋诗曰:"花无叶不妍,女有须亦丑。丈人试遣总无,未必不如总有。"王大笑曰:"驸马竟未能忘情于小女颐颔间乎?"

经十余年,士人有一儿二女。忽一日,其君臣忧蹙,士人怪问之。王泣曰:"吾国有难,祸在旦夕,非驸马不能救。"士人惊曰:"苟难可弭,性命不敢辞也。"王乃令具舟,令两使随士人,谓曰:"烦驸马一谒海龙王,但言东海第三汊第七岛长须国有难求救。我国绝微,须再三言之。"因涕泣执手而别。士人登舟,瞬息至岸。岸沙悉七宝,人皆衣冠长大。士人乃前,求谒龙王。龙宫状如佛寺所图天宫,光明迭激,目不能视。龙王降阶迎。士人齐级升殿。访其来意,士人且说。龙王即命速勘。良久。一人自外曰:"境内并无此国。"士人复哀祈,具言长须国在东海第三汊第七岛。龙王复叱使者细寻勘,速报。经食顷,使者返曰:"此岛虾合供大王此月食料,前日已追到。"龙王笑曰:"客固为虾所魅耳。吾虽为王,所食皆禀天符,不得妄食。今为客减食。"乃令引客视之。见铁镬数十如屋,满中是虾。有五六头,色赤,大如臂,见客跳跃,似求救状。引者曰:"此虾王也。"士人不觉悲泣。龙王命放虾王一镬,令二使送客归中国。一夕至登州,顾二使,乃巨龙也。

(卷四百六十九,出《酉阳杂俎》)

[意译]

唐朝大足初年,有一个士人随从新罗使者,在海上被风吹到一个地方。这地方的人都长着长长的胡须,语言和唐人相通,称作"长须国"。人口众多,物产繁盛,房屋建筑衣帽服饰,和中原地区有些不同。这地方叫扶桑洲。这里的公署官品,有正长、戢波、日没、岛逻等各种名号。士人一一拜访了几个地方,这些国家的人都很尊敬他。有一天,忽然来了几十辆车马,说是大王要召见客人。士人跟从而去,走了两天,才到一座高大的城郭,身穿盔甲的士兵守卫着城门。使者领着士人进去,伏身拜见。只见殿宇高大宽敞,仪仗护卫着一个像大王的人。大王见士人伏身下拜,也稍稍起身,作为答礼。大王任命士人为掌管风的首领兼驸马。他的公主很漂亮,也有几十根胡须。士人做了驸马,威势显赫,有很多珍珠宝玉。不过每当回到家里,看见公主就不高兴。这大王经常在满月的夜晚举行盛大宴会。后来一次会上,士人看到嫔姬们都有胡须,于是赋诗一首说:"花没有绿叶相衬就不显得美丽,女人有了胡须再美也显得丑陋。岳父大人啊,你试着去掉这胡子,未必不如让它留着好。"大王大笑说:"驸马竟然也要惦记着小女脸上的东西吗?"

过了十多年，士人有了一个儿子、两个女儿。这一天，长须国里君臣上下都忧愁得紧锁眉头。士人很奇怪，问他们。国王哭着说："我的国家将有难，旦夕之间祸害就要来临，只有驸马才能救我们。"士人吃惊地说："只要能消除灾难，舍上性命我也不敢推辞。"大王便命令准备船只，派两个使者跟随士人，对士人说："麻烦驸马前去拜见一下海龙王，只说东海第三汊第七岛长须国有难求救。我们国家非常微小，一定反复和海龙王说。"于是流着泪握着手和士人告别。士人登上船，转瞬间就到了岸上。岸上的沙子都是各种宝物，岸上的人都穿着长大的衣服，戴着大大的帽子。士人下船走上前去，请求拜见龙王。到了龙宫，只见龙宫的形状像佛寺里所画的天宫，十分明亮，眼睛不能直看。龙王从台阶上走下来迎接士人。士人和龙王一齐顺台阶而上，来到大殿。龙王问士人的来意，士人说了。龙王当即命人迅速勘察了解。经过了好长时间，有一人从外面禀告："境内没有这个国家。"士人再一次哀声祈求，详细地说明长须国在第三汊第七岛。龙王再次呵叱使者仔细寻找勘察，迅速报告。过了一顿饭工夫，使者回来说："这个岛上的虾应当供大王这个月食用，前天已经全部捉到了。"龙王笑着说："客人真是被虾所迷惑住了。我虽然是龙王，可是所吃的东西都秉承上天的意旨，不能随便吃。今天为客人少吃一点儿。"于是叫人领着客人去看，只见几十只铁鼎像屋子般大小，里面满是虾。有五六头虾，红颜色，手臂那么大，见了客人就跳跃起来，像求救的样子。领路的说："这就是虾王。"士人不由悲伤地哭起来。龙王命令把虾王的那只鼎放掉，派两个使者送客人回中原。一个晚上士人便回到了登州，回头看两个使者，原来是巨龙。

淳于棼

东平淳于棼，吴楚游侠之士。嗜酒使气，不守细行。累巨产，养豪客。曾以武艺补淮南军裨将,因使酒忤帅,斥逐落魄,纵诞饮酒为事。家住广陵郡东十里,所居宅南有大古槐一株,枝干修密,清阴数亩。淳于生日与众群豪大饮其下。

唐贞元七年九月,因沉醉致疾。时二友人于座扶生归家,卧于堂东庑之下。二友谓生曰:"子其寝矣!余将秣马濯足,俟子小愈而去。"生解巾就枕,昏然忽忽,仿佛若梦。见二紫衣使者,跪拜生曰:"槐安国王遣小臣致命奉邀。"生不觉下榻整衣,随二使至门。见青油小车,驾以四牡,左右从者七八。扶生上车,出大户,指古槐穴而去。使者即驱入穴中,生意颇甚异之,不敢致问。忽见山川风候,草木道路,与人世甚殊。前行数十里,有郛郭城堞。车舆人物,不绝于路。生左右传车者传呼甚严,行者亦争辟于左右。又入大城,朱门重楼,楼上有金书,题曰:大槐安国。执门者趋拜奔走。旋有一骑传呼曰:"王以驸马远降,令且息东华馆。"因前导而去。俄见一门洞开,生降车而入。彩槛雕楹,华木珍果,列植于庭下;几案茵褥,帘帏肴膳,陈设于庭上。生心甚自悦。复有呼曰:"右相且至。"生降阶祗奉。有一人紫衣象简前趋,宾主之仪敬尽焉。右相曰:"寡君不以弊国远僻,奉迎君子,托以姻亲。"生曰:"某以贱劣之躯,岂敢是望?"

右相因请生同诣其所。行可百步,入朱门。矛戟斧钺,布列左右,军吏数百,辟易道侧。生有平生酒徒周弁者,亦趋其中。生私心悦之,不敢前问。右相引生升广殿,御卫严肃,若至尊之所。见一人长大端严,居正位,衣素练服,簪朱华冠。生战栗,不敢仰视。左右侍者令生拜。王曰:"前奉贤尊命,不弃小国,许令次女瑶芳奉事君子。"生但俯伏而已,不敢致词。王曰:"且就宾宇,续造仪式。"有旨，右相亦与生偕还馆舍。生思念之，意以为父在边将，因没房中，不知存亡。将谓父北蕃交通，而致兹事。心甚迷惑，不知其由。

是夕，羔雁币帛，威容仪度，妓乐丝竹，肴膳灯烛，车骑礼物之用，无不咸备。有群女，或称华阳姑，或称青溪姑，或称上仙子，或称下仙子，若是者数辈。皆侍从数十，冠翠凤冠，衣金霞帔，彩碧金钿，目不可视。遨游戏乐，往来其门，争以淳于郎为戏弄。风态妖丽，言词巧艳，生莫能对。复有一女谓生曰："昨上巳日，吾从灵芝夫人过禅智寺，于天竺院观石延舞《婆罗门》。吾与诸女坐北牖石榻上，时君少年，亦解骑来看。君独强来亲洽，言调笑谑。吾与穷英妹结绛巾，挂于竹枝上，君独不忆念之乎？又七月十六日，吾于孝感寺侍上真子，听契玄法师讲《观音经》。吾于讲下舍金凤钗两只，上真子舍水犀合子一枚。时君亦讲筵中于师处请钗合视之，赏叹再三，嗟异良久。顾余辈曰：'人之与物，皆非世间所有。'或问吾民，或访吾里。吾亦不答。情意恋恋，瞩盼不舍。君岂不思念之乎？"生曰："中心藏之，何日忘之。"群女曰："不意今日与君为眷属。"

复有三人，冠带甚伟，前拜生曰："奉命为驸马相者。"中一人与生且故。生指曰："子非冯翊田子华乎？"田曰："然。"生前，执手叙旧久之。生谓曰："子何以居此？"子华曰："吾放游，获受知于右相武成侯段公，因以栖托。"生复问曰："周弁在此，知之乎？"子华曰："周生，贵人也，职为司隶，权势甚盛，吾数蒙庇护。"言笑甚欢。俄传声曰："驸马可进矣。"三子取剑佩冕服，更衣之。子华曰："不意今日获睹盛礼，无以相忘也。"

有仙姬数十，奏诸异乐，婉转清亮，曲调凄悲，非人间之所闻听。有执烛引导者，亦数十。左右见金翠步障，彩碧玲珑，不断数里。生端坐车中，心意恍惚，甚不自安。田子华数言笑以解之。向者群女姑娣，各乘凤翼辇，亦往来其间。至一门，号"修仪宫"。群仙姑姊亦纷然在侧。令生降车辇拜，揖让升降，一如人间。撤障去扇，见一女子，云号"金枝公主"，年可十四五，俨若神仙。交欢之礼，颇亦明显。

生自尔情义日洽，荣耀日盛。出入车服，游宴宾御，次于王者。王命生与群寮备武卫，大猎于国西灵龟山。山阜峻秀，川泽广远，林树丰茂，飞禽走兽，无不蓄之。师徒大获，竟夕而还。生因他日，启王曰："臣顷结好之日，大王云奉臣父之命。臣父顷佐边将，用兵失利，陷没胡中，尔来绝书信十七八岁矣。王既知所在，臣请一往拜觐。"王遽谓曰："亲家翁职守北土，信问不绝。卿但具书状知闻，未用便去。"遂命妻致馈贺之礼，一以遣之。数夕还答。生验书本意，皆父平生之迹。书中忆念教诲，情意委曲，皆如昔年。复问生亲戚存亡，闾里兴废。复言道路乖远，风烟阻绝。词意悲苦，言语哀伤，又不令生来觐。云岁在丁丑，当与女相见。生捧书悲咽，情不自堪。

他日，妻谓生曰："子岂不思为政乎？"生曰："我放荡，不习政事。"妻曰："卿但为之，余当奉赞。"妻遂白于王。累日，谓生曰："吾南柯政事不理，太守黜废，欲藉卿才，可曲屈之，便与小女同行。"生敦授教命。王遂敕有司备太守行李。因出金玉、锦绣、箱奁、仆妾、车马，列于广衢，以饯公主之行。生少游侠，曾不敢有望，至是甚悦。因上表曰："臣将门余子，素无艺术，猥当大任，必败朝章。自悲负乘，坐致覆𫗧。今欲广求贤哲，以赞不逮。伏见司隶颍川周弁，忠亮刚直，守法不回，有毗佐之器。处士冯翊田子华，清慎通变，达政化之源。二人与臣有十年之旧，备知才用，可托政事。周请署南柯司宪，田请署司农。庶使臣政绩有闻，宪章不紊也。"王并依表以遣之。其夕，王与夫人饯于国南。王谓生曰："南柯国之大郡，土地丰壤，人物豪盛，非惠政不能以治之。况有周、田二赞，卿其勉之，以副国念。"夫人戒公主曰："淳于郎性刚好酒，加之少年，为妇之道，贵乎柔顺，尔善事之，吾无忧矣。南柯虽封境不遥，晨昏有间，今日睽别，宁不沾巾。"生与妻拜首南去，登车拥骑，言笑甚欢。

累夕达郡。郡有官吏、僧道、耆老、音乐、车舆、武卫、銮铃，争来迎奉。人物阗咽，钟鼓喧哗，不绝十数里。见雉堞台观，佳气郁郁。入大城门，门亦有大榜，题以金字，曰"南柯郡城"。是朱轩棨户，森然深邃。生下车，省风俗，疗病苦，政事委以周、田，郡中大理。自守郡二十载，风化广被，百姓歌谣，建功德碑，立生祠宇。王甚重之，赐食邑，锡爵位，居台辅。周、田皆以政治著闻，递迁大位。生有五男二女，男以门荫授官，女亦娉于王族。荣耀显赫，一时之盛，代莫比之。

是岁，有檀萝国者，来伐是郡。王命生练将训师以征之。乃表周弁将兵三万，以拒贼之众于瑶台城。弁刚勇轻敌，师徒败绩，弁单骑裸身潜遁，夜归城。贼亦收辎重铠甲而还。生因囚弁以请罪。王并舍之。是月，司宪周弁疽发背，卒。生妻公主遘疾，旬日又薨。生因请罢郡，护丧赴国。王许之。便以司农田子华行南柯太守事。生哀恸发引，威仪在途，男女叫号，人吏奠馔，攀辕遮道者不可胜数，遂达于国。王与夫人素衣哭于郊，候灵舆之至。谥公主曰"顺仪公主"。备仪仗，羽葆鼓吹，葬于国东十里盘龙冈。是月，故司宪子荣信，亦护丧赴国。

生久镇外藩，结好中国，贵门豪族，靡不是洽。自罢郡还国，出入无恒，交游宾从，威福日盛。王意疑惮之。时有国人上表云："玄象谪见，国有大恐。都邑迁徙，宗庙崩坏。衅起他族，事在萧墙。"时议以生俘僭之应也。遂夺生侍卫，禁生游从，处之私第。生自恃守郡多年，曾无败政，流言怨悖，郁郁不乐。王亦知之，因命生曰："姻亲二十余年，不幸小女夭枉，不得与君子偕老，良用痛伤。"夫人因留孙自鞠育之，又谓生曰："卿离家多时，可暂归本里，一见亲族。诸孙留此，无以为念。后三年，当令迎卿。"生曰："此乃家矣，何更归焉？"王笑曰："卿本人间，家非在此。"生忽若惛睡，瞢然久之，方乃发悟前事，遂流涕请还。王顾左右以送生，生再拜而去。复见前二紫衣使者从焉。

至大户外，见所乘车甚劣，左右亲使御仆，遂无一人，心甚叹异。生上车行可数里，复出大城。宛是昔年东来之途，山川原野，依然如旧。所送二使者，甚无威势。生愈怏怏。生问使者曰："广陵郡何时可到？"二使讴歌自若，久乃答曰："少顷即至。"俄出一穴，见本里闾巷，不改往日，潸然自悲，不觉流涕。二使者引生下车，入其门，升自阶，已身卧于堂东庑之下。生甚惊畏，不敢前近。二使因大呼生之姓名数声，生遂发寤如初。见家之僮仆拥篲于庭，二客濯足于榻，斜日未隐于西垣，余樽尚湛于东牖。梦中倏忽，若度一世矣。

生感念嗟叹，遂呼二客而语之。惊骇。因与生出外，寻槐下穴。生指曰："此即梦中所惊入处。"二客将谓狐狸木媚之所为祟。遂命仆夫荷斤斧，断拥肿，折查枿，寻穴究源。旁可袤丈，有大穴。根洞然明朗，可容一榻，上有积土壤，以为城郭台殿之状。有蚁数斛，隐聚其中。中有小台，其色若丹。二大蚁处之，素翼朱首，长可三寸。左右大蚁数十辅之，诸蚁不敢近。此其王矣。即槐安国都也。又穷一穴，直上南枝可四丈，宛转方中，亦有土城小楼，群蚁亦处其中，即生所领南柯郡也。又一穴，西去二丈，磅礴空圬，嵌窬异状。中有一腐龟壳，大如斗。积雨浸润，小草丛生，繁茂翳荟，掩映振壳，即生所猎灵龟山也。又穷一穴，东去丈余，古根盘屈，若龙虺之状。中有小土壤，高尺余，即生所葬妻盘龙冈之墓也。追想前事，感叹于怀，披阅穷迹，皆符所梦。不欲二客坏之，遽令掩塞如旧。是夕风雨暴发。旦视其穴，遂失群蚁，莫知所去。故先言"国有大恐，都邑迁徙"，此其验矣。复念檀萝征伐之事，又请二客访迹于外。宅东一里有古涸涧，侧有大檀树一株，藤萝拥织，上不见日。旁有小穴，亦有群蚁隐聚其间。檀萝之国，岂非此耶？嗟乎！蚁之灵异，犹不可穷，况山藏木伏之大者所变化乎？时生酒徒周弁、田子华并居六合县，不与生过从旬日矣。生遽遣家僮疾往候之。周生暴疾已逝，田子华亦寝疾于床。生感南柯之浮虚，悟人世之倏忽，遂栖心道门，绝弃酒色。后三年，岁在丁丑，亦终于家。时年四十七，将符宿契之限矣。

公佐贞元十八年秋八月，自吴之洛，暂泊淮浦，偶觏淳于生梦，询访遗迹，翻复再三，事皆摭实，辄编录成传，以资好事。虽稽神语怪，事涉非经，而窃位著生，冀将为戒。后之君子，幸以南柯为偶然，无以名位骄于天壤间云。

前华州参军李肇赞曰：贵极禄位，权倾国都，达人视此，蚁聚何殊。

（卷四百七十五，出《异闻录》）

[意译]

东平郡的淳于棼，是吴楚一带仗义行侠的人。他喜欢喝酒，纵情任性，不拘小节。家里积蓄着很多财产，收养着豪侠门客。因为有武艺，他在淮南军中任过副将，又因为借酒使气，冒犯了主帅，被罢官免职，仕途上落魄，生活上却更加放纵，整天喝酒打发日子。他的家在扬州城东十里的地方，住宅南面有一株古槐树，枝繁叶茂，树荫遮盖了好几亩地。淳于棼天天和一班豪士侠客坐在树下纵情地喝酒。

唐德宗贞元七年（791）九月，有一天，淳于棼因为喝酒太多而病倒了，两个朋友把他从座席上扶起来准备送回家，先让他躺在厅堂东边的小屋里。两个朋友对淳于棼说："你好好睡吧！我们去喂一下马，洗一下脚，等你稍好一些再走。"淳于棼解下头巾，靠着枕头，昏昏沉沉，迷迷糊糊，就像进入梦中。只见两个穿紫衣的使者进来，跪拜在淳于棼面前说："槐安国王派小臣前来邀请你。"淳于棼不由自主地下了床，整一整衣服，跟着两个使者走到门口。只见一辆用青油涂壁的小车，套着四匹高头大马，两旁还有七八个侍从。两个使者把淳于棼扶上车，出了大门，向古槐树下的洞口驶去。两个使者把马车直赶入洞穴之中，淳于棼心里十分惊异，却不敢问。走着走着，忽见洞中山水景物，草木道路，和人间大不一样。往前走了大约几十里，就看见了外城墙。车辆、轿子，各种人物，在路上来往不绝。跟随淳于棼的几个侍从大声传呼吆喝着，行人们慌忙向道路两边躲避。车子又进了一座大城，城门朱红，城楼多重，楼上挂着金字大匾额，上写着：大槐安国。守门的人赶紧奔走相迎，上前跪拜施礼。接着，有一个人骑马跑来传话说："大王说驸马远道而来，吩咐就在东华馆休息。"一面传话，一面在前面引路。不一会儿，只见前面一座大门敞开，淳于棼从车上下来，进了大门。只见楼台上雕栏画柱，庭院中种植着各种美丽的花草，珍奇的果木，大厅里陈设着桌椅、坐垫、帘幕、酒菜。淳于棼暗自高兴。这时又有人高呼传话："右丞相来了。"淳于棼走下台阶恭敬地迎候。只见一个人穿紫色衣裳，手执象牙手杖，快步前来，宾主恭恭敬敬行过相见之礼。这人就是右丞相。他说："敝国虽然荒远偏僻，国王仍敢迎接您来，打算结为姻亲。"淳于棼说："我身份微贱粗劣，怎敢有这等奢想？"

右丞相请淳于棼一同去皇宫。又走了大约一百步，进了一道朱红色大门。只见各种兵器，陈列在大门两旁，数百名官吏，退立在道边。淳于棼平时有一个叫周弁的酒友，也在这些人当中。淳于棼暗自高兴，却不敢上前问话。右丞相领着淳于棼走上大殿，大殿上警卫森严，好像皇帝住的地方。只见正中座位上，坐着一个人，他身材高大，端庄威严，身穿白绢衣袍，头戴朱色帽子。淳于棼战战兢兢，浑身发抖，不敢抬头看他。两旁的侍卫叫淳于棼向国王下拜行礼。只听国王说："上次得到令尊大人的吩咐，承蒙他不嫌弃我这小小的国家，允许让我把二女儿瑶芳嫁给你。"淳于棼只是俯伏在地，不敢回话。国王又说："你先在宾馆住下，然后我们准备成婚的仪式。"圣旨一下，右丞相陪同淳于棼一起回到宾馆。淳于棼心中暗想，父亲原是守边将领，因为被敌人俘虏，至今没有音信。可能是父亲在和北方的番邦议和时，商定了这件事。越想心里越迷惑，弄不清楚怎么回事。

这天晚上，各种羊羔肥鹅，金钱绸缎，礼度仪式，丝竹乐队，酒席灯烛，车马礼物等等婚礼需用的物件，都准备齐全。这时来了一群女子，有的叫华阳姑，有的叫青溪姑，有的叫上仙子，有的叫下仙子，像这样的有好几批人。每个人都带着几十个侍女，头戴珠翠凤冠，身着绣金肩披，金银首饰，光彩耀人，让人睁不开眼睛。那些女子来来往往，嬉戏游戏，争着和淳于棼逗趣。她们一个个妖艳俏丽，口齿伶俐，淳于棼穷于应付。有个女子对淳于棼说："三月初三那天，我跟从灵芝夫人拜访禅智寺，在天竺院观看石延表演的《婆罗门》舞。我和众姐妹坐在北窗下的石榻上，那时你正年少,也下马来观看。你硬要过来和我们亲近,挑逗嬉笑。我和穷英妹妹把红纱巾打个结,挂在竹枝上,你却不记得了吗?还有七月十六日,我在孝感寺陪同上真子听契玄法师讲《观音经》,在讲席下施舍了两只金凤钗,上真子施舍了一枚水犀角盒子,那时你也在讲席下,还请求法师把金钗和盒子拿来观赏,不停地赞叹了好一会儿,还对我们说:'这样娇艳的美人,这样珍奇的宝物,都不是人世间所能有。'说完,你又问我们姓什么,又问我们住哪里,我都没有回答你。可你恋恋不舍的样子,一直两眼含情看着我们。这些情景难道你都不记得了吗?"淳于棼忙说:"我都铭记在心里,没有一天忘记了。"众女子说:"没想到今天和你结成了亲戚。"

又有三个人穿戴华贵整洁,前来向淳于棼施礼说:"奉国王之命前来给驸马做傧相。"其中一个人与淳于棼原来相识。淳于棼指着那人说:"你不是冯翊郡的田子华吗?"田子华说:"是的。"淳于棼走上前去拉着他的手,叙谈往事好长时间。淳于棼问他:"你怎么也在这里?"田子华说:"我四处漫游,来到这里,受到右丞相武成侯段公的赏识,就寄居下来。"淳于棼又说:"周弁在这里,你知道吗?"田子华说:"周公已经是显贵人物,担任司隶校尉,有权有势,我几次承蒙他关照庇护。"两人正说得高兴,一会儿有人传话来说:"驸马可以进宫了。"三个人便拿过佩剑和礼服,请淳于棼更换。田子华说:"没想到今天能看到这样隆重的婚礼,将来我们可不要忘记了。"

这时几十个美女奏着各种奇妙的音乐,声音婉转清亮,曲调缠绵动人,都不是人间所能听到的。在前面手执灯烛引路的,也是几十个美女。道路两旁是饰金镶翠的帐幕,色彩鲜艳,精巧玲珑,连绵不断,排列了好几里。淳于棼端端正正地坐在车中,心里却恍恍惚惚,安定不下来。田子华不断跟他说说笑笑,缓解他的紧张情绪。刚才那一群女子,都是公主的姑姨姐妹,各自坐着装饰着凤翼的车子来到这里。她们到得一处宫门,叫"修仪宫"。那些姑姨姐妹女子们都纷纷站立两侧。三个傧相请淳于棼下车行礼。跪下磕头,起来作揖,都像人间的婚礼一样。撤去屏障和遮扇,就见一个女子，号称"金枝公主"，十四五岁，长得像仙女一样美丽。然后是夫妻交欢互拜之礼，一揖一拜，都讲究得清清楚楚。

淳于棼自结婚以后，与公主感情一天比一天融洽，其地位则一天天荣华显贵。他出入宫中乘坐的马车，穿的衣服，宴请宾客的排场，都仅次于国王。国王让淳于棼和众多官员带着武士卫队，到京城西面的灵龟山大规模狩猎。那里山岭高峻秀丽，河湖阔远广大，树木繁茂，各种飞禽走兽，应有尽有。他们猎获了很多禽兽，直到傍晚才回来。过了些日子，淳于棼对国王说："臣婿不久前结婚那天，大王说是依照了我父亲的旨意。我父亲以前辅佐边地将领，一次战斗失利，失落番邦，自那以后断绝书信已经十七八年了。大王既然知道我父亲的去处，臣婿请求前去拜见我父亲。"国王急忙说："亲家翁防守着北方边境，我们和他之间的音信从未断绝。你可以先写封信向他问候，不需要马上就去。"淳于棼便让妻子置办了向父亲致以问候的礼品，派人连同书信一起送去。没几天回信就到了。淳于棼细读书信的意思，都是父亲平生日常的事情。书中对儿子的怀念和教诲，情深意切，都和当年一样。又问淳于棼亲戚们健康与否，乡间里的兴废变化。又说到路远不好走，音信阻隔。字里行间流露着哀苦之情，又不让淳于棼去探望他，说到了丁丑年，自然会和他相见。淳于棼看着看着，捧着书信悲痛地哭了，哀伤的感情无法控制。

有一天，妻子对淳于棼说："你难道不想做官吗？"淳于棼说："我性情放荡，不懂得做官。"妻子说："你尽管去做，我会帮助你。"妻子便把这意思告诉父王。过了几天，国王对淳于棼说："我的南柯郡政事办得不好，太守已经被罢官撤职，我想借助你的大才，让你屈就南柯太守的职务，你现在就可以和小女一道去。"淳于棼恭恭敬敬地接受了国王的任命。国王便命令主管官员准备太守的行装。又拿出很多金银、宝玉、丝锦绸缎、大小箱子、女仆婢妾、车辆马匹，排列在大街上，作为礼物给公主饯行。淳于棼从小交游任侠，从未有过做官的奢望，到现在这般境况自然十分高兴。他上表国王说："臣婿虽是将门之子，却并没有真才实学，勉强承担这样的重任，一定有损于朝廷的章程。我很担心力不胜任，贻误政事，因此想广求贤才哲人，以防我意外的失误。现任司隶官职的颍川人周弁，为人忠诚坦荡刚直，遵守法度，不徇私情，有辅佐政事的才能。未任官职的冯翊郡人士田子华，为人清廉谨慎，达权通变，深知政治教化的根本。二人与臣婿有十多年的旧交情，我完全了解他们的才能，可以把政事托付给他们。请求委派周弁为南柯郡的司法官，委派田子华为司农官。这样才能使臣婿取得治理政务的业绩，国家的宪法章程不致紊乱。"国王批准了他的请求，委派周、田为他的下属官员。这天傍晚，国王和夫人在京城南面为他设宴饯行。国王对淳于棼说："南柯是国家的大郡，土地肥沃，物产丰富，人口众多，人物雄豪，没有良好的政治就不能得到治理。现在你有周、田二人的辅佐，希望你努力，不要辜负国家的期望。"夫人告诫公主说："淳于郎君性情刚烈，爱好喝酒，加上年纪轻轻，做妻子的，贵在柔和顺从，你很好地服侍他，我就放心了。南柯郡虽然不算太远，毕竟一早一晚不能见面，今天和你告别，我怎不伤心流泪？"淳于棼和妻子向国王和夫人磕头告别，往南去了，一路坐在车上，武士们骑马护卫着，夫妇俩有说有笑，非常高兴。

几天以后，到了南柯郡。郡里的官员小吏、和尚道士、乡老绅士、歌舞乐队、车辆轿子、武士卫队、仪仗队伍，都争相出来迎接。欢迎的人们挤满了道路，到处鸣钟擂鼓，人声喧哗，这样的场面绵延十几里。抬头望去，只见城墙楼台，壮丽雄伟，一片祥瑞气象。进了大城门，门上有一块大匾额，上面题写着金字，是"南柯郡城"。大门两侧，朱红色的高大楼殿前陈设着矛戟，房屋严整，宅院深邃。淳于棼下车上任，便下去了解民情风俗，给百姓解除痛苦，行政事务委托周、田办理，州郡得到很好的治理。淳于棼镇守南柯郡二十年，广施教化恩德，老百姓都歌颂他，为他建祠堂庙宇，立功德碑。国王非常器重他，赏赐他封地和爵号，又让他担任宰相。周弁、田子华二人也都因为卓有政绩而闻名朝廷，接连升迁至重要官职。淳于棼生有五男二女，儿子都因贵族门第的庇荫被授予官职，女儿都和王公贵族订了婚。荣华富贵，声名显赫，达到极盛的地步，当时谁也不能和他相比。

这一年，有一个叫檀萝国的来进犯南柯郡。国王命令淳于棼训练军队，前去迎击。淳于棼上表保举周弁率领三万军士，在瑶台城迎战敌军。不料周弁刚勇轻敌，军队被敌军打败。周弁丢盔弃甲，单骑匹马，偷偷逃回，夜里回到郡城。敌军也收拾战利品得胜而还。淳于棼只好把周弁拘囚起来，向国王请求处分。国王却没有追究他的罪责。就在这个月，周弁背上长毒疮病死了。淳于棼的妻子金枝公主也得了病，十多天以后也死了。淳于棼便请求罢免郡太守的职务，护送公主灵柩回京城。国王批准了他的请求，让司农官田子华代理南柯郡太守的职务。为公主出殡时，淳于棼放声痛哭，悲痛不已，在路上举行了庄重的仪式，家中男男女女都号哭相送，百姓官吏都摆设酒菜祭奠亡灵，数不清的人攀住车辕，遮住道路，不让淳于棼离开南柯郡。淳于棼就在这样一片哭号相送的气氛中抵达了京城。国王和夫人都身穿丧服，在京郊痛哭着迎候灵柩的到来。当时给公主的谥号是"顺仪公主"。然后重新备设仪仗鼓吹乐队，把公主灵柩下葬在京城东面十里远的盘龙冈。也在这个月，已故南柯郡司宪官周弁的儿子周荣信，也护送父亲的灵柩到了京城。

淳于棼长时间镇守藩郡，结交朝中官员，和豪门贵族的关系也很好。自解职还京，淳于棼出入无拘束，更是广交宾朋，威势越来越大。国王开始有些怀疑和惧怕。这时又有人上奏说："玄妙的上天表现出责罚的迹象，预示国家将会有大祸。可能是要迁移京城，毁坏宗庙。事变由他族引起，但事情却由内部发生。"当时人们都议论，这事应验在淳于棼的僭越行为上。国王便撤掉淳于棼的侍从卫队，禁止他四处交游，让他只待在自己的宅第里。淳于棼却依仗着自己镇守藩郡多年，政事没有过错，现在受到流言蜚语毁谤，心里抑郁不乐。国王也知道他的想法，便把他叫来安慰说："我们结为亲戚二十多年，小女不幸夭折，不能和你白头偕老，我心里也确实悲伤。"夫人把外孙留在身边自己抚养教育他们，又对淳于棼说："你离家已经多年，可以先回去看看，见一见家里的人。几个外孙留在这里，不必挂念。三年以后，就会派人去接你。"淳于棼说："这就是我的家，我还回哪儿去？"国王笑笑说："你本来是人间的人，家里并不在这儿。"淳于棼忽然觉得自己在梦中，恍恍惚惚好长时间，才好像明白过来，想起自己从前的事情。他便流着眼泪，向国王请求回家。国王招呼左右侍从送他，淳于棼再三拜谢国王，辞别而去。他又看见那两个紫衣使者跟从着。

　　淳于棼来到大门外，看见给他乘坐的车很粗劣，自己原来的随员侍从，一个也没有，心里十分感叹又十分奇怪。淳于棼上车走了几里路，又走出一个大城。举目望去，还是当年来时的路途，山川原野，各种景物，依然是那个样子，一点儿没变。只是送他走的两个使者，一点儿威风也没有。淳于棼更加心里不舒服。淳于棼问使者说："扬州什么时候可以到？"两个使者像没听见似的自顾自地唱歌，半天才回答说："很快就到了。"不一会儿，走出一个洞穴，看见自己家乡的街道里坊，一点儿变化也没有。他一阵悲伤，不由得流下泪来。两个使者拉着淳于棼下车，进了家门，登上台阶，看见自己的身躯正躺在厅堂东面的小屋里。淳于棼十分吃惊害怕，不敢往前走去。两个使者便大声喊了几声淳于棼的姓名，他才忽然醒悟过来，像当初躺着时一样。他睁眼一看，只见自己家的童仆正在拿着扫帚清扫庭院，两个客人在床榻上洗足，斜照着的日光还没有落下西墙，东窗下酒杯里剩下的酒还清亮清亮。只不过转眼之间一场梦，却好像度过了一生一世。

　　淳于棼感慨回忆，叹息不已，便把两个客人叫过来告诉他们梦中情景。两个客人也很惊奇，便和淳于棼走到外面，找到大槐树下的洞穴。淳于棼指着这洞穴说："这就是我梦中竟然进去了的地方。"二位客人以为是狐狸精或者树妖在作怪，便叫来仆人拿来斧子，砍掉隆起处，斩去枝杈，寻找洞穴的源头。往旁挖去一丈多远，有一个大洞穴。洞穴的底部宽敞明亮，可以容下一张床榻，上面堆积着土壤，做成城郭、楼台、宫殿的形状，躲藏着数不清的蚂蚁。中间有座小台，颜色红红的，两只大蚂蚁住在上面。这两只大蚂蚁长着白色的翅膀，红红的脑袋，大约三寸长。两旁有几十只大蚂蚁护卫着，其他蚂蚁都不敢靠近。这就是国王和夫人。这大洞就是槐安国的都城了。又挖出一个洞，一直通到大树南边，有四丈多长，四周宛转曲折，中间则方方正正，也有土城、小楼，一群蚂蚁也住在里边。这就是淳于棼所镇守的南柯郡了。又一个洞穴，往西约二丈远，洞中空旷宽广，高低不平，形状奇异。中间有一个腐烂的龟壳，大如酒盅。由于积雨潮湿，小草丛生，十分繁茂，几乎掩盖住了龟壳，这就是淳于棼狩猎的灵龟山了。又挖出一个洞穴，往东去一丈多远，老树根像龙蛇一样盘旋蜷曲着，中间有个一尺多高的小土堆，这就是淳于棼埋葬妻子的盘龙冈的墓地了。淳于棼追想梦中的往事，心里十分感慨，看着挖掘出来的洞穴，都和梦里经历的一个样。他不让两位客人毁坏了洞穴，让人仍像原来那样掩盖堵塞好。可是，这天晚上突然刮起大风，下起大雨。天亮起来一看，那群蚂蚁都不见了，不知搬到哪里去了。原先说的"国家有大灾难，京城要迁移"，这就是应验了。他又想起檀萝国进犯的事，又请两个朋友到外面寻找踪迹。住宅东面一里的地方有一条干涸的山涧，涧侧有一株大檀树，藤萝丝萝缠满了大树，抬头望不见天日。旁边有个小洞，也躲藏着一群蚂蚁。所谓檀萝国，不就是在这里吗？啊呀！蚂蚁的灵异，尚且让人琢磨不透，何况那些隐藏在山林中的大的怪物的神奇变化？当时淳于棼的酒友周弁、田子华都住在六合县，不和淳于棼来往已有十多天了。淳于棼急忙派家童赶快前去探望他们，这才知道周弁已经得暴病死了，田子华也卧病在床。淳于棼有感于"南柯一梦"的浮幻虚无，体悟到人生一世也不过倏忽之间，便潜心学道，戒绝酒色。三年以后，正是丁丑年，也死在家里，这时他四十七岁，正符合了槐安国王给他约定的期限。

贞元十八年（802）八月，作者李公佐从吴郡到洛阳去，中途临时停泊在淮河岸边，偶尔遇见了淳于棼，询问他"南柯一梦"的情形，寻找他梦中经历的遗迹，反复核实，证明确有此事，便记录下来，编写成这篇传记，供那些喜好奇闻逸事的人采撷欣赏。虽然谈神说怪，不合常理，可是那些靠窃取官位而生活的人，却可以引以为戒。也希望后世的君子把南柯梦中那样的荣华富贵看作极偶然的事，不要因为有点儿官爵名位就在人间骄横无恐。

前任华州参军李肇写赞词说：利禄官位宠贵至极，权力和威势倾倒国都，通达的人却冷眼相看，这与蚁聚虫集有什么不同。

陆 颙

吴郡陆颙，家于长城，其世以明经仕。颙自幼嗜面，为食愈多而质愈瘦。及长，从本郡贡于礼部。既下第，遂为生太学中。后数月，有胡人数辈，挈酒食诣其门。既坐，顾谓颙曰："吾南越人，长蛮貊中。闻唐天子庠，罗天下英俊，且欲以文物化动四夷。故我航海梯山来中华，将观太学文物之光。唯吾子峨焉其冠，襜焉其裾，庄然其容，肃然其仪。真唐朝儒生也。故我愿与子交欢。"颙谢曰："颙幸得籍于太学，然无他才能，何足下见爱之深也！"于是相与酬宴，极欢而去。颙，信士也，以为群胡不我欺。旬余，群胡又至，持金缯为颙寿。颙至疑其有他，即固拒之。胡人曰："吾子居长安中，惶惶然有饥寒色，故持金缯，为子仆马一日之费，所以交吾子欢耳，岂有他哉？幸勿疑我也。"颙不得已，受金缯。及胡人去，太学中诸生闻之，偕来谓颙曰："彼胡率爱利不顾其身，争盐米之微，尚致相贼杀者，宁肯弃金缯为朋友寿乎？且太学中诸生甚多，何为独厚君耶？君匿身郊野间，以避再来也。"颙遂侨居于渭水上，杜门不出。

仅月余，群胡又诣其门。颙大惊。胡人喜曰："比君在太学中，我未得尽言。今君退居郊野，果吾心也。"既坐，胡人挈颙手而言曰："我之来，非偶然也，盖有求于君耳，幸望许之。且我所祈，于君固无害，于我则大惠也。"颙曰："谨受教。"胡人曰："吾子好食面乎？"曰："然。"又曰："食面者，非君也，乃君肚中一虫耳。今我欲以一粒药进君，君饵之，当吐出虫，则我以厚价从君易之，其可乎？"颙曰："若诚有之，又安有不可耶？"已而，胡人出一粒药，其色光紫，命饵之。有顷，遂吐出一虫，长二寸许，色青，状如蛙。胡人曰："此名消面虫，实天下之奇宝也。"颙曰："何以识之？"胡人曰："吾每旦见宝气亘天，在太学中。故我特访而取之。然自一月余，清旦望之，见其气移于渭水上。果君迁居焉。又此虫禀天地中和之气而结，故好食面。盖以麦自秋始种，至来年夏季，方始成实，受天地四时之全气，故嗜其味焉。君宜以面食之，可见矣。"颙即以面斗余致其前，虫乃食之立尽。颙又问曰："此虫安使用也？"胡人曰："夫天下之奇宝，俱禀中和之气，此虫乃中和之粹也。执其本而取其末，其远乎哉？"既而以筒盛其虫，又金函扃之，命颙致于寝室。谓颙曰："明日当再来。"及明旦，胡人以十两重辇，金玉缯帛约数万献于颙，共持金函而去。颙自此大富，致园屋，为治生具。日食粱肉，衣鲜衣，游于长安中，号豪士。

仅岁余，群胡又来，谓颙曰："吾子能与我偕游海中乎？我欲探海中之奇宝，以耀天下。而吾子岂非好奇之士耶？"颙既以甚富，又素用闲逸自遂，即与群胡俱至海上。胡人结宇而居，于是置油膏于银鼎中，构火其下，投虫子鼎中炼之，七日不绝燎。忽有一童，分发，衣青襦，自海水中出，捧月盘，盘中有径寸珠甚多，来献胡人。胡人大声叱之，其童色惧，捧盘而去。童去食顷，又有一玉女，貌极冶，衣雾绡之衣，佩玉珥珠，翾翾自海中而出。捧紫玉盘，中有珠数十，来献胡人，胡人骂之。玉女捧盘而去。俄有一仙人戴瑶碧冠，帔霞衣，捧绛帕籍，籍中有一珠，径三寸许，奇光泛空，照数十步。仙人以珠献胡人，胡人笑而授之。喜谓颙曰："至宝来矣。"即命绝燎，自鼎中收虫，置金函中。其虫虽炼之且久，而跳跃如初。胡人吞其珠，谓颙曰："子随我入海中，慎无惧。"颙即执胡人佩带，从而入焉。其海水皆豁开数十步，鳞介之族，俱辟易回去。游龙宫，入蛟室，珍珠怪宝，惟意所择。才一夕而获甚多。胡人谓颙曰："此可以致亿万之货矣。"已而又以珍贝数品遗于颙，货于南越，获金千镒。由是益富，其后竟不仕，老于闽越中也。

（卷四百七十六，出《宣室志》）

[意译]

吴郡人陆颙家住在楚长城之下，祖上以明经入仕。陆颙自幼喜欢面食，吃得越多体质越瘦。长大以后，由本郡贡举到礼部参加科考，没有考取，就在太学做生徒。几个月后，有几个胡人带着酒食来到太学。进屋坐下以后，胡人回头对陆颙说："我是南方越地人，生长在东北方蛮地。听说唐朝天子用乡学罗集天下英俊之才，又想用文明故物感化四方夷族。所以我跋山涉水，来到中华，要观看太学文物的光彩。可是来这一看，只有你儒冠高耸，衣裾飘动，面容庄重，仪态严肃，真是唐朝的儒生。所以我希望和你交个好朋友。"陆颙致谢说："我陆颙名列太学的名册成为太学的生徒，可是没有别的才能，为什么您这样深地偏爱我呢？"于是和胡人尽情宴饮，极欢而去。陆颙是个讲信义的读书人，认为这些胡人不会欺骗自己。十多天后，这群胡人又来了，并且拿着金银绸缎给陆颙祝寿献礼。陆颙实在怀疑他们有别的用意，因此坚决拒绝他们的礼物。胡人说："你住在长安，惶惶不安好像有饥寒的样子，所以我拿着钱物来，作为你的仆人和马匹一天的费用，为了要和你相交取得你的欢心罢了，怎么会有别的意思？希望不要怀疑我们。"陆颙不得已，接受了他们的钱物。待胡人离去，太学中的其他生徒听得这事，都来对陆颙说："那些胡人都是贪图小利不顾自身，为了争夺盐米一类微薄之利，尚且至于互相残杀，怎么肯舍得钱物为朋友祝寿？何况太学中生徒很多，为什么只对你那样热心？你应该到城郊野外躲起来，来躲避他们。"陆颙于是到渭水侨居，关起门来不外出。

才一个多月，那些胡人又到门前找他来了。陆颙大为吃惊。胡人却很高兴，说："前次你在太学里，我不能把话说完。现在你退居在市郊野外，正合了我的心愿。"坐下以后，胡人握住陆颙的手说："我来这里，并非偶然，是有事求你，希望你能答应。况且我向你祈求的，对你一定没有害处，但对我却有很大好处。"陆颙说："我恭敬地听从你的教诲。"胡人说："你喜欢吃面食，是吗？"陆颙说："是的。"胡人说："吃面食的，不是你，而是你肚子里的一种虫。现在我想送一粒药给你，你把它吞下去，就会吐出虫来。那么我用高价和你交换虫子，可以吗？"陆颙说："如果确实有，又怎么会有什么不可？"说好以后，胡人拿出一粒药来，那药紫色发亮，胡人让陆颙吞下去。不大一会儿，陆颙便吐出一条虫来，长二寸左右，黑色，形状像蛙。胡人说："这叫消面虫，实在是天下奇异的宝物。"陆颙说："怎么知道呢？"胡人说："我每天早上看见一股宝气横亘天空，正在太学之中。所以我特地寻访来取它。可是一个多月以来，早晨往天上望去，这宝气又移到了渭水之上。果然是你迁到这里来了。这虫禀受天地中和之气而结成，因此喜欢吃面食。这是因为麦子从秋天开始种，到第二年夏天，才结成果实，禀受了天地全部的四时之气，所以虫子才特别喜欢它的滋味。你要用面食来喂它，就可见这一点儿。"陆颙于是取来一斗多面放在它面前，这虫一下子就把面吃光了。陆颙又问："这虫怎么使用呢？"胡人说："天下奇异的宝物，都秉承了中和之气，这虫是中和之气的精华。取得了根本的东西，来发挥它具体的作用，还会相隔很远吗？"说完，胡人用竹筒盛入这虫，又用金属盒把它锁住，让陆颙放在寝室。胡人说："第二天我们会再来。"到第二天早上，胡人用十辆大车子，把数达几万的金银珠玉绸绢送给陆颙，然后一起拿着金属盒子走了。陆颙从此非常富有，添置了田园屋舍等生活必需的东西。他每天吃粱米鱼肉，穿鲜洁的衣服，游荡于长安街市中，人们称他是豪士。

才一年多，那些胡人又来了。胡人对陆颙说："你能同我一道去海里游玩吗？我想探寻海里的奇宝，来炫耀于天下。你难道不是很喜欢奇宝的人吗？"陆颙已经很富了，又向来生活闲适安逸，自以为百事顺利，于是和那些胡人一块来到海上。胡人筑起房子住下来，把油膏放入银鼎里，在下面燃起一堆火，七天七夜没有停火。七天以后，忽然一个男童从海里出来，他分着头发，穿着黑色短袄，双手捧着一只明月般又圆又白的玉盘，盘里很多珍珠，个个都直径一寸多，男童把珍珠献给胡人。胡人大声呵叱他，那男童很害怕的样子，捧着玉盘退回海里去了。男童退下去有一顿饭工夫，又有一个玉女，长得很漂亮，穿着雾一样薄的轻绸衣服，佩戴用玉制成的耳饰，飘飘然从海里出来。玉女手捧着紫玉盘，盘里有几十颗珍珠，要献给胡人。胡人又怒骂她。玉女只好捧着紫玉盘又退了回去。不一会儿，一个仙人戴着用碧玉装饰的帽子，披着彩霞一样艳丽的衣服，手捧用大红色丝帕垫着的玉盘，红帕上一颗珍珠，直径足有三寸左右，奇光异彩，在空中浮泛，几十步以外都照亮了。仙人把珍珠献给胡人，胡人这才笑着收下了。胡人很高兴地对陆颙说："最好的宝物来了。"于是吩咐把火灭掉，从鼎里把虫子收起来，放在金属的盒子里。这虫子虽然经火在鼎里炼了那么久，可是还像从前那样欢蹦乱跳。胡人把这珍珠吞下去，对陆颙说："你跟我到海里去，注意不要害怕。"陆颙就抓住胡人的佩带，跟着他进入海里。那海水都豁然分开几十步，海里的鱼虾之类，都惊惧地往后退去。胡人和陆颙游入龙宫，来到蛟室，那里的珍奇宝物，可以随意挑选。才一个晚上，他们就得到很多很多宝物。胡人对陆颙说："这些宝物可以值亿万钱了。"从海里出来，胡人把几样珍奇的海贝留给陆颙，陆颙到南方越地去出卖，卖得了几万两黄金。这样一来陆颙更富了，这之后他始终没有做官，老死在闽越一带。

李娃传

汧国夫人李娃,长安之倡女也。节行瑰奇,有足称者,故监察御史白行简为传述。

天宝中,有常州刺史荥阳公者,略其名氏,不书。时望甚崇,家徒甚殷。知命之年,有一子,始弱冠矣,隽朗有词藻,迥然不群,深为时辈推伏。其父爱而器之,曰:"此吾家千里驹也。"应乡赋秀才举,将行,乃盛其服玩车马之饰,计其京师薪储之费。谓之曰:"吾观尔之才,当一战而霸。今备二载之用,且丰尔之给,将为其志也。"生亦自负,视上第如指掌。自毗陵发,月余抵长安,居于布政里。

尝游东市还,自平康东门入,将访友于西南。至鸣珂曲,见一宅,门庭不甚广,而室宇严邃。阖一扉,有娃方凭一双鬟青衣立,妖姿要妙,绝代未有。生忽见之,不觉停骖久之,徘徊不能去。乃诈坠鞭于地,候其从者,敕取之。累眄于娃,娃回眸凝睇,情甚相慕。竟不敢措辞而去。

生自尔意若有失,乃密征其友游长安之熟者,以讯之。友曰:"此狭邪女李氏宅也。"曰:"娃可求乎?"对曰:"李氏颇赡,前与通之者,多贵戚豪族,所得甚广。非累百万,不能动其志也。"生曰:"苟患其不谐,虽百万,何惜!"

他日,乃洁其衣服,盛宾从而往。扣其门,俄有侍儿启扃。生曰："此谁之第耶？"侍儿不答，驰走大呼曰："前时遗策郎也！"娃大悦曰："尔姑止之，吾当整妆易服而出。"生闻之私喜。乃引至萧墙间，见一姥垂白上偻，即娃母也。生跪拜前致词曰："闻兹地有隙院，愿税以居，信乎？"姥曰："惧其浅陋湫隘，不足以辱长者所处，安敢言值耶？"延生于迟宾之馆，馆宇甚丽。与生偶坐，因曰："某有女娇小，技艺薄劣，欣见宾客，愿将见之。"乃命娃出，明眸皓腕，举步艳冶。生遽惊起，莫敢仰视。与之拜毕，叙寒燠，触类妍媚，目所未睹。复坐，烹茶斟酒，器用甚洁。久之，日暮，鼓声四动。姥访其居远近。生绐之曰："在延平门外数里。"冀其远而见留也。姥曰："鼓已发矣，当速归，无犯禁。"生曰："幸接欢笑，不知日之云夕。道里辽阔，城内又无亲戚，将若之何？"娃曰："不见责僻陋，方将居之，宿何害焉？"生数目姥。姥曰："唯唯。"生乃召其家僮，持双缣，请以备一宵之馔。娃笑而止之曰："宾主之仪，且不然也。今夕之费，愿以贫窭之家，随其粗粝以进之。其余以俟他辰。"固辞，终不许。俄徙坐西堂，帷幙帘榻，焕然夺目；妆奁衾枕，亦皆侈丽。乃张烛进馔，品味甚盛。彻馔，姥起。生娃谈话方切，诙谐调笑，无所不至。生曰："前偶过卿门，遇卿适在屏间。厥后心常勤念，虽寝与食，未尝或舍。"娃答曰："我心亦如之。"生曰："今之来，非直求居而已，愿偿平生之志。但未知命也若何？"言未终，姥至，询其故，具以告。姥笑曰："男女之际，大欲存焉。情苟相得，虽父母之命，不能制也。女子固陋，曷足以荐君子之枕席？"生遂下阶，拜而谢之曰："愿以己为厮养。"姥遂目之为郎，饮酣而散。及旦，尽徙其囊橐，因家于李之第。

自是生屏迹戢身，不复与亲知相闻。日会倡优侪类，狎戏游宴。囊中尽空，乃鬻骏乘，及其家童。岁余，资财仆马荡然。迩来姥意渐怠，娃情弥笃。

他日，娃谓生曰："与郎相知一年，尚无孕嗣。常闻竹林神者，报应如响，将致荐酹求之，可乎？"生不知其计，大喜。乃质衣于肆，以备牢醴，与娃同谒祠宇而祷祝焉，信宿而返。策驴而后，至里北门，娃谓生曰："此东转小曲中，某之姨宅也。将憩而觐之，可乎？"生如其言，前行不逾百步，果见一车门，窥其际，甚弘敞。其青衣自车后止之曰："至矣。"生下，适有一人出访曰："谁？"曰："李娃也。"乃入告，俄有一妪至，年可四十余，与生相迎，曰："吾甥来否？"娃下车，妪逆访之曰："何久疏绝？"相视而笑。娃引生拜之。既见，遂偕入西戟门偏院，中有山亭，竹树葱蒨，池榭幽绝。生谓娃曰："此姨之私第耶？"笑而不答，以他语对。俄献茶果，甚珍奇。食顷，有一人控大宛，汗流驰至，曰："姥遇暴疾颇甚，殆不识人。宜速归。"娃谓姨曰："方寸乱矣，其骑而前去，当令返乘，便与郎偕来。"生拟随之。其姨与侍儿偶语，以手挥之，令生止于户外，曰："姥且殁矣，当与某议丧事以济其急。奈何遽相随而去？"乃止，共计其凶仪斋祭之用。日晚，乘不至。姨言曰："无复命，何也？郎骤往觇之，某当继至。"生遂往，至旧宅，门扃钥甚密，以泥缄之。生大骇，诘其邻人。邻人曰："李本税此而居，约已周矣。第主自收。姥徙居，而且再宿矣。"征徙何处，曰："不详其所。"生将驰赴宣阳，以诘其姨，日已晚矣，计程不能达。乃弛其装服，质馔而食，赁榻而寝。生忿怒方甚，自昏达旦，目不交睫。质明，乃策蹇而去。既至，连扣其扉，食顷无人应。生大呼数四，有宦者徐出。生遽访之："姨氏在乎？"曰："无之。"生曰：

"昨暮在此，何故匿之？"访其谁氏之第。曰："此崔尚书宅。昨者有一人税此院，云迟中表之远至者。未暮去矣。"生惶惑发狂，罔知所措，因返访布政旧邸。

邸主哀而进膳。生怨懑，绝食三日，遘疾甚笃，旬余愈甚。邸主惧其不起，徙之于凶肆之中。绵缀移时，合肆之人共伤叹而互饲之。后稍愈，杖而能起。由是凶肆日假之，令执总帷，获其直以自给。累月，渐复壮，每听其哀歌，自叹不及逝者，辄呜咽流涕，不能自止。归则效之。生，聪敏者也。无何，曲尽其妙，虽长安无有伦比。

初，二肆之佣凶器者，互争胜负。其东肆，车舆皆奇丽，殆不敌，唯哀挽劣焉。其东肆长知生妙绝，乃醵钱二万索顾焉。其党耆旧，共较其所能者，阴教生新声，而相赞和。累旬，人莫知之。其二肆长相谓曰："我欲各阅所佣之器于天门街，以较优劣。不胜者罚直五万，以备酒馔之用，可乎？"二肆许诺。乃邀立符契，署以保证，然后阅之。士女大和会，聚至数万。于是里胥告于贼曹，贼曹闻于京尹。四方之士，尽赴趋焉，巷无居人。自旦阅之，及亭午，历举辇舆威仪之具，西肆皆不胜，师有惭色。乃置层榻于南隅，有长髯者拥铎而进，翊卫数人。于是奋髯扬眉，扼腕顿颡而登，乃歌《白马》之词。恃其夙胜，顾眄左右，旁若无人。齐声赞扬之，自以为独步一时，不可得而屈也。有顷，东肆长于北隅上设连榻，有乌巾少年，左右五六人，秉翣而至，即生也。整衣服，俯仰甚徐，申喉发调，容若不胜。乃歌《薤露》之章，举声清越，响振林木，曲度未终，闻者歔欷掩泣。西肆长为众所诮，益惭耻。密置所输之直于前，乃潜遁焉。四座愕眙，莫之测也。

先是，天子方下诏，俾外方之牧，岁一至阙下，谓之入计。时也适遇生之父在京师，与同列者易服章，窃往观焉。有老竖，即生乳母婿也，见生之举措辞气，将认之而未敢，乃泫然流涕。生父惊而诘之。因告曰："歌者之貌，酷似郎之亡子。"父曰："吾子以多财为盗所害。奚至是耶？"言讫，亦泣。及归，竖间驰往，访于同党曰："向歌者谁？若斯之妙欤？"皆曰："某氏之子。"征其名，且易之矣。竖凛然大惊。徐往，迫而察之。生见竖色动，回翔将匿于众中。竖遂持其袂曰："岂非某乎？"相持而泣，遂载以归。至其室，父责曰："志行若此，污辱吾门，何施面目，复相见也？"乃徒行出，至曲江西杏园东，去其衣服，以马鞭鞭之数百。生不胜其苦而毙。父弃之而去。其师命相狎昵者阴随之，归告同党，共加伤叹。令二人赍苇席瘗焉。至，则心下微温，举之，良久，气稍通。因共荷而归，以苇筒灌勺饮，经宿乃活。月余，手足不能自举。其楚挞之处皆溃烂，秽甚。同辈患之。一夕，弃于道周。行路咸伤之，往往投其余食，得以充肠。十旬，方杖策而起。被布裘，裘有百结，褴褛如悬鹑。持一破瓯，巡于闾里，以乞食为事。自秋徂冬，夜入于粪壤窟室，昼则周游廛肆。

一旦大雪，生为冻馁所驱。冒雪而出，乞食之声甚苦。闻见者莫不凄恻。时雪方甚，人家外户多不发。至安邑东门，循里垣北转第七八，有一门独启左扉，即娃之第也。生不知之，遂连声疾呼："饥冻之甚。"音响凄切，所不忍听。娃自阁中闻之，谓侍儿曰："此必生也，我辨其音矣。"连步而出，见生枯瘠疥疠，殆非人状。娃意感焉，乃谓曰："岂非某郎也？"生愤懑绝倒，口不能言，颔颐而已。娃前抱其颈，以绣襦拥而归于西厢。失声长恸曰："令子一朝及此,我之罪也!"绝而复苏。姥大骇,奔至,曰:"何也?"娃曰:"某郎。"姥遽曰:"当逐之,奈何令至此?"娃敛容却睇曰:"不然,此良家子也。当昔驱高车,持金装,至某之室,不逾期而荡尽。且互设诡计,舍而逐之,殆非人行。令其失志,不得齿于人伦。父子之道,天性也。使其情绝,杀而弃之。又困踬若此,天下之人尽知为某也。生亲戚满朝,一旦当权者熟察其本末,祸将及矣。况欺天负人,鬼神不祐,无自贻其殃也。某为姥子,迨今有二十岁矣。计其资,不啻直千金。今姥年六十余,愿计二十年衣食之用以赎身,当与此子别卜所诣。所诣非遥,晨昏得以温清。某愿足矣。"姥度其志不可夺,因许之。给姥之余,有百金。北隅四五家税一隙院,乃与生沐浴,易其衣服;为汤粥,通其肠;次以酥乳润其脏。旬余,方荐水陆之馔。头巾履袜,皆取珍异者衣之。未数月,肌肤稍腴;卒岁,平愈如初。

异时,娃谓生曰:"体已康矣,志已壮矣。渊思寂虑,默思曩昔之艺业,可温习乎?"生思之,曰:"十得二三耳。"娃命车出游,生骑而从。至旗亭南偏门鬻坟典之肆,令生拣而市之,计费百金,尽载以归。因令生斥弃百虑以志学,俾夜作昼,孜孜矻矻。娃常偶坐,宵分乃寐。伺其疲倦,即谕之缀诗赋。二岁而业大就,海内文籍,莫不该览。生谓娃曰:"可策名试艺矣。"娃曰:"未也,且令精熟,以俟百战。"更一年,曰:"可行矣。"于是遂一上登甲科,声振礼闱。虽前辈见其文,罔不敛衽敬羡,愿友之而不可得。娃曰:"未也。今秀士苟获擢一科第,则自谓可以取中朝之显职,擅天下之美名。子行秽迹鄙,不侔于他士。当砻淬利器,以求再捷。方可以连衡多士,争霸群英。"生由是益自勤苦,声价弥甚。其年,遇大比，诏征四方之隽。生应直言极谏科，策名第一，授成都府参军，三事以降，皆其友也。

将之官，娃谓生曰："今之复子本躯，某不相负也。愿以残年，归养老姥。君当结媛鼎族，以奉蒸尝。中外婚媾，无自黩也。勉思自爱，某从此去矣。"生泣曰："子若弃我，当自到以就死。"娃固辞不从，生勤请弥恳。娃曰："送子涉江，至于剑门，当令我回。"生许诺。

月余，至剑门。未及发而除书至，生父由常州诏入，拜成都尹，兼剑南采访使，浃辰，父到。生因投刺，谒于邮亭，父不敢认，见其祖父官讳，方大惊，命登阶，抚背恸哭移时，曰："吾与尔父子如初。"因诘其由，具陈其本末。大奇之，诘娃安在。曰："送某至此，当令复还。"父曰："不可。"翌日，命驾与生先之成都，留娃于剑门，筑别馆以处之。明日，命媒氏通二姓之好，备六礼以迎之，遂如秦晋之偶。

娃既备礼，岁时伏腊，妇道甚修，治家严整，极为亲所眷尚。后数岁，生父母偕殁，持孝甚至。有灵芝产于倚庐，一穗三秀，本道上闻。又有白燕数十，巢其屋甍。天子异之，宠锡加等。终制，累迁清显之任。十年间，至数郡。娃封汧国夫人。有四子，皆为大官，其卑者犹为太原尹。弟兄姻媾皆甲门，内外隆盛，莫之与京。

嗟乎，倡荡之姬，节行如是，虽古先烈女，不能逾也。焉得不为之叹息哉！

予伯祖尝牧晋州，抟户部，为水陆运使。三任皆与生为代，故谙详其事。贞元中，予与陇西公佐话妇人操烈之品格，因遂述汧国之事。公佐拊掌竦听，命予为传。乃握管濡翰，疏而存之。时乙亥岁秋八月，太原白行简云。

（卷四百八十四，出《异闻录》）

[意译]

汧国夫人李娃，原来是长安的妓女。她的品行节操很奇特，值得称道，所以监察御史白行简为她写下传记，把她的事迹记述下来。

天宝年间（742—756），有位常州刺史荥阳公，这里省去他的名姓不写。这位荥阳公当时声望非常高，家里很多佣徒童仆。他五十岁的时候，有一个儿子才二十岁，长得英俊聪明，又有文才，超群出众，深受同辈人的推崇和敬佩。他父亲更是钟爱他、器重他，说："这是我们家的千里马呀！"这年，他应当地保举，进京参加进士科考试，临走时，父亲给他准备了丰盛的衣服、用具、车马，又估算了他在京城需要的生活费用，让他带上，对他说："我看你的才华，应当一次考试就能独霸考场。现在为你准备了两年的费用，并且特意多准备一些，以帮助你实现志向。"荥阳生也很自信，把考试及第看得易如反掌。他从常州出发，经过一个多月，抵达长安，住在布政里。

有一次，他从东市游玩回来，从平康里东门进来，准备到西南边去看望一个朋友。到鸣珂胡同，看见一所宅院，门庭虽不怎么很大，可房子却很整齐幽雅。只关了一扇门，有一个年轻女子正靠着一个梳着双鬟发髻的婢女站立着，姿态面容娇艳美妙，是绝代佳人。荥阳生忽然看见了，不由得停下马来站了很久，又转来转去，不愿离去。于是假作鞭子掉到地上，等着跟从他的童仆把马鞭捡起来。几次斜着眼偷看那女子，女子也回过头来，注目凝视着他，一副含情恋慕的样子。荥阳生却还是不敢去搭话，就这样走了。

自此以后，荥阳生像失去了什么，于是暗中向一位熟悉长安情况的朋友询问，打听那位女子。朋友说："那是妓女李氏的住宅呀。"荥阳生说："能追求到那女子吗？"朋友回答说："李家很富有，过去和她交往的多是豪门贵族子弟,她得到了很多钱。没有上百万的钱财,不能打动她的心志。"荥阳生说:"只怕事情不成,即使上百万,又有什么可惜!"

过了几天,荥阳生穿着整洁的衣服,带了很多随从到李家去。他敲几下门,一会儿有个侍女开门。荥阳生说:"这是谁家的宅院啊?"侍女不回答他,却跑回去大声喊道:"前次掉马鞭的郎君来了!"女子非常高兴,说:"你让他稍等一会儿,我梳妆打扮,换了衣服就出来。"荥阳生听了暗自高兴。婢女引着荥阳生到影壁墙前面,就见一位老妇头发花白,驼着背,这就是李娃的母亲。荥阳生上前施礼说:"听说这里有空闲的宅院,我想租来居住,此事可信吗?"老妇说:"只怕简陋低湿狭窄,不好请先生您这样的人居住,怎敢提什么租金呢?"接着,把荥阳生请进客房,里面非常华丽。老妇陪荥阳生坐了一会儿以后,便说:"我有一个娇小的女儿,技艺不太高明,可喜欢见宾客,希望您能和她见见面。"于是让李娃出来,只见她眼神明艳,手腕洁白,举步优美妖冶。荥阳生急忙吃惊地站起来,不敢抬头看她。和她行完礼,寒暄一番。李娃全身上下,一举一动,都非常妩媚动人,荥阳生从未见过这样美貌的女子。大家又坐下,献上茶,斟上酒,杯子器物都非常洁净。过了很久,天黑了,四面传来暮鼓的声音。老妇探问荥阳生住得多远。荥阳生撒谎说:"住在延平门外好几里的地方。"希望老妇看到住处远而留他住下。老妇却说:"暮鼓已经响了,你要尽快回去,不要犯了宵禁。"荥阳生说:"有幸得到你们热情接待,没想到天就要黑了。路那么远,城里又没有亲戚,怎么办呢?"李娃说:"您不嫌这里偏僻简陋,刚才还想租房子住,借宿一夜又有什么关系呢?"荥阳生看了看老妇。老妇说:"嗯,嗯。"荥阳生便把家童叫进来,拿来两匹细绢,作为夜餐的费用。李娃笑着劝阻他说:"按照宾主的礼仪,就不要这样。今天晚上的费用由我们出,希望就随我们贫穷之家吃一点儿粗茶淡饭。其他的事以后再说吧。"荥阳生执意辞谢,李娃还是不肯。不一会儿,他们移坐到西边堂屋,只见帷幕门帘床榻,都光彩夺目;梳妆器物,被褥枕头,也都很华丽。点烛张灯,摆下筵席,美味的酒菜非常丰盛。吃完了饭,老妇起身走了。荥阳生和李娃说话更加亲热,说笑调逗,没有顾忌。荥阳生说："前次偶尔经过你家门口，你正巧在那里。自那以后心里就常常想念，就是吃饭和睡梦中，也没舍得忘记你。"李娃回答说："我心里也像这样。"荥阳生说："我这次来，不只是找一个住处，而是想满足平生的志愿，只是不知我的命怎么样？"话未说完，老妇到了，问他们说些什么，荥阳生都告诉了老妇。老妇笑着说："男男女女之间，都会有爱慕的情欲。如果情投意合，即使父母之命，也制止不了。只是小女长得丑陋，怎么配服侍公子呢？"荥阳生连忙走下台阶，跪拜答谢说："请让我在您家做个奴仆吧。"老妇便把他看作女婿，又酣饮几杯，这才散席。第二天早上，荥阳生把他的行李全部搬来，就在李家住下。

从此以后，荥阳生成天待在这里，不再和亲戚朋友来往。每天和歌伎、舞女一类人厮混，吃喝玩乐。带来的钱花光了，先卖掉自己骑的骏马，后来又卖掉了家童。过了一年多，资财仆马，全都挥霍光了。这一来，老妇对他的态度渐渐冷淡，可李娃的情意却更加深笃。

有一天，李娃对荥阳生说："和郎君相识已经一年了，还没怀孕生孩子。曾经听说竹林神报应非常灵验，我们准备些酒食供品去祭拜祈求，可以吗？"荥阳生不知是她们的计谋，非常高兴。就在街上把衣服当了，置办了一些酒食果品，和李娃一同到祠庙里去祭拜祷祝，在那里住了两夜才回来。荥阳生骑着毛驴跟在李娃后面，走到街坊北门，李娃对荥阳生说："这里往东拐一个小巷子里，是我姨妈家里。我们去休息一下，顺便让你见见她，好不好？"荥阳生听从她的话，往前走了不到一百步，果然看见一个可以通车马的大门，从门口望去，里面非常宏丽宽敞。他们的婢女在车后停下，说："到了。"荥阳生从驴背上下来，正好有一个人出来探问说："谁呀？"李娃说："我是李娃啊。"那人进去禀告，不一会儿有一位老妇出来，年纪四十来岁，她向荥阳生迎过来，说："是我外甥来了吗？"李娃也下了车，老妇迎上前问候说："怎么那么久不见你来呢？"两人互相看看，都笑了。李娃拉着荥阳生向老妇跪拜行礼。彼此见过以后，便一同往西进戟门的偏院，那里有假山、亭子，树木郁郁葱葱，水池、台榭环境幽雅。荥阳生问李娃说："这是姨妈自家的房子？"李娃笑笑，并不回答，却用别的话岔开了。不一会儿，丫鬟献上茶水果品，都非常珍奇。过了一顿饭的工夫，有一个人骑一匹快马，汗流全身，飞驰而至，说："老太太得了急病，病得很重，几乎连人都认不得了。赶快回去。"李娃对姨妈说："我心里乱得很，我先骑马回去，再让车马返回来，姨妈和郎君一起来我们家。"荥阳生想和她一块回去。姨妈跟侍女悄悄说了几句什么，挥挥手，让荥阳生在门外停住，说："老太太快不行了，我要和你商量一下后事，来帮助李娃解决难题。怎么能匆忙赶着回去呢？"荥阳生这才留下来，和姨妈一起商议办理丧事祭奠的费用。到了晚上，车马还没来。姨妈说："到现在还没有音信，是什么原因呢？你赶快回去看看，我随后就来。"荥阳生走了，到李家一看，大门关着，锁得严严实实，还用泥土封住了。荥阳生大吃一惊，去问邻居。邻居说："李家本来是租这所房子住，现在租约已经到期。房主把房子收去了，老太太搬走已有两天了。"又问搬到哪里去了？回答说："不太清楚在什么地方。"荥阳生想要赶往宣阳问李娃的姨妈，可天色已经晚了，计算路程当晚到不了。荥阳生便把衣服脱下做了抵押，换了一点儿东西吃，租了个床位睡了一宿。荥阳生非常气愤恼怒，从傍晚到天亮，眼皮也没合一下。第二天天一亮，就骑上毛驴走了。到了姨妈家，接连敲门，足有一顿饭工夫也没人应声。他大声叫喊好几遍，才有做官模样的人慢悠悠地出来。荥阳生急忙问他："姨妈在吗？"那人说："没有这个人。"荥阳生说："昨天晚上还在这里，为什么把她藏起来？"又问这是谁的房子。回答说："这是崔尚书的宅第。昨天有一个人说要租用这所院子，说她的表亲远道而来，要在这里接待，天还没黑，那些人就走了。"荥阳生又惊惶又迷惑，简直要疯了，不知怎么办才好。于是只好返回布政里原来的住处。

房主人可怜他让他吃了一顿饭。荥阳生窝了一肚子火，好几天吃不下东西，结果得了一场病，十多天以后，病越来越重。房主人怕他死在这里，就把他抬到殡仪馆。他只剩一口气，拖了好些日子，殡仪馆的人都为他伤心叹息，轮流喂点东西给他吃。后来，他的病逐渐好转，拄着拐杖能起来了。从那以后，殡仪馆让他每天干点儿活，照看灵帐，挣点儿小钱养活自己。过了几个月,他逐渐恢复健康,每当听到别人唱哀歌,就感叹自己还不如死了的人,总是流泪哭涕不止。回来就仿效着唱哀歌。荥阳生是个聪明人,没多久,唱起来就非常美妙动听,即使长安城里也没人比得过他。

起初,两家殡仪馆经营丧葬器物,互相竞争。东边那家,车轿用具都很华丽,几乎无人能跟他们相比,只是挽歌曲调唱得比较差。这家老板听说荥阳生唱得委婉动听,就凑了二万钱找到他把他雇下来。馆里那些老师傅,都拿出他们最擅长的本领,暗中教荥阳生新的曲子,并且为他伴唱。这样过了几十天,外人都不知道这回事。不久,东西两家的老板商议说:"我们想把各自的丧葬用器都陈列在天门街,比较一下好坏,比不过的罚钱五万,用来设宴请客,怎么样?"两家殡仪馆都同意了,又请中人立下字据契约,署名画押作为保证,然后比赛。城里男男女女几万人都赶来看热闹。于是里胥把这事报告贼曹,贼曹又报告京兆尹。四面八方的人士都赶去看,各条街巷几乎空了。比赛从早上到中午,丧车仪仗,各种用具,一件一件陈列出来,西边那家都比不过,老板有些惭愧。便在街南角用床榻搭了个高台,只见一个长胡子的人拿着大铃走了进来,旁边还有几个人侍卫着他。他摆摆胡须,扬扬眉毛,用手握一握手腕子,向四周的人点点头,就登上高台,唱起了一支名为《白马》的曲子。他依仗自己一向是胜利者,斜眼环视四周,旁若无人的样子。台下的人齐声唱彩捧场,他更得意了,自以为独步一时,没有谁能胜过他。不一会儿,东家的老板在街的北角也搭了一个台子,一个戴黑头巾的青年,左右五六个人簇拥着,拿着大羽毛扇到了,这就是荥阳生。他整一整衣服,举止动作从容自然,引声而唱,表情像是不胜悲哀。他唱起《薤露》的乐章,声音清亮激越,乐声在树林中回响振荡,他的歌还没唱完,听众就跟着伤心地哭了。西边那家的老板被众人嘲笑,更加惭愧,悄悄地把输了的钱放在台前,偷偷地溜走了。大家都惊呆了,谁也没料到这个结果。

在这之前,皇帝下过诏书,让外地州郡的长官每年一次到京城参加考核,叫作入计。这时恰好荥阳生的父亲也在京城,和同僚们换上平民衣服悄悄地去观看。有一个老仆人，就是荣阳生乳母的丈夫，看到荣阳生的举止、动作、声调、语气，很像荣阳生，想认又不敢，只是一阵心酸，流下泪来。荣阳生的父亲吃惊地问他。老仆人便告诉说："这唱歌人的相貌，非常像您去世的公子。"荣阳生的父亲说："我儿子由于带的钱财多被盗贼杀害，怎么可能到这里来呢？"说完，也哭起来了。等回去以后，老仆人抽空子跑到天门街，问荣阳生的伙计："刚才唱歌的是谁？怎么唱得那么动听？"伙计们都说："那是某某家的儿子。"再打听名字，已经换了。老仆心里一惊，慢慢走上前去，想靠近去仔细看。荣阳生一见老仆人脸色变了，躲闪着要藏到众人之中。老仆人便一把抓住他的袖子说："您不是我家公子吗？"两人手拉着手哭了，结果，老仆人用车子载着荣阳生回去。一到住处，父亲就责骂他："品行堕落到这般地步，玷污了我家门庭，还有什么面目再和我相见！"于是拉着他走出去，来到曲江西面杏园东面一个地方，把他的衣服扒掉，用马鞭抽了几百鞭子。荣阳生忍受不了这样的毒打昏死过去。父亲丢下他就扬长而去了。荣阳生的师傅叫和荣阳生相好的一直暗中跟随着，见了这般情形，回去告诉馆里的同伴们，都为此伤心感叹。师傅让两个人带着苇席去掩埋荣阳生。一到那里，摸到荣阳生心口上还微微有热气，抢救了好长时间，荣阳生才慢慢有一口气上来。于是一同把他抬了回来，用芦苇管灌汤水给他喝，过了一个夜晚，才苏醒过来。一个多月以后，手脚还不能活动。鞭打的伤口都溃烂化脓了，气味非常难闻。伙计们很害怕，终于在一天晚上把他丢在了路旁。过路的人都可怜他，常常给他一些残羹剩饭充饥。过了三个多月，荣阳生才拄着拐杖起来。他披着一件破布袄，棉袄上补丁加补丁，破烂得像悬挂着的鹌鹑鸟的秃尾巴。他拿着一个破碗，在街头巷尾转来转去，以讨饭为生。从秋天到冬天，他夜晚就躲进堆垃圾的土室里，白天就沿街乞讨。

一天早上，正下大雪，荣阳生又冻又饿。他没办法只好冒雪出来，要饭乞讨的声音更加凄苦。听见他叫喊的人没有不觉得可怜的。这时雪下得正紧，住户外面的大门多不打开。他走到安邑里东门，顺着围墙往北走过了七八家宅院，只有一家的大门开着左边一扇门扉，这就是李娃的宅第。

荥阳生并不知道，还是连声叫喊："我冻坏了，饿坏了。"声音凄楚哀切，叫人不忍心听。李娃在屋里听见了，对侍女说："这人一定是荥阳生，我听得出他的声音。"说着，她急忙快步出来，只见荥阳生干枯瘠瘦，一身烂疮，简直不像人样。李娃心里一阵伤感，忙问："你不是公子吗？"荥阳生愤懑填胸，昏倒在地，口里不能说话，只是点点头而已。李娃急步上前抱住他的颈项，用自己的绣花短袄裹着他，扶着他回到西厢房。她失声痛哭，说："让你到今天这个地步，都是我的罪过啊！"说完，悲恸得昏倒过去，又苏醒过来。老妇知道后大为惊骇，急忙跑过来，问："怎么啦？"李娃说："公子来了。"老妇急忙说："快把他赶出去，怎么让他到这里？"李娃脸色严肃地回头看了她一眼，说："不能这样，这是好人家的子弟。当年驾着高车大马，拿着装有金银的行装，到了我们家，不长时间把钱财花光了。我们却设下诡计，把人家赶出去了，这恐怕不是人干的事。让他堕落失志，亲戚不能容他。父子之情，本是天性，可因为他失志，使他们父子之情断绝。他父亲把他活活打死，又把他丢了。现在又穷困潦倒至这般惨境，天下的人都知道是为了我。荥阳生满朝都有亲戚做官，一旦当权的人仔细了解到实情，我们就要祸难临头。何况欺骗上天，有负人情，鬼神也不会保祐，我们不要给自己招来灾祸了。我在您这里，到现在已经有二十年了。妈妈为我花的钱，不下于千金。现在妈妈六十岁了，我愿意拿这二十年的吃穿费用来赎身，和公子另找一个地方住下。住的地方不会太远，一早一晚还能向您问安。这样，我的心愿就满足了。"老妇见李娃下定决心，不可改变，就答应了。李娃付清了赎身金后，还剩下一百两金子。李娃在北角隔四五家的地方租了一所空闲的院落住下。她先给荥阳生洗澡，换了衣服；又熬汤煮粥给他喝，通畅他的肠胃；再给他喝酥油鲜乳，滋润他的肾脏。十多天后，才给他吃鲜肉鲜鱼。穿戴的头巾鞋袜，都挑选最珍贵的给他穿。不上几个月，荥阳生枯瘦的身体就渐渐丰满了些；过了一年，身体就完全恢复了。

有一天，李娃对荥阳生说："你身体已经康复，精神也很好。你好好考虑一下，过去的学业还能温习起来吗？"荥阳生想了想，说："还记得十分之二三。"李娃就雇车上街，荥阳生骑马跟在后面。到旗亭南面偏门的一家古书铺里，让荥阳生拣需要的书买下来，总计花了一百两银子，全部装载回家。李娃叫荥阳生抛开一切杂念，专心学习，夜以继日，勤奋不懈。李娃常常陪坐在一起，直到深夜才睡觉。看荥阳生累了，就让他吟诵诗赋调节调节。这样过了两年，荥阳生学业大有成就，海内的重要书籍没有他没读过的。荥阳生对李娃说："可以报名参加科考了。"李娃说："还不行，还要读得更精熟，才能应付各种考题。"又一年过去了，李娃说："这就行了。"荥阳生一下子考上了甲科，声名震动了礼部。即使一些前辈文人看了他的文章，也无不肃然起敬，生怕不能跟他结上朋友。李娃却说："这还不行。现在秀才们科考及第，就自以为可以取得朝廷的重要官职，博得天下的美名。可是你，过去的行为不光彩，不同于其他士人。你应当像磨炼锋利的刀剑一样更加刻苦，争取更优异的成绩，这才可以与众多士人连衡，在群英荟萃中独占鳌头。"荥阳生于是更加勤奋刻苦，声名更高了。这一年，正赶上皇帝特命的大比考试，皇帝下诏要征集天下的英俊之才。荥阳生应试直言极谏科，考取第一，被授官成都府参军，三公以下的官员都和他交上了朋友。

荥阳生将要赴任，李娃却对荥阳生说："现在恢复了本来的面貌，我算对得起你了。今后我希望用自己的余年，回去奉养我的妈妈。你应当娶一个富贵人家的妻子来主持家中祭祀事务。内外的亲戚都是豪门贵族，你不要自己降低了身份。希望你努力自爱，我从今以后就与你分手了。"荥阳生哭着说："你如果抛弃我，我就自刎而死。"李娃坚决拒绝，不跟他去。荥阳生再三哀求，越来越恳切。李娃说："那我就送你过了长江，到了剑门就让我回去。"荥阳生这才答应了。

他们走了一个多月，到了剑门。没等李娃启程回去，皇帝的任命诏书就到了。荥阳生的父亲自常州奉诏入京，被任命为成都府尹，兼剑南采访使。十二天以后，父亲也到了剑门。荥阳生于是拿着自己的名片，去邮亭拜见父亲，父亲以为他死了，不敢认他。看到名片上写着祖父三代的姓名和官职，这才大吃一惊，叫荥阳生登上台阶，抚摸着儿子的背痛哭了很久,说:"我和你的父子之情和以前一样。"又问他前一段的经历,荥阳生详细地陈述了事情的始末。父亲大为惊奇,问他李娃在什么地方。荥阳生说:"她送我到这里,正想让她回去。"父亲说:"这怎么行!"第二天,他命令手下人准备车驾和荥阳生到了成都,把李娃留在剑门,另外修了一处房子让她住。荥阳公到达成都的第二天,就找媒人为两人结婚办理各种手续,准备了各种礼物去迎接李娃,二人便正式结为秦晋之好。

李娃自婚礼完毕以后,过年、过节操办祭祀主持家务,都遵守家妇的规矩,治家有条有理,非常受公婆喜爱。过了几年,荥阳生的父母都去世了,李娃守孝十分认真。她守孝的草屋旁,居然长出一株灵芝,一个穗上结了三朵花,地方官把这事上报了朝廷。又有几十只白燕,在屋梁上结了巢。皇帝得到禀报,觉得十分稀奇、难得,就给荥阳生和李娃加倍的恩宠赏赐。守孝完毕,荥阳生接连升迁、声望清贵,担任地位显要的官职。十年间,治理了好几个郡。李娃被封为汧国夫人。他们有四个儿子,都做了大官,官职最低的也是太原府尹。弟兄们娶的都是名门贵族的妻子,在朝廷内外声名显赫,没有谁比得上。

啊!一个放荡的妓女,节操品行如此奇特,即使古代的烈女节妇,也不能超过她。怎么能不叫人赞叹呢?

我的伯祖父曾做过晋州刺史,后调任户部,又担任水陆运使。这三任都与那位公子做过职务上的交接,所以很清楚这些事。贞元年间(785—805),我和陇西李公佐谈起妇女节操英烈的品格,于是便讲述了汧国夫人的事迹。李公佐抚着手掌很恭敬地听着,让我为她写传记。于是,我就提起笔,蘸着墨,记述成文,保存下来。这时是贞元十一年(795)秋天八月,太原白行简记。

无双传

唐王仙客者,建中中朝臣刘震之甥也。初,仙客父亡,与母同归外氏。震有女曰无双，小仙客数岁，皆幼稚，戏弄相狎。震之妻常戏呼仙客为王郎子。如是者凡数岁，而震奉孀姊及抚仙客尤至。一旦，王氏姊疾，且重，召震约曰："我一子，念之可知也，恨不见其婚宦。无双端丽聪慧，我深念之。异日无令归他族，我以仙客为托。尔诚许我，瞑目无所恨也。"震曰："姊宜安静自颐养，无以他事自挠。"其姊竟不痊。仙客护丧，归葬襄邓。服阕，思念："身世孤子如此，宜求婚娶，以广后嗣。无双长成矣。我舅氏岂以位尊官显，而废旧约耶？"于是饰装抵京师。

时震为尚书租庸使，门馆赫奕，冠盖填塞。仙客既觐，置于学舍，弟子为伍。舅甥之分，依然如故，但寂然不闻选取之议。又于窗隙间窥见无双，姿质明艳，若神仙中人。仙客发狂，唯恐姻亲之事不谐也。遂鬻囊橐，得钱数百万。舅氏舅母左右给使，达于厮养，皆厚遗之。又因复设酒馔，中门之内，皆得入之矣。诸表同处，悉敬表之。遇舅母生日，市新奇以献，雕镂犀玉，以为首饰。舅母大喜。又旬日，仙客遣老姬，以求亲之事闻于舅母。舅母曰："是我所愿也，即当议其事。"又数夕，有青衣告仙客曰："娘子适以亲情事言于阿郎，阿郎云：'向前亦未许也。'模样云云，恐是参差也。"仙客闻之，心气俱丧，达旦不寐，恐舅氏之见弃也。然奉事不敢懈怠。

一日，震趋朝，至日初出，忽然走马入宅，汗流气促，唯言："锁却大门，锁却大门。"一家惶骇，不测其由。良久，乃言："泾原兵士反，姚令言领兵入含元殿。天子出苑北门，百官奔赴行在。我以妻女为念，略归部署。疾召仙客与我勾当家事，我嫁与尔无双。"仙客闻命，惊喜拜谢。乃装金银罗锦二十驮，谓仙客曰："汝易衣服，押领此物出开远门，觅一深隙店安下。我与汝舅母及无双出启夏门，绕城续至。"仙客依所教。至日落，城外店中待久不至。城门自午后扃锁，南望目断。遂乘骢，秉烛绕城至启夏门。门亦锁。守门者不一，持白捃，或立，或坐。仙客下马，徐问曰："城中有何事如此？"又问："今日有何人出此？"门者曰："朱太尉已作天子。午后有一人重戴，领妇人四五辈，欲出此门。街中人皆识，云是租庸使刘尚书。门司不敢放出。近夜，追骑至，一时驱向北去矣。"仙客失声恸哭，却归店。三更向尽，城门忽开，见火炬如昼。兵士皆持兵挺刃，传呼斩斫使出城，搜城外朝官。仙客舍辎骑惊走，归襄阳村居三年。

后知克复，京师重整，海内无事。乃入京，访舅氏消息。至新昌南街，立马彷徨之际，忽有一人马前拜。熟视之，乃旧使苍头塞鸿也。鸿本王家生，其舅常使得力，遂留之。握手垂涕。仙客谓鸿曰："阿舅舅母安否？"鸿云："并在兴化宅。"仙客喜极云："我便过街去。"鸿曰："某已得从良，客户有一小宅子，贩缯为业。今日已夜，郎君且就客户一宿，来早同去未晚。"遂引至所居，饮馔甚备。至昏黑，乃闻报曰："尚书受伪命官，与夫人皆处极刑。无双已入掖庭矣。"仙客哀冤号绝，感动邻里。谓鸿曰："四海至广，举目无亲戚，未知托身之所。"又问曰："旧家人谁在？"鸿曰："唯无双所使婢采苹者，今在金吾将军王遂中宅。"仙客曰："无双固无见期。得见采苹，死亦足矣。"由是乃刺谒，以从侄礼见遂中，具道本末，愿纳厚价以赎采苹。遂中深见相知，感其事而许之。仙客税屋，与鸿苹居。塞鸿每言："郎君年渐长，合求官职，悒悒不乐，何以遣时？"仙客感其言，以情恳告遂中。遂中荐见仙客于京兆尹李齐运。齐运以仙客前衔，为富平县尹，知长乐驿。

累月，忽报有中使押领内家三十人往园陵，以备洒扫，宿长乐驿，毡车子十乘下讫。仙客谓塞鸿曰："我闻宫嫔选在掖庭，多是衣冠子女。我恐无双在焉。汝为我一窥，可乎？"鸿曰："宫嫔数千，岂便及无双？"仙客曰："汝但去，人事亦未可定。"因令塞鸿假为驿吏，烹茗于帘外。仍给钱三千，约曰："坚守茗具，无暂舍去。忽有所睹，即疾报来。"塞鸿唯唯而去。宫人悉在帘下，不可得见之，但夜语喧哗而已。至夜深，群动皆息，塞鸿涤器构火，不敢辄寐。忽闻帘下语曰："塞鸿，塞鸿，汝争得知我在此耶？郎健否？"言讫，呜咽，塞鸿曰："郎君见知此驿。今日疑娘子在此，令塞鸿问候。"又曰："我不久语。明日我去后，汝于东北舍阁子中紫褥下，取书送郎君。"言讫，便去。忽闻帘下极闹，云："内家中恶。"中使索汤药甚急，乃无双也。塞鸿疾告仙客，仙客惊曰："我何得一见？"塞鸿曰："今方修渭桥。郎君可假作理桥官，车子过桥时，近车子立。无双若认得，必开帘子，当得瞥见耳。"仙客如其言。至第三车子，果开帘子，窥见，真无双也。仙客悲感怨慕，不胜其情。

塞鸿于阁子中褥下得书送仙客。花笺五幅，皆无双真迹，词理哀切，叙述周尽。仙客览之，茹恨涕下。自此永诀矣。其书后云："常见敕使说富平县古押衙人间有心人。今能求之否？"仙客遂申府，请解驿务，归本官。遂寻访古押衙，则居于村墅。仙客造谒，见古生。生所愿，必力致之，缯彩宝玉之赠，不可胜纪。一年未开口。秩满，闲居于县。古生忽来，谓仙客曰："洪一武夫，年且老，何所用？郎君于某竭分。察郎君之意，将有求于老夫。老夫乃一片有心人也。感郎君之深恩，愿粉身以答效。"仙客泣拜，以实告古生。古生仰天，以手拍脑数四，曰："此事大不易。然与郎君试求，不可朝夕便望。"仙客拜曰："但生前得见，岂敢以迟晚为限耶？"

半岁无消息。一日，扣门，乃古生送书。书云："茅山使者回，且来此。"仙客奔马去。见古生，生乃无一言。又启使者。复云："杀却也。且吃茶。"夜深，谓仙客曰："宅中有女家人识无双否？"仙客以采苹对。仙客立取而至。古生端相，且笑且喜云："借留三五日。郎君且归。"后累日，忽传说曰："有高品过，处置园陵宫人。"仙客心甚异之。令塞鸿探所杀者，乃无双也。仙客号哭，乃叹曰："本望古生，今死矣，为之奈何！"流涕歔欷，不能自已。是夕更深，闻叩门甚急。及开门，乃古生也。领一篼子入，谓仙客曰："此无双也，今死矣，心头微暖，后日当活，微灌汤药，切须静密。"言讫，仙客抱入阁子中，独守之。至明，遍体有暖气。见仙客，哭一声遂绝。救疗至夜，方愈。古生又曰："暂借塞鸿于舍后掘一坑。"坑稍深，抽刀断塞鸿头于坑中。仙客惊怕。古生曰："郎君莫怕。今日报郎君恩足矣。比闻茅山道士有药术。其药服之者立死，三日却活。某使人专求，得一丸。昨令采苹假作中使，以无双逆党，赐此药令自尽。至陵下，托以亲故，百缣赎其尸。凡道路邮传，皆厚赂矣，必免漏泄。茅山使者及舁篼人，在野外处置讫。老夫为郎君，亦自刎。君不得更居此。门外有檐子一十人，马五匹，绢二百匹。五更挈无双便发，变姓名浪迹以避祸。"言讫，举刀。仙客救之，头已落矣。遂并尸盖覆讫。未明发，历四蜀下峡，寓居于渚宫。悄不闻京兆之耗，乃挈家归襄邓别业，与无双偕老矣，男女成群。

噫，人生之契阔会合多矣，罕有若斯之比。常谓古今所无。无双遭乱世籍没，而仙客之志，死而不夺。卒遇古生之奇法取之，冤死者十余人。艰难走窜后，得归故乡，为夫妇五十年，何其异哉！

（卷四百八十六，薛调撰）

[意译]

王仙客是唐德宗建中年间（780—783）朝廷大臣刘震的外甥。当初，王仙客的父亲去世后，他和母亲一起寄居在舅舅刘震家。刘震有个女儿叫无双，比王仙客小几岁，两人都是小孩子，在一起很亲密。刘震的妻子常常开玩笑叫王仙客为王姑爷。这样过了好几年，刘震奉养孀居的姐姐，抚养仙客，特别周到。后来，仙客的母亲病了，而且病得很重，她把刘震叫到跟前和他商量说："我只有仙客这一个孩子，你们都知道我很挂念他，遗憾的是不能看见他结婚成家。无双这孩子端庄秀丽又很聪明，我非常喜欢她。将来请你不要把她嫁给别的人家，我把仙客拜托给你。你真能答应我，我死了也没有什么遗憾的事了。"刘震说："姐姐应该安静地保养自己，不要因为别的事自寻烦恼。"仙客母亲的病终于没治好，不久就死了。仙客护送母亲的灵柩，回襄邓老家安葬。守孝三年期满了，仙客心想："我现在这样孤单，应该结婚成家，延嗣后代。无双也长大成人了。我舅舅该不会因为自己地位尊贵、官职显要，就废除当初的约定吧？"他便整理行装，到了京城。

刘震这时官居尚书租庸史，门庭馆舍显赫华丽，达官贵人来来往往挤满了家门。仙客拜见过舅舅以后，就被安置在学馆里，和舅舅家读书的子弟们在一起。舅舅对外甥的情分和以前一样，只是一点儿也听不到他商议为仙客和无双选良辰吉日婚娶之事。仙客又常常从窗户的缝隙偷偷看无双，无双真长得娇艳秀丽，就像天上的仙女一样。仙客急得要发疯了，只担心他和无双的婚事不能如愿以偿。仙客便卖掉自己带来的贵重物品，得了数百万钱。舅舅、舅母的贴身佣人，以至地位低下的奴仆，他都用厚礼贿赂他们。又摆下酒席，款待刘家上上下下，这样一来，刘家中门以内，他都可以自由出入了。他和各位表兄弟相处，对他们都很恭敬。遇到舅母生日，他就买新鲜稀奇的东西送去做生日礼物，把精雕的犀角和美玉送给舅母做首饰。舅母非常高兴。又过了十多天，仙客托一个老妈子，把自己求亲的心事告诉舅母。舅母说："这也是我的心愿啊，我们马上就商议这件事。"又过了几天，一个婢女告诉仙客说："夫人已经把提亲的事跟老爷说了，老爷说：'当初并没有答应呀。'看这样子，恐怕要出岔子。"仙客听了这话，灰心丧气，彻夜未眠，担心舅舅嫌弃自己。不过他为舅舅办事更加不敢怠慢马虎。

这一天，刘震去上朝，到太阳刚出来时，忽然骑马跑回家中，汗流满面，气喘吁吁，一个劲儿地说："锁上大门，锁上大门。"一家人都惊惧惶恐，不知道出了什么事。过了好一会儿，刘震才说："泾原的士兵在京城谋反了，节度使姚令言带着兵冲进了含元殿。皇帝从宫苑的北门跑出去了，众官员都跟着皇帝去了。我因为挂念家里人，先回来简单安排一下。赶快把仙客叫来给我料理家务，我把无双嫁给他。"仙客听到吩咐，又惊又喜，连忙拜谢。刘震把金银细软收拾一下，驮在二十四马上，对仙客说："你换一下衣服，押送这些东西从开远门出去，找一处偏僻隐蔽的小店住下。我和你舅母及无双从启夏门出去，从城外绕过去，随后就到。"仙客照舅舅说的走了。太阳下山的时候，他在城外的小店里等了很久，也不见舅舅他们来。城门从中午以后就锁上了，他不断地向南望去，可什么也看不见。他便骑上青骢马，举着火把，绕着城墙来到启夏门。城门也锁着。守门的有好几个，都拿着白木棒子，有的站着，有的坐着。仙客走下马来，悄悄地问他们："城里发生了什么事这么紧张？"又问："今天有什么人从这里出去？"守门的人说："朱太尉已经当了皇帝。下午有一个人戴着黑头帽子，带着四五个妇女想从这个门出去。街上的人都认识他，说是租庸使刘尚书。守门的不敢放他出去。快天黑的时候，追赶的兵骑到了，一会儿就把他们都赶到北边去了。"仙客失声痛哭，只好返回小店。

三更将尽的时候，城门忽然大开，士兵们举着火把，把黑夜照得像白天一样。兵士一个个拿刀舞剑，叫嚷着斩斫使出城了，要搜捕逃到城外的朝廷官员。仙客吓得把行李扔了，赶紧逃命，回到老家襄阳。

他在襄阳乡村住了三年，听说朱泚兵败，京城已经恢复，到处平安无事。仙客这才进京城，打听舅舅的消息。他来到新昌里南街，勒住马，正徘徊四顾的时候，突然一个人来到马前倒身便拜。他仔细一看，竟是舅舅家原来的仆人塞鸿。塞鸿祖辈都在刘家做奴仆，舅舅使唤他得力，便把他也留下了。仙客和塞鸿握着手，都流下了眼泪。仙客对塞鸿说："舅舅、舅妈好吗？"塞鸿说："他们都在兴化街的宅第里。"仙客喜出望外，说："我马上就过去看他们。"塞鸿拦住他说："我已经赎身不再做奴仆了，新买了一所小房子，做丝绸生意。今天已经晚了，公子就到我那里暂住一宿，明天早上一同去也不会晚。"塞鸿便带仙客到自己住处，用丰盛的酒菜招待仙客。到天黑，才告诉他："尚书接受了朱泚的伪官，和夫人都被处以死刑。无双被收进宫廷去了。"仙客听了这消息，哀号痛哭，悲痛欲绝，连邻居们都被感动了。他对塞鸿说："天下这么大，我却举目无亲，不知道何处是安身之所。"又问："舅舅家里还有什么人？"塞鸿说："只有无双的贴身丫鬟叫采苹的，现今在金吾将军王遂中的家里。"仙客说："和无双是没有见面的机会了。能够见到采苹，死也甘心了。"王仙客于是拿着名片，以本家侄子的礼节拜见了王遂中，并详细讲述了事情的经过，希望用重金赎回采苹。王遂中非常体谅他，为他的情义所感动，便答应了他。仙客租了一处房子，和塞鸿、采苹住在一起。塞鸿常常说："公子已经长大了，应该谋个官职，成天闷闷不乐，怎么过日子呀！"仙客为他的话所打动，便去恳求王遂中。王遂中把仙客介绍给京兆尹李齐运。李齐运根据仙客原有的官职，让他做了富平县尹，主管长乐驿的事务。

几个月过去了，忽然得到消息，说宫廷使臣带领三十名宫女去皇家陵园准备扫墓，途中要住在长乐驿，宫女乘坐的十辆毡车已到了驿站。仙客对塞鸿说："我听说选在宫廷的宫女，大多是官宦人家子女。我猜想无双也在里边。你给我悄悄地看一看，行不行？"塞鸿说："几千个宫女，怎么会那么凑巧就让无双来呢？"仙客说："你只管去，人世上的事往往是很难料想的。"于是让塞鸿扮作驿站的官吏，在帘子外烧茶。仙客又给了他三千文钱，嘱咐他说："你一定要守着炉子，不要离开片刻。一旦看见了什么情况，马上来报告。"塞鸿连声答应着去了。官人们都在帘内的屋子里，没办法见到，只是到了晚上听到她们喧哗说笑的声音。夜深了，到处都十分安静，塞鸿洗涮茶具拨弄炉火，不敢休息。这时，忽然听见帘内屋子里有人说话："塞鸿，塞鸿，你怎么知道我在这里？公子还好吗？"说完，就低声哭起来了，塞鸿说："公子现今主管这个驿站。今天估计娘子在这里，就让奴仆来问候你。"里面的人又说："我不便跟你多说话。明天我走后，你到东北角的小阁楼上，在一个紫色的被褥下，取出我的信送给公子。"说完，就走开了。过了一会儿，忽然听得帘子里闹闹嚷嚷，说："一个宫女得了急病。"宫廷使者急得找汤药，原来是无双得病了。塞鸿马上去告诉仙客。仙客忙问："我怎么才能和无双见一面？"塞鸿说："眼下正修渭桥，公子可扮作修桥官。车子过桥的时候，你靠近车子站着。无双如果认得你，必然会掀开帘子来，这就可以见到她了。"仙客照他说的做。到第三辆车子，果然有人掀开了帘子，悄悄地看去，真的是无双！仙客又爱慕，又悲伤，简直难以忍受。

　　宫女们走后，塞鸿便在小阁楼的被褥下找到无双的信送给仙客。信用五张精美的信纸写成，完全是无双亲笔手迹，言辞哀切，事情叙述得详细周全。仙客读着读着，满怀怨恨，泪流直下。他想，从此以后就永别了。信的末尾说："曾经听宫廷的使者说，富平县有一个姓古的押衙，是个很热心的人。现在你能去求他帮忙吗？"看完信，仙客就向京兆府提出申报，请求解除驿站的职务，回到富平县做官。回去后，仙客便去寻找查访古押衙，结果知道古押衙住在一个乡村的农家房子里。仙客前去拜访，见到了古先生。自那以后，古先生想要的东西，仙客一定尽全力给他弄来，彩色丝绸、珠宝玉器一类东西，送给古先生不计其数。整整一年，没有说出求古先生帮忙的事。仙客任职期满，就闲居在富平县。这一天，古先生忽然来了，对仙客说："古洪我是一个武夫，年纪又大了，能有什么用？公子您竭尽全力待我。看公子的意思，是有事想求老夫帮忙。老夫是一个有诚心的，公子对我的恩德太深使我很感动，我愿意粉身碎骨来为你效劳报答你。"仙客哭着跪在他的面前，如实地把情况告诉了古先生。古先生仰天深思，又用手接连拍着脑门子，说："这事非常不容易。不过，我给公子试一试，只是不可能指望一朝一夕就办成。"仙客拜谢说："只指望生前能够相见，怎么敢给您规定期限呢？"

古先生一去就是半年，没有消息。这一天，有人敲门，是古先生送信来了。信中说："去茅山的人已经回来了，请来我家。"仙客骑马奔赴而去，见到了古先生。古先生却一句话也不说。仙客又问茅山使者的事。古先生回答说："我把他杀了。喝茶吧！"夜深了，古先生问仙客说："府上有没有认识无双的女人？"仙客回答说有一个贴身丫鬟采苹，又马上把采苹叫来。古先生端详地看着采苹，一边笑着一边高兴地说："把她留在这里三五天，公子先回去吧。"几天以后，忽然有传闻说："有大官从这里经过，要处死园陵中的宫人。"仙客心里非常奇怪，让塞鸿去探听，才知道被处死的竟然就是无双。仙客号啕大哭，哀叹说："本来指望古先生帮忙和无双见面，现在人却死了，怎么办呀！"痛哭流泪，哽咽不止。这天深夜，忽然听到急促的敲门声。开门一看，却是古先生。古先生领着一乘竹轿进来，对仙客说："这就是无双，现在死了，但心口还微微有暖气，过一天就会复活，给她灌点儿汤药，切记一定要秘密。"说完，仙客把无双抱进阁房里，独自一人看护着她。到天亮，无双全身都有了热气。无双睁开眼睛见到仙客，号哭一声就又昏过去了。抢救到晚上，才又醒过来。古先生又说："想请塞鸿帮忙在屋子后面挖一个坑。"坑挖到一定深度，古先生抽刀一下子就把塞鸿的头砍落在坑里。仙客又惊又怕。古先生说："公子不要害怕。现在我完全报答了你的恩情。前不久我听说茅山道士有灵药道术。这种药服下去立刻就会死，三天后又会复活。我派人特意去找这种药，才弄到一丸。昨天让采苹扮作宫廷使者，以无双是逆贼的同党为理由，赐给这种药让她自杀。我又到园陵中，假托是无双的亲属，用一百匹上等丝绢把尸体赎出来。一路经过的驿站，都用厚礼贿赂了那里守卫的人员，一定不会泄露音信。去茅山取药的使者和抬轿的人，我在野外已经把他们处置了。老夫为了公子，也该自刎。公子不能再住此地。门外有五辆轿子、五匹马、二百匹绢布。五更时分，你带着无双便启程，更名改姓流浪远地来躲避祸害。"说完，便举起了刀。仙客急忙去阻拦，古先生头已落地。仙客便把古先生和塞鸿的尸体一并埋葬了。未待天亮就启程出发，经四川到三峡，后来寓居在江陵一带。直到一点儿都听不到关于这件事的传闻，这才带着全家回到襄邓老家的农庄，和无双白头偕老，儿孙满堂。

啊！人生久别又会合团圆的事太多了，但很少像这件事那样艰难曲折。我常说这是古往今来所没有过的事。无双遭逢乱世被抄家收进宫中，而仙客寻找无双的心志至死不变。最后遇到古先生用奇特方法救出无双，为此而冤死的有十多个人。仙客和无双艰难地逃走流浪远方后，才得以回到故乡，做了五十年夫妇，这是多么奇异的事啊！

霍小玉传

大历中，陇西李生名益，年二十，以进士擢第。其明年，拔萃，俟试于天官。夏六月，至长安，舍于新昌里。生门族清华，少有才思，丽词嘉句，时谓无双。先达丈人，翕然推伏。每自矜风调，思得佳偶，博求名妓，久而未谐。

长安有媒鲍十一娘者，故薛驸马家青衣也，折券从良，十余年矣。性便辟，巧言语，豪家戚里，无不经过，追风挟策，推为渠帅。常受生诚托厚赂，意颇德之。经数月，李方闲居舍之南亭。申未间，忽闻扣门甚急，云是鲍十一娘至。摄衣从之，迎问曰："鲍卿今日何故忽然而来？"鲍笑曰："苏姑子作好梦也未？有一仙人，谪在下界，不邀财货，但慕风流。如此色目，共十郎相当矣！"生闻之惊跃，神飞体轻，引鲍手且拜且谢曰："一生作奴，死亦不惮。"因问其名居。鲍具说曰："故霍王小女，字小玉，王甚爱之。母曰净持。净持，即王之宠婢也。王之初薨，诸弟兄以其出自贱庶，不甚收录。因分与资财，遣居于外，易姓为郑氏，人亦不知其王女。姿质秾艳，一生未见。高情逸态，事事过人，音乐诗书，无不通解。昨遣某求一好儿郎格调相称者。某具说十郎。他亦知有李十郎名字，非常欢惬。住在胜业坊古寺曲，甫上车门宅是也。已与他作期约，明日午时，但至曲头觅桂子，即得矣。"鲍既去，生便备行计。遂令家僮秋鸿，于从兄京兆参军尚公处假青骊驹，黄金勒。其夕，生浣衣沐浴，修饰容仪，喜跃交并，通夕不寐。迟明，巾帻，引镜自照，惟惧不谐也。徘徊之间，至于亭午。遂命驾疾驱，直抵胜业。

至约之所，果见青衣立候，迎问曰："莫是李十郎否？"即下马，令牵入屋底，急急锁门。见鲍果从内出来，遥笑曰："何等儿郎，造次入此？"生调诮未毕，引入中门。庭间有四樱桃树，西北悬一鹦鹉笼，见生入来，即语曰："有人入来，急下帘者！"生本性雅淡，心犹疑惧，忽见鸟语，愕然不敢进。逡巡，鲍引净持下阶相迎，延入对坐。年可四十余，绰约多姿，谈笑甚媚。因谓生曰："素闻十郎才调风流，今又见容仪雅秀，名下固无虚士。某有一女子，虽拙教训，颜色不至丑陋，得配君子，颇为相宜。频见鲍十一娘说意旨，今亦便令永奉箕帚！"生谢曰："鄙拙庸愚，不意顾盼，倘垂采录，生死为荣。"遂命酒馔，即令小玉自堂东阁子中而出。

生即拜迎。但觉一室之中,若琼林玉树,互相照耀,转盼精彩射人。既而遂坐母侧。母谓曰:"汝尝爱念'开帘风动竹,疑是故人来'。即此十郎诗也。尔终日吟想,何如一见?"玉乃低鬟微笑,细语曰:"见面不如闻名,才子岂能无貌?"生遂连起拜曰:"小娘子爱才,鄙夫重色。两好相映,才貌相兼。"母女相顾而笑。遂举酒数巡。生起,请玉唱歌。初不肯,母固强之。发声清亮,曲度精奇。酒阑,及暝,鲍引生就西院憩息。闲庭邃宇,帘幕甚华。鲍令侍儿桂子、浣沙与生脱靴解带。须臾,玉至,言叙温和,辞气宛媚。解罗衣之际,态有余妍,低帏昵枕,极其欢爱。生自以为巫山洛浦不过也。中宵之夜,玉忽流涕观生曰:"妾本倡家,自知非匹。今以色爱,托其仁贤。但虑一旦色衰,恩移情替,使女萝无托,秋扇见捐。极欢之际,不觉悲至。"生闻之,不胜感叹。乃引臂替枕,徐谓玉曰:"平生志愿,今日获从,粉骨碎身,誓不相舍。夫人何发此言?请以素缣,著之盟约。"玉因收泪,命侍儿樱桃褰幄执烛,授生笔砚。玉管弦之暇,雅好诗书,筐箱笔砚,皆王家之旧物。遂取绣囊,出越姬乌丝栏素缣三尺以授生。生素多才思,援笔成章,引谕山河,指诚日月,句句恳切,闻之动人。染毕,命藏于宝箧之内。自尔婉娈相得,若翡翠之在云路也。如此二岁,日夜相从。

其后年春,生以书判拔萃登科,授郑县主簿。至四月,将之官,便拜庆于东洛。长安亲戚,多就筵饯。时春物尚余,夏景初丽,酒阑宾散,离恶萦怀。玉谓生曰:"以君才地名声,人多景慕,愿结婚媾,固亦众矣。况堂有严亲,室无冢妇,君之此去,必就佳姻。盟约之言,徒虚语耳。然妾有短愿,欲辄指陈。永委君心,复能听否?"生惊怪曰:"有何罪过?忽发此辞。试说所言,必当敬奉。"玉曰："妾年始十八，君才二十有二。迨君壮室之秋，犹有八岁。一生欢爱，愿毕此期。然后妙选高门，以谐秦晋，亦未为晚。妾便舍弃人事，剪发披缁，夙昔之愿，于此足矣。"生且愧且感，不觉涕流。因谓玉曰："皎日之誓，死生以之。与卿偕老，犹恐未惬素志，岂敢辄有二三。固请不疑，但端居相待。至八月，必当却到华州，寻使奉迎，相见非远。"更数日，生遂诀别东去。

到任旬日，求假往东都觐亲。未至家日，太夫人已与商量表妹卢氏，言约已定。太夫人素严毅，生逡巡不敢辞让，遂就礼谢，便有近期。卢亦甲族也，嫁女于他门，聘财必以百万为约，不满此数，义在不行。生家素贫，事须求贷，便托假故，远投亲知，涉历江淮，自秋及夏。生自以孤负盟约，大愆回期。寂不知闻，欲断其望。遥托亲故，不遗漏言。

玉自生逾期，数访音信。虚词诡说，日日不同。博求师巫，遍询卜筮，怀忧抱恨，周岁有余，羸卧空闺，遂成沈疾。虽生之书题竟绝，而玉之想望不移，赂遗亲知，使通消息。寻求既切，资用屡空，往往私令侍婢潜卖箧中服玩之物，多托于西市寄附铺侯景先家货卖。曾令侍婢浣沙将紫玉钗一只，诣景先家货之。路逢内作老玉工，见浣沙所执，前来认之曰："此钗，吾所作也。昔岁霍王小女将欲上鬟，令我作此，酬我万钱。我尝不忘。汝是何人，从何而得？"浣沙曰："我小娘子，即霍王女也。家事破散，失身于人。夫婿昨向东都，更无消息。悒怏成疾，今欲二年。令我卖此，赂遗于人，使求音信。"玉工凄然下泣曰："贵人男女，失机落节，一至于此。我残年向尽，见此盛衰，不胜伤感。"遂此至延先公主宅，具言前事。公主亦为之悲叹良久，给钱十二万焉。

时生所定卢氏女在长安。生既毕于聘财，还归郑县。其年腊月，又请假入城就亲。潜卜静居，不令人知。有明经崔允明者，生之中表弟也。性甚长厚，昔岁常与生同欢于郑氏之室，杯盘笑语，曾不相间。每得生信，必诚告于玉。玉常以薪刍衣服，资给予崔。崔颇感之。生既至，崔具以诚告玉。玉恨叹曰："天下岂有是事乎！"遍请亲朋，多方召致。生自以愆期负约，又知玉疾候沈绵，惭耻忍割，终不肯往。晨出暮归，欲以回避。玉日夜涕泣，都忘寝食，期一相见，竟无因由。冤愤益深，委顿床枕。自是长安中稍有知者。风流之士，共感玉之多情；豪侠之伦，皆怒生之薄行。

时已三月，人多春游。生与同辈五六人诣崇敬寺玩牡丹花，步于西廊，递吟诗句。有京兆韦夏卿者，生之密友，时亦同行。谓生曰："风光甚丽，草木荣华。伤哉郑卿，衔冤空室！足下终能弃置，实是忍人。丈夫之心，不宜如此。足下宜为思之！"叹让之际，忽有一豪士，衣轻黄纻衫，挟朱弹，丰神隽美，衣服轻华，唯有一剪头胡雏从后，潜行而听之。俄而前揖生曰："公非李十郎者乎？某族本山东，姻连外戚，虽乏文藻，心尝乐贤。仰公声华，常思觏止。今日幸会，得睹清扬。某之敝居，去此不远，亦有声乐，足以娱情。妖姬八九人，骏马十数匹，唯公所欲。但愿一过。"生之侪辈，共聆斯语，更相叹美。因与豪士策马同行，疾转数坊，遂至胜业。生以近郑之所止。意不欲过，便托事故，欲回马首。豪士曰："敝居咫尺，忍相弃乎？"乃挽挟其马，牵引而行。迁延之间，已及郑曲。生神情恍惚，鞭马欲回。豪士遽命奴仆数人，抱持而进，疾走推入车门，便令锁却，报云："李十郎至也！"一家惊喜，声闻于外。

先此一夕，玉梦黄衫丈夫抱生来，至席，使玉脱鞋。惊寤而告母。固自解曰："鞋者，谐也。夫妇再合。脱者，解也。既合而解，亦当永诀。由此征之，必遂相见，相见之后，当死矣。"凌晨，请母梳妆。母以其久病，心意惑乱，不甚信之。黾勉之间，强为妆梳。妆梳才毕，而生果至。玉沈绵日久，转侧须人。忽闻生来，欻然自起，更衣而出，恍若有神。遂与生相见，含怒凝视，不复有言。羸质娇姿，如不胜致。时复掩袂，返顾李生。感物伤人，坐皆欷歔。顷之，有酒肴数十盘，自外而来。一座惊视，遽问其故，悉是豪士之所致也。因遂陈设，相就而坐。玉乃侧身转面，斜视生良久，遂举杯酒，酬地曰："我为女子，薄命如斯。君是丈夫，负心若此。韶颜稚齿，饮恨而终。慈母在堂，不能供养。绮罗弦管，从此永休。征痛黄泉，皆君所致。李君李君，今当永诀！我死之后，必为厉鬼，使君妻妾，终日不安！"乃引左手握生臂，掷杯于地，长恸号哭数声而绝。母乃举尸，置于生怀，令唤之，遂不复苏矣。生为之缟素，旦夕哭泣甚哀。将葬之夕，生忽见玉缌帷之中，容貌妍丽，宛若平生。著石榴裙，紫裆裆，红绿帔子，斜身倚帷，手引绣带，顾谓生曰："愧君相送，尚有余情。幽冥之中，能不感叹。"言毕，遂不复见。明日，葬于长安御宿原。生至墓所，尽哀而返。

后月余，就礼于卢氏。伤情感物，郁郁不乐。夏五月，与卢氏偕行，归于郑县。至县旬日，生方与卢氏寝，忽帐外叱叱作声。生惊视之，则见一男子，年可二十余，姿状温美，藏身映幔，连招卢氏。生遑遽走起，绕幔数匝，倏然不见。生自此心怀疑恶，猜忌万端，夫妻之间，无聊生矣。或有亲情，曲相劝喻。生意稍解。后旬日，生复自外归，卢氏方鼓琴于床，忽见自门抛一斑犀钿花合子，方圆一寸余，中有轻绢，作同心结，坠于卢氏怀中。生开而视之，见相思子二，叩头虫一，发杀觜一，驴驹媚少许。生当时愤怒叫吼，声如豺虎，引琴撞击其妻，诘令实告。卢氏亦终不自明。尔后往往暴加捶楚，备诸毒虐，竟讼于公庭而遣之。卢氏既出，生或侍婢媵妾之属，暂同枕席，便加妒忌，或有因而杀之者。生尝游广陵，得名姬曰营十一娘者，容态润媚，生甚悦之。每相对坐，尝谓营曰："我尝于某处得某姬，犯某事，我以某法杀之。"日日陈说，欲令惧己，以肃清闺门。出则以浴斛覆营于床，周回封署。归必详视，然后乃开。又畜一短剑，甚利，顾谓侍婢曰："此信州葛溪铁，唯断作罪过头！"大凡生所见妇人，辄加猜忌，至于三娶，率皆如初焉。

（卷四百八十七，蒋防撰）

[意译]

唐代大历年间（766—779），陇西有个叫李益的书生，年方二十，考取了进士，在等待第二年吏部举行的拔萃复试。这年六月，他到了长安，住在新昌里。李益出身于清贵的门族，年轻而有才华，写得出色的诗文，当时人称他举世无双。一些老前辈也一致推崇他。他常自以为有风采文思，希望有佳人美女做他的配偶，到处寻访美女名妓，很久都未能成功。

长安有一个叫鲍十一娘的媒婆，是原来薛驸马家的婢女，赎身嫁人已有十多年了，善于花言巧语，巴结奉承，那些豪门贵族家里，没有她不去的，耍手段追风流，她是头号能人。她曾经受过李益的厚礼重托，心里很感激，想报答他。过了几个月，李益正闲坐在住处的南亭。下午三五点钟的时候，忽然听到急切的敲门声，说是鲍十一娘到了。李益连忙提起衣襟起身迎上前去问道："鲍娘娘今天怎么有工夫上这来呀？"鲍十一娘笑笑说:"公子做了好梦吗?有一位天仙下凡到人间,不贪图钱财,只爱慕风流才子。这样的佳人,与十郎正是天生的一对呢!"李益听了,惊喜得跳起来,神魂飞荡全身飘飘然,连忙拉住鲍十一娘的手,又下拜又感谢地说:"我这一辈子做你的奴才,死了也不怕。"接着问那女子姓什么,住何处。鲍十一娘一五一十地告诉他:"她是已故霍王的小女儿,名叫小玉,当初霍王十分疼爱她。母亲叫净持。净持是霍王宠爱的婢女。霍王当初去世,那些弟兄们因为她出身低贱,不肯收留她。便分给她娘俩一些财产,让她们住在王府外面,她改姓郑,人们也不知道她是霍王的女儿。小玉姿色浓丽,体质娇艳,是我一辈子从未见过的。她性情高雅,样样事都比别人强,音乐、写诗、书法,没有她不精通的。前些日子她母亲托我为她找一个品貌相当的好郎君。我给她们提起李十郎您的名字,她也知道有李十郎这样一位公子,非常高兴满意。她们住在胜业坊古寺巷,刚进巷子大门的那座宅院就是。我已经和她约好了,明天中午,只要到巷子口上找一个叫桂子的丫头就行了。"鲍十一娘说完就走了。李益便准备赴约的事。他让家童秋鸿到堂兄京兆府参军尚公那里去借来青骊驹、黄金饰的马勒口。这天晚上,李益洗澡、换衣服,修饰打扮,欣喜雀跃,一夜也没睡好。天一亮,他就包上头巾,对着镜子照了又照,生怕小玉不喜欢。这样磨蹭打扮,好不容易到了中午。他就赶紧骑上马,直奔胜业坊而去。

到了约定的地点,果然看见一位婢女站着等候。这婢女迎上来问道:"公子是李十郎吗?"李益便跳下马,婢女让人把马牵到屋后,急忙关上门回来。只见鲍十一娘果然从屋内出来,老远就笑着说:"哪来的青年人,冒冒失失到这里来?"李益和鲍十一娘调笑着被带到中门。庭院里有四株樱桃树,西北面悬挂着一只养着鹦鹉的鸟笼,那鹦鹉一见李益进来,就叫开了:"有人进来,快放下帘子。"李益本来性情雅淡,心里有些疑惧不安,忽然听到鸟叫,吃了一惊,竟不敢进去。不多会儿,鲍十一娘领着净持走下台阶,把他迎进里屋,宾主对面坐下。净持年纪四十多,姿态柔美,谈笑很媚人。她对李益说:"久闻十郎才华出众,潇洒风流,今天相见,果然容貌俊秀,仪表文雅,名不虚传。我有一个女儿,虽然缺少教训,但容貌不算丑陋,和公子相配,很为合适。鲍十一娘多次说到您的心意,现在就让她永远侍奉您吧!"李益十分感激,说:"我生性愚拙平庸,没想到得到您的抬举,假如真的承蒙让我做您的女婿,不论生死都感到荣幸。"接着净持吩咐摆上酒菜,再让小玉从厅堂东面的阁楼中出来相见。李益连忙施礼迎接。小玉一来,就像出现了一株精美的玉树,满室之中顿时琼光照耀,精彩动人。然后小玉坐在母亲身旁。母亲对她说:"你经常爱念:'打开门帘只见风吹竹影晃动,疑心是老朋友来了。'这就是十郎的诗。你整天吟诗想念,怎么比得上见一面?"小玉含羞低头微笑,细声说:"见面不如闻名,才子怎能没有俊秀的容貌?"李益连忙起身拜谢说:"小娘子喜爱文才,鄙人看重容貌。真是两好相映,才貌兼美。"小玉母女互相看了看,快意地笑了。主宾互相劝了几巡酒。李益便站起来,请小玉唱歌。起初小玉不肯,母亲硬要她唱,只好唱了。她的歌声发音清亮悦耳,曲调精妙婉转。喝完酒,天已经昏黑了,鲍十一娘领着李益到西院休息。这里庭院幽静,屋宇深邃,门帘帷幕都很华丽。鲍十一娘让婢女桂子、浣沙给李益脱去靴子,解去腰带。不一会儿,小玉来了,两人亲热地叙谈起来,小玉的语气很温和文雅,言辞很委婉动人。她解开罗衣的时候,体态极为妩媚,把床帏放下,两人在枕上亲昵地低语,欢爱至极。李益觉得,就是楚王在巫山和神女欢爱,曹植与宓妃在洛水相会,也比不上今日的欢乐。半夜时分,小玉忽然看着李益流泪说:"我本是个娼妓,自知配不上你。今天凭我的姿色,博得了你的欢爱。只是担心一旦年老色衰,你不再把情爱给我,使我像女萝一样失去寄托,像秋天的扇被人捐弃。因此现在虽然极为欢欣,却不由得悲从心底来。"李益听了这话,感叹得不得了。就伸过胳膊让小玉枕上,慢声细语地对小玉说:"我一生的志愿,今天终于实现了,今后即使粉身碎骨,也决不和你分离。夫人为什么说出这种话呢?请拿一幅白绢出来,我把盟约写下来。"小玉于是擦去眼泪,让侍女樱桃掀起帐幔,拿着灯烛,把笔砚给李益。小玉平时在弹琴歌唱之余,也爱好作书写诗,书箱笔砚一类东西,都是霍王家旧有的东西。小玉取来锦绣书囊,拿出三尺越地女子制作的带着墨色格子的精美白绢给李益。李益本来就才思敏捷，下笔成章，这时更广引博喻，说他对小玉情深意长有如高山大河，心诚志坚，有如日月永存，句句写得恳切动人。写完，他让小玉珍藏在宝箱之中。自此以后，两人恩爱缠绵，就像翡翠鸟在云天比翼齐飞。像这样过了两年，他们日日夜夜在一起，从不分离。

第二年春天，李益参加吏部的书判拔萃科复试，考中后被任命为郑县主簿。到四月，要去赴任了，他先回东都洛阳看望父母。临走时，长安的亲戚朋友纷纷设宴为他饯别。这时，阳春刚过，丽夏初临，饮宴已毕，宾客散去，离别的愁思笼罩着小玉心头。小玉对李益说："靠你的才华和名声，人们都会景仰爱慕你，愿意和你结婚的人一定很多。况且你堂上有尊严的父母，室中却无正房妻子，你这一次去，一定会喜结良缘。当初盟誓相约的话，只是一番空话罢了。不过我有个小小的心愿，想说出来让你永记心头，不知你还愿听吗？"李益又吃惊又奇怪，说："我怎么得罪你了？忽然说出这样的话。你就说吧，我一定恭恭敬敬地听从。"小玉说："我今年才十八岁，公子才二十二岁。到你三十岁娶妻的年龄，还有八年。我一生和你的欢爱，希望在这八年尽情享受。然后你精选高门，另结良姻，也不算晚。那时我便抛弃人间的欢乐之事，剪去头发，披上黑色的衣服，去当尼姑，我一生的愿望也就满足了。"李益又惭愧又感动，不由得流下眼泪，对小玉说："对天发的誓，生生死死都会记住。和你白头偕老，还担心不能满足平生志愿，怎么敢三心二意呢？一定请你不要怀疑，只要安安稳稳地等着。最迟到八月，我一定回到华州，那时我就派人来接你，我们再相见的日子不会太远。"又过了几天，李益便告别小玉往东去了。

李益到郑县就任才十多天，就请假到东都洛阳探望父母。李益还没到家的时候，李益母亲就商量好了要让李益与表妹卢氏结亲，并且定了婚约。李益母亲向来十分严厉，李益虽然犹豫，但不敢推辞拒绝，于是去卢家依礼谢婚，并商定在近期完婚。卢家是世家大族，女儿出嫁，一定要有上百万的聘金彩礼，达不到这个数，就不举行婚礼。李益家一直很贫穷，要办婚事就只有借贷，他假托其他理由，从夏天到秋天，从长江到淮河，多方求助亲友。李益也知道违背了当日的盟约，不能如期去接小玉，却也无可奈何。李益不与小玉通音信，想断绝她的想望之情。并且嘱托远在长安的亲友，不向小玉泄露消息。

小玉自李益逾期不来，多方打听李益的音信。可是人们都用各种各样的谎话应付她，一天一个说法。小玉急得不得了，又到处请巫师算命，求神卜卦，都无济于事。小玉忧心忡忡，满腹怨恨，整整一年，终于积忧成疾，病倒在空闺里，并且病势越来越重。虽然李益一直没有跟她通过音信，可小玉仍痴心不移想念李益，她给李益的亲戚朋友送礼，请他们打听消息，由于寻求得急切，把钱都用光了。她又私自让侍婢偷偷地把箱子里的衣服珍玩拿出变卖，这些东西多是送到西市上侯景先那家旧货店去出卖的。有一次，她指使婢女浣沙带着一只紫玉钗去侯景先店上变卖，路上遇到宫廷里的老玉匠，他看见浣沙手里拿的东西，走上前来辨认说："这支钗，是我亲手制作的。当年霍王的小女儿十五岁要梳髻上簪，行成年之礼，叫我做了这支钗，酬谢了我一万文钱。我一直没忘这件事。你是什么人，又从哪里得到这紫玉钗？"浣沙连忙说："我的小娘子，就是霍王的女儿。霍王死了以后，她离家另住，连身子也托付了人。她丈夫前年回东都，就再没有消息。她积忧成疾，将近两年了。她让我把这钗卖掉，好买礼物送人，求人打听消息。"老玉匠也凄伤地流下了眼泪，说："贵族家的子女，一旦失势落魄，竟至于到这般地步。我已是风烛残年，看到这种盛衰变化之事，确实令人伤心。"说完，便把浣沙带到延先公主的府第，把小玉的前后经历都告诉了公主。公主也悲叹了好长时间，最后送给小玉十二万钱让浣沙带回去。

李益定亲的卢家女子就在长安。李益准备好聘礼，回到郑县，这年腊月，又请假到长安城成亲。他悄悄地找了一所僻静的住处，不让外人知道。有一个明经考试出身的叫崔允明的，是李益的表弟。这人性情忠厚，从前常常和李益一起在小玉家里欢聚，宴饮说笑，关系也很亲密。他每次得到李益的消息，一定如实地告诉小玉。小玉经常资助崔允明一些衣物用具。崔允明总是非常感激。李益到了长安，崔允明就如实告诉了小玉。小玉又怨又恨，叹息说："天下怎么会有这种事呢！"小玉又到处拜托亲友，想方设法让李益来见面。李益因为耽误了相会的期限，违背了定情的誓约，又知道小玉病情日重，为自己忍心割爱而愧耻交加，终于不肯去见小玉。每天早出晚归，想躲避小玉托来找他的人。小玉伤心得日夜流泪，不思饮食，睡不着觉，只希望和李益见上一面，竟然没有一点儿办法。她内心的冤屈怨愤越来越深，病倒床上已经无力起来。从此，长安城里渐渐有一些人知道了小玉的冤情。那些风流才子，都为小玉的多情而感动；那些豪杰侠士，则愤恨李益的薄情寡义。

转眼到了三月，城里人纷纷去春游。李益和五六个朋友到崇敬寺去玩赏牡丹花，他们漫步于西廊，互相吟诗联句。有一个叫韦夏卿的京兆府人，是李益的好朋友，这时也和他们在一起。他对李益说："春光明丽，草木茂盛。真可怜啊郑家小姐，含着怨恨独守空闺！你竟然可以抛弃她不管，心实在太狠了。大丈夫的心地，不应该这样无情。你应该好好想一想！"正叹息责备的时候，忽然有一个豪侠之士，穿着浅黄色麻布衫，拿着朱红色的弹弓，风度英俊，神气隽秀，衣着华丽，体态轻盈，身后只跟着一个剪短头发的西域小童，悄悄地跟在他们后面听他们谈话。过了一会儿，侠客上前向李益作揖行礼说："公子不是李十郎吗？我本族在山东，和皇亲外戚有些亲姻关系，虽然没有什么文才，可内心爱慕贤士。仰慕公子的声名才华，总想见一见。今天有幸相会，得以一睹公子风采。我住的地方离这里不远，也有音乐歌舞，可以娱情悦性。还有八九个美姬，十几匹马，随公子挑选。只希望能光临寒舍。"李益的几位朋友听了这话，都互相叹美。李益便和侠客骑马同行，很快地转过几条街道，到了胜业坊。李益看到这里靠近小玉的住处。不想再往前去，就托言说还有些事，掉转马头就想回去。侠客说："我家就在眼前，怎么忍心不去了呢？"便硬拉着李益的马往前走。这样拉拉扯扯之间，已经到了小玉住的巷口。李益精神紧张，鞭策着马想溜走。侠客不容分说，急忙叫来好几个奴仆，连抢带拖，把李益挟持着进去，推入车门，便吩咐锁上大门，向里报告说："李十郎来了！"小玉一家人又惊又喜，声音传到了外面。

前一天晚上，小玉梦见一个黄衫男子抱着李益进来，到了席子上，让小玉脱鞋。小玉惊醒过来告诉母亲。自己还硬要解释说："'鞋'字是'谐'音，是夫妇再合的意思。'脱'是解的意思。既和合，又解开，应当是永远诀别。从这些征兆看，我们一定会相见，相见之后，我就要死去。"清晨，小玉请求母亲给她梳妆打扮一下。母亲觉得她病了很久，心情恍惚纷乱，因此不太相信她的话。可也只好勉强为她梳妆打扮，不料李益真的来了。小玉重病卧床好长时间，连转身都要人扶持。这时忽然听得李益来了，却忽地一下自己从床上起来，换了衣服走出屋子，好像有神灵相助。她就这样和李益见面了。小玉看见李益，含着满腔愤怒，直盯着李益，一句话也说不出来。她瘦弱的体质，娇柔的姿态，像要支持不住的样子。她不时地用衣袖掩面哭泣，又回过头来怒视着李益。看着这伤心的情景，周围的人都叹息着流下了眼泪。不一会儿，几十样酒菜从外面送了进来。满屋的人都吃惊地看着，急忙问这是怎么回事，原来都是侠客让送来的。于是把酒菜摆开，大家就席而坐。小玉侧过身子，转过脸去，斜着眼睛看了李益好久，然后举起酒杯，浇在地上，说："我身为柔弱女子，薄命到这般地步。你是男子汉大丈夫，负心到如此程度。可怜我美貌年轻，就要含恨而死。慈母在堂上，我再不能供养了。美好欢乐的生活，从此就永远完结了。我满怀悲痛命归黄泉，都是你造成的。李益啊李益，就要和你永别了！我死之后，一定会变作厉鬼，教你和你的妻妾终日不得安宁！"说完，她伸出左手抓住李益的手臂，把酒杯摔在地上，痛哭惨号了几声就气绝倒地。母亲把小玉抬起来，硬放到李益怀里，叫李益呼唤她，可是再也不能复活了。李益为她穿上丧服，从早到晚哭得很悲哀。就要入葬的那天晚上，李益忽然看见小玉出现在灵帐之中，容貌还是像生前那样妍丽，穿着石榴红的裙子，紫色的长袍，肩披色彩鲜艳的纱巾，斜身靠着灵帏，手里拿着绣花衣带，回头对李益说："蒙你相送，看来你还有点情意。我在阴间地府，怎么能不感叹。"说完，就再也不见了。第二天，众人把小玉埋葬在长安御宿原。李益来到墓地，尽情地哀哭了一番才回去。

一个多月以后，李益就和卢家小姐举行了婚礼。可是李益心境受到挫伤，有感于小玉的死，心里一直闷闷不乐。五月里，他和卢氏一同回到郑县。到郑县十来天，这天他正要与卢氏就寝，忽然帐子外有喂喂的呼唤声。李益吃惊地看时，就见一个男子，二十多岁，长得很温和秀美，躲在帐子后面，连连向卢氏招手。李益急忙跳起来，绕着帐子找了几圈，那人忽然不见了。李益自此以后对卢氏既怀疑又厌恶，百般猜忌，夫妻之间，一点儿情趣也没有了。有的亲戚朋友婉转加以劝解，李益的心情才稍好一些。十多天以后，李益从外面回家，卢氏正在床上弹琴，忽然看见有人从门外丢进一只用犀角制成的镶花盒子，约有一寸大小，系着用细绢做成的同心结，正落到卢氏怀抱里。李益拿过来打开一看，里面有两颗相思子，一只叩头虫，一只发杀嘴，一些春药，都是用来调情的东西。李益当即愤怒地吼叫起来，声音就像豺狼猛虎，他操起琴就向卢氏打过去，逼她如实说出奸情。卢氏其实自己也莫名其妙。自此以后，李益动不动就毒打卢氏，用种种手段虐待她，最后竟告到公堂，把她休了。把卢氏休弃以后，李益有时让某个婢女侍妾晚上陪伴他，往往刚就枕席，她们就受到猜疑妒忌，有的甚至因此被他杀害。李益曾经游历扬州，得到一个叫营十一娘的名姬，姿态妩媚，容色柔润，李益非常喜欢她。每当与营十一娘对坐闲谈时，就对营氏说："我曾经在某某地方得到某某名姬，她犯了某件事，我用某某手段把她杀了。"每天向营氏陈说，想让她怕自己，防止闺房出事。李益要离家外出，就用大浴盆把营氏覆盖在床上，周围贴上封条，签上字。回来时一定仔细看过一遍，才启封掀开浴盆，把营十一娘放出来。他又准备了一柄短剑，非常锋利，盯着侍婢们说："这是用信州葛溪铁铸成的，无比锋利，专门斩那些犯有罪过的人的头。"凡是李益看上的女人，都受到了李益的猜忌，李益娶了三次妻，妻子们下场都跟当初卢氏一样。

谢小娥传

小娥，姓谢氏，豫章人，估客女也。生八岁，丧母，嫁历阳侠士段居贞。居贞负气重义，交游豪俊。小娥父畜巨产，隐名商贾间，常与段婿同舟货，往来江湖。时小娥年十四，始及笄。父与夫俱为盗所杀，尽掠金帛。段之弟兄，谢之生侄，与童仆辈数十，悉沉于江。小娥亦伤胸折足，漂流水中，为他船所获，经夕而活。因流转乞食至上元县，依妙果寺尼净悟之室。初，父之死也，小娥梦父谓曰："杀我者，车中猴，门东草。"又数日，复梦其夫谓曰："杀我者，禾中走，一日夫。"小娥不自解悟，常书此语，广求智者辨之，历年不能得。

元和八年春，余罢江西从事，扁舟东下，淹泊建业，登瓦官寺阁。有僧齐物者，重贤好学，与余善。因告余曰："有孀妇名小娥者，每来寺中，示我十二字谜语，某不能辨。"余遂请齐公书于纸，乃凭槛书空，凝思默虑。坐客未倦，予悟其文。令寺童疾召小娥前至，询访其由。小娥呜咽良久，乃曰："我父乃夫，皆为贼所杀。迩后尝梦父告曰：'杀我者，车中猴，门东草。'又梦夫告曰：'杀我者，禾中走，一日夫。'岁久无人悟之。"余曰："若然者，吾审详矣。杀汝父是申兰，杀汝夫是申春。且车中猴，车（車）字去上下各一画，是申字；又申属猴，故曰车中猴。草下有门，门中有东，乃兰（蘭）字也。又，禾中走是穿田过，亦是申字也。一日夫者，夫上更一画，下有日，是春字也。杀汝父是申兰，杀汝夫是申春，足可明矣。"小娥恸哭再拜，书申兰申春四字于衣中，誓将访杀二贼，以复其冤。娥因问余姓氏官族，垂涕而去。

尔后小娥便为男子服，佣保于江湖间。岁余，至浔阳郡，见竹户上有纸榜子，云："召佣者。"小娥乃应召诣门，问其主，乃申兰也。兰引归，娥心愤貌顺，在兰左右，甚见亲爱。金帛出入之数，无不委娥。已二岁余,竟不知娥之女人也。先是谢氏之金宝锦绣衣物器具,悉掠在兰家。小娥每执旧物,未尝不暗泣移时。兰与春,宗昆弟也。时春一家住大江北独树浦,与兰往来密洽。兰与春同去经月,多获财帛而归。每留娥与兰妻兰氏同守家室,酒肉衣服,给娥甚丰。

或一日,春携文鲤兼酒诣兰,娥私叹曰:"李群精悟玄鉴,皆符梦言。此乃天启其心,志将就矣。"是夕,兰与春会,群贼毕至酣饮。暨诸凶既去,春沉醉,卧于内室,兰亦露寝于庭。小娥潜锁春于内,抽佩刀先断兰首,呼号邻人并至,春擒于内,兰死于外,获赃收货,数至千万。初,兰春有党数十,暗记其名,悉擒就戮。时浔阳太守张公,善娥节行,为具其事上旌表,乃得免死。时元和十二年夏岁也。

复父夫之仇毕,归本里,见亲属。里中豪族争求聘,娥誓心不嫁。遂剪发披褐,访道于牛头山,师事大士尼将律师。娥志坚行苦,霜舂雨薪,不倦筋力。十三年四月,始受具戒于泗州开元寺,竟以小娥为法号,不忘本也。其年夏月,余始归长安,途经泗滨,过善义寺谒大德尼令操。见戒新者数十,净发鲜帔,威仪雍容,列侍师之左右。中有一尼问师曰:"此官岂非洪州李判官二十三郎者乎?"师曰:"然。"曰:"使我获报家仇,得雪冤耻,是判官恩德也。"顾余悲泣。余不之识,询访其由。娥对曰:"某名小娥,顷乞食孀妇也。判官时为辨申兰申春二贼名字,岂不忆念乎?"余曰:"初不相记,今即悟也。"娥因泣,具写记申兰申春,复父夫之仇,志愿粗毕,经营终始艰苦之状。小娥又谓余曰:"报判官恩,当有日矣。"岂徒然哉!嗟乎,余能辨二盗之姓名,小娥又能竟复父夫之仇冤，神道不昧，昭然可知。小娥厚貌深辞，聪敏端特，炼指跛足，誓求真如。爰自入道，衣无絮帛，斋无盐酪，非律仪禅理，口无所言。后数日，告我归牛头山，扁舟泛淮，云游南国，不复再遇。

君子曰："誓志不舍，复父夫之仇，节也。佣保杂处，不知女人，贞也。女子之行，唯贞与节能终始全之而已。如小娥，足以儆天下逆道乱常之心，足以观天下贞夫孝妇之节。"余备详前事，发明隐文，暗与冥会，符于人心。知善不录，非《春秋》之义也。故作传以旌美之。

（卷四百九十一，李公佐撰）

[意译]

豫章人谢小娥，是贩运商人的女儿。八岁死了母亲，后来她嫁给历阳郡的侠士段居贞。段居贞性豪直，重义气，和一些豪杰俊士交往游处。谢小娥的父亲积蓄了一大笔财产，仍然不露财名照常经商，经常和女婿段居贞一道贩运货物，来往于江湖之上。这时谢小娥十四岁，刚刚出嫁。父亲和丈夫却不幸都被强盗杀害，钱财被抢掠一空。段居贞的弟兄、谢家的徒弟和侄子，还有家童仆人几十个，全部沉入江中。谢小娥胸部受了伤，脚也伤了，漂在水里，被别的船搭救上来，经过整整一夜才救活过来。这以后，谢小娥就四处流浪要饭到上元县，投靠了妙果寺的尼姑净悟。当初，父亲被杀害，小娥梦见父亲对她说："杀我的人，是车中猴，门东草。"过了几天，又梦见丈夫对他说："杀我的人，是禾中走，一日夫。"小娥自己解不开这个谜，就常把这话写下来，到处访求聪明的人帮她猜解，几年过去了，都没人解得出来。

元和八年（813）春天，我被免除了江西的职务，驾小船东下，停泊在建业，登上瓦官寺亭阁。有一个叫齐物的僧人，敬重贤才，喜好学习，和我关系不错。他告诉我说："有一个叫小娥的寡妇，经常到寺院来，把十二字的谜语拿给我猜，我却不能猜解。"我便请齐物和尚写在纸上，又靠着栏杆，用手在空中比画，用心想着。没等坐在我旁边的齐物和尚感到困倦，我已经悟出了谜底。于是，我让寺里的小童赶快把小娥叫来，询问她事情的经过。小娥哭了半天，才说："我父亲和丈夫，都被盗贼杀害了。这之后曾梦见父亲告诉我说：'杀我的，是车中猴，门东草。'又梦见丈夫告诉我说：'杀我的，是禾中走，一日夫。'但是好长时间都没有人能猜出来。"我说："如果是这样，我就猜出来了。杀你父亲的是申兰，杀你丈夫的是申春。请看，车中猴，车（車）字去上下各一画，是申字；从十二属相看，申属猴，所以说车中猴。草下有门，门中有东，是'兰'（蘭）字。还有，禾中走是穿田过，也是申字。一日夫，'夫'字上加一画，下面加'日'字，是'春'字。所以，杀你父亲的是申兰，杀你丈夫的是申春，是非常清楚的。"小娥痛哭着对我拜了又拜，把申兰申春四个字写在衣服里边，发誓要找到这两个强盗并把他们杀掉，以报仇雪恨。接着，小娥问了我的姓名、官职，流着眼泪走了。

这之后小娥女扮男装，在江湖上流浪，给人做雇工。一年多以后，她到了浔阳郡，这一天，她看见一家的竹门上有招工启事，上面写着："招用一个帮工。"小娥前去应招，一打听，那家的主人正是申兰。申兰把小娥带到家中。在申家，小娥内心很悲愤，但外表却装着很顺从，在申兰身边做事，很得申兰喜爱。申家金银财物收入支出的账目，都交给小娥管理。两年多过去了，申家的人竟然不知道小娥是女子。早先谢家那些金银珠宝、丝锦绸缎、各种衣物器具，全都被抢掠藏在申家。小娥每次拿着那些熟悉的自己家旧有的东西，总是暗中流很长时间眼泪。后来她又知道，申兰和申春，是同族兄弟。当时申春一家正住在长江北岸的独树浦，和申兰来往非常密切。申兰和申春一同出去一个月左右，总要弄很多钱财布帛回来。他们一外出，就把小娥留下和申兰的妻子兰氏一起看守家室。在申家，供给小娥的吃穿用度都很丰足。

有一天，申春带着鲤鱼和酒来看望申兰，小娥暗自叹了口气说："李先生真是神机妙算，和我梦里听到的话完全相符。这真是老天保佑，我报仇的志愿就要实现了。"这天晚上，申兰和申春和一伙强盗聚在一起，大吃大喝一通。吃完以后，那些同伙都走了，申春喝得烂醉，睡在里屋，申兰则在庭院里露天而睡。小娥悄悄地把申春锁在房子里，再抽出佩刀到庭院里把申兰的头砍下来，然后大声呼喊，把邻居们都叫来，大家在里屋捉住了申春，申兰已被小娥杀死在庭院，到处搜取的赃物，达到成千上万。当初，小娥暗暗记下了申兰、申春几十个同党的名字，把他们的名字都报告官府，官府将他们擒获并判处死刑。当时张公为浔阳太守，很赞赏小娥的志向品行，便上报她的节行事迹请求表彰，小娥自然也免除了死罪。这时是元和十二年（817）夏天。

为父亲丈夫报仇以后，小娥回到自己本乡，见到了亲属。乡里的豪门贵族争着要聘娶她，小娥却发誓不改嫁。她剪去头发，穿上粗布衣服，到牛头山出家访道，拜一个叫将的年高有道的尼姑为师。小娥志向坚定，吃苦耐劳，冒着寒霜舂米，顶着风雨砍柴，不知疲倦。元和十三年（818）四月，小娥在泗州开元寺正式接受具戒，还是以小娥为法号，表示不忘本的意思。这年夏天，我回长安途经泗水边，到善义寺去拜访一个叫令操的年高道深的尼姑。见到几十个新来受戒的，剃净了头发，穿着新的法衣，表情严肃而安详，排列在师傅的两旁。其中一个尼姑问师傅说："这位官员不是洪州的判官李二十三郎吗？"师傅说："正是。"那尼姑说："当年使我能够报仇雪耻的，就是这位判官的恩德。"说着，对着我悲声哭泣起来。我却不认识她了，便询问其中的原委。她对我说："我是小娥，过去是要饭的寡妇。判官那时为我解开谜，辨明申兰、申春这两个盗贼的名字，您难道记不起来了吗？"我说："开始不记得，现在想起来了。"小娥于是哭泣着，详细讲述她怎样杀死申兰、申春，为父亲丈夫报仇，完成志愿，怎样历尽艰苦的种种情状。小娥又对我说："以后有机会一定报答判官的恩德。"这难道是徒劳无功的吗？啊呀！我能猜测出两个盗贼的姓名，小娥又终于能为父亲丈夫报仇，神道不昏昧，这个道理是显而易知的。小娥相貌温厚，言辞沉稳，为人聪明，又端庄杰出，烧坏自己的手足，发誓要寻求真如佛法。自入道以来，衣着单薄简单，饮食清淡，言谈之中，不离禅理佛义。几天以后，小娥告别我回牛头山去，一叶扁舟漂泛于淮水，云游于南国，再没有见到她。

君子说："立志不移，为父亲丈夫报仇，这是有气节。当雇工佣人和男人相处，却没人知道她是女人，这叫守贞操。女子的品行，贞操和气节是必须保持的。像小娥那样的女子，足以警诫天下悖逆正道、违反伦常之辈，足以看出天下贞夫孝妇的气节。"我清楚地了解前述的事情，为她解开了深隐的谜语，暗中和鬼魂托梦说的话相符合，使她报仇雪恨，顺遂人心。知道美善的行为不记载传扬，不是《春秋》惩恶扬善的义理。所以写下这篇传记来赞扬小娥的贞节行为。

家藏文库书目（持续更新中）

- 大学　中庸
- 三国志选注译（上、中、下）
- 水经注
- 唐才子传
- 商君书
- 孔子家语
- 法言
- 随园食单
- 板桥杂记
- 抱朴子内篇
- 文中子中说
- 大唐西域记（上、下）
- 洛阳伽蓝记
- 地藏经　药师经
- 东坡志林
- 朱子读书法
- 武林旧事　附《增补武林旧事》
- 扬州画舫录（上、下）
- 徐霞客游记（上、下）
- 老学庵笔记　入蜀记
- 曾国藩家书
- 梁启超家书
- 郑板桥家书
- 王阳明家书家训
- 古诗十九首　乐府诗选

- 阮籍诗选
- 嵇康诗文选
- 庾信选集
- 孟浩然诗选
- 李杜诗选（上、下）
- 韩愈诗选
- 柳宗元诗选
- 杜牧诗选
- 苏轼诗文选
- 黄庭坚诗选
- 陆游诗文选
- 王阳明诗文选（上、下）
- 花间集（上、下）
- 晏殊　晏几道词选
- 欧阳修词选
- 苏轼词选
- 秦观词
- 周邦彦词
- 姜夔词
- 豪放词
- 婉约词
- 历代抒情小赋选
- 先秦散文选
- 唐宋散文选
- 晚明散文选

古文辞类纂（上、下）	镜花缘
唐人小说选	儒林外史
太平广记选	天工开物
牡丹亭　窦娥冤	千家诗
西厢记　桃花扇	帝鉴图说
喻世明言	四字鉴略
警世通言	声律启蒙　笠翁对韵
醒世恒言（上、下）	重订增广贤文　名贤集
聊斋志异	历代修身格言集萃